依田学海

# 学海余滴《がっかいよてき》

学海余滴研究会編

笠間書院

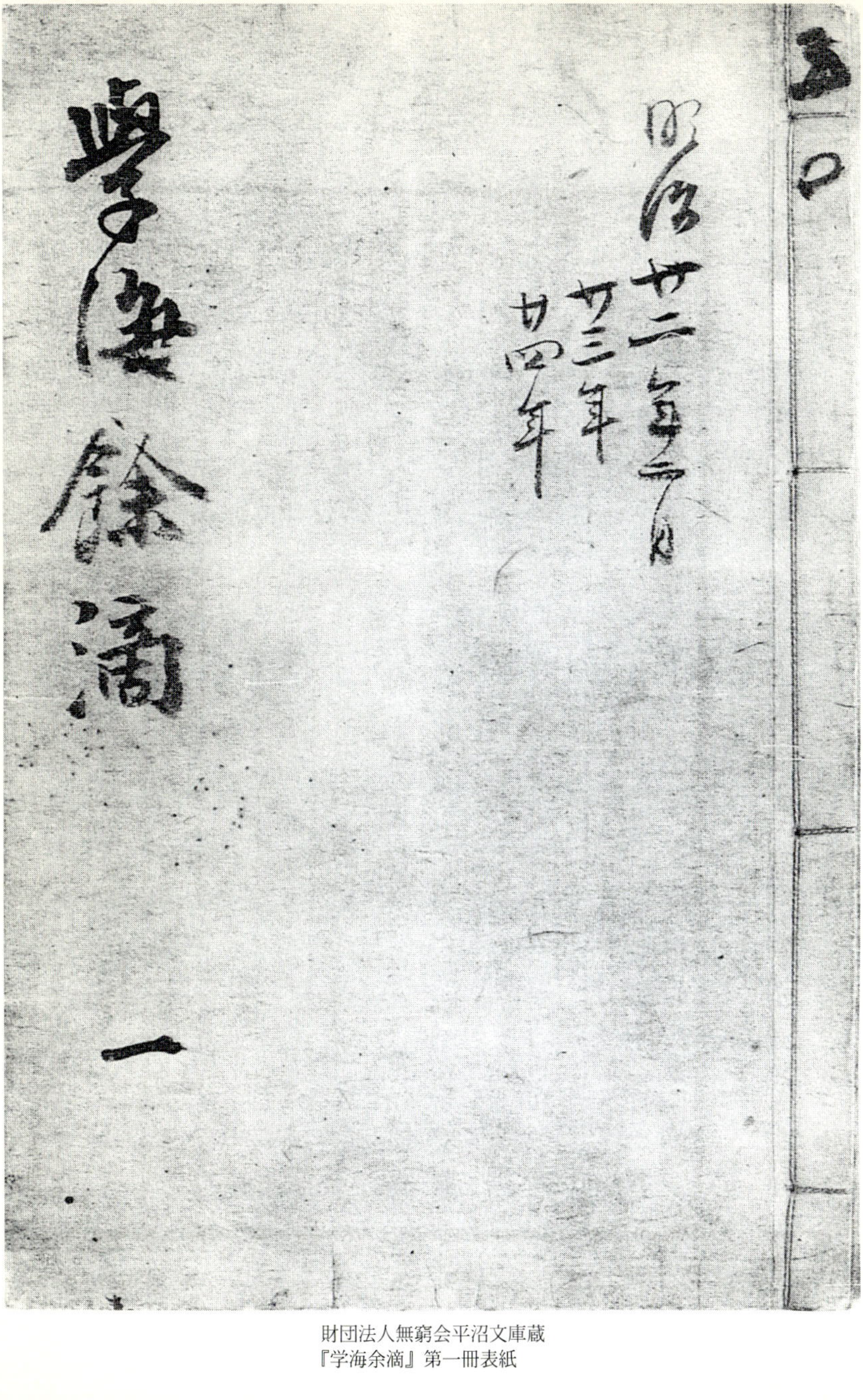


財団法人無窮会平沼文庫蔵
『学海余滴』第一冊表紙

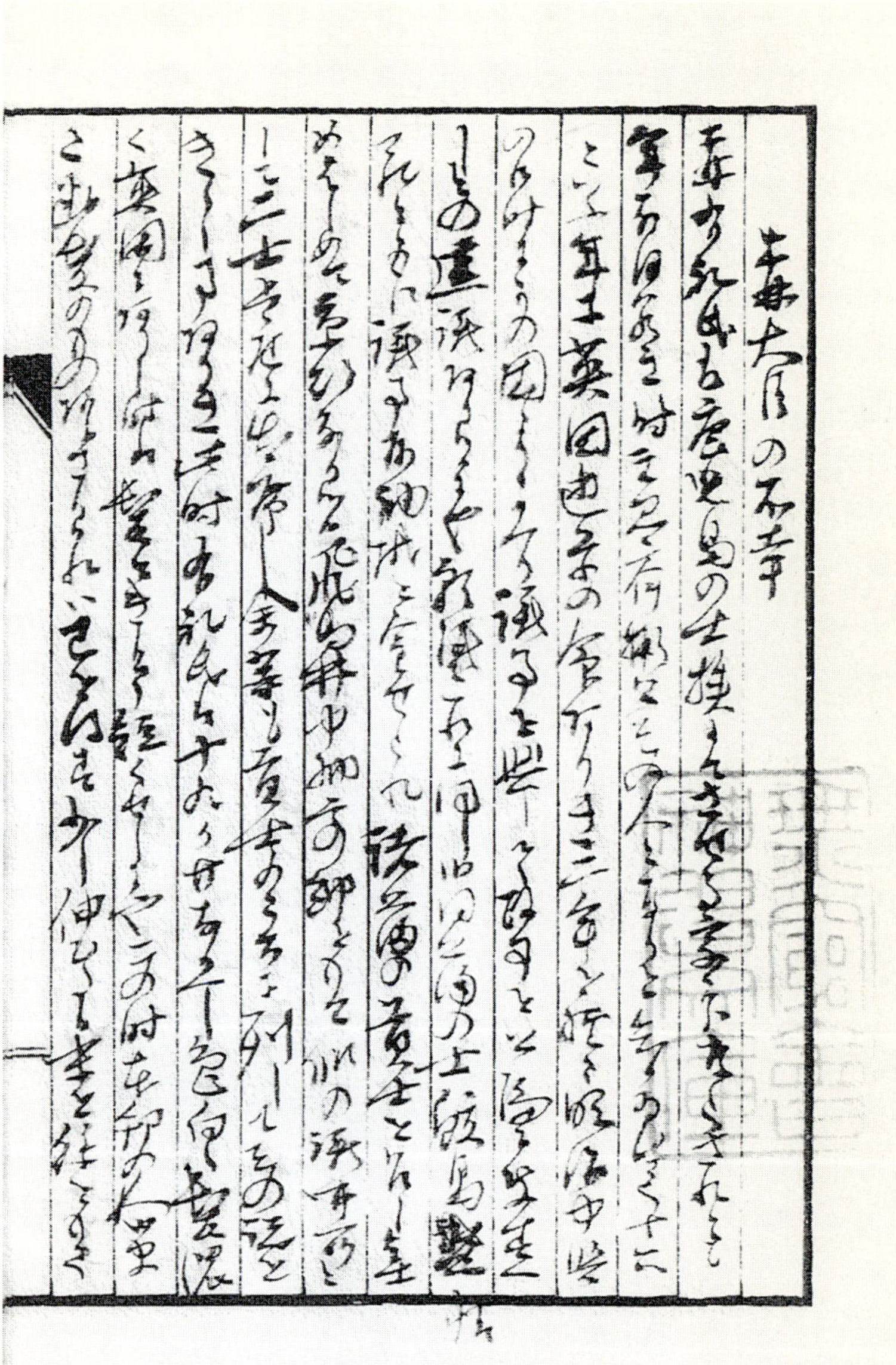

『学海余滴』第一冊
本文（一丁表）

# 学海余滴

# 目次

# 凡例

一、原本には基本的に句読点はないが、翻字本文では適宜句読点を施した。

二、原本の字体は多様であるが、異体字なども通行字体に改め、原則として新字体で統一した。ただし、「村・邨」、「草・艸」など本来別字であるものは原本通りとし、固有名詞などで一部旧字体のままとした場合もある。

三、仮名遣い、カタカナ、ひらがなの別は原本通りとした。ただし明らかに平仮名として用いられている漢字は平仮名に開いた。

四、原本には基本的に濁音・半濁音の表記はないが、前後の文脈を踏まえて、適宜、濁点・半濁点を付した。ただし人名などの固有名詞の表記については原本通りとし、たとえばシェクスヒアをシエクスピアとはしなかった。

五、振り仮名は原本通りとした。

六、原本は学海自身による多くの訂正・校正箇所やミセケチなどを含むが、翻字本文は基本的に最終的な姿と思われる訂正本文を採用した。

七、原本の欄外表記や割注の類は、翻字本文ではポイントを下げて、［頭欄］［割注］などと表記し、その下の丸括弧に本文を記した。ただし、欄外表記であっても、本文の続きであるような場合は、とくに注記をせず、そのまま本文扱いにした。

八、誤字・脱字・衍字および文脈上不審な箇所などについては、本文の該当箇所右側に（ママ）を付した。ただし、右衛門か左衛門か、次郎か二郎かなど漢字を通用させており、そのいずれが正しいか不明な場合などは、この限りではない。

九、段落（改行）は原本通りとした。ただし、翻字本文では段落の冒頭を一字下げとし、引用文がある場合は、その部分を改行して全体を二字下げとした。

十、原本とは違い、翻字本文では見やすさを考慮して、章と章との間を一行あけにして章の表題を太ゴチで示した。

十一、反復記号については、仮名の反復記号は開き、たとえば「こゝ」「ちゝ」などは「ここ」「ちち」と改めた。また漢字の反復記号は、全て「々」を用い、「日ゝ」とあっても「日々」とした。反復箇所が曖昧な例も想定される「〱」は原本通りとした。ただし「人〱」等は「人々」に改めた。

十二、傍点・圏点・傍線などは原本通りとした。

十三、同格のものが並列して記される場合など適宜ナカグロ点「・」を付した。

十四、会話文などの引用符「　」は原本通りとした。

十五、判読困難な箇所については、およその字数を□で示した。

十六、校訂者の注記については（校訂者注）として注記の内容を示した。

# 学海余滴 第一冊

## 森大臣の不幸

森有礼氏は鹿児島の士族にてさせる家がらならざれども、年なほ若き時、主君斉彬公その人となりを知り給ひて、十六といふ年に英国遊学の命ありき。三年を経て、明治中興の御時にかの国よりかへり、議事を興して政事を公論に決すべしとの建議ありけるにや、朝議これに同じ、旧同藩の士鮫島精蔵とともに議事取調掛を命ぜられ、諸藩の貢士を召し集め、はじめて京都なりける飛鳥井中納言邸を此もて仮の議事所として、二十上庭に出席し、余等も貢士のうちに列してその説をききし事ありき。此時有礼氏は十九か廿なるべし。色白く髪濃く、英国にありし時は髪をきりて短くせしにや、この時、本邦の人いまだ断髪のものあらざりければ、已を得ず少し伸びたる末を糸をもてこれを括りてありき。貌は尋常の人なれども、眉の間何となく憂を帯たる風ありき。今なほこれを眼前に見る心地す。

その後、主上東幸の事あり。森も従て東下し、集議院を開かれしときまた議院の判官たり。廃刀の議なども森氏の草案に出たり。いまだ人情も開けざりしかば、そを罵りて、皇国の美風を毀ふものなり、如何なる人か、かかる議を打出したるなど、いと譁がしくいふものありしかど、森はこれを事ともせざりき。

斯てのち、森の名は弥世に聞えて、少年にして政事の才あるものは此人なるべしと称賛するもの多し。明治三、四年の頃、妻高橋氏種子を娶る。その礼式我国には絶て無き西洋風を用ひられたり。大久保一翁氏は、時の東京府の知事たりしは、これが媒酌人たり。この礼式、殊に人の目を驚しけり。

年なほ若くして弁理公使となり、全権公使なり、大臣となり、従二位の高き位にのぼりて、人の為、敬ひ尊まらる。人間の栄これより過ぎたることあるべからず。されども遂に不幸の禍を遂げられしは傷みてもなほ余りあり。この身の不幸は禍に逢ふのみにあらず。生前にも不幸の事無きにあらず。そはいかにといふに、この人の兄を横山正太郎といひき。横山氏に養はれてその義子たるが故なり。

正太郎は老儒田口文蔵が門人にて漢学を修む。弟とは学問異ればその性質も同じからず。岩倉大臣が朝鮮征討の事を主張せられ、又、外国の風をのみ喜ばるるときききて、忿怒に堪へずして、或日集議院の門前に自殺し、一封の諫書を上れり。余、その日集議院に出仕し、例の如く議員幹事が部屋に在りしが、只今門前の向なる旧酒井氏の邸の溝際に自殺するものありとて人々嘩ぎあへり。しばらくしてその姓名及び諫書を懐にしたるといふ事と知られき。森はその時いかなる感情や起りぬらん、知らざれども、その歎に堪へざりしと推し量らる。これ、その実兄が自殺せし、一の不幸なり。

森がその後公使となりて、妻なりける高橋氏を具して外国にありしとき、公使館の書記官何某この妻に密通して一人の子を生ぜしかば、森も已ことを得ずして、これを下邸に蟄居せしめたり。そは、洋風の婚娶にはみだりに離別することをゆるさざればなるべし。斯てありけるほどに、妻は慙懼に堪へずや有けん、自殺せり。或いふ、妻の密か事せしは外国の人なり、その生みし子の目色、我国人と同じからぬゆゑに事露れたりといふ。孰か是なるべき。とにも斯にも己が妻を人に姦せられしは一の不幸なるべし。

本年、大学の寄宿舎に火災あり。これが為に焚死せしものあり。又、火を逃れんとして打撲傷せしもの数人ありけり。森がその後大学に至りて、諸生に向ひ演説せしとき、これを責めて、学生等は同僚を焚死せしめたりとて、危にのぞみてこれを救はざることを論ぜり。又、近来学生等の行状よろしからずなど、その演説のうちに雑へたりければ、学生等不平に堪かねて、演舌のうちに口々その非をそしり、同僚を焚死せしゆゑを詰り、又行状をあしといはるるは如何なる証跡をもていはるるぞやなんと罵りて、事起ぬべく見えしにぞ、森も怒の気色あらはれけれども、忍びてその座を立しとなん。これは学生等の無礼不法とはいへども、人望を得ざるの致す所にあらずともいひがたし。これ、不幸の一なるべし。

## 行兇者西野が死骸

森大臣を殺せし西野文太郎は、即時に文部属坐田某の為に切殺されしが、検察官のこれを検視せしのみ、検証調書などに及ばず、青山の墓地に埋みぬ。西野が同里の友兼重《かねしげ》健吉・高津三郎等、その屍を賜りて葬むと請ひしかど、親戚ならでは免されがたしとありしかば、そのよしを山口県なる西野が父の許に告やりしに、病ありて上京なり難し、よしなに計ひ給へと答たり。二人は、さらばとて、二月十四日、件の答書を証として願出しかば、許可せられたるをもて青山に至り、埋葬取扱人に頼み、なほいかなる体にて葬りしと区役所に問ひしに、着服のまま氈につつみて埋れられたりと答しにぞ、よしを掘るものに告げ、掘り初めしに、埋ることの浅かりしにや、二鍬三鍬にして忽ちその頭髪を見たりけり。埋葬人等は、いかにしけん、かかる屍はいまだ見たる事無ればとて辞せしを、強てその価をましとらせ、なほ掘るほど全身あらはれたり。屍は裸体にして刀痕の大なるもの数ヶ所あり。首は落んとしてはつかにその皮を余すのみ。泥土と血に塗れて見るもいぶせき有様なり。守袋やうの物ありて首のほとりにかかれるのみ。身には衣服なく、白き下袴《したはかま》をつけて赤色の靴足袋を穿ちたり。二子は日頃親くものせし人が斯く成り果るをみて悲歎に堪へず。こはいとむごき埋かたなるかな。仮令罪あるものといふとも、かく犬猫を埋むるごとくするものやはある。後の為なればとて、墓地看守人山本保蔵といへるものの見聞せし証書をとりて、件の死骸とともに西野が生前閑居せし今川小路七番地なる背水庵にかへり、祭を治め、改めて医師を招き、詳にその傷所を検ぜしめしとぞ。又、西野をきり殺せしは、律条によりて正当防禦の法にかなはずとして訴を起すべしといふ説あり。まことなりや知らず。右は房総新聞に見ゆ。(頭欄)[この仮埋をたのまれしは塵芥屋の丸山浪吉、人力挽きの粟屋精吉らなりしが、西野が着たるは黒八丈の羽織、博多結城島のあはせ、博多帯、木綿黄八丈の胴着、小倉袴などを剥たりしに、その罪に処せられ、二月十九日、禁固六ヶ月に処せられたりとぞ聞えし。]

## 有のまま　小説

火閣の前に洋灯の台附たるを置き、小さき机に小学校の読本をのせたるが、開たるままにあり。花枝はその右の方にはらばひになりて新聞を読み居る。やまと結の髪は塵に汚れて、その結びし絹の色もさめたるがゆるびしにや、毛筋は乱て顔におほひかかるを左の手にかき上ながら、外目もふらず見入てゐたるかほつき、いと物思も無げなり。母は洋灯の右のかたに坐して、美狭古が履下の破をつづりながら、「また新聞ばかり読で……おまへは、小学校の本をさらはないのかへ。「アイただいまといひながら、なほ読みやまず。母「どうも花ぼうもこまつた物だよ。本を読めといへば、いつでもいやな顔をして、新聞ばかり精出して……そして新聞に何かかいて有るときくと、すこしもその話はしらないくせに、何がおもしろくつて読むのだねへ。花枝はこちらを向き笑ひながら「お話しは出来ませんけれども、何だか面白くてならんので、つい読ますわ。母「さあ〳〵それはやめにして、この本をおさらひといふに、花枝はしぶ〳〵ながら几に向ひ読本をよみはじむるに、声高く耳かしましく読立たり。珠君はこれをみて「花ちやんの声は、まことにきん〳〵して耳やかましいねへ。花「やかましくつてもようござんす、稽古ですから。母「又そんなことをいつてゐるよ。かまはずとおよみ〳〵。柳枝は火閣にあたりながら毛糸の編物をしてゐる。頭は丸くいとよく肥て、これも物思も無き女の童なり。姉の栞柱は少し頭痛するとてかたはらに臥ゐたるが、「柳ちやんは本は読ないの。「ヱー、もうよんでしまつたの。「あら、うそをおつきよ。さつきから編物ばかりしているくせに。「栞ちやんは、いやよ。いつでも私《わたし》ばかりにそんな事をいつて……さつきおつかさんがはやく編物をして御仕まひといつたからいそいでするのですよ。「それで本を読まないのかへ。「イーヱ、読む事は読だけれども、少しよんだの……おつかさんが御用があつて御起になつたから、私もそれでやめたのよなどと、つまらぬ事も兄弟はとかく争ふものなり。母は洋灯の明をかかげながら、眉をひそめて「まことに兄弟といふものは、なぜこんなに喧嘩ばかりするのだろう。毎日〳〵けんくわの裁判ばかりしてゐるには、こまるねへト例の小言をならべゐたり。余はそのとき手燭をつけて入用の書を庫より出し、こなたの障子を開き火閤のある間にきたり。「兄弟の喧嘩は両方ともに遠慮なくものをいふから出来るものだて。もと〳〵睦まじいものは、先の気さからふも構はず心の思ふままにいふから、直にまた向からもいひたいほうだいを言ふ。あつちからも我儘をいひ此ちからも我儘をいひ、我儘の角つき合からけんくわになるのだ。すべて人といふものは、何んでも双方勘弁をしなければならぬ。勘弁なしに自分の思ふ次第にすれば、喧嘩をするより外に仕やうがない。人間の交際といふものは何も六かしいものではない。何んでも自らが一歩づつ退いて人に譲りさへすれば、いつでも無事だ。まづ譬ていへば、人力車が往来をいそいで引てゆくに、向からくるのも此方からゆくのもずん〳〵と自分が勝手にゆけば、双方忽ちぶつつかり合となる。それ車が破れた、それけんくわだと、一日のうちに、いくら車がこはれ、いくらけんくわがあるかも知れぬ。しかし、それでは人力車で世が渡られぬゆゑ、自然と、向からくるのでも此方からゆくのでも双方勘弁を仕合て、向もよけ此方もよけて、どのやうにこみ合ても少しもぶつつかり合て車が破れもせず、けんくわも出来ぬわけだ。兄弟だとて自分のからだではなし、自分の思ふやうにゆくものではない。やつぱり他人の交際と同じやうに双方ともに勘弁を仕てゆかなければならぬものだと、長々といひきかせる。小供四人は、わかりたるや、わからざるや、ただ黙してゐるのみなり。ややありて栞柱は起上り縫針をせんとて針箱を出し、洋灯のもとにより「花ちやん、本を読んで仕まつたら、はやく此机と本を御仕まひな、ねへ……又新聞をよんで机をうつちやりぱなしにして。花「アイヨ、いまかたづけますよ。母「あのとうりですから。

## 善き人は　小説

灯の下に衣をつづりゐたるは母なるべし。年は四そぢ余りなるおうな、小さき几によりて書よむ女の童に向ひ、あこは先の程より書よみてさこそつかれつらめ。しばしいこひて新聞など読み、心を慰めよかしといふに、童はいとよう打笑て、いな、つかれは侍らず。けふ教師の教給ひしくだりのなほ心元なき所多く侍れば、今しばし習ひなん。声立んはかまびすかりぬべしとて、口のうちにてなほよむ。この童は十三ばかりにもやなりぬらん。髪は大和結てふなるべし。髻を紫の紐にゆひてうしろざまに下たるがゆら〳〵としてめでたし。姉にやあらん、色白く眉のあたりにほひやかなるが、灯のかげに英書にや左行の文字なる本をくりひろげてみゐたるが、これをききて、桃枝御の書よむ声はきようつくしければかしましからずと、誰に向ひていふとも無く聞ゆるは日頃睦じければなり。末の妹なるべし、歳八つ九つばかりなるが、ふせ籠《こ》によりて毛糸をまさぐりゐるは例の編物といふなるべし。肩掛やうのものを造りゐたるを、傍に物縫ひゐたる年二十一二ばかりの女子、この妹たちの姉にやあらん、その顔ばせの似かよひたれば、編物する童に向ひ、松子御の腕《かいな》は手ゆげなれども、思の外にかかるわざをようするにこそ、心を入てよくし給へや。あすなん、母上に給はりたる雛のうつくしきを奉りなんなどいふは、笛子といふなるべし。母は、かなたこなたをみていと心地善げなるは、兄弟の睦じくおのも〳〵その業をはげみ習へるがゆゑにこそ。六十に近き父はなほ健なるにや、容はふとりて髯の長く生ひたるはおそろしげなれど、心は子をよくめづる世の物知らぬ翁にかはるべうあらじかし。手に持ちたるは今読みさしたる書なるべし。右の手に燭をとりしは、今塗籠より書をとり出たるにや。こなたに向ひ、世に子宝とはいふめれども、善き子もたるも悪しき子もたるも、その親たるものは一日も安き心は無きぞとよ。さあらば、人として子を持たぬぞ、一生憂へ悲むことの無かるべき。然れ（ママ）あれど、この世を長く心にしまぬ事多しと思ひて経ぬる人もあり、又、幸多き世と思ひとりて常に心浮立て過ぐる人もありなん。人の寿は長くして七十八十、百歳なるものはまれなり。この年月を経るに、眉蹙め胸をふたぎて、万もの足らずと思ふて過ぐるをよしとすべきか、又、何事にもよらず己が宿世と思ひなして、貧く哀しき事ありとも、そを怨み忿らず唯その時々により心をやすく幸ありと楽みて暮すをよしとやせん。さあらば、子多く事多しとも憂ふに足らず。その子らも物足らぬ事ありとも、などてそを恨とせん。斯てこそ、この世は住み安かりと覚ゆれとありければ、四人のむすめ子らさらなり、そが母もともに、さなり、さなりと。

## 一驚を喫す（小説）

明治二十一年某の月某の日、政論社員数名、警察所に拘引せられたり。政論過激にして国安を妨害するとの嫌疑あればなり。一時人心恐懼して、誰某も引かれたり、くれがしも捕られたりと巷説いと囂かりし。

余は平生文学をもて業とするのみ、政論の事は絶て関係せず。然れども雑誌の著作者の頼みにより、折に触れて己が思ふ事の文学に渉ることあれば、これを筆記して掲載することあり。或は古人の著書、或は今人の議論などをも批評し、その善悪是非をかりそめに議する事もありけり。然れば、広く交はるとしも無けれども、江湖の名士を識りて集会の席に親しく物語をきき、或は己が持説をうち明て談話に夜の更るを知らざる事ありき。

又、家に訪くる人も異様なるもの多し。若くうるはしきあり、老て醜きもあり、商人あり、士族あり。或、髪つややかに掩なでて美き服衣たるもあり。或は破れたる袴を着、手巾のいと汚れたるを帯の間に挿み、髪は殻栗ともいふべき様に側だち、高き足駄を穿き、手に長やかなる杖を持たる少年あり。又、白き髪を長く肩のあたりに振り下げて髯の長く胸のあたりまで垂て十徳などを着たる翁もありけり。（頭欄）［或は、時様の洋服のきはびやかなる、洋書を二の腕に挟みて、口に紙煙を啣みて来るもあり。］此等の人、朝早く来りて、日ねもすをいつもの声高やかにものがたるもあり、又、夜に入るまでしめやかにかたるもあり。かかる異様の人、日いくたりと無く来りしが、何とて此家は客多きやと近隣の人々はいひあへりとか。

政論社員が拘引せられしより七八日にして十二月になりぬ。寒さはまさりけれども都のにぎはひは常にもましたり。こは歳の終にて自ら人の気浮立しものと見ゆ。余はつねに演戯を好めば、例の同好の友人等につれられて浅艸なる市邨座におもむけり。此時の戯は市川団十郎が大久保彦左衛門と新中納言知盛とに扮せし時なりき。団十郎は余と旧き朋友なれば、戯毎にその部屋に遊びて、伎芸のよしあし、或は常に好む故事など語りて楽とす。さるからに幕の間幾度となく往来する事あり。この戯場の看棚の西のかた隅には常に巡吏の席ありて、戯場の非違を監視し、又、観客のうちに争論殴打などの事あるときは出てこれを制しとどむをもて職とす。しかるに此日は、例の如く監視したるが、余が土間の看棚に視居たるを、かの巡吏は遥に見つつ同僚の吏とささやくさまなり。されど余は初の程は絶えて心付かざりけるが、幕の間に団十郎が部屋におもむかんとして、かの巡吏の前を過ぎて有る看棚のうらの方に出る細き廊に至る。巡吏はただならず余をうちながめて、又、密にその同僚とかたらふさまいとしるし。余は始めてこは怪し、いかなるゆゑあるならん、彼等の為に指ささるる事はありとも覚えず、人違なるべしと思へば、懸念せずこの廊をゆき過て団十郎が部屋に入りぬ。

しばし物語してゐたるに、幕明きの拍子木におどろかれてたち出て、先の廊に至れば、巡吏壱人、髯がちにいといかめしき顔したるが剣を横へて我前を立塞ぎ、御身に申べき事の候といふ。余は巡吏にものいはるる覚えなければ、如何なる事を問はるるぞ、我は観客にてあやしきものに非ずと答ふるに、否、観客にておはすとも、そは問ふ所に非ず。ただ物申べき事の候。こなたに来り給へとて、前に立てゆく。

余は、明治の初年頃、世の中みだりがはしき時、しば〳〵危ふき目見る事多く、いつしか習れて、然ばかり物おそろしと思ひしことなかりき。その後、世の中しづまりて、さる戦の場などに行遇ふ事も無く、又、刑事の吏目などに問詰らるる事絶えて無りしかば、安に習れて心自ら平かなれば、人と物あらがひするをみても心よからず。まして巡吏なんどに物言はるるに、詰り問はるる様の事を聞かむとは思ひもかけず。然るを、かかる物観る場にて、いかつげに尋ね問はれしは、実に意外の事なれば、一には腹立たしく、一にはおそろしく、胸跳り肉動き唇の色もかはるばかりにありき。

かく驚きしが、忽ち心に浮ぶ事あり。いぬる日、政論社員を拘引せられたれば、余もその社員に由かり有ものと思はれて問はるるなるべし。しからざれば、路旁にて詿違の罪をおかせしにも非ず。彼等に問はるる事はあるべくもあらず。さにあらば、絶えて由かり無きよしを言解かば、疑は忽に晴るべしと思ひしが、又よく思へば、これは是、些細の事に非ず。大事なり。彼等いかで証拠なくてや我を問はん。我は固より政治論をせし覚は無けれども、日頃交を広くするからに、種々の人と交り、その物語をきく事あり。又、我家に訪来るもの皆文学の事にかかるのみ。外に嫌疑を受くべき理は無けれども、来るもの数多し。そのうちには過激の政治論を主張するもの無しとも謂がたし。それ等に連累せしにや。さもあらば何か有らん、言解くに難き事やは有る。

去るにても、我はこの年月絶て裁判の事によりて出たる事無ければ、まして警察の吏員に向ひて議論などせしことあらず。さあれ、無実の疑を言解はやすきに似たれど、如何せん、世の人はそを知らずして、あの男はつねにかかる筋の論は得せぬものを、いかに思ひて時の流行に従ひにけん。もとより政治論をもて世に聞えたるならばこそあれ、さも無くて鵜のまねする烏とやらん、片腹痛しなど謗らるるも口惜し。又、余はさる過激の論は得せぬよし警官に向ひて言解かんにも、徒らに罪を懼れ身を危むやうならば、怯懦のものとやはいはれんか。さらばとて身に覚え無きを知りがほに言はば有識者に笑はれ、よし無き臂を張る愚ものと謗らるべし。そもまた無益の事なり。さらばもの柔らかに言解くを善とやせん、強よく論ずるを善とやせんと、自ら問ひ自ら答へて、或は疑ひ或は信じて、決する所を知らず。これただ巡吏のあとにつきてゆきけるはつか二三秒時間の事なりけり。

巡吏は余の先に立ちてゆくこと厪《わずか》に七八間にして、廊の果る所に出たり。ここにて足を止め、余を見かへり、御身はこれを見給ひしか、先はやくこれを見られよといふ。余は何事やらんと巡吏が指さす所を見れば、げに理なり、理なり。余は今まで心附かざりき。この入口の隅の柱のうへに一行の文字を張れり。

御客様方、楽屋へ御入之義は堅く御断申候事。

## 毒婦お伝の髑髏

高橋お伝と聞えしは、今明治廿二年を去ること十一（ママ）年の昔、人を殺せし罪をもて斬られけること世の知る所なり。この死骸を病院にて解剖せられけるとき、如何なるゆゑにや、洋医富田清といひしもの、その髑髏を家に蔵して医学の為にしけるとぞ。しかるに、この年の三月の比にや、壱人の僧あり。年は四十前後なるべし。痩枯たれども、流石よしある人かと覚しきが、身に鼠色の木綿の衣着、同じ色の道服をうちはふり、頭陀袋を手に提げ鼠色の脚絆したれば、旅僧なるべしと推せらる。主人のおはしまさば御目を給はり候へといふ。富田、こは大方疾あるものにて療治を請に来れるにこそと思へば、やがて一間に請じて来意を問ふに、かの僧は、恥かしげに、伝えも聞かせ給ひけめ、拙僧は高橋伝と一方ならぬわけ有りし小川市太郎と申ものの成る果て候といふ。富田は大に驚き、如何なる子細にて問はれしぞといへば、いと恥しき事ながら、国手の家にお伝が髑髏を蔵し給ふとききて、そを一見したく候。いかでゆるさせ給へと余義もなく言ひしにぞ、富田はしばし打案じ、その髑髏はゆゑありて蔵め置きたれども、和僧はいかにしてそを知り給へると重て問へば、さん候、拙僧、お伝が刑に処せられしにより、元よりよるべなき身なれば、かしここに身をよせて四五年を夢の間に打過しに、量らず世に出たるに、山岡鉄舟居士に値遇しまゐらせ、因果応報の理と悟り、遂にその弟子となり、かくは出家して候ひき。斯てその名も夢幻と改め、この頃まで越路（ママ）なる鉄舟寺に寄宿せしが、この寺に尋来れる法師の物語にて、お伝の髑髏を東京浅艸田町壱丁目の富田氏こそ蔵め置かれたるなりと承りしかば、懐旧の思に堪へずして、斯は推参して候なりとて、件の頭陀袋のうちより一ひらの名刺を出し、これは件の法師の姓名にて候とあれば、富田は手にとりてこれをみるに、湯島切通月輪瑞章とあり。かねて己が知れる人にてありければ、異議なくこれを諾しけれども、かの髑髏は己が子に貸し与へて家に在らず。速に取寄すべけれ、今一両日経ておはせよとて、件の法師をかへしやりぬ。斯て市太郎の夢幻は中一日を隔て再び富田を訪ひしかば、富田はこれを庁事に請じ、さて服紗に包みしお伝の髑髏をそのまま夢幻の前に置き、約し申せし如くお伝どのの頭をとり寄せ置きぬ。心徐に開き見給へとありしかば、夢幻は珠数をとり出し服紗に向ひ暫く念仏し、やがて服紗を開き、のせたるままにこれを手にとり打返しみて、涙をはら〱と流し、暫く歎に沈みしが、ややありて言けるやう、生前にこそ暗にもそれと見分けたれ、斯る形となり果ては、それか有らぬかいかにして知るよしは無けれども、ここに一つの証拠ありて誠に彼の頭なること疑うべうも候はず。そはこの頭の後にのこる刀傷にて候なる。その子細は、かれが罪あらはれて獄に下りし後に、拙僧、かれが養父なる伝右衛門《(ママ)》とともに対面を請申せしに、ゆるし給はり相見しが、彼はさめ〲と打泣て、かかる大罪ある身なれば遠からぬうち刃の露と消ぬべし、あはれその日に及びなば再び来りて此世の名残を惜みてよとありしかば、拙僧等は慰めて、今はいふまでも有らずかし、必ず再び請申てその望を果さすべしと固く約して別れしに、図らざりき、その日違ひて再び参りてこれを聞けば、きのふ死刑に処せられたりといはれて、拙僧等驚き悔れどもそのせんなし。しからばせめて死骸なりとも賜はらばやと請申けるに、それも昨日警視病院に送られて解剖せられしときヽしのみ。望をここに失ふものから、さるにても死罪にあふ日にはさこそ我等を待つらめ、斬られしその時の有様はいかなりけんと知る人に就きて尋ねききしに、かれが刑場にのぞみし時まで、所縁のものはいまだ参り候はずや、必来べき筈なるにいかにしけんと問ふことしきりなりしかど、これを知るもの無りけん、しかぐ＼と知らするものあらず。はやその時刻となりけれども、逢んと約せしその人に一目なりとも相見ざれば死なぬ＼／＼と泣叫び、頭を縮めてたやすく斬らせず。太刀取はいきまきて是非をいはせずこれを斬るに、頭の後へきりかけて打落すこと得ならず。又打おろす二の太刀は腮を掛て切り損じ、三の太刀にてやうやく首を落しが、切先あまりて右の膝を四五寸ばかり切りしといふ。苦痛さこそと思ひやり、我々が日を誤りし為とし思へば悲さいと弥増したりき。きのふ今日ぞと思ひしもいつしか立ちし十一(ママ)年、今此髑髏見て候へば、果して後に太刀傷あり。これを見てこそ、かれが頭に違なしと知りてこそ候ひけれと、件の髑髏を膝にのせて涙に暮れてゐたりけり。富田はこれをうち聞て、某、初和尚がしかぐ＼と名のられしかど、実にその人なりやあらずやと疑無きにあらざりしに、斯くききて初て偽ならぬを知りぬ。いかにも和僧のいはるるごとく、その屍骸の傷所は違ふことなし。又髑髏は必ず腮を残すは常なるに、これには無きは、かの折に誤りて切りすてしなりと言ひしかば、夢幻は涙を拭ひ、僧侶の身にての昔し語はさこそ聴きにくくおはすらめ。かれが屍骸をその時にすてられなば、この対面は得難かるべきに、幸にして医術の為にのこし置れしは不幸のうちの幸なり。いかで永く御家に蔵め医療の用にもならましかば責めてもの罪亡しとなり候はん。只ここに一つの願あり。そはかの養父九右衛門は今なほ世にながらへあれば、再び参り候はん時、ともに来りて対面を願まつる事あらん。又拙僧も一たび越後にかへりゆき、かの地の所用を果しなば、天王寺に庵を結び、かれが菩提を弔ばやと思ひ候へば、忌日あけたるその時は、いかでこれを借し給はりね。香華を備へて魂を祭らんと思入て請ひしかば、そはとも斯くもすべけれと答しにぞ、夢幻厚く恵を謝して帰り去りしとぞ聞えける。その後は如何なりけん。大和新聞に見ゆ。

## 野慵斎の自殺

野慵斎はもと小野寺氏にて、その通称を昇といへり。長沼流の兵法に通じ嘉永安政年間に聞えたり。もと出羽の人にして浜松藩の水野氏に聘せられて軍法の師範たり。門人多し。余が旧藩佐倉にも聘せられて文明公に厚く遇せられ、執政等皆その門に入りぬ。余が兄柴浦ぬし十太郎といひし頃、君命をもてこれが門に入り、修業に年をかさねき。初め江戸小川町の邸に住して、柴浦君并に軍法をもて家をすなる中沢央もまたその門に入りて慵斎の給はりたる邸中の舎に同居せり。慵斎は奇僻の性質にして一生妻を娶らず、行状きはめて厳正なりき。夜明て自ら衾をおさめ袴を着け、終日これを脱ぐことなし。飲食も絶て嗜なく、その余の遊戯一として好みしものあるをきかず。世に稀なる奇人なり。学問はさまでに広からず。長沼澹斎の兵要録を専ら主としてこれを講ずるのみ。近世西洋の砲術盛に行はれしかば、またこれをもて長沼流と斟酌する所もありけり。然れども、さる奇僻の人なれば、己が説を固く持して人の異論を喜ばず。門人等が疑問することあれば己を詰るものと疑ひ、大に怒りて色を変ずること屢なりき。ここをもて心有るものは、その詐偽を用ひて名を得たるものとしてこれをそしるも有りき。要するに当時に在りては一の聞人なるべし。

この慵斎、我藩に在りて子弟を教育せしが、後に心にかなはぬ事ありけん。某、病多くして教授に堪へず、身の暇を賜はるべしと請ふことしきりなり。又藩士等もかれの奇僻をやうやく厭ふ心を生じ、文明公もまた、かれは一奇人のみ、兵制改革の全権を委ぬる人にあらずとて、遂にその請をゆるし暇を賜ふものから、教授の功労を賞し月扶持若干を給りけり。かくて慵斎は、藩を辞し去り、所縁につきて品川東海寺中のまかり、住みし人にも多くは対面せず、暫くここに閑居せり。

この時慵斎は年六十余なるべし。極めて壮健にはあらねども、また病もあらず。初はすでに世を厭ひて再び諸侯の聘に応ぜざるよしいひゐたりしが、幾ほどなく常陸土浦の土屋氏の聘に応じて、その藩地にゆきて子弟を教授せしが、一両年ありて俄に自殺して死せり。この事余は家兄にききしかど、自殺せりとほのかに聞きしのみ。その自殺せしありさま、又何故に自殺せしといふ事は知らずと宣ひけるが、明治二十二年三月十七日、土浦の人にて慵斎が門に入りたる杉村武敏といふものにあひて、初めてその時のさまをききしることを得たりき。

杉村いふ。土浦にて慵斎を待遇せしは、禄百石に当るほどの禄秩なり。兵制改革などの事には及ばず、ただ門生を教育さするのみ。余は主命をもて同僚数名とこれが門弟となりぬ。又、年五十有余の老人壱人を慵斎の附添人として同じ邸に住居させ、飲食その余の事皆この老人に任せ置きぬ。居ること一年ばかりありしが、或日、慵斎、件の老人に酒を呑ませ宵より早く寝所に入らしめ、己は独り一室に坐し、夜ふくるまでゐたりしが、絶て知る人あらず、夜明てかの老人起出てみるに、慵斎は紋付たる小袖に麻の上下をきて、常に起伏する一間の炉の側に倒れ伏し居たり。驚きてこれをみるに、短刀をもて吭をかき切て血は莚を漬しておびただし。人々に告知らせしかば、余もまたゆきてその有様をみて、初のほどは喉をのみきりて死せしと思ひしに、身体を改め見るに及び、喉を貫きしは後の事にて、初め腹を左より一文字に掻きり左の脇腹に深く突きこみ、さて小袖の前を掻き合せ、麻の肩の襟を袴の下に掻籠み、しかしてのちに短刀をもて左の喉を掻き切りたるが、骨に障りて切れざりければ、又再び刀をとり直して、右の方より突き切りたりと覚しく、その体いと尋常なりき。又、炉のうちにかけたる鉄瓶かたはらに在りて、茶碗一つまたその側に倒れたり。察するに、喉を貫きしになほ死なざりしかば、湯を酌みとりてこれをのみしなるべし。この表の間には床の間あり。その前に他所より借用したる書物を尽く紙をもてこれを封じ、誰某殿へ返上と一々にしるしたり。又、己が自筆にものせし兵要録の講義筆記の類六七十巻ありしを皆尽く切り割きたるが死骸のかたはらにうづ高く積み置きぬ。遺書一通あり。余これを半読しかど、唯朋友の為に義に於て死するよしをのせたるのみ。

この書の末まで見ざりければ、詳なることは得知らずといひけり。慵斎の奇僻なる、尋常の人の心をもて料り知るべきにあらねば、その死せしゆゑも必ず思の外の事にや有けん。かの遺書は、その折、直に老臣の手に送りしかば、今はいかになりしや。もしこれを尽くみましかば、大方は知るよしあらんかと杉村いひけり。この人の伝記は杉村つばらに書せるものあるよしなれば、他日借得てしるすべし。今その死する時の事をききつるままに。

## 竹内式部が勤王首唱　三月六日艸す

竹内式部は徳大寺家の青侍にして、宝暦年間の人なり。越後国の人とも、また丹波の産ともいふ。時の帝桃園帝、関白近衛内前公、所司代松平右京太夫照忠の頃なりき。式部の学は山崎闇斎に出たり。神道は垂加流といへり。縉紳公卿多くその門に入る。主上もいたく此道を信仰せさせ給ひしかば、式部大義名分を講じて、頗る尊王の義を主とす。近衛関白が日記に、その事跡をのせたり。後、幕府の忌諱に触れて、徳大寺大納言を始め、正親町三条・岩倉等の諸卿凡三十余名罰をかふむりぬ。これは是、宝暦八年の事なりとぞ。式部が意見書は時伝奏広橋兼種卿の筆記にのせられたるが今に存せり。その文に、日本の帝王は日神より当今に至る御一世御相続の事、異国に無之儀、天下万民の仰ぎ奉らざること無き事なり。然るに当時将軍あることを知りて天子あることを知らざるもの多し。寔甚歎はしき義なり。是何故なれば、君臣不学不徳より事起れり。然れば天子より庶人に至るまで学を修め徳せる所ありとあれば、講義にして著述はあらざりしと見ゆ。

を積むこと専一なり。さあらば兵を用ひ手を下さずして自昔の如く皇家一統の御世にも為るべきこと天地自然の道理なり。左申せばとて唯道を学びたりと云とも、学成り徳成就の上の事なり。先、兵を用ふるは覇術なり。例令《ママ》一旦天下治まりても、又今の如くになるなり云々。この文、原書にも聞もらせる所ありとあれば、講義にして著述はあらざりしと見ゆ。

（頭欄）［桃園帝の物語］桃園帝、竹内が説を信じさせ給ひければ、関東の聞よろしからず。近衛関白内前を始として五摂家の人々意見を上りてとどめ申せしに、宝暦八年十月十三日、主上、関白その余意見上りし公卿を召して親筆の勅書を下さる。その文の大意は、此間、摂家の一列より神書聴くこと垂加流にては下問為るまじく、さるに依りて何卒相罷むるやうにと達て関白申され候ゆゑ、得心せざるも相止るよしいへり。その後篤と思案候処、得心せずして先止むること如何。又、一列の申さるる通り、道に適ふにしても、得心せざるに止むる事甚不可なり。道のことゆゑ此ままに棄て難きことなり。又、道に叶ふことあるも、彼の流はいかぬと云ふは、真にいぶかしう思ふなり。定めて格別のわけあるべし。くわしく聞たく思ふ。名々の所存書つけられ一封申上可きなり。夫神道は朕が大事及び汝の大事、万世の為心を併せ天地自然の道を鑑みて立て置れたる我が国の内宝なれば、朕は勿論政治を執るもの必鑑みらるべき善き道なり云々と宣ひけり。関白をはじめ答奉るべき言を知らず。よって所司代に請て関東の力をかりて止め奉らんとせしに、所司代も綺ひ申べきにあらずとてそのままに打過ぎしに、関白度々申送りしかば、所司代遂に式部を罪し、これを追放の罰に処し、三十余名の門人を主上を惑はし奉ると称し、或は官人につきて離背せしなど申て罪に処せられしとぞ。

斯てこのとしより十歳あまりを経て明和四年八月、関東にて山県大弐といふものあり。門人を衆めて兵書を講じ、窃に勤王をもて主とするよし風聞す。事露はれて死刑に処せらる。此大弐も式部とは親しき中なりき。又、藤井右門といふものあり。正親町氏の青侍なりしが此事にあづかりて誅せられぬ。これも式部とは親しかりしと也。

これより七八年を経て、寛政五年三月、中山大納言関東下向の事ありき。この愛親卿も式部が門人なり。式部は流罪赦免にて信州諏訪にて歿す。年九十三歳といふ。その八十の賀を祝するとき、愛親五古《（ママ）》絶句一首あり。その親しき師弟たるを知るべし。

式部、信州慈雲寺とやらん云へる寺に閑居して、天龍道人と号す。天明の頃、諏訪家に内乱あり。略仙台伊達氏の事に類せり。式部、これを治めて頗功労ありしかば、諏訪家にては厚くこれを遇せしと聞えけり。式部、寛政三年八十歳なりしとあるからは、文化元年にてみまかりしにや。即ち九十三歳。

右は、文といへる雑誌に重野成斎が説とて見ゆ。

## 墺国太子の情死

情死の事は、我国にありては吉野拾遺にのせられたる里見主税助が若党何某が事を首とす。されども本書の第三巻にのせたるのみにして、二巻本には無き事なれば、後の作者が偽造なるか知りがたし。その後、情死の事ものの本に見えたるはいと多けれども、皆徳川氏の世にありて、多くは妓女舞姫の類のみ。重き位にありて色の為に身を果せしものあるを聞かず。しかるに、西暦一千八百八十九年、即我明治二十二年一月廿九日、墺国皇太子ルドルフといふもの、マリー・ウェッセラといふ女子と情死の事きこえたり。文明をもて誇る国にもかかる事はありける。そも〳〵このウェッセラは一昨年世を去りたる埃及カイロー駐在の総領事ウェッセラ伯の女にして、美貌をもて聞えたり。年十九歳なりき。兄は騎法をよくし、維納府の競馬にてしば〳〵名を著しし事あり。さればマリーも競馬観んとて出るにより、いつとなく太子を見知ることとなりぬ。されども始の程は朋友の交をもてゆきかひしに、去年の夏の頃にやありけん、ヨハン大公爵といふものありて、両人を仲立して夫婦の語を為しにけり。この事あらはれて、帝逆鱗斜ならず。公爵はその科によりて爵を奪はれ、太子も父皇の怒に触て、久しくかしこまり申給ひき。巴里人何某これをきき知りて、マリーは世にすぐれし美人なり。かかる事無らんにはたやすく我手に入りがたし。今婚姻の事をかの家にいひ出んには、太子の縁を断むとて喜びて我におくるべしと思案して、そのよしをいひやりければ、マリーの家は異儀なくこれをゆるしてけり。これ去年の十二月の事なりき。太子は人づてにこれをきき給ひ、いと怨めしく世を味気なく思ひ給ひ、深くも契りしかの女を今更に別れなんことは身を徒になして、よしや上なき位をすつるとも得忍び果まじけれと仰ありしよしを申者ありしにぞ、帝大に驚き、太子を召してこれを戒め、またマリーの家も、太子はうつり気のさがにおはしませば、久しく見給はざらんに於て自ら御心地も薄らぐべしとて、マリーをかたく家にとぢこめて、巴里の人に消息して婚姻をうながしけり。斯てこの年の一月廿九日、マリーは一通の書を己が室にとどめ、親戚がりに赴くとて家を出てかへり来らず。母君の驚大方ならず。いそぎ帝に奏聞し、在りかを求め給はむことを請ふに、この時太子遊猟の為にとて都を出ましてマイユリンクといふ所におはせしかば、使をもてマリーの事を告申せしに、太子ははやくもこの所を出てゆくゑ知らずなり給へり。その夜の十二時に至れども帰り給はざれば、侍臣等こかしこをさがし求むるに、いづこにも見え給はず。明日に午前三時頃、ウェルネルといふ男、林の中にある己が家にかへり来るに、常にもあらず己が家に灯火の光見えけり。この男は妻もなく子も無ければ、出仕の時は家を鎖して出るを常とせしに、あやしや、何者にか有けん、と急ぎ走りつきて戸をおし開き、奥の間を見るに、いつのほどにか有けん、寝台のうへに伏したる人あり。灯の光につら〳〵みるに、これなん壱人は太子にして、拳銃をもて額を打抜しと見えて、血おびただしく流て伏し給へり。壱人は即ちかのマリーにて、こは毒薬を服しけん、身のうちは瘡は見えねども全息絶て身冷たり。驚きあはつるものから、さてあるべきならねば、その旨都へ注進し、太子の屍は旅館にかへしいれて、マリーはひそかに仮に埋葬せしとぞ。いと浅間しくあはれなる事になん。太子の母これを悲しみ、物狂はしくなり給ひしとぞ聞えし。げに帝王の御子といへども、情の為にかかる事にも及ぶ事あり。抑、かの国々は一夫一婦の制ありて己が身とふさはしからぬ縁を結ぶ事をいたく禁じたり。さるからに貴賤異なる縁を結ぶ事あるときは、その父母これをゆるさず。その子はまた愛を父母に失ひ、親子の間、一女子の為に割かれて、世を終るまで対面せざるものままあり。これ等は実に親愛にも背く道理なれども、その風俗の赴く所にしてまた如何ともすべからず。いと痛むべき事にこそ。

## 暁斎死す

近世北宗の画をもて聞えたる惺々翁暁斎、明治二十二年四月廿三日をもて世を去れり。暁斎河鍋氏にして、自ら狂斎と称せり。磊落にして酒を好み、日毎に酔て狂せざることなし。（頭欄）［暁斎は古河の人。父を甲斐喜右衛門といふ。一勇国芳の門人なり。後狩野洞白の門に遊び、嘉永二年髪を削り洞都と称す。初の名は周三郎といひき。］余、その名をききたれども、その人を知らざしりが、去る二十年の夏、金港堂主人原亮三郎が根岸の別荘にてこれを見き。背は高らざれども、肥太りて色赤黒く、きはめて壮健なる体なり。飲まざれば言語少々謹敕なれども、数杯を傾くるに従ひ、筆力ます〳〵盛にして狂もまた甚し。初のほどは仏画人物などを画きしが、後に至りて春画などを画きちらして、官員などに比するにや、黒く鬚生たる人の醜状を露はせし処を画きぬ。その狂態かくの如し。されど此翁、老母に孝にして、いかに酔狂するときといへども、老母怒りてこれを止むれば、鼠の猫にあひしが如く、忽ち声とどめ、頸を縮めて恐れ退かずといふ事なかりき。老母身まかりて後、酔狂やうやく甚しく、近頃全身麻痺を覚えて、終に五十八歳にして失にき。病危かりしとき、養子何某枕辺に居より、父上の病はいとど加はり給へり。療治に疎ならねば癒給ふべしとは知りて候へども、万一の事も候へば、遺言し給ふべき事あらば申置かせ給へといひしに、暁斎枕をもたげて、いな、遺言など我に於て有べうもなし。されど余が死せしの後、墓碑の事など計らはんにいとうるさし。あの石をもて墓碑として、大きなる蝦蟇刻みなんにはそれにて足ぬべしとて、庭前にすへたる石を指し示しければ、翁は平生蟇を好みしといふ事をきかず、又そをよく画きしといふ事にもあらぬに、如何なるゆえにかといぶかしく思ふにぞ、その意を問はんとするに、翁はすでにものいふ事を得ず、手をもて筆を求むる様なりしにぞ。いそぎ墨に漬せる筆を与へしかば、やがて身を起し、枕上に立たりける屏風に戯画をものして、筆を投じて空くなりぬ。人々これをみるに、こは極めて疎画なれども、疎放の気、筆にあらはれて平生の勢ありて見ゆ。その画は翁が床に臥してもの吐きたるを、医師これをみて驚くさまなりけり。その子、こは全く医師の薬を誤りしを怒りてせしにやと、後に疑をのこすに似たり。とりすてばやといひしを、否さにあらじ、こは蟇が煙脂を嘗て己が腸を洗ふといふ事を擬して戯に画けるにや、しからんには蟇の墓石もその縁ありしといひしとなん、まことなりやしらず。読売新聞に見ゆ。

後、絵画叢誌にのする暁斎の伝をみて、はじめて知りぬ。翁三歳のとき、母にいだかれて古河にゆきける路に、従者蛙をとらへてこれに与ふ。翁大に喜び家に至りその形をうつせり。これ翁が写生の始といふ。その死にのぞみて蟇をもて墓石とせんといひしはこれが為なり。

## 丹波の桃源

京都府管轄丹波北桑田郡関山の警察所の巡査、己が部を巡査せしに、遥かあなたの谷間白雲のあはひに人の声の聞ゆるあり。怪しや、かしこに人家ありとも聞かざるにいかなるもののすめるにやといぶかしければ、山を下り谷を伝ひて辛ふじてゆきてみるに、これなん谷間の一邨落にて、人家四戸、人口は二十余人の男女あり。ここは名を何とかいふと尋ねしに、名も知らず、何れに属するとも知らずと答ふ。これにより一邨全く戸籍にもれたること知られて、京都府の警察本部につき、何れの年、何人のかくれすみしにやと検査すれども、今に於てたしかならずとなり。かかる近き山にも桃源はありけるなり。いかなるものを衣食して世に隔てて住みにけん。この事、明治二十二年六月一日のやまと新聞に見ゆ。近き頃の事なるべし。

## 川路聖謨の遺言

川路左衛門尉は、評定留役より出身して、長崎奉行、外国奉行、勘定奉行となりしが、西丸留守居に貶ぜられてのちに職を奪はる。此人文武の芸に長じ、朝毎に樫《かし》にて作りし拐の重さ三四貫ありけるものをうち振ること三千余、又馬に乗りてこれを習ふ。出仕してかへり来れば、家に寄留する少年の為に書を講じ、詩文を点竄せり。平生親しき友は江川太郎左衛門、佐久間修理、また貴人にては徳川前中納言斉昭、松平肥前守斉正、松平土佐守豊信、松平薩摩守斉彬なりき。水戸は藤田虎之助、薩摩は西郷吉之助、土佐は板垣退介など、その主人より使として往来せしめらる。これ皆当時の名士なり。

　左衛門、刀剣を好みて、その飾なども自ら工匠に言つけてせさせしこと常なりき。或るとき、公事ありて水戸の邸に至りしに、前中納言、風と左衛門が佩びたる刀の目貫、児童の玩具の弥治郎兵衛といふものと眠りし猫を刻みたるをみて、やよ左衛門、和殿の目貫はいと異様ならずや。こは和殿の好か、また伝来なりやと問はれしに、左衛門、さん候、こは某が好みて細工人に申付て候ひしとあれば、そはまた如何なる子細ぞと推して問はるるに、否、深き子細も候はねども、もとこの玩具は左右に重りありてその中央を指のうへにのせて戯とするものなれば、士たるものの中道によりて左右にかたよらざるを表し、又猫はつねに眠れるやうにして、鳥虫の類の近より来るをまちて捕り候事の智慮深きにとりて候とありしかば、中納言もその意を寓せし志に感ぜしとなり。

　魯西亜布怗廷が我国に来りしとき、幕府の命を受けて長崎に赴き、談判を開きしことあり。その時肥前藩は長崎防禦の命ありければ、しば〳〵使をもて動静いかにと問はせけるに、左衛門、その使に向ひ、魯国、我いふよしをきかずして不礼の居動あらば、すみやかにこれを撃つべし。我身かの船中にありともこれにかかはり給ふべからずとありければ、使もその勇気に感じける。

　戊辰の歳、王師東下しけるとき、左衛門すでに職奪はれて蟄居しけるが、これをききて、我は幕朝の旧臣なり。今更にその傾き覆るを見るべきにあらずとて、一日、小銃をもて自殺せり。

## 椿岳

椿岳は小林氏にして、城蔵と称す。本性は内田氏、米三郎といひ、武州川越小ケ谷郁の人善蔵の第三子なり。三歳のとき江戸に至り、兄伊藤八兵衛の家に養はる。八兵衛もまた一奇人なり。僻境に老ゆることを願はず。父が産を分けられたるを持ちて、若き時江戸に至り、幕府の用達にてその時伊藤八兵衛といへるものの借財多くして家の潰れんとするもの養子を求むるときき、我その家を継ぎて産を興して見すべしとて、やがて家産の金を尽く持参金して伊藤の養子となり、先祖の名八兵衛を称して、この家より諸侯の借し出したる多く旧券をもてこれが償を求むるに、まづその家の威権あるものに賂ひ、よく〳〵その心を取りて、この借財をかへし給はらばこのうちより若干を謝金としてまゐらすべしと約す。この時諸侯の従者等、会計を司るもの多は貪墨にして恥らぬもの多ければ、八兵衛が言を利として、他に返すべき金あるをもその方にはかへさずして八兵衛が旧債をかへせしかば、二十年三十年の旧債尽くあつまりて一時に家を興せり。斯て八兵衛はその金をまた諸侯の貧き家々にかして利を得ること少からず。また謂らく、凡借財は権家の威を借らざれば、はたるとも期の如くかへすもの少しとて、いろ〳〵の手つづきをもて水戸家にとり入てかの家の家臣となり、水戸家の名をもて借すほどに、果してその勢によりてかへさざるもの少なりき。これより年々に利足を加えて後年に至り六十余万の財主とはなりぬ。

城蔵は年長じて千両の持参金をもて、馬喰町なる豪商淡島氏の養子となりぬ。この家はかるやきといふ菓子を業として、また所有の地あまた有り。城蔵この家の主人となるものから、平生商家の業を喜ばず。いかにもして身に葵の紋付たる服を着ばやと望みけり。この葵の紋は幕府の徽章にして、平民はこれを着くることを禁ぜらる。唯、水戸・尾張・紀州等の家に仕ふもの、多は主人より賜はりてこれを着るものあり。城蔵即ち水戸家なる小林某といへる同朋の家絶たるが養子を求むるとき、多く金を上りてその姓を名乗ることをゆるされ、遂に小林氏に改め、淡島氏を去りぬ。斯てまた平日は兄八兵衛の家に在りて四方の財主に応接して財用の事をあづかり、月々数百金を兄より給せられしかば、兄の家の側にいと風流なる家を作り、これに住し、また色を好むこと尋常に過ぎたり。妾の眉目よきを求め、これを召し抱ゆるに久しく召仕ふ事なし。或は六ケ月、或は一年、三年に及ぶものなし。その数六七十人に至りしとなん。そのうちにはいとおかしき事もあれども、事の猥褻に渉るをもて記さず。

中興の時、八兵衛、金数万両を朝廷に献じ、その勢おさ〳〵江戸の商人のうへに出たり。しかるに外国人と洋銀の相場を争ひしに大いに敗れて大借一時にせまりて、さしも豪家をもて聞たる家忽ちにやぶれて家を売り、地を売り、八兵衛は遂に浅艸伝法院のほとりに閑居す。城蔵もまた勢を失ひて浅艸に住居せしが、平生才知あるものなれば、浅艸寺の園中に洋画を買ひとり、これに西洋目鏡《かね》と名づけて人に観せしむるに、この人好事の性なれば、その家の作さまいとおかしく人の目を驚かすこと多かりければ、奥山の目がねと争ひてみるもの引もきらず。一覧の料銭二銭なれば、やすきものなりとてここに遊ぶものはみざるものなし。日々入る所二十余両に及ぶ日もありけり。二三年を経るほどに、この目鏡かしここにも出来にければ都会の人のものあきやすく、漸くこれをみるもの減じぬ。今はよき頃なるべしとて、この家と目鏡とを并してこれを人に売り渡し、椿岳はまた淡島堂とてこの園中にありし淡島の社の堂守となりぬ。是より先椿岳一時に利を得むとて西洋人の曲馬師等来りしを雇ひて場を開きしに、ここに三四百円の金を損したり。これをもて目鏡にて得たりしを尽く失ひしかばここには移りしといふ。さりけれども物にかかはらぬ本性なれば物ともせず。常《つね》に画を好みてよくしければ、いとおかしげなるばさら絵を画きて娯として、己が身に僧衣をつけ、人来りて淡島の社をおがむときは、これが為に卜筮などしてその謝儀を受け、又堂守の給料などをもてともしからずその日を送りけり。

かかりけるほどに、椿岳はここも面白からずとて忽ち堂守の職を辞して飄然として向島に至り、居を牛島弘福寺のうちに移し、いとささやかなる艸庵を造るに、又例の好事の僻なれば、古き材木をもて得もいはれぬ家を作り出ぬ。ここに移りてより専ら絵を画がき、又土をもて形いとおかしげなる偶人を作るに、古色ありて今の世に出来しとも見えぬものあり。されば、好事の人またこれを好み買ふものあり。画はもとより心を入れて学びしならねばさしも見る可き巧みのほどは無けれども、拙きうちにも自ら気韻ありて凡ならず。されども、椿岳その謝儀を多く貪らず。某が画は名人のものと同じからず。奇僻にして人を笑はするに止れり。されば貴き価もて買ふべきものに非ず。一枚の画、銭十銭にして足れりとす。多くはえうなしといひしかば、人その淡泊を称しき。さればまた、これを好むものもありければ、一とせ或寺の天井の大なる丸龍をものせり。この謝金五十両を得たり。これもまた奇といふべし。

椿岳、今七十余。起居も思のままならざれども、気宇極めて快濶にして、人と談じて倦こと無し。今年、明治二十二年六月、重き病にかかれり。されども人と物語るに無病の時と異ならず。余に向ていひけるは、某、年若きとき、金銭に事かかざりければ、色を好み多くの女子を家におき、淫楽に日をくらし、美味美服に飽きて足ことを知らず。しかるに、今かかる身となりて、はつかに世を渡るのち、一椀の鰻鱺を食してその味得もいはれず。反て昔の珍膳にもまさる心地す。まして年老て女色の欲もうせしかば、心坦然として煩しからず、昔の身を恋しとも思ふ事なし。唯病によりて身自由ならざれば、はじめて無病のみこそ身の宝なるを知りて候けれ。和君も無病を幸として外に楽みを求め給ふ事勿れといひき。げに飾無き名言と覚えし。

椿岳が淡島氏にありし時、家の女の腹に生せたる男子壱人、号を寒月といふ。奇人にして禅理を好み、又物の本をよみて井原西鶴が書を愛し、多くこれを蔵し、自ら愛鶴軒と号す。家はさる豪家の事なれば物足ぬ事無けれども、作りかざらず、壁は落れどもこれをぬらず、障子は破れたるまま補ふ事なし。書室に古びたる一脚の机あるのみ。その余は西鶴が書をかたはらにうづ高くつみて、そのうちに坐をしめて世事に心をとどめず。実に一個風流才子なり。容貌うるはしくして人にすぐれたるも、衣服を飾らざれば貧き人の如し。

椿岳、淡島氏を去りてのち娶りしは、幕府の医師にて榎本氏の女なり。これは父母を失ひて淡島氏にかかりゐたりしを、窃に通じて終に妻にせしとぞ。この腹、男子壱人女子壱人あり。男、初の名を何とかいひけん、性、演劇を好みしかば、沢邨百之助の弟子となりて、名を百六と云ふ。女は名を小城といふ。父が名城蔵といへばなるべし。二人ともに自ら一種の奇気あり。小城十九歳の時、其角堂永機といへる俳諧の宗匠養ひ子とし、その養子某に娶はせ家継せぬ。榎《エ》本氏名は大といふ。今年四十八九なるべし。これもまた洒落の婦人にして、よく貧賤を憂とせず。椿岳が画くときはかたはらに侍して朱墨を研磨し、その業を助けたり。平生の物語も淡白にしていとよき人なりき。

## フーランセー将軍

近頃仏国に名高きフランセー将軍の事、諸新聞にのするもの詳ならず。偶のするものあれども、唯これ一時の事にして飽ぬ心地したりしに、此頃やや詳なる事を知り得たり。(頭欄)[本年仏の宰相フロッケー氏とフ将軍と決闘せし事は諸新聞に見えたり。これは議院にてフロッケー氏がフランセーを鄙怯なりと罵りしを怒りて、フランセー氏より決闘を求めしとぞ。然るに、フランセー氏は武官にも似ず、フロッケー氏の為に一剣を刺されて大に傷つきしが、療養して命を失ふまでには至らざりき。一国の大宰相大将軍、小児にひとしき事を成して、これが為に生命を賭するなんど文明世界にあるべき事とも覚えず。しかれども、当時普仏の風、専らかかる頑愚の習に染みて、これをもて己が恥辱をすすぐものとするにより、他国も自らその風に化するに及べりとぞ。実に意料の外に出る事といふべし。」将軍が仏国にあるは、これを譬ふるに政界の狂風といふべし。頻に人心を煽動してその所為はいまだ何とも知るべきやうなし。その説く所を聞くに、今の共和政治、その名は美なりといへども、その実は議院の専制にして国民の利害に拘はらず、各党派の為に私するのみ。ここに於て諸党相戦ふて国威外にのぶること無く、国勢を盛にするに至らず。此弊をのぞかむとするには、一時議院を解散し、挙国重て投票して正実の議員を改選し、然してのち新に国の憲法を改正し、もて国民の心を安くすべしと謂へり。しかれども将軍の意はこれをもて人心を動かすにすぎず。その憲法はいかに改正すべき。政治をいかに改むべき。共和政治をいかにして建つべきと問ふに及びては、未だその意見を述ぶるに及ばず。然れども、国民多くこの人に煽動せられて、その党に与するものはゆゑ無きにしもあらず。

その党は将軍の武徳に服せしにあらず、又その議論に服せしにもあらず、その党中過半は王党またナホレヲン及びアンリー、ロシユフオールの率ゐたるアナルキストの一派にして、此輩は平日政府の所為を憚ばず、いかにもして政府の隙に乗じ、己が説を行はんとするものなれば、将軍の力よく一時を傾つるを利として、これに与するものなり。

将軍今年（傍注）〔我明治廿二年〕一月廿七日セーヌ州の補欠議員にあげらる。こは八十万余人の投票にあたれるなり。しかれども国民のこの人を信じて帰服せしにはあらず。当時の人民共和政治に倦み、別に政治を建んとする心あり。そは議院の議論過激にして政府一日の安を得ず。大臣転換して席の暖なるものあること無く、忿争止む時無きをもて、国勢の衰弱を致さんことを恐れ、将軍が人望を得たるをもて、この人を推選せましかば、必ず大事を成すべし、人民の望に満たしむる事あるべしと思へばなり。しかるに将軍議院に入りしより、殊に人を驚かすの議論あることなく、唯集会の席上に例の詭弁をもて政府を責め、人心を煽動するのみ。しかるにここに一大事出来にけり。

同じき三月、愛国同盟会の訴訟起る。この同盟会といへるは、七十年戦の後アンリーマルタンといふもの初めてこれを興し、壮年師弟に愛国の心を起さしむるの意に出たり。かの戦の時、アルサール・ローレーヌの二州普国の為にとられしを恢復せんとするのみ。あながち政治にあづかるにあらず。然るにいつの頃にや。この会員等フランセー党に入り、ラケール。ナッケー。レーサン等の人々これを統理し、不軌の謀あるよし疑はれて法廷に引致せらるるに及べり。ここに於て同き四月一日将軍窃に仏国をぬけ出て白耳義国フリユッセル府に走り、もと腹心の士アンリー。ロシユフオール。コントチロンの二人もつづきて白耳義に走る。これより将軍の人望やうやく衰へて、その党をのがるるもの数人に及べり。斯て、愛国会の訴訟は唯秘密会の科をもて百法の収贖にて甘結せしが、又さらに将軍内乱の隠謀あるよしにて政府はこれを議院に訴へ、議院は憲法の明条により、元老院をもて高等法院とし将軍の罪を議せしめ、法院は委員を撰みて予審せしむ。その罪の大略はいまだ明ならねども、検事の公訴状によるときは、将軍各鎮台の将校に結び、兵力を借り議院を解散し、エリセー宮を劫して大統領を逐ひ、然るのち新に憲法会議を開き、大統領を選定するに在り。されども此隠謀は今日に始りしにあらで、陸軍の大臣たりし時すでに謀りし所なり。将軍はこの告訴に対し、余は今の政府の如き不正不動の裁判を受るものにあらず、余が罪の有無を決するものは公道を守る国民のみ、後日惣選挙の日にあたりて我を選挙するもの多からんには、これ無罪なる事知るべし。余が難をここに避るは怯懦にあらず、暴を我身に行はんとするを避て、国民の公平至当の裁判を受んとするなり。しかるに白耳義国は将軍に命じて在留することゆるさず、こは国人の騒擾を起すを懼れたるにや。仏国政府の内意を承けたるにや、たしかならず。将軍ここに住みかねて、四月廿四日をもて白耳義を去りて英国龍動に赴きしとなり。本年十一月は下議院の惣選挙なれば、ここに至りて帰国して、人民の帰服すると否ざるとを知らんとするとぞ。とにも角にも一時の英傑にあらざれば、人心を得ることかくの如くには至らざるべき事にこそ。

## 関口隆吉

関口艮助、名は頼藻といひし人なり。旧幕府の軽き御家人なりとか。余はこの人と初めて相見しは旧佐倉の公議士となりて集議院に出仕せしとき、同く幹事に選ばれてこの院中に在り。その後絶て見ることも無ければ唯その名をきくのみ。四月中の事とか、東海道の汽車の衝突せし時、工事の車にのせたる鉄条を足にしかれて大に傷しが、それが為に病みてうせたり。年は五十四なりときく。

山口県令となりし時、前原一誠・奥平居正の乱にあひ、遂に官兵とともにこれを破り、二子を擒にせり。二子清興寺に幽せられし時、隆吉夜半酒を携てこれを訪ひ旧を談じ、これを慰むること平生と異ならず。居正一夜酒に酔て大声を揚てののしりしかば、隆吉その事を生ずるをおそれてこれを止む。のち居正法廷に出しとき、判事岩郁通俊に向ひ、余の為に関口氏に申給へ、今より大声を揚ることを止むべし、例によりて酒をおくり給へと。通俊案を拍て叱すらく、誰か県令として囚人に酒をおくるものか有るべきと。退庁ののち関口にいへらく、居正危にのぞみ志を屈せず自若たるは愛すべし、君また酒をおくり給へとありしかば、隆吉喜びて、また常の如くにおくりけり。一夕、居正、関口に向ひ、判事に岩村あり県令に関口あり、朝廷に人有ることを知らずして事を挙げしこそ不覚なれ。我死は惜むに足らずといひけりとなん。山岡鉄舟世を去りし時、隆吉これを問ひしに、よくこそ来給ひつれ、後事を君に遺托すべしとて、一通の書を出してこれにおくりしとぞ。鉄舟死して隆吉もそのはか無きを悟り、或る日一書をしるしもて己が妻に示し、余死しなばこれを発きみよとありけるに、いと忌はしき事なりとて深くおさめて人にも語らざりしが、隆吉果して世を去りければ、妻これをみるに、遺言と墓石の事をしるしたり。

(前略)それ、葬祭の如きは質素たらむことを希ふなり。近時競ふて葬事を装飾するの流行は余が甚喜ばざる所なれば、後の余が喪主たるもの宜く心を用ゆべし。余が死後葬事一切の費用は金二百円をもてその極と定む。もし、二百円の金はともかくも、貧にして金なければ、東海の魚腹に葬むるも憾みとせず、却而余が本意とする所なり。呉々も浮華の流行に従ひ立派なる葬式を為こと勿れ。

月　日

関口隆吉申置　花押

またそのうは封じに一首の歌あり。これを辞世とすべしとありて、

世の中は浦島が子の箱なれやあけてくやしき夏の短夜

右は改進新聞その他の新聞にものせたり。鉄舟が死せしをみて、その時遠からず書のこせしやふにしるせども、後の歌をもてみるときは、傷を負て病み臥せし時の事にや。

## 魯敏《ロッヒン》の報時器

米国チエルシー府に時計器を作るロッヒンといふものありけり。性質極て精細にして工芸に秀たりしが、いかで世を驚かすほどの物作り出さばやと、去る一千八百七十九年より地球及び行星運行の次序を目のあたりにる（ママ）べき器を造り創めけり。ここに十年にして終に古今未曾有の一大報時器を成就せり。此時器高さ十二フイート、幅五フイート、深きこと三フイート、全量は六噸にして、天体地球等の運行一として備はらざること無し。茲に一見していともくしき事をいはば、一間間毎に枝上の杜鵑一声の音を発す。その声真に異なることなし。又十分を過ぐるときは一の嬰児ありて生る。二十五分に至り次第に化して少年となり、四十分に壮年となり、五十五分に及び蒼然たる老人となる。又背面

にはホストン港の船舶輻輳の状を画き、その上下するによりて潮の高低を知るべし。又十五分毎に一方の戸開き、白衣の美人五人二列にならび、各手に一の花灯を捧げ、徐に歩みて向なる戸口に入るに、最中の一列の美人捧げたる灯忽ち消て、驚きあはてこれに油を注せんとするに、はや前門すでに閉ぢ、已ことを得ずして悄然としてもとの戸口にかへり来るなど、一として人の目を驚かさずといふことなし。なほ日月晨星運行の妙に至りては、その学に長たるものにあらざれば、たやすくのぶ可らずとぞ。元順奇巧に長じて水漏を作り、天女が鐘を打つ事ありしと同日の談なるべし。

右は明治二十二年六月廿六日の大和新聞にのせたるものなり。しかるに此日風と王紫銓が普法戦記を閲するに、士打拉士畢に一千五百七十一年算学に精通せし徳施波地亜士といふものありて、天文鐘を作り創め、四年にして成れりといふ奇巧の器あり。その製大かたこれと似たり。その鐘経緯分明にして五星日月の運行動くこと軌度により、凡そ日月の蝕密にして合はずといふこと無し。鐘の上下に二人の形を制作す。上にあるもの手に朝笏を持ち、鐘鳴毎にその数を計り、下に在るものは手に滴漏を持し、その時刻悉く大鐘による。鐘まさに鳴るときは、滴漏を挙て、もて人に示す。一刻至る毎に一の嬰児あり、外に出て手に一果を持ち、もて鐘を撃つ。二刻に届ればば一の童子出て梃《つえ》をもてこれを撃つ。三刻に至れば一の壮者出て刃をもてこれを撃つ。四刻に至れば一の老者ありて杖を挙てこれを撃つ。四刻を撃つの時に一鬼あり、跳りすすむ。そのかたち甚猙獰なり。鐘の時を報ずる時に至る毎に件の鬼対房により出て来り、勢ひ猛く刻を報ずる人を駆り、その人を攫み去らんとするに似たり。然るに縫袍を衣たる人あり。その儀観いと気高く、出てこの鬼を逐ひ去る。これ即ち西国奉ずる所の天主なり。嬰孩・童子・壮年と迭ひに来りて刻を報ずるより件の鬼出てこれを曳き去んとすれば、天主つぎつぎにこれを保護し、老年のもの至るに及び鬼の為に攫み去らる。四刻を報ずる時に至りて、天主鬼にゆるして骨をもて鐘を撃たしむ。鐘鳴こと十二声に至るとき、十二の聖徒斉く天主の前に至り、首を俯して福を祝す。天使もまた地に伏して頌拝す。鐘の鳴ること四声・七声・十一声にあふときは、皆音楽を奏し、その声悠揚たり。天主の降生節・復生節・昇天節にあふときは、鐘管を並び奏し、鏗鏘として□き作る。楽終るときは、雄鶏一ありて吭を引き翼を展べ、戛然として長鳴すること三声にしてやむ。この大鐘、仏蘭西の土寇の乱にやけ失たりとぞ。此等をもてみるときは、米国の器も未だ奇とするに足らず。

**奇食**

これも米国桑港《サンフランシスコ》、一人の奇男児あり。その名をマリウ、ヘツヘルミントルと称するよしにて、本年の事なるが、新聞をもて広告すらく、我饗応を喫して金二千弗を得んと欲するものは次の土曜日をもて大陸酒楼《ホテル》に来れ。但、壱人一種にして、その調理の物尋常に同じからざればここにしるすとして、一、活たる鼠、一、馬陸《やすで》のサラダ、一、半熟の蛇、一、兎の眼玉、一、紙の煮くたし汁、この五種はこれをきくに嘔吐しつべきものなれども、賞金の莫大なるをもて年若き貧士五名あり。相約して、その日酒楼に赴きけり。会主はかねての報によりてこれを知り、喜び迎て、これを席に招じ、やがて件の五種の調理をうやうやして《（ママ）》席に列ねたり。まづ会主は最美の葡萄酒を玻瓈杯にくみ、これを客の前に置き米国大統領の寿を祝し、また本国の万歳を祝すること例の如く、その盃をのみ終りたるとき、本日奇食を設けて賓客を請ふよしをのぶ。その大意は、某昔身貧かりし時、二千弗の金を贈らるるものあらばいかなるものといへどもこれを食して憚る所無るべしと思ひしかど、さる奇食を人にすすむるもの無りき。今図らず富足りて衣食に乏しからずなるものから、昔の事を思ひ、かかる奇食を設けて、その賞として二千弗を贈らんとす。諸君請ふ、努力してこれを食し給はば、某が幸何事かこれに過べき、賞金は金貨もて已にその用意あり、いざ〳〵と勧めたり。この言終るに及び、伶人楽を奏して食をすすむ。まづ第一に鼠を食すべき客は、目を見張りてしばらくこれを見ゐたりしが、やがて鼠をつかみてその頭よりこれを噛む。鼠は驚き叫ぶ声いと哀きを物ともせず、終にこれを食し終りぬ。次の客は馬陸に香料を抹し一盃の火酒を酌み、且飲み且食ひ、眉を蹙め口をゆがめて、やうやくにしてこれを食しぬ。次は蛇の半熟なりけるは、これもやす〳〵と食せり。次の客は兎の眼睛なりけるを、その臭気堪がたきも、二千弗には代がたしと思ひけん、眼を閉ぢ気を張りてこれを食す。次の客は多く砂糖の紙の煮汁に混じてやす〳〵と食し終りき。会主はこれを見て喜ぶ事斜ならず。さらば約の如く五《（ママ）》千弗をまゐらせんとその座を起て奥に入る。五人の少年はかかる奇食を喫したれども、五《（ママ）》千弗を得ると思へば喜色おもてにあらはれて今か〳〵と待居たるに、時過ぐれども出来らず。これを問ふに、その人ははやくも影をかくして行衛を知らず。その姓名もいつはりにや、尋ぬれども知るものなし。

## 芸妓の決闘

去年明治廿一年、高島礦夫の事によりて、日本人雑誌の記者と朝野新聞の記者犬養毅と決闘状の応復ありしより、ここかしこに決闘状をおくるものあり。さりけれども、いまだこれを実に行ひしものをきかず。しかるに二十二年六月廿一日、京都の妓、福助・種菊といへるもの、これを鴨川原にせしとて諸新聞にのせたり。その子細をきくに、福助は今年十九歳にして、京都先斗町の妓にして、音郁屋といへり。先つ頃市会議員何某に思はれて深き中となりぬ。そは、此人、いまだ議員とならざりし時、愛顧の客に向ひさま〴〵にとり成し、何某が投票の事を頼み聞ゆること切なり。斯て幾程なく此人市会に投籤せられしかば、その喜斜ならず。この妓を落籍して妻とも定めばやと謀りしが、いかなるゆゑにや、同じ里の妓種菊といへる今年十八歳る《(ママ)》に思をかけて、かの福助と中絶ゆるまでになりけるにぞ。福助は怨みに堪へかね、六月廿日かくぞ種菊にいひ遣しける。「一筆しめしまいらせ候。さやうに候へば、此ころ私の旦那を横取りし、あまつさへ私のある事ない事の悪口を云ひあるきなされ、又あの人をぎゐんさんにしたも私がはたらきで、そのもとはそれほど深き事を御知りんとは云はさぬ(中略)かんにんでけず。よつてみやうばん松郁屋のうらがしにてけつとういたしたく、互ひに女の事ゆゑに手には何も持たず、うでづくで仕候ゆゑ、此だん申込候、かしく。種菊さま。福助とありけるに、種菊もさるものにやありけん、「いさいしよちいたしましたさかい、みよばんごご十二時にはかならず川原にゆきます。ごやうゐなさるべく候。かしく。と返書し、明る日の午後十二時、福助は白地の浴衣に白縮緬をしごきて帯とし、束髪にゆひなし、川原に出てまつ所に、種菊も約を違へず、白縮緬に光琳風の乱菊を染出したる友仙の単衣をきて、紅の帯を引しめ、いざこよ来れと互に捻合ひ叩合ひ、くみつほぐれつ、或は噛付きかきむしり、時移るまで戦ひしに、その叫ぶ音の唯ならぬに、近きわたりの者これをきき走り集り、やうやくにして引分けしとぞ。その後いかに成にけん。両婦人痴情の争はしもいふに足らねど、市会議員はこれ名誉の職ときくに、内行の脩らざることかくの如し。当時の風しるべきなり。

## 著述家に貧者多し

都新聞にのせたる学者政治家の境涯といふ篇のうちに著述家数人の伝あり。今ここに録す。この人々は家計を顧みざるがゆゑに貧困するものなれども、支那本邦の学者と異りて清貧に安ずる事なく、多方貸借して華奢を事とするをもて、貸りてかへさず、又甚に至りては賄賂をもて己が説を枉ぐるもの多し。こはその人の徳義かくる所有りとはいへども、かの邦の人かねて華奢をもて人と交るからに、自ら禁じ得ざるなるべし。もて東西風俗の異を知るべく、今よりのちかの風俗に泥むの戒とも為すべし。

詩人美児敦《ミルトン》は失楽園《えん》の詩をもて人に知られしが、この稿は数年の苦心を費せしものなれども、五磅の金の償として初版を人にゆづり渡せしとぞ。又詩聖といはれし斯尓列《シルレル》は二十年の精神を労し、はつかに債鬼を逐ふのみ、余す所なきは世の知る所なり。独この二人のみならず、徳鐸如孫《トクトルションソン》は生涯貧困して、その伝にのせたる事をみるに、龍動の都にありし日一日四ヘンス半(九銭)の客舎にあり。或るとき、その銭なく已ことを得ずして友人サーレーとともに終夜市街を徘徊して天明を待ちし事ありとぞ。又その靴やぶれて脚先をあらはすに至れども、新に買ふこと能はず。然れども博学多識をもて天下に名を聞えたりき。又小説をもて名ありし窩独斯格《オートルスコット》生涯貧窮し、常に己が著述を購ふ書肆コンステーフル書肆産を破るに及び、これが為に我が龍動の邸宅を家財ともに債家の為に奪はれしかど、なほ足らず、ここに於て著述をもてこれを補ふものから、一書成る毎にその稿皆債主の為に奪ひ去らる。那勃翁の伝八巻は貧困のうちに著はし、十七ヶ月の労を費し、その稿の価一万四千磅を得て尽く債主におくりたれども、旧債を消するを得ず。晩年に及び気力衰へて筆を執ること能はざりしかど、なほ著述を止めず、医師これを勧めて和殿著作の為に脳髄を費こと甚し、少くとどめざれば死を速にすべしとありしに、斯格答へて、余この業を廃するときはかへりて狂を発すべきのみ。只このままに著作を事として脳髄をやぶりて死するとも、狂を発するにまされりといひしとぞ。後年アッヘフホルトの家にありて園中の椅子により、しばし打眺め居たりしが、忽ちに身を起し家人を呼び、我を書室にともなひゆけ、几上の鍵をとり来れといひつつ書室に入り、筆をとらんとせしに、眼くらみ指しびれ、筆を挙ること能はざりしかど、なほ精神をはげまし艸稿を起さんとせしが、心にまかせず几上に昏睡して終に死せり。こは嗜好の甚しが為によるとはいへども、また宿債を償ふが為に精神を耗費せしによるといへり。

涅慕《デーホー》、史学に長じ、又よく小説を著し、又詩を善くせり。又政治学にも長じたりけるが、一年モノモース侯に従ひ戦場に赴きし事あり。世に伝ふる魯敏孫漂流記はこの人の著す所なり。されども財を浪費し、これが為に債主の為に訴られ、しば〳〵獄に入りぬ。死後なほ若干の借財をのこせしと也。

倍論《バイロン》は有名の詩人なりき。英国の女皇その文学を賞して貴族の栄爵を賜ふに至れり。世伝ふ、この人の詩一句にして数十金の価ありと。されども年若かりしより理財に拙く、年二十の頃友人ヒーチヱールに与へし書に、某が負財は二十一年に及びなば八千乃至一万に至るべしとあり。されば奢奢（ママ）を好み金銭を土芥の如くす。その母嘗て倍論が華奢の器具を購ひたる簿録をみて大に驚き、遂に死に至れりといふに及べり。ここをもて債主の使、日々門にせまりてこれを督責して止まず。そ（ママ）居宅も債主の為に奪はるること九度に及ぶ。かかる事多ければ、なみ〳〵の人ならんにはこれが為に訟られて獄につながるべかりしかど、貴族たるをもて免るることを得たり。しかれども又奇とすべき行無きにあらず。チヤイルトハラールといへる書を著してこれを書肆タラースに与へしかば、書肆報酬はいかにすべきと問ひしに、倍論あざ笑ひ、余が著作は金銭を貪るが為にあらずと答しとなん。されども晩年に至り窮にせまられて、その著述を売ることを免れがたかりけり。

格尓土斯密《コルトスミッス》、世に有名の著述家なり。はじめ人の為に書を授け若干の金を得てければ、衣食の料にはこれを用ひず、一頭の馬を買ひ、これにのりて市街を馳せめぐりて楽とす。親戚その才識あるを惜しみ、相議して学資五十磅をあつめ、龍動の法学校に入らしめしに、斯密ゆく〳〵その金を費し、いまだ龍動に至らず。五十磅尽く用ひつくせしかば、已を得ず医術をもて口を糊し、しばらくヱチンハラーに在り。友人の為にその借財の証に連署せしが為に債主に逼られ、夜この地をのがれ他方に走るに嚢に一銭の蓄なし。已を得ず笛を吹き、銭を乞ひ、ここかしこにさまよひ、後やうやく英国にかへることを得たり。人に語ていへらく、余の貸借は殆ど欧羅巴に遍し、一国として借財をのこさざる地はあらずとて、大に笑ひしとぞ。その後家にありて著述を事としければ、声名大に著れ収入きはめて多し。されども費すこと夥しけるにぞ、借財常に絶ゆることなし。或は牛乳舗の為にその滞価を債られ、或は家屋の借賃を償はざるが為に警察吏の為に説諭せらるる事もあり、或は代言人の為に訴らるる事もありけり。ここをもて物を人に借らんとすれど、彼男の言は信《まこと》とすべからずとて借すものなし。ワイカル、ヲフ、ウヰクヒルヤトの二巻を著はして名を得し時に十五磅の金を得んとて銀行に至りしかど、和殿の券は信じがたしとてこれを返されたり。斯密かくの如くに貧しかりしかど、ホーリイス侯の宴会に赴きし時は、時の流行の衣を着て人目を驚かせり。この服も裁縫師に借りて着せしが、己が死に至るまでその価を償はざりしとぞ。斯密一書を著すときは都人士めで覆りてこれを購ふをもて、月に収る財幾若干なるを知らず、皆手に至ればこれを散じ尽し、又他人来りて請ふものあれば、嚢を傾けてこれに与ふ。銭無きときは身に着たる服を脱してその求に応じ、或は夜のふすまをもとりてこれに与ふるに至れり。斯て晩年書肆の需に応じ書を著すよしを約してこれを借るにぞ死してのちなほ二万磅の借財ありといふ。この数人は皆英吉利国の学士なり。

仏国にラマールテーンといふ人あり。著述に弁をもて名を得たり。又政治家をもて聞ゆ。常にいふ、数学は人の高尚の念を奪ひ去らしむ。されば家計の有無を問はず、一生貧苦をもて終れり。此人著述一生の間略二十万フランの金を得たるに、従て得れば従て失ふ。これを譬ふに、水銀を掌に握るが如く、皆指間より流れ去るかと人いひけるとなん。晩年の負債三十万フランに至れり。一豪商あり。その名を愛し、この人が債主の為に家を失ひしを憐み、衆をうながして義資を聚めんとして市街を馳せめぐりし時、魚市に至り一の比目魚を見て、偶その価を問ふに貴甚し。これを減ぜんと擬せし折から、壱人の紳士来り、その魚をみて、価の多寡を問ふに及ばず我その魚をかふべし、はやく我家に持ち来れとて去ぬ。驚きてその人をみればラマールテーンなりき。

我邦の著作家は新井白石先生を首とすべし。この人は幕府に仕て殊に登用せられしかば、衣食に事かくものに非ず。後貶斥せられしかど、家禄はそのままなりければ、著述はもて己の娯とするのみ。そを鬻ぎて衣食に充るにもあらねば、その志を枉ぐる事もあらず。本邦著述をもて名を得し第一等の人なるべし。そののち小説家には曲亭馬琴・柳亭種彦・山東京伝・式亭三馬の類、年若き時にこそ放蕩にして財を擲ち家も貧しかりつれ、年老る頃は富るとにはあらねども衣食に事欠く事もあらず、又奢侈にも耽らざりければ、人の金を借りてかへさざる如き不義の行なし。これはかの外国の著述家に比すれば遥にまされり。

## 伊香保の奇談

斯く標題をかかげたれば、看るものこは必ず名勝奇景を述べたる風流閑雅の事なるべしと思ふべけれども、左にあらず、実に思の外の異事なれば、唯ききしままにしるさんこそおもしろけれとて、此頃流行ものする文字をもてかきつく。

明治二十二年七月、余伊香保にゆあみせしに、この地の例とて、浴楼に壱人の下婢を使ひ、飯を炊かせ菜を煮さしむ。余が室に使ひしは年三十五、六にて肥太たる女なり。生国は越後とぞいふなる。名をとみといひけり。(余)とみは越後のもので久しくここにゐるといふが、東京を見た事があるかえ。(と)ハアまだみた事がござんねへね。ヱラにぎやかな事だといふが、そふかね。(余)さうさ、山王の御祭なんぞといつたら、それやアにぎやかな事だ。(と)さうかね、わしは吉原のおいらんといふもの見やした。(余)フウ、東京へいつた事が無くておいらんをみたとはどうしたわけだ。ここへおいらんでも来たか。(と)いいや、そうでござんねえ。それにまた山王さんの御祭のときの金棒引をみやした。(余)なほ〳〵わからねえ、東京を見ねえといふに山王の祭をみる事もねえが。(と)それがハア見やしたからふしぎさね。(余)そりやまアどうしたわけだ、話してきかせな。(と)こりやハア、ちッと話さんねえわけがありやす。(余)イイじやアないか、話しなよ。(と)それぢやア、しかたねえ、話ましやう。去年の八月有栖川の宮様威仁親王がここのうちへござりやした。(余)フム、宮様いらしつた。さうよ、おれも去年八月ちよいと来たが、宮様の御同勢が多くッておれがいる事が出来ねえで、外へとまつちまつた。(と)ハア、その時のこんだ。宮様の奥さんは加賀様の御姫さんで、年は廿四で、やす姫さんといふそうだ。又一所にござらしッたのは近衛さんの奥さんで、やつぱり加賀様の御姫さんで、名をさわ姫さんと申すさうでござるとねえ。お二人ながら御兄でえだとゆふが、お二人ともにゑら好《え》いきりやうさねえ。わしらあんなゑゑきりやうの女はハア見た事がねえだ。伊香保中であんなはありやしねえ。わしもこれまでこのうちに毎年来てゐやすけんど、お客さまのうちでもあれほどのゑゑ女はありましねえ。(余)なるほど、お二人ともいひきりやうはわかつたが、それが又おいらんと何かわけがあるのか。(と)ハアそれがおもしれえだ。いつのこんだつけ宮様がわしにいふにやア、てめへは東京のおいらんてエもの見た事があんめえ。けふ見せてやろうていふから、そらハア見てえもんだといつたら、晩にこけへ見にこいといひ申しつけ。(余)フウその晩いたのか。(と)いきやした。そうすると何かげゑ(マヽ)にあかりをつけて、あのざしきの障子をあけて出てきやした女があります。あたまにかんざしをいくらも〳〵さしかざつて、このあついのに綿のは入て、わしらが今まで見た事もねえ、りつぱとも〳〵金の糸なんぞでぬひをしたきものを引張て、それに帯をまへにしめていやした。その帯のうつくしい事〳〵、みると目がハアくら〳〵する位だ。サアそれに又高い〳〵黒ぬりの下駄をくわら〳〵とはいて、しよなり〳〵とあるいて出てきやした。これはハアお女郎といふものだとお附の衆がいいやした。(余)フンいや飛だものが出たな。何物だろう。(と)イヤそれがハアびつくりしやしたな。そのおいらんが弐人出ましたが、先のはやす姫さんで、あとなはさわ姫さんでござりやした。わしハアぶつたまげて仕舞やしたよハア。(余)成程これやア驚た。おれでさへ驚くものを、おめえが驚くは無理はねえ。やれ〳〵飛だ事だ。(と)それから又明《あく》るばんは御祭の金棒引を見せるッて、又いつて見やしたら、今度は弐人の奥さまが髪を男まげにしやして、きれゐな〳〵袴をはきやした。繻子で大きな縞のある袴で、そのマアきれゐ(ママ)事美しい事、これまたぶつたまげやしたよ。実にこれは伊香保のはじまりしより未曾有のぶつたまげた話なり。

### 銀行の賊か　八月廿九日、江戸新聞により艸す。

明治十九年八月八日の夜、盗ありて紀の国和歌山県四十三国立銀行におし入て宿直五人を殺して、多くの金を奪ひ去りし事あり。その事によりてこの県会議員高橋鋭一郎等疑をかふむりしが、そは一時の訛言にて止みしが、こたびその賊の一人ならむと思ふものありて、大阪南警察の手に捕はれたり。そは去年十一月十四日の夜、南区九郎右衛門町の旅店伊藤よし藤屋と称する家に京都免許代言人橋本清久と称してやどりしが、此男は俗邯鄲返しと名づくる旅泊の盗をむねとする山本正一とて、去る十七年秋、南警察の手に入りて一年余の禁固に処せられし人相に異ならざりしかば、これに心つけられしかど、正一は片足跛なるにこれはその病無きと見ゆるによりて、たやすく手を下さず。されどその居動に疑ふべき事あれば、巡査に仰せて正されしに、訴訟の事ありて和歌山に赴きしかへさなりと答ふ。されど不審の事無きにあらねばその所持の革袋を開きみしに、訴訟の書はなくして紙屑と引火の小匣のみなるは、その衣装の美麗なるに似ず。一とまづ警察署にまゐり候へとありしに、その人肯はず、引立んとせしかば、ことさらに楼上より墜たる体して、車にあらざれば出がたしといふは全く跛足を掩ふものに似たり。かくて本署に至り、出処始末を糺されしに少しも屈せず、さま〴〵に言逃れんとせしかど、その詰問の精きに已を得ず、前年五月下京警察の警部樋口某の旅宿に入りてその官服を盗みしことあらはれて一年半の刑に処せられしが、今尚堀川監獄にて服役せり。しかるに此頃かの和歌山の銀行に入りしはこの賊なるべしとの事にて、南署の探偵吏田中吉貞がその端緒を見あらはせしよしにて、二十二年七月廿五日本犯を中島の治安裁判所に移されしといふ。もとこの賊の本名は広島県備後三谷郡安田村の白附類三郎とて本年三十五歳の若者なり。橋本・山本などいふも皆偽名なりとぞ。類三郎幼より士族の家に仕へ、書をよみ、剣法を学び、口弁ありて才智かしこかりけるが、いかなる罪を犯しけるにや、明治七年終身懲役に処せられて堺の監獄にあり。されども一度世に出ばやと懲役に出でしとき、我と我が引く車に右の足を引かして跛足となりて出獄をゆるされ、髪を削りて僧となり四国路に赴き、阿波国名西郡右内邨なる字一本杉の常蓮庵といへる尼寺に身を寄せたり。

この尼寺の住持はその名を東徳順とて年三十四、五ばかりの婦人なり。連歌俳諧などをよくし、庭には七草を種渡し、抹茶を服して風流を喜ぶゐせ尼なりけるが、類三郎はこの尼をすかして一夜の宿を求むるに、初のほどは尼一人の庵なればとていなみしかど、例の口弁にたらされて終に同居をゆるすに至りしかど、本よりかかる片田舎に住果べき心ならねば、後にすべよく尼に暇を乞て立出るに、尼はとどめかねて、紀の国名艸郡四ヶ郷邨には三宅専太郎といふものあり、こは我兄なれば道の次もあらば立より給へと一通の紹介書を与えしかば、類三郎は大に喜び、やがてかしこに赴きしは十二年の春なりけり。三宅はかかる盗とも知らざれば、妹が書をみるに、道徳堅固の僧なるよしをしるせしかば、大方ならずこれを敬ひ、暫くこの家に逗留せさするほどに、類三郎はよき隠家なりと思ひしかば、己が素性は武家なりと称し、剣法をもて弟子を教ふべしとありければ、近郷近邨の若者これをききて来り学ぶもの少なからず。又そのあはひには仏説をときなどするに、口才あればこもまた人に信ぜらる。かくてありけるほどに頭の髪生ひて僧形を変じ俗体となり剣法の師と称し、折にふれてこの四ヶ郷村一里余なる栗栖村の遊女屋に遊ぶ事あり、多くの金を費す。この師はさまでに謝金なども多からぬに、いかなるゆゑにかくまで富めるやと疑ふもの多し。その縦跡ます〳〵かくれなかりければ、和歌山の警察の巡査これを捕んとて四郷邨に向ひけり。これはこれ類三郎は紀州に来りしより三年を歴たる十四年八月九日の事なりけり。類三郎はかくとも知らずゐたりしが、俄に巡査の来るとみても少も動ぜず、心得たりと五人を相手にぬけつくぐりつ挑み争ひしが、多勢なれば物とせず、あはや生捕らるべかりしに、類三郎はかねて一刀を戸棚のうちに隠しおきしかば、押るるままにうしろなる戸棚をおし開き、きらりと引抜く氷の刀、御諚と呼はり進む巡査をはたと切る拳（ママ）のさえに、一人は左の耳より頬へかけ尻居にどうと倒れたり。のこる四人はこれをみて左右なくかかり得ざりしかば、類三郎は隙を得て庭にひらりと跳り出、木間立く（ママ）き走りぬけ、裏手に近き紀の川の逆巻水に飛入り、刀を口にくわへしまま、はやくもかなたの岸に上り、砂原に刀をつき立、心徐に衣を絞り、こなたの岸に立集ひたる巡査をみつつ嘲り笑ひ、拳を出して勇を示し、此方へはやく来りねと飽までも嘲弄して、しづ〱と立去れども、この川は急流にして、川幅二、三町あり、渡場とてもあらざれば、巡査も今は為ん方なく、手負を助て警察署へとぞかへりける。去程に類三郎はその夜、川の上なる山中にのがれ入り、焚火をなして衣を乾かし、山を越て泉州貝塚、岸の和田のあたりに出しかど、すでに和歌山の警察署より八方に手配あり。されども不敵のくせものなれば、俄に一計を案じ出し、松本和歌山知事に一通の郵書を送り、罪なき某を理不尽にからめ取れん（ママ）したるをもて、已ことを得ず防戦せしかど、犯せる罪無きよしを東京の大審院に訴ふべしと書送り跡をくらまし、窃に隠れ忍び、いかにして装ひけん、いと麗はしき洋服を着し、九月の頃和歌山県に至り陸軍大尉山本清と称し、本町なる旅店市川兵助の家にやどる。警察署にてはさるものとは知らざりけれども、怪しと思ひければ、巡査向てこれを捕ふるも、こたびは用意整ひければ忽ちからめられにけり。されども終に本名を名乗らず、ただ石川県の出生にて児玉徳次郎と称せしかば、一年の余の刑を受けてはやくも獄を出にけり。四郷郈の三宅専太郎はかくてもその強賊なるを知らざりけん、隣邨の八尾留某とともに類三郎を引取り、衣服一領と路用の金をいささか与えしかば、類三郎うけ喜び、こころを改むると称し、再びここに髪を削り、ここを立出て高野より大和に出て、十津川のあたりを徘徊し、寺に入りて仏道修行と称し、豪家に入りては剣道修行といひ、両三年を過ぎたりしが、十九年八月八日紀三井寺の千日参の日なりければ、和歌山県の巡査等多くかの地に至りて和歌山の巡警疎なりしを伺ひ、いつのほどにか同類をかたらひ、さてこそこの夜の十二時過ぎ、あくる日の午前一時、かの銀行に入りて数万の金円を奪ひとりしと聞えけれ。されどもその詳なることはいまだ知られず。猶後報をまつべし。

## 源氏物語のうちに人の殺されし事を記せる文あり

源氏は文の姿のやさしきはいふもさらなり。その事もなごやかにして、おどろ〳〵しき事を記せるをみず。妖怪変化などもただそれとなくおぼろげにしるして、けやけくうつし出せるをみず。されば、人の殺さるる事などは絶てあるまじき事と思ふに、ただ一ところ宇治の浮舟の巻に見えたり。そはかの巻、右近侍従がものがたりのうちに、

右近があねの常陸にてひとふたりみ侍りしを、ほど〳〵につけてはただかくぞかし。これもおとらぬこころざしにて、おもひまどひて侍しほどに、女は今のかたにいますこし心よせまさりてぞ侍ける。それにねたみて、つゐにいまのをころしてしぞかし。

これは浮舟の侍女右近が姉なる婦人、主につきて常陸の国にゐたりし時、二人の男に通じゐたるが、貴賤は異なれども薫の大将と匂宮の如し。いづれもおとらぬ志ありていどみかはしけるが、女のかたは後の男に誠を通じければ、前の男怒りて後の男を殺せりといふなり。人を殺せしといふ事、此物語のうちただ此一所のみなり。

## 思も懸ぬこと（小説）

余が友人何某は、年いと若き時、色黒く眼ざしおそろしくて面にもがさの痕などありて、かけても女子などに好まるる男にては無けれども、好色の病あり。ともすれば袖つま引て臂もておしやらるる事あり。こよ無き恥見るほどに後には己もこりにけん、やうやく思断てありけるが、一年上総かたに旅寐しけるとき、思はぬ事にあひしとて余にかたるをきくに、何某いひけるやう。

上総国山辺の郡に春日村といふ処ありき。余はかの地の豪農何某の家の子供に書読むことを教ふる師にやとはれておもむきしに、この家は農家なれども家居広く、酒造るをもてかたはらの業としぬるからに、唯なみ〳〵に耕作をもて世を歴るものと同じからず。この家に仕る男女も流石に都びて、無下の鄙にはあらざりき。されば、余がかの地に至りしとき、主人は喜び迎て、庭のあなたの離家をもて余が居所としけり。ここはもと茶室の為に作りにけん。されど、例の四畳半とやらんのいと狭きにはあらで、一間は席十ひらを敷くべく、次の間は六ひらあり。柱・垂木の類は皆よき材を用ひ、障子・襖《ふすま》、皆工なる細工を用ひたり。ここには又竹をもて細に編み成せる墻を結び繞らして、そのうちにいろ〳〵の艸木をうゑ渡し、おもしろき石を置きて、清き流をその間せき入れたれば、遠き深山の気色をさながら几の辺に見る心地す。

しかるに、余をして意外の事にて、胸跳り、肉動き、身のうち熱《あつ》しく、唇さへ顫ふに及ばしむることありき。和殿、余が斯くいふをききて、いかなる事にあひしと思ひ給へる。こは実に我が生れしよりはじめて逢し事なれど、年を経れども忘れ難かるべき事なり。そは、かの家に寓したる五、六日目の事なりき。常には三度の膳を家の小者がかの小ざしきにもて来る例なりしに、此日は家に祝の事あり、ちとばかりの肴あれば、酒一献まゐらすべし、こなたへおはしませと小者して告らるるにぞ、余は酒を飲ざれども、師塾にありては三食の菜魚肉に乏しく、味美き食を得ること無ければ、斯ときていかで喜ばざるべき、いそぎ小者のしりへにつきて母屋に至れり。母屋にては二十畳ばかりの席を清らに掻き掃ひ、はやくも用意せしと覚しく、七、八人の席をまふけて会席膳とか唱へたる塗折敷をほどよくならべ、ふくよかに厚肥たる坐蒲団をさへ敷かれたり。

けふは主人の祝義《(ママ)》の事ありとは、いかなる祝儀にやあるらん。余はもよとり《(ママ)》寄宿の人なり。他客と席を同くすべうも非ず。されば、けふこの席につらなる者は必ず家うちの子弟か、さらずばいと近き親族なるべし。余が書読むことを教ふるものは主人の独子と聞ゆるに、その姉妹などあるべしと思ふに、けふはその誕生日などなるべきにこそ、いかなる女子にやと心にゆかしく思へり。かくてややありて、主人は奥の方より出で来り、坐につきぬ。次は主人の妻なり。主人は年四十余なるべし。妻は三ツ四ツおとれるにやあらん。さてその後につきて出で来るは、書よむ童の姉なる女子と見ゆるに、年は十七、八ばかりなるべし。まづ余が眼に入るものは、その着たる衣なりき。鶯茶といふ染色にて裾模様とかいふものを染出し、金鑭の帯をやの字とやらんに結び、衣の下には白き羽二重の襯衣三つばかりかさね着たり。頭をすこしさげたれば髪のかたちは能く見えたり。島田髪に結成したるに金糸を房やうに懸けて、根には燃るかと思ふばかりの緋のくくり染の絹を結ひ、瑁瑇《（ママ）》の櫛笄を前うしろに挿したるその髪の色は黒くつややかにして、鬢は蝉の羽をひろげたらんやうに見ゆ。まづ坐に就て頭を低て礼を施したるは余に向てにや。しばしありて頭をあぐるに、思はず余と眼をみ合せたり。色白く、眼涼く、額はせまき生際のおくれ毛薄くうちけむりたるも、最労《ろう》たしさと顔赤めて側目《わきめ》になりしは、多く他の人を見ざればなるべし。余も何とやらん胸とどろき気の上る心地したるは、かかるまどゐに入りし事の多からねばなり。ましてかかる麗しき女子をまほにみしはけふを初めたる《（ママ）》。

斯て饗宴はじまり、くさ〴〵の肴とり出てすすめらるるに、盃のかずさへ重るほどに、そのあはひ〳〵に、件の女子はかたはらをみるやうにして、その眼は自ら余を打見るやうなり。人は酒宴に心奪はれて、さしも心附ざりけるに、余は我心にのみ、さみゆるにや、かの女子は何となく我に心あるかと思はれて、余はます〳〵胸とどろきぬ。

されば酒宴はじまりてより終に至るまで、かの女子が余をみること幾度なることを知らざれば、余はここに於て始て疑へり。この女子が余に心ありて眷恋の情に堪へずしてここに及べるにやと。然るにても、余がおもちの醜くきは、たま〳〵向ふ鏡にても、知らぬ女子に懸想せらるべき人がらにあらず。さればとて人に想ひつかるるは顔かたちにはよらず、唯なさけありて心おだしきものも然ることありとはいへれど、余は都びたる事は夢にだに知ること無く、又世の女子などに愛でらるべき小歌三味線などこれを聞くだに何事ともえ知らぬに、そを如何にして慕はるべき、こは外に故あることなるべしと思へば、慙愧にえ堪へず、忽ち背に汗出て我ながらいと恥かしと思へり。斯く思ひかへししかば、今まで胸の跳りしは頓に止みて、しばしあるほどに、おかしさに又え堪ぬ心地して独打笑み、その夜はやすく眠りけり。

さて明る日になりて、例の如く主人の小童は書を抱きて余が居る離屋に来りて書読みしが、読《よみ》終りてかへらんとせしとき、余に向ひ、某が姉なる人は先生を見知りて侍ると申が真事に侍るにやといひけり。余は、いと怪し、いかにしてさる事有るべきと思へば、否、余はこ度こそ始てここには来つれ、余はさらに知らず、人違にもやあらんずらんと答しかば、げにもさもこそ候へけれとて去りぬ。この次の日の事なりけん、童の書読終りてかへり去りしかば、いと徒然なるがままに庭に出でて、そぞろ歩きしてかなたこなたにゆきかへりせしに、思はず主人の住居する小柴垣の外に来りぬ。しかるに余が履の音をききしにや、主人の住居の明障子を細目を《（ママ）》開きて余を伺ふものありけり。余は思はずこれをみるに、袖口の紅なるが障子の親骨の隙に見えて、しばしするほどに顔のいと白きが斜に障子の内にうつりぬ。こは主人の女子にやあるらんと思へば、また胸とどろきて物に襲はるる心地せり。再び見むとするほどに、忽ち障子をはたと立てきりて、姿は見えずなりぬ。余はここに於て再び思ひはかるに、主人の女子が去る日の振舞は我に心あるにやと疑ひしが、己が身のほどを思ひて、必ずさはあるまじと思ひしに、きのふしも童が詞といひ、けふまた我を伺ふといひ、一度ならず再度まで斯く色に見え形にあらはるるからには、その子細無くては叶ひがたし。さては余は姿形は醜《みにく》けれども、反て女子に慕はるる事あるか。思ふに主人の女子は世の常の婦女とは同じからで、人の容貌の美醜などには心をよせず、唯才学識見あるものを慕ふにやあらん。しからんには、余は不才なれどもいささか学問あり。また書なんども拙なからねば、自らそれ等によりて我を慕ふにや、測られず。斯く思ひしかば、再び胸跳り気上りて、恥しくもあり、又喜ばしくもありて、その夜はよく眠られざりき。

これより後、両三日が程は何事も無くて過往きぬ。されど余は思凝りて、さま〴〵に思ひまふくる事あり。この家の女子におもはれたりとも、世の蕩男《たはれを》の如くかしこより艶書《えんしよ》などよせらるるとも、それに答ふべきにあらず。或は理をもてこれを説き、さほどに思はれなば表立て父御にまうし給へといふべし。もし強ていはるる事など有らんには、罵りもすべし。さなくして牆を越る事などあらんには、世我身の恥辱のみかは、我をすすめて此家の師となせし人に何の面ありて見ゆべき。然はあれども、世を知らぬ女子は心の狭きものなり。もしきかれずば死にもうせなん、世を捨てなんなど掻き口説るる事などあらば、如何にせん。もし心弱く、その意に従ひなんか、道踏み違ひて我一生涯の疵となりて、また此世に立つべうもあらず。さりとて斯る美麗の女子に思はるるは、世にまた得がたかるべき幸なるに、無げにいなみたらんも口惜き事なりなど思乱れて、片時も安き心なかりき。

斯く思ひし明る日の事なりき。この家の婢女にもやありけん、四十余の女、夕暮の火ともし頃、余が室に忍びやかに入来り、先生に窃に申すべき事の侍りといふ。余はいぶかりながら、そは如何なる用事にやといへば、この女、さらばゆるさせ給へとて一間のうちに入り、明障子をやをら引たて、ぁたりを見かへり、膝すりよせて声を密ませ、かく申さばいとうちつけなりとて笑はせ給ふか知らず侍れども、妾はこの家の最愛の娘の乳母に侍り。娘子の密なる仰をうけて、先生に問まゐらせたき一義ありといふ。余はこれをききて、例の胸跳りて顔の色もかはりつべく思はるるを念じて、いかなるに事に（ママ）候やらん、家主人の娘子にもの問はるる覚なきにといへば、かの乳母はうちうなづき、されば候、御身は去年の弥生の頃、壱人両人《ひとりふたり》の御友どちと江戸の上野の御寺に花見にまかり給ひしことおはすべしといへば、余がここにはじめて思ひ出しにけり。かの弥生の十日ばかりに、知れる朋友何某とともに吉祥閣《かく》にのぼりて花見けるとき、いづこの姫君にやと覚ゆるいと美麗しき女子にあひける事あり。こは他人ならずして、この家の娘なりき。さてはその折に余をみて思ひ慕はれにけんと思ひしにぞ、げにさる事ありき、そをいかにして知られけんといふに、乳母その答はせで、いと憚ある事ながら、その時御身とともに花見給ひしうつくしき若う人の御名は何と名のらせ給ふにや、御身は知りてぞおはすめれ、それ聞かまほしと娘子の仰せられしなりといひき。ああ、さらば余をみて恥らいしもそれが為か、余をかいまみしもそれが為なりしか。この娘の慕ひしは、我朋友の美少年にして、我がその時につれ立ちしをもて、その居所を知らんとせしにこそ。

## 大隈外務大臣を殺さんとせし来島恒喜

廿二年十月十八日、外務省門前にて、大隈大臣に爆裂弾を擲て傷を負せたる凶人来島恒喜は、福岡県福岡の人なり。この人の事蹟をきくに、常に好みて靖献遺言・荘子・韓非子の類を読み、古今義士節士を慕ひ、その遺艸を誦して楽とす。又、詩文をつづることあれども、余は文才なし、人に示すべきものあらずとて、これを得るも書すつるのみ、稿をとどめず。嘗ていへらく、余は明治十年の乱に死すべき身なりしに、思はずも生て今に至るは、当時心を同くしたる人々に面なき事なりといひき。こは西郷隆盛が薩摩人々と兵を起ししとき、恒喜年十七なりけるが、越智彦四郎と同盟してかの私学校の徒に応ぜんとせしに、期に後れて戦に及ばざりしがゆゑなり。十二、三年の頃より、国法汎論・ルーソーの民約説・仏国革命史などをよみて、秦西の政治の一斑を知りて、さらに藩閥の人々が要路に居て、その筋の人ならでは登用せざるを怒り、頗るこれを悪み、人に向ひ我国の藩閥政府は人民の自由を束縛し、外は同盟の国々に侮を招くのみ、内閣を倒さざる可らず、大臣を要撃せざる可らずなど罵ることとあり。人その狂をおそれしとぞ。そののち福《ふく》岡の玄洋社に参じて、向ヶ浜といへる所に土地を開墾し、農桑の業を起さんとせしが、思の如ならずとて止みぬ。又小笠原島に赴き、製塩の業を起さんせ《（ママ）》しこともありしかど、是も又中ごろにして止みしとぞ。思ふに、志大にして才足らざるものにやありけん。明治十九年の秋、井上大臣が外国条約改正の沙汰ありしとき、これを否とするもの多く、恒喜もまたその群にあり。同志の士、儀《（ママ）》論に時日を費せしをみて、彼等は口をもてすべし、我は力をもてせん、徒らに空論を囂々せんよし《（ママ）》寧《むし》ろ決行するに若かずといひけるが、その事やみしかば、事を行ふに及ばず。是より先十五、六年の頃にや、玄洋社の少年と博多医学校生徒と争論の事ありしに、福岡・博多間なる中島の橋のかなたに生徒二百余人集りて、こなたの社員等に打かからんとす。その時、社員七、八人に過ぎざりしが、恒喜これをみて、医生は長袖の徒なり、何の畏かあるべき、人々これを見候へとののしりて、穿ちたる木履を脱ぎてこれを手にし、大に呼て医生の群中に駈け入りければ、彼の医生等不意を打れて、大に狼狽して忽ち惣崩となりしとなん。又小笠原島に赴くとき、船中に無頼の博徒百余人あり。そのうちの一人、小用せんと起たりしが、誤ちて恒喜の足に躓きたり。常の人ならんには、その無礼を謝すべきに、かかる無頼のやつ輩なれば、そのままにして過んとせしを、恒喜はきかず、これを罵りしかば、しや面倒なり、打殺せと同類等立上りしに、恒喜目を瞋らし、はたとにらまへ、汝等鼠のともがら、若し無礼を働かむには生てそのままあらせじと、かねて用意の短刀を抜出して身構をしてければ、然すがに慓悍の博徒どももその勇気におそれして、かの地におもむくまでこれに無礼を加ふもの無りしといへり。さて恒喜が死せしさまを親しくみし人の話に、その屍は仰向に倒れ、北の方、稍々顔を斜に外務大臣の官邸の《（ママ）》向ひ、両足は真直に伸し、右手は腹の下に敷き腰にのばしたれば、腹の為に隠れて見えず、左手はまた腰のあたりまでのばして外にあらはれたり。服の鉛鈕は尽く外したるに、右の内かへしの処より折れひろがりて、その隠しのうに《（ママ）》に鼠縮緬の如き巾に書を包みたるが二寸ばかりあらはれたり。韈は黒色の毛織にして化粧皮のつきたる半ゴムの靴を穿ち、その旁右のかた凡そ一尺ばかり隔りて、絹の支那傘の竹の柄なるが落ち、又その旁に黒き帽子ありしとぞ。この人と同謀のよしにて同県人月成功太郎といふもの拘留せらる。

## 内閣大臣更迭の始末

明治廿二年十月廿七日、内閣惣理黒田清隆伯、請によりて職をやめられ、内大臣三条実美公、清隆伯に代りて惣理を兼ねらる。これより先に内閣諸大臣皆辞表を上りしかど、上諭ありてこれをとどめられしかば、謹で命を奉じぬ。こ度の始末なりとて諸新聞にのするに紛々として説を一にせず、唯、読売新聞にのする所やや詳なるに似たれば、要を摘てここにしるす。黒田伯の退きしは、条約改正の事宜を得ざるの故と聞ゆ。条約の案は大隈外務が艸せし所なれば、その事のもと末を明かにすべし。されぱこの改正の論は、すでに二十余年よりこのかた、世の論ずることとなりぬ。その説にいへらく、条約は改むべし、外人内地に雑居せしむべし、治外法権とてかの国の人を我国人と法律を異にせしむべからず、海関の税、我よりその増減の制を定むべしと。この論、明治の十、十三、四、五、六年の間盛に行はれて、国内の政事にはその説を異にするものあれども、外交の論に至りては、誰も彼も一致せしに似たり。大隈伯はその時政路に立ざりしかど、なほその論を主張せしこと衆に抜きたりとぞ。昨廿一年春、遂に推されて外務大臣に任ず。ここに於て前官井上伯が、衆望に背きて彼に利して我に害ある改正案を改めて、多年の衆望に副せんせ（ママ）られしかど、二十年来の宿弊一朝にして改むべうもあらず。已を得ずして、しばらく小辱を忍び、従来の大辱に代んと年を限りて歩を進め、終に彼我対等の域に至らしむべき条約の案を作りて、これを惣理はじめ諸大臣に議せられしに、皆その議に同ぜらる。ここに於て外務は、その案をもて西洋諸国の公使と改正の議に及ばれたり。しかるに、当時外務が諸国に対する議は、頗る我国威を張りて、外人に一歩を譲らざるよしいひ伝えて、朝野その風采を想望してこれを賛称せざる事無りしが、忽ち変じて、これを非とするもの起りしは、英国倫敦タイムス新聞に我改正の条約案をのせたるをみるに、聞しとは大に異なりて、彼に譲る事多きにぞ。朝野また譁然としてこれを論じ、殊に大同団結派・保守中正派等の党員等、首としてその説を非とし、終に外務が所為を売国の罪ありと罵詈するに及び、又在朝の顕官も従てこれを論ずるに至れり。その論ずる所の大旨は、外人を用ひて裁判官とするは憲法に載する所と戻れり、内地雑居を速にするときは大利を彼に占有せらる、大隈重信は国憲を汚すものなり、国体を損ずるものなり、我国に不利を貽すものなりと大声疾呼するに及べり。又都鄙の新聞もまた両派に別れ、党員は演説会を開きて互にその説を主張し、九月十月の交、その勢尤はげしかり。又諸国より中止の建白を元老院に陳べるもの幾百人を知らず。これに反する断行の建白もまた少からず。両派相軋り相戦ふて、いつ果べしとも見えざりけり。かねて同意のありし内閣の大臣もまた異議を唱ふるものを生じ、つづきて枢密院・元老院もまたこれに同ずるもの少からず。されども外務は深く自ら信じて固く取て動かず。談判もすでに進みて、米・独・露の三国はすでにその約に印を捺するに至る。なほその他の国々にも談判を開くに及びしに、世論はますく囂々として喧かりしかば、主上はこれを聞し召、大臣が一意に国を思ふの至誠によりて、この事を断行せんとする忠はさる事なれども、閣員にも一、二異同を生ずものありとしきけば、暫く内政を親和するに若くは無るべしと内々仰出されしとか。斯てあるほどに、内務大臣山県有朋伯外国より帰りしに、政府の有様を見て大に驚き、急ぎ外務を訪ふて新改正案をきき、その艸を携て大磯の別墅に赴き、客を謝して細にこれを閲しけるに、伊藤枢密院長かねて小田原に在りしが、俄に当職を辞表すとて上京すべしと聞えしが、有朋伯も同じく帰京し、博文伯が辞表をゆるすべきか否かの論起り、内閣諸大臣の説ますく一致せず。有朋伯即ち外務に向て己が意見を述べしに、外務大に喜ばず。衆論喧きに臨みては、閣員一体となりてこれに当るこそ然るべけれ、しかるに、その囂々をおそれてこの言あるは、その意解しがたし。某が改正案を不可とせらるならんには、これ止むことを得ざるなり。衆論に迫られてこれを止むるは、策の得たるものにあらずといひしかば、有朋伯もこれをいかんともすること能はず。然るに俄に外務が刺客の為に傷けらるるの事あり。ここに至り、議論ますく起り、惣理大臣は外務と同説なりけるに、伊藤が辞職より閣員異議起りしをもて、その職に堪へずとして、遂に辞職の事に及びぬ。惣理辞職のうへは某等もまたその任にあるべからずとて、諸大臣皆辞表を上るに及びしが、斯ては国事何人がこれに当るべきとて、惣理と枢密の辞職はゆるされしかど、その余の人々はもとの如く職に在りて、三条実美公宿徳をもて遂に兼任に至りしとぞ。清隆伯は辞職をゆるさるると、そのまま官宅を引払ひ、什器を車にのせて、直に己が私邸に移りしと也。此人、平生馬車を用ゆる事無りしが、惣理となりてより一輛を宮内省より借し給はりて用ひしが、官を辞するの日、これを返したりとなん。

### 著作家の文字、極めて読みやすからず

余が小説その余の草稿を新聞社及び書肆に送りて活字に物せさするに、校合を余に請わざるものは、その誤字の多きこと、数ふるいとまあらず。こは、余がしるす文字の艸体多きのみならず、常に走りがきをのみするがゆゑに、読やすからざるなり。しば〳〵改めてよみ易かるやうにせしと思ふも、なほさも無きにや、誤はもとの如し。いかにすべきと思屈したる折、風と金港堂発行の文をみるに、文人の書と題する処にのせたる事あり。そは、米国の文学大家ナサニイルハウソルンが大学にありしとき友人に寄せし書に、某、著作家となりて世を渡らんと思ふはいかに、某のしるせる文字の読にくきは著作家の風ありといふ。もて、著述家は皆その書のよみがたきを知るべし。されば、この人の著述はその死後に読得るもの少くして、久して世に刊行せざりしとぞ。又、サッカレイの少き時は能書なりしが、その艸は極め（マヽ）細字に物し、チッケンスも顕微鏡ならでは見やすからじと思ふ細字なり。シェ

ロルトは活字よりも微く、カヒテンマリヤットもその艸極て微なりければ、活字工、排字の時しばらく休むときは、その字のうへに針をたてて目印とせしといふ。シヤルロットフロンテは、その文字針の先をもて書きしものの如くなりき。英の大学者カアライル、その気質のごとくその書も異様なり。或その稿をみて、この人の筆勢は紙上に縦横して、余勢他の行に走り、その字読むこと能はざるに至る。又その文字、或は右に傾き、或は左に斜に走り、或は脊を折り或は脊のびをして、一も同じきものあらずといひき。龍動の一書肆その稿を得るものありて、これを刊行せんとして新に名工を雇ひしに、その工その稿をみて大に驚き、こはいかに、彼やつがここに、やつがれは彼奴が艸稿に苦しめられて逃れ来りしにといへりしとぞ。仏国の有名なる小説家ハルサックの手書はさらに読みがたし。これを読得る活字工も定めの時間よりさらに一時間の猶予を給はらざればかなひ難しとて、その約を結びてのち雇はれしと也。さてすでに試に活刷して、これを校合せしむるに、氏はこれを刪改して、その読がたき事、原稿よりも甚し。英の詩人ハイロンもこれと相似たり。この人の書は極めて拙きに、その校正は原稿より増すこと多く、はじめ四百行ばかりなるも、校正に及びて一千行をますことあり。時ありて、己といへども、その稿を読むこと能はざるものありと。ハシウルシヤニンは或る時、活字工よみがたき艸を持ち来て、よみて給へといひしに、氏は頭をかきて、余は一たびしるせし文字を読むより、再び書きて与ふるこそやすけれといひしぞ。又、仏の那剥列翁の書も甚よみやすからず。セルマンの陣中にありて皇后シヨセフインに寄せられし書は、文字にあらで戦地の図にやと疑ひ給ひしといふ。米国のトリヒユン新聞社長にして世に名ある学士ホレイスクリレイの手書は、よみがたきこと尤甚し。これをもて、活字工しば〳〵これを誤りうゆ。氏怒りてこれを逐ふ。職工、去るに及び、氏の手書を請ふ。氏、その用がたきをもて唯その任をやむるよしをのみのせたり。職工、即ち他の活字所に至りて、これを氏が推薦状といつはりて示しけるに、所長これをつく〴〵とみて、例の読みやすからぬ書なれば、唯ホレイスクレイとあるをのみみて、かの人の名あれば良工なるべしとて、直にこれを召し使いけり。斯れば、かの国にありても、著作家の文字は世間普通の人の文字とは同じからぬにこそ。

## 三十八日間世界一周　以下廿三年（頭欄）［廿三年］

八十日間世界を一周せしことはすでに陳腐の小説となりて、七十二日間につゞまりしこと新聞に見えたるに、今さらに一層をすすむべき話あり。そは、加拿太太平洋鉄道会社長のいふ所によれば、五日にして北海を過ぎ、四日にして米の大陸を横ぎるは、すでに今日にも為すことを得べし。もし此上に魯国の亜細亜大鉄道全く通ずるに至らば、船により汽車、汽車より船に飛のぼりて、空しく時を費すこと無く、三十八日を出ずして全世界を一周すべしとなり。

米国の新聞記者エリサヘスヒスラント及びネーリーブライと両《(ママ)》婦人は、世間《(ママ)》一周に賭をなし発せしが、明治廿三年二月、事無く一周の旅をはたして、米国なる紐育府に帰着せり。その日数は、ヒスラント女は七十六日十六時四十分分（ママ）間にして、フライ女は七十二日十五時十一分なり。その差は四日一時三十分にして、フライ女の勝を得たりとなん。

### 演説の景象を眼前に現ず

蓄音器、一名蘇言器、原名ホノフラフといふものは、余は、今を去ること六、七年前、江木某がその父の七十を寿するときこれを使ふをみし事あり。そのときはいまだ十分の妙をみず、はつかに彷彿としてその声をきくのみなりしが、此頃は次第にすすみて、今は分明のその声を蓄ふる事を得るといふ。されども、余はいまだこれをきかず。しかるに、本年(割注)〔廿三年〕三月十日の国民新聞を読むに、蓄音器を発明せしヱチソン氏は一年前より、写真と蓄音とを兼ね用ふべき術もがなと意を凝らせしに、先月(割注)〔二月にや〕始てこれを発明せり。この人まづ、一秒時間に五千尺の速力をもて空中を飛び去る弾丸を写すことを得るやいかにと、これを試みしに、幾度となく仕損じしが、終に化学の理を究めて、これを写すことを得たりき。ここに於て演説ありときき、一箇の器を演説士のかたはらに備へ置き、一にはその詞を毫釐ものこさずその器のうちに収め、一には一秒の八分一乃至二十分の時限をもて演説士が容貌風采、一挙手一投を尽く写しとり、もし某氏の演説をきかむと望むものあるときは、右の器を携へゆき、場面に一帳の白布を懸け、そのうちに蓄音器を置き、その機を発すると斉しく写真に幻灯をうつして白布に画き出す。真にその人ありて、面前に再び言論するが如しといへり。凡器械の妙、近日に至りて実に天工を欺くといひつべし。

## 守銭奴

守銭奴といふもの世に数多ありて、物にしるせしもの珍らかなる物語少からず。ここに米国桑港ラフェットプレースにテヒットアイオルスとなんいふ翁ありけり。今年は八十歳に及べり。妻もなく子もあらず。貧く見ゆるものにて、常の活計は人に向ひものを乞ふのみ。一日、路旁に臥しゐたりしに、一婦人あり。あはれ、翁よとて、懐にせし銀貨十銭をなげ与へしに、翁はこれをみて、御身いと奇麗やかに装束し給へども、我等が持たる金の半をも持ち給はじ。我等は富みたるものなり、我等は富めるものなりと、くりかへしいひしかば、近隣もの始めてこの古翁が金多くもちしを知りしとぞ。斯て病に臥しければ、金多く蔵めたるとも死なばいかにせん、薬を服し給へとすすめしかど、首を振りて従はず。しきりに勧めしかば、さらばとて、少しの食を喫せしのみ。この事、庁に聞えしかば、施薬院の吏来りてみるに、戸を固く鎖したり。やがてこぢ開てこれをみるに、灯をも点ぜす、臭虫席に満て、えもたへられず。かの翁はこの屋の隅の土床のうへに、薄き衣一枚をうちかけて臥しゐたり。あまりのいたはしさに、いそぎ馬車に舁乗せて院中に送り、薬をのませていたはりけり。その後、件の床の下をみるに、半埋みたる鉄の壺あり。そのうちに金貨四百三十五弗を収む。又他に預けたる金二万五千弗ありしとぞ。この翁、病院にうつりし明る（ママ）に終に死せり。医師の診断には、此翁、食物の足らざりしゆゑに病を致せりとぞ。此翁、暗室に住すること二十八年、その衣服、臭虫湧きて臭いふ可らず。病院に入りしとき、二十八年の垢をはじめて洗ひ去り、その衣をやきて新衣を服せしめしとぞ。此翁、友人ニコルソンといふものと一夕酒をのみし事ありけるは、明朝起出しに、かねて蓄たる千六百弗の金を失ひしかば、小児の如く日ねもす泣いさ《（ママ）》ちゐたりしとなん。世にまれなる守銭奴なるべしと、国民新聞に見ゆ。

## 萩原広道

源氏物語評釈は識見高く、古今に勝れし評注なり。余、年少きときよりこれを読み、殊に感伏せり。本居宣長の玉の小櫛は、言語・文字こそは詳なれ、その識見は極て卑し。広道はこれと異りて、言語などは宣長の説を是とすれども、本書を広くよみわたして決断せし所は、はるかに宣長のうへに在り。その伝記をみばやと久しく思ひしかど、得ざりけるに、此頃、森林太郎鷗外がしがらみ艸紙のうちに、越智東風が作りし小伝あり。広道は岡山の人にして、藤原小平太浜雄といひしが、主家を逐はれて浪花に至り、萩原鹿蔵と改め、又鹿左衛門といへり。学問は師とするものなし。本居の学を好み、その著書には宣長を先師としるしてこれを学びぬ。語格の事を問はんとて、野々口隆正につきし事あり。又、源氏評訳の板にものするとき、ゆゑありて前田夏蔭の門人と称せし事ありけれども、その教をうけしにあらず。学問は国典のみにあらず、漢土の書をも多く読みしとぞ。中年、中風にかかり、世と交らず。曲亭馬琴が侠客伝は四集にして翁物故せしをもて、書肆の求に応じ、その五集をつづられたり。本この侠客伝は、漢土の好逑伝をもととしてつづりしものなれば、そのうちの唐帖などいふものは、我国にあるべき事ならぬを、琹翁が強て用ひしを笑ひ、とてもその筋をよく透さんには本書を訳するこそよけれとて、好逑伝の一巻を訳せしとぞ。侠客伝のうちなる唐帖の事も、琹翁の意をつぎて物せられしかば、もとより我国に無きものを、許多斡旋をもて終になだらかにその事に引入られしは、結構の力といふべし。文久三年十二月三日、浪華白子町の寓居に歿す。時に年五十一。摂津西成郡浦江村妙寿寺に葬る。広道、号を葭沼・出石屋・鹿鳴艸舎・蒜園などいへり。侠客伝には蒜園の号を用ひたりき。その著書は、本学提綱四巻は先皇の大道を論じ、今種《（ママ）》四巻、詠歌の心得を説く。小夜時雨一巻、宣長が玉霰の続編とも見るべく、遺文集覧二巻は契沖・春満以下の文をあつむ。万葉略解補遺五巻・玉匣補注五巻・百首異見摘評一巻・住吉物語松風抄二巻、古言訳解は日本紀・古事記の言辞俗語を注す。葉山の栞は藤井高尚のさき艸を紹述せり。広道が主家を逐れしは、凡そ藩法にて、望みにより他郷に住するものは、主君その地を過るときは、道旁に出迎て己が組頭をもて名簿を出すべき例なるを、一度怠りしゆゑとぞ。

### 榎本文部大臣と山県惣理との問答

今歳明治廿三年五月十七日、俄に内閣大臣の遷転ありて、西郷海軍従道は内務大臣に、樺山海軍次官資紀は海軍大臣に、陸奥全権公使は農商務大臣に、芳川内務次官顕正は文部大臣に、愛知県知事白根専一は内務次官となりぬ。かくて榎本子武揚は枢密顧問官にうつり、岩邨通俊は請によりて農商務を免ぜられたり。かかる遷任はこの頃の例多ければ怪むに足らねども、榎本といひ岩邨といひ、その職にあること久しからず。俄に罷めらるるはいかなるゆゑにや、殆ど児戯にも似たりといはむか。今、読売新聞の同月十八日の報よみみるに、一昨十六日、西郷従道伯は山県大臣より嘱せされて武揚子の宅《（ママ）》ゆき、こ度ゆゑありて文部の位をゆづり給ふべき事とはなりぬとありしかば、武揚子は異儀なくこれを領承し、さて明る朝、山県大臣の邸に至り、我等が退閣を勧めらるる事につきて、聊申試んとする事あり。そは他にあらず、某が職掌のうへにつきて、その執る所のよからぬが為に罷らるるにや、又は内閣同僚の際の事につき已事を得ざるゆゑにや。もし先の言の如くならば、眼のあたりにそのよし仰られよ。某不敏なれども、海内の衆に向ひ、又聖上の委任に対し奉り吾責任のある所を申候はん。されども、その事、後の申事の如くにて、同僚の事ならんには、別に申事もあらず、いかにやと問ひしかば、山県伯は、否、吾殿の職掌につきての事にあらずといふ。さらば、別に問ふべき事あらず。君と我と同じく朝に立こと能はざるは、これ又已を得ざるのみ。某、御身の地位あらば、また御身を退くる事もありなん。今は謹みて勅命をまつのみ。さて、ここに御身の為に一言申事あり。そも〱文部は長官しば〱更代するがゆゑに、学政を変更せらるる事いくばくなるを知らず。これが為に教育を攪乱すること甚しきは、世の人の知る所なり。されば、某が文部たりし時、その弊を除かんと欲し、前任の森大臣が定めしこと、大方はそのままにしつ。已を得ざる事にあらざれば変更せず。されども、市町邨の制を定められしかば、地方の情況によりて小学校の法制を修正せではかなひ難きこと多し。ここをもて昨年委員をゑらみてこれを改め、又地方より請出る事を参酌してこれに加え、今法制局にてこれを議定せりときけり。某の自賛には似たれども、この制は大に教育に益ありと覚ゆ。又、師範学校、今もまた修正の稿なりて、几案のうへにあり。遠からず稿を脱すべきものなり。斯く某が謀りしことあれども、今はその成績をみること能はずして職を退くは遺憾少からねども、御身が説にありて我職掌のうへに異儀なしときけば、よく〱心を留めて、我議をいはれんことをこそ望ましけれとありしかば、山県大臣打ちうなづき、の給ふごとくすべしと答しかば、武揚子はかさねて、本邦すでに文化の域にすすみぬ。地方自治の制度を有たりしうへは、その所為にまかせて掣肘せざるをよしとすべしなど、物語りてかへりしとなん。岩邨高俊（ママ）はいかになりにけん。職につきしより脳病を患ひ、氷をあまた買ひとりて、その頭のうへに置きてはつかに凌ぎしとか。今はやうやく氷をのぞきて涼き風を得るにやあらん。人生百年の寿、歳月またいくばくかあらん。栄利の為に奴となるもの多し。

　この山県・榎本の問答は、同じ文なるを諸新聞に尽く記載せり。よりて思ふに、これは榎本子が自らしるせしにや、又は門客に命じてしるさしめて、新聞に送りしにてもあるべし。国民の友には嘲謔の説をのせたれども、子が胸襟快濶にして飾なきを知るに足れり。（頭欄）「榎本文部は職にありしとき、儒教主義といふ事をいひしかば、新聞紙は甚しくこれをそしりき。こは、儒学は陳腐なりとしてこれをにくむ人、世に多ければなるべし。こもまた時勢なるべし」

## 榎本氏の又一話

明治廿三年六月、新富座にて上野の戦を演じ、その標題を、さつき晴上野の朝風と名づく。彰義隊士がかの地に屯し、薩長の軍と戦ひ死し事を演じたるなり。菊五が天野八郎、左団の酒井宰輔、片岡市蔵の春日左衛門、家橘の秋元虎之助など、その決戦のさま励《(ママ)》しくすさまじく、演劇とは思はれぬ体にてありき。殊中堂疏陳殿に火かかりて燃上る処は真火を用ひて、目醒きことといはん方なし。読売新聞の社員、一日、榎本子爵武揚氏が向島の宅を訪ふて、偶この劇の事に及び、俳優等が言のうちに子爵の名をいふ所あり。天野八郎は知りてやおはすと問ひしかば、子爵は、演劇にはいかなる事を作りしにや知らねど、天野・春日は日頃よく知りたるものなり。上野の事破れしのち、某はその時な品川の海の船中にありしかば、八郎をここに忍ばせ置にき。八郎は敗北の無念やるかたや無らん、しば〳〵出て同志の徒のありかを探る事ありしを、官軍の為に捕はるる事もやと固くとどめしかど、きかずして、今一度はくるしかるまじとて出行きしが、その時同船したる大塚某とともに市を徘徊し、そのかへるさに知る辺のかたにて酒を呑み居たる不意を囲まれしかば、両人は屋のうへに逃のぼりて官兵を斬りぬけんとせしが、八郎は前のかたより飛おりてのがれんとしけるに、折重りて捕られぬ。大塚は屋の後の方より飛おるるにぞ、逃るる事を得たりける。その後、八郎はきられてけりと語りしかば、社員は膝をすすめて、当時の事情はいかに候ひしぞ、苦しからずは、告げ知らし給へとありければ、さればよ、当時奥羽各藩の同盟いまだ成らざるに、会津・仙台の如き、時勢に通ぜず、上野宮をもて新天子として、徳川幕府の存亡を決せんとしけるにぞ。宮はなほ市中に潜み、上野やぶれしのち、六、七日、さる小家の戸棚のうちに隠れ居給ふよし、いふものありしかば、余は、そは痛はしき御事なりとて、人を遣りて船中に迎へまゐらせしが、その時まで召されし衣の穢れしをみて、余が衣服をぬぎてまゐらせ、夜具も余がものの新しき擐《ママ》りて奉りき。此時、宮、年若くましましかば、御思慮浅く、諸有志の為にせまられ、新天子の位を踏ませ給ふごときことはあらば、忌々しき大事なり、我々は薩長に向ひてこそ戦もすれ、帝に向ひ奉りて敵し奉る心あらず、殿下もさる御心は懸てもおはします可らずと、固く諫め奉りて、誓書を請奉りき。その後、船にて一先仙台に送り奉り、余もつづきてかの地に赴きし時、宮の左右に侍坐する法師あり。勢さながら昔の弁慶・海尊などともいふべきあら法師なりしかば、又かの新天子の御事を思ひ出し、かくてただ諫め奉りき。幾程なく奥羽同盟破れ、米沢も官軍に下り、仙台・庄内も頼み難しと見えけるをもて、さらば、愈全国の官軍を引受て潔く戦死せばやと心を決しけるに、宮も、もろともに生死をともにすべしと仰せしかど、殿下は正しく皇家の御連枝におはしせ《ママ》ば、御命に及ぶ可きに非ず。はや〳〵西にかへらせ給ふべし。某等は幕府の旧臣なり。今更にいかにともすべからず、戦死せんこと勿論なるに、殿下おはしまさば、いと恐ある事ながら、足手纏になりて戦鈍り侍るべし。ことに、今こそ我国は開けざる国なれども、ゆく〳〵は外国にも当らざる国となるべきは必然なり。殿下はなほ春秋に富ませ給へり。ここにて戦死せさせ給ふ可らず。命全ふしてのち栄を待せ給ふべしと、固くとどめ奉りて箱館には赴きしなり。かの地にありしときは、けふや自殺せん明日や刺違へんと思ひし事、幾度なるを知らず、今、思もかけずかかる身になりて太平の恩をうくる事は幸なりと、語られけるとなん。この社員の父某は秋田の藩士なるが、子爵が大鳥圭介・荒井郁之助ともに東京に護送せられて湯の沢の駅に宿しし時、接待の役たり。この時は三氏ともに罪首たるをもて刑罰せらるるを覚悟せられしと見ゆるに、少しも懼るる色なく、自若として詩を賦し歌を咏じけるを今も語り伝へしとぞ。

## 某中将、重野博士が児島高徳論を評す　（割注）［読売・国民の二新聞による］

国民新聞にのす。重野安繹氏が一度児島高徳の事蹟を疑ひしより、これを論ずるもの多し。或は是とし或は非とするもの、殆ど讎敵の如し。新聞社員、一日、某の中将を訪ひてその事に及びしに、中将は、我も博士と同説なり。されども、ここにまた心す可き事有り。譬へば、関原の勝利も、徳川家康の伊達政宗に報じたるより、当時の報告状によりて知るべきかといふに、然らず。名を負ふ術数に長けたる人々のせし事なれ、大敗を小敗とし、小勝を大勝といひなして人を欺く計略もあるべし。当時に在りては珍らしからぬ事なり。一概に真筆とてそを信とすべきにあらず。また明治十年西南征討の時、高瀬口の戦に、三好少将が重傷を負ひしを陸軍省に報ぜんとせしに、井田譲が山県監軍の賛参としてありしが、これを明らかに知らするときは軍気沮喪の憂あり。さりとて、此戦いに一人の将帥負傷せしと軍中に風聞せしからに、これを秘すときは、反て疑を起すべしと。ここに一計をまふけ、やがて件の報告を改め、敵将篠原国幹重傷を負へりとしるせり。その後、図らず件の国幹、軍に死せしかば、その事かへりて誠となりて、一計の謀計なりしを知るものなし。後世、件の日記をみるものあらば、戦死と負傷との日時相違によりて、一場の疑団を歴史にのこすものあるべし。又、宮の城を攻むるに及び、一手は某の少将、一手は某少将と定めて前後次序を命じけるが、道を失ひしもの橋梁の落たるがゆゑに、前後の順序かねて期したると相反せし事ありき。此等も初のしるせし日記などによらば、反て真を失ふ事あるべし。されば、軍中の記録と戦の実境とは往々異なる事あり。独逸メッケルの如き、勝たる時は軍勢を誇張して、八百人を殺したるを千五百人としるして、我軍気を鼓舞するものありき。このメッケル将軍のみならず、斯る権謀は誰も〱ある事なりといひしとなん。

## 秘露銀山にて我国人大に損失をかふむれり

南亜米利加之秘露銀壙の事業によりて、去歳かの地に赴きたりける鉱業社長高橋是清は、明治廿三年六月五日、俄に帰国せり。同き十五日、本社・分肢の債主等を会してその始末を告られて、大に損失せしよしを報ず。この事業の起りし始めは、独逸人へーレンといつ（ママ）しもの、十数年間かの地に航し、多くの地を買ひ農業を起さんことを謀りしが、人夫の乏しきが為にその功なし。ここに空く年月を経たり。ここに、我国人井上謙吉、件のへーレンに仕へて厨僕たりしが、帰国して、かの地に銀壙ありとてその壙塊を持ち来りしに、前の山梨の知事たりし藤村紫朗、己が所有の鉱山に雇ひし技師田島晴雄に示す。晴雄これを分析するに良好の銀なりければ、紫朗大に喜び、井上謙吉と田島晴雄とをかの地につかはしたるに、果たして良壙なりといふ。独乙人へーレンも大に喜び、某は農業を主としてここに在り。金銀鉱の如きは我職にあらず。御身が説をききて始てその大利あるを知りにき。さらば、この地を借らんことは、某みづから任ずべし。同社に加盟することを得ば、幸ならんといふにぞ。（頭欄）［金銀の壙は、公法として地主これを私するを得ず。必ず領主に告げてこれを借るの例あり。］やがて田島はそのよしを報ずるに、紫朗ここに始て紳士紳商と謀り、資本を併して開掘の業を起さんとす。さるにても、その銀を得ることの多少を知らではかなはざる事なりと晴雄に問ふに、鉱石百分にして三の銀分を含めりといふ。ここに於て、分肢主等は意を決してこの地を借らんとして、再び銀鉱を検閲し、その地の広狭を議するほどに、へーレンは、他にもこれを欲するものありとて、速にその事の成就を促しけり。昨廿二年十月、晴雄帰国しけるに、晴雄がへーレンと仮條約を定めし条々、分肢主等の意見と同じからざる事少なからず。中に就きて、銀壙ならぬ広き田野をまで尽く買取るべきの条あり。これ極て妙ならずといふに、晴雄しかせざれば鉱穴我に帰するに至らず、されど銀鉱大に利あらば、もて損失を補ふに余ありといふにぞ。（頭注）［原書には詳ならねども、その銀壙のありし地はすべてへーレンより買取りしなるべし。］異論やや平ぎしが、さるにても、素性たしかならぬ外人と事をともにするには、その防禦無る可らずとて、高橋是清といへるは久しく北阿米利加に遊びて、かかる事業に熟したるものなればとて、この人を推す。是清、農商務に在官たりしが、これが為に官を辞し、同き十一月十六日、田島晴雄とともにかの地におもむく。この時、我壙夫三十余名もこれに従へり。海路六千余里の長途を経、つつがなくかの地に達せしかば、条約の完全ならぬ処をも改めつべく、又かの地をも検閲せしに、思に違ふ事のみ多し。まづ我坑夫等と山にのぼるに、この山は音に聞えたるアンチス山脈につらなる処なれば、海面を抜くこと一万五、六千フヰートにして、高き処に至りては空気薄く、坑夫は鼻中に血を出すに及べり。さりけれども、四、五日を過ぎて平常にかへりしかば、坑夫長は坑夫に下知して試に掘り採らしむるに、大に良好の鉱石を得たりといふ。是清、心落居てよろづをその長に托して、己はリマ府にかへり来れり。斯て是清はヘーレンと条約改正の事を議して力を尽ししに、本年三月廿四日に至りて条約案なりて、記名調印すべかりしかど、この国はすべて西班牙文を用ふるが為に再びこれを英文に訳し、この誤なきを証するには公証人を求むるにあり。しかるに、公証人、病をもて山中に入りて温泉に浴してかへり来らず。そのかへるを待ちけるが、同廿六日薄暮にに《ママ》至り、坑夫長、俄に申すべき事ありとて是清に面会し、さていふやう、先の日社長が下山し給ひしのち、日毎に採掘に怠らざりしが、つねに良きものを得たりしにぞ。皆々心勇みしに、或る日いと大きなる岩にあたりぬ。かかるときは綿火薬をもてこれを破砕する例なれば、即ちその法に従ひ打砕きしが、砕くるともにその奥は洞然として穴を成せり。これをよくみれば、何人何年の昔にや、他の方より鉱脈を尋ねてすでに堀《ママ》尽したりと見ゆる穴なりけり。実に意外の事なれば、まづはやく告奏る。こはいかにすべきと、語らふにぞ。是清はあきるるまでに大に驚き、いそぎ田島晴雄と共に馳せゆきてこれをみるに、げに坑夫長の詞に違はず、全く採掘せし後と知られたり。されども、いと心もとなければ、かかる事にもの習れたる米人某に就きてこれを問ふに、米人は詳にこの鉱山を西班人が採りたる事を物語りぬ。されども猶残の鉱石もこの他に尠からざれば、なほ資本百四、五十万円も費す事あらば、一年二割の利は疑あらじといへり。されど、この資本を増すことは是清が独断に決すべきに非ずとて、ヘーレンに告げ、この契約はいまだ調印せざるを幸として、はや買取りたる二坑区をすててこの事業を停むべしといひしに、ヘーレンもいと気の毒なる体にてこれを承諾しければ、こたび帰国せしとなり。されども、十七万五千円の損失ありて、これを結了するになほ一万円を費すべし。されど、十八万五千円の空費に止りしは、高橋が老錬の功なりといへり。金比羅を信ぜし人が高より落て手足を損ぜしかど、神の利益によりなほ命を落さざりしは幸なりといふに同じかるべし。

### 内田周平、重野成斎を苦しむ

廿三年七月七日、斯文会の講席にて、内田周平は、重野成斎がこの会誌にのせたる、学問は終に考証に帰すといへる新古注の弁を駁し、并て成斎が行事に及べり。今、国民新聞にのする所をみるに、周平の弁駁は、大に成斎が説を憚ばずして、極めて激昂の色を著はすものに似たり。その言にいへらく、余は四、五年来儒学に志ものなるが、其深く斯道に志すゆゑは、心を修め行を修むるに於て最も痛切にして適中するものあればなり。されば、儒学の要は、心術を正しくして躬行を励ますを先とす。しかるに、世の漢学者はこれと異り、反てかの因循卑屈・迂遠固陋・阿世苟合・巧言令色その他もろ〳〵の汚行をその専有物の如く思ひ為したり。しかも、阿世苟合は、その弊害は因循卑屈に比すれば更に大なり。世にはこれをもて勲位顕職を盗み居るものあるものを見き。されば、余はかくの如き輩に向ひ、その如何なる人物を論ぜず、儒者の名号を褫ひ去るべしと思へり。かの考証は、また是一の学問なれども、いまだこれを尊重するに足らず。いかにとなれば、時間と書籍とを与ふれば、何人といへども為しがたきを覚えず。いかにぞこれを聖人の学と称するを得んや。ましてその考証もまた浅薄誤謬の多きに於てをや。重野博士が、論語学而章なる学而時習の学とは発明なり悟道なりと説く如きは、漢学、仏学に近くを欲せしものにて、これ所謂苟合阿世にあらずや。その程朱を斥け唐疏なりといふは、その説の爾雅・白虎通・尚書大伝等に本くを知らざるものにあらずや。博士は知の一辺を知るのみ、行の一辺を忘れたりといふべしと、その駁撃の痛快を極めたり。終にのぞみ、重野氏は全く聖人の学を誤解せりと断言す。その論、極て刻にして、骨を刺すが如し。成斎、大に不平の色あり。起て弁じけるは、考証の論に至りてはいまだ聞かざる所をきけり。しかれども、学術の論を移して人の品行に及ぶは、内田君の説また甚しといふべし。余もし世に阿り苟も合ふことあらば、もとより薩藩に生れ、今年六十四歳の高齢にのぼれり、今日の如く碌々として老ひむや、或すでに惣理大臣となるも知るべからずといふに至れり。されども、その論明晳ならずして、その色大に戦栗せるものの如し。きくもの皆背に汗せりといふ。成斎の病にあたりしかば、その色を変ぜしも宜なりけり。殊に一書生より、何の功業もあらずして身勅任の尊位（ママ）のぼり、勲位四等を得たり。これもまた碌々といふべきや。且、苟合阿世せば大臣に昇るべしといふからには、当時の大臣は皆その人なりといふにや。これ、薩藩の士にして同郷の人をののしるものなり。成斎老て耄しけるとぞ見えし。周平は、余その人を知れり。寡言にして謙遜の性質なり。しかるに、放言ここに及びしは、実に意外の事といふべし。成斎、近頃、古人の成説を翻して新奇に誇り、大に有識の為に忌まる。この毀を得るも、自業自得にあらずといふべからず。されど、内田遠湖が論も平を失へり。公衆に向てその人の隠行をあばくは、これ儒者たるものの本分に非ず。所謂修身修行なるものと背馳するものにあらずや。

## 妻を殺せし奇聞

かかる事、世にあるべうも思はざれども、新聞にのするままにしるす。廿三年七月廿五日の夜、浅艸阿部川町百七番地の箱職横川駒太郎、年二十六歳なるが、妻ゆか十九歳なるを殺せし事なり。この夫婦は従弟どちにて中睦じかりしが、今年四月十三日の事とかや、夫婦昼食せしとき、風と夫が妻に向ひ、浅艸観音の堂なる段はいくきだあるに候んといひ出るに、妻は打笑ひ、さらばに侍り、数へみしことは無れども、大方十二、三もあるべきにこそといふに、いな、九段か、さらずは十段なるべしといへば、さはあらず、さなりといひ争ひ、はては我いふこと偽ならば首をきりて御身にとらすべきぞ。吾身も誤りあらばこの首をまゐらすべしといひしが、さらばとて手を携て観音堂に至り、一つとふたつとかぞふるに、夫がいひしごとく九段なりければ、夫は打笑ひ、我言ひしに違はざりつるぞ、いとおろかなる女かな、いざ汝が首が(ママ)我物よといひしが、女房まけじ魂ある女なりければ、家にかへりて、約のごとく首まゐらせん、はや〳〵きり給へといふ。夫はます〳〵打笑ひ、汝が首をもて銭金を得なんにはよし。さらづて死しなんには、葬の事その余の費幾そばくなるを知らず。首を得て益なく損失多し。今しばし汝にあづけ置くべしといへども、妻はきき入れず、夜もすがら、切り給へ殺し給へと、責てやまず。果ては書置一通をものして、小刀をとり出して自殺せんとす。夫はあきれはて、さらば我手に殺すべしとて、小刀をとりて頸にあて、ちとつつき、痛かりなん痛かるべしと威せど、妻は少しもおそれず、御身も男なるに何とてかくはおくれ給ふぞと怒りしかば、さあらば今はせん方なし、汝の望にまかすべし。されども御身を殺さば、我も生てあるべからず。いざ命あるうちにここかしこをみあるきて楽をきはむべしとて、七月二十五日朝はやく上野公園に至り、博覧会をみ終り、日ねもす遊びくらし、夜八時をすぎて家にかへり、妻は嫁せし時の衣服を身にまとひ髪を結び改め、むしろ二畳をひきかへし、そのうへに坐し、さらば約の如く殺し給へ、さらずは自殺してんといふに、夫も精神みだれやしけん、さらば望のままに殺すべしとて、かねて研ぎ置きたる小刀をもてその咽喉をさし貫きしかば、忽ちに息絶たり。かくて夫も自殺せんと梁に紐を懸けしが、忽ちふつときれたりければ、止事を得ず家を走り出て、松山町の大乗院の井のうちに飛入りしかど、水浅ければ死せず。再び家にかへり、小刀をもて自殺せんとせしかど、これもまた妻の死ざまに気おくれして、死すること能はず。やがて衣服をぬぎ改め、この家をのがれ出て、多摩郡の大倉村のしるべの方にかくれゐたりしが、朋友のすすめに従ひ、本月廿八日、猿屋町の警察所に自首せしとぞ。

### 皇帝、鍋に食す

西洋の諺に曰く、最も不幸なるものは宮中なり。宮中のもつとも傷しきは帝座なりといへり。土耳古の帝はいまだその諺に似たりき。逆臣ありて異味を奉るもや《（ママ）》と疑ひ給ひければ、日々の御物は別の仰をかふむりし内膳官あり、そが一人の助手とこれを調理せしめて、他人に与からしむることなし。且、煮烹の用に供する什器はすべて銀製なるに、調理終るに及び、はやくこれに封緘し、帝これを召すとき、宮内の長官御前にてこれを開き、一物をまづ長官一匕をもてその異状なきかと食し試み、しかしてのち内侍の豎その器をもちてこれをすすむ。帝、即ち鍋のうちより直にこれを食す。別に器にもることなし。又、卓子・器皿・肉叉・肉刀・匙の類を用ふることなし。麺包・菓子に至るまで皆手をもてこれを食す。極めたく《（ママ）》みなりしとぞ。食器はすべて銀を用ゆ。もしその他の物を用ふるとき、必ず純金鐸式の托を用らるるといへり。

### 出生の子三千五百万人

統計学者の説に、世界の一ヶ年の間生るる子、平均三千五百万人あり。これを揺籃のうちに臥せしめむるには、地球を一周すべしと。

### 血闘二千七百度

千八百七十九年より千八百八十九年に至るまで二十《（ママ）》年間に、以太利に於ては、度数は二千七百五十九回の血闘あり。その余計算にもれたるものもあるべければ、これを合せ算すれば、そのかずいくらかを知らず。このうち武器を算するときは、九割三《（ママ）》は長剣及び短剣なり。六分は短銃にして、一分は旋回銃なり。その傷を負ひし数は三千九百〇一にして、そのうち千〇六十六は重傷にして、その五十は生命にも及べし。されば、戦ひしもの百分の二は死せるものとするときは、五、六十にして一人死するの算なり。その原因をたづぬるに、三割は政治の議論とその事あづかるよりして起り、八分は重き汚辱をかふむりしより、一割は宗教の問答より、一割九分は骨牌及びその余の戯の勝負より起りしなり。その時節は、夏は冬よりも五倍の多きは、熱気は上衝するによりてなるべしといへり。その人を類別するときは、百人のうち三十人は武人、二十九人は新聞記者、十二人は代言師、四人は学生、三人は教授博士、三人は土木師、三人は代言師《（ママ）》といへり。此事、国民新聞廿三年十一月廿一日に見ゆ。このうち、男女の恋情を争ひて血闘せしものをのせず。怪むべし。かの土の小説をみるに、婦人を争ひて闘ひしもの甚多し。一部の小説には如ず。一人はその人あり。しかるに、この統計に絶へ《ママ》これをみざるは、思ふに、婦人の事にて闘に及ぶを恥て、これを他事に托せしなるべし。その例、かの小説中にも往々見ゆ。

### 好奇心、千里の旅行を無用に帰せんとす

香港日報のいふ所をみるに、一周日《ママ》前、仏国郵船にのりたる、土耳古国コンスタンチノーフルより本港につきたる壱人の征客あり。此人、日本神戸に寄留する兄を訪はんとて赴くに、あらかじめ通報せずして兄を驚かさんとせしに、豈測んや、その兄もまた奇を好み、此度帰国して弟を驚かさんと、これも帰国の事を報ぜず、俄に日本国を発し、両船はからず同日同時に香港に着し、兄弟同じく旅宿ありしかど、互にこれを知らず。一両日滞留して、土の弟、日本に赴くべき郵船を求めし、明日発すべきものありといふ。すでに発せんとして、ふと主人にその兄の姓名をかたる事ありしに、主人は眉を顰め、訪はせ給ふ。その人は日本より来ましてここにおはせしが、昨日ここに立て柴棍に向はれたるは、定めて本国にかへらせ給ふなるべしとありければ、大に驚き帳簿を閲するに、果てその人に違はざりければ、いそぎ電報を発して柴棍に告げしらせしかば、兄も大に驚き、遂に柴棍より他船にのりかへて、再び香港にかへり来りしとなり。奇を好むは恐るべく、電信の効は大なりとはじめて悟りしとなん。読売新聞。

## 欧州の俳優中古今の名人

これも読売新聞に見えたるが、英国に瓦児律《カルリック》といふものあり。人その実名をいはずして英の羅周《ロシュース》と呼べり。羅周は古昔羅馬の名優なり。今日に至るまでその名称を襲ふものなきをみて、その名手たるを知るに足れり。されば瓦児律ははじめて演劇場に出でしは一千七百四十一年、イフスウヰックの僻地にてヲルーンノコの悲惨なる演戯にてアフソウに扮せしが、さまで人に称せらるる事もなくて一夏を過ぎ、のち倫敦に赴きトラリーシヱ又はコーウント、カーツンの大劇場に入らんとしてその社主に請ひしかど、瓦児律の名はいまだその社主の耳にきなれざれば辞してゆるさず。遂に志を得ず、この都の片辺土なるトマンフヰールトの最下等の戯場に上りぬ。実に千七百七十四年十月十九日の事なりき。ここにてリチヤルト三世に扮せしに、出類抜群の妙ありとて人大に称す。宛も明月の雲間を漏れてその光さやけきが如く、又朝日のはや東方よりのぼりて天に達せしにさもにたり。その光かがやきて人の目くるふばかりなりと、その頃の人かたりしとなん聞えたる。茲に於て瓦児律の名大に聞え、倫敦の満城の婦女貴賤老弱みな先をあらそひ瓦児律を見ざるを恥とするに及べり。されば、夜に入りてこの戯場の側数十丁がほど馬車群集して、これが為に往来すること能はず。この一戯終りて社主数万の大利を得たりしは、全くこの優の力なりき。かかりけれども瓦児律はここにも止まらず、忽ちに去りて愛蘭土に赴き、都伯林《トフリン》に冬を過ごし、明る年の春、再倫敦府にかへり来れり。ここに至りかの先に辞してゆるさざりしトラリーシエンの大戯場の主は礼を厚くしてこれを招きしかば、即ちここに出たり。これよりのち千七百七十七年まで凡三十五年の間、一度も仕損じたることなかりき。

さても此優は上手と称せられしはゆゑあることにて、凡そ演戯の技芸に於て長ぜざることなく、古代の事、今代の事、民間尋常の事、いづれもその妙をきはめずといふ事あらず。そのいづれを長ずると問へば、皆長ぜざる事なしといへり。悲哀、情愛、諧謔に至るまでその妙に入ること、実に鬼神不測の術あるに似たりき。そのうち、嫉妬深き夫がゆゑもなくその妻を疑ふ体、又無頼の嫖客が妓院に遊びて人を罵詈する体、ならびに侠客が義によりて人を救ふ等、至りて真にせまりて人を感動せしめき。凡そ人類天質の居動、一度この優の比擬する事あればその真相をあらはさずといふ事なし。その人情といふときは、忿怒、嘲笑、猜疑、吃驚、失望、恐懼、憐愍、愛惜、恋慕の風情、軽蔑、憎厭、嫉妬、悔悟、狙発、穏着の体、人間七情に含むのかぎり、この優の手に入れば、その人専有の特性なるが如く見えざるものなし。或る時、老翁に扮し額に皺紋を画くときは、その皺は拭ひ去るとも一生この人の額を去ること能はずと思はしむる。又美大夫に装ふときは、その容春花開き温風薫じき。筋骨壮に進退自由にして一見してその美とその盛とを羨まざるものなきに及べり。

その頃、英国に阿歴山慕弗《アレキサントルボープ》といふ名ある詩人あり。此優が戯場に上りしより数年ならずして世を去りしが、此優は此詩人の助によりて大にその業をみがきりといふ(ママ)。嘗て人にいひけるは、余曾て慕弗は吾戯場に入るときき、不快の感にはあらねども胸中忽ち動悸を生じ心緒紛乱するを常とす。余が年若くして人に称せられし頃なりき。リチヤートに扮せしに、或る日慕弗来りてみるといふ聞あり。余の喜斜ならず、さて場に上りてみわたすに、絶てその人をみることなし。しばらくして風と脚下をみれば、黒衣をかふむりて心を治めて吾を注視するものあり。その眼光電光の如く、余これをみて胸さはぎ目くるめき、一身束縛を受けたるが如し。かくて、やうやくしてリチヤートが性質を演じ出すに及び、四方の喝采一時に起りしかば心勇みて、ここに於てはじめて慕弗の形吾目に入らずなりにき、と語りしとぞ。ハーシハルストツクテールといふものの説によるときは、瓦児律は当時慕弗の来観てその批評きき、その称賛をうくるをもて無上の楽とせりといへり。

瓦児律が欧洲の諸国に巡回しけるとき、各国これを愛して延見せざること無く、宴会ごとに招待してその名誉を敬愛して賞牌を与ふこと数を知らず。かかりければ、戯場にのぼりてその伎を演ずるにいとまあらざりき。カルリツクに滞留せしこと最長かりしが、仏国の名優にフレウヰールといふものあり。此優の妙技を感服して、遂に贄をささげてこれが門人となりぬ。或る日、師弟馬にのりて近郊を遊歩することありしに、弗列威《フレウヰール》いひけるは、只かく興もなくてのり行かむもせん無し、某今大酔したる騎兵の真偽してゆくべしとて、目をすへ語言をみだし態度をくづしたるさまを装ふに、実に酔人の如くなりき。師はこれをみて、まことに妙なり、されどもいまだ至らざる所あり、しばらくまちね、我はまた英吉利の劣等の俳優が旅舎にて葡萄酒三四瓶に酔て、夕ぐれに馬にのりて戯場に赴くものに似せてみすべしと、酒の酔次第にめぐり来るようを細やかに演じ、後のかたに居たる従僕に向ひ、やあ、そこな男、けふの日輪とこの郊原はなにとて我等をかくはめぐるぞや、といひながら馬のあがきをみるやうにして、ここな畜生何をぬるくあゆむぞ、とて鞭をあげてはたとうつ。馬は驚きてかけ出さんとするを、おのれといひざま手網を引締め、馬刺輪をつよく当てたりければ、馬はます〳〵おどろき前足をあげて真直に突き立てあとしざりす。酔人はます〳〵いら立て、再び鞭を揚て丁と打たんとしてあやまちてこれを地に落せり。馬はおどき（ママ）いまだ静まらず、しきりに狂ふほどに、酔人の鐙は忽ちはづれて、手もまた鞭をはなせしかば、忽ちどうと落たりけり。弟子は大に驚き走りよりてみるに、瓦児律ははや死せるが如し。こはいかにと掻き起すに、面色土の如く生たるとは見えざりければ、やうやくに塵うち払ひよびつけ、心地はいかに、傷つき給はざるにやと問れば、その時酔人は目を開き大酔せし人の如く、酒はなきか、五瓶十瓶なりとも葡萄酒をはやくもて、とののしりしかば、弗列威は目をはり口を開き、驚きあきるる事半時ばかり、師が起あがるをみて、大名手大先生、小弟をして永く門生たらしめよと呼はりしとぞ。

## 世界の滅亡

月球は、むかし、この地球の如く人類すみて艸木もしげりしが、幾万のむかしにや、水乾き艸木つきて乾土となりしといふ説あり。されば、この地球も遂には尽くる期あるべしといふ説はむかしよりいふ事なるが、近刊のロンクマンス雑誌に世界滅亡の次第とて一学の士（ママ）を説をのせたり。その言に、大陽系中の諸天体は常に変化せり。その中につきて我地球はとしぐ〳〵若干その軌道を収縮して大陽に近き居れり。然れば、時を経ば今の熱帯地方はます〳〵熱度を加えて、温帯地方は熱帯となるべし。斯ていよ〳〵滅亡の期に近くに及びては、赤道に近きわたり炎熱の為に艸木枯て荒野となり、人畜はことぐ〳〵く地球の両極にあつまるべし。西班牙の葡萄園は枯れ、アルフスの雪は溶け、英国は炎熱の曠野となり、クリーンラントは熱帯の植物にて蔽はるべし。人類の住地いよ〳〵両極の方しじまるに至りては、万民一所に群れ集るが為に食料足らずして譏饉となり、次第に地中の水気乾き雨降らず、饑饉炎熱内外より攻め来りて人畜多く失すべし。幸にこれをのがらるるものは、海洋湖のかたはらに住してその熱をのがらるるを得るとも、久しからずして雲晴れ水尽き、炎熱の為に生物尽く死し、この地球即ち終るべしとなり。（国民新聞《ママ》よりてつづる）

### 前と相返したる地球の滅亡

読売新聞をみるに、同じく地球の滅ぶる説をのせて前とは反対の事あり。天文学士レヲタート氏の説に、近頃大陽の表面にあらはるる黒点の数、やうやく昔に比すればましたり。これをおふて論ずれば、遂には地球の表の如くかたき形をもて大陽を掩ふに至るべき道理なり。されば我坐する所の地球も、もとは遊星をもて月を率ゐたる一の太陽なりしが、永き星界の命数を経て今の遊星とはなりしなり。太陽の燃料尽きて黒点をもて全面を掩ふに至らんこと遠きといへども必ず無きといふに非ず。さあるときは、この地上に生活する動物は、その太陽の熱滅ぶるに《(ママ)》の半に至りて、その生命を保つこと能はず。太陽の熱滅ずるに従ひ、両極の氷帯南北より延びて赤道にせまり来ること必然なり。かかる時は地上にある人々は己が智力のあらんかぎりを尽くしてこれと争ひ、己が死を免れんことを謀るべし。されども自然の力には終にかなひがたき道理なれば、次第に力尽きて終に赤道直下にありて今のラブラントル、ヱスキモウ人種に似たるいとあはれはかなき生活をなすに至るべく、それより又々幾層の寒をまして、人類尽く氷結し、またすすみて海水と大気を吸尽してのこす事無きに及び、人類はこの空気を求めむが為に地球の底を穿ちて土中に棲むに至り、のち又蒸気流体を尽くうばひ去らるるに及び、地球の面の温度下りて氷点より下百度となり、ここに至り、星界の命数に比してはつか数千万年を一期としたる人類は全く尽き、再び他の星界に人類を生ずるに至んとぞ。

前説は熱に滅し、後説は寒に亡ぶるなり。漢土の説をもていふときは、前は独陽に死し、前《(ママ)》は独陰に終はるともいふべし。

### 普国の毛将軍

去る十月廿五日より同き二十六日の夜に至るまで、独逸国の伯林府は近年無比の祝会あり。ウンテル、テン、リンテンの街は灯火の光にて白昼よりも明し。懸けつらねたる孛国の旗は晴夜の虹かと疑はれ、スフリー河より戦勝塔に至るまでの将軍万歳と唱ふる声とともに、ふり照したる松明の光は蜿蜒として大赤龍のはひゆくが如し。こはこれ伯林四万の人民、党派恩恐をわすれて、故独帝維廉一世、前の宰相畢司馬と今の将軍毛奇の九十の生辰を祝するにぞありける。此日、伯林府に集り来れる日耳曼各国の人幾万といふ数を知らず。米国より特に人を派して実況をみせしむる新聞社員もまた少なら ず。この日、独逸愛国歌を唱へて行伍の真先にたちたる白鬚雪眉の一隊は、むかし毛将軍に従ひ墺を破り、丁を掣、仏を攻め降したる老兵なり。次には少年の一隊あり。これはテシトスの書に著はせる北狄蛮夷といはれし昔より今代のメーシヤウイスマンのスルー人に至るまで、大凡日耳曼一国にあづかりし二千年間の古象に擬したるものにて、脚歩を斉てねりゆきたる学校の生徒となり、この四方の行伍は毛公万歳、帝国万歳と呼びつづけて潮のよすが如く、参謀の本部に至る。この時、本部の正庁に白髪の老将軍、身には独逸兵馬大元帥の正服を穿ち、鉄色の面に刻める皺紋は北海の波濤、いろしろく粛然として、星羅せる大将校の真中に、体やや前に屈し、右手は卓により、左手剣を杖て、老柏の勁風に屹立するが如く矗立せしは、かの名高き毛奇将軍なりけり。かくて美術学校の生《（ママ）》一隊は、白銀の月桂冠を捧げてこれを将軍に献ず。将軍一揖てこれをうけて卓上に置く。明る二十六日は朝より寒雨靡々と降り来れり。されども満街の国旗なほ煌然としてこれを徹《（ママ）》するものなし。孛国教師の一団にて参謀部におもむきて祝歌を唱ふ。つづきて諸国帝王大統領より賀書陸続として電信をもてこれを告ぐること引きもきらず。その文書几上に山を成す。ここに於てサキソニー王、ヘッセハーテン大公をはじめ、高官隆爵の人々、車馬雲の如く将軍を祝し、畢る頃、皇帝六龍に駕し本部に幸し勅すらく、朕、将軍と時を同じくするは名誉とする処なり。将軍が吾国と吾王室とに大功勲を著はせしは一言の辞一基の砲のよく尽す所にあらず。日耳曼の帝国は是将軍の大記念碑といふべしとありて、七宝を鏤めたる金牌を贈る。次に皇后后妃は礼服の麗はしきをきて娉婷として蓮歩を揺がし、将軍の前に来りて老将の健康を祝す。次に皇太子は二皇弟とともに海軍の正服を着し、左右より将軍の老腕をとりてともに万歳々々と唱へたり。されば毛公が仏国と戦ひしとき、かの国の精兵死を決して獅子奮迅の勢をもて追ひせまりしときだに一毫もおそるる色無き将軍も思はず感涙に咽び、その三手をとりて正庁の前に樹てられたる古血に漬みたる破旗の前に至り、細やかに昔時血戦の事を語られき。三皇子耳を傾けてこれをきく。唯、惜らくはこの日、故宰相畢司馬病によりて来会することを得ず。此夜、中央の旅館に大盛宴あり、将軍これに臨みて歓呼暁に徹せり。如此大盛会は、千八百七十一年先帝維廉一世が腹兵を引て伯林に凱旋せしより以来、始て見るといふ。

斯の如く独逸帝国に尊び重くせらるる老将軍、生涯はその倹薄なることは実にまた人を驚かすほどなりけり。冬期には伯林の都に寒を避くれども、春風面より吹きて万樹やうやく緑なる頃に至れば、老将は人にも知らせず、行李をも携ふることなく、独飄然としてフレートリッシスツラスの停車場より汽車にのりてシリシアのクライソーの別墅におもむくに、苑広く家大なれども粧飾きはめて質素にして、たえて華麗の風をみず。将軍、朝七時に起き出て、侍者の手をからずみづから衣服を着し、珈琲をのみ畢り、しばらく己が事業を執り、のち鋏刀をとりて庭園に出てかの広き園中を散歩す。園を修むるは老将の最も好む所にして、百年を経たらんにはこの大園無双の佳園となるべしとかつていひしに、いまだ半に至らずして樹木蒼欝として花果群生して宏荘佳麗の園とはなりぬ。かくて将軍は朝の散歩終りて書室に至るときは、参謀本部より来る文書あまたあり。これを看閲して、これに答ふる、日としてこれ無きはあらず。将軍すでに参謀職を辞して閑に就きしかど、本部公事を通報し意見を問ふこと在任の日に異なることなし。正午に至り午餐を終りたるとき、対面を請ふものを延きてこれをみ、しばらく閑談し、ややありて客を辞し、侍者に命じ旅行の記事及び古伝記・小説を読ましめてこれをきくこと数時、天晴るるときは庭園に下りて投球戯をなす。将軍きはめて此戯をよくす。この人、歳すでに九十に及び猶健なる証は、雨降るといへども雨傘を用ゆることなし。外出して雨にあふとき、里氓の子弟走り来りて傘を出す。されども将軍、頭をふりてこれを受けず。一日、将軍無蓋の車にのりて大雨にあへり。家に至れば衣服淋漓たり。家人衣を更へ給へといひしに、老将打笑ひ、おろかなることをいふものかな、吾体は糖菓にはあらず、衣服はおのづから乾くものをと。午後七時、一家茶を喫し、来客なきときは小侄等と骨牌戯をなすに、勝負を争ふことなほこの翁が畢生の力を尽し、仏国と戦ひしに異ならず。

**奇病**　以下廿四年一月より筆を始む

（頭欄）［生蛸腹中に生長す］　新潟県古志郡荷頃《にころ》村結城某は、両三年以来身体衰弱の故なりしか気力すぐれざるをもて専心療養してありしが、たしかにこれといふ病根をも見ず、只一つら《（ママ）》なる貧血症とてゐたりしが、去年の季に至り腹部一方ならず張りて痛にたへかねしかば、同国長岡の病院に治療を受けたり。さるほどにこの院の医師等が診察する所は、水腫といへる病症なるべしとて、腹中に満ちたる溜水をのぞき去るときは快気を覚ゆべしとてその治を施し水をのぞきしかど、衰弱するのみ、絶えてしるしあらず。或人すすめて、栃尾町なる医師某の腹を服せしはいささかしるしありけん、病やうやくよろしく腹部の張も減ぜしかど、忽ちもとの如くなりて死しけり。例によりて火葬せしに、腹部かたくして焼尽せず。いと怪しければ外皮を剥ぎてこれをみるに、怪むべし一頭の蛸魚の生たるが両眼明かにして腹中に在り。その大さも常の蛸に倍し、数枝の手足大骨の内に幾重ともなくからみ居たり。人々大におどろきしかど、ある可きにあらざれば、やがて再び火を点じてこの怪物を焼殺してけり。よてこの人の病はこの怪物の為なりとしられしかど、如何なるゆゑにここに生魚のありしゆゑを知らず。但、今より一両年前に或る宴集に蛸を食してその毒に中りしことありしが、その肉再生してかくは生長せしにや。世にあるべき事とも思はざりけれども、読売・大和の両新聞に見ゆるによりてしるす。

### 新発明の銃

英人モンシユールホールキツフアート氏は、一千八百七十一年より巴里瓦斯会社に入りて、蒸気空気の圧搾瓦斯の化液にかかる実地経験をはじめしに、終にこ度液体の瓦斯力を利用し、弾丸を発射する新銃を発明せり。この銃の世にあるものに勝れる処は、第一に、火煙塵香なきをもてその発する処をかたきに看知らるること無し。第二は、此発する力は充分に精密に制裁することを得るがゆゑに発する毎に必ず命中すべし。第三は、なみ〳〵の銃の如く発するごとに銃身反激する患《うれひ》なし。第四は、すみやかに発射すれども銃身熱せず。第五、銃の重量きはめて軽く、その価も他に比すれば賤し。第六に、此薬液を用ふるときは歳を経るといへども発時の力を減ぜず、また銃口に湿気を帯ることなし。第七、化液を蓄ふる薬室小なれば銃身軽くして携帯に便なり。第八、この銃の弾丸は円形錐形いづれとも用べく、小弾といへどもまた用ふ可からざることなしとぞ。

## 戦袍日記をよむ

この書、余が修史館にありしときよみしことありき。その時は弾雲硝雨一斑と号せり。熊本人佐々友房に《(ママ)》作りしものなり。佐々は池部吉十郎に従ひ十年西南の役に賊となりし人なるが、降服して命をゆるされ懲役場にありて、のちにゆるされたり。当時なほ九州政党のうちにては鋤をとるものといふ。詩文を善くす。戦場にありても吟詠を廃せず。勇猛にしてよく衆を服せり。この日記につきても主将池辺が俊傑なりしを知るに足る。惜かな志を得ずして死せしを、友房その時廿四歳、今三十五歳ばかりなるべし。序は谷干城氏の作にかかる妙文なり。

迅雷駆雨、暴風抜樹、屋瓦震蕩、非陰陽相戦耶、然而雲散雨歇、二気調和万物暢達、欣然自得、曾不尤天者天無私心也、戦争亦猶如斯歟、当其砲煙横空弾丸為雨之時、互欲扼其喉食其肉、及旗皷已収硝煙絶跡、乃握手談笑仇讎相忘、悔往戒来、毫無所狭。則与二気相戦而相和者何以異哉、佐々友房者熊本人也、十年之役、率兵抗官兵、時余守熊本城、互欲扼其喉食其肉、今也坐一堂、吐露肝胆追談往事、胸襟如洗、嗚呼、均是風雨耳、均是人耳、先為暴雨雷雨、後為好風時雨、或為仇讎怨敵、或為親友知己。抑亦二気不調之変耳、彼我執拗之誤耳、豈有私心乎、友房示一小冊子且請一言、題曰硝煙弾雨一斑、記十年戦事者也、余読之感旧泣下、為書巻首、明治十七年十月、海南古狂干城。

この次に鎌田酔石景弼の詩あり。

日記繙来対短檠　松濤孤作万軍声　人因文字写肝胆　天与艱難錬性情
古塁厳霜晨拭剣　荒城暗雨夜冷兵　従今不説干戈事　宜以恩綸答聖明
　　辛巳晩夏読硝雲弾雨日記、賦此以為題辞、酔石景弼草

この鎌田は平十郎といひて、余とともに集議院に在りて幹事となりし事ありき。胸襟快活にして智謀あり。のちに県令となりしが病て死す。いまだ五十に至らざりしにや。池辺が子は吉太郎とて今世に知らる。身の丈高くその父を思ひやらる。余が友小中村清矩翁が養子義象は池辺が従弟なり。

## 臘虎の皮

一呼して百余万円の株金を集めたるかの北海道の臘虎は、その名宇内に高く、その価も極て貴きものなり。今年(明治廿四年)に至りては上皮一坪(一尺四方なり)六十余円とぞいふなる。奢侈を好む人これを帽子に作もあり。又これを外套の襟の袖口にするものあれども、真物は得がたし。然るに今の惣理大臣松方伯は、微行の人力車の内側にはこの皮を張りたり。その価いくばくといふ事を知らず。されどもこれはいまだいふに足らず。商紳と聞ゆる米倉一平の家には、十五畳の庁事ありて、尽くその皮をもてすき間もなくしきつめたりとぞ。一坪六十円をもてするときは、一万六千二百円となるといへり。余が家は六畳の席をしくべくしてその畳の価は六円にすぎず。春秋の月くまなくさして夢もまた穏なりき。

## 武蘭勢将軍自殺

廿四年(傍注)〔一千八百九十一年〕十月一日、仏国の故将軍フーランシエー、比児義に於て自殺せり。そも〳〵このブ氏は一世の梟雄と称せらる。一たび仏国の陸軍大臣となり、急激党の首領たり。曼仏の和伐共和の運命、この人の手に帰したりしが、一たび野心発覚して大に人心を失ひ、国境を追ひ出されてショルシイ島に幽居せしが、昨年の秋メルメイツキスにその隠事を摘発せられ、ます〳〵その勢衰へしかば、不平に堪へかねけん、自殺の報あり。フ氏、名はショルシ、アルネフス、シアンマリイといへり。仏国レンヌの地にて千八百三十七年に生る。はやくより兵籍に入り、千八百五十六年より六十一年まで、アルセール・イタリー・交趾・支那の諸役に従ひ、レキオン、ノールの栄を受け、普仏の戦に上将に属してメッツを守る。のがれて巴里にかへり、中佐となり一隊に将として守城の功あり。七十六年、仏国将校の惣代として合衆国独立百年祭に赴き、千八百八十年、フリケート将軍に任ず。武名大に著はる。陸軍省にありて歩兵統監となり、幾程なく阿弗利加チュニスの司令長官となり、二年大にその手腕を揮ひけり。ここに於てフ氏は勢に乗じ、文官を抑へ武官を揚むとせしかば、政府これをにくみ、八十五年、これをやめて本国にめしかへす。是より先、フ氏、極左急激党に左胆《（ママ）》して、従弟なりけるクレマンソー氏に結び、その党与を煽動す。政府のその勢を憚りて陸軍大臣に任ず。この任にある事八十六年一月より七年の五月に至る。しかるに武氏は、その性勢を貪り反覆常無く、表に共和政を専らとして王家の諸王子を放逐し、うちには普仏の戦よりして国人普国をうらむの心を動かし、専ら武を練り復讐の説を主張しければ、慓悍の国人大にこれを喜び、争ふてその党に帰す。すでに官を罷めて、クレルモン＝フェルランにて一軍団を司りしが、在任の時、妄言衆を惑はすの罪をもて三十日の禁錮を得たりき。此年、大統領フェリー氏が己を罵りて、酒店無頼徒内の英雄といひしをいかりて決闘を請ひしが、もろくうちまけたり。されどもフ氏少しも屈せず、ます〳〵政府に抗す。八十八年三月、又職を奪はれしかば、国人の事を喜ぶものなほその義を慕ひ、トルトンの代議士に挙げ、又イルの代議士に挙げけり。ここに過激の徒は、フ氏が巴里に入る日をもて急に事を挙げ、政府を滅しフ氏を迎て統領とせんとす。フ氏いかにしけん、これに従がはず。政府これを悟りて遂にフ氏を逐ふ。フ氏走りてショルシの島にのがる。これは八十九年の事なりき。しかれどもフ氏なほ野心を改めず、故国の同党に通じて隙に乗じて本国にかへらむとす。九十年の秋に至り、仏国フイカロー新聞武蘭勢党の隠微と題して、フ氏が名を共和過激党にかりて、その実は王党と聯合して政府を覆へさんとするよしを痛論せり。殊に代議士にあげられたる費用は、その情婦なりける寡婦ユーセー公爵夫人の嚢中より出たるに、この夫人は王党にしてニューオリアン公の意を奉じてフ氏を用ひし事も、又フ氏志を得るの日、オリアン家を仏国の王とすべき事約せしこと及び巴里の急激党が起りて政府を滅せんとしたるとき、これに応ぜりしは王党の意に出しこと等、尽く国人に知られたり。又、独国の太后仏国に遊びしときも、自ら島を出て伯耳義におもむき、仏人を煽起せんとしけるが又行はれず、すでに名望を失ひ、又機会を誤りしかば、その不平に堪かねて自殺せしと聞えたり。

## 武蘭勢が自殺の次第

伯耳義の通信によるとき、武氏の自殺を明かにしられたり。武氏は己が情を通ぜし婦人マアガレット、ホンヌマアンに殉死せしなり。この寡婦は、武が仏国に在りて勢を得たりしときより深くかたらひけり。武は色好みの人にして情婦数人あり。ホンヌマアンはその一人なりき。武が仏を走りしとき手を携てともに走り、武が正室を疎んじて功名の心を消えさりしも、この婦人ゆゑと聞えたり。しかるにこの婦、去る九月某の日、フルッセル府にて病死しければ、武は世にのぞみなきまで鬱々として楽まず、友人これを傷みて巴里に住する武が正室を招かむとせしに、武はこれを怒りて肯ぜず。正室は初めこそ夫が情無を恨みつるは、今は心折て自ら一書をおくり、配所におもむき苦楽をともにせんといひしかど、武はつれもなく返事だにせずしてホンヌマアンの死を傷みて、飲食を減じて痩細れり。只日にやくとして、その墓にまふづるのみ。黒色の服を身にまとひて、墓に至り泣きくらし、終に墓守に命じて、そのかたはらに一棺を埋むべきほどの地を開かしむるに及べり。かくて去る八月よりこのかた、酒風症になやみしかど病をつとめて日々墓に至り、或は小刀をもて婦の碑に、マアカット《（ママ）》よ遠からずなど刻みつくる事もあり。のちにはこれに金を嵌れて、のちにのこすことをさへ命ぜしといふ。かかりしかば墓守等もやうやくその心を悟り、武が墓の前立たるをみて、己がどちかたらひ、かしこに只今にも世を去りなんとする男あるをみずやとささやくこともありし。この九月の末の土曜日の事なりけん、武が姪女、風とその房に入りしに、武は手に短銃をにぎりて、はや覚悟の処とみてければ、あはて走りかかりて、その銃を奪ひさま〲諌めしかば、武もやうやく思ひ止るよしをいひてやみぬ。されども武は中々に思止るべうもあらで、今は世に無きものと思ひけん、遺状二通を作りて、これをかねて頼みたる状師がもとにつかはしけるにぞ。一家の人々は大に驚き、銃器刀剣の類を尽くおし隠し、つねに武がふるまひに心をつけ、中にも姪女は武が寝室の外に立て耳を扉につけてその声音を伺ひ、少しもおこたる事なかりけり。武はかくとも知るや知らずや、日夜憂に沈み、泣に泣明かせしが、十月一日、早とく起て車に入りて例の墓におもむく。そのさまのあやしければ、かねて頼まれたりし武が親友チュテムスは、武はいなむをきかず、その車にとものりして墓にゆきしに、武は例の如く武《(ママ)》の前に身を投げ伏して泣きゐたりければ、チュテムスはさしよりてさま〴〵になだめ、わりなくこれを抱き起し、車にかきのせかへりけり。されど武はしばしもえ堪へず、又墓所にゆかむといふにぞ。言を尽してとどむれどもこれをきかず。チュテムスも已こと得ず、再びかしこに至りしに、武は答て、御身の好意かたじけなし、今は自殺の念は止まれり、只心のままに悲を尽さし給へとありしかば、さらばとて、しばしその所を立のきしに、武はなほその墓の前にあり。眼を定めうちながむるやうなりしが、忽ちその身をぶる〳〵とふるはしたれば、驚きて走りよりてみるに、いかにしけん、短銃の丸ははやくもその頭をつらぬき、血にまみれて倒れたり。死するとき、かの情婦の画像を胸にあて、レキオン、オフ、オノルの勲章をかけゐたり。その容貌をみるに、常の愁傷の体は無くして坦然として和平の色ありしとぞ。遺言状をみるに、その一通は、吾死するは他に非ず、ホンヌマアン夫人の死を悲むがゆゑなり。又一通は、吾死すとも吾政友等は吾つねに抱きゐたる大主眼を実行し給へとしるせしとぞ。武死する年五十五歳なり。家には八十四歳の老母ありて、はやほけ〳〵しき老婦なりといふ。武が死せし報巴里に達せしかば、正室は大に慟哭しけり。欧州の新聞は、この武が死せしを弔するが為に冷評をもてしたりとぞ。武もまた栄なるかな。仏国の人は婦人の為に身を誤つもの幾人といふを知らず。かの世に名高かりし《(ママ)》けるカンヘツタも情婦にそむきしをもて、これが為に銃傷を負ひ、終にそれによりて死せり。英雄色を好むよしは、天下いづことしてこれ無るべき。されど婦人の死を傷みて殉せしは、いまだききも伝えず。これを要するに、かの国人は道義をもて私慾に克つことを知らず。遂にかかる浅間しき事にも及ぶなめりかし。

## 小豆島

余、二十四年五月をもて讃州小豆島に遊び、懸鈎山をみる。この山奇絶の岩石多し。書記《ママ》に、応神天皇二十二年春三月、望兄媛之舟、以顕玉曰、阿波旎辞摩、異椰敷多那羅、阿豆枳辞摩、異椰敷多那羅弭、予呂辞枳辞摩、云々。同秋九月朔、天皇狩于淡路、転以幸吉備、遊于小豆島。この島の四海に森遷といふものあり。今郡長たり。文辞をよくして京師の江馬天江の門人たり。余は遊びしかへさなりければ、面会に及ばずに去りしが、後、加子浦旧記・小豆島風土記の二書を借しけり。風土記はのちに作りしものなれば、さして見るべきものなし。加子浦旧記のうちに、

小豆島　　享保十五年戌三月包艸

一、往古備前国小豆島之義は、戦国之時細川管領家御用にて御座候。大公儀様御代々御秘蔵所にて、数百年水主浦御用相勤る之御事。中興より讃州小豆島と御国名相改候事。

一、天正十五年亥歳三月、伊勢津之守様并備後山ノ内佐々木荒丹後守様御両公、高麗国江御上使被遣候御時、水主四百余人御用相勤候事。

一、天正十八年、小田原御陣之御時、船五十壱艘水主四百余人御用相勤申候事。
一、文禄元年、高麗国御陣之御時、船五十余艘水主六百五十壱人御用相勤候事。
一、同年、高麗日本和睦仕候。宝永七年迄百二十年に罷成候事。其時あたけ丸と申大船壱艘、当時洲崎村西之岡と申所に末々迄御預け被為置、其儘朽捨り申候。是は小早川築《（ママ）》前守様御造進船にて無類之大船、九州彦山之神木にて造り立、此船頭大坂天満弥左衛門と申者にて御座候事。
一、竹島より京都大仏殿之材木積登せ申候時、船十壱艘水主共御用相勤候事。
一、慶長十九年大坂御陣之御時、大御所様御上意に付、片桐市正様へ被仰出御請状之趣。
急度申遣候。当三ケ国并小豆島水主浦御用に付、塩・薪木・鰯等不残其地有次第、尼が崎迄積登し可申候。此旨申付候。茨木より森口へ左右可申出候。委細は富田太郎助・林又右衛門可申置候。以上

慶長十九年　　片桐市正
寅十一月朔日　　小豆島年寄中

右之状、唯今に至、慥に所持仕居申候。中略
池田村　草加部村　土庄村　洲崎村　屋形崎村　大部村　福田村　名前略ス
以上十人之もの、尼が崎・堺迄相詰、塩・薪木等、天王寺御城・茨木之御城へ差上申候。只今に至、此御定例として大坂御城へ御味噌・塩、毎年十一月塩二百九俵づつ上納に相成候事。以下略

ス

## 高山仲縄江戸日記

この日記は半紙四ツ折りにしたるものなり。表に江戸日記、右に寛政元年己酉とあり。左に十月三日乙卯とあり。(頭欄)「十月三日より十一月廿二日まであり」明治四年二月、頼支峯が箱の蓋に小文あり。文にいふ、是日記、距今廿三四年前、於尾藤水竹許観仲縄江戸日記、雲編五六葉、其書体裁与此不異、今為佐々木士遷蔵とあり。仲縄の書はよからず。文もまた工みならねども質実にして喜ぶべし。先年日記を影写して上木せしものありき。もしやこの記にはあらぬか、今手元にその書なければ対照するによしなし。今そのうちおもしろき条を抄録す。

十月八日庚申の条。讃岐侯の邸足軽川井次右衛門来りて語る。賀《(ママ)》賀国の人也。岡山侯の族に池田但見といへるものあり。坊城殿の娘を室とす。後に不縁となり行きて京都へかへるときに歌をよみてのこす。

身の程ほどは知らで別るる宿ながら跡栄ゆけ千代のもも菊

とぞ。岡山侯、是を聞かれて但見に云ひて帰へし戻して、もとの如く夫婦とならしめしと。薫が語りし讃岐山田郡菅治村貞女はつは、与七郎が養女となり、養父の姪八兵衛を入聟としけるに、八兵衛二人まで子を持ちて養父母の心に叶はず不縁す。後又、入聟を呼入れんとする日当りて縊れり。はつ、時に二十三四とぞ。

三十日の条。岡村八十八の所に入る。岡山侯、大力にて鉄棒を二本自在に振らる。遠く投ぐに地に立つ。鈴木清兵衛を抱いて、我を投げば後に門入せんといふ。鈴木氏、侍従以上の御方は格別也とてやみぬ。又、馬を好まれて居間の辺に厩を作りて妾婦に命じて洗足せしめて見らるる。白川侯の至りし時に盃出でたるに、亭主の呑まぬ酒は飲まれぬと辞せらるるによりて、白川侯も飲まれてのちしひられける。因幡小僧が忍び入りぬるときも、妾と寝をともにして有られけるに、盗人縁の上に上るるときくや否や、灯を吹消し鑓を取て障子越しにつきける。盗人も遂に逃げ去りけるとぞ。勝叡語る所也。(割注)[勝叡は八十八なるべし。]

十一月十五日の条。頼千秋方へ寄る。居らず。夜に入て林家に入て根本生と語る。当十一日、林大学頭・柴野彦助・岡田清助三人を白川公の召され、何成共御為に成る事は申上べし。儒者は祝の詩作りて奉る計が奉公にはあらず。口を閉ぢて居りては済まぬ事、此方に限らず何レ老中共へ遠慮無ク何成共申出スべし。此事老中へ知らせ置きぬとありけるにより、三人共に得と工夫仕り申上ぐべしとて立ちしとぞ。

十月六日の条。京都炎上の時に四条河原にて乞食五十両を拾ふ。火静りて本主に返へす。与ふべしといふに、人の落したる金にて立身出世欲せずとて受けず。後、魚を珍器に入れて与へたりければ、乞食共を呼びて振る舞ふて、焼炭を包みて紙に歌一首を書て礼とす。

宝共思はば袖に包むべし浮世の塵を何に包むとぞ。

# 学海余滴　第二冊

## 信濃物語　明治三十年八月

学海　依田百川筆記

### 仁科城　以下臼田の寓に筆す

信濃仁科記といふもの、臼田町の依田儀三郎、余に借されたり。その記するところを読むに、俗書にして考証とすべきものとも思はれねども、尽く捨べきものとも思はれがたし。古代の事を叙せしあたりは妄誕にして見るに足らねど、中葉よりのちの事はやや実事も交れるに似たり。

仁科の祖は一條修理大夫といふ。その末に仁科山田二郎といふもの（傍注）［これ盛遠なるべし］ありて、後鳥羽院の御時、院中に奉公せしをもて罪せられ、所領奪はれし事あり。その後、左兵衛尉政治といふもの京より来りてここに住む。しかるに奥州安倍貞任の余類、安倍五郎丸といふものありて、仁科城を攻めて政治を殺し、その所領を奪ふ。時の将軍頼経、織部義次に命じてこれを誅伐せんとせしが、戦勝たずして五郎丸の為に討たる。ここに先年亡びし木曽左馬頭義仲の遺腹の子（割注）［本書には巴の腹に生れしといふ］山城国にかくれゐたりしに、樋口次郎・手塚太郎ともに本国にかへり、大塩邨に住す。これを木曽大野田殿といふ。時、山田次郎の子あり。又次郎と称す。義重を婿とかしづき、兵を起して仁科城を攻め、安倍五郎丸を誅し、使を鎌倉にまゐらせて賊徒誅伐のよしを注進せしかば、頼経これを賞し、大河三千貫文を知行せしめ、美濃守に任ず。義重となのる。文応元年三月十五日歿す。淳和院と号す。子義元、織部正と称す。その子義国、右京大夫と称す。その子義行、信濃守と称す。その子義勝、左京亮と称す。その子義達、その子義隆、安芸守と称す。応永年間の人なり。そののち、小松重盛の子孫、横瀬三郎盛政といふものあり。義隆の婿となりて仁科城を領す。その子大和守盛国は仁科氏と称し永享年中に卒す。道隆院宗円居士と謚す。その子伊勢守正盛文明元年に卒す。正林院小山居士と謚す。その子兵部大輔清長、上野の西牧にかへり、遠山和泉守を仁科の城代とす。その子帯刀に伝ふ。天文中、清長の子孫を真々部尾張守といふ。再仁科城に入り、武田信玄入道の婿となりしが、永禄四年三月、信玄欺きて甲州に召しよせ腹切らせ、その領地を横領せり。かくて、その子五郎信盛をもて城主とす。なほ仁科を名のらず。天正年中、織田信長の為に破られて自害す。仁科は即、今の高遠なり。

## 蕃松公信蕃朝臣の墓

蕃松公は天正十一年二月廿二日、岩尾を攻めて、城将岩尾小次郎の為に砲丸に中りて、その弟源八郎信春ともに戦死せし事は諸書にのせて詳なり。家譜には佐久郡田の口城のもとに葬るとしるし、即ちその地に一寺を建てて蕃松院と号すとしるせり。しかれども今、院に位牌はもとの如く存すれども、その墓をしらずといへり。寺僧に問へども、しかと答ふること能はず。余、明治三十年八月四日をもて院に至り、住持海天和尚に訪ひ、檀家惣代と唱ふる人々と寺中の墓地にゆきて探りみるに、寺の西にあたりたる山のうへに古き墓多くあり。そのうち篁を背にしたる所に大盤石を据へて、そのうへに二基の石塔あり。一基は高くして左に在り。一基は低くして右に在り。いづれも三百余年の星霜を経しものと覚しく、製作甚古朴のものなり。これ即ち公及びその弟信春ぬしの墓なるべし。そはこのあたりに古き石塔多かれども、皆極めて小さく且低し。古より、その身貴きものに非れば、高き石塔を建る事をゆるさざる風俗なれば、これは皆この邨の農民か或は地侍などなるべし。ここに於てはじめて公が墓所の明かなりしを喜び、惣代の人々もなほ相議して、建碑の挙にも及ぶべしといひき。しかるに同月七日、また人（傍注）［平林槐三郎］ありて、余が寓居せる臼田村の弥勒寺に来りていふやう、某は去年、同郡布下村釈尊寺の側の田園中より一の五輪塔を掘《ママ》り出せり。その石に公の法名を勒し、年月もさだかにしるせり。今これを寺中におくといへり。その人、今法名わすれたりとあれば、なほ尋ぬべし。長野県治一覧表には伴野村にありとしるす。されど家譜（越前の葦田家譜なり）たしかに田口城下に葬るとあれば、蕃松院にある所の石塔、即ち公兄弟の墓たる事、疑なかるべし。

のちにきけば、土中より堀《ママ》出せし武田左馬助信繁の墓石にて信蕃に非ず。しかも偽物なるべしといへり。（割注）［小諸の釈尊寺に遊びしときこれをみしが偽物にあらず。いかにも古色あるものにて、当時のものたる事疑ふべからず］

## 芦田氏

余が先祖依田の四郎為継より十四代右衛門佐満春、はじめて小県郡依田荘より佐久郡の芦田にうつり居城をかまへ、芦田氏を称せり。されどもこれより先に芦田氏あり。そは源の頼信の三男乙葉頼季の後なりき。頼季の子満実、当国高井郡に住みて井上と号す。満実の三男米持五郎家光が孫、次郎光遠、芦田に住して芦田氏を称す。されば依田満春が芦田氏を称せしは、米持氏の婿となりてその所領をゆづられしにやあるべき。仮令ば源義国が足利太郎俊綱が婿となりて足利の荘をゆづられ、やがて足利氏を称せしごとくなるべし。

## 相木の依田氏

相木氏は桓武帝の子孫にして平氏なり。いつのころよりか依田氏を称せり。戦国の時、佐久の四統といひしは、大井・米持・伴野・阿江木なり。延徳四年、甲斐武田氏、佐久郡に乱入し、六月五日、岩尾城を焼討し、大井弾正を討ち殺す。弾正名は行満、この時落合慈爵寺も焼討せられ、甲州勢、寺の鐘を分取す。今松原社頭の鐘は是なり。同月八日敵倉瀬を渡り、芦田を攻む。大井伊賀守大将となりて甲州勢を打破れり。この日芦田の米持庄司戦死す。これによりて米持氏亡びて芦田の地、依田氏これに代りしにや。阿江木は即相木にて、天正中田の口城主は相木能登守にて依田とも称せり。さすれば依田四郎為継などの時、依田氏盛なりしかば、それが苗字などを与えてしか名づけしにやと思へども、己が苗字を人に授くることは、永禄天文よりこの方の習にて治承養和あたりにその事ありしとも聞えず。なほたづぬべし。臼田の依田儀三郎は相木氏なり。よつて余に語ることかくの如し。前の条とこの条とは科野地名考を基としてかけり。

**依田氏の同族**

六孫王経基の四男満快が孫源為公信濃守に任ぜられ、子孫ここに住し、その流あまた蔓延す。中津・伊那・林・泉・諏訪部・室賀・瀬橋・槙田・平塚・松本・飯田・小田・佐那田・二柳・村上・夏目・依田・手塚・諏方・飯沼・片切・那須・大島等なりといふ。

**丸山内匠助**

丸山氏は田ノ口村新海神社の宮侍といふものにて、往古より神社を所管せしものなり。その家に古文書多しときき、八月四日蕃松院に至りて祖先の墓に参りてのち、檀徒佐々木常助に案内させて神社に詣し終りてその文書をみしにさま〴〵ありしかど、そのうち修理大夫康国朝臣が丸山内匠助に与えられたる墨判の書あり。この内匠助は今の主人より十二世の祖といへり。その文に、

　　定

先年真田攻之御勤之時分、味方人数を出候所に、同心衆申付、のぼり二本にて長瀬御陣え参候所、

無是非付而上山宮豊後跡百六拾壱貫三拾文之所出置。仍如件。天正拾七年己丑十二月十三日　康国判

とあり、これを家譜に按ずるに、天正十三年の秋、真田安房守昌幸また叛反しかば、康国、大久保・鳥居・平岩以下の人々と同じく馳せ向ひ、上田の城を攻、閏八月二日加賀川の戦利なかりしに、康国等奮ひ戦て敵の勢を突崩し、二百余人を討捕、家の子にも究竟の侍八十余騎打死す。程なく御下知有て人を引て帰りしかば、康国もおのが小諸の城にかへることありし時の事なり。真田攻御勤とあるは御働にて城を攻られし事をいふ。この時丸山内匠助家人等を引つれ、旗二流を先に立、多勢ならねども康国ぬしの本陣にまゐり、人数をくりかへしくヽ両三度陣中に出入せしにぞ、敵は大勢の援兵ありと疑ひて囲をときしといふこと丸山氏の口碑に伝えたりと主人自らいひぬ。人数を出候とあるは、損し候といふ事にて家譜にいふ八十余騎打死すとあるは是なり。その功によりて丸山が一族、当時他郷にのがれたる上山宮豊後の跡の知行をやがて内匠助に与えられしと覚ゆ。主人は年六十余の老人なりしが、信玄が新海社におさめし法華経及び願書をも出し示されたり。この家は神社の麓に在りて全くの農家なり。むかしは勢ありしものといふ。朱印地にて九十九石ありしといへば頗る豊饒にてありしなるべし。古き水帳一巻あり。新海神社再建の図とともにいと古きものなれば考証に備ふる足る《(ママ)》ものならんか。先年修史局より古文書を捜索せられしとき、この図と水帳芦田氏の文書二通とはしばらく借りおかれしといふ。

## 依田氏の一族国事に死せしもの三人

依田六郎為実が子次郎大夫実信は、依田・塩田・大井の三荘を領す。長男信行依三郎と称す。長子は手塚氏を称す。太郎光盛なり。その弟行俊、依田の荘飯沼郷を領す。飯沼太郎と称す。行俊子左衛門尉資行、承久三年、後鳥羽院北条氏を征伐せさせ給ひし時、東軍に属し、六月十四日宇治合戦に討死す。

次郎大夫実信の次男四郎為継は養和元年六月十四日信濃国須田川原の戦に死す。右衛門佐信蕃は徳川氏に属し、天正十一年二月廿三日、信州岩尾の城に戦死す。

このうちに飯沼が死せしは、帝に刃向ひて死せしなれば、これを死節とはいひがたしといふものあるべけれども、当時の勢をもて推すときは、関東の武士その主の為に戦死せしはその職を辱めざるものとすべければ、咎むべきにあらず。

## 依田太郎兵衛　以下、八幡の寓に筆す

北佐久郡南牧村大字八幡に住す。その先依田六郎より出づ。依田主殿頭といふもの、足利義詮に奉仕し、摂州発向に従ひ紀州佐井上ヶ嶽合戦の時大に軍功あり、感状を得たり。その子肥前守忠重、芦田の城主たり。その子佐兵衛忠政、其子信濃守頼継、その子頼隣、その子政和、その子備中守光徳、

その子左衛門尉頼扶、その子長門守頼房、その子左衛尉（ママ）信房、佐久郡布施城主なりしが、遠州高天神・駿州田中等の城主にて、芦田家に従ひ戦功あり。天正十年、武田滅亡後信蕃（ママ）ともに遠州を退き、佐久郡八島の奥に還る。その子直義八幡にうつるとき、八島村にあるところの千田ヶ池と広庭の城址とをもつて来れり。これにより徳川氏の世を終るまで依田氏の所有たり。その池水を八幡の地にそそぎ、他に用ゆることをゆるさず。ここに於てしばしば八島村の民と争論のことありしかど水利の事すべて先規に従ふべきよし裁許せられしかば、八島村もこれと争ふことを得ず。明治の中興のときに至り、他邨より遥に領ずることを禁ぜられしかば、はじめてこの池城址とも八島村に帰したりしとぞ。今の八幡町の依田太郎兵衛直春、その末家仙右衛門直温、専左衛門直人はこの人の後なり。父耕三は直方、初仙太郎と称し、のち仙左衛門と改む。これ今の直人父なり。

## 前山城

北佐久郡前山村にあり。天文十四年五月十三日、武田信玄、佐久郡に至る。諸士これを迎ふ。相木市兵衛・伴野主殿助・依羅平原望月・佐久郡前山伴野刑部・仁科五郎等皆参集す。天正十年壬午十月廿七日、徳川家康・依田右衛門佐信蕃・柴田七九郎康忠・菅沼小大膳定利等、伴野刑部の前山城を攻む。三将謀り、細作をもてその油断を伺ひ、夜中にその不意を襲ふ。刑部、防こと能はずのがれ去る。依田主膳、十六歳にして大に軍功をあらはす。

### 田口城

享録（ママ）・天文の頃、田口左近将監長能これに住す。そののち依田能登守昌朝これに代る。天正十年、依田信蕃ぬし佐久郡の諸城を攻落せしとき、この城は北条氏に属せしが、能登守ききおぢして城をすてて走り去る。十八年、故郷の相木に至り、旧民を率ゐて勝間の原に出でて依田康国と戦ひしが、敗れて平林に退き、再びやぶれてゆくゑをしらず。

### 岩尾城

文亀・永正の頃、大井弾正行俊城主たり。その子弾正行真、その子弾正行頼、その子弾正二郎行吉。天文十一年二月廿二日、信蕃ぬしこれをせむ。行吉これを防ぐ。信蕃、砲丸に中りて死す。されども兵士きびしく攻めければ、行吉防ぐこと能はず。一方を開きて落ゆき、関東に走り、数年南牧谷に病死す。諸書に此人を岩尾小次郎とせしは、その地名によりしなるべし。

### 八幡依田家の分統

信州佐久郡八幡の人依田仙右衛門安直（ママ）の子直恒、四十七にして死す。これより先、安直（ママ）の二子を分家とす。これを四郎右衛門とす。その子を直恒の女に娶はせて仙右衛門の家をつぎ、七郎兵衛と称す。

これを直慶《(ママ)》いふ。これ耕三直方の祖父なり。そののち、七郎兵衛は直恒の遺子仙次郎直義に家譲りて、己は退て分家となり仙左衛門と称す。その子直猛は耕三、初仙左衛門三郎の父なりけり。さて、直義の子を七郎兵衛とす。これ今の仙左衛門直温、幼名亀太郎の父なり。しかるに直猛と直義とは義叔姪の縁由なりしが、今を距ること数十年前測らざる事《(ママ)》よりて事端を生じ、一族矛楯《(ママ)》の事とはなりぬ。

おもふに直慶はきはめて義に厚き人物なるべし。宗家の継子となりて年久しければ、これを己の子に伝ふ可かりしに、反て宗家血統の子にゆづり、退きて分家せしは感ずべき人なり。しかるに直恒の妻等は、反て直慶が家産を多くとりて分家せりと疑ひ、これをにくむこと甚しく、直慶の子直猛の時に至り、領主の為に甲州身延におもむくとき、路資として義叔父直義に金五円を借りしかば、のちこれを叔父に返せしに、汝に与えしものを返すに及ばずとありければ、直猛感謝に堪へず。その頃叔父が病の床に臥しゐければ、そを祈祷せんと岩村田の宝寿院に至り、陀祇尼天洛油の法を行ひ、その札を叔父におくれり。しかるに叔父直義は病癒ずして歿す。妻子等は例の僻める心より、直猛は宝珠院に托して呪詛を行へりとて大に怒り、その子にまで遺言して、この怨をわするるなとありしにぞ、今に至るまで水火の争を為すといへり。

余南佐久郡臼田に在りて、訪来ぬる人々に八幡の依田氏の事を問ふに、いづれもその不和なるをいはざるもの無し。されど何故といふ事はしらず。余これをききて、つら〳〵思ふに、昔はともあれ今日の時勢に至り、さる迷信の事は小児すらこれ無きに、同姓しかものがれぬ中にてさる事やあるべきよし、幸かしこにゆきて、祖先の旧跡を尋ぬる次に、両家の主人に道理を説きて和睦さすべしと、かの専（傍注）［仙の字を改めし也］左衛門の父耕三、むかし仙太郎といひしころ、一面の識もあり。又その父と吾兄柴浦ぬしとは、先年上京の序にその家に宿せし事もあれば、明治三十年八月十一日、臼田より八幡に至る。その家に宿し、一夜その事に及び和談をすすめしに、耕三少しも異議なし。又その子専右《（ママ）》衛門直人に問ひしに、これもよしなに頼むとあれば、即ち、仮に誓約書を作こと左の如し。

約

宗支分流雖㆔自為㆓派別㆒、自㆓祖先㆒見㆑之、同是骨肉也。宜㆔協同和緝以昌㆓家道㆒。豈可㆔仇讐相視招㆓他人嘲笑㆒乎。某辱㆑同㆓族籍㆒。今往来関説偕謀㆓協和㆒。自今以往願釈微㆑嫌尋㆓旧好㆒、永答㆓文明之化㆒、建㆓百年之基㆒、謹此誓約。

かくの如くしるして示ししかば、父子大喜び、余が言に従ふ。よて十三日、専左衛門の隣なる仙右衛門の家に至り。主人に対面しいろ〳〵の物語の序に、いと申難き事なれども、御身の家と分家とは中睦じからずときく。この事本国にかくれ無し。同族不和なるは実に世の恥辱ならずや。聞くところをもてすれば、和どのすでに貴族院の多額納税者の壱人として公撰せらるべかりしに非ずや。さすれば名誉をも惜むべき身なり。いかで某が説に従ひて和睦あれかし。某は族同じとはいへども、これまで両家の利害にたづさはる事無し。ここをもて、公平無私の見をもつて両家の為に世の毀りを止めむとす。決して他意あるに非ずと、いとねもごろにすすめしに、仙右衛門はやや服するに似たりしに、奥のかたより人出来りて父上が召させ給ふとありしかば、仙右衛門は奥に入り、また出来り此事一方ならぬ大事にて候へば、得と父子兄弟とも談合して御答に及べしとありしが、余はすでにこの事は成就しがたしと推したれども、さりげ無く、さらば明日なほよく承らんとて専左衛門の宅にかへりぬ。明る日、隣家より余を招きしかば、ゆきしに、果して料りしことに違はず、両家の間もとより次第に和らぎて、今は世のいふことに候はず。さるを今あらためて和睦すべきに非ずと、近親等の申すによりてこの誓約書は辞し奉るといひ切てければ、余は心に大に喜ばざりしかど、田舎人の頑愚なる、なお今もむかしに異ならず。実にいひかひなしと思にければ、さ承りてはまた何事をか申べきとて、件の草案をとりかへしてかへりき。この事、猶いはばいふべき節無にあらねども、かく事に立入らんも嫌疑うるさければ止つ。

（頭欄）

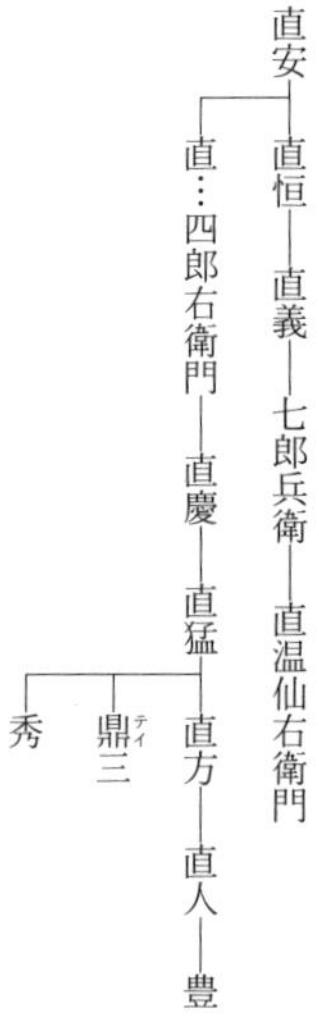


## 小諸城　以下小諸の寓に筆す

佐久郡大井庄小諸城は、吾祖先右衛門佐殿及びその子修理太夫殿左衛門太夫殿にちなみある城なれば、牧野家の遺臣角田忠雄が借されし小諸温故といふ書によりて、その要をここに挙ぐ。この書は宝暦八年八月とありて、石川経則としるす。これ即牧野の藩士なるべし。

小諸はじめは小室に作る。もと依田党にて矢嶋淡路守行政の嫡子小三郎豊平といふもの、安徳帝養和元年、木曽義仲に従ひ上洛す。横田川の戦に大室小室の名あり。文治元年南御堂供養、二年正月三日将軍家若宮御社参、いづれも小諸太郎光兼随兵たり。同六年奥州征伐、正月廿二日光兼すでに年老たるうへ病痾身に纏ふよしきこしめされ、勇士の誉あるによりて、再び差し向らるるものなり。相具する輩は同従ひ光兼ゆき向ふべきの旨命ぜらる。光兼これを領掌す。建久八年三月二十八日、将軍家信州善光詣の随兵、四月五日小諸御泊、光兼御饗応殊に切なり。還御の時又御泊、光兼老衰たるによりて、御暇を賜はり則ち馬を献ず。元暦二年五月、義仲の妹菊の方、京より鎌倉に下着す。御台所殊に憐み思召、小諸太郎以下信州の御家人仰つけられ、御扶持これに加えらるるものなりと。是亦小諸は木曽の分国にして恩顧を蒙るゆゑなり。小太郎実光は光兼の子、建久元年十月三日、右大将家上洛随兵、六年二月十四日上洛随兵。左衛門尉師光は実光の長子、元弘延応（ママ）二年正月六日御事始の時、第二番の射手、その後、大井氏に帰す。大井氏武田に滅せられ、村上氏これを取り、村上氏亡びて武田氏に帰す。織田氏武田勝頼を滅して、これを滝川一益に与ふ。一益その侄道家彦八郎正栄を城主とす。信長亡びて一益前橋より退き、天正十年六月廿一日小諸に入る。同じき廿六日、城を依田右衛門佐信蕃ぬしに避（ママ）げわたし、己は美濃より上洛す。信蕃ぬし廿五日をもて城に入りて城代と称す。（頭注）

〔一云、道家正栄のがれしが、信蕃これに代りて打つ。北条氏の城代は大道寺駿河守政繁なりき〕。小田原より大軍をもて、これを攻む。信蕃時機をはかりて、城を去りて芦田にかくる。あくるとし討て出て、佐久郡過半その手に属す。幾ほどなく岩尾にて戦死せしかば、東照宮家康これをその子修理太夫康国ぬしに与えらる。康国不慮の最期によりて、その弟康真（割注）〔或ハ康勝とも康寛とも〕をもてこれに代られたり。これ天正十四年四月の事。十九年正月、上州藤岡に移されぬ。その天主台は天正十年信蕃ぬし城代たりしとき、これを築き初められ、十三年に至りて康国ぬしの時成就せりと（明治三十年八月十五日、余、牧野氏の旧臣角田忠雄とこれに上りてみしに浅間山を見て景色きはめてよし。遠近手に取るが如し。その三の門はもとのままにして、その余の石垣などは多く毀たれたり。三の門よりうちを公園とし、門には懐古園の三字を懸く。又神祠ありて城あとにあり、牧野氏累世を祀る）。

城主のうち、しるしもらしし事あり。そは天正十年、勝頼、左馬助信豊に命じ小諸の城主たらしむ。信豊は信繁の子なり。或はいふ勝頼甲州に亡びしとき、信豊のがれて小諸に至り、城代下曽根内匠入道学雲を頼む。学雲忽ち逆心を企て、信豊を欺きて二の丸に入れ、火を放ちてこれを焚き、その従者二十四人ともにこれを殺す。朝比奈孫四郎といふものあり。敵兵あまた討取り、終に信豊をすすめて腹きらせ、己もその場に自殺す。学雲その首を得て信長に献ず。三月十四日、飯田にて首実験ありしが、学雲の不義を責て所帯尽く没収せられたりといふ。おもふに、この城、信州武田の手に帰せしより左馬助信繁が所有たりしに、己はつねて（ママ）甲府にありて学雲をもて城代せし（ママ）なり。されば信豊もそれにたよりて、ここに来りて殺されたるなるべし。

## 天正十年佐久郡の騒乱

天正十年五月迄、越後押にさし置れたる方々、小諸城代下曽根覚雲軒、大井豊後守その外、佐久郡先方衆には与良兄弟、平原の依田、柏木の小林、大室五十騎の内、小林治部、穴小屋(割注)[春日ノ]野沢、内山(割注)[梨沢也]、湯浅、新子田、田の口、岩尾、伴野、合近在小城屋敷拾六所被指置。同三月十一日武田勝頼於天目山討死之由承、人々心々被成処、武田左馬助信豊父子彼人を頼み、同三月十五日小諸に落玉ふ。二の丸に入れ奉り、覚雲心替して典厩父子を双方より攻る。与良兄弟は典厩の鎌先にて討死す。典厩不叶、同十六日討死也。御供二十騎中にも朝比奈孫四郎介錯して討死す。子息太郎殿、御蔵谷間より山浦へ落玉ふ。下曽根、典厩之首信長公へ奉る。公御喜悦なく為討手伊勢国司御茶筅殿を被差越。同九月十日、芦田小屋に来り、夫より耳取へ向ひ、天吹岩の峰より弓鉄砲を打掛て、城中にて一同不騒、依て山浦峰より西浦、袴腰に打行、三日の内陣取玉ふ。滝川此由承り早速小諸へ向ひ、双方より被攻、覚雲軒不叶討死す。其外思ひ〳〵に落行。大井豊後守、馬場町をぬけて小原通塩川道より耳取へ篭城す。依て同四月より小諸守滝川左近将監篭城す。

右、耳取村半右衛門家の日記抄

この記によれば覚雲は北畠信雄の為に攻められて殺されしなり。小諸温故にのする所と同じからず。この文を案ずるに、頗る古拙にして、信雄を伊勢国司御茶筅殿となどいへる、いかにも当時の呼称さもあるべく思はれたり。その余、このあたりの地名人名皆考証に備ふべし。

**赤倉温泉**　以下赤倉温泉旅舎に筆す

赤倉の温泉の地に遊園ありて地の西ののぼりたる岡に在り。一小池ありて水潔く草樹滋れり。その傍に碑あり。その文にいはく。

従三位子爵勲四等榊原政敬篆額

赤倉温泉在二名香山東麓一。其源有レ二、自二山北地獄谷一及二蟹沢一湧出者曰二元湯一。自二山南地獄谷一湧出者曰二赤倉湯一。倶以レ筧導レ之五十余町、其間危巌峻険、荊棘叢生、雑樹鬱蒼覆二日光一、幽邃寒二毛骨一。余等探二其源一、深感二創工之難一矣。創工者為レ誰、高田領主榊原政令公也。文化之初、公聞三此山有二温泉一、政務之暇従二一三侍臣一来観、即欲レ引二温泉於此地一。其地当時属二関山宝蔵院一。因商二議於宝蔵院別当一、以二若干金一購レ焉。於レ是経二営浴場一十二年、起レ工、越二二年一竣レ功。浴室旅舎井然整頓、来浴者頗有二効験一、自レ是赤倉温泉之名顕二於遠近一。春夏秋之三時、浴客常溢二伝舎一。疇昔之猿巣兎窟変為二名勝之区一。且此地富二風景一。東則、信越之群山陂陁如二波濤一。米山亦在二脚下一。北則、近之頸城郡田畦村落市街櫛比之状、皆可二指数一。遠之海天浩渺無レ際、青螺一点、浮二煙波一。中者佐州也。白鳥翺翔者船舶之往来也。西南則名香・神奈・赤倉・火打・飯綱・黒姫之諸山巍然聳二於雲表一、芙蓉湖顕二半面於山間一。俯二仰左右一、莫レ不二壮観一矣。此地温泉之功験如二彼風景之絶佳一又如レ此。欲二療レ痾養レ心者、不レ可レ不二来浴一也。嗟夫公経国撫育之功、不レ遑レ数、而又有二此挙一、使三地方人民長浴二温泉之沢一、実可レ謂レ不レ背二牧民之任一矣。乃刻二其由於貞珉一以告二後世一云。

上野茂三郎　上野貞輝　阿部球三　高島喜逸　山岸俊三　并撰

東京　得庵市河三鼎書

明治二十六年癸巳五月建　二峯古市多蔵　刻

この温泉を経営せられし榊原政令侯は幼名を千代蔵といひ、又小平太、のちに兵部大輔と称す。文化七年八月廿一日家督、八年七月はじめて国に就く。九年六月十三日式部大輔に改む。十二年二月十日遠江守に改む。文政十年十一月致仕、文久元年六月廿九日卒す。高顕院と諡す。工事を奉行せしものは小納戸方松本斧次郎、戸井田六蔵といふ。財主は信州松代の八田嘉右衛門なりき。

奉行せしもののうちに、小納戸兼帯拾壱人扶持、上田中司尚質の名見えたり。此人のちに志摩と改め、堀田家の夫人は榊原氏の女なりしかば、其の附人として和田倉門龍の口の閣老屋敷に住居し、余が父十之丞ぬしの隣家に住はれ、余が七八歳の時、しば〳〵ゆきて遊びしを、ほのかに覚えゐたりき。身の丈高く痩肉にて温順の君子に見えたりけり。今この赤倉温泉沿革の書をよむに及び、はじめてこの挙に功ありしをしりぬ。これも又奇縁なるかな。

この温泉場より元湯まで五十弐町、赤倉湯まで五十八町、小田の瀑まで凡三里、蒸し湯まで壱里半、妙香山まで弐里。

## 高田の旧藩士前田助十郎

この人年七十六といへり。矍鑠たる老人たりき。余榊原政令ぬしの行状を尋ねきくに、侯は平生節倹にして、財政を整理せらるるに心を尽されたり。されば米穀は民命のかかる所なりとて、直江津に多く倉を築き、年貢米を蓄られて時価をはかりてこれを売り出さるるなど、いづれも公が自ら命ぜらるる所といへり。されば、赤倉温泉も手元の金をもて、これを貸し与えて温泉場を開かれ、夜具その外の調度なども、みな侯が財をもてこれを作らしめて住民に貸し給ひしなり。又己が居間も畳席などやぶるるとき、唯その席のみを改めてその余に及ばず。明障子なども破れたるところを切張して、唯寒を防がるるのみ。その行状かくの如し。助十郎老人面長く、背高く、骨たくましければ、武芸などの嗜も人に越へて勝れたるなるべし。惜かな文字無ければ詩をしるしあたへしかど読得ざりき。榊原政令ぬしは文政十年に致仕せられて、隠居をもて家政を行はれしこと数十年、節倹を旨とせられ、又武術をも奨励せられしかど、惜かな文事は好まざりしにや、此藩よりさせる文学に秀でしものありとも聞えざりし。されど余が見聞の狭きにや、なほしるものに尋ぬべし。

助十郎は赤倉温泉の入口にささやかなる家を作りて、これに住む。この客舎の掛銭をあつむるを業とすといへり。娘壱人あり。いと貧しくくらす体なりき。いとあはれなり。されど本人はそを苦とせず。いろ〳〵の物語を喜び、又旅客のうちに文字あるものをみれば、必ずこれに書をのぞむ。ここをもつて浴客にその名を知らるるといふ。

此外赤倉の事多かれども、日録にくわしくのせたれば、ここに略す。

# 佐原寓筆　明治卅二年三月十一日より筆を起す

## 鶴松

余が佐原に至り蓑輪氏に寓せしに、壱人の老人ありて、主人篁雨とともに余を迎へ、飲食その他の事までまめ〳〵しく物するものあり。のちにその名を問へば鶴松といふ笑話師なりといふ。年は六十四なり。主人に、あの老人は必ずおもしろき来歴あらん、かたらせてきかばやといひしが、主人も興ある事に思ひ、同じき十三日の夕、余が室によびてかたらせける。大略を左にしるす。

この男は江州蒲生郡北庄村の産にして、農家西川氏の次男なりき。幼きよりいとさかしかりければ、商人にもせばやと京都につかはして、綵帛舗の小者にしてけり。その時は直七とぞいひける。この綵帛舗商業ひろく、手代も数多あり。諸国に出店多かりしが、伊予の松山城下にありける支店にやられて手代となりぬ。その時直七は十九歳なりき。直七もとより才気ありければ、城中の士族の家に立ち入りて商するに眷顧日々多く、かしこここにも直七々々ともて囃されしかば、少らぬ利益あり。支店の主管も直七を得難きものに思ひて、直貴き帛織物なども多くその手して出し納れさせしかば、顧客より受とる金の高も数百金にのぼる事もありけり。伊予には道後といふ所に名高き温泉場あり。遊客あまたつどひしかば、筵席に侍して色をうるものあり。直七、金銭の自由を得るままに、風と小三といへる女になじみて、しば〳〵通ひけり。小三も直七の男ぶりをにくからず思ひしかば、深き中とはなりぬ。かかりしかば、直七は顧客よりうけとりたる金銀を大方ならず小三が為に失ひて、今はその事あらはれぬべく見えければ、大胆にも小三といひ合せて、ここをのがれ出て他所に至り夫婦にならばやと、己が手にあ《（マヽ）》ける帛織物その他顧客よりうけとるべき金二百余両ばかりを懐にし、或る日松山をぬけ出て、舟にのりて御洗井といふ所まで至りしに、追手のものに捕られぬ。直七は、とらへられなばいかなる憂目にあはんかとその追手の手代にさま〴〵いひこしらへ、窃にのがれて市中にかくれしかば、追手の手代もせんかたなく小三のみを捕へて松山にかへりけり。

なほ七はいまだ懐中には少なからぬ金あり。又衣服も己が手にありしものなれば、しばらく隠れゐしかど、少しも懼れず追手のものかへりしときき、さらばまたひと遊びしてみんと金比羅に詣でけるに、ここにも遊郭ありて美目よき女子あまたありければ、逗留数日して重吉といふ女になぢみしかば、懐の金皆尽きぬ。今はせん方なしと己が服をぬぎて売りけるに、その様あやしとみてこの土地の親分と唱ふる侠客の為に引きゆかれてさま〴〵に糺問せらる。こはこの時、高松に盗賊ありて人の家におし入てあまたの物を盗みしが、その容貌、直七に似たりしをもて疑はれしなり。直七もはじめはおしかくしけれども、盗賊といはれんはいとくるしと、やがて松山の商人なりと実を吐きければ、即ち侠客は子分命（ママ）じて松山に押還せしむ。されど厚くいたはりて道をいそぎ松山にかへりしにぞ。松山支店の主管は、金比羅の侠客の子分とききて、已ことを得ず路資の外に物あまたとらせかへしやり、やがて直七の贓罪を尋ぬるに今はかくす事を得ず、有りのままに白状しければ、京都にのぼし（ママ）保人を召してその罪を告げ、遂に直七を江州にかへしけり。

直七は親のもとにかへりしが、親戚兄弟いづれもその罪をにくみてこれを憐まず。しばらく一室のうちに鎖籠て他出をゆるさず、数月を経てのちゆるされしが、もとより商家に生長しければ、今は農業の事を為すことも得ならず、いかにせばやと思ふほどに、江州八幡には蚊綱（ママ）を多く製造して諸国に売ありく行商の組合あり。よてこの商にすがりて、多く蚊帳を荷造り、備前備後あたりに売ありくに、始めは人に附てゆきけるに、一両年を経て例の才気あれば余のものより売高多く利潤少からず。しかるにこの蚊帳売の行商は京都に滞留する事多く、利潤多きが為に花柳の遊びを為すもの少からず。直七また例の持病起りて、祇園町なる井筒屋小久といふ婦人になぢみぬ。この小久は頗美人にてなさけ深く、直七と夫婦の約束を結びしかば、直七もこれが為に大に財を費しぬ。されど久しく逗留すべくもあらねば日ならず江州にかへれり。直七故郷にかへりしのち、風と八幡といへる町に遊びて一酒楼に飲みしに、端なく小久が京都より来り。名を栞鶴と改めて芸妓となりてゐたるに逢ぬ。互に別後の情をかたりてます〳〵ふかくなりしかば、また負債多くなりて男女ともに困みしに、ここともかくてあらんには望をとげ難しと、一日両人いひ合せてここを逃れ出て中国に走り、女は芸妓となりて男を養ひ、男は女につきてここかしこを流れわたりしが、二三年を経たりしに、或るとき直七博奕にまけて、已ことを得ず女子を奈良の木辻にうりたり。そののちもたえずゆきかひせしかど、とてもかくてあるべきに非ずと、始めて心を改め、人して父に罪を謝して家にかへり、父に請ふて女を身受してもとの八幡町の酒楼にかへし、これより縁をたちしといふ。こたびは身を慎みて家業を助け、生れかはりし人の如くなれば、父兄親戚もその志に感じけるが、直七の叔父に彦兵衛といふものありて、壱人の娘あり。直七が身もちを改めしときき、我娘を娶はすべし、されば直七の父もさばかりの田圃を分けてとらせよ、我も娘をおくるからには化粧料として田地を与ふべしと商議して、両家より若干の田地をつけられけり。

直七ここに於て一軒の主となり、幾程なく夫婦のなかに壱人の男子をもふく。太郎吉と名けたり。時に直七廿五歳。このとし、米国人神戸に来りて多く蚕卵紙を買入るる事あり。直七もとより商業の事に心あれば、いかにもして卵紙をもて一かせぎせばやと蓄へたる金をもつて卵紙を買ひ、これを神戸にもちゆきしが思のままに利ありて六百余円を得たり。親戚等その機敏のはたらきを褒めてやまず、直七心に、この機会は失ひがたし、来年はなほ多く仕入て一挙に数万金を博すべしと思ひしに、この時、叔父の次男久七といひしに田地を分ちて分家せしめむと商議しけるをききて、己が莫大の利益ありしを物語りて、分つべき田地の代金をもつて我と合して来年の蚕卵紙を諸国より多く買取り、こたびは横浜におもむき、米国人にうりて大に利益を占むべしとすすめぬ。叔父その余の親戚は初のほどは危ふしとてきかざりしかど、その時の帳簿の類を示してくわしく物語りしかば、さらばよしなにたのむとて六七八百円をあたへたり。又久七に命じて、直七に従ひて蚕卵紙を買入れよといひつけぬ。直七我ながらよくしたり、いでや来年は十分に利徳を得て叔父を驚かし、侄をも思ふままに分家せさせ、我も数万の富を得べしと、それより備前備後の国々を馳せまわりて、己が財のあらんかぎり多く蚕紙を買得たり。

直七久七の二人は蚕卵紙を荷造し、日ならず横浜にいたりしに卵紙を商ふもの数十人ありて、すでに旅舎充満たり。二人が荷多く且江州の商人なりとききてそのもてなし一方ならず、二人も大に勢を得て外国船の着岸を今か今かと待ほどにいかにしけん、此年は蚕紙を買はんといふ船一隻も来らざりけり。そをいかにといふに、前年は我商人等外人と侮どりて、芥子の実に多く紙に付し、真の蚕紙を表裏につけ、数万紙を売りしかば、外人はそれともしらず国にかへりしが、その事忽ちにあらはれて大に恥ぢいかりしかば、此としは壱人も横浜に来るものなかりし也。かくともしらぬ直七久七は旅舎に待くらして月日を経るほどに、はや蚕紙は皆生出て蠢々然と動き出しぬ。しかるにこれまで大利は目前なりと人もいひ、我も思ひしにぞ、懐にせし路用はさらなり。或は、妓楼酒店に多く貸あり。今はいかにしもすべからず。懐に一銭の蓄あらず。両人頭を聚めて商議すれども、あらんかぎりの金をもて買取りたることなれば、いまさらに江州にいひやるべくも非ず。いづれも出る所をしらず。直七はその夜風邪におかされたれば薬を呑むと思へども医師を招くべくもあらねば、みづから市に出て一服の風薬を買取り来り、その夜ははやく眠につきけり。

夜暁てみればあはれむべし。久七は縁側の梁に帯をかけて首を縊りゐたりけり。直七の驚はさらなり。旅店の騒動大方ならず、直七は己が説にて従弟にかかる死ざまをせられて、とても故郷へかへりがたし。今は死するより為ん方なしと、何といひくるめけん、旅店を立出て路にて肌につけたる襦袢一枚を売代なし、銭六百を得て紙筆を買ひとり、書置一通をしたため、これを飛脚に附し、その夜本牧の嶙《(ママ)》に至り海中に飛入らんとせしが、濤の声のおそろしさに、いく度となく岸にのぞみて飛入ることと能はず。ややありてその場を退き、とある辻堂に入り、その夜を過ごし、明る日のこりし銭にて餓をしのぎ、夜に入りて又もとの所に至りて身を投げんとせしが、又死することを得ず。つひに心をとりなほし、その夜はまた辻堂に休息し、明る日江戸に至り、ある商店にその朋友の奉公してありしを思ひ出し、そのあたりの蕎麦屋より呼出してうち歎きければ、朋友憐みて単衣一枚金壱両をめぐまれけり。その友はまた直七が従弟留七といふもの下野の桐生《(ママ)》ありて生活するよしを告げ、今よりかしこにゆきて身の行末を謀り給へとねんごろに教へしが、直七は涙ながらにそれを受け、日を経て桐生におもむき留七を尋ねしかど、さらにその居る所をしらず。ここに又路資を失ひしが、或る木賃やどに泊りしが、ここに旅かせぎする義太夫語あり。直七は蚊帳売となりしとき、その群と交りて遊びしが、落語を好みてこれをきき記憶してありしにぞ、今は饑にのぞみてせん方なければ、この男にしか〴〵と告げて用ふる所ありやと問ふ。そはおもしろし、田舎にて義太夫のみにては興薄しといふものあれば、和ぬし話家となりて我を助けよとありければ、やがてこの男につきて村落をうちめぐるに、思ひの外にもてはやされ、米麦などを得れば、木賃宿に至りともにこれを食む。銭を得れば、三つに割りてその一分を得たりしにぞ、やや饑をまぬがれたりき。

斯りしかど義太夫かたりにつきて得る所薄しと思ひしかば、他に銭を得る工夫もやと案ずるに、京大阪にては乞食が千両箱を作りて、これを重たげにうちかづき人家に走りゆき、鴻池どのより御金をおくられたり。唯今あとより追々持込まする、まづ一箱を持ちてまゐた（ママ）りといふ。人これを縁起よろしとて喜ぶ事なるが、関東にてはさる事なし。試みにこの事をせばやと、紙もて千両箱を作りて村々をうち廻るに、酒屋醤油屋などにては尤もこれを打興じて多く銭米などを与えしかば、思はず徳つきて、衣服なども人の目のつくやうにかざりて村々を走りありきしに、或村にて番太といふものにとらへられ、我等にわたりもつけず物をもらふはにくき奴なりとて打擲せられ、その千両箱の中にいれたる銭米ともに奪はれたり。

ここに於て又饑渇にせまりしが、ゆくりなく従弟留七の居る所は桐生の隣郁なりと告るものありければ、いそぎゆきて対面しありしさまを告げければ、憐みて留七が家にやどし、ともかくもしてありけるが、或る日東京より落話師、花山丈といふもの夫婦にて桐生に来り久しく逗留せり。しかるにこの妻懐孕してはや生み月となりしに、花山丈の芸うれずほと〳〵路資にも乏しきほどに、留七はしるものなりければ、何とぞして豪家に招かむといふものあれば、こしらへて給はれ、さすれば席料のうちいくばくか参らすべきにと余義なくたのみしかば、留七はこれを憐み、己がしれるものの家にゆきてたのみ聞えしにぞ、花山丈始めてその芸をうることを得たり。その時、一席を金壱分と定めたるに、大に行はれて路資も余りあり。妻もやす〳〵と女子を生み落けり。直七はこれをみて大に羨み、己がすこし落語のまなびをするよしをいひしにぞ、さらば我等が前席を引受け給はば幸なりとて、これより直七は鶴松と称して花山丈につきて村々の席にまねかれたりしかば、ここに職業を変じて全くの落話師となりぬ。

花山丈東京にかへりしのちは、常総両毛の間に往来し、落話をもつて世を渡り、故郷の音信を絶てり。故郷の妻子は、鶴松が本牧の書置をみて死せりと思ひて尋ぬる事も無りしが、年経てのちやしる事を得たり。近年鶴松一たび故郷にかへりて妻子に対面しけれども、留り居らんも面目なしとてまた下総に来り、しるべの家に食客となりて為すこともなく日をおくれり。

鶴松が余にかたる所は此の如し。余いかにして落話をもて業とはせざると問ひしに、一たび東京に出て席に入りしことありしかば、拙し聞にえた《(ママ)》すと大に嘲り笑はれしかば、我等の如き不才のものには落話師にだになることえならずと自ら悟りてやめたりと答ぬ。（頭欄）〔鶴松が余につぐることは少しも非を飾ることなく、唯ありのままに告ぐるに似たり。これまたその人がらのすぐれしを知るに足らんか。〕

主人篁雨いふ。凡そ田舎めぐりする芸人と称するものは多く軽薄にて篤実ならず、ややもすれば主人に諂ひ豪奢をすすめ家の害を為すもの少からず。鶴松はこれと同じからず、落話師なれど多弁ならず、人に諂つらはず物数多くいはずしてよくはたらき、よろず節倹にして薪炭等の費を省くをもて、つねに人に愛せらるると。その人物丈高く面長く、壮年の時は好男子ならんと思はれたり。かの小三琹鶴などいふ妓におもはれて逃走せしはその故無きにあらざるべし。

**〇侠民清左衛門**

常総の国々には博徒多く、親分子分と唱ふものありて、つねに郡村を横行す。争闘喧嘩断ゆることなく、人多くこれに苦しむ。されば邨中に親分なければ、自ら他邨のものに蹂躪せられて恥辱を蒙る。ここをもつてさるべき豪家といへども、その人物胆略あるものは自らその群に入りて親分と称せらるるものあり。香取郡大根村の高城清左衛門重義はその類なるべし。

清左衛門は世々大根邨の名主役にして、流寓の民に非ず。水戸光圀卿が飯高中村の檀林に詣られしとき、松桜をその道にうゑられしとき清左衛門の祖先に仰せて大根邨より植え初められし事もありとぞ。

大根村は幕府の士、山岡太郎の領地なり（太郎は山岡鉄舟の一族にて高八百石なれどもこの地には二百石余あり。その余は他所に散在す）。重義は父の職を継ぎ、十九歳にして名主役となり。太郎が将軍昭徳公に従ひ、長州征伐におもむきしとき、家臣となりてこれに従ふ。主人に従ふ事、凡そ両度旅中の用度はさらなり、すべて何事も重義に任かせられたり。

幕府の末年、幕府の士等しば〳〵征役に従ふをもつて費用足らず。その領地に賦課する金銭極めて多し。高役金見立金の両様あり。高役は田地の多寡に応じてこれを課し、見立は民の貧富に従ふてこれを賦するものなり。大根村もこの両課金に苦しむ。しかれども重義よくこれを公平に賦課して民大に喜びしといふ。

幕府の末に攘夷の説盛にして、水戸の家人等それを名として近国に横行し、軍用金と称し豪商を脅し掠む。されど諸侯の領地には守兵あるをもつて、みだりにこれを侵すこと無く、幕士等の領地には兵防なきをもつてその禍をまぬがれ難し。藤田小四郎、田中源蔵等烈公の神主を作り、攘夷の先鋒と称し築波山に出ずる時に、その徒に命じ例の軍用金を募りしが、佐原は豪商多く、諸侯の領地にあらざるをもつて誅求もつとも甚し。（頭欄）「△佐原の民大に怒り、その徒の来りしとき衆をあつめてこれを殺す。重義、大根村より壮者を引ゐてこれをたすけしかば、浪士等いかりて、その潮来に遊びしとき、これを捕へて一室に鎖しおく。しかるに村民らこれをなげきて重義の祖は水戸に縁故ありとて人をもつて水戸藩に告げしかば、浪士等はじめてこれをゆるしかへしけり。かくて又浪士脅迫佐原にとどまらず。」その余波大根村に及び、三百円を出すべしとはたる。もし、承諾せざるに於て一村尽くやき払ふべしといふ。已ことを得ず。三百円をあつめて出しけるに、田中源蔵の一手、また使者をもつて来り求めんとすといふ。この時、一邨の老幼男女大いに驚き、富めるものは江戸にのがれ、貧なるものは山に入りて乱をさく。重義已ことを得ず。独己が家に在りて使者をまつ。これ己ものがれ去らば一邨を焼るべしと思へばなり。

使者は両刀いかめしく重義の家に入る。重義は胆太き男なれども、かねて天狗組と聞ゆる猛士なれば、さすがに懼れざること能はず。席の隅にかしこまりて首を得あげず。ややありて使者はしづかに重義をみて、御身は清左衛門どのに非やといふ。重義大に驚き、首をあげてこれをみるに、姿こそはかはりたれ、この男は二三年前、潮来の妓院に遊びしとき舟を漕ぎたる船頭なり。さても不思議の再会かなとこれより一邨困難の事をかたりて救をもとむるに、使者は打案じ、さらば此邨に鉄鉋槍刀の類あるべし。そを尽くあつめてこれを佐原にもちゆき、金銭米穀はたてまつるべきものなし、よてこれを持参せりといはば、我等よくこれをとりなすべしといひしかば、重義大に喜び、やがて邨中のえものを尽くあつめ一荷物とし、のこりとどまれる若もの二人にこれを荷なはせ、使者と同行して邨を出て半里ばかりゆきしに、田中源蔵は、はやまちかねて兇徒等を引率し、おし来れり。使者ははやく重義に目くわせしかば重義は源蔵に向ひ、かねてはかりつる事の如くのべて鉄砲槍刀をさし出しければ、さらばとてこれをうけとり、佐原に引かへし一邨兵火をまぬがれけるにぞ。老幼男女歓呼してかへり来り、よろこぶこと限りなし。はじめはおの〳〵家を焼れなんには農業尽く廃して両三年には復しがたしとうちなげきしに、重義ひとり居のこりて兇徒をすかしてかへしし事により免れたり。これより一邨民の為に敬愛せられたりとぞ。

これより重義は、きも太くなりて博徒の群に入りて近隣を横行するに、その勢におそれて靡き従ふもの多く、香取一郡の博徒大方これが子分となりぬ。凡そ博徒には縄張といふものありて、郡村を己が一手に帰し相撲芝居などあるときはその子分をもてこれを警固し、物争ひをしづめ、非常を戒め、又賭場を開きて勝負を争ふに、他の縄張のもののみだりに入ることをゆるさず。官もこれを禁ずること能はず。加茂村の石井浦吉、万崎村宮田与七、小川村木内敬二郎等皆この親分にして、重義と相対して屈せず。しば〳〵その縄張を争へり。のち敬二郎は屈して重義に服従し、その縄張地を重義に帰せり。

明治の初に及び諸国の幕士等が領地を収公せられしかば、その負債の三分をかへし賜ふべしとありて、大根村は千円あまりの負債に二百九十余円を官より下されたり。山岡の家人と大根村の当時名主はこの金を見立高割の二様に分ちて分賦せんといひしに、重義は、山岡氏は領地を収公せられて難義なれば、その半を恵み、又その半をもつて貧民に分ちあたふべし、もとより見立金を課せらるるほどの人は平生困窮の家にあらざれば分賦に及ばずといひしに、名主と山岡の家人等これをきかず。重義大いに怒り、その党を引ゐて名主の宅におしゆきてその納屋をうちこわしけり。この事訴訟に及びて糾問せられしが、重義の申事理ありとて和解せられて貧民と山岡氏とに分ち与ふる事となりて平ぎぬ。

重義の義侠、ます〳〵名高くなりて、勢近隣にふるふほどに子分につかんと請ふものすこぶる多く、香取海上郡のうち、その数幾千人に及びけり。ここをもつて県官の為ににくまれて、その博奕闘争の科によりて前後八たび獄に下さる。そのもつとも長きは明治十七年より二十年まで三年にわたりし事ありき。

明治二十七年十一月の事なりき。山倉といへる所にて小川敬二郎の子分と重義の子分石田友吉と勝負を争ひけるが、俄に闘場となりて、敬二郎の子分二十人にて友吉を殴打してこれを殺しけるが、此争起りしとき、重義のもとにしらせしかば、重義はこはうちすておかれずとみづから山倉にゆかんとせしに、子分等、敬二郎もさるものなり大勢にて待ちてあらん、壱人ゆくは危ふしといふに、いや〳〵大勢の中にゆくに多人をもつてこれに向ふは比興《（ママ）》なり。誰も従ふ事をゆるさぬ。我一人にて足れり。事すむべき時刻をはかりて来れとて出んとす。第一の子分吉沢貞助は、我は他の子分とは異なりて、殊に重く親分の恩をうけたるものなり。生る死ぬるも一所なれば是非を論ぜずゆくべしとてきかざれば、これをゆるし、二人引の車にてかしこに馳せ至る。敵は遥にこれをみて大根の大将が壱人でやつて来た。何か思案があるだらう。ここに居てはたまらぬとて、壱人ものこらず逃出したり。この家は番匠とて大工の棟梁の家にて、即ち博徒の壱人なれば、重義は車よりおりて家に入りてみるに、番匠の妻壱人あり。争闘の事を問へどもしらずと答ふ。ややありてその妻も出て去りてかへり来らず。かしここを貞助とともにみめぐらすに、壱人も居らざれば問ふによしなし。さらば村長に訪ふべしと隣家に尋ぬれども、用事ありとて他出せしといふ。ここに於て、已ことを得ず、警察夫を請ふて検査するに、井戸のほとり一の盥ありて伏せたるをひきあげて見れば、血多くつきたり。さては友吉ここにて殺されけん。さるにても屍骸はいかにしけんと尋れどしれず。家のうちを尋ぬる。壁際によせかけたる大なる長持櫃あり。このうちにやと開きみれどもなし。そのとき、壁と櫃の間に搔捲の夜具ありしを引のくれば、果して友吉の屍出たり。木杖を肛門よりさし貫き、血に染みて死しゐたり。いよ〳〵敬二郎等の子分のわざなりと、ここに於て四方に追手をかけしかば、敬二郎ははやくも影をかくし、子分七八人は尽くからめられしが、そのうち壱人は獄中に死せり。手を下せしはその死せるものなりとなりて、余はゆるされて事すみにき。これより重義の胆略と貞助の義勇といよ〳〵人にしられて、敬二郎ものちかへり来りて遂に重義に帰伏しけるとなり。

重義は今年六十七歳なり。二十五年より博奕の事ふつとやめて、廿七年の時もよく忍耐して争ふことなく、今は隠居して親分と称せず。大根のうちなる林中の居宅を作りて、天然の終をまつのみ。明治卅二年三月十二日、余が佐原に至りしとき、簑輪篁雨を价として始終を物語れり。重義肥太にして筋骨たくましく、面桃花色を帯び、歯一本も欠ることなく、意気なほむかしの如し。また奇男子といひつべし。

百川云、鶴松老人、侠民清左衛門ともに称すべきほどの人物にあらねども、己が履歴をつつまず非を飾らずして物語れるは、また大に嘉すべきところ無しといふべからず。人聖人にあらず。誰か過ちなからんや。ましてや平生の教育無くしてその性質のままに行ははば《ママ》、自らかかる人物をも出すべきにこそあれ。これを誉るに非ず、これを毀るに非ず。唯その履歴のおもしろきままにしるしおくのみ。

## ○源二の宮

香取郡香西村の牧野といふ所に、源二宮、又山神宮といふ小祠あり。これはもと今を去ること二百余年の昔、源二といふ無頼漢あり。家に壱人の母あるのみ、妻子も無きものなるが、平生疎暴兇悪の行あり。近隣の煩を為すこと甚し。遂に捕られて生埋の刑に処せらるるに決しけるが、某寺の僧ありてこれを憐み命請ひをしてけるが、一邨を挽き迴はしけるあとより刑場におもむかんとして時刻おくれしかば、刑吏はそをまつに及ばず地中に埋みけり。斯く月日を経るほどに、寺僧は故無くして死亡し、その事あづかれるもの終を全するものまれなり。村中これ源二が霊の為す所なりとて懼れざるもの無く、宝歴《ママ》の頃、一牢の祠を建ててこれをまつり、山神宮と名づく。（頭欄）〔源二が事詳ならざれども、領所を争ひしといひ、又村民これを道にて奪はんとすといふ事もあるよしなれば、無げにあしきのみにはあらざりけらし。〕明治廿七年村中に新道を開きしが、偶その祠の前にありて諸人報賽の便を得たり。邨人吉沢貞助は侠客にして子分多し。のち募帳を作りて金を集め、祠宇の荒廃を修理し、又石階を作り、その事を石にしるさんとす。余ここに遊びしをもて文を求む。かかる事を記さん事は好ましからぬ事なれど、無智の愚民霊鬼の祟をおそれてみだりに疑惑を抱くもあれば、そを安くせんとするには、また已可らざる方便なるべしとてこれを諾しき。この地はむかし平新皇将門が乱を起せしとき、一宿せしところにして牧野荘司といふものの家あともありといへり。源二の事小なりといへども又将門の兇悪に似たり。後世祟を怯れてこれを祭るもまた同じ。また奇ならずや。

### ○勢力佐吉が勝海舟を家にやどせし事

扇島の人高塚子之助(楫浦)がしたしくききしとての話に、勝海舟廿ばかりの年、下総に遊びしとき、博徒四五人ありて、海舟が武術修業の為に来りしとききし、路上にてさま〴〵に罵り辱めしに、海舟は少しも懼れず。又これと較せず、自若としてゐたりしを、壱人の博徒の親分めきたるものあり。これをみてその人をしかり退け、さて先の程よりつら〳〵御身の体をみるに、彼等が無礼を少も心にかけ給はず、神色変せずおはすること、感ずるにもなほ余りあり。くるしからずば我家にとどまりて弟子どもに教授して給はらずやといひければ、海舟その眼力に服して、いはるるままに万歳邨にゆきしに、こはこの地に名高き博徒のかしら勢力佐吉としられしかど、今さらに辞すべきにあらねば、しばらく逗留してその弟子等をみちびきたり。しかるに勢力の家にはじめより寓居する剣術師ありて、勢力が己をすてて海舟を厚くもてなすをみて嫉妬に堪へず、ひそかにこれを殺さんとす。この事海舟が弟子もしりて、かくと告げ、先生は彼等を憚り給ふにも及ばねども、また争ひ給ふも大人気なかるべし。路用はそれがしら奉らすべし。さり気なくここを立去らせ給ふにしく事無らんといひしかば、海舟はもとより事を好まず、さらばとて、勢力にいとまをつげて、江戸にかへりぬ。そののち海舟が、官軍江戸に入りしとき、近国の鎮撫を命ぜられしに、博徒の情態をくわしくしりてありければ、大に便宜を得たりしは勢力の家に寓居せしが為なりとかたられしとぞ。勢力はのち幕府の為に捕はれんとして遂に自殺し、縄目の辱を免れたり。博徒中に在りては錚々の人物なり。さるからに眼力ありて、海舟が非凡の性質を見ぬきしなるべし。

## ○小万

余が旧佐倉藩の留守居役たりし頃、他藩の留守居とともにしば〳〵酒楼に会せしことありしに、必ず芸妓を聘して酒を助くを常とす。その頃木挽町のかたはら西応寺町とてありしが、そこに住める老妓小米といふあり。又浅艸山谷堀に小万といふあり。いづれも年は五十あまりなれども髪を島田わげに結ひ、いとわかやかなる出立なりき。小万は小米より三つ四つの姉なるべし。小造の女なり。小米、顔大きく丈も高し。皆よく客を款待するをもて名あり。余は古米には出雲町の花月楼、鍋丁の伊勢勘楼、采女町の砕月楼などにてしば〳〵まねきしことあれば、大方その人となりをしれり。小万には猿若町の芝居をみしとき有明楼にてまねし《（ママ）》こと両度ありしのみ。その人となりをしらず。この頃、文藝久《（ママ）》楽部をよみてはじめく《（ママ）》わしき事をしりぬ。今ここに略を挙ぐ。

小万は文政三四年の頃の生なりしにや。柳橋にてはじめて芸妓となりしは十六七の頃なるべし。そののち山谷堀にうつりたり。容色はさまでにうつくしといふにあらず。されど色白く形ちゐさく髪多くふさやかにして人に勝れたり。つねて（ママ）低き島田わげに結ひ新筆を根がけとしたるが一すぢの後毛もなく結あげたり。柳橋にありしほどは人にもしられざりしに、山谷にうつりしよりその名高くなりて、この地の芸妓はさらなり、他所のものといへども小万に及ぶものなし。殊に一種の奇芸ありて鯱立《シヤチホコタチ》・車がえり・角兵衛獅子などいふ、身をそらざまにして脚を天に投ぜしむる技あり。長き裾をまとひていとも危き形を為すに。少しも衣を乱すことなし。又席に侍するとき、いかなる暴客といへども、小万が一笑してこれをなだむるときは莞爾として笑はざるものなし。されどその性質きはめて温和にして言語もやさしく、太夫まさりなどいふさまにてはあらざりしなり。この頃は諸侯の留守居役盛なりしときなりしが、この輩は極めて故格を守り、新参のものを蔑視し、酒席にてこれを困辱せしむるを常とす。小万は、はやくこれをしりて善く古参の心をやはらげ、又新参の困苦を憐みこれを救ふ。ここをもつてその客ます〳〵これを愛して、この妓無ければいかなる美味も甘からずといふに至れり。

　小万の母はきはめて悍悪の婦人にして酒を好み、又博奕を嗜み、つねに娘がもとに来りて金銀を求むるに飽くことなし。又兄ありて母に似たり。小万はかたちよく心もききたれば、しば〳〵貴顕の人におもはれて妾となる事いく度といふ事をしらず。しかれども母兄のよからぬが為に、居ることはつか二三月にして逐はれざる家無し。

そののちに日本橋に名高き山本といへる茶肆あり。主人嘉兵衛小万の色にめで、落籍させて妾とし、橋場に別荘を作りてこれをおきぬ。小万もとより貞操の何ものたるをしらざれば、その頃、板東秀佳といふ俳優になれて己が別荘に宿せしむることあり。嘉兵衛大に怒りてこれを逐はんとするに、小万の母はこれをきかず、手切の金を得ざれば出るなとて小万に命じて山本の家におもむかしめしに、山本は家にあらずといひて逐かへさんとせしが、小万は首をふりて五日十日よしや一月なりとも主人にあはざればかへらずとて動かず。手代等も已ことを得ず、食時の頃に至り、膳をすすむるに小万これを食せず、懐よりかねて用意の焼芋をとり出して餓をしのぎ、立去る気色なし。嘉兵衛已ことを得ず、三百円をもつて手切金せしとぞ。小万の情夫は秀佳のみならず、八代目団十郎もその情夫たり。又市川市蔵にもなじみしといへり。しかるに市蔵には小今といふ芸妓ありて久しく市蔵に通じ、あまた金銭を費し負債に苦しみしよしをきき、小万はこれを憐み、市蔵に告げ、己が情交を絶ち、遂媒《（ママ）》して小今を市蔵の妻とす。市蔵死してのち小今は東京にかへりしとぞ。そののちいかになりけん。

　小万はまた横浜の酒店富貴楼の主人亀次郎といふものにおもはれて、その情婦となりしが、芸妓たる事はもと如く《（ママ）》山谷にありて全盛を尽し、五十余に至りしかど色香衰へず。六十に及びしのち、やむことを得ず芸妓をやめて横浜におもむきしが、それも倦みしにや東京にかへり、浅艸門跡のほとりに住み、娘子どもに端歌を教へて生活とし、亀次郎がむかしの名残に月々五円金をおくられしをもて、ともかくも日月をおくりしが、八十余にして終れりといふ。

小万の年はいくつにや、しるものなし。その五十六十といふはおしはかりにていふのみ。人これを問ふときはつねにいふ、芸者は年の無きものなり、問はせ給ふは無益なりと答ぬ。又当時向島須崎村なる三野村氏の別荘に寄食する老婆、本年(割注)[明治卅二年]七十六歳なるが、わかき時小万の義妹となりて今菊と称し、義太夫の浄瑠璃をもって人に教えしが、その言に、芸妓は放蕩放埒のものこそよけれ、しからざれば、陰気にして客の為に愛せられずと小万つねにいひしとなり。これをもってその人となりをしるべし。

西応寺町の小米はみづから古米《フル》などといひしが、席上に侍するときは極めてよく客を款待し、また酒間に俳優のまねびを為すに、或るとき、顔に墨を塗り、手習艸紙を腰のあたりに結びつけ、手に箒木をもち、かしらを手巾につつみ、橋弁慶の技を演じき。その時、小勝といひしは二十四六にして、これもきはめておもしろき女なりしが、客の袴を借り穿ちて牛若に扮して立《たち》舞ぬ。これは出雲町なる花月楼の事なり。今もなほ眼前にみるここちす。その頃小清といふ妓あり。容貌美にして新橋第一といふ。のちに板垣氏の妾となりてはやく失せぬ。その時、袖萩を演じて小清は袖萩の娘のおきみに扮し、小勝は袖萩、小米は傔仗に扮せり。小清は身につけたる衣を脱ぎ、緋の長襦袢ひとつになり、その衣を小米にかけたるなど、殊に座客の興を動かしき。ああこれもまた一夢なるかな。小米の義妹に小龍とてありしが小清におとらぬ容色なり。今は世にありやなしや。その時つねて(ママ)席に侍りしは芸妓のみならず、幇間もあり。金春新造に花山といふ幇間あり。俗に野太鼓といふものにて客の招に応じ席に侍し、滑稽の狂言をなして人を笑はするを主とす。此男蝸牛といふ舞をよくす。傘を前におきて、これを蝸牛の殻に擬し手拭をもてかしらを巻、その両端を角の如くこしらへ蛇の目傘の間より頭をさし出て、その形をするなり。或は雨のときの体、又晴の時の体、また水を浴せられし体などさまぐ〵ありき。此男のちによき顧客ありて唐物店を開きしときしが、そののちの事はしらず。

## ○伊能忠敬

測量の術をもつて世に名高き伊能東河翁は、もとの姓神保とて、上総の国武射郡小堤邨の産にして、年十八の時、佐原の伊能氏の養子となりぬ。三郎左衛門と称す。名は忠敬、字子斉、東河その号なり。晩年に勘解由といへり。林鳳谷の門に入りて、書史に通じもつとも算学を好み、その蘊を極め測量の術に精はし。いかでその学をもつて世にあらはればやと思ひ謀りぬ。是より先、伊能氏大に衰へたり。東河、人となり峻峭にして、力を貨殖に専らし、妄りに一銭をも費す事なく、農商の事をつとめしが、家やうやく豊になりぬ。天明三年関東饑饉ありしとき、東河家財を出してこれを賑救し、これが為に辺里饑にせまらざりしかば、この時の領主津田氏の為に賞せられて苗字を称し、両刀を帯ぶることゆるされ、月に三人口の俸をあたへて家人とす。六年、又飢饉ありしかば物を施すと前年《(ママ)》の如し。いくほなく《(ママ)》隠居し、家事をその子景敬にゆづり、江戸に出て高橋東岡につきて測量の術を修めたり。蓋、初め倹嗇して財を蓄へしは、これをもととして学を修めむが為なりしなり。竟に幕府に請申して蝦夷地方沿海の地を測量せんことを望むに、その費用は自ら弁して官を煩はさずといふにあり。寛政十二年閏四月十四日、浪人格をもって江戸を発足しけるが、十二月廿一日に至り蝦夷地方より東南沿海及びその往還道路の図成れり。十三年正月廿九日、忠敬、子景敬等を士籍に準ぜられて白銀十枚の賞誉あり。こは往年饑饉を救ふの恩賞と聞えたり。三月三日、伊豆より陸奥七国の命あり。つづきて陸奥三厩より北のかた七国、尾張より東三国の命あり。かくて南は尾張より東の方、北は越前より東の方、凡そ海内の半切なりて図を作る。文化元年八月これを進呈す。九月十日、功をもって月俸十人扶持を給はり小普請組となるも、天文方の附属とす。十二月廿五日に至り又西国廿一国の命あり。五年、四国及大和路の命あり。十二年に及び伊豆の島々及び箱根湖、江戸、府内の命あり。寛政十二年よりここに至るまで十八年を経て全国沿海尽く成ることを告げぬ。文政四年七月合して一図となして幕府に呈す。是とし九月四日歿す。享年七十四。佐藤一斎愛日楼集にその墓碣銘あり。この条は佐原人清宮棠陰が文集によりてしるす。

### ○香取魚彦

魚彦初の名は景良、遅歩の舎と号す。伊能氏にして香取郡佐原郁の人なり。通称は茂左衛門、その先祖は千葉の一族大須賀氏より出たり。世々同じ郡の伊能村を領せしかばやがて伊能氏を称せり。天正年中に因幡朝辰といふものあり。真月と号す。千葉の族国分氏のわすれがたみを介錯して、当国矢作の城に籠りしを、上総の勝浦城主正木左近太夫正勝、武勇に誇りて下総の国にうち入て、諸城を攻めおとししが矢作城を囲みしに戦やぶれ朝辰は戦死せり。死にのぞみ、いかにもして若君を守護し国をのがれ出て我仇を復しくれよと、二人の子、守胤、景久に遺言しければ、二子はなく〳〵父の訓に従ひ、辛らくして若君をもりして敵の囲を斬り抜け、佐原郡にかくれて時をまちたりしに、幾ほども無く里見氏は衰へ、政木正勝も戦場に討死しければ、敵をうつべきやうもあらず、遂に農となりて世を経しが、守胤より六代の孫に景栄といふものあり、土子氏の女を妻とし生ませしはこの魚彦なり。早く父をうしなひしが、幼より穎悟にして学を好み、また和歌をもよくし、国典をよみ、いかで古学を起ばやと賀茂真淵の門に入りて研究せしが、学問成就してなほ江戸にとどまり弟子を教授しけるほどに、諸侯も贄をとりて門人となる者多し。殊に中津の奥平氏にしたしくゆきかひ、又輪王寺の宮にもまゐりて国典和歌をおしへまゐらせけり。中古以来、仮名の用ひかたあやまりしに、誰もその非をつばらにいふものなし。魚彦は古言梯をのべて痛くこれを論じければ、都会の人士いづれもその該博雄才に怯ぢて感服せざるは無かりき。古学を興こし《(ママ)》は真淵第二そのつぎは魚彦第三なるべしとぞ。天明二年三月廿三日、江戸浜町の寓居に歿。時に年六十。

### ○源二の宮の補遺

さきにしるせし源二が祖は千葉の一族原某にて、原氏亡びしよりここに落とどまりて農民とはなりし也。父を源右衛門といふ。母の名はふさといへり。人となり強暴にして酒を好みしかど、又義に篤きところもありけり。寛文二年、村民等邑主と相争ふ事ありて、源二がその吏に向ひ不礼のふるまゐありしとて収縛する所となりて活埋の刑に行はれんとす。村民これを憐みて途中にて奪はんとせしかど、警固のきびしきをもつて近よること能はず。源二、我日頃酒を好むこと飲食よりも甚し、一杯をこころよくかたむけて死せんといひしが、村民、酒を出してこれをのませしに大に喜び、飽までこれを飲み、大坂といふ所に至りて活埋の刑に処せらる。実に寛文二年十一月十五日の事なり。三日三夜、地中にその声を絶たず。その霊魂祟りを為すよし、訛言しきりなりければ、一宇の祠を作りて山神宮としてこれを祀るといふ。

## ○加藤孫右衛門

加藤孫右衛門、名は忠主、本姓を原田といふ。相模国大隈郡八幡の人なり。年二十三にして江戸に来り、幕府の旗下原田兵五郎の家に仕ふ。これ天明中の事なりき。この時、主家の姓を避けて母方の氏を称す。小姓といふ職となりて主に給事す。人となり仁厚淳朴にして物を飾らず。奉公に表裏なく、この家に仕ふる中間小者にも愛せられて仏孫右衛門とあだ名せられけり。用人となりて三代の主に事へたり。三代の兵五郎は、はつか五歳にして父をうしなひしが、叔父の何某その幼をもつて己家督とならんと謀りて、孫右をよびてひそかにかたらひしに、孫右衛門は大に驚き、そは思ひもよらぬ事にて候。御兄君はやく世を去り給ひしかど幸にして若君おはします。御身、そをもりたて給はば弟たるの道を得て、世に誉をのこし給ふべし。我等も家人たるの道を得て、人に称せらるべし。しからんには、これ一挙両得と申ものに候はずやと色を正くしていひければ、叔父も道理の意見に返す言ばもなくてやみぬ。されど叔父はその企やみがたく、ひそかに親戚のもとにゆきてさま〴〵に謀りけり。孫右衛門これをききてます〳〵驚き、ある日叔父のもとに至り申けるは、兵五郎殿はいとけなくおはしませども、当家の主なれば無くてはかなはぬ人なり。御身は年丈け給へるも、今は兵五郎殿の家人なり。家人は多し、御身は無もよし有もよき人なり。やつがれ今は七十の齢にのぼりぬ。これもまた無もよし有もよきものなり。いざさらば、同じ身なれば一所にさしちがへて死すべし。その用意あれと、腰刀に手をかけてせまりければ、叔父大におそれ、原田氏を逃れ出て親戚の家にかくれしかば、兵五郎恙なく家督となりてけり。

孫右衛門に二人の子あり。長子を忠左衛門といひ、次男を理兵衛といふ。忠左衛門子細ありて他家を嗣ぎ、或旗下の家に仕へしが、主命を受けて同僚の何某と主家の本家某殿に使せしが、使の事終りて忽ち同僚を一刀に殺し、そのまま父の家にかへり来り、某が同僚日頃よりいかなる怨あるにや、しば〳〵無礼の振舞多く堪へがたきこと多かれども、もし誤あらば養父のうへにたたりあらんことを懼れ、これまで打置きて候ひしに、今日かれとともに御使に立ちし途中にて、又例の如くさま〴〵に辱しめられたれど、御使を果してのちにこそと、即ち事を終りしかば終にこれを打果して候。即時に腹切らんと存じたれど、一たび父上の御目を給はりて今生の御暇乞をもせばやと罷帰りて候といひければ、孫右衛門うちうなづき、武士たるもの、人に辱められてそのままにすべきに非ず。よくこそ打果したんなれ。されど人を殺して逃れかくる可きに非ず。汝自殺せざれば、そのたたり義父に及べし。すでに覚悟の事ならんとありしにぞ。忠左衛門は畏まりて候、いかで子細に及べきと、徐ろに起ちてもろ肌ぬぎになり、腰刀を抜きて腹につき立てしが、あまり深く突き入て、その刀ぼつきと折たり。孫右衛門これをみて、いしくもしつれ、吾子といふもはづかしからず、さらばとて、立上りてその首をきり落し、袖におしつつみ、使をもて書を養父におくり、忠左衛門、心がけわろきやつにて斯る姿になつて候、されど父子の間にて候へば、せめてその亡骸をば某が菩提所に葬りてとらせ給はり候へといひやりしとぞ。八十余にして病無くて終りしといふ。この頃の武士は斯くぞありし。これも佐原の清宮棠陰の文によりてしるす。

## ○大橋訥庵

余、年二十七八の頃、先師藤森天山先生の下谷の塾に在り。その頃、大橋訥庵は両国村松町に住しき。この大橋は、豪富佐野屋幸兵衛の婿となり、その資力をもつて儒門を張りたりとて、気概ある書生はこれを賎しみたりき。されども、訥庵はまた一識見あるものなり。先師とは絶て交る事のなかりしかば、その容貌辞気はすこしもしらず。訥庵は、正順、字周道、順蔵と称す。江戸の生にして、兵学をもて聞えたる清水赤城の第三子なり。佐野屋の婿となりしに、佐野屋は下野宇都宮石田侯の家臣の名称ありければ、訥庵も宇都宮の儒員に列せしなり。はじめ佐藤一斎の門に入りて、王陽明の学を修め、のちに朱紫陽に帰す。近思録をもって学準とし、殊に易に精はしく、又康熙の折中、乾隆の述義などを専ら読みて、そのうちの醇をとりぬ。当時、折衷学などいひしなり。正学危言、正学禦侮、性理秘説などの著述あり。安政辛丑の六月、米国の使船はじめて我国に来りしに、幕議は開港に傾きしに、諸儒は旧に泥み変通を知らず。訥庵もまたその弊をまぬがれず、上書して開港の害を論ず。甲寅のとし、水戸の斉昭卿幕府の顧問に備られしが、はじめ攘夷の説を主張せられしかど、その局に当りては、中々に行はれがたきを知りて、口を噤みておはせしかば、訥庵これを嘲ひ隣疝臆議を著はして、これを諷せしことあり。そののち、訥庵は小梅邨に隠居して闢邪小言を著はし、西説を排撃す。この書大に世に行はれて攘夷をいふものこの書を読まざるもの無く、諸方の浪士等小梅邨に尋ねくるものひきもきらず。萩の藩士と称する多賀谷勇といふものあり。一日訥庵を訪ひて、近頃幕府が夷人どもに対する処置をいかが見給ふ。御殿山の地をかして使臣の館を作らしむるよしをきき、隴を得て蜀を望むといふ事も候へば、異日浜殿西城を借らむといふも知るべからず。吾輩、切歯に堪へざる所なり。これ必ず公方家のしろしめす所にあらずして、権臣等夷狄の賄賂を貪りてゆるせし所ならん。されど、かれすでに幕府の政権を握れり、社鼠廟狐の勢いかにともすべからず。某おもふに、先生すでに攘夷の論を主張し給へば、某等先生をもって盟主とし、日光にましますの輪王寺の宮を大将と仰ぎ奉り、すみやかに義兵の旗をかかげて当路の奴原を一々にうつて捨つべし。先生の思召はいかがとありけるに、訥庵大に驚き、こは思ひもよらぬ事なり。軽躁のふるまひあるべからずと、かたく戒めしかど、勇は耳にも入れず立去りしが、常陸下総上毛下毛の地は不敵のもの多しとききゝ、ここかしこにゆき大橋先生義兵の旗を揚ふによりて、志あるものは集合せよいひふらしければ、軽躁暴激のともがら我も〳〵と江戸に入りて、小梅の艸庵をたたきて義挙をすすむ。訥庵大におそれて、全く訛伝にしてさる事なしといひさとしてかへしけれども、この事遠近に聞えてなほあやにくに訪来るもの多かり。宇都宮の藩士に岡田真吾・松本鎮太郎といふものあり。いづれも訥庵の門人なりけるが、平生豪傑をもつて自ら任じ、慷慨の論を好みしが、或る日小梅に至り、某等近日策論一篇をつづり、これを一橋刑部卿殿に呈し卿を推して攘夷の挙を行はんとす。先生は一橋家の人と交り給へば、紹介して給はり候へといふ。訥庵その書をとりて見るに、暴論危言にして一も取る可きところ無かりければ、さま〳〵に賺しなだめてかへしける。文久二年正月八日、かねてゆきかひける一橋家の近習山木茂三郎の家にゆきて、新年を賀しける次にこの事をいひ出しけるに、茂三郎は大に驚きて、窃にこれを家宰何某に委細を告げしかば、家宰はこれを幕府の閣老に告ぐ。此月の十三日茂三郎をとらへて、事の始末を尋ね問はれ、又その明る日、訥庵及その子寿次を捕へて獄に下され、家中を捜索して諸文書を没収す。数日を経て、浮浪の士七人閣老安藤侯を坂下門に要撃して成らず。尽く討果されぬ。これ等は皆多賀谷にそのかされしものどもなり。訥庵が妻弟菊池介之助(佐野屋幸兵衛と称す)七人と交通せし科をもつて獄に下さる。多賀谷勇もまた同じく獄に繋がれたり。訥庵獄中にて病にかかりしが、七月七日恩免ありて、獄を出て宇都宮藩にあづけられしに、十二日遂に死せり。時に年四十八歳なりき。介之助も二十四日に出でて、八月八日死す。年三十五歳なり。二十七日多賀谷勇・岡田真吾・松本鎮太郎おの〳〵その藩主にあづけられて、獄決せりといふ。この獄頗寛大なりしは、井伊大老の時、志士を誅殺して大に海内の憤慨をひきしかば、これに懲りしならんといへり。当時都下にて名儒と称するもの、壱人も攘夷をもつて口実とせざるもの無し。これをもつて今に至るまで敢てこれを咎めず。時勢しからざるを得ず。これを無識といふ可きに非ずと回護するものあり。しらずや我佐倉旧藩主備中守正睦朝臣、はやく開港の利に眼を着けて、はじめより所謂名儒などの愚妄の説とは天淵の相違あり。又その臣下にも、平野縫殿重久及田中弥五郎重参の如きありて、重久は海防一班をあらはして主君にたてまつり、盛に交通の便を説く。重参もまた上書して開港の事を説けり。即訥庵及名高き藤田東湖等と同時の人ならずや。訥庵・東湖の固陋迂僻なる反て今にその美名をのこし、重久・重参の如き明達の人物反て世に聞えざるは何ぞや。人もまた幸不幸あるかな。

## ○阿里姫

阿里姫は常陸国潮来に近き島崎の城主島城（ママ）左衛門某の女なり。常陸の佐竹と戦ひ、島崎城敵の為に攻められて落城す。左衛門は力竭きて城中に自殺しけるに、姫は女ながら武勇に長けたれば、身をのがれて再び仇を報ぜんと白馬に跨り囲を衝てのがれ出しが、その夜或る農家にやどりを求めたり。かかる所に敵兵は白馬のかげを遥にみて姫なるをしりて農家を囲み、これを捕へんとす。姫はいまはとても免れがたしと思ひけん、懐中なる短刀を抜き出して潔よく自殺してけり。今なほその墓潮来に在り。余、佐原に寓居せし時、潮来の儒生田原明(字貞郷遼星と号す)来りてその詩を示せしなかに、阿里姫墳と題する一篇ありて、その序に、此墳は予書楼後圃のうちに在りとて、詩の句に、

城主有レ女名阿里。花顔柳腰絶世美。此夕得レ間出二城門一。主従三騎来二此地一。炎々焦レ天傾二楼閣一。吶喊叫声響二山河一。此時相顧潜無レ語。呑レ恨趙《ヒソカニ》敲二小農家一。俄然敵将頻追レ跡。排レ屋直前逃不レ得。主従闘死只剰レ姫。敵兵悦驚美容色。生擒欲レ献大将営。甘言説レ利頗多情。父没城陥豈望レ活。況有三泉下待二劉郎一。斯言未レ終伏二匕首一。可レ憐芳紀十有九。

とあり。これによれば、父とともにのがれて、ここにて死せしが如し。劉郎とはいかなる人にや。かねて約せし婿などのありしなるべし。くわしくしるせしもの無ればしりがたし。とにもかくにも義烈の女にして、今に至るまで偏く世に聞えざりしは惜むべし。又白馬の為に姫がうたれしを悼み、今に至るまで島崎郁にては白馬を養はずとぞ。これも田原の物語なり。この事は宮本茶郁が潮来考にも見ゆとぞ。余いまだこれを見ず。

### ○王漁洋の子孫皂隷となる

偶桐陰清話を読むに、王漁洋の裔孫某、流落して皂隷となる。南昌尚鎔、字喬容、詩あり。これを哀みていふ。

当年赤幟竪㆓騒壇㆒。宝樹盈レ庭尚可レ観。名盛久如㆓明七子㆒。孫徴今似㆓魯三桓㆒。

誰将㆓斐豹丹書㆒爇。曾使㆓華泉後裔女㆒。寒食不レ須頻上レ墓。鶴帰華表恨漫々。

宋茆袁の後、一幼女ありしが祝髪して尼となりて道啓といふ。宋は官観察に至り、王は貴きこと尚書となりて詩人の栄華はここに至りて極れり。しかるに後嗣の淪落ここに至るは、殊に人意の表に出るといふべしとあり。余年わかきとき山崎美成の女流落して夜店麦湯の茶酌女となりしをききしが、かかる事は世に多かるべきにこそ。

### ○山城屋佐兵衛

余が十六七の時、日本橋通二丁目に山城佐兵衛といふ書肆ありて、殊に繁盛せり。旧の佐倉江戸邸に出入して、すべて学校に用ゆる書籍は尽くこの山城より購入られしかば、余も亡兄につれられてしば〳〵ゆきて書を買ひし事ありき。その頃の佐兵衛は年五十ばかりにやありけん、所謂商上手にて顧客引もきらず。同じ町の須原屋茂兵衛は大家なりけれども、その繁盛は反て山城におとれり。今度佐原に来りしに、正文堂浅野和兵衛といふものあり。書を鬻ぎ、かたはら薬を売る。この男は年わかきとき山城屋に小者として仕はれしものといへり。この男の話をきくに、もとこの佐兵衛の父佐兵衛は大坂の産にして、書肆河内屋茂兵衛の家につかはれしものなりしが、風と堂島米相場にかかりて財を失ひ、主人の為に逐はれしかば、已ことを得ず江戸に至り奉公せばやと東海道を下りしが、江戸に着するころはや一銭も無し。いかがはせんとせしが、この頃ポン引とてよからぬもの品川・板橋その余の駅の入口にまちまふけて、遠き田舎より江戸に来るものを欺きこしらへて諸侯の中間奴僕の奉公をすすめ、年限を定めてその給銀をうけとり、そのうち十分の一を与え、その余尽く己が懐に入れて身を隠すをもて業とするものあり。佐兵衛はかねてその事をききしかば、これ反て奉公つてを求むるにたよりよし、今一銭も身につけずして人にたよるとも、うけ人に立つものあるべからず。ポン引の計略にのりて身のおちつきを計るにしかずと、しらず顔して壱人のポン引に身を托しければ、ポン引は大に喜びて、江戸見坂なる土岐侯の家の中間にしてけり。例の如く十分の一をもって佐兵衛にあたへてにげ去りぬ。佐兵衛はもとより覚悟の事なれば少しもおどろかず。中間となりて、いとまめ〳〵しくはたらきければ、一二年にして壱両あまりの蓄出来にけり。さらば商して見ばやと、土岐家の暇とりて出ぬ。

佐兵衛はもとより、書肆の小者となりてありしかば、いろ〳〵の書目を暗記せり。そのうちにしるしし事は何事とも知らざれど、当世に行はるべきものと又さもあらぬものとを大かたしりてありければ、さらば大道店を張りてみんと、まづ日本橋辺のうらやを借りてこれにすみ、古本の類を紙屑買の手より価やすく買取り、そのうちを見わくるに、思の外によきものもあり。されどもよき書は、紙屑買も書肆のもとにゆきて目ききさせれば、我手に落るはまれなり。かかりしかど外に術も無りければ、日本橋通二丁目の南側なる袋物や丸屋利兵衛の前に薦を敷きて、そのうへに書を並べおきて客をまつに、もとより良き書にあらねば、はか〴〵しき商無し。しかれども少しも倦まず、明るより暮るるまで少しも休息せず。又一日も休みしこと無し。かくて一年あまりを経にければ少しは蓄も出来しにて、妻を娶りぬ。されば丸利のあるじは佐兵衛が勉めはげみて怠らざるをみて大に感じ、或る日御身の出精は実に我等感心の至りなり。資本足らずば多くの事はなりがたけれど借し申さん。書物市に出てよき書物を買取り給はばさばかりの利益あるべしとすすめければ、佐兵衛大に喜び、もし仰の如くかし給はば、その利益は半御身にまゐらすべしと約し、若干の金をかりて古書市に至りて思ふままに買取りて売りけるに、運の開くる時や来りけん、思の外の利益あることを少しも隠すことなく、詳に帳簿にしるし、利益の金半を丸利におくりしかば、丸利の主人はその律義なるに感じ、その金を受て、なほ多く金を借しければ、佐兵衛ます〳〵いさみてその業を励みしほどに、今は大道商をやめて、その頃、田ヶ市河岸はすべて床店なりけるを一軒借りて、例の如く書を売けり。この床店は昼のみにて、夜に入れば戸をおろして各その家にかへるを例とす。盗はそを知りて、しば〳〵その店の戸を破りて物を盗む。きのふこの店なり、けふはこの店なるべしといひ合て、人々用心しけるが、佐兵衛は、さらば我窃に夜ここに泊りて盗をおびやかして懲しくれんと、胆太も一夜を床店にあかしける。果して盗入りしを踊出てとらへんとせしかば、盗は大に驚きて逃去りけり。その後、これに懲りて盗来らずなりしとぞ。

斯くて両三年ありけるが、通二丁目によき表店にて庫附たる売するゐありけり。佐兵衛はすでに多く蓄あり。またしかるべき金主もありければ、やがてこれを買取りて引うつりけるに、もとより多くの書籍集らず。庫は明きて入れ置く可きものも無し。ここに芝神明前に、岡田や喜七といふ書肆あり。これは数代つづきたる家にて、家居も広く書籍も多く蓄へたるが、或る日その手代来りて、佐兵衛が新居を祝しけるが、庫をみて御身は此庫にいかなるものを入れ置き給ふぞと嘲り笑ひけり。佐兵衛大に恥て、書籍を入れずしてまた何ものをか入るべきと答しに、手代はそはまたいつの頃にや、近きうちの事ならん、いとめでたしとます〳〵嘲りてかへり去りけり。佐兵衛、手代の為に嘲られて口惜しきこと限り無く、我も男なり、いかなる困みをするとも厭はじ、この庫に書籍を余るほどに積入れでやあるべきと、それよります〳〵業をはげみ昼夜をいはず脇目も触らず精力を尽しければ、和漢の書籍この庫に充盈たり。二三年すぎてのち、岡田やの手代は主人の心に違ふ事やありけん。又引員などしたりけん、かの家を逐はれてよるべなきままに知れる人にすがりて聊の救を求めけるが、佐兵衛が店にも来りけり。佐兵衛はこれをみて奥の間に請じ、酒肴をもてこれをもてなし、さて我等は御身に礼を申べき子細あり。それは、御身は忘れ給ひけんしらざれども、二三年前にしか〴〵の事ありとて庫の明きて見ぐるしかりしを嘲けられし事をいひいで、御身の言をききしより大いに恥ぢて業を励みしかば、今はかの庫にも入り余るほどになりぬ。いざあれをみられよと奥の庫に案内して見せけるに、その言に違はず新古和漢の書籍おびただしく積かさね、庫のうちなる梁をなぶるばかりなれば、手代はひたとあきれ背に汗してむかしの疎忽をわびければ佐兵衛は打笑ひて、御身は我恩人なる。いかでわびらるる事あらんやとねんごろに慰めて金若干を紙につつみてあたへしかば、手代は涙を流してこれを受けて立去りしとぞ。

山城屋はます〳〵繁昌してその妻は二人の男子あり。壱人は家をつぎて佐兵衛と称す。即ち余が年わかき時みし男なり。壱人は銀座に出店を出してのち政吉といひしはその孫なり。この男は府会議員となり、衆議院の候補者になりき。初代佐兵衛は六十余にみまかりぬ。二代佐兵衛は父に劣らぬものにていよ〳〵繁昌しければ蓄金も少からず。東都の書肆にありては屈指の家とはなりき。いつの年にやありけん、三月の初より病にかかりて床に臥しけるが、かかる人物なれば五節句の諸払の書出しなど病床にてみづから物しつるがいよ〳〵病重りて今は頼すくなしと見えしとき、家人等を呼びて今はとても快気覚束無し。我は死すとも精進料理などをものすな。折しも花のころなれば葬儀のとき千人前の折詰の肴を命じて会葬の人におくるべしといひしとぞ。家人もその志に感じて遺言の如くせしといへり。五十七にて世を去りにき。佐兵衛前妻の子女二人、長女に婿をとりぬ。初源三郎といひしがのち、養父死して佐兵衛と改む。今なほ存す。末子佐吉といへるがありしが、幼かりければ三代目佐兵衛の養子としてその女に娶はしけり。しかるに三代目の時に至り家のうち穏ならず。つづきて佐吉放蕩に身をもちくずしければ、遂にかくまで盛なりし山城屋も今は亡びしとぞ。佐吉はみまかりて、その子孫はありやしらず。正文堂に問はばしるべけれども、さのみやはと問ひもせざりき。初代佐兵衛が初て大道商をせしときの丸利はその後、他にうつりしかど、旧恩をわすれず、二代の佐兵衛に至りても親戚の交際を為して時々物を贈りて疎闊にせざりしといへり。これもまた得がたき事なりけり。

## ○上野一郎右衛門

一郎右衛門は利根川の十六島のうちなる扇島邨の人なり。天保の頃の人といふ。平生不学なれども一見識あるものにて、よく人の難儀を救ひ、また強を挫き、弱を扶くる侠義ある男なりき。ここをもて遠くよりその風をきき、訴訟公事にかかる事をこの一郎右衛門にたのみけるに骨を惜まずここかしこに走りゆきてその和解を為し、いよ〳〵その事かなはざるときは訴訟を起して冤を伸ぶ。又或るとし、鎌倉に遊びしが、大塔宮の籠らせ給ひし土の牢といふものあり。その頃はあれはてて、案内者などいふもの、これをしるのみ。いとあさましき体なりしを大になげき、自ら費を弁じ、石の榜示を立てて、大塔宮御坐所としるしたり。なほあき足らずやありけん、故郷にかへりてのち、心あるものをつのりて、大なる幟を奉納せしといふ。その頃はかかる事をいふものまれなりしに、此一郎右衛門は一文字だにしらぬものにて、ここに心をとどめしはめずらしき事なり。水戸の義公が楠木中将の墓じるしを立られし事などをききしより、興起せしにや。さるにても殊勝の事なりかし。

この邨に椎名宗兵衛といふ名主あり。人となり貪慾にして村の財を私せしよし聞えけれども、その証拠無れば、人々もせんかたなくうち過ぎしに、一郎右衛門がまだ十六七のころにや、いかにしてもその証跡を見出して一泡ふかしくれんと事に托して屢かの家に至りしに風と唐紙障子の破れしがうちにその時の書類をみ出したりしかば、人の見ざる間に窃に割きとり、やがて人に示し、この事を論じければ宗兵衛も証拠あるに肝を消し、内済となりてやみぬとぞ。

宗兵衛の子隣《チカ》助といひしは気慨あるものにて桜田にて井伊大老を狙撃せし蓮田市五郎とは睦じき中なり。さればその自筆の書を多く蔵せり。ここをもつて一たび獄につながれしが中興の時、官につき、内務の属まで歴のぼりしといふ。この条の話は扇島の高塚楫浦の物語なり。楫浦いふ、隣助は市五郎と謀りて江戸蔵前の官米を窃み出して、己が邨につみおくるといふ。しかれども、これは当時聞もつたへざる事なり。且蓮田は危激の人物なれども、盗賊となるものに非ず。

又同じ村に大塚幸助といふものあり。人の物を盗みしをもつて十年の懲役に処せられたり。これは当時の如き軽罪の律、定らざる前の事なり。幸助は深くその罪を悔ひ、懲役中に工事を励み、若干の銭を蓄へ、かの盗みし銭を尽く返したりとぞ。十年の役をつつがなく果し、今は七十余にて壮健なりといふ。

## ○中山信名

中山信名は平四郎と称す。柳洲をもて号とす。常陸国久慈郡石名坂村の人なり。父を坂本玄周といふ。信名はその次子なりき。玄周の先祖は常陸の平氏にして、平高望の子孫なり。世医をもて業とす。信名幼にして強記なり。好みて稗史伝記を読み、殊に太平記を好み暗誦して一字をも誤りもらすことなし。人よびて太平記小僧といへり。父兄の為に愛せらる。年十二の時江戸におもむき、塙検校の門に入りて国典をよみ、あきらむること十余年群書を渉猟して、よくその要領を得たり。検校の助を得て幕府の士中山平蔵の養子となりて信名と改む。初の名は文幹といひしなり。そのあくるとし、林大学頭の附属となり、書物御用出役と称し、和学講談所に伺候す。文化十二年、官命を奉じ、鹿島香取に至りて所蔵の文書及び旧記等をうつしとる。文政元年塙検校に従ひ、京都に至り、旧社古刹の文書をさぐる。是より先に塙群書類従の編纂あり。信名が才学を知りて校訂の任を受く。塙が講談所の教授となりしとき、その附属となる。ここに於て世に得がたき秘書どもここかしこより聚りたるは信名もその功労少からず。常陸はその故郷なるをもつて尤もここに力を尽し、常陸治乱記・編年志料等数十巻あり。殊に編年の書に至りてもつとも精密を極め、上は神代に起り、下は元和に至るまで、上下二千余年の間、細大となく採拾してのこすこと無し。かたはら上下毛及陸奥に及ぶ白河文書に拠りて関城書考を作りて古来の訛を糺正す。

信名、性磊落不羈にしてつねに酒を嗜み日として酔はざること無し。得る所の俸銭尽く酒に換ふ。

家に長物なし。数巻の書と酒器あるのみ。その著書の草稿、大抵故紙の背に蠅頭の細字をもてこれをしるす。されば後人往々これを読むに大に苦しむといふ。天保七年十一月十日病て歿す。年はづか五十なりき。下谷常泰寺に葬る。その柳洲と号せしは居宅隅田の柳島にあるがゆへなりとぞ。男子二人、女壱人あり。脱稿せしは関城書考七巻のみ。その余治乱記は三十余巻、編年志は七十巻、志料も同じ巻数あれども、いまだ稿本なりといふ。潮来の宮本茶村、常陸国誌を編みしに、多く信名が稿によれり。殊に出版せし関城繹史・郡郷考はもつともこの著をもつて編む。人或はその剽窃をそしるといふ。しかれども、その序に信名の事をいひしを見れば剽窃にあらず。

## ○葛雲飛将軍の妾

桐陰清話に、道光辛丑英吉利定海を侵せしとき、惣兵葛雲飛これを守りて力戦すること三昼夜、援師至らずして東獄《ママ》宮前に戦死せる。将軍の妾その姓氏を詳にせず、容止間雅にして、胆略あり。将軍死するときき、侍妾及び残卒を集めて、夜敵営に入り、将軍の屍を奪ひてかへり葬れり。（頭欄）［雲飛、壮節と諡す」汪芙生が葛将軍妾の歌あり。その歌に云ふ。（頭欄）［此七古近体平仄と同じ。かかる体はいつの頃よりにや。呉梅邨の七古よりならんか。」

舟山湖与東溟接、戦血模糊留雉蝶、廃塁猶伝諸葛営、行人尚説張巡妾。」
共道女妹越国生。苧蘿村畔早知名。自従嫁得浮雲婿。到処相随劫月営。」

清油幕底紅灯下。復帯軽衣人雋雅。月明細柳喜論兵。日暖長楸看走馬。」
一朝開扉海門東。歌舞声伝画角中。不問孤軍懸渤澥。但思長剣倚崆峒。」
新声休唱万類護。金盒牙旗多内助。帍幄方吹少女風、鯨波忽起蚩尤霧。」
一軍如雪陣雲高。独鑿凶門入怒涛。誰使孝伕空披剣。可憐光弼竟抽刀。」
凄涼東嶽宮前路。消息伝来涙如注。三千鉄甲尽蒼黄。十二金釵斉縞素。」
纛旗素鉞雪粉々。報主従来豈顧勛。已誓此身拌九死。頓教作気動三軍。」
馬蹄湿尽胭脂血。戦苦緑況槍欲柳。帰元先軫面如生。殺賊龐娥心似鉄。」
一従巾幗戦場行。雌霓翻成貫日明。不負将軍能報国。居然女子也知兵。」
帰来腸断軍門柳。犀鎧龍泉亦何有。不作孤城李侃妻。尚留遺恨韓家婦。」
還郷着取旧時裳。粉黛弓刀尽可傷。風雨曹嫁仕上住。夜深還夢旧沙場。

## ○張烈婦絶命の詩

同じ書に、平陰の張春暘の女、年甫弱冠にして詩に工に、書をよくしけるが、李鉅の次子起鳳といふものに嫁する約ありしに、いまだ婚を結ばずして起鳳はやくうせしかば、此女かなしみに堪えず、自ら縊れ死す。絶命の詩十首を賦して父母に遺れり。その詩に、

自古身名不両全。俗情除破寸心堅。親恩未報難回首。掌上奇擎二十年。其一。

窓明几浄学塗鴉。曽向間庭管物華。此後春光誰是主。年々風雨泣梨花。其二。
数載青編弁魯魚。忠廉節孝尽非虚。而今一死方無愧。不愧従前読遇書。其三。
人去空閨事々非。塵封網羅到応稀。遺鈿怕落双親涙。懊悔年来作嫁衣。其四。
縫帳随肩姉似兄。高堂笑楽有余情。可憐月暗西窓夜。無復灯前佐読声。其五。
阿弟聡明遠勝吾。厳慈愛此掌中珠。不知奮志青雲後。還憶芸窓校字無。其六。
小婢知詩最所親。追随雨夜伴霜晨。渠儂自有終身計。漫対青灯憶主人。其七。
悶翠慵紅手自披。火中焚尽篋中詩。人生会有留名処。豈在風雲風露詞。其八。
灯前顧影幾廻腸。黙々無言祗自傷。先代芳踪堪歎羨。不教孤塚葬鴛鴦。其九。
人到傷心易白頭。思男思女総宜休。椿萱両姓皆康健。答為双魂日夜愁。其十。

夫死して婦これに殉ずるは、支那にても古き代には無き事なり。これ殉死の俗と同じく固陋頑冥の習たるを免れがたし。されど中古名を好むこと甚しきより、儒者相和してこれを称するが故に殉死の婦甚多し。いまだ婚を成さずして節を守るもあり。又死するもあり。習俗とはいへども誠に傷心の至りなり。余これをしるすは、殉節をすすむるにはあらず。かかる才女といへども、風俗の陋習を免がれず、あたら命を棄るをおしみ（ママ）なり。（頭欄）「奇擎当珠擎誤。画舫録、呉江女史許淑芳詩、有珠擎掌上珍、無比句。」

### ○喫醋

稗史小説に嫉妬の事を喫醋といへり。いかなるゆへかもしらざりしが、桐陰清話に続文献追考を引き、獅子、日に醋酪各一瓶を食す。世妬婦をもて河東獅吼に比す。故にこの語あること、これにて明かなり。

### ○呉門画舫録の二節

西渓山人の著、前に呉錫麒・郭慶四六の叙あり。又、陳文述の題詞あり。嘉慶年間の著にして全篇すべて板橋雑記に倣ひしものなれども、のする所の妓流人物、庸々のもののみ。雑記にあるほどの名流名妓なし。文もまた駢体に近くして、余澹心の流麗宕逸なるに及ばず。唯二節すこしかはりたればのす。

銭夢蘭居上塘。体貌閑暇。歌辞擅場、夫也不良、終風且暴、少不悦。則当頭棒喝。不顧月欠花残。甚至温柔郷裏。錐刺横施。玉藕彎中。刀疵不絶。客欲拯之出。弗可。有姉妹行。招之亦弗往、珠啼玉泣困苦終宵、質明則対粧鏡、点獺痕、掃愁眉、梳堕馬髻、盈々対客矣、風塵墜落。夙世孽冤。若姫則尤甚焉。吁可慨也。

徐素琴居下塘。仮母姓許氏、貌豊而口給、一室詼諧、当者辟易、善居積、擅貨財。富甲教坊中。姫有母風。目灼々照四筵。居常作嬌慵態、喜倚人而坐。白堤風煖。花市春朶。同人課集詩舫。邂逅姫。迎之来。将使磨隃麋。爇都梁。如紫雲捧硯效水絵園故事。而姫不知許事。且食蛤蜊。未幾相将脱藁。逓為欣賞。挙坐吟哦。姫睥睨良久。不復可耐、奪片紙援砕之投諸流、姫固玉渓生所謂殺風景者、而書生腐気、敝帚千金、向不識之。無人刺々誦詩文不己、鑑於姫、其亦知戒也夫。

### ○鹿島新当流の剣法

ふるくより、鹿島太刀といふは、即ちのちにいふ新当流の事とぞ。武甕槌の神韴霊の剣を賜はりし事、国史に見えたれば、その神官も武術を習ひしと見ゆ。されば、天児屋根命の孫国摩《クニナツ》大鹿島命ののち、国摩真人高間が原に神壇を築き、大神の教を蒙りて、剣法をつたはりしよし、新当流の伝記にのせたり。真人の苗裔に吉水氏ありて、剣法八十八条を伝ふ。坐主覚賢の二男に塚原卜伝あり。もとの名高幹鹿島塚原の人、新左衛門の養子となりて、塚原卜伝と称す。香神宮《(ママ)》にあゆみをはこびて一の太刀の神伝を得たりといふ。又、香取にも飯篠長盛といふものありて(名は家直)神にいのりて槍長刀の術を得たりといへり。卜伝、諸国をめぐり義輝・義昭の両将軍に一の太刀を伝へ、又伊勢に至りて北畠具教、甲斐におもむき、武田信玄に秘術を伝ふ。山本晴幸もまた卜伝に従ひて剣法を受けたり。卜伝は諸国をめぐるとき、百余人の従者を従へ、鷹を居させ、馬を引かせたること諸侯の鹵薄に彷彿たり。凡そ真剣の仕合十九度、戦にのぞむこと三十七度、一度も不覚をとらず又一所の疵をも蒙らず。矢疵は六か所あるのみ。みづから敵を討つこと二百十二人なりといふ。元亀二年三月十一日、本国に卒し、須賀村の梅光寺に葬る。その子を彦四郎朝秀といふ。豊臣太閤及加藤清正に剣法を授く。門人世に聞えしは、鹿島大祝部松岡兵庫助則方、江戸崎の浪士諸岡一羽、真野城主安芸守道無及び浪士斉藤伝鬼等たりとぞ。中に兵庫助則方は徳川氏に拝閲して、一の太刀を授けしかば、書をたもふて賞せらる。

## ○佐原の天狗騒動

文久元年の春の頃、水戸の郷子等攘夷説を主張し、常陸の水戸封内に処々屯集し、無頼の悪徒を己が党与にひき入て、日夜暴行をふるまいしが、財用足らざればこれを近国に募るに、攘夷の軍用をもつてす。中には藩士等の子弟も多くそのうちに雑れども、此時水戸藩は党派わかれて互に相仇視し、政令一ならず絶てこれを禁ずるもの無し。兇徒等ます〳〵勢を得て、処々に人を派して財用を募る。佐原は旗下の士津田某が領知にして、鎮圧す可き兵無を侮り、千両の軍用を出す可きよしをいひ来れり。名主等大に驚き、さま〴〵に侘ぶれども少しもきかず。もしきかざれば攘夷の血祭にすべしといひののしる。故老等相議して、よしを領主に告げて、その下知を受くべしと、組頭太兵衛といふもの江戸に至り、津田氏に告げて、その処分を請ふに津田はこれをその支配に告ぐ。されど幕府の吏人等は攘夷の軍資を募るときき、もしこれを否とするときは、激徒ににくまれむことを懼れて、その可否をいはず。津田もこれを処分すること能はず。空しく佐原にかへり来れり。又、八州捕方元と称する代官手代ありて、盗賊を追捕するものなれば、村役人等馳せゆきて、その処分を請へども、これも激徒の勢に怯ぢて何の処分も無く、佐原には激徒徘徊すときゝて、そのあたりに近よらず。ここをもて佐原の民等告げ訴る所無く、遂に豪商のものども金八百両を聚めて、これを潮来なる水戸の浪士等におくりてその誅求を免れたり。（頭欄）［文久元年正月十七日、商人体のもの三人、浪士体のもの七人、佐原に至り、川又左右七郎と称し、名主善左衛門の宅に至りて軍用金千両を求む。これを廿二日に至り、領主津田英二郎よりその支配にとどけ出たり。しかるに、召捕人をつかはすにより、なるべく穏にぞあつかふべしとの命あり。十九日に至り、なほ厳重にかけあひ、金八百両を押奪し、舟を出させ、廿一日に潮来にかへり去れり。］

ここに佐原に、高橋善左衛門といふものありけり。もとはいと貧く手習子を集めてはつかに世をおくりしが、筆算をよくするをもつて名主代などをつとめたり。此頃の名主は、一村の長なれども俗事しげく、その給料も薄かりけるほどに、豪富はこれを厭ひてなることを好まず。好みてなるものは、大方貧きもののみなりき。善左衛門は、はじめ名主代たりしが、一二年を経て津田家の領知の名主となりぬ。又、八州捕方の手につくものに、大惣代といふものあり。こは手先と唱ふものの指揮をなすを職とし、八州の命をうけて諸方に馳せめぐりて盗賊を捕ふ。善左衛門はさる才気あるものなれば、かの大惣代となりて威を振へり。その頃、名主の給料は年に米八石とす。一石を壱両として年に八両の給を得るのみ。しかるに善左衛門は、家居も広く奴婢食客などあまたありて、その驕奢目をおどろかす。これは八州の手に附きて盗賊収捕を名とし、博徒を威服し、窃にその賄賂をおさめ、又盗賊引合と称し、多くの良民を村落より呼出し、その賄を得て引合の累を免れしむるなど、さま〴〵事によりて金銭を貪りとるがゆへなり。当時、幕府の政令行はれず、黠吏等私を為すことかくの如し。

常陸潮来には、潮来館と唱ふる武術の道場あり。水戸の無頼兇徒等ここに集合す。ここに沢やといふものの妾某、富たるものにて諸方に金を貸したるが、佐原の白木や源七（のちに松野やといふ）に若干の借金あり。源七商不如意になりて、弁償滞りしかば、兇徒のもとに至りてこれを催促せんことを求む。兇徒等その機にのりて、財を得んと謀り、同じ年の十月、五六人の兇徒うち連て白木やに至り、催促しけるに、俄に弁ず可きにあらねば、さま〴〵謝しけれどもきかず、遂に源七に縄をかけて潮来に引きゆかんとす。この事善左衛門に聞えしかば、大に怒り譬いかなる事ありとも、佐原は水戸家の領知にあらぬに、罪ありともみだりにこれを捕ふ可らず。ましてや借財延滞せしとて、これを縛する法やあると白木やに至りて兇徒等と弁論しければ、理の当然にいかにもすべからず。兇徒等歯がみを為して潮来にかへりけり。

善左衛門は、八州の為につかはれて威を振ふほどに、これに附属する手先といふものあまたあり。一日鹿島の梶村といふ所に博徒等多く集りしをききて手先のもの等をつかはして十五人を捕へて佐原に引来り。そのうち重なるもの九人を八州の手にわたして江戸に押送しけり。しかるに、この博徒のうちに、水戸浪士の手に属して、天狗組と称し、両刀をたばさみ、村落を横行するものあり。幸にして善左衛門の手をのがれしかば、潮来に走りてよしを告げければ、潮来の浪士等いよ〳〵善左衛門をにくみ、折もあらば引とらへて懲すべしとぞはかりける。

この年、十月某の日(談者太兵衛といふもの日をわすれたり)夜の深更に善左衛門が佐原の家に来るものあり。戸を敲き、八州よりの使なり。戸をあけ給へといふ。善左衛門は大物代なれば、急用あるときは日夜を限らず、使のもの書状をもち来るものあれば疑はず、いそぎ戸を開きてうちに入れしに、豈はからんや、四人の浪士等ひた〳〵と入り来りて、寝巻にて出来る善左衛門を引きとらへて、縄にてぐる〳〵巻にぞしばりける。かくて浪士等は白刃を抜きひらめかし、もし手向せば壱人ものこらず斬て捨べしとおどしければ、近よるもの無し。妻がおどろきて背戸より走り出て、近隣に告げしらせ、救を求めしにぞ、かねてかかる事もあらんかと用心せしことなれば、寺鐘をつき鳴らして人を集むるに、浪士の暴行をにくむこと大方ならねば、善左衛門の子分はさらなり。日頃より善左衛門の所業をにくむものといへども、いづれも得物を携へて四方より馳あつまれり。

四人の兇徒等大胆にも善左衛門に縄をかけて引ゆきしが、佐原の民等はこれを八方よりとりかこめども、すでに人質をとられて手向ふこと能はず。さらでも刀をきらめかして嚇しければ、ただわや〳〵とののしるのみ、近よるものも無し。すでにして家をはなれて三四町もゆきしとき、善左衛門が手にからみし縄すこしゆるみたり。善左衛門は心ききたるものなれば、はやくもぬけ出て、民等の群中に馳せ入れり。すは善左衛門はのがれたりと兇徒等大にあわてたるに、善左衛門は得たりと衆を励まし、やつて仕まへ、一人ものがすな、とののしりければ、心得たりと四方八方よりうつてかかる。

兇徒等は必死となりて刀を打振り戦ふほどに、四人の刀におそれて、人なだれをうってくづるるを、兇徒等は得たりと刀をなほも振り廻して囲をきり抜んとしたりしに、手先のうち啓介といふものあり（苗字を長田といふ）、大きなる竹はしごを持来りて壱人の兇徒にうちかけんとしたりしが、兇徒はこれをきり払て、つとつけ入り、啓介をはっしと斬る。血さっと迸りて倒れしかば、これにおそれて大勢の民等はぱっと逃散たり。隙を得て四人の兇徒は忽ち囲を破て逃失せたり。

啓介は斬り倒されて地上に伏す。されど重手なれども死に至らず、うめきくるしみしをみて、組頭庄左衛門は手先の松といふもの又安兵衛といふ番人とともに名主役場の提灯をともして、手負をかかせ、この時の名主伊能平右衛門の宅にゆき、医師を招きて療治せんとおもむきしに、忽ちこの家の天水桶の陰より二人の兇徒あらはれ出て、やにはにきてかかりたり。こは名主の提灯をともしたりければ、己を探さんとするものなりと疑ひてなるべし。庄左衛門は不意に驚き、提灯を投すてて逃んとするを、走りかかりて忽ち斬り倒しぬ。松が驚くをも壱人が斬りつけて、その片腕を薙ぎ落したり（松は腕をきられしがいまなほ存すとぞ）。安兵衛は番人なれども剛なる男なれば、手にもちたる短刀をもつて戦ひしが数ヶ所に手負ふたり。かかる折から大勢の民等あちこちより馳せ集りければ、二人は又も闇にまぎれて形をかくしぬ。庄左衛門はこの太刀創にて終に絶命す。（頭欄）［佐原村は五手にわかれて、五人の名ぬしあり。平右衛門もその壱人なり。庄左衛門は平右衛門の附属なるべし。］

二人は水戸の藩士にて、身分はいかなるものなりけん、木村貞之助、同幸之助といふ兄弟なりき。

その他の二人は、壱人は佐原出生のものにて無頼漢なりし新助といふものにて、兇党のうちに入りて浪士と称するものなり。この二人はこのあたりの間道にくわしければ、早くも逃去りしが、木村兄弟は道路にくらければ逃迷しにや、再び大胆にも佐原にかへり来れり。こは名主伊能平右衛門委細《（ママ）》を告げて救を求めむとその宅に入りしが、すは又浪士がかへり来れり、こたびはのがすべからずと善左衛門がさしづしたりければ、皆一同に騒ぎ立て、屋のうへにのぼりて瓦石を投ずるもあり、長き棒竿の類をもつてこれをうつもあり。両人は衆寡敵せざるを知りて、両刀を前に出し声をあげて、まづ我いふよしをきけと叫びしかど、いかで聞べき、誰うち殺ともなく散々にうちしかば、両人はあへなくここに死してけり。この事は容易ならぬ事なれども、かねてより乱妨をはたらくもの有るときは、これを打殺も子細なしと幕府より下知せられしかば、その事を詳にしるして地頭より幕府に告げしかば、させる咎も無くて事済にけり。

されど善左衛門その子大平、また重だちたるものは、浪士は近き潮来にあるものから、必ず復讐として来るべしと思ひしにぞ、我家に居らんは危ふしとて、窃に身を忍びて利根の向なる田水村なる加納や常右衛門の家にかくれゐしが、浪士等は人をもてここを窺がはせしかば、やむことを得ず、又去りて谷中村にかくれて、その居所を人に知らせず。しかる十二月《（ママ）》にもなりしかば、収納の時節に及びて、名主居らざれば租税の賦課に便なしとて、組頭太兵衛等窃に善左衛門の隠家に至り、今は月も立て浪士の来ることも無ければとすすめて、佐原に近き牧野村なる橋替といふ所の百姓平左衛門の宅に善左衛門を招きよせ、太四郎・与七の両組頭ゆきて割付の事を語合ひ、終りて酒肴を出して飲食、夜ふけて二人はかへり、善左衛門はその子太平《（ママ）》及石工信七とて善左衛門の家に使ふ僕とともに打臥しけるに、兇徒等はいつのほどにか聞知りけん、十余人あまりこの家を囲み、白刃を揮りて切て入り、忽ち善左衛門を寸断々々に斬殺し、その子大平・信七及び幸右衛門といふものを縛して潮来に引ゆきしが、一両日すぎて幸右衛門をゆるし、大平・信七を縛してこれを殺さんとす。佐原の民等大に怯れ、諸寺の僧に托して命請せんなど騒ぎ罵りしかど、浪士等は少しもきかず、遂に善左衛門が家の前に大平・信七の二人を殺し、その首と善左衛門の首とき《（ママ）》佐原の大橋の側に竿を立て、これを梟首せり。佐原の民等大に懼れて、店の戸を閉ぢてひっそし《（ママ）》て壱人も出てあるくものなし。兇徒等意気揚々として大路を闊歩し、酒店にのぼり飲食酔飽し、やがて潮来にかへりけり。

この事江戸に注進しければ、勘定吟味方留役《（ママ）》鈴木兵左衛門、斎藤辰吉の両人、佐原に来りてその事のよしを糺し問ひ、その時に出で合ひしものを多く召し寄せて、数日の間逗留しけるにぞ、佐原の民等はまたその供応に費用夥かりしかど、辰吉等は、さらに兇徒の罪を幕府に申して厳しく水戸家に犯人等を出すべきよしをいふことも無く、曖昧に局を結び、いたづらに無罪の民等に生業失はしむるのみ。為すことも無く江戸にかへりしとぞ。右明治卅二年三月卅一日、余が佐原に遊びしとき、清宮利右衛門（廉堂名立、字卓爾、清宮棠陰の孫也）の宅にて、組頭鎌方左兵衛がしたしく当時のさま見聞せしよしの物語なり。斎藤辰吉はのちに中野梧一と名を改め、中興の時に俘虜より次第に登用せられ、山口県令となり、その後商業をもて世に聞えしが、如何なるゆへにや、明治廿三四年の頃、大坂にて自ら銃をもて喉を貫き死せり。この時、兇徒等の処分につきていかなる説ありしや知らず。おもふに、水戸家の不法を憤りて幕府に申事などありけんと思へども、これを知るものなし。或はその身の職賤ければ、思ふ心もえいはずしてやみに（ママ）や。とにもかくにも幕府の政令行はれず、兇徒等みだりに人民を殺戮し、白日その私刑を行ふて、これを禁遏する事能はず、すでに亡兆を萌せり。浮浪等が隙に乗じ、非望を企てしも故無に非ず。

菅椿邨の説をきくに、兇徒等大平を捕へて潮来に至り、これを縛し、その頭に釘を打ち、蝋燭を立て、酒をうち飲みしといふ。その残刻（ママ）かくの如し。その首を刎しは潮来にての事なり。佐原にて殺せしは善左衛門と信七とのみ。

**○早器居士**　以下銚子田中氏に録す

下総国海上郡三崎庄飯沼邨円福寺に十一面の観音あり。ここに早器居士とて年齢百歳ほどの老翁あり。髪は唐輪に結ひ、髭は生たるままにて長く、胸のほとりに垂れたり。当寺の東南の隅に小さき庵をつくり、これに住す。されど此翁、何国の生れとも何の姓氏ともしられず。常に錫杖をつき、近郷に至り、男女をすすめ観音堂の修覆などせり。この庵室には一脚の机の外一物なく、唯一の瓢あるのみ。朝夕の儲は米すこしをこの瓢に入れおく。かねて誦経に余念なし。徳川東照公、駿河におはせしが、年毎に忍東金へ御鷹狩あり。江戸の西の丸に暫時住はせ給ひしに、諸大名出仕しけるとき、松平外記忠実まゐりしかば、公、忠実を召し、汝が知る所の下総の飯沼といふ所に不思議の翁あるよし申ものあり。委く物語り候へとありければ、忠実かしこまりて、仰の如くいと不思議なる翁にて、朝夕読誦の几に小鳥むらがりておそれを為さず。又只一つの瓢に慈悲あるもの米をいれおけども、したためたるを見たるものなし。米無きときは食せざれども、飢る色をみずと申す。本多佐渡守正信その時御前にありけるが、某先年飯沼新堀普請の時、かしこ罷り越したるときもこれに替る事候はずと申ければ、公奇異なることと思はせ給ひけり。あくるとし又忠実まゐりしかば、かの翁は今にながらへて居るやらん、あの翁は先年、公方万松院殿へ三好野心を企て、摂津の江口に立籠りし時、三好方にて一方の大将たりしものときく。その苗字をきかばやと仰しに、忠実さま〴〵に人をもつて尋て候へども包み候て申さずと答申しける。そののち、忍におはしましに、新庄法印直尋まゐりしかば、公、汝が父越前守直昌は万松院殿の御為に江口にて戦死せしにあらずや。飯沼の翁にあひて尋ねてみよと仰ありければ、直尋いそぎ下総におもむき、供の侍を遥磯辺にのこし置、居士の庵を尋ぬるに、いとかすかなる体の庵あり。ここなるべしとたちより、此内に人やおはしますと高らかにおとなへども、いらへなし。四五度に及び翁出来りて、いかなる人にてましますぞ、まづこなたへ御入あれと、いざなひ入れたり。しばし折にふれたる物語してのち、直尋そも〳〵翁はむかし弓取にて摂州江口の戦に比類なき功名し給ふよし、人の申て候。すこしばかり語らせ給ひなんやとありけるに、居士深くつつみたるさまで、ききいるる体無し。直尋はなほもおしかへし〳〵尋ねけれども、なほいらへなし。直尋、膝を進めて、某はかの合戦に打死したる新庄越前守が子にて候と申ければ、居士大に驚き、さては越前殿御子息にて候ひしか。今はかくすべきにあらず。まことはかの合戦のとき、某が手にて越前殿を討て候とありけるにぞ、直尋涙をおさへ、まことに父にて候、越前守は公方の御為に難儀の殿をいたししが、敵の勢はげしく、たやすく引がたかりしによつて敵中につき入て戦ひ候ひしに、衆寡敵せず討死して候ひき。その時、父が婿若宮左衛門と申ものも父に従ひて討死せりと聞伝へ候。又敵のかたにては、よき馬に打乗り、花やかなる鎧着て金の御幣の指物し、士卒を下知して戦ひしものあり。その振舞いさましかりしよし、その時父に従ひし家人の語りて候。いかなる人に候やらんといひしに、居士うちきき、今、斯る身にていと恥しふは候へども、それこそこの翁にて侍れと答しかば、直尋御名字仮名をうけ給はらばやとおして問しかど、名字ははやわすれにけり。聞給ふとも何の益あらんやとて答へず。直尋またいかにもせん方なく、別れを告げて去らんとせしとき、己が衣服をぬぎて、おりから寒きときになりて候。いと無礼には候へども、めし給へとておくりけり。居士はその厚意に感じて受けしかど、そのままに人におくりて身にはつけざりしとぞ。直尋たちかへりて、つまびらかに公に告げ申しければ、汝をつかはしたるは、それをきかむが為なりき、よくぞ尋ね問ひしと御感ありしといふ。(右は円福寺所蔵の記録による。記録の写は今銚子の田中氏にあり。文飾多きものなり。今要を摘む。)余卅二年四月五日、田中直太郎氏と同行して居士の墓をみたりき。板屋のうちにありて、早器居士と楷書せり。傍に文禄五年とかすかに読まれたり。又この碑を模造せしあたらしき碑も同じ所に在り。

### ○脱走塚

黒生《クロハヘ》岬にあり。伊勢路浦の西北にあり。鳶岩の傍に数基の碑あり。これ明治戊辰の時、幕士等が坐礁して茲に溺死せしものを葬りしものなり。碑文は吾友人中根淑の撰文なり。

明治元年東北大乱。吾輩与同盟諸士相謀、分乗数船、航海北行。八月廿一日過東海、遇颶。吾輩在美加保艦、与諸艦相失、独漂海面数日。廿六夕、抵下総黒生浦、触暗礁。船身破砕、諸士懸紐。於岸紐魚貫。雨上時風浪未歇。溺而死者十数人矣。乃収屍葬之而去。郷人憐之、至今祭祀不絶。今茲壬午、吾輩与諸士相議。建石其上、以埋骨々之処、因言其顛末如此。明治十五年秋九月

此文簡潔にしてよし。されど何の故に北行せしにや明かならず。当時はともかくも、後世に至りて頗る解しがたし。但この碑を立しとき忌諱をおそれてその理由をしるさざりしなるべし。

### ○二股城籠城の始末　以下遠州行筆記

（烈祖成績）天正二年甲戌六月（割注）〔五月廿一日徳川・織田二公破武田勝頼於長篠〕六月神祖攻二股城、築砦於毘沙門堂・鳥羽山・和田島・蜷原、迫之。守将依田下野出兵城外。隔小川而拒戦。城兵朝比奈弥兵衛

先衆而進、斬我兵松平彦九郎。彦九郎妹夫内藤家長、射殺弥兵衛。其弟弥蔵、欲収兄首。家長又射殺之。城兵競出、欲撃家長。我軍撃破之。城兵縦火郭外退。入城有被創者。後于衆桜井勝次追及城門。斬其首而還、背旗絓城門勝次不之覚也。僕告之。勝次馳馬、取之而還。神祖在鳥羽山、親見之賞其勇、賜遠州三邑。翌日依田下野送家長、所射矢於石川家成之営。美其射芸。神祖褒家長。賜胴服。既而召俳優、作申楽以娯将士。二股固守不下。使大久保忠世守蜷原砦逼之。

九月、先是二股守将依田下野病死。其子右衛門信蕃馭衆固守。大久保忠世在蜷原砦、請乗褁伐之。神祖使忠世及榊原康政攻之。

十一月、二股城被囲日久。依田信蕃告急甲州。勝頼不能救。命信蕃棄城帰甲州。信蕃以弟善九郎源八郎為質。就大久保忠世請避去。神祖亦賜質信蕃。聴之。十二月二十三日、忠世信蕃会於二股川上。互還其質。信蕃入高犬神城。神祖賜二股城於忠世使阿部忠政副忠世戍之。（割注）〔年譜、創業記、家忠日記、松栄紀事〕

〔藩翰譜内藤弥二右衛門家長伝〕天正三年六月二日、二俣の城を攻めらる。城兵打て出、両陣小川を隔てて支へたり。敵の方より朝比奈弥兵衛尉と名乗ていで、松平彦九郎が首取て引返す。家長、彦九郎と外戚に就て親しければ、当の敵逃さじとお懸て放つ矢、朝比奈が鎧の後より前へぐつと射貫きしかば、などかは少しもたまるべき。うつ伏に臥て死す。弟の弥蔵これをみて兄が首取らさじと押隔たたりて切て掛る。家長又取て番ひ、しばしかためて放つ矢に、まづ直中を射通されて、これも同じく倒れ死す。敵朝比奈兄弟打るるを見て、水をさつと渡して家長をめがけ切て懸る。御方内藤を打たすな続やとて、おめき叫びて馳よる。敵かなはじとや思ひけん、民家に火を懸て烟にまぎれて引てゆく。明れば三日、城の大将依田右衛門佐信蕃、石川日向守家成が陣に使者を立、誰人の御矢に候ぞ、御弓勢の程驚入て候とて、家長がきのふの矢をぞ贈りける。徳川殿此よし聞召て、家長を御前にめされ、御鎧の上に召されたる道服脱がせ給ひてぞ賜はりける。

(家譜)信守下野守源十郎信久子。天正元酉年五月、武田勝頼

信守をして遠州二俣城を守らしむ。信蕃も共にこれを守りたもふ。同年六月、家康公二俣城に御進発あり、諸将をして攻撃しめ給ふ。然れども城陥らず。仍て一の屋・城山両所に砦を構へ、城を押へて軍を浜松に還さしめ給ふ。同二戌年、浜松の諸将、年を越て二俣城を攻撃といへども、毎戦利を失ふて退く。同三亥年、勝頼家康公と遠州長篠に会戦す。勝頼敗績して甲州にのがる。時に家康公直ちに二俣城に御進発あり。諸将を代へて城を攻む。寄手命を堕すもの数を知らず。仍て、諏訪山、鳥羽山、アグラ山、(頭欄)[阿倉山久延山といふ寺]、和田ノ島、蜷原すべて五箇の砦を構へ、きびしく囲て攻めうたしめ給ふ。六月二日、味方に朝比奈弥兵衛尉といふものあり。進み戦て松平彦九郎を撃取る。内藤弥次右衛門兼て彦九郎に縁あり。故に進て朝比奈を討倒す。朝比奈が弟同弥蔵といふものあり。兄が仇を報ぜんと欲して進む。内藤又二の矢を放ちて弥蔵を討殺す。味方内藤を撃んと競ひかかる。内藤急ぎ退きのがる。翌三日、信守信蕃、昨日内藤が射たる所の矢に札を付てこれを美称し、石川日向

守家成が陣に送りたもふ。

此ののち寄手しば〳〵攻撃といへども、毎戦利あらず。仍て大久保忠世をして城を押へしめ、御馬を浜松の城に還さしめ給ふ。同年六月、信守病痾にかかり、治することを得ず。同月十九日、二俣城に卒し給ふ。信蕃封を続て、そのまゝ二俣を守り給ふ。

右信守城下に葬り、廟所有之

信守法号昌林院殿月桂良信大居士

信蕃、童名深十郎、常陸介、右衛門佐。天正元癸酉年、信蕃信守とともに遠州二俣の城を守り、浜松の諸将と戦を挑む。三乙亥年六月十九日、信守卒したまひてのち、信蕃二俣の城に在て固くこれを守る。先日より五箇の砦を構へ、大久保忠世きびしく城を押へたり。然れども、城中少も惰気を生ぜず毎夜出て敵陣を脅かす。

信蕃、先日より毎戦利を得るといへども、外に後援の兵なし。故に城中糧漸く乏しく、諸兵且つ疲労す。仍て信蕃密に謀り、土俵を結ぶこと数百箇、これを倉庫に備て、詭て乏しからざる体を示す。是に於て士卒、悦気を生ず。頃日、城中糧漸く尽く。故に信蕃ひそかに兵を出し、毎夜浜松辺、その外近郷に施饗を為さしむ。

勝頼、長篠敗戦ののち勢漸く微なり。是に於て十一月、勝頼老臣をして告ていふ。はやく二俣の城を避けて甲州に来れと。信蕃聞かず。再び又これを告ぐ。時に信蕃報じていふ。今此告苟もする所にあらず。勝頼真翰にあらずしては此城退きがたし。敵の謀計あるが為なりと。仍て勝頼再び書を投じ、頻りにこれをうながす。ここに於て信蕃十二月忠世に就て和平を約す。

十二月廿三日、浜松より質として大久保新十郎忠隣・榊原小平太康政をして城中に来らしむ(両輩無刀にて来る)。信蕃は善九郎・源八郎二弟を人質としてゆかしむ。右此時、忠世両君を見て、筋骨眼目常人にあらずと感美せしといひ伝ふ。

忠世士卒をして城門にきたらしめ、早々城を明けわたし給へといふ時に、細雨ふり出でたり。信蕃答ていふ。我今日城を去んと約せり。されども朝来雨ふりてやまず。我兵蓑笠を着て城を出んこと見ぐるし。近日晴をまちて去んにはしかじといひ終て、城門を閉ぢたりしかば、寄手もその勇気におそれてかへる。

同廿四日、雨晴る。仍て信蕃城を明けわたし、互に質をかへして去る(二俣川の辺にて互に質をかへす)。是より直に甲州にかへる。

按、この家譜は福井藩の芦田信濃の家にあるものなり。本文すべて左衛門太夫康寛ぬしが筆記によりてしるせり。筆記は芦田日記とも又依田記ともいふ。晩年、結城秀康に呈せしものといへり。

史籍集覧のうちに在り。

(逸史)天正三年六月朔。大君攻二股。依田幸成為甲守。其子信蕃接戦。内藤家長多力善射以却之。明日幸成送其箭曰、誰与用此箭者、非源為朝是平教経。大君喜賞家長。大君使大窪忠世当二股転攻光明砦。下之。十二月依田幸成病死。子信蕃代領、其衆大窪忠世使報曰乗喪急攻二股可取。使榊原康政助之。信蕃告急、甲師不出。乃行成致誠而去。

（遠州二股清瀧寺記録摘要）明応文亀の頃、今川氏親の幕下二股近江守昌長これを築く。永禄八年より元亀元年まで松井兵庫守明近城守たり。このとし甲州勢この城をせむ。浜松勢応援して六月二日これを攻落して蘆田下野守幸成に命じてこれを守らしむ。天正元年まで四年の間籠城せしが、このとし九月十九日、徳川殿これを攻めて幸成を逐出し、松井因幡守して守らせしが、二年十月、勝頼左馬助信豊・穴山入道梅雪に命じて松井を追落し、幸成をかへし入る。天正三年六月十二日、大久保七郎右衛門忠世これを攻めしかど、城兵手痛く戦てひるまず。已ことを得ず、兵を転じて光明寺城を攻落し、城将朝比奈又太郎を追出してこれを取る。これ六月廿三日の事なり。それより二股にとりかかりしが、十二月廿三日、城将依田右衛門佐信蕃、敵と和睦して甲州にかへる。この城を攻めたるとき、東照公の本陣は鳥羽山に在り。蜷原には大久保七郎右衛門忠世、毘沙門堂には本多平八郎忠勝・榊原小平太康政あり。信蕃甲州にかへりしのち、忠世天正三年より八年まで在城す。天正八年九月十五日、岡寄三郎自殺。大久保、八年所替あり。廃城となる。

**○遠州豊田郡鹿島村田代氏古文書**（割注）［鹿島村。今二股町に合併す。］

余、二股に遊びしとき、この地に近き鹿島村に豪家田代氏あり。家は数十代の旧家にて古文書ありときき、明治卅二年四月十八日、同氏に招かれてその家に宿せしとき、主人に請てこれをみる。主人一の箱を出して、そのうちより出し見せられたる書、左の如し。

一、村分国中加島一類如前々諸役令免許事
一、従奥山材木下之時進可出兵糧事
一、筏下之事可為如前々之事
右條々領掌事仍如件
天正八辰年二月晦日　孫尉弥太夫
乍恐以由緒書進申上候

一、北鹿島村之儀、先規より御年貢御免被下来候儀ハ、先年家康公様遠州浜松ニ被為成御座候御時、本坂海道より天流川、三州、信州、甲州、駿州、遠州方々江之往還之船渡シ場ニ御座候ニ付、船越領として西鹿島村、瀬崎村、佐崎野村、川口村、北鹿島村、此七ヶ村之高八拾三石壱斗三升被下、諸役御免許ニ而舟越来候処候に中野七蔵様御代官被成候節、高六拾三石壱斗三升被召上、両鹿島村、瀬崎、佐崎野、川口村者、元和六年申之年より、御年貢御納所仕、舟越領高弐拾石に被成、七蔵様御名判にて御証文被下候内三石川口にて被下、則川口村ニ而舟渡シ仕候。并拾七石、北鹿島村之船越領ニ被下置御年貢御免被下来候御事。

一、家康公様、甲州信玄公と御捕相被為遊候節、二又之御城并光明山、秋葉山、犬居筋迄御働被為成候御時は、鹿島今津之渡シ船別而昼夜に不限舟越御奉公申上候。其節甲州方より忍之者、夜中に参、舟泊三艘之綱をきり流し、船少々にて早速御勢越渡しがたく御座候故、孫之丞大竹を以筏ヲ組、舟筏にて御渡り被為成、浜松へ御帰城被遊候儀も御座候御事。

一、浜松御城御用之御材木、祖父孫之丞に被為仰付、奥山より御材木取出シ申節は御材木村法に馬篭川を狩下し御城下迄相届ケ、時々之御用并竹筏之働彼是御忠節申上候に付、孫之丞御城江被為寄御召、小栗仁右衛門様、待井六之助様御取次を以致御目見、御米百俵麦百俵御拝領仕、其上諸役御免許之御朱印頂戴仕罷在、前々より以来、御年貢并諸役御免許被為下シ置候御事。

右之條々、御尋ニ付祖父より以来、申伝候儀候。有体申上候。以上

元禄拾年丑九月十日　　遠州北鹿島郁庄屋七郎左衛門印

内山七兵衛様

先祖代々覚

一、我等祖父孫之丞儀、父はくまの新宮殿御かしん鈴木丹波と申罷有候事。　一、丹波弟鈴木加賀同ぬいの丞と申兄弟有之候事。　一、新宮殿と本宮殿と出入御座候時分、兄弟の者共新宮殿江ぎやくしん有之由、何者かざんげん申上候所におしよせうち取て被申由もよほし有之候に付三人共に丹波屋敷にとりこもり候事。　一、丹波いもうとむこ大角九郎左衛門と申、是も新宮殿

に罷有候所に右之仕合承、ここらにて舟壱双したく致参、兄弟三人にいけん申候事。　一、丹波一門、ぶんき弐年戌の三月にくまのより舟にのり、懸塚之近所覚島村へあがり、みやうじをかへ、覚島丹波となのり候事。　一、するが今川殿遠州を御取被成候時分、二又御城に松井郷八郎殿被成御座(頭欄)[遠江風土記伝に松井強八永禄三年居城トアリ。]、右丹波一門めし出され、御かかへ被成候事。　一、しばがわき神主田代助之丞と申者子無之候に付、丹波三ばん之子二さいになり候を、永正三年丑の年ようしして孫之丞と名付、神主あとをつぎ候得ども、ようしやうに而相はて、子無之候に付、大角九郎左衛門子をやしない、九郎左衛門と申、代々我等迄言伝候事。　右之通、先祖覚書如件。

天正三年

亥ノ五月吉日

遠州鹿島村しばがわき神主

田代助之丞

同　孫之丞

同　九郎左衛門

大角孫之丞

同　五郎右衛門判

定家判

○**大久保平助忠教書状**　平助は彦左衛門の初名

態人ヲ進じ、何我等若キ時分、其元しばがわきさまへ慮外仕候儀、何之心も不存事に御座候間、御めん由、可被仰候。我等も年もよる事に御座候へば、其時分之儀、只今つきあたりいらざる御慮外と存、かうくわい仕候間、御ふ(ママ)ふらを御立被成可被下候。其により金子小ばん三両遣申候。是にてはけつかうには罷成間敷候間、只今は御やしろ定而けつかうに候はん間、其儀に御かまいなく、其ことばにもべつに此金子次第に御立申て可給候。此儀は右の御慮外ヲ御めん被申候しるし計に候。けつかうにも立申様に仕度候へど、御神の御みとおしのごとくせうじんにて罷成不申候。かくて態計に遣上申候。以来、我等身上もあがり申候はば、何分にも身上次第きらびやかに仕りて進上可仕候。只今之身上にては罷成申さず候。きらびやかに仕度心中計に候。恐々謹言

十月廿五日　　大久保平助

忠教判

かしま　孫丞殿

猶々右之儀共、よく〳〵まいる人々御中仰候て可給《タマハル》候。頼入度候。此者に小ばんの金子三両遣し候。以上

百川云、天正三年は即ち吾祖蕃松公が徳川氏の軍と戦ひしときの事なり。八年は岡寄三郎信康が二股城にて自害せし時にかかる。この頃の文書世に存するもの多かるべけれども、多くは平常の往復、或は寺院の寄進状などにて、史乗の考証に備ふべきもの少し。この田代氏の文書はそのうち多少の考

証すべきものあり。又元禄十年の由緒書はつまびらかにして、徳川公が行軍に心を用ひ、微賤のものをよく懐け従へし才略のほども知らるるなり。大久保忠教が権脇の袖に慮外をせしといふはいかなる事ともしられねど、此翁としわかき時の事なれば、神仏などを軽蔑して無礼の事をいたせしなるべし。しかるを後悔して崇敬の心をおこし、神宇を作らんとする。誠実にして飾無き性質もこの一書によりてしらる。神宇修補の料とはせで、別に結構をつくさずとも、本社の外に一宇を作らせしは、人によりて事を為さざる丈夫気も見えたり。小判三両にて一宇の社を造ることを得る。当時物価の低き事の考証ともなるべし。

## ○二股城は駿遠の咽喉にして、敵の争ひたるは大にその理ありといふ事

武田信玄駿府を攻めて今川氏真を追出し、天龍川を界として駿遠をとり、この二股城は天龍の側にあるをもつて、吾祖昌林公(信守)に守らしめられしなり。もしこの城をすてて徳川勢深く遠州に入るときは、背西より襲はるる患あり。さればこの城は駿遠の扞屏として最も要衝の地といふべし。

さればこそ英武昌林公の如き人に命ぜしなるべけれ。勝頼、三州にやぶれたれども、駿遠はなほその領地たり。昌林公をして、甲州の援兵あらしめなば、この一城にて防禦し、二国敵のものとはならざりしなり。

かかりしかば、東照公もはやくこの城を攻抜かざれば駿遠手に入がたしとてみづから出馬して手痛

く戦給ひしなり。これをもつてみるときは昌林・蕃松二公が長篠の敗後、天正三年五月より十二月まで浜松勢を支へて戦ひしは、張巡が睢陽の防戦に比べつべき大功なり。しからざれば、直に駿遠を失ふべかりしにぞあるべき。

廿二年四月十九日、余、田代氏とともに鳥羽山に登りて形勢をみるに、この上より二股城を眼の下にみおろさる。東照公が本陣をここに据へられしは実にその故あり。この山のうへに家老屋敷といふ所あり。絶壁のうへに少し平かなる所あり。一の井あり。つねに水絶へず。この家老といへるは何人の家老にやたしかならず。

二股川は今の川筋と同じからず。むかしはこの川、二股城の麓をめぐりて天龍川に入れり。のちに今の川を鑿掘して水害をのぞきしといへり。されば、むかし此城うしろに天龍あり、前に二股川ありて要害よろしかりしと知らる。東照公の知略、本多・榊原・大久保の猛将といへどもたやすく攻抜くこと能はざりしなるべし。

### ○清瀧寺岡崎三郎信康の墓

二股村の北に信康山清瀧寺あり。小高き山のうへに在り。ここに天正七年九月十五日二股城に自殺し給ひし徳川家康公の嫡子信康の墓あり。五輪塔にして下に中央に清瀧寺、前参州達嶺善通大禅定門、右の方に参州岡崎天正七卯年、左の方に松平三郎信康公とあり。上覆屋ありて扉あり。皆朱塗にす。

左の側一石碑あり。これは静岡県知事関口隆吉が任に在りしとき再修せし事を録す。表に門ありてこれも朱塗にて瓦には金粉にて葵の紋をつけたり。敷石・石壇などもいづれも心を用ひて修覆おこたらずと見えたり。余は寺に至り住持の僧に対面し、なほ位牌を拝するに、金光燦爛として人の目を眩するばかりの美麗なるものにて、黒漆厨子のうちに在りき。又古記録ありやと問ひしに、左之一通を示されたり。これは服部一郎右衛門家来岡本儀八の幕府に出せしものと見えたり。

覚

一、去る十日御呼出ニ付参上仕候処、一郎右衛門先祖服部石見守儀、四谷西念寺致開基、清瀧寺様御遺骨又は御髪等にても本葬御廟造立被仕候也、御尋に御座候。

此段旧記取調候処、元禄度類焼之節、急火にて其砌御届仕置候通、御感状迄も焼失仕候程之儀にて、留記等無御座、難相分候得共、先祖石見守儀、西念寺江御安置中上候清瀧寺様尊牌御裏江誌書仕被置候写、左之通。

清瀧寺殿者家康君之御子也。母築山殿。永禄元己未年生㆓於駿州㆒、童名竹千代君、元亀元庚午年十三歳而元服、号㆓徳川次郎三郎信康㆒、三州岡崎城主。而平大臣信長公之御婿也。然母君築山殿与㆓公之室㆒内有㆑間、又内㆓通于甲州勝頼㆒之由、粗有㆓巷説㆒、於㆑是依㆓信長公之諫㆒、天正七己卯年九月十有五日生㆓害遠州二俣㆒。御寿二十一也。是時依㆓神君之命㆒、愚（割注）〔服部半三後石見守〕承㆓介錯㆒、天方山城守承㆓検使㆒、愚不㆑忍㆑奉㆑折而黙止。而天方奉㆑折㆓御首㆒焉。後暨㆓天下漸静㆒、愚已老邁、自顧二往昔之罪愆一、深慮二後世之沈淪一、遂乞二骸骨一而成二遯世之身一。所レ営唯是称名一行。所レ期唯是安養宝刹也。抑愚建二立当寺一意趣者、公御生害時節、或福島何某奉問、酒井何某儀神君之告命、銘肝不レ銷、是故年来欲三造二一宇一、公擬二追薦一也。既構二精舎一、時々勤行香華供養其厥少成、所三以更立二御牌並忠戦牌顕之筆跡一、蓋為レ使三後住輩知二其権輿一也。庶幾尽未来際慎勿二忘失一焉。

文禄二癸巳九月十五日　服部石見守安誉西念謹識

右誌書之趣にては、石見守儀全御遺骨を乞奉葬、御廟御宝塔造立被仕候儀ト奉存候。且又、一郎右衛門代々申伝候趣には、信康君様御生害之儀は無是非御事にて、神君様深御歎息被為遊候由、先祖石見守正成儀、信康君様御生害之節、御介錯被仰付、遠州二俣へ罷越候得共、天晴御勇猛之御方、且は神君様御底意之程奉考慮、何分不忍奉討、黙止に被罷在候処、天方山城守奉討御首、二俣之城山続におゐて御火葬申上、其砌御分骨を乞護持仕、後年於御当地西念寺再基仕、右御分骨を奉葬、御廟造立尊牌御安置申上候趣に御座候。依之一郎右衛門代々先祖遺感を償、御崇敬申上被成候。猶又、一郎右衛門系譜にも、清瀧寺様為御菩提、一宇建立仕候旨記置候間、全尊霊様為御菩提、西念寺起立被致候儀と奉存候。外、正観音之像一体、右は清瀧寺様御襟掛之由にて、古来は尊牌之御脇に御安置有之候事。

右は今般依御尋、従来伝達之趣、粗申上候。以上

巳二月　　　　服部一郎右衛門家来

岡本儀八

寺社御奉行所

信康の墓の右のかたに四基の小さき五輪塔あり。右のかたより数ふれば第一を青木又四郎、第二を中根平右衛門とす。これは信康に従ひ、元亀三年十二月廿三日味方原の戦に死せしものといふ。その次なるを吉良長兵衛の墓とす。これは信康の小姓にて初名をお初といひしものなり。当時小姓は大かた白粉臙脂を染めて婦人の姿に似たり。名もまた女子の名を用ゆ。森蘭丸をおらんといひしが如し。第四を大久保七郎右衛門忠世とす。これは二股の城主にて当時信康が自殺をとどめざりしを悔て、文禄二年九月十五日信康が祥月命日に伏見にて自殺す。その遺言によりてここに埋葬せしといひ伝ふ。

又寺の記録のうちに吉良お初が子孫のしるしせしものあり。明治廿三年九月廿一日の日付あり。その大意は、吉良お初は吉良半状の末孫不楽の長男にして、二郎三郎信康君に事ふ。君生害の時、その場にて殉死す。子あり、三十郎といふ。これは出家して教念と称し、三州平口郁なる父不楽の家に至り、一宇を建て浄念寺と号し、父と君との菩提を弔へり。三十郎の弟又左衛門は慶長八年父子の忠志を賞せられて家人となりて、その子孫奥右筆となる。本国はお初の弟監物、これをつぎて農となり、明治の代まで子孫聯綿として絶へず。明治廿三年十月廿八日は旧暦の九月十五日にて、君が三百十三回の忌辰にあたるをもつてこれを祭り、お初が元亀三年味方原の戦に功ありしを、東照公に賞せられて給ふ所の備前長船の刀、なほ子孫の家に伝へてありしを、今の徳川公爵の家にかへし納めたり。吉良は姓を改めて鈴木と称す。当主を善四郎といふとぞ。公爵の家扶領受の証。

一、白鞘刀　壱振
備前長船住則光在銘
但錆《サビ》身　桐箱入
右は祖先東照公より恩賜之品なる由、今般当家へ相納られ、正に領受候也
明治廿三年十月三日　徳川公爵家扶
家達
三河国幡豆郡六郷村
鈴木善四郎殿

### ○二股城の図

遠江風土記伝所載二股城の図（割注）［この書は大谷村の人、内山真立《マタツ》の著なり。文化文政年間の人］

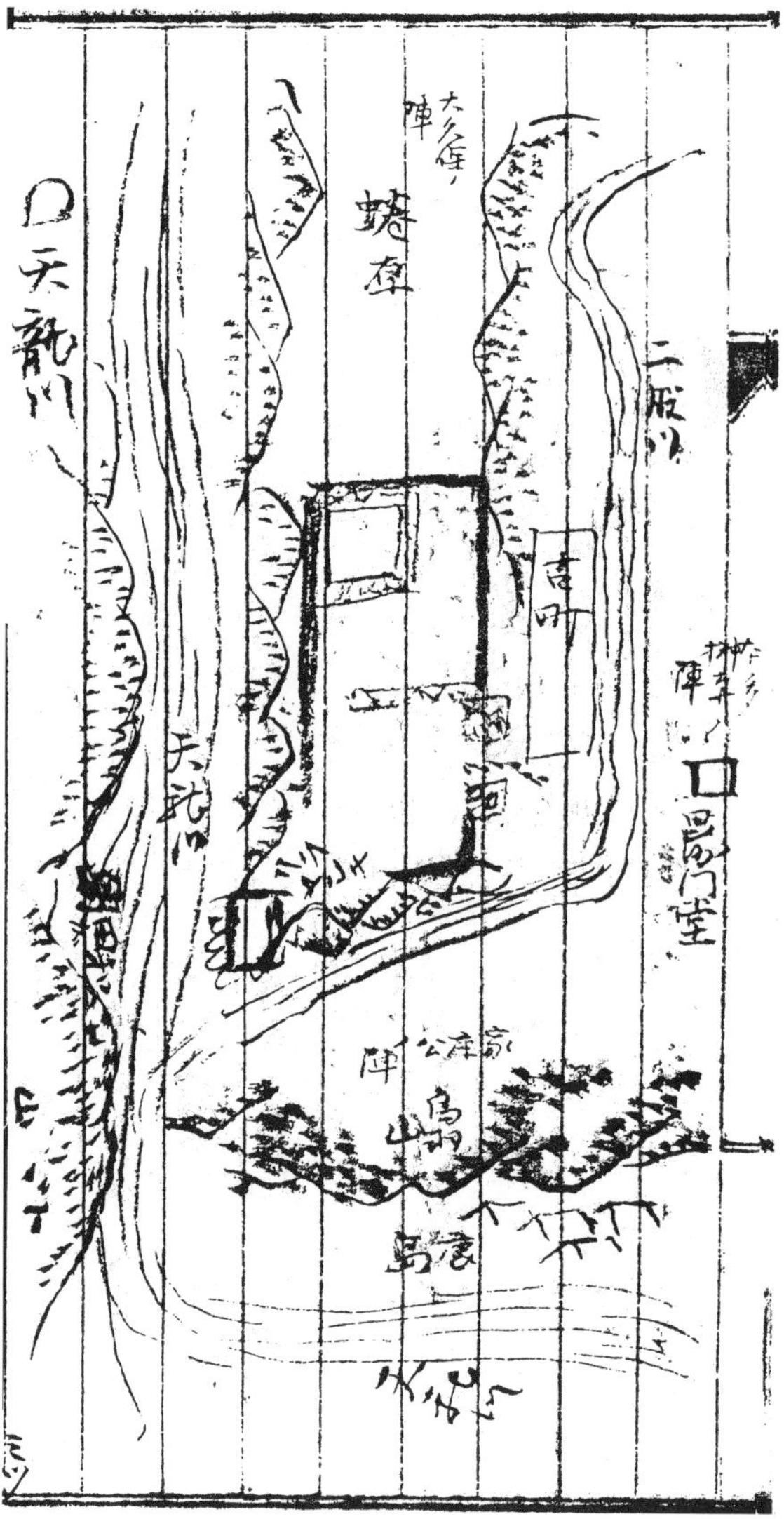


〇天龍川

（遠江風土記伝）天龍河源自二信濃国諏訪湖一流、経二三箇国堺三島《ミツシマ》一。至二奥山郡内川合村一与二浦川一合、経二馬引淵・峡通《セハトホリ》・峡石《セハイシ》・波良比沢等塞《セキ》所一、至二戸口一与二杼《トチフ》生川一合。経二鳴瀬・出来浪・峡石・三ツ石等迫門一、至二気多郷・千草・釜天一、与二気多川一合、経二釜天之渦一、至二二俣郷川口一、〔谷川流入至二阿多古一、阿多古川流入二諸川一合、至二今洲渡一、流二于二流一、自レ是以南、昔磐田海中也、潮涸為レ島、五郡属レ河、河流或西岸、或東岸、水道不レ定、其西岸者経二木船有玉一、至二船越一、入二南海一、(割注)〔にしのきしは今塞りたりといふ〕其東岸者経二河野遥郷及磐田社辺一、至二天龍村一流二入于掛塚湊一、源流七十五里、自二今洲渡一以北者山間、幽水搏レ石、激流故二風雨一、自レ南洪水流、船楫不レ及行人絶、田家流亡、又季春暖風則水源氷雪解、必洪水矣。

(続日本記(ママ))天平宝字五年荒(麁)玉河堤決三百余丈、役草切三十万三千七百余人宛粮、修築於今号天宝堤。

(東鑑)廿五承久三年五月廿八日、武州到二遠江国天龍川一、連日洪水之際、可レ有二舟船煩之一レ処。此河頗無レ水。皆徒歩渉畢。嘉禎四年二月上葵五日懸《カケ》河六日。欲三競二渡天龍河一之間。浮橋可二破損一歟、雖レ加レ制、敢不レ拘之由。奉行人横地太郎兵衛尉長直等馳申。(略)此河俄落。供奉人所従等者不レ能レ渡二浮橋一、又無二乗船沙汰一、大半渡二河水一、僅及二馬腹一云云、酉刻入二御池田宿一。(頭欄)〔将軍頼経〕

太平記十三建武二年十一月八日、義貞、節度使。同年十二月五日、鷺阪合戦。天龍河渡浮橋、按万能郁動瀬橋、当其前。

(更科《ママ》日記)さや《ママ》の中山など越けむほどともおぼえず、いみじくくるしければ、天りうといふ川のほとりに、かりやつくりまうけたりければ、そこにて日頃過るほどにてやうやうおこたる。冬ふかく成たれば、河風はげしく吹上て、たえがたくおぼえたり。其わたりしつつ、浜名のはしにつく。

(いざよひ日記)天りうの渡りといふ船にのるに、西行がむかしも思ひ出られていと心ぼそし。こみ合せたる船ただ一つにて、おほくのゆき来にさしかへるひまもなし。水の泡の浮世にわたる程を見よ。早せの小船、さをもやすめず。

(本朝遯史)西行、東のかたにおもむくとて、遠江国天龍灘に身を武士の乗れるによす。船中人多くして、ひるがへらむとしければ、西行法師に下るべきよしいひけれども、西行のいはく、舟のたよりをかるは常の事なりとて、かたく心にかけざれば、ひとり出侍りて打侍れば、西行のかしら打損じ、血ながれけれど、西行うらむる事もなくて、優に船をさり侍る。

### ○松崎謙《ママ》堂蕭適楼記　以下掛川にて筆す

遠江掛川はもとの太田侯の城地なり。松崎謙《ママ》堂翁が書多し。今ここにその撰せし鳥居氏の蕭適楼の記を得たれば、ここにのす。翁の文章は刻本無し。近ごろ近世名家文鈔のうちに一巻あるのみ。此文のせず。

卦《(ママ)》川沿之東。曰木街。大姓鳥氏政徳居之。政徳作居力田。家口豊殖。倉庫庖廚錯居乎前後。唯是游息之無処。相地其居之、東面楼之、曾山複嶂之錯峙。雲嵐烟霞之巻舒。魚鱗之田。㶁㶁之水、黍稷稲粱之垂穎盈畆。使人有山林之思。而忌闤闠之囂。是皆楼中之所有。而治下之以佳矚称者。蓋莫能若也。政徳曰。是可以游目而怡心矣。余之祗役於此也。適及其成。因隣人戸塚泰輔請余名之。政徳治家有法。其孝友勤倹。為治下所称。余既聞而嘉之。豈惜一言哉。乃為名曰蕭適。政徳後使請曰。既辱名之。幸有以教之。予曰遁山林者。不必遺園関之楽。而本朝本亦豈無山林之心乎。顧其喧囂衒幻。耳目不能保其聡明。心思不能遂其静処。而寛閑寂冥。亦不能勝其富貴之慕。則各拘其所好之重。而不能兼其所適之全也。不能兼其適之全。則其所好者。亦有時乎窮焉。夫花卉媚而税稲秀。紅樹明而群峰潔。晴音両態。昕夕相更于前。而百貨之衢。万物之会。其所須者指顧之間皆備。是彼二者之所歎兼而不得者。乃今不召而至。不動而得。則是楼也。殆如東華子所云。蕭然自適。楽然忘倦者歟。雖然子之所以享此適者。其可不思所由乎。子視彼群巒複嶂間。陣馬小笠金丸之山。猶在乎。是皆昔之群雄所以張旌旗鳴金鼓。而黍稷稲粱之垂穎盈畆者。又皆戎馬之所蹂践而莫夷。而子之所居。則鋒鏑矢之所雨注。子生於其時。雖欲作居力田而不可得也。今也昇平二百年矣。此適可得而享焉。而子之高曾若祖。苟不銖累而寸積致有今日。而邦君之吏重賦而渾斂。小民之窮者不依子而謀活。則子又安能得有此適乎。然則此適也其有所由来矣。思其所由来而図之。則子之適也。豈特区々一楼之云哉。文化三年秋七月、益城松崎復記。

此文は頗冗長にして謙堂《ママ》の文章の至れるものにあらざるに似たり。末段邦君之吏重斂といふをみれば、謙堂《ママ》掛川の政治に不満をいだくものにや。

### ○浜名湖

この湖水の海つづきしは、後柏原帝の永正七年庚子七月廿七日、洪水によりて大海につらなり、浜名のはし絶えたり。これを今切といふ。

新居の関は慶長六年辛丑にはじめて置かれたり。江馬加賀守その子与左衛門これを守るといへり。

(三代実録)陽成院元慶八年九月朔遠江国浜名橋造、長五十六丈広一丈三尺高一丈六尺。自貞観四年修造。歴廿四年既破壊。以勅彼国正税一万二千六百三十束改作。

### ○天龍川補遺

(遠江名勝拾遺)天龍川の名、古史に於てかつて見る所あらず。唯麁玉川、広瀬川の両大河あるのみ。按ずるに天龍川は二流あり。小天龍はむかしの麁玉川なるべし。大天龍は広瀬川ならんか。(続日本記《ママ》)曆帝天平宝字五年秋七月、遠江国大雨洪水。麁玉川堤決、長三百丈、民戸漂没、発役夫三十万三千七百人修築之。(文徳実録)仁寿三年十月己卯、遠江国奏言。広瀬川旧有郵船二艘、而今水闊流急不由利渉。公私行人擁滞岸上。請更加置三艘。以済羈旅之難、許之。(東鑑)嘉禎四年二月五日辛巳晴。

県河御宿為匠作御沙汰。仰遠江国御家人等兼被造御所。横地太郎兵衛尉長直為奉行云々。同六日壬午霽今暁諸人乗替以下御出以前進発。挿王覇忠。不及狐疑、欲競渡天龍河之間。浮橋可破損歟、雖加制敢不拘之由。奉行人横地太郎兵衛尉長直等馳申。仍左京兆鶏鳴之程自縣河宿。到于河辺著座敷皮、雖不令発言給。諸人成礼猶予。自然令静謐畢（割注）〔以下前ノ条にのす〕（頭欄）〔将軍頼経〕

（太平記）左中将天龍川東ニ著玉ヒ、在家ヲ壊チ浮橋ヲ造リ渡サレケル。諸軍皆渡果テ後船田入道ト大将ト二人橋ヲ渡リ玉ヒケルニ、如何成野心ノ者歟仕タリケン浮橋ヲ一間張綱ヲ切捨ケル故、舎人馬トトモニ落入、浮ツ沈ツ流レケル。栗生左衛門鎧ナガラ川ヱ飛入、二町余リ游付、馬ト舎人ヲ左右ノ手ニ指シ上、肩ヲ超タル水底ヲ静ニ歩ミ、向ノ岸ニ着タリケル。馬落タル時、橋二間計落テ可越ヤウモ無リケルニ、舟田入道ト大将ト二人手ヲ取リ組、ユラリト飛渡玉フ。（旧聞略記）崇徳院保延三年秋八月、佐藤憲清遁世シテ西行ト改名。関東ニ赴ントシテ草鞋竹杖曳テ出足ス。有家僮東行ノ僕タランコトヲ望ム。西行一向是ヲ止レドモ是非ニ行ンコトヲ望ム。西行云、我今遁世ノ身ナレバ供ハ不叶ト言ドモ不聞入慕ヒ来。天龍川ニ到、身ヲ武夫ノ船ニ寄ス。舟中人多、舟蕩飜セントス。武夫呼テ云、船中人多、僧等船ヨリ可下ルト。西行云、便船ヲ借コトハ旅僧ノ常ナリト退下リズ。一人ノ武夫怒テ策ヲ以テ西行ノ頭ヲ打テ血ヲ出セリ。西行少モ恨憤ラズ、優然ト舟ヲ下リ退去ス。僕是ヲ見テ泣下ル。西行云、我出塵ノ始ヨリ行脚ノ先々如此事アランコトヲ覚悟セリ。不慮ノ禍是ヨリ甚キ事有ントモ我何ゾヤ彼ト争ン、我始ニ汝ヲ止メシハ爰ヲ以テナリ。今ヨリ汝ハ古郷ニ可帰ト教諭シテ東西ニ別レ、独歩シテ益行脚ヲ擅ニセシトカヤ。

○館山寺 浜名湖に在り

按ズルニ、此地古城蹟ニシテ号堀江城。大沢家数世居之。天正年中城廃、其後大沢基胤館山寺ヲ建立ス。此村高六百七十一石八斗五升九合。大沢氏所領以此故寺社共無采地。

武徳大成伝云、永禄十二年三月十九日、大沢基胤ガ堀江城ヲ攻メ玉フ。先手目附渡辺図書高(割注)[父山城守茂ガ男]相副ラル。菅定盈軍功アリ。近藤癸之助秀用冑ヲ不着、堀ヲ越、郭中ニ代テ軍功アリ。此地湖中ヱ張出タル城塁ニシテ寄場最難義也。公ハ堀江城ト気賀堀川城トノ山後平松崎ニ備玉フ。同四月十二日、和議整テ大沢基胤并家臣中安兵部・権田織部各領安堵ノ御印書賜フ。後年中安氏・権田氏御旗本ニ召出サル。

○礫《ツブ》巌《テ》弁才天女宮 (割注)[浜名湖に在り。大崎村の南に在り。]

(遠江名勝拾遺)この孤島は、周廻十四町あり。石巌畳みなして太湖のうちに湧き出づ。遠くこれを望めば沌として湖中に礫石あるが如し。よて礫石と名づけしが、この島のうちに松柏生茂り、矢竹叢を為す。弁才天のやしろあり。祠のうちに一の壺あり。むかし湖中より流れよりて此島につく。これを神宝とせり。一尺四方のものにして貝がらこれに黏付す。この宮は大崎一村の産神とせり。おもふに此島は琹湖のうちにて琵琶湖に竹生島あるが如し。大崎の村高は四百七十三石四斗九升壱合ありといふ。

### ○猪鼻《イノハナ》湖神社　浜名湖にあり

この神社は、大崎村と下尾奈村との間の湖中に在り。この迫門《セト》の淵は深きこと測る可らず。両岸の岩壁峨々として湖水の底より畳み、水を出ること一丈余、かたち猪の鼻の如し。石の幅三尺ばかり。石の頭に神祠あり。湖水の南に向ふ。島に似て島にあらず。尾崎湖中につき出て、根は大崎村の東の岸につらなれり。はかるに廿余間、湖底より湧き出ずる大磐の盆山ともいひつべし。草木は生ぜざれども、やせたる松十五六株岩の間より生ず。漁舟はこの迫門より出入す。北は三ケ日《みっかひ》村に至る。三里あまりなり。

### ○館山寺詩

四月卅日、掛川の江戸町山崎徳太郎(松岡)の宅にまねかれたるに、松崎謙堂(ママ)翁の日暦及び書幅を多く見せられたり。そのうちに浜名湖の館山寺に遊びし稲川玄度・山崎晨園・海野石窓の詩あり。余はこたびかの地に遊びしかば、即ち参考の為に左に録す。

神鼇負山而浮歟、天堕朱冠歟、蜀然屹立於海中、山貌瓌琦石勢峻峗登之一眺、遠湖之勝可囲於寸

眸、海嶽之奇、可致於指掌者、非茲山而何。文政己卯三月三日与山崎晨園海野士黙同遊賦詩、以記之云

茲山何代闢、巀嵲臨罔極、無知神造前、徒駭巨霊力。
千巌競林立、煥若丹霞絶、孤標指天起、恠松無土植。
虬蟠与虎蹲、奮怒闘未息、頽波齧其腰、丹崖半傾仄。
同遊乗逸興、泛舟入天色、回顧雲景豁、疑身生羽翼。
一葉溯空明、鯨呑不可測、返棹指呉松、回頭惜奇絶。

駿河稲川居士玄度

探討巉巌浮翠瀾、春山回顧為貪看、瓢樽傾尽華村酒、
舟棹徐回赤石巒、引佐雖尋細江水、浜名空見古橋灘、
詠歌人去今何処、湖面茫々照眼寒。

晨園山崎作

久聞湖山奇、夢想空度年、維時三月初、和気桃花天、
雨脚竟難繋、縹緲渉館山、館山出凡格、下臨溟渤寛、
排空立丹壁、森然鉅刃聯、焉知九地底、傾仄坤軸孱、
税舟理戢楫、廻転沿虬蟠、一望忽寥廓、天水共澄鮮、
繚繞引佐郡、群巒指顧間、浜名青未了、渺茫入無辺、

国風剰旧詠、遺踪失因縁、逝将攀石巌、題名労鎚鐫、
却笑年運遒、礱錯倏忽遷、霊境難久住、惆悵向嵐煙。　海野小隠

これ画幅のうへにしるせしものなり。

画何人のうつせしにやしらず。落款なし。今此度同行の渡辺白民子に乞ふてこれを模写す。

## ○賀茂真淵翁の集のうち旅のなぐさにのせたる浜名の事

月のさかりは水の面こそ物よりもあかね、浜名の橋の程遠くも近くも月に舟うけたらんぞこよなかるべきとて、人々小舟とりまかなひて入野の村の入江よりさしいでて雄踏《をふみ》などいふ村、右に見てさしわたす。この所はむかしの湖にて遠つ淡海とよびしもこれによれらん（ママ）を、今はうしほうち入てゆほひかなる入海なり。西は高師山たかく雲間に見え、左は舞沢の松さながら波のうへにたてり。其西はかの浜名の橋かけたりけん所にて、今は大海にうちつづきて大船小ふねはららに行かひたり。右のかたはいくりともなく入江はる〲と見わたさる其入江のおくを引佐細江《いなさほそえ》なりける。されば其所の山の名を大いなさ小いなさといひて、其あたり引佐郡にて引佐村もあり。あらゐの渡り波風あらきをりは、浜松の城の北よりありて気賀の関こえてゆけば此入江まぢかく見えてけしきえもいはずおもしろし。これは万葉集の遠江歌にいなさ細江のみをつくしとよみしより名だたる所なり。其頃かのわたりの任にてすめる人か、あるは郡司など（ママ）歌なるべし。後の人は今の大道のほとりならでは、みやこ人よき人

などのゆきかふ道あらじと思ふより、舞沢より浜松へすぐる道の右の方なる蓮ある池の長きをそれにやといふもののあるは、むかしの様をしらぬなめり。』また浜名の橋かけたりけん所もたどる人多し。此所西は今のあら井の駅の西南につゞきて橋本の村といふあり。これいにしへの駅なり。されどこれよりいと南へおしいでたる洲のありしなり。東は舞沢の松原一筋海と湖のへだてに西へさしいでて、橋本の宿と松原とのあはひ少しある所を北の湖の水のながれいづる口に橋はかけたるなるべし。されば高師は浜名郡にて白須賀と荒居との間、大道より北なる山をいふ。高師山夕こえくれてふもとなる浜名の橋に月をみるかな。又高師山松に夕ゐるかささぎの橋本かけて月わたるみゆといふ歌にて、高師山を越過て此橋本あるをしれり。又高師山こえ来て見れば、一筋の松原とほき浦の入海とよめるは舞沢よりさし出たる松原なり。松原の北は湖、南は海なりけり。（頭欄）〔この松原、今は中断て橋をわたす。即弁天島なり。〕誰うゐて海と川とをへだつらん波をわけたる松のむらだち。又東福寺虎関禅師の紀行のこの所の詩に、左海右湖同一碧、長虹合含両波瀾ともつくりたれば、そのへだての松ばらに道ありて天のはしだてのやうならんに、その松ばらのはてと宿とのあはひに橋をかけたるなりけり。文徳実録に浜名郡角避比古社の前湖一口ありて開塞ること有、ふさがれば民のわづらひとなれりと見えたるもこなるべし。』さてあらゐは今は浜松の庄にてふち郡なり。湖の京ちかくあるにむかへて、此国をば遠つあふみと名づけ、あふみによりて此あたりを淵の郡ともいふべければ、あらゐももとは浜名郡にて橋をもていふか。さらでも六条わたりにても賀茂川といひ、妹背山の中にながるる下にてもよしの川といふが如く浜名川の末にかけたればさもいふなるべし。』橋は三代実録に元慶八年九月朔、遠江国浜名橋長五十六丈、広一丈三尺、高一丈六尺、貞観四年修造歴三十余年、既破壊勅以彼国正税稲一万二千六百三十束改作焉とあり。しかるに重之家集に実方朝臣のもとに、みちの国へ行に、いつしか浜名の橋わたらんとて来るに、はやう焼にければとて、水の上の浜名の橋もやけにける、などよめり。又、増基法師遠江道記に浜名の橋くづれたるを見たるよしあり。又更級日記に、浜名のはし下りし時、黒木をわたしたりし、此たびは跡だに見えねば舟にてぞ渡ると書り。此頃一度絶て、又後につくられしや詳にしりがたし。其後、応永三年八月十日、波高くして橋かけたりしほとり打破られ、永正七年八月廿日、なゐふりて松原をふりくづしければ、湖、大海ひとつになりぬ。それより所のもの今ぎれのわたりとよびきたれるよし、老たるものの物語に残れり。舞沢を今は舞坂といふ。よこ（ママ）なまれり。承久三年六月七日、北條実時、舞沢の松原に宿と東鑑に有。かかる事物かたらふ程に盃とり〲に酔て、から歌などいひつつ夜ふかく月にのりて帰りぬ。

**○宗良親王浜名の御歌**

（李花集春部）延元四年春の頃、遠江国井伊城に住持しに、はまなの橋の霞わたりて橋本の松原、湊の波かけてはる〲とみわたさるるあした夕のけしきおもしろく覚侍りしかば

　夕暮は湊もそこと白菅の入海かけてかすむ松原

はる〴〵と朝みつ潮の湊船こぎ出るかたはなほかすみつつ

遠江の国に侍りし比、月歌とてよみ侍りし

湊江や夕潮ふかくなるままに月にぞ浮ぶ浦の松原

延元四年の春にや遠江よりはる〴〵のぼりて都へと心ざし侍しも御かたのいくさやぶれしかば、吉野行宮にまいりて、しばらく侍りしかども、猶東のかたにさたすべき事ありて、まかり下べきよし仰られしかば、その秋の比かへりて井伊の城にてよみける

なれにけり二たびきても旅衣おなじあづまの嶺のあらしに

東夷を征すべき将軍の宣旨を下されて東山東海のほとりに籌策をめぐらし侍ひまに題をさぐりて歌よみ侍とて寄海祝を

四方の海のなかにもわきてしづかなれ我おさむべき浦の波風

## ○幻阿弥と宝当《遠江の》あ布弥の記

角避彦の神とておはす浜名の湖の名神なりなどおしへて、さらば是より浦めぐりせめと舟漕もどさせて、小人見、大人見、乙若、邨櫛などいふを、よ所にこぎ行に小舟多くうかみて、春の海に秋の木の葉をちらせるやうあり。中略。とかくするうち舟は鷲津の浦につきて本興寺にまうづ。中頃、飛鳥井雅康卿、この法華堂の柱にかひつけ給ふ歌に、旅衣鷲津の里にきてとへば霊山説法庭にぞありける。

汀より寺に入る事二町ばかり、左に双樹の桜あり。たとはば津の国の生田の杜の花に似たり。門に常霊山の額を掲げしは、かの御経の常在霊鷲山の文によれりやと。そのこころを、

此山やさくらはちれど香はのこり　蝶夢

仏のおする（ママ）堂も僧のこもれる室もみな芦もてふけるは浦屋めきてあはれなり。ある室におさなごえして、たからかに御経よめるを

散りかかる花を誦経もこころあれ　遠州入野　方壺

此浦は高師山のうしろにあたれりとかや。新居の浦は浜の松らも、ことぐく渚にかたぶきて松の根をあらふ白波と見ゆ。思ふかたの風そひて船の行ことはやく、入出の浦づたひして正大寺にのぼる山を渦山といふ。湖にのぞめり。左に太田の江、右に大知波の江たたへたり。寺の前の桜の、けふこずばあすはとばかりに咲みだれたるを見下すに、花の木の間に波の立かかれば、いづれを桜、いづれを波の花とも見分がたし。岩崎千貫松といふあたりを、ただすぎにすぎて、礫石《さざれいし》といふちひさき島につく。さばかりの湖の中に、ひとつのつぶて石投たらむやうなればならむ、島の木立くらきまでにしげれり。弁財天のやしろいます。ここより奥のかたを浜名郷といふ。嶌山せまり、中にはつかにひらけたる所より船は出で入るなり。そこを迫門口とはいふ。水うみのおくのかたにて、ことに世ばなれたる所にて、郵里にふる事多くのこれりとぞ。もとは伊勢の神領神戸の庄なりし、その余波とてふるき神明の宮あり。岡本といふ里に神杢大夫といふものあり。そが家に、としごとの十一月に、家の

うちきら〳〵しくいもゐし、一日の中に麻をうみ布に織なして、伊勢へ奉る事たへず。これなん神衣祭に三河赤引の神調糸もて御衣機作といひ、または伊賀・尾張・三河・遠江よりさるもの奉ると何の式とかいふ書にありとぞ。こは荷前物のうちの神衣料なるべし。今も公より大夫に米たまはるとなん。また浜納豆てふものをてうじて公にたてまつる。大福摩訶耶寺といふ寺あり。荘園給はりて、ゆへある古寺どもなり。また鵺代といふ里の名あり。和名鈔に浜名郡に贄代の郷名あるをいひあやまれるなるべけれども、里人は頼政といひし大将の鵺といふ化鳥を射たる勧賞に賜ひける地なれば、かく名づくるといひ伝ふ。三ケ日《みっかび》の里あり。いとめづらかなる名なり。はりまの国にこそ三ケ月といふ所はあるを、此わたりにゆきてたづねまほしけれといふ。吹風のあの迫門へ舟を入れんは、たよ《（ママ）》しなしと楫取のむづかれば、ゆかずなりぬ。島風こころよく舟をおふことといとどはやくして、三里あまりの海の上をひたはしりにはしりて、館山寺につく。ここは湖の中へつとさし出たる山崎にて、寺は山のなかばにあり。山のめぐり赤岩そばだてり。山は高くけはしきにもあらねど、けしかる岩かさなり、えもいへぬ松老かがまりて唐絵見るやうなり。人々、その岩に尻たぎし、その松につらづえつきていこひ、ながめわたすに、例のあるじのおのこがいふ。まづおくのかたの山を引佐たふげといふ。引佐郡の山なればなり。麓を流るる水の江に入るを引佐細江といへば、かたへの人のいふは、其山より此江の細く見ゆれば細江とはいふものをとあらそふ。古歌多きところなり。

その奥の方、（割注）「猪の鼻湖より入る奥なるべし」井伊の谷あり。建武の頃、遠江介なる人しるよしして住ける所にて、井の介とていきほひまうにののしりけるもののふ在けるが、吉野内裏に二なくつかへ奉りけるゆへに、宗良親王も此所に御座をうつさせ給ひしかば、わが女を親王に奉り、したしく仕へ奉りて、よろづ軍の事させせしとや。其あたり奥の山といふ里に、介が一族奥山六郎次郎といひし人あり。その頃かの中務卿の御子と同じ吉野の先帝の皇子に無文禅師の御子と申おはしけるが唐土にてもわたりまなびて、禅法のふかきことわりをさとり給ひしたふとき大とこにておはしけるを、六郎帰依し奉り一宇を建て供養しけるに、禅師の御子もろこしにおはせし時、天台の方広寺といふにて瑞相を感じ給ふことありしかば、それによりて寺を方広と名付させ給ひ、今もめでたく寺座も重きとぞ。物語ききはて、東の方を問へば呉松の江、西北のかたは左く目の江、南の方は内山の江など、いづくよりながめむと思ふ。

この記は天明六年入野の竹邨氏が案内にて浦めぐりの時かけるなり。右は東海名所図にしるすところなり。幻阿は俳諧師なるべし。

**○劉氏玄史才三長才学識**　以下係帰家筆記

旧唐書。劉子玄伝。礼部尚書鄭惟忠嘗問子玄曰、自古已来、文士多而史才少。何也。対曰、史才須有三長、世無其人、故史才少也。三長、謂才也、学也、識也。夫有学而無才、亦猶有良田百頃、黄金満籯。而使愚者営生、終不能致於貨殖者矣。如有才而無学、亦猶思兼匠石、巧若公輸、而家無楩柟斧斤、終不果成其宮室者矣。猶須好是正直、善悪必書、使驕主賊臣、所以知懼、此則為虎伝翼、善無可知（頭欄）〔知恐加誤〕、所向無敵者矣。脱苟非其才。不可叨居史任。自敻古已来。能応斯目者、罕見其人。時人以為知言。

### 〇張瑞図悖妄

明紀神宗万暦卅五年二月、会試天下挙人。張瑞図策言、古之用人者、初不設君子小人之名分、別起於仲尼得中式殿試以第三人及第。其悖妄如此。

### 〇伊豆の奇勝

渡辺白民一日来りて、伊豆の蛇石といふ所に佐藤二郎といふものあり（頭欄）〔蛇石は松崎より南にあたる〕。書をよせて某が門人たらんことを望めり。しかれども某の画法いまだ人の師となるの技倆なしと辞しけるに、本国の伊豆は奇景に富めり、いかで来遊し給へ、その時道路の案内すべしとねもごろに言来りぬ。先生もしその志あらば同行し給はんやといへり。よて佐藤が書翰を出して示しぬ（佐藤は号を龍石といふ）。余かつて安積艮斎の遊豆紀勝をよみ、又幸田露伴が近頃遊びしをききて欣慕に堪へず、さわる事なくば同行すべしと約し、件の書をみるに細やかに案内の事をしるせり。今その書により、又露伴にききし事をも加えて左の如くしるしおく。

新橋より汽車に駕して沼津に至り、ここにて毎日松崎下田往復の汽船松崎丸にのりて松崎に着すべし。この汽船は沼津を発するに浅瀬ありて、満潮の時ならでは発しがたし。されど夜中に入りて暁の頃、或は正午に松崎に着するを例とす。松崎はよき港にて下田につく。さて松崎には松会楼といふ旅店あり。されど東道主人龍石が出迎の使によりてその次なる松寿館とす。この館は汽船を下りてはつか数十歩の地にあり。ここより江奈の浦は数町の間、松の並木あり。人家はそのうちに散在す。松林

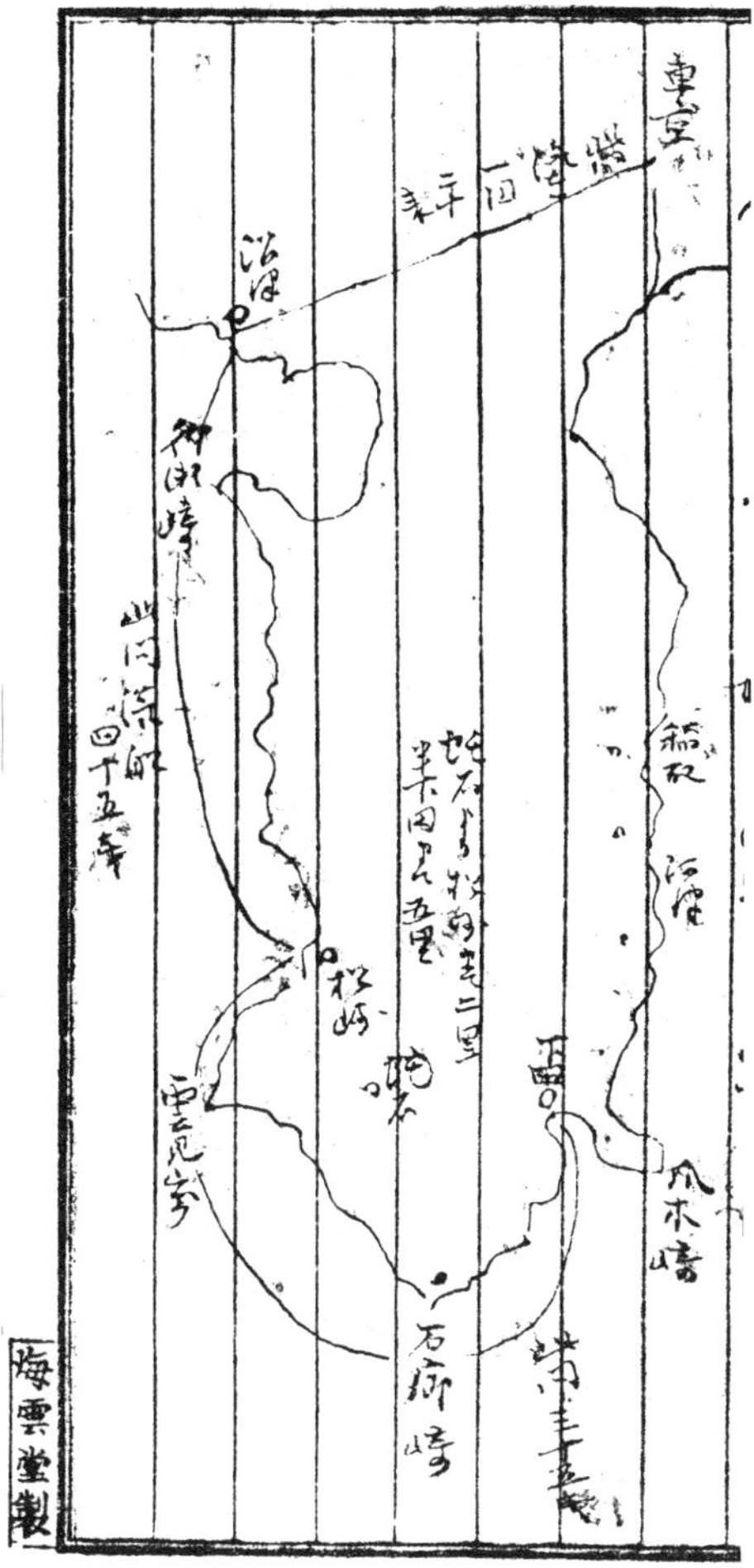

の東の端に稲荷の社ありて、西の方四五軒をはなれて門に松寿館と大書するをみる。ここは海にむかひ且松の木ここかしこに立て、夏の日は涼風を生じ避暑によろし。龍石はここにて待うくるよしなり。されど白民はやくここに着するときは、しばらく憩て、その来るをまつべしとなり。

　この松崎地方には文墨を好む人多し。龍石は白民を案内して大沢といふ邨（頭欄）［大沢は松崎より東にあたる］に至るべしといへり。ここに依田佐次平といふものありて石泉堂と号す。米法の山水を画く。この家は南豆第一の富豪にて倉庫十数所家屋十数軒ありて、一邨殆ど一家の如し。ここにては白民の画をのぞむことあるべしといふ。又松崎の邨長に福本七五三といふものあり。これまた文墨を嗜む。松崎より一里、仁科といふがあり。堂が島といふ絶勝はここに在り。この地に一奇人あり。挿花の技をよくし真道斎一貫といふ（頭欄）［真道斎は即ち仁科の医師藤野圭二（南洋）の事なり。己亥七月廿二日ここにやどる。二子ありて款待せらる］。この人を案内として堂島を一覧すべし。この仁科は応神帝の時、大船を造らせ給ふよし言伝ふ。ここより戸田、御瀬崎に至るの海岸は風景よし。安良和村及戸田の港はいづれもよし。されどこれは沼津より汽船中にて望み見るをよしとす。それより雲見崎、子浦を経て石廊崎に至る。手石の弥陀窟を一覧し、手石川よりのぼる所に加納邨あり。ここに勝田五右衛門といふものあり。古画を蔵す。半香、文晁、呉春、一蝶、若冲、対山、秋暉、周文の画、皆、龍石これを一覧せしといふ。この勝田は前の依田につぐ豪家とぞ聞ゆ。

　それより下田とす（露伴いふ、ここに村松といふ医生ありて詩をよくす）。（頭欄）［稲梓《イナヅサ》村　稲葉伊勢三

号澄川　蓮台寺豆陽学校卒業生」旅店は山本といふがありと。これも露伴いへり。この地は淳樸にして、はじめは何とやらん、人づきわろきやうなれども、一両日滞留するときは家人の如くいと懇に客を遇するといへり）。下田はさまでの佳景なし。柿崎、須崎、白浜の海浜いづれもおもしろし。白浜より河津に至り、この川上に一仙境あり。瀑ありて大垂の滝といふ。直下九丈巾四間、両岸の石はことぐく玄武石なり。西岸に温泉わき出づ。一茅舎あり。客をやどす。温泉に浴しながら瀑布をみるべし。ここより少しのぼれば、釜垂の滝あり。直下十一丈巾二間、大垂に比すればやや細し。河津より見高を経て稲取に至る。ここに龍石の親戚に山本某といふものあり。小学の教員といへり。龍石はここまで案内すべしといへり。

三階滝は猫嶺の麓にあり。この嶺を越て田方郡狩野湯ヶ島に至れば、当国第一と聞ゆる朝日滝あり。直下十八丈巾二間といへり。

前にいふ雲見崎は俗にこれを仙間山といへり。全山皆巌石にて海浜に屹立す。東の方には樹木茂りて、そのうちに浅間のやしろあり。ここにて四方をのぞめば、内浦の海岸の奇石佐巌并立し、その間に老杉古松を生ず。田子島は二人対坐して談ずるが如く（頭欄）［図をかりてみれば、田子島は二つあればかくいふなるべし。］、東方は山野連亘し、北方には富嶽嶷然として雲際に聳へ、西は御前崎一望長堤の如く（頭欄）［御前崎は遠州にて、雲見崎より海を隔てて西に見ゆるなるべし。］、南は蒼海渺茫として白帆点々として往来す。眼下には名高き千貫門の奇巌海中に立つ。その他の奇巌あげて数ふ可らず。東は雲見邨をみるべし。

露伴いふ。伊東の温泉は海岸なり。ここに日蓮の故跡多し。また日蓮をやどせし伊東某が庭園久しく地中に埋れてありしを近頃堀して、泉石むかしの如しとて、その写真を出し見せられき。いかにも石泉水なども むかしのままなるべし。外国には都府を掘り出したることも聞えたれど、吾くにには いまだこれをきかず。日蓮が時は今を去ること六百年にもなりつらん。めづらしき事なりと、まことなりやしらず。ここには川奈福西といふ人あり。頗文字ありといへり。ゆかば尋ぬべし。

（沼津）より（松崎）まで至る海上の小島は、田子島・蹲の島・城多島・高島。（波勝崎）より妻良までには大宇留井島・龍ヶ崎・曽根島・地平島・鮫乗島。（三石崎）より（石廊崎）まで衣掛島・平根島・大根島・鰹島。（石廊）より（下田）に至るまでには蓑掛島・佐久根石・青根石、これはすべて岩石なるべし。遥に海上なるは神子元島。

地図に見ゆる所は右の如し。

## ○漫遊案内所載試訳漢文如左

堂箇島在伊豆那賀郡西海浜仁科村。其部落名浜村。浜村西北数町有揺橋。長不過三間。以白槙造焉。相伝崇神帝時始架之。旁有一宇草堂。旧号走湯山長平寺。属伊豆山権現祠。今荒廃此独存。其所奉薬師像。僧行基所作。今称薬師堂。艮斎文略云、堂箇島有独揺橋。長一丈八尺。閲千余載而不朽。極為良材。婦人有月事者。不得過。過則橋自揺矣。是也。」従薬師堂一望。海水成湾。其南青松白砂。一帯綿亘。東有庚申山。屹然相対。海中有小出地比叡飛龍亀島。如棊子撒布磐上。相扼湾口殆成湖水観矣。」駕艇去。乃眺望濶大。南則亀子崎雲見嶽。西則高島二嶼。島与陸間。有砂磧三四町。以劃海水。潮汐出没。名曰瀬浜。北有三足島矢立島俵島。奇巌巇嶭崚嶒。其旁突兀而出者為天窓山。絶壁如削。窅然開窟。是為堂洞南口。高二丈幅六間許。棹艇而過。七八十間。窟頂呀然見一天窓長方形日光下射洞中如燭。巌壁燦爛成五采。海底游魚可数。至此一折。東北二三十間。有小沙洲。則揺橋之水。瀉於此。与湾中合。又洞口十四五間。有一岐洞。向西而馳。貫西岸入海。是為西口又本洞天窓下。北有一岐洞。西二十歩許。漸窄漸暗。有二洞。深不可測。無人抵其奥者。有波濤入之。轟然有声如発巨

砲。其右洞。白砂成洲。蝙蝠成群。殆撲人。此洞迂回。直赴南方。与西洞相通。為副洞。稍狭且浅。非潮漲不得進也。盛夏入洞。冷気襲膚。使人疑遊仙境焉。蓋為南豆第一絶勝。欲遊此地者。宜駕汽車至沼津駅。乗下田汽船。至松崎三十町。達浜村。僦小舟観之可也。艮斎記南豆山水甚審。此独不載者。従妻良舟行達土肥。不暇探勝耳。

## ○艮斎文略所載路次

熱海　網代嶺　宇佐美　伊東　崎原（小富士　矢筈山）　八幡野　赤沢山　河津三郎墳　片瀬　白田　大川（萬城嶽）　見高　稲取　河津（丁零山）　縄地山）　白浜　下田（乳峯　雎鳩・白鷺二島）　手石（弥陀窟　蓋穴　塩吹　猪島　弁慶島）　下流　大瀬　長津呂　石廊　妻良（経字巌　三島橋）　葉賀知山

（千貫門）　堂箇島（独揺橋　幕島）　松崎　田子村　土肥　口野　狩野川　北条南条　韮山（蛭小島）
三島

## ○堂島記　拠仁科人藤野鴎眠所記　明治己亥七月廿二日

**浜邨**　仁科港其瀬曰浜村、成湾曲。南有安城山而弁天・龍宮二島嶼相対如扼水門。龍宮一名口島。蓋為此洞窟。窅然広七間余、高八九尺、可以容舠。南有穴、以洩日光、水中多蝦。潮退時、可手撈也。弁天島有弁財天祠。比龍宮頗巨、巌壁黝黒、草樹叢生。駕舟出湾。海水稍濶、南隣龍宮島。見二小嶼。其最小曰夷島。稍大曰大黒。聞、距三十余年、与南岸接、成一大石門、一日為風浪所衝撃破折、為今状。中有洞窟、名雎鳩、以其来巣故名。上黒下白、中空如卵、双巌懸於洞額、老松擁焉。枝繁四垂。有元助深穴

**大幕**　従弁天島北折、稍西有願誓山。半没於海中、有洞門、旁列数小嶼。曰、土筆。曰、三白。曰、盥島。繞其麓、復見石門成川字形。又右開穴状新月、曰、胐穴。洞口狭隘、劣容小舠、中稍濶幅三十間、広九間余、其高一丈八九尺、低不下九尺。舟過石門、有大幕巌。巌上画白色横紋、遠而望之如布幕也。其北端為小出地。相並有比叡島。中間両崖屏立、海波相蹙。

**堂裏**　忽而得一小港、名曰堂裏。南見小出地、東南白砂青松。一帯有庚申山突出。其中有大洞小洞。以限其北東、而正北為堂浜港、勢乃尽矣。有亀蛇比叡等島為門戸也。

**天窓**　出堂裏、舟至天窓山。即堂島天然洞也。絶壁下開一巨洞。是為南口。高二丈幅五十間、入七間余、岐為二。其一西折、一直向北而去。其西折者、其端開一口。是為西洞口、幅六間高一丈或二丈。従本洞至西洞口、通計三十二間。従之走北者、進七十間許。其頂呀然開三穴、幾成方形。是為天窓。日光下照、巌壁如照燭然水底魚蝦可数、既而稍向東北行二十八間、別開一口。是為内口仰見青天。潮水至是尽矣。傍有飛泉懸焉。淙々有声、従南口至内口、通計九十八間。洞中稍広為天窓。直下処、幅十六間、高及三丈、可以容数十隻舟。尚覚有余地也。未至内口十五六間、西折行四間許、左見一洞。是為第一暗洞、窺之窅暝、不知其深幾尺。適波浪闖入、轟然有声、如発巨砲也。隣此一洞、為第二暗洞、北走半町余、中多白沙、蝙蝠撲人。従此屈曲迂廻、直向南走、与西洞合。是為副洞。比本洞稍狭。非満潮不可容舟也。

**薬師堂**　従本洞出内口、則見揺橋。相伝、崇神帝詔造大船、幸於此。躬折樹枝誓曰、朕征外冦此枝活矣。乃植之地、後数十年鬱成巨材。橋因以成。或云、応神帝時勅造大船、名曰枯野。以余材造橋、不知孰是。過橋数歩、有薬師堂。昔号走島山長平寺。今廃独存此堂。島名創於此。聞聖武帝時、僧行基造薬師釈迦弥陀三尊像、毎仏置一堂。光明帝命僧安山創寺。荘厳大備。元禄年間、住持僧更改築、置三仏於一殿、更造十二神像。至是宏荘倍昔、加以境内多老杉古松枝幹交蔭、殊称仏地。後遂荒廃、無住者、明治六年廃、帰地於官。剪伐樹木、鋤為田圃。

**瀧背**《タキノウシロ》　舟出西洞、有島。魏然圧島口而立。疑不可行舟。名曰革籠、水路頗險、繞島而北則為滝背。

夫背絶壁上叢緑、樹下漲碧浪。老松屈蟠枝垂懸崖。舟出其下、乱石如剣戟、如戈矛、抜起水中。舟一転北行至黒浜。沙石紫黒、映帯乱松。土人取以塗壁。有清泉、従巌隙流出、味甘冽。又南崖斗出海中、是為飛磯。有松攫巌角、立如懸空、名為一本松者是也。

**大浦**　転舳西南海水稍濶、西有長洲与大幕嵓相対成半弓湾状、所謂大浦是也。一望曠達、明媚可愛、一帯山容或為荷葉披麻、為大斧小斧、劈諸皴法。南望雲見嶽、煙雲縹緲、殆有蓬莱瀛洲可望不可近之思。其西則一条沙路横断海中、是為瀬浜。因潮汐出没不常。其南有高島、棊布星羅。合得十一、善屏島、赤島、黒島、白島、中島、丸山島、雕島、鸇島等、是也。抜奇呈怪醜如夜叉、猛如獅猊、馴如牛羊、跳如猱兎、或聯而相従、或迫而相闘、或臥如鼇、或寝如獣、又柵根、烏帽等、巌礁随潮汐、有隠現焉。隔海見駿遠諸山於水天渺茫之間、亦絶景也。

**浮島《フトウ》**　繞高島、群立之間、沿瀬浜西北行二三町、過風蘭場、一孤島下湾曲成。奥開一小浜、名鍔沢。舟過其崖、有一島嶼、起眉間者、峻絶如削成。仰而望焉。巌石層累、備諸皴法。左右相対、欲崩墜。舟過両崖間、往未幾、抵浮島《フトウ》。一作富洞。置布刀主若玉比売神社。群峯如環、雑樹叢生、巌壁為風潮所撃撞、自然為奇状、或半身没海、或割成石門、如夏雲簇起、如米苞堆積、鬼劖神斲、不可得名状也。仁科之観蓋止於斯矣。

**○藤井信次郎**　七月廿四日記す

藤井信次郎は加茂郡仁科村の人なり。世々漁業をもて家となす。この地は鰹魚をとりて業とすれども、鮪を猟《(ママ)》するものなし。鮪を釣らんとするには経縄といふものを用ひざる可らず。これは二百間あまりの縄を海中に張り、これに多く横縄をつけ、そのうへに竹竿を浮とし餌をつく。鮪餌を食ふときは竹竿水に沈む。大なる鮪かかるときは横縄につけたる竹竿数本を沈むることあり。この経縄二百間にして舟五六艘を用意し、竿の沈むをみて舟をよせて縄を引揚れば魚を獲べし。この法、東の海浜には久しく用ふれども、この西海浜にてはいまだ用ひず。或はいふ、この縄を用ふるときは鰹魚の猟なしと。漁民等争ふてこれを拒む。信次郎百計これを説諭せしが、生前には此事行はれずして止みしに、死後に至りて人遂にその利をしりて大に鮪を獲たり。これによりて信次郎が功、大に著はる。里人藤野圭二、碑文を撰し、これを村南安城山天王祠の旁に建つ。信次郎は慶応二年歿す。年五十二歳なりき。その子安信、今医を業とす。信が父を兵吉といふ。一日小舟にのりて遠州におもむきしが、数日たちてもかへり来らず。家人大に悲み、すでに溺死せしと思ひしに、つつがなくてかへり来れり。これより初めて小舟をもつて、かの地に渡ることを得たりといへり。明治三年をもつて歿す。七十六歳。

**○江川氏の伝**

江川氏の祖は源頼親の裔宇野太郎親信より出たり。保元中、和州宇野より伊豆国八牧郷江川荘に来り住す。即今の韮山なり。五郎吉沼、源右大将に従い戦功ありければ、江川荘を賜ふ。宇野英久右衛門太郎といふ。弘長中、日蓮上人伊東に流されし時、英久これを敬信し、つねに供養を為す。英久たま〳〵家を修理す。上人上梁の文をみずからしるしておくりしといへり。後世まで存せり。その心柱は生木によりて梁を架す。その製頗奇なり。人削りて鎮火符とす。これ今に至りて火災をあはざる《ママ》がゆへと聞えたり。宇野太郎国俊、元弘三年、赤松円心と六波羅を攻めて功あり。太平記に伊東大輔宇野能登守国頼等五騎、桂川にさつとうち入りたり。宇野と伊東は馬つよくして一文字に流をきつてわたる。彼等が振舞をみて尋常のものならずと思ひけん、六波羅の二万余騎、人馬東西に辟易して遂に大敗に及ぶといふ。国俊は国頼の改名なるべし。江川重孝左衛門太郎と称す。これよりして江川氏を名のる。南朝時にしば〳〵軍功あり。宇野五郎英房・七郎治雅、父子いづれも南朝の為に戦死す。江川入道・同新左衛門尉二人、長録記に見ゆ。江川左馬頭英信といふものは伊勢長氏に仕へたりといへども事跡詳ならず。又、太郎正秀はよく酒を醸して、北条早雲に献ず。これより江川酒の名ありといふ。兵衛大夫英元は北条氏綱に従ひ、鴻台の戦に敵の首級三を得たり。これによりて伊豆国の旗頭とす。太郎左衛門英長、徳川氏に仕へ駿府に出仕し、宅地を賜ふ。今の江川町これなり。その第三子英政、その子英利、その子英暉より英勝、英彰、英征、英毅に伝へ、英龍に至る。世々、徳川氏の代官として、宝歴《ママ》九年、三島代官廃せられて、江川氏これに代り、豆駿相の幕領、尽くその管する所となる。英龍は坦庵と号す。天保六年、父に代りて代官となり、初八万石を管し、のち二十万石に至り、七島及小笠原島をも管領す。天保八年、辺備の急要を察し、海防策を幕府に献ず。幕府、これを容て海防の議に参ぜしめ、つゞきて武相房総沿海の要害を巡視す。英龍、文武の才あり。（頭欄）［英龍は渡辺崋山・高野長英ともまじはれり。］宇内の形勢に悟る所ありて、長崎の人高島敦につきて砲術を学ぶ。又、その属吏柏木正蔵忠俊に命じ、蘭人につき砲術造船等の法を研究せしむ。嘉永六年、幕府に建言して反射炉を造る。諸藩の士来り学ぶもの多し。我旧藩主堀田文明公、斎藤利和・馬場吉人・須崎秀之助等に命じ、ゆき学ばしめらる。

安政二年正月、江戸に歿す。時に年五十五。柏木忠俊は荘蔵と称す。韮山の人、父を平大夫忠栄といふ。世々、代官江川氏の属吏たり。忠俊、幼にして英龍の為に任ぜられ、その七島巡視に従ひ、又、武相房の沿海巡視にも従へり。安政元年、望月大学・矢田部郷雲等を率ゐ長崎にゆき、蘭人につき学ぶ。英龍の子英敏はやく卒し、次子英武、職をつぐ。忠俊、力をつくし、これを助けしかば、治内安然として無事なることを得たりき。明治中興の時、会計官権判事に任ぜらる。車駕東巡の時従て沿道の金穀出納駅逓営繕の事を掌る。二年、韮山県の大参事に任ず。五年、足柄県権令にすすむ。明年、令となり従五位に叙す。九年、県廃せられしかど、その労あるをもつて正五位にすすみ、金三百円を恩賜す。十一年十一月、卒す。時に年五十五。豆州には博徒多し。忠俊、年わかきとき、これを捕へんとして、夜その巣窟に入る。博徒皆、被を蒙りて臥す。捕手至るときき、一人刀を抜てこれをきらんす《（ママ）》。忠俊、手に洋銃を携て博徒の臥たるうへに一足をふみかけて起たしめず。大喝していわく、汝刃を下さんとせば我立どころにこれを撃ち殺さんと。この時、銃は多く火縄を用ゆ。忠俊が銃は燧石を用ゆるをもつて、博徒唯我を威嚇せんとするものなりと思ひ、大に笑ひて刀を揚て忠俊を斬らんとす。忠俊乃ち銃を発す。博徒忽ち斃れたり。一人死しければ多勢の博徒、皆大に懼れて尽く縛につきしといふ。此事吾これを馬場吉人にきけり。又、余今年遠州に遊び、英龍が家鶏哺子の大幅を鹿島村の田代氏に観たりき。筆力ありて殊に妙なり。蓋、武事文学のみならず、かかる風流なる技にも長ぜりと見ゆ。また偉人なるかな。宮本武蔵正名は武芸に達して、又、画をよくす。英龍は武術のみならず韜略にも長ぜり。その人品、武蔵のうへに在るべし。

## ○姉妹、大蛇を殺して父の仇敵を報ず

豆州加茂郡岩科村は余が寓せる仁科村より近き所なるは、この村の南に大池ありて大蛇栖むといひ伝へたり。甲斐の国に善く射る人あり。これをきき、我よくこれを射殺して土人の害を除かんといひしかば、村民大に喜びてこれを迎へ、その池のほとりにゆき、その人に向ひ、この峯を隔たるむかふに、桧が原池あり。大蛇両池に往来し、猪鹿を食ひ、また樵者をも害すといひしかば、其人弓矢を負ふてこの山に入り、日々その出るを窺ひしが、一日出てかへり来らず。邨人大に疑ひ尋ねもとめしに、唯弓矢のみありてその人なし。草のうちに血痕おびただしく染みたりしかば、さては蛇の為に呑まれたるにやとはしりかへりて、人をやりてその家に告げしに、其人に二人の女あり。大になげきしが、

両人ともに父の業を学びて射術に長ぜり。相ともにここに来りて、大蛇を射て父の仇を報じ、かねて村民の害を除かんとし、こたびは両人、件の両池のほとりに埋伏してうかがひしが、果して大蛇出で来りしを、両人して忽ちこれを射殺したり。今蛇腐といふ所あり。即ち蛇の屍をすてし地にして、姉が窪、妹が窪といふ所は両人が埋伏せし地、蛇廻りの嶺は蛇が越へし地、又一條村の山中、塔の平に墳墓あり。これを蛇に呑まれし善射人を弔ひし塔なりといふ。この事聖武帝の時、或は桓武帝の時なりといふ。年代たしかならず。又作りものがたりめきたれば、小説ならんともしれがたし。

同じ郡のうちに蛇石《じやいし》邨あり。これとは同じからず。こは蛇に似たる石あるをもつて、しか名づけしといへり。この邨に佐藤某あり。むかしより眼疾を療ずるをもて聞えたり。その一族に次郎、号を龍石といふ、画をよくす。前条に、渡辺白民に書をよせて伊豆の遊を促せし人なり。ちなみにここにしるしおく。

本所、市川、中山、船橋、津田沼、幕張、千葉二十七銭　寒川、曽我野、千葉四銭　△野田、土気、大網、本納、茂原、一之宮、千葉三十六銭　○北条、那古、船形、富浦、勝山、保田十五銭　木更津、午後十時田町着二十五銭　○保田より富津迄、竹岡、湊村、葉毛、鶴岡、八幡、亀田、佐貫、小久保、岩瀬、絹村、篠部、川名、富津

## 旅行携帯寸珍本

左氏伝二帙、清名家文編二冊、名家題跋三冊、明詩別裁二冊、李太白集四冊、韓蘇詩一巻、絶句類選二冊、古文小録一冊、魏叔子尺牘一冊、（抹消本文）〔袁中郎遊記一冊〕文章軌範二冊、黄山勝概録一冊、韻府一隅二冊、四大家詩鈔四冊　十三部　雅字便一冊

**訪問人名**

本所向島須崎町二百三十七番地大野秀太郎
本郷元町二丁目六十六番地小高瀟碧

**右より紹介人名**

○千葉県長柄郡上ノ郷矢沢博　○一宮新宿中村吉兵衛富庵
○夷灊郡古沢邨抜沢高地太郎左衛門　○旭町長者平賀平三郎
○旭町長者書鋪土岐　○同浪華村岩和田山口祐左衛門
○小湊庄内浦多田満治　○安房旧朝夷郡松田郵便局石井若松
○押口邨小高氏　○離山邨松崎氏　○勝浦一文字屋須見氏　○興津大黒屋沢倉中村高

# 学海余滴　第三冊

## 学海余滴

### ㊀大高源吾の詫証文

沼津牛伏の三島館の主人世古六太夫が家に蔵する赤穂の義士大高源吾の馬夫に贈りし侘（ママ）証文あり。これは源吾が三島駅を過ぎしとき、馬夫国蔵といふものに己（ママ）があづかれる荷物につきあたりて損所を生ぜしとて諠譁をしむけ、酒代を貪りとりしときのものなり。源吾が復讐の大志を抱きしかば、まけて馬夫に詫言して酒代をとらせたりとぞ。その忍耐の志感ずるにあまりあり。今その実物をそのままにうつしとどむ。

詫入申一札之事

一、我等今度下向候処、其方江對し不束之筋有之。馬附之荷物積所出来申候ニ付、逸々論事之旨尤次第大キニ及迷惑申候。依之御本陣衆ヲ以詫入酒代事書申候。仍而如件

元禄十四年　　大高源吾
巳　九月

国蔵どの

この積所とあるは損所の誤書なるべし。これ等をみても実物なるは明なりといふべし。竹添井々がこれに跋せし銘あり。左の如し。

大高子葉書一通。三島駅世古某所蔵。当横逆之来加、不激不兇。其辞孫而其気和。百載之下猶想

見其風采。也仮題数語以表仰止之忱。君讐未報。命重太山。毒嘴来刺。虻兮蚊兮。引咎不校。飲以醪醇。忍之一字。守之護身。不血気使。其勇也真。荊軻中桂。徒足禍丹。予譲刺衣。豈曰報恩。無智無謀。悻々自偭。何如赤穂。四十七臣。韜晦急仇。一挙志伸。苦節精忠。哭鬼泣神。

井々　竹添光鴻

### ○浅野の宿割帳

これも世古が蔵せるものにて、横帳にして表に浅野内匠頭様御宿割帳とあり。右の方に元禄拾弐年御宿割衆萩原分左衛門殿とあり。左の方に卯之六月廿四日中原文蔵殿とあり。本文初筆は大野九郎兵衛・次郎左衛門とあり。第四番目に片岡源五右衛門・片岡十郎右衛門とあり。十三番目には分田玄瑞・大高源吾・甚左衛門とあり。その外四十七人のうちの人一人も見えず。中に鈴木団扇・牧露斗といふ名あり。いづれも奇名なるは茶道などなるべし。字体古拙にして当時のものたること疑なし。いとめづらしきものなればここにしるす。

### ○伊豆の枯野の船

本邦の船に名あることの始は、伊豆の国にて作りし枯野を始とす。日本記応神記五年甲午冬十月科伊豆国令造船。長十丈。船既成之試浮于海。便軽泛疾行如馳。故、名其船曰枯野。三十一年庚申秋八月、詔群卿曰、官船名枯野者伊豆国所貢之船也。是朽之不堪用。然久為官用功不可忘。何其船名勿絶、而得伝後葉焉。群卿便被詔以令有司取其船材為薪而焼塩。於是得五百籠塩。則施之周賜諸国。因令造船云云。初枯野船為塩薪、焼之日、有余燼。則奇其不焼而献之。天皇異以令造琴。其音鏗鏘而遠聆とあり。これにて大船の名始りしをしるべし。余が寓せし仁科の浜邨に堂が島あり。ここにゆるぎ橋といふがあり。この橋材は崇神帝の時、白檀にて造りしといふは、或はこの枯野の余材にて作りしをあやまりつたへしにやといへり。（頭欄）［さらば崇神は応神の誤なるべし。］この地に鴨が池といふ所あり。昔は大なる池にて海につゞきしといへば、こゝにて作りしにや、又古老の伝に、むかし一の蜘の子、蘆の葉にのりてわたるをみてはじめて船を造りしといへども、船はなほ往古より有をみれば誤なるべし。

## ○山木判官兼隆

東鑑、散位平兼隆者伊豆国流人也。依二父和泉守信兼之訴一、配二于当国山木郷一。漸歴二年序一之後、假二平相国禅閤之権一、輝二威於郡郷一。是本自依レ為二平家一流氏族一也。然間、且為二国敵一、且令レ挿二私意趣一給之故、先試可レ誅二兼隆也一云々。同十九日、兼隆親戚史大夫知親、在当国蒲屋御厨。日者張行非法、令悩乱土民之間、可停止其儀之趣、武衛令加下知給。邦道為奉行。是関東事施行之始也。其状云、下蒲屋御厨住民等所。可早停止史大夫知親奉行。右至于東国者、諸国一同庄公皆可為御沙汰之旨、親王宣旨状明鏡也者、住民等存其旨、可安堵者也。仍所仰故以下。と、これによれば、兼隆は放

蕩無頼の人物にて、父に勘気をうけて伊豆の国に追やられしに、清盛の威勢をかりて国民を凌虐せしなるべし。知親は史の大夫とあれば、史官にして五位の位に叙せしものにや、いかなるゆへにて伊豆にながれ来りしかしりがたし。右大将義兵を挙るの初めに、まづ民の煩をのぞかれしは、漢高が三条を約せしに同じかるべし。但親王の宣旨などいふは大にあやまれり。宣旨は天子の勅命なるを、親王にしていふべき言にあらず。こは右大将のしらざるにあらざらめれど、宣旨といふ事をもて国民をおどさんとして、わざとかくはしるされしなるべし。この一事にても右大将が権謀術詐の人にすぐれしをしるに足らむか。山木の館の跡は、今、韮山町山木上の山にあり。凡一町歩の地なり。浄念寺の西方と伊豆志料にあり。

## ○伊豆の群島の大略　豆州志稿による

赤根、下田港鵜島山の沖にあり。大さこれにつぐ。狗走《いぬはしり》・雕鳩ともに同じ港にあり。加祢《かね》、同じ所の和歌浦の北の小嶼。御子元、下田港の南五里にあり。直径二里廿六町十四間、周廻廿町、東西壱里四十三間、南北三町四十間、人家樹木なく、ただ菅多し。又、海苔を産す。味他に勝る。西の方に小湾あり。漁舟三隻を入るべし。名取、御子元の東にある小嶼なり。又、佐久根しまあり。弁天、遠国、弁天は吉佐美邨に在り。遠国は田牛邨の西南にありて、周廻六町ばかり。松しまは同邨の西南にあり。松多し。海岸に洞窟あり。又、噴潮穴あり。元根しま、二。一は同邨名崎の沖、一は松しまのかたはらにあり。御根・前根・岸根・大根・下大根ともに同邨海のきしにあり。帆立は同邨の東、吉佐美村の界にあり。伊農は手石邨小稲に在り。弁天は同邨の南にあり。退潮にはかちわたりすべし。周百廿歩ばかり、平根は下流邨にあり。上人は大瀬邨にあり。名は仏、又雀。此しま海上よりのぞめば僧の形に似たり。よて、この称あり。蓑掛は同邨にあり。一名は三峰、又元根。高数十丈、尖石剣を植るごとく、参差として駢列す。特に秀鋭なるもの三あるをもつて三峰とは名づけなり。水のきわに洞窟ありて隠里といふ。今は塞りてなし。その外小島多し。堅魚は長津呂村石廊崎の西南三十町にあり。周六十歩、春夏の交堅魚ここに群り集る。赤根も同邨にあり。周百三十歩、飛根・碁盤・善堺・比羅根・牛の背・根しま・投壷根・猫糞、いづれも同邨に属せり。飛根はやや大きく、碁盤は方にして上平かなり。千貫門、雲見邨の西南にありて、陸に近し。高五千仞あまり。全嶼巌石にして、その中間水ぎわに空洞あり。広四五仞、宛も関門の如し。舟そのうちを往来すべし。黄金崎、那賀郡宇久須村の西南にあり。又、白しま・平根しま・飛島等あり。弁天・立しま、安良里邨にあり。田子島は田子村の西十二町にあり。二尖石、もとを同くして并び立つゆへに夫婦しまともいへり。その一はやや低くして、内空く小舟を入るべし。一古碑あり。その字剥落してよむ可らず。その旁に小島点在す。尊のしまも同邨の西に在り。三嶼を惣称す。その形山字に似たり。古名は尊嶼、今なまりてそねのしまといふ。かたはらに筆岩あり。弁天・狗・茎・大根・桑、いづれも同邨堂が島浜邨の北、古堂の前に島嶼散点す。これを惣称してしかいふ。今海浜の地をいふ。此境土、南に安城山横はり、北に天窓山そばだつ。山脚に洞窟あり。高一丈四五尺、広四五歩、海岸より揺橋下に貫通す。此間六七十歩、潮水往来し扁舟を通すべし。これを胎内潜りと称す。又その巓に孔ありて、胎内潜に達す。あたかも天窓の如し。南北頗誓小出地両山の間は白巌長くつらなり、幕を張るが如し。よって大幕と名づく。その南端、岩石そばたち、角楼の如く堅城ににたり。竜宮島も同郡にあり。口のしまとも称す。日枝島、周六十歩、水意石を出す。雲竜島、白き竜文をなす。俵しま二、一は富洞《フトウ》、一は江奈村との海の界にあり。箭筈しま・高しま・四島を惣称す。高きもの二十丈あまり。又、里・八丈・善平・三古・沖・丸山等あり。鵜しま皆浜郡に属す。

## ○伊豆の人物

三代実録　元慶五年十二月尾張中島従五位下丹波介占部宿禰平麻呂卆平麻呂者伊豆人也。幼而習亀卜之道、為神祇官之卜部揚火作亀、決疑義多効。承和之初遣使聘唐。平麻呂以善卜術、備於使部、使還之後、為神祇大史嘉祥三年転少佑、斎衡四年授外従五位下天安二年拝権大祐、兼為宮主、貞観八年遷参河権守授従五位下、累歴備後丹波介。卒、年七十五。伝ていふ平麻呂ハ、田方郡吉田村より出づ。東鑑　元暦二年伊豆守仲綱男、号伊豆冠者有綱為延尉、聟多種近国。荘公云云。文治二年六月北条時定於大和国宇多郡、与有綱合戦有綱敗北、入深山自殺。平家物語　元暦二年四月内侍所しるしの御箱鳥羽に着かせ給ふときこえしかば、内裏より御迎に参らせ給ふ人々、武士には伊豆蔵人大夫頼兼・右衛門尉有綱云々。又本三位中尉重衡卿は去年より伊豆国におはしけるが南都の大衆頻に申しければ、源三位入道の孫伊豆蔵人大夫頼兼に仰せて奈良へぞわたされける。按ずるに、有綱・頼兼は伊豆守仲綱の子なるによりて伊豆を称せしなり。伊豆に生まれし人とは定めがたし。大和にてうたれしをみれば大和国に住せしにや。下田鵜島の城主清水上野介康英、北条五代記に伊豆国住人清水上野介は小田原北条家譜代の侍、関八州にその名を得たる武士なりとあるはこの人なり。天正十八年豊臣氏の水軍鵜島城を攻落す。康英のがれて川津郷の矢野に蟄居せり。その子太郎左衛門正次、北条氏に仕へ、駿州長久保の城主たり。北条五代記に、数度の合戦に高名をあらはし大力不双の勇士にて世にかくれなし。甲斐黒といふ名馬を持ちけるが、一日に大豆一斗を食へり。尋常の人のることかなはず。中間六七人して綱をつけて厩より出だす。太郎左衛門は此馬にのり鞭をうつて馳るとき両膝をもてこれを引きしむれば、その馬立どころに血を吐て死す。或るとき氏直このものの力を試むとて八寸余の鹿角二つ投出だす。太郎左衛門二つの角を一手に握り引裂く。氏直驚歎すること限りなしといへり。この人武勇抜群の人物なりければ、氏政、佐竹義重と戦ひしとき、徳川氏武田信玄と戦ひしとき、三方原に出陣して戦功ありしといふ。（頭注）［正次は天正十八年小田原に篭城し、城やぶれて賀茂郡河内に退居し、のち、結城秀康に仕ふ。］この人の母、或とき山上の氏神の社に宿願ありて参詣しけるに、途中の坂に大なる牛、穀物を二俵つけながらあと足二を崖にふみ外し、岩角に俵かかりて荷縄切なば谷へ落ちて死せんとす。女房これをみて、一人かたはらにより、牛と俵とをいだきてかるがると引あげたり。その怪力に皆人驚歎せりといふ。

## ○吉良家出入鑑札

下田港某といふものは、もとの江戸に住居る本屋藤七といふもの子孫にて、吉良氏の家の用達にてありしなり。その祖先を藤兵衛といへり。吉良氏の鑑札は左の如し。藤兵衛世々江戸本八町堀五丁目。

元禄十五年　萬売

㊀度　㊀定

午八月―日　藤兵衛

（挿絵）［鑑札の画］

度といふ字は吉良家の相印なりとぞ。又南北両番所の欠礼鑑札あり。

寛保元年

両御番所　◇

欠付　酉五月

（挿絵）［鑑札の画］

## ○彼理が下田港に来りしときの話　并　大津浪之事

己亥八月二日下田港に着して松本卯之助といふ旅店に宿しけるにぞ、家の老婆今年六十二になりけり。今より四十六年の前、此老婆年十七なりしとき、合衆国の使臣彼理がここに軍艦七隻を従へて入港したりしを目のあたりに見しといふ。この時ここは韮山代官所の支配にてありしかば、かしこより、役人出来りて、港民に命じ一人も戸外に出ることをゆるさず。炊事も夜のうちになして烟を出す可らずとおきら《（ママ）》れたり。数日ありてやうやくその禁ゆるみしかば、異人をみむとて小児等群りつどひしかば、彼等も大になれて、いろいろの玩物などを出してあたへしにこれも役人等尽く役所にもち来るべし、ほしきままに私することを得ずとてとりあげられたり。これより諸藩の兵士等あまたここに集り来りて、寺院民家を旅宿とし、にぎわふことかぎりなかりし。異人等は写真せんとて、わかき女子を出し見せ給へと役人にのぞみしかば、その旨を下知せられしかど、写真をとらるるものは三年にして命おはるべしと訛言あり。いづれも泣てこれを辞せしかどきかれず。已ことを得ずここの娼妓を出してこの命に応じたりといへり。余、先年彼理が紀行をみしに、婦人の写真あり。これ即ちこの地の妓《（ママ）》なるべし。今此話をききて始てさとりぬ。

このとしの十月、前代未聞の大津波ありて、はじめは地震あり。家も壁土蔵などもゆがむばかりなりしが、ややありて大なる波よせ来りしが、この老婆は人につれられて山手のかたにのがれ去りて数刻を経てかへり来るに、己が家はこと〴〵流《（ママ）》れうせたり。きくに、初め波の来りしとき、この港のうちにありける大材木、波の為におされて人家をおし倒し、その波いまだ退かざるに、後の大波再び来りて尽く人家を海に流し去りしといへり。されば、のがれ後れたるもの、死するもの多かりしとぞ。老婆ははやくのがれしかば、そのありさまはみざりしといへり。

## ○豆州堀の内邨の深根城の事并城主夫人之事

余が下田港より一里余距りたる箕作邨に至りしとき、その南に稲生沢川を隔てたる。山ありて深根山と称す。ここに堀越御所政知の老臣、関戸播磨守宗尚の城址あり。延徳三年、北条長氏この国にうち入りしとき、国人威に怯れて靡き従がはざるもの無し。独宗尚のみ城によりて防戦し、四月十五日をもつて城陥り、宗尚自殺せり。その夫人は囲を破り、のがれ出んと馬に跨りて城を出でしに、遂にのがるる事能はず。田中の朽木生たる所にて自害してうせぬ。この霊を祠りて、今稲沢山龍巣院といへる禅宗の寺ありてこれを奉ず。夫人の像あり、本堂に安置す。この法号を心光院天徳上女大姉といふ。よりて土人は上女様と称し、腰下の疾あるもの祷れば、必ず応ずといひて、来り賽するもの甚多し。毎年四月十五日には祭典を行ふといふ。今その時の鞍及鐙を蔵す。余住持に請ふて厨子の扉を開き、上女の象《（ママ）》をみむと求むれども、この厨子錠をかたく鎖して、檀家立合のうへならでは開き難しとて固く辞ししかば、已ことを得ず。その象《（ママ）》を画きしもの二枚を得てかへりぬ。一枚は小さく、下髪に小内着して長刀を提げ、馬にのりたるものなり。木像は即ちこれなりといふ。一枚は大きく、天女の像ににせて、これも馬にのれり。上に天女尊と題す。これは今の住持の時作りしものといへり。ことさらに仏めかしてつくりしものにや。八月七日村誌を閲するに、関戸播磨守は箕作村龍巣院開基なり。法名龍巣院殿梁山棟公大庵主、永享七年九月七日とあり。上の説と応ぜず。

## ○菖蒲前の墓

源三位頼政の妻菖蒲の墓といふものは、箕作の隣邨なる相玉邨の長福寺の境内に在り。安貞三年正月十九日を忌日とす。台石三層にして、正面に菖蒲源氏墓とありて、三面に左の如き文を勒せり。

菖蒲源氏墓表

三位源頼政夫人曰二菖蒲一。菖蒲之生卒于二豆州一也。雖二史乗失一、載二口碑一存矣、可レ徴多矣。其生也、于二古那一、其死也、不レ知二葬地一。予嘗聞、愛咨詢遂得レ之。加茂郡愛玉村有鬱科樹、有碓積レ石、元久中創レ寺守レ冢亦殆頽弊、予悲三其将二遂湮滅一也。為畧属二其事一、勒レ石、以表焉。曰有二官人一、姓源、謫二于豆一而納レ妾生レ女、名二菖蒲一。此及二齠齔一官人得レ赦、以女還二京師一。稍長端妙絶世、選二入近衛帝掖庭一、進為二中宮一。未レ幾賞二賜源頼政一、為レ妻。治承四年頼政挙レ族戦二死宇治一。菖蒲乃遁二于豆一、削髪号二西妙一而廬二於田方郡河内郡一。其子仲綱故地也。後蓋卆二愛玉一年七十八、或云二七十三一。愛玉距二頼朝貶謫一不レ遠云。寛政戊午五月伊豆秋山章撰文、武蔵左潤書、丹男秋山善政建

菖蒲の事は著聞集なる梶原景季が事をもととして、頼政に附会せしに起れりときく。しからばこの墓も後人の偽作にや、しらず。又或は仲綱が伊豆守たるの縁故によりて、頼政が妻妾などここに忍びゐたりやもしらず。

## ○伊豆の俚謡

箕作村誌のうちに、俚謡とてのせたり。

田植歌

きようの田のみのくちに植たる松はなに松、長者松に姫松に、太郎次植たる若松

けさの寒さに大川越へて、おかたはなぜにきたやら、うらに千鳥巴のついた手箱とりに来た、今朝の寒さに大川越へて、おかたはなぜにおんしやつた、うらに千鳥の模様をかいた手箱をとりにおんしやつた

昼飯餅の帷子はなんで染おろいた、柳の葉をつけて萩の花色」一本植へて、千本になれと、たいとうもちをたんと〳〵、しろかく人の腰みれば、咲くぞよわきに黄金花〳〵

よく植て早ふ植て、太郎次どのと寝てゆかふ、太郎次どのは年よりだに、小たろうじどのと寝てゆかふ

さなぶり歌

下たの棚にも十六膳、上の棚にも十六膳、三十二膳の御膳、なんどのころびやつたを見しやいな

草採歌

一人採りや、五反田の艸を、二人取ります影ともに。晩になるぞと小猿がのぼる、忍びよるまも

近くなる
知らぬ他国で田の草とれば、稲の露やら涙やら
田では田の草、畑で葉草、夜はよ麦に身をやつす
草をとるならそこかきたてて、人の仕事と思はずに
美くしいことよ、出てまあごらん、雪をかむつた梅の花
よしだ須走や六月ばかり、あいにや孔雀の鳥がすむ

穎打歌

蒔くもいやだよ、たたくもいやだ、舂てたべるも猶いやだ
麦の上肥と上戸の酒は、少し過ぎても実ができぬ
世間渡らば豆腐のように、まめで四角でやはらかに
おもしろいぞや、上みがた、道は松に小杉に植まぜて
うらが隣家は十七ぞろい、何時もとんとん歌の声
麦をつくなら青はた麦を、いやよ白麦や身をやつす

臼挽歌

唐臼は挽けども米かまず、かまずとも迴しよ、竹のから臼
忍ばば小松、かるるまで、大川の水ひてほこりたつまで

臼のかるさや、あいてのよさや、あいてかわるな明日の夜も

麦搗歌

鎌倉がし娘あだもの、降の雨を油につけ、又ふる雪を化粧にし

黒雲をかねにつけて、十五夜様を鏡みる

## ○深根の城主之事補

関戸播磨守吉信、鎌倉九代記に、伊勢新九郎堀越御所に火をかけしかば、居合せける若党郎徒、ともに烟にむせびて逃げ出るを打ふせ、薙ふせ、斬仆す、これに立合んとするものなし。関戸播磨守只一人ふみ止り、茶々丸をば大森山に落しまゐらせ、我身は思ふやうに防ぎ戦ひ、深手負て討死す。茶々丸、堀の内郙にて夫婦ともに自殺せり。今、箕作郙と堀の内との間の橋の向ふの深根城に近き所に古墳ありて、御所様塚と土人よべり。これ茶々丸の墓なりといへり。関戸吉信、堀越を落ちて茶々丸とともに、ここに籠城してうせしなるべし。しからば九代記の説はあやまりならんか。吉信はいかなる人物にやありけん。茶々丸は父を弑せし不孝の子なり。これを助けしはゆへあるべし。今に於ては、その事実を糺するよしなきを恨むのみ。播磨守、名宗尚とせしは誤なり。

## ○泥工長八

長八は入江氏にして天祐と号す。加茂郡松崎邨の人なり。十二歳のとき泥工となり、のち江戸に至りしかば、その技大にすゝみ、泥をもつて山水人工文字花卉を作るに工みならずといふ事なし。余、川津に寓せしとき山水の篇額を黒田氏にみき。山の高低、樹の遠近妙なり。又上に題字あり。筆法もまた拙からず。末に閏申季夏七十翁天祐居士としるせり。きくに長八、筆をとりては甚拙くして見るに堪へず。一たび鏟子を握るときは縦横自在、意の如くならざることなしと。実に一奇人なり。明治廿三年十月、東京深川に歿す。七十六歳といふ。黒田氏いふ、この人の画きしもの、松崎の家にあり。清少納言が捲簾の図にして、壁上に塗りこめたり。筆法殊に絶妙なり。しらず、今なほ存せりやと。

## ○伊東朝高が庭園発見の事

豆州伊東村のうち久須美仏光寺といふ寺あり。もとは土豪伊東八郎左衛門朝高が代々の宅なりしが、日連上人この地に貶謫せられしとき、鎌倉の命によりて朝高これを預りしに、遂にその法に帰依し弟子となり、削髪して日預と号す。そののち寺を作りて仏光寺と号す。明治十五年、この地の住人小原某、温泉を発見せんとてこの地を買ひ、土工に命じ発掘せしむるに一の池の如き凹きところを見出せり。さては、かねてここは朝高の宅なりといへば、大方園庭ならんとて、いよ〳〵人をまして掘らするに、この地は竹林にて雑草木いやが上に生茂りしを剪り払ひしに、果して庭石のさま、あきらかにあらはれ出たり。もと岩石によりて造りもふけたりとは見ゆれども、また人工をもて石橋を懸わたしたる所もあり。樹木は石に纏《まと》ふて当時程えたるものと知らる。此事名高くなりて伊東に遊ぶものは必ずゆきてみるといふ。余、明治卅二年八月十五日、渡辺伯民とともに小原氏を訪ふてみる事を得たり。きくに池のうちに温泉出る所あり。いまだ多く出ざるをもつて浴に供しがたしと。小原が案内にて庭のうちを迴るに、げにその石のたて様たしかに天造の体によりて人工を加へたるものにて、昔の姿をありくとみるここちす。外国にては羅馬・希臘などの旧宮・庭園を地中より掘り出せるよしをききしが、我国にてはこれを始とすべし。主人は五十以上の人にて、文墨を好むにや、几上に筆墨なども見え、又弓箭・長刀なども坐隅に見えたり。

**○伊東朝高の墓　同一族綾部正清の墓**

同じ久須美の仏光寺の境内に在り。弘長元年五月、日蓮上人この地に流されしとき、土豪伊東八郎左衞門朝高にあづけられしが、朝高悪疫にかかりて人事を弁ぜず、その族綾部正清、上人に加持を請ひて、忽ちに愈ることを得たり。朝高歓喜に堪えず、遂に薙髪して日預と号し、宅をすてて寺とす。佛光寺是なり。朝高の墓は、

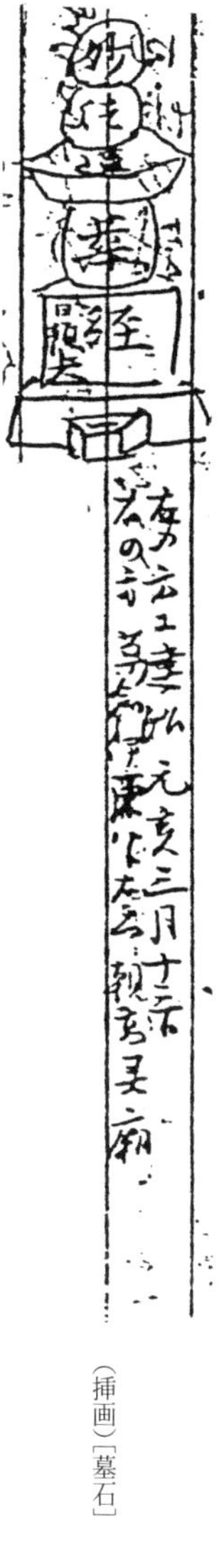

（挿画）［墓石］

妙法蓮華経　左の方に建治元亥三月十三日
日預上人　右の方　草創伊東八郎右(ママ)衛門朝高霊廟
貞和元酉三月廿二日
正清墓
百十一歳造

（挿画）［墓石］

とありて、掃除ゆきとどけり。石は欠損なく、また苔も見えず。楷法痩て骨力あり。凡筆にあらずと見ゆ。この両人の事蹟つまびらかならず。東鑑に朝高に預らると見えたりと下田義てるかたれり。なほ本書につきて、ただすべきなり。要するに伊東氏の一族にして、此地の土豪なれども、鎌倉に出仕すべきほどの大身にはあらざるなるべきにこそ。

**〇上田城の戦**　九月三日信州行筆をはじむ

信州上田の横関氏に滞留しけるとき、此地の佐藤浜太郎が蔵せる上田軍記といふ写本を借しみせらる。そのうちの一条。

天正十三年酉の閏八月二日、家康公の先手鳥井、大久保・岡部・平岩を大将として、その勢都合七千余騎にて長瀬川原より猫の瀬を渡り、国分寺におしよせて上田の城へと詰寄ける。昌幸、かねての謀に、町中に三間五間三所づつ千鳥掛を結び置きて、さて人数二三百を引わけて嫡子源三郎信幸・次男源次郎信繁に相添て、上田の城より三十町ばかり出張あり。神川を前にあて陣を備へ、もし敵の勢、川を越て来りなば、一せり合て陣を引とるべし。さあらば敵喰付来べし。その時、存分に引入れ候べしとつぶさに謀《(ママ)》密謀有て人数を引分け、昌幸は手廻の勢を合せて五百人ばかりにて上田の城中にひかへられ、大門を閉ぢて矢倉にのぼり、甲冑を帯せられず、祢津長右衛門を相手にて碁をうちて居られける(壱説に来福寺も相手たりと)。かくて信幸・信繁には指図の如くに神川のかたまで出張ありけるに、敵勢川をおし来り、黒坪といふ所に於てせり合あり。敵を追くづし首数多討捕り、信幸・信繁勝にのり、馬をすすめ追討むとし給ふところを、板垣修理并来福寺両人、馬の口にすがり、かねて謀をば御わすれあるやとて馬の口をとつて引かへしければ、両将げにもと、かる〲と引取り人数を引あげられければ、敵案のごとく犇と喰付、千鳥掛にもかまはず両将を討捕んとしたひ来る。両将は横曲輪へ引とる時に、物見のものども、昌幸へ敵既に間近くよせ来るよしを注進す。昌幸碁をうちいられけるが、敵来らば切らんとてすこしも騒がず、もとのままに碁をうちゐられたり。浜松勢は始め両将がよわ〲と引とり、今城のきわまで詰寄せけれども、さしたる事もなきによりて、城中は少勢なりと侮りて、惣軍一度に鬨を作り、我先にと争ひ進む時に、昌幸時分はよきぞとて、手廻り五百ばかりの人数を左右へ進めて大門を開かせ、敵兵が勢にのりて門際近く押詰ける時をみて采拝とつて下知をなし、無二無三に突て出られけるほどに、最前横曲輪へ引入られたる信幸兄弟、備をかためて横槍に打かかり、町屋に火をかけけるにぞ、折節風はげしく吹ければ、火四方に飛散て敵の方に向ふたり。信幸采拝とつて、かかれものどもと下知せらる。昌幸かねて郷民どもに三千余人を相語らひ、相図を定めて四方の山林のうちに伏せ置けるが、かのものども城中より討て出る太鼓の音をきくとひとしく、同く鬨を合せて紙旗を差連て、鉄砲多く打出し、山々谷々林の中より尽く起り立て、寄手の後陣へ会釈もなくうつてかかる。町中へ攻入たる寄手の勢ども、始め詰寄たる時には町中へ入しが、逃る時になりては彼千鳥掛けに引かかり進退度を失ひける。此に於て浜松勢多く打亡されける。信幸・信繁両将は染が馬場より横鎗に突て蒐り追崩されければ、浜松勢は三方より稠しく攻入ければ、かなはずして引退くを国分寺まで追討してこと〴〵く討捕ける。遠州勢は後に大水にて引退く。かねて死をきわめたる体を昌幸推察あつて人数を引あげられければ、敵も川を越て引ける時に、鳥井彦右衛門元忠人数を引て川を渡らんと川中へ人数を入るとひとしく、亦昌幸執て蒐れ〳〵と下知ありければ、又一同に突て蒐りける。折節神川の水おびただしく増たる時なれば、敵兵過半水に溺けり。味方勝にのり神川を越て追行しに、浜松勢大将大久保忠世、新手を入替て討てかかる。上田勢始より手痛く働きつかれたる上なれば、この勢に駈破られて引退き、すでに敗軍に及ばんとせしに、望月主水、大音をあげ、云かひなきものどもかな。此の泥の中に踏込まれ討死して名を汚さんが無念なる次第なり。とかく死べきいのちなり、かやうにのがれんより返し合せて討死せよと呼はりて引返しければ、何もこの詞にはげまされて、一同にとつてかへし突てかかりければ、また浜松勢を追崩す。岡部弥治郎長盛・大久保七郎右衛門忠世は八日堂郗の辺、染ヶ馬場に人数を立うちながめける所に、上田勢のうちより日置五右衛門・依田助十郎浜松勢のうちにまぎれ入りて、忠世をうちとらんと狙ひよりけるを大久保平助忠教これをみて、只今来る兵士のうちに萌黄糸の鎧に筋冑を着してあしげの馬たる武者は真田が軍士と覚ゆるを、あれのがすなと呼はりて突てかかる。五右衛門は計略図にはづれたりとて本陣にかけもどる。依田助十郎は運尽て、敵中を切りぬけんとして大河内善一郎の為にうたれけり。昌幸は敵を追ずて引かへされけるに、家老ども今一息追駈なば浜松勢壱人ものこさすまじといひしかど、昌幸きかず、日もくれたり。我は少勢にして且つかれたるに、勝にのらば後の勝利は覚束なしとて引あげられけり。昌幸父子にて打とる首を実験せしに、千百六十余あり。上田勢は討死二十一人雑兵ともに四十余人なりとぞ。此時沼田の七人衆より上田へ飛脚をさし越しければ、信幸返書あり。その文に、

芳札披見、仍而従遠州出張候間、去二日於国分寺遂一戦、千三百余討捕、備存分候。然者南方衆其表可相働由候。堅固之備任其方候。恐々謹言

閏八月十二日　　　真田源三郎　信幸判

下豊　下治田豊後守

恩伊　恩田伊賀守
木甚　木曽甚右衛門
恩越　恩田越前守
発参　発知三河守

この書の文章、当時の武者詞など多く、戦国の世を去ること遠からぬ時にものせし書としらる。大方は実録なるべし。

同書に石田治部少輔三成、慶長五年陸奥の上杉景勝と牒し合せ、徳川殿を討んとはかりしとき、三成より昌幸に贈りし書あり。左の如し。

態々申入候。

一、此飛脚早々沼田之城より会津江御返候而可然候。自然沼田会津之間ニ他領候而六ヶ敷義有之候ば、人数立候而成共そくたくに成共、御馳走候而御返在べく候事。

一、先書にも如令申候、貴殿事早々小室ふかし川中嶌すわ之義、貴殿え被仰付候間、急度御仕置可有之候。可成程御行此時に候事。

一、とかく物々共、城々江不罷帰、御才覚肝要之事ニ候。会津江義、早々関東表江佐竹江仰談可被成候由申遣候。貴殿よりも御入魂候之間、可被仰遣候事。

一、越後も無二秀頼様江御奉公可申旨申越候間、妻子も上方へ有之候条、偽りも有之間敷く候。

羽柴肥前義母遣候故か、いまだむさとしたる返事に候。剰無二に上方江御奉公と申候。羽柴五郎左手前江人数出候間、従越後越中江人数可被出旨申越候定て相違有まじく（ママ）事。

一、関東江下る上方勢、やうやく尾濃之内へ登り御断申筈に候。それ〴〵に永々之義、究候て相済候事。

一、先書にも申越候伏見儀、内府為留主居鳥井彦右衛門・松平主殿・内藤弥治右衛門父子、千八百余にて楯籠候。七月廿一日よりとりまき、当月朔日午ノ刻、無理に四方より乗込、壱人も不残討果、大将鳥井が首は御鉄砲頭鈴木孫三郎討とり候。然而城内くわしく火をかけ焼討にいたし候。鳥井彦右衛門は石垣を伝へ遁候由に候。誠にケ様成義、江府に乗崩候事、人間のわざにては無之と、各々申語候事。

一、先書にも申候丹後之事、一国平均に申付候。幽斎義は一命を助け、亭屋江隠居之分に相済申候。長岡越中妻子は人質に可被召置由申候処、留主居之者聞違、生害と存、さしころし、大坂之家に火を掛、相果候事。

一、備之人数書為御披見進之候。此方之義、御心安候。此節、其方儀公儀有御奉公に国数可有御拝領義、天之あたふる処に候間、御油断有之まじく候事。

一、拙者義、先尾州表岐阜中納言殿申談人数遣候。福嶋左右、只今御理申候筈に候。於相済は三州表え可打出候。若於不相済は清須江勢州と一所と成候て可及行候。猶吉事可申承候。恐惶謹

言

八月五日　　　　　　　三成判

真田房州

同　豆州

同　左衛門殿

三口江之御人数配之覚

伊勢口

一、四万千五百人　　　　　安芸中納言殿

右之内壱万人　岡藤七殿付有之

右三万余は輝元自身召連、秀家筑前中納言殿

一、壱万八千人

一、八千人　以下略す

この文章及書体とも、本書のままにのせたり。按ずるに当時の書体、字画ともに全く原物をすき写にせしものなるべし。よつて及ぶべきかぎり本書に違はざらんやうにうつしおけり。以下は本書の本文なり。

石田治部少輔叛逆を企ける旨を告げければ、家康公下野の小山より武州江戸城江御人数を入られて後に、九月朔日石田征伐あるべき為に江戸城を進発あり、東海道を登り玉ふ。さて秀忠公は野州宇津宮より中仙道を御上り、路次の序なれば、信州江発向あり。上田の城を攻落して上洛あるべきとて、是月朔日宇津ノ宮を御発向あり。相随ふ大名には、先陣榊原式部大輔康政、浅野弾正少弼長政なり。後陣は、大久保相模守忠隣、本多佐渡守正信、坂井《（ママ）》左兵衛大夫重忠、真田伊豆守信之、本多美濃守忠政、その勢三万八千七十余騎なり。上州を経て、同月四日に秀忠公信州小室の城え着御ありとき、伊豆守信之を秀忠公御前江召されて仰ありけるは、我此所まで出馬をよするといへども、聊か思案あり。その方安房守に異見を申べきものを相副へつかはすべしと仰有ければ、信之忝き旨を御請ありて、即ち坂巻夕庵法師を遠山九郎兵衛に相副て、上田に来りて、秀忠公の仰をのべていはく、その方今度別心を致すの儀、もし御恨など是有や。思召あたらず。若、左もあらば、その品を申すべし。改て御味方を仕るものならば、本領の上御褒美を賜るべきとの趣なり。昌幸御請ありけるは、忝き思召なり。委細畏り奉りて候。此趣き旧臣とに《（ママ）》も申聞かせ、是より御返答申上べきとて、とやかくやと日数を過し、その内に城の普請等諸事相調て、右之御使に対面あり。秀忠公の御意之趣身にあまり忝畏り奉り候へども、秀頼公の仰として老中并奉行石田治部方より斯の如くに候になり。然れば向後ともに両人参り候事無用なりと申切て、御使を返されけり。

秀忠公、此旨を聞し召して、扨は安房守が我をたばかりけるぞとて、大きに怒り給ひ、先勢をもつて上田の城江攻よせ給ふ時に、昌幸は信繁を(後に左衛門佐幸郇といふ)(頭欄)[幸郇の名、常山紀談には信仍とあり。信繁といふことは他書に見えず。]ともなひ、北の門より物見の為に出られたり。此城内狭きとて砦に構られし。願行寺口江大手の門より入らんとせし処に、牧野右馬允が軍兵ども昌幸父子と見しり寄、急に突て蒐んとしければ、昌幸は信繁にまづ門内江のがれよとあり。昌幸にまづ御入候えと信繁はいはれて、父子の時宜にて時をうつされける処に、敵勢門近く来る故に、願行寺口の侍大将池田長門進み出て、詮なき御父子の時宜にて候ものかな。はやく御入あれ、と云て昌幸の馬の口をとりて、門内江引入るるにより、信繁もついで内江入られける。その内に敵の寄て門の貫の木をさしかぬるほどに急に押込て、地福の下より敵味方突合けり。然ども侍大将池田長門、大剛のものなりければ、手のものどもに下知して、敵をつきかへし堅固にもちける。その上、先年神川の合戦の時、大におくれを取たる遠州・三州の軍士等なれば、昌幸の軍慮を恐れけるが、裏崩して引退きけり。そののち暫く合戦なし。

或時に用事あるにより、城中より百姓どもに足軽少々相副て、城下江出す処、秀忠公御簱本より、朝倉藤十朗・辻忠兵衛・小野治郎右衛門・中山勘六・戸田半平・新藤久右衛門・大田喜太夫、七騎にて抜駆して、右百姓足軽どもと迫合あり。百姓風情の事なれども、日頃勝軍に馴れたるものども故に、七騎の侍を追払、難なく城中江引取けり。彼の侍七騎を真田の七本槍と号して、真田の家人名士何某と槍を合せたりなど訇る分も有りと世にその沙汰すると云云。当家の侍に右之七人と槍を合せたるものを聞かず。右七人と迫合せしは当家の足軽並百姓どもなり。

百川按ずるに、此書は真田が家士などがつづりしものなるべし。ここに当家とあるにしられたり。

さる程に、秀忠公は、昌幸の謀におどされ給ひて、纔かの小城一つに大軍をもって攻落されず。関原の大切の一戦にもはずれ給へば、家康公も御機嫌あしく、然ども、上方の合戦は御利運に叶候なり。その表は捨られ上洛あるべきよし飛脚をもって仰越され候へば、秀忠公御人数を上られ、上田の庄として森右近大夫忠政を川中島にとどめ置れて、上方江御登り有けれど、昌幸城を出でて千人足らずの人数にて六七里跡を慕ひけり。

一説に牧野右馬允大久保相模守が勢ども粉骨を尽し戦ひける。左衛門突立られ城中江入らんとしける処を、寄手追すがう《(ママ)》て城江入らんと争ひ進む。安房守城中より是を見て、左衛門佐をすくはんと門を開き突き出たり。寄手も爰を先途と戦追込、又追出し、三四度もみ合しが、寄手の兵追立られ危く見えければ、本多忠政・相模守、両人馬をのりまはし、軍兵を下知してくり引に引けり。安房守も人数を城中江引入ける。そののち遠巻きしてしばらく軍はなかりけると云々。

百川按ずるに、他書には、この時四日の城勢に昌幸川の上流を壅ぎ兵を険阻に伏せ出て戦ひいつはり走る。東軍争ひ追ふて伏にあひ乱れたり。その時、昌幸上流を決しければ東軍つくこと能はず。幸村突騎をもてこれを討ち、東軍大にやぶれたりといふ。上田軍記と合はず。軍記は、真田氏の家人等が手に成れりと覚しきが、かかる軍功あらば、つまびらかにのすべきに、さはあらで前にのするが如き小迫合に止りしはいかが。疑はしき事なり。

## ○太閤の文書

佐藤兼方が家に蔵する太閤の文書あり。宛名は見へず。

敬白起請文之事

右意趣者、今度日墻之城被相渡下、宮立奉対　上様御忠節之儀候間、備後国一職御朱印取之可遣之候。自然備後国手前不入と其間備中国ニて弐万貫、其方好所ニ而可遣之。并其方御取分之通以ケ条承候之条、則従其方被越候一書ニ令裏判、遣之候上者不可有相違候。若偽申候者梵天帝釈四大天王日本国中大小神祇八幡大菩薩天満大自在天神親類眷属神罰冥罰可罷蒙者也。起請文如件。

羽柴筑前守　秀吉(花押)

天正十年六月三日

この文書は、浮田直家が又は三村元親などに約せしものにや。なほ当時の書どもに参考して主名をたづぬべし。

## ○上田沿革誌のうちよりしるす

上田の城の事を考証せし書、この地の人天淵外史といふもの著せし一小冊ありて、くわしくしるせり。事繁ければ、ここにそのうちより要を摘む。上田の城を山本晴幸が天正八年築きしといふものあれども、晴幸は永録《(ママ)》四年に戦死せしこと、甲陽軍艦その他の書にしるせしからは妄誕なること明かなり。又、この地に獅子舞といふことあり。その歌ふ曲きわめて古雅なるものなり。これを、晴幸が城きづきしとき作りしといひ伝へれども、すでに晴幸が城きづきしといふも妄誕とするときは、この歌晴幸が作りしものに非ざることしるべし。さらば口碑に伝ふごとく、天正十一年真田安房昌幸が築きしところにして、その時何人が作りて歌ひしものにや、詳ならず。大方は、その時の人夫どもが作りしにや。常田・房山の両郷の歌おのおの〳〵異なる所あり。この獅子舞は今に存して廃することなしといへり。

### 常田《トキタ》獅子踊の歌

道行「御門の脇のこんざくらこんがね花がさいたとなァ（ニ咲《(ママ)》たと申すトアリ）

前出「まわる〳〵三の曲輪を遅くまわりて出場に迷ふな　地ウタ「まわりきてこれのお庭を詠むれば

こがねこんさが足にからまる　同上「まわり来て〳〵これのお庭を詠むれば　いつも大勢の（一 ニ絶

せぬトアリ）槍が五万本、前出しなよくかつげ　いつまでかつがに　いざやおろせ　小筰《こささら》地「五万本の〳〵鎗をかつがせ出すならば　安房や上総はこれの知行　同上「オオ天王〳〵の四つの柱はしろがねで　中は黄金で町がかがやく　ながし「御門のわきのこん桜こんがね花がさいたとなァ(一に咲いたと申スとアリ)

**房山《ホウヤマ》獅子踊の歌**

道行「御門の脇のこんざくらこんがね花が(一ニ黄金の花がとアリ)咲いたとなア(一ニ咲いたと申すトアリ)　前出「玉の簾を捲あげて廻る(一ニ間よりトアリ)小笮お目にかけましよ　地歌「まより来て〳〵(一ニ廻り来て　或は参り来てに作る。以下同)これのお庭を詠むれば　黄金こんさが足にからまる　同上「まより来て〳〵これの御門を詠むれば　御門扉のせみやからがね　前出「品よくかづけいつまでかつがに　いざやおはせ　小笮「まより来て〳〵これの御厩詠むれば、いつも絶せぬ駒が千疋　「わが国は(一ニながむればトアリ)雨が降りそうで雲が立つ　お暇申してもどれ

小笮道行「御門の脇のこんざくらこんがね花が咲たとなア(一ニ咲たと申すニ作ル)

上田の地名の、史に見えたる始め、東鑑治承二年二月の條に上田太郎重庸あり。此地の出なるべし。大江氏系図に大江広元の子親広、その子佐房、其二子上田太郎佐泰、上田弥二郎長広あり。佐泰の子上田又八郎泰広、弘安八年戦死。其子上田弥太郎成広あり。又長広の子上田弥三郎佐長、其子上田孫三郎光佐、信州上田住居のよしをしるす。尊卑分脈諸家大系図に、六孫王経基の裔植田太郎公光、同

又太郎忠光、同小太郎氏光あり。共に此地の住なるべしといふ。此地往古は須波郷に属して、常田荘のうちなるべし。そののちの沿革はたしかならず。天文の前後或は小笠原に属し或は郗上に従ひ、戦馬の為にふみあらされし事しるべし。

真田の祖は清和の皇子貞保親王に出たり。王孫滋賀姓を賜ふ。その子孫海野小太郎広道あり。子孫海野を苗字とし、小朝郡海野に住し、名族たり。その末真田弾正忠幸隆ありて、一徳斎と号す。村上氏の為に逐はれて、本郡の真田にかくれ、初めて真田氏となる。武田氏に属し、所々の戦に功あり。岩尾城の城代たりしとき、郗上の鋭卒五百人を、謀りて殺せしことありき。幸隆の三男源三郎昌幸、はじめて上田に住す。天正十年武田亡びて、北条氏直・織田信長に属し、徳川家康公に従ふて、三万八千石を領す。十一年、あらたに常田台上田の地をトし、城をきづく。十二年、城なる。この城、南千隈川の源淵尼が淵にのぞむをもって尼淵城と称し、又松尾城ともいふ。これは真田が旧居に松尾の名あるによれりといふ。

## ○伊東《ママ》仁斎、東涯の書牘

上田の柳沢黄澗の家に、堀川諸先生書牘一巻を蔵せり。上田の旧藩士津田氏に蔵せしものといへり。今一、二通を抄録す。

当月九日之芳翰相達忝、今拝見候。御無事御勤被成候由珍重存候。老拙義、無事罷在候間、乍慮

外貴意安被思召可被下候。御書中委曲被仰下忝存候。貴様義当年廿歳に御成被成候由、春秋も甚御富被成候得ば、愈以聖賢自期待、御勤御尤存候。御書中之趣、千々万々御奇特存候。老拙義、当年七十二歳罷加申候。尤眼も少暗く、歯なども二三枚脱落申候得共、中年とさのみ相替義無御座候。尤講談などは中年以来于今同前に相勤申候。以来道徳之義は勿論之義に御座候。少文義等に御座候共、御不審之所は書中に可得御意候。家本之字義、大学定本など御写置被成候由、無御心元存候。右之二書于今改正申候て、一両年之内には、よ程相替申候。字義には巻末に大学弁并邪説暴行論附申候。江戸板行之本には無之は如何。重而御書中に可被仰聞候。

一、論孟古義中庸発揮、于今傍に置申候て、折節次而には刪補申候。併拙者も晩年に罷成候得ば、当年中来春夏之内には是非校合を終、清書可仕と存候。其節は出来次第懸御目可申候。其外心懸申候著述なども多く御座候。皆々発端斗仕ていまだ功を不終候中、童子問三巻首尾仕候。乍去少づつ之改正いまだ相済不申候。来春之比、次而御座候はば懸御目可申候。委曲後音之節可申承候。此度早々及御報候。恐惶謹言

八月念七　　　　伊藤源佐

津田左衛門様御報　　　伊藤(花押)

尚々学問御深志之段被仰聞、大悦不斜存候。何とぞ後生を御立、講習仕度覚悟に罷在候故、空谷之足音を悦申候。此方之大幸と被存大悦仕候。以来平に無遠慮、以書中可得御意候。乍去御

不審書等の事、余甚一度候。多く被仰下候得ば、御報延引に罷成申候間、少づつ細々可被仰下候。以事期面晤之時候。不詳及候。以上

東涯の書簡

別陳

一　御別紙致拝見候。去夏より御分知善十郎様御方へ被附御老職之補候内、乍御苦労御本望候儀奉存候。依之何ぞ文章にても御覧被成度之旨、御深切之御事と奉存候。学問警戒之儀は日頃御存知之通之事に御座候得ども、今更珍布儀も無御座事に御座候。被仰下難黙止。近年西国方より頼来候文章一二篇書付懸御目申候。夫故貴報延引に相成候。尚又近々可得貴意候。御諒察可被下候。休筆早々頓首

五月四日　伊藤長胤

致君説

忠臣之事君也、君有過挙則諫焉、国有粃政則諫焉、朝有匪人則諫焉、然其事已成則不可追咎也。其端非一則不可委陳也。故孟子有格君心之非説。此反本之論也。然君心之非亦豈易格哉。不唯格之者無大人之徳之致然。人主生長乎富貴之中、日狃安肆、不嘗艱難、諛言易貢、讜論難進、縦得

其人竟難見効、故易有蒙養之象、伝有保伝之篇。欲養之于少壮之時、服習善道不待発、然後禁而自成其徳也。蓋人之善悪専在于習、士庶人之善悪由師友親党之所染、人主之善悪係左右近習之所化。故伊尹之事太甲、不狎于弗順、孟子対戴不勝欲使於在王所、長幼卑尊皆薛居州。然則事幼君壮主者、莫如論左右近習之人、知所以致其君之道。則相観而化、而化自進於善焉。自古官寺之輩、不好人主之親賢為学者、恐不便己之所為、毎沮壊其事。唐仇士良之所以蠱其君也。此小人之事唯知有己而不知有国、唯図目前之利而不作久遠之計、何足論哉。世禄之家与国同休戚者、使君親賢為学克修其徳、則国享其福、身荷其栄、上下均慶永世無替、何苦而不欲善其君哉。所謂善其君者、不必書冊誦聖賢以告之于君。済々多士亦不必人々為学、是非之弁、衆之所共知、夫人各是其是非其非、同心協力、以事其君、納之于善、為心則日漸月摩、徳器自成。君知其為君之難、不待直言極諫而自遠非僻、国無粃政、官無匪人、於致君之術其庶矣乎。享保戊申歳季秋

## ○安原貞平書翰　伊藤兄弟の事

書牘之内に

昨日は預御使候間、辱致拝誦候。折節罷出かかり不能即答候。愈御安健被成御座珍重奉存候。東涯被致棄世、私共慟哭御察之通御座候。病証は壮年之時分より、積気《(ママ)》有之候。残暑に被奸、愈々指発被詰と相聞候。漸二時半之事に候故、在京之門弟共も別宅に居候分は、臨終間に合不申由に

御座候。葬は去廿一日、小倉山へ送候積之由、追々申来候。行年六十七と覚申候。内室も御座候。
継母も于今存命と存候。子弟左之通に候。

三男　忠蔵　七歳と覚候。嫡子次男とも十五歳未満にて早世
　　　女子　五歳

次弟　重蔵　阿部伊勢守様に相勤候。備後福山に罷在、妻子も有之。年五十一二にて可有之、しかと覚不申候。

三弟　正蔵　京住宅にて永井飛驒守様に相勤申候。年四十八と覚申候。此度、病中より早速と立合、喪主と成、致世話よし申来候。

四弟　平蔵　有馬中務大輔様に相勤、常府にて罷在候。年四十五と覚申候。此度、願候て上京之積に候。

季弟　才蔵　京住宅にて紀州へ相勤候。年四十三と覚候。此度紀州に罷在、不致在京之由、早速飛脚を以訃音申越、不日に上京之積りに候。右之通、実子幼少之故、才蔵致後見、古義堂致相続候様被申候。兼て申事にて大方其通に成可申候。

右御尋御座候に付、書付遣候。私義も上田へ罷越候はば、何とぞ立帰、御暇相願致上京、著述之遺書等之義をも致相談度、取置之心緒期貴顔候。以上

八月朔日　　　　安原貞平

津田八郎左衛門様拝答

## ○別所の温泉

上田の人飯島雪堂保か別所温泉誌の著あり。いまだ上木に及ばず。卌二年九月、上田に遊びしとき、かの地事しるせしものありやとたづねしに、この書を示されたり。今そのうちの要を撮録す。

此地もと出浦郷と称す。信濃源氏出浦氏は此地に出たり。塩田庄に属す。吾妻鏡、文治二年三月の条に塩田庄最勝光院領とあり。後々塩田氏の所領たり。今に至りてなほひろく、塩田と称す。別所の名はいつの時より起りしやしらず。天正十年、酒井氏、本郡町村調書にはじめて塩田荘別所村と見ゆ。世にいふ、安和年間、平維茂当国の守となりしとき、此地に別荘を営む。よて別所と称すと。されど維茂が当国の守となりて、ここに住みし事、所見なし。一説に塩田義政(赤橋陸奥守、平重時の三男にて北条義時の孫なり。この荘を領せしかば、やがて塩田氏を称し、土人は塩田殿といへり。その居館は今の塩田荘の前山の地なりといふ。建治三年、落髪し、名を政義とあらため、当国善光寺に閑居して終れり)が別墅たりともいへり。出浦の名は古、天武帝此地にみゆきありて、月夜の眺望浦辺に出たるが如しとの給ひしより起れりといへども、取るに足らず。近郷に延喜式古駅浦野に対して出浦の名ありといふは、ややあたれる近《(ママ)》し。幕府時は上田の城を真田氏・仙石氏・松平氏の所領として別所村と称す。

温泉は八個所あり。大湯・玄済湯・石湯・久我湯・大師湯・柏屋内湯・倉沢内湯・赤湯なり。

この湯は八雲御抄にいへる、しなののみゆ信濃ななくり同也といふによりて七久里と称せしもの、いと古しといふ。藻塩艸に、七久里温泉しなの、又後拾遺集にやんごとなき人を思ひかけたる男に代りて

相模

尽もせず恋に涙をわかすかなこや七くりのいでゆなるらむ

堀河百首に泉　　基俊

いかなれば七久里の湯の沸がごと出る泉の涼しかるらん

家集　　二条太皇太后肥後

世の人の恋の病の薬とや七久里の湯のわきかへるらん

橘俊綱朝臣

一志なる岩根にいづる七久里のけふは甲斐なき湯にもあるかな

其外、清少納言枕草紙にも湯は七久里の湯など見え、古来きこえし温泉にて、当国のうちなる事論なけれど、そのところはたしかならず。信濃地名考に按ずるに、七久里湯、伊勢・信濃同名とす。されど一志なるは伊勢なるべし。今一志郡に七栗と称する郷あり。かの郷中、一色といふ里に湯沸出れど、山の峡にて温泉といひがたし。その隣に柳原湯ありといへり。今伊奈郡伊賀良庄に清久里といふ邨あ

れど、温泉はきかず、湯川沢の名のみありといへり。

この地にて伝ふる説は、むかし景行天皇の御時、皇子日本武尊東征し給ひしとき、この地にて大己貴尊命の示顕によりて七所の温泉を開き、これに浴し給ひ、士卒にも浴せしめ給ひて、はじめて七苦離の温泉と名づけ給ひ、そののち白鳳十四年、天武天皇当国束間温泉にみゆきし、この地に美泉ありときこし召、その大師湯・玄済湯にゆあみし給ひ、又女神男がみの山をおがみ給ひて御製あり。

信濃なる古き宮居の女夫山万代つきしみたらしのみ湯

そののち行基菩薩・慈覚大師・明福大師等、此地に来りて温泉を中興し、又清和天皇の皇孫滋野親王当郡海野庄にすみ給ひしが、しば〳〵ここにゆあみし給ひ、敦仁親王（割注）〔醍醐天皇の御事なり〕もここにおはしましし事あり。又平維茂、当国の守となりて戸隠山にて鬼神を討滅ししとき、きずかふむりしをこの出湯にて療治せさせ給ひしが、終にここにて失せ給ひしといひ伝ふ。そののち七久里左衛門佐胤・同左衛門尉玄済兄弟一族、温泉を再興して今日に至れりといふ。荒唐の説多く、信をおくに足らず。ことに天武帝の御歌などさらに当時の歌の体とも覚えず。

此地にむかし常楽・安楽・長楽の三寺あり。その縁起に、聖武帝の天平年間、行基菩薩此地に至り、長楽・安楽・常楽の三寺を創建せり。のち天変にてやけうせたり。淳和帝の天長二年、円仁・明福の両大師に仰せて再建せしめられ、一千貫文の地を寄せさせ給へり。清和帝の御時、さらに諸堂舎を建られ、又あらたに観音・蓮華・明星・西尊、四院を建らる。このとき九重五重及び八角四重の浮図を経営し、さらに一千貫文をよせ給ふ。冷泉院安和二年、当国の守平維茂戸がくし山にて兇徒をうち平げ、諸堂舎を建て、さらに六十坊をつくりければ、七堂伽藍ことぐ〵備はり三楽寺四院六十坊の堂塔荘厳を尽したりき。この時、又一千貫文の地をよせたりけれて（ママ）塩田郷三千貫文の地尽く寺の領となる。そののち寿永二年五月廿一日、常楽寺の座主阿闍梨真海の時、木曽義仲の兵燹によりて殿閣堂舎尽くやけ失せたり。ただはつかに八角塔一基をのこすのみ。七久里左衛門いふものありて、一族と謀りやうやく修補することを得てはつかに旧観の一部を存す。建久二年右大将頼朝卿の仰によりて海野広道諸堂舎を再建す。そののち北条貞時深く禅宗を信じ、その帰依する樵谷禅師の宋帰朝ののち、正応元年安楽寺を再建せしめ、旧時の荘厳に復す。その時元の沙門幻牛恵仁禅師樵谷に従ひ帰化し、その法灯をつぎ安楽寺の第二祖たり。常楽寺は宝治年間竪者性算をもて大悲殿別当中興とす。性算、大勧進をなして一切経を書写し、弘長二年、中興二世阿闍梨頼真観音薬師出現の火坑におさめ、石宝塔を建立す。足利よし満（ママ）、さらに海野氏に仰せて両大寺はじめ諸堂舎を再造す。天文・永禄の間、甲越数年の兵火にやかれて、寺坊諸祠おほむねやけうせて唯八角塔のみ存せり。元和三年、真田伊豆守信幸諸堂を修補すといへども、昔の十分一にも及ばず。長楽寺はいつのころにや廃せられて、今安楽・常楽の二寺を存す。

　この寺に樵谷禅師が宋よりもちかへりし一卓ありて紅花緑葉の卓と称す。螺鈿蒔絵にて梅と山茶花との模様あり。安政丙辰十一月、男谷思徳が記ありてこれをつまびらかにす。此卓と同じき香盒、水戸家にあり。水戸侯儒臣立原任杏所に命じ、この寺に至りてこの卓を所望ありしに、寺僧宝器なればとてこれをゆるさずといへり。

八角四重の塔、寺後の山腹にあり。本尊は大日如来。此塔甚大ならず。高サ五丈六尺、八稜四層杮葺にして形状奇古、その結構巧妙、真に希世の珍宝とすべし。寺伝には淳和帝の時建てられたりといへども、たしかなる証拠無し。安和二年、平維茂が創建せしがやけうせしを、正安元年、北条貞時再建すともいへり。されど千年以上のものに非ず。六七百年なるべしと鑑観古者はいへりとぞ。明治三十一年十二月の内務省令にて古物保存の事あり。この塔もそのうちにありといふ。もと古物たるをしるべし。

北向山大悲殿厄除千手観世音、本堂は山を負ひ北に向ひ、間は五間奥ゆき七間、本尊は千手千眼観音なり。かたはらに在る護摩堂は天長二年創立。縁起にいふ、淳和帝天長二年此地に火坑を生じ、にわかに砂石を噴出しければ、中納言安世に勅し、円仁・明福の両大師とともに此地に下り、祈請せしむ。両師乃ち火坑にのぞみ顕密の法を修しければ、其十月二十五日に至り火炎消滅し、観音薬師両像坑中より出現す。円仁乃ち千手観世音菩薩を彫刻して、出現の像をその胎中に安じ、勅命をもつて大悲閣を創建せりといふ。のち兵火の為にやかれて建久二年再興し、建長四年修理す。これも内務省の古物保存のうちに加られて、金百円を賜ひしといふ。

常楽寺のうしろの山に金剛山多宝石塔あり。天長二年観世音出現の旧跡と言ひ伝ふ。この塔は天長三年円仁・明福両大師の建立にして弘長二年常楽寺阿闍梨頼真の再建といふ。高九丈七寸横三尺五寸、塔の表に大勧進法橋上人位入禅別当豎者性算奉納金銀泥如法書写一切経一部奉納、施主阿闍梨頼真、弘長二年壬戌四月五日と彫刻し、うしろには天長二年乙巳十月二十五日北向観世音火坑出現之霊場初造之宝塔、寿永焼失と刻す。

この塔の字体大きく筆画も頗るよし。顔魯公の法を得るに似たり。決して後世のものにあらず。これを搨本とせば、法書のうちに入るべし。

## ○上田百姓一揆

上田に滞留せしとき、金井宣彰壮助一書を借されたり。信州上田百姓出訴之節覚書と題するものなり。事長ければ大略を抄録す。

宝暦十一辛巳年十二月十二日、今暁、浦野組・塩田組・小泉組、山川と申処に柵火焼百姓大勢相集り、明ケ六つ時過、上田大手御門前江相詰罷在、諸方江申触候は、御領分百姓不残罷出、強訴申達候様にと申事之由。不出村々江は火をかけ可申旨、右に付追々罷出る。十二日昼時過より追手御門内に押入候。右に付町組并小頭罷出制候得ども聞入不申に付、郷手代何れも罷出、明ケ六つ過より昼過までいろ〳〵となだめ候へども聞不入。岡部九郎兵衛殿門前江相集、願之義有之候よし申候に付、郡奉行桂角右衛門・中邨弥左衛門・御代官何レも相図、相なだめ候得共、中々不入聞、依之久松主馬殿・岡部九郎兵衛殿、騎馬にて罷出、願之通申達候て相済候様可致候間、相鎮り候様被仰聞候得ども不入聞候。追々暮合より国分寺組・塩尻組・田中組百姓相詰、御屋形前迄押入、雑言申ニ付、桂角右衛門、鎗追取不届きなるものと申より、いよ〳〵百姓ども口々に弥左衛門・角右衛門・岩崎吉郎治もらい可申よし申出ス。依之郡奉行両人引退、主馬殿・九郎兵衛殿いろ〳〵と被仰聞候得ども相鎮り不申、暮合過より御屋形御門前江押寄、九郎兵衛殿門打崩ス。夫より御屋形表御門打崩す。依之九郎兵衛殿・主馬殿被仰渡候は、願之通、江戸表江申達候て願之通可申付候間、引退候様いたし候へと被仰渡、則証文出ル。右に付十二日夜九つ時過出府、主馬殿・九郎兵衛殿、其場所より直に騎馬にて海野宿まで御越、夫より駕にて江戸四日振にて御越、其後迄追々参候。百姓表御門江詰、右之通亘理殿より証文御出し漸々引退。夜八ッ時に至り洗馬百姓参ル。右同所右之通、表御門打崩込入可申由に付、侍中鎗御物頭中組者に鉄砲為打可申由にて玉薬・火縄に火をつけ、今や打つと下知有之処、引退に付、夫より一両日夜、何れも三日程之内詰切相勤、十三日武石邨より百姓出候。右之趣にて相済、両町よりも御救米被下候様相願出候。右に付御救米百俵被下候。相鎮り申候得ども、六七日程之内、諸方とも物さわがしき事ども多し。廿四日、九郎兵衛殿・主馬殿御帰国、同廿六日に百姓ども罷出候様被仰付、一邨より四五人程づつ九郎兵衛殿前へ出る。町宿までは大勢参居候よし、一組〳〵以手代呼入被仰渡事は、強訴仕候段不届きには思召候へども、不便に思召に付、先今日申渡候は、先納金・麦代是を御戻し被成候

間、廿八日会所より請取可申候。願之通追て御吟味之上被成御紕候て、御免可被成由にて百姓ども退去御申渡候節、九郎兵衛殿門前にて何れも挟箱に腰掛列座、主馬殿・九郎兵衛殿・郡奉行安原左衛門・佐治八右衛門・町奉行加藤左中・御代官原善大夫・野間小右衛門・林吉郎治・早川林平・御目付鈴木十右衛門、口々立番扮羽折体、二十人程出る。

巳十二月十二日御領分村々百姓罷出相願候覚

一、当暮米代直段違致難儀候事。一、先納金は当暮金ニ御差継可被下候事。一、出人之儀、御上御用之分は何程も指出可申候。一、麦代金御用立置候。御返済可被下候事。一、御用金御免之事。一、新運上類之事。一、御先代通籾納に被仰付度事。一、村々庄屋五年代り仕度事。一、庄屋給米上米にて相渡候。向後駄米で渡申度事。一、山方村々御殺生方にて猪狩致候得共、夜々料作荒致難儀候間、向後威筒御免之事。一、免状御取箇掛り候事。寅之年より掛り御座候事。此儀は当年検見入に付、少々宛御取箇所取増候村方も御座候。寅年定免切替、只今村々より俵数にて増米致被申立候。以下八条は略之。右之通、覚右衛門・弥左衛門、御代官御徒目付追手先被罷出相尋候節、百姓江申聞候間、右願之趣早々可申上、尤相違無之旨、覚右衛門・弥左衛門、証文可渡候間、其旨同心致候様、段々申聞候得共、七つ時過頃より騒動仕候。

覚

当月十二日組々百姓一同に相願候趣、於江戸表達御聴候処、百姓致難儀候事有之候はば、庄屋組頭等ヲ以相願、御役人聞請不申、無拠相願申候事静に可申達候処、及強訴候義、第一公儀背御制法、不届至極に候。然共困窮に付、不得止事願出候義、不便に被思召候。依之ケ条之趣意は御聞届ケ被成候。左之通被仰渡候。一、此度相願候内、麦代金之義は御戻し被下候事。一、先納金願之通御免被成候。先達て相納候組々之分は割込候被仰付候間、可得其意候事。一、石代直段違候事例年格合も有之事故、申渡候得共、当年地払直段は松井田御払直段格別引違候に付、致難義候段、御聞届被下置候間、追て御吟味之上、百姓難儀に不及様可仰付候事。一、先達て連々回状ヲ以申触候趣、段々百姓ども令承知、物静に相成候趣、追々達御聴候様、此上穏和相心得、得ト御役人之申達筋合宜可申出候事。一、庄屋引替願之事、村毎には有之間敷候。是又指掛引替候て、布て百姓方、諸勘定入またき可申候間、追々其節御糺之上、御引替も可被下候事。一、右之外相願候ケ条、指掛役所に吟味も難行届候間、追々御糺之上、百姓不及難儀、親可被仰付候間、其旨村々一統に可得心旨被仰出候事。

右之通被仰出候。各々可令承知者也。

巳十二月廿六日

師岡加兵衛
岡部九郎兵衛

何組

## ○小諸藩の紛乱

明治卅二年九月十七日、余、信州小諸の光岳寺に寓す。住持勇海（割注）［碓井氏］の物語によりて、小諸藩の紛乱のありしことをきけり。よて勇海がものがたりのままを書つく。

小諸の城主牧野遠江守康氏朝臣、年わかくして家をつぎしが、慶応の初にあたりて、家老に加藤六郎兵衛・牧野八郎左衛門・真木要人といふものありき。加藤と牧野とは中睦じからず、一藩おのづから両党にわかれたり。しかるに慶応の頃、海内やうやく多事にして、藩主に賢明の人ならでは一藩を維持しがたしとの議起りしに、当主康氏ぬしは温和なれども才略乏しく、政事を行ふの識力なし。その弟信之助は学問あり、才略も人にすぐれたれば、当今の時勢に適当の人物なりとて、八郎左衛門・要人の両人窃に評議し、これを六郎兵衛にかたらひしに、六郎兵衛頭を掉りて、其先君の仰を受けて当主を助け奉るに、いかでみだりに廃立をいふべき。先君、晩年に某を召され、康氏はその性おろかにして家を嗣ぐべきの才略なし。弟を立ばやと思ふはいかにと仰ありしに、某おして罪無くして長子を廃し給ふは然るべからずと申しければ、念とどまり給へり。しかるに、先君、世を去り給ひ、吾君すでに世をとり遠江守に任ぜられて、すでに藩のあるじたり。何をもて廃立を行ふべき。これ臣子たるもののいふ可き所に非ずとありければ、八郎左衛門も道理にせめられて答ふること能はず。されど八郎左衛門の部下には、高崎郁母・高栗儀人・太田右中太などいふ才智かしこき人物あり。なかにも右中太は学識ありて、最も八郎左衛門に任用せらる。かくては、いつまでも我党の志を得がたし、しかず六郎兵衛の一党をおししりぞけて廃立を謀らんには。その時牧野隼之進といふもの六郎兵衛の同職たりしが、いずれも不職の罪ありと唱へて主君にすすめしかど、たやすく決せざりしかば、こは宗家の名をもつて命を下すにしかずと、右中太に命じ、江戸の邸に至らしめ、窃に備前守（越後長岡城主当時老中たり）の密旨と偽り、その書を作りてこれを本国にもちかへり、さて六郎兵衛・隼之進の職を免ず。隼之進は八郎左衛門の一族なりければ異議なく受しかど、六郎兵衛は容易に服せず。さりけれども宗家の命とあればせん方なくこれを受けたり。これによりて加藤の一党は忽ちに勢を失ひ、職をやめられ禄を削らるるもの多し。ここをもて切歯扼腕、八郎左衛門を怨まざるものなし。

六郎兵衛すでに蟄居の命かふむりしかど、我は廃立の議を否とし《ママ》ものなるを反て罪かふむるべき謂なし。宗家の仰といふは恐くは偽なるべしと思ひしかど、これを索るべき便宜なし。光岳寺の住持勇海はもと豊前小倉の小笠原氏の家臣某の子にして天台宗なれば、江戸の東叡山にしるもの多し。これによりて備前守に対面し、実否をさぐるべしと窃に光岳寺に請ひ求めしかば、勇海はかねて六郎兵衛とは親しき中なりければこれを諾し、法用と称し江戸に至り、備前守に対面せんとすれども、当時老職なればたやすく対面を請ふべくもあらず。さま〴〵に便宜を求めしが、備前守の母東の院は仏道の信者にてしば〴〵東叡山の某の院に参詣ありと聞えしかば、勇海やがて母君に謁を請ひ、さて末家遠江守殿の家老加藤六郎兵衛が備前守殿の仰によりて蟄居せられしよしを告げ、先年宗家の仰せあるを、君年わかければ家老ども一致してよく政事を行ふべしとありしに、俄に六郎兵衛に蟄居を命ぜられしが不審なり。此事よく〳〵糺させ給ふべしといひしが、母君大に驚き、そはたやすからぬ大事なり。わらはよりも中奉けれども和僧もともに申して見給へとて、或る日勇海をともなひて備前守に謁してその事を告げ、勇海を召して対面せさせられ、勇海すなはちありのままにこれを告ぐ。備前の守うちうなづき、我さらに内意を下して六郎兵衛を蟄居せしめし事なし。全て八郎左衛門の偽造せしものならん。我得と考へて処分すべしとて勇海をかへされけり。

備前守思慮ぶかき人なればにや、我もし我密書を偽造せし罪を正して八郎左衛門を責めんこと、いともたやすき事なれども、さして事あらだちて一藩の騒動を引起すべし。別に穏便に事を静むる計無らんやと思案のするに、藩士のうち河合継之助といふものは、学問才略人にすぐれたりと薦むるものありければ、あの男こそよけれと俄に本国より江戸に召しのぼして奉行に補せらる。この職は家老の次席にして権力あるものなり。継之助はその命を奉じ、不日小諸に到着し、八郎左衛門を招き、主君の仰を伝へて六郎兵衛が蟄居をゆるし、穏便に事をとり計ふべしとありけるに、いよ〳〵宗家の命を偽りしことあらわれなば己大罪に陥るべしと、窃にこれを太田右中太に謀りしに、右中太才略あるものなりければ、康氏の夫人は才智ある婦人なりと知りて、窃に此度宗家より加藤六郎兵衛蟄居の事につき厳重なる仰をかふむりて河合継之助といふもの到着せり。いよ〳〵六郎兵衛が蟄居を八郎左衛門がいつはりて宗家の仰を伝へたりと申され、大なる騒ぎを引起し候はん。恐ながら夫人より吾君にすすめさせ給ひて、六郎兵衛を蟄居せしむるに、宗家の御名をからざれば承諾すまじと、我これを八郎左衛門に命じたるなり。かれが壱人の所為にあらずと仰あらば、事故なく済み候はんと、詞たくみにこしらへ申ければ、夫人は、何事も一藩の無事を図るこそよからめと、この事を康氏に申し給ひしに、もとより温和なる人なれば、継之助が対面を請ひて、家老蟄居の事に及びしとき、右中太が申すごとく、六郎兵衛の蟄居は、我備前守殿の仰と称して命じたるなりとありければ、継之助もいかんともすべからず。よてそれらの事の真偽を論ぜず、六郎兵衛の蟄居をゆるして、もとの職にかへさるべきよし、備前殿の仰なりとありしかば、康氏またその言に従ひて蟄居をゆるし、もとの職にかへされたり。

六郎兵衛は命をうけしかど、容易に従がはず。某いかなる子細ありて罪かふむりしや、その次第をうけ給はらざれば出仕しがたしとしぶりしかば、継之助已ことを得ず、光岳寺の勇海は六郎兵衛とむつまじき中なれば、彼に命じてさとすべしと、勇海にそのよしを托されしにぞ、勇海は窃に六郎兵衛の宅におもむき、牧野が君を廃して弟君を立むとせしも我私の為にあらず、恐れながら君は温和にましく〳〵て、一藩を治め給ふの才略ましまさず、御弟君をもて御養子とし、君を隠居せさせ奉らんと謀りしなり、君も一たび御世をつがれしうへからは、すでに御本望達し給ひ、又先君の仰もはや行はれしものなり、御弟君を養子とし給ふも他にその例無にあらず、しからば主命を偽りしはにくむべけれどもその本意は責むべきに非ず、まげて此度は出仕して両人と和睦し給へと、さま〳〵にすすめしかば、六郎兵衛も理におれてこれに従ひ、又勇海が力を尽して我が為に真偽をさぐりし恩を謝し、やがてもとの職に復しけり。これ慶応三年の末の事なりき。

加藤、牧野の両党は表には和睦したれども、そのうらには水火の如く、隙もあらばこの怨をかへさんと日夜その時を伺ひしに、明れば明治元年となりて、伏見の変乱よりひきつづきて会津北越の乱となり、宗家備前守の家には河合継之助、官軍と戦ひてしば〳〵勝けれども、遂にかなはず戦死しけり。備前守の庶子何某を家人につけて、支族なれば小諸に落しやりけるにぞ。（頭欄）「のちにきく。小諸に落ち来りしは備前守の子にはあらず、その家臣なりといへり」八郎左衛門・要人の両人、これを隠しおきけり。この事を六郎兵衛にも告しらせざりければ、六郎兵衛大に怒り、ます〳〵隙を生じ、ここに於て両人の党与を討んとの謀を運らしけり。しかるに、長岡の落人を小諸にかくし置けるよし、何ものがしらせけん、そを詮義として、東京より弾正台巡察官二人桂川去病・井上楼塘、その属をひきつれて小諸に到着し、加藤六郎兵衛はその議にあずからずとて召し出して事情を問れたり。こは八郎左衛門がかくしおくよしを巡察官等が探索せしゆゑなるべし。六郎兵衛の党は時を得たりと喜び、八郎左衛門等が家に籠り居たるをしり、俄にその党類を集め、主君にせまり、朝命と称し十一月九日夜、党与を牧野・真木・高栗・高崎等の家につかはし、これをきり殺せり。八郎左衛門等は糺断をうけてのち、いかにもならんと争ひしかど、少しもきき入れず、やにはに引きとらへて無残にもこれを殺す。或は道路に引出してこれを刎ね、その死骸をむしろにつつみて道にすてたり。さて件の首どもを巡察官に示せしに、巡察等はその労を賞するのみ、党派の争に起りしとはしるものなし。されど亡命人等はこれをしり、はやくも影をかくしければ、何の為し出したる事も（ママ）、いづれも東京にかへりけり。

この時、太田右中太は東京に在りてこの事をしらず。六郎兵衛は党与をつかはしてこれを捕へんとせしかど、心ききたるものなれば、のがれ出て刑部省に自訴しけり。されば六郎兵衛は、光岳寺が計ひにより八郎左衛門等が宗家の命をいつわりしをしりたる恩ありければ、八郎左衛門等をうち果すと、そのまま党与岡部某をもて、夜中にこの事を勇海に告げたりけり。勇海聞て大に驚き、拙僧ははじめより加藤にすすめ、旧怨をわすれて和睦し、主家の為に謀るべしといひしに、その意見に背き、かかる大事を引起したるは以ての外の事なり、以後は加藤には面会すまじいぞ、といひて使をかへしけり。

六郎兵衛等はかねて怨みたる牧野党は殺し尽したり。これより藩政は吾手裏に在りと勇みよろこびしが、太田左《(ママ)》中太が自訴により、党派の私怨をもてせることあらはれたりしかば、東京に召されて刑部の獄に下されたり。糺問の末に事実によりて減刑せられ、左《(ママ)》中太・六郎兵衛も赦免せられて帰国しけれども、六郎兵衛はいくほども無く病死す。左《(ママ)》中太はさる才略ある男なれば、金を蓄へ金借を業とし、幾ほども無く数万円を蓄へ、今になほ存せりといふ。六郎兵衛獄に下されしとき、その党与等勇海にせまりて、和僧は加藤とは睦じき中なり、いかで力を借してこれを救ひ給へといひしに、勇海答へて、加藤を救はんとするには、まづ太田左《(ママ)》中太を救ひ、しかるのちに及ぶべしと答へしかば、党与等大に怒り、にくき売僧のいひ条かな、その口を引裂くれんとののしりしかど、勇海すこしもさわがず、汝等如きの刃に死すべき勇海ならずと自若たりしかば、党与もその勇気におそれて、さ《(ママ)》てやみしとぞ。

此ものがたりは勇海のかたりしをしるせり。その事の信否は、なほ他人の説もよらざれば確証とはなし難し。

井出都のいひしは、殺されたるもののうち、八郎左衛門は従容として衣服を整へ、辞世の歌をのこして死に就けり。又高栗儀人は、縄をかけられ引出されしが、友人に対し日頃の恩を謝し、これも尋常の体にてきられしとぞ。死にのぞみて髪をみださんは恥辱なりとて、髪を結直して坐に就きしといふ。これ等をみても、意見の異より争ひしにて、私曲の事にはあらざりしなるべし。

**○水戸浪士下仁田戦争記**

明治卅二年十月、下仁田人掛川兵三郎来りて、余に水府列士弔魂の碑文を求らる。これ余がしば〳〵かの地に遊びて水府人の事をしれるが故なり。されどなほ逸事あらんとしるせしものあらば見せ給へといひしが、この一綴の書を示されたり。何人のしるせしにや、文拙けれども、そのままにのせおく。

元治元年甲子十月廿三日、常陸国那珂港の戦に、浪士武田伊賀守等敗走せしが、追々残兵を聚め、下野国大平山及び上野国大田に屯し、西上の風聞ありければ、幕府より諸藩へ追討の令を下し、往来筋警備厳重なりしが、十一月十三日の夜、七ツ時頃、浪士平塚川沿岸の農家を毀ち、筏を編み、渡川の準備をなすを見て、村々合図の半鐘板木を打鳴し、大に騒ぎたちたれども一人も出合ふものなかりき。ほどなく浪士、本庄駅にくりこみければ、駅内は勿論旅人等まで騒動一方ならず、各朝餐をも喫せず出立せしもの多かりし。翌十四日、浪士本庄駅を発し、道を中仙道に取り、大砲・旗差物等次第をみださず押行しに、高崎藩主松平右京亮、神奈川《カンナカワ》に警備の兵をくり出し、大砲を放たしめたるをみて更に道を転じ、藤岡町を経て松平弾正大弼《（ママ）》領内矢田村に入るや一同隊伍を正しておだやかに通行し、やがて川内邨にかからんとするおりから、吉井町役人堀越久右衛門、境上に待ちうけ、何れに通行せらるるや、行軍の形装なれば一応領主へとどけ出づべし、暫く御扣へありたき旨のべければ、承諾の旨を答へたり(矢田村と吉井町の間、溝口伊勢守知行所あり。浪士矢田邨に入るや旗をまき、鎗刃を紙にてつつみたり)。かくて久右衛門は役所へとどけ出て、商議を経、穏便に通行するに於てはさし構なき旨申し遣しければ、浪士は直に吉井町にくり込み先手は町はづれ長根邨までゆき過しを、中軍より下知ありと見え引返し吉井町にまとまり、隊長臼井蔵人(蔦太郎)町役人に掛合けるは、穏便に通行するは御領主に於て差構なく止宿は断りたき趣そのもと等より承知致したれども、病人或は怪我人等もありて、何分夜に入りたる事故、表向は談判中の訳にて夜を明したしと、夫より一同民家に入り止宿せり。翌十五日払暁、吉井町を発し富岡町を過ぎ、七日市町前田丹後守領へ分境目にかかりけるに、往来の入り口に木戸を構へ、前田家の臣横尾鬼角まちうけたる体をみて、先手の隊長と覚しき一人、馬上より軍扇を開きさし上ければ、惣勢ひとしく旗をまきたり。鬼角が隊長に向ひ、弊邑は小藩、殊に主人在府人少にて差支抔とは申難たけれども、陣屋もと御通行なされ候ては、公辺へ対し相済ざる義もこれあり候へば、此方より間道を案内いたすべければ、許容ありたき旨を述べたるに隊長は御尤の仰なり、いづれの道なりとも通行さへゆるされ候はば申分なしとて案内に従ひ、道を左にとり、鏑川をわたり、高瀬邨を経て、一の宮に出て、元見屋を本陣として休息せり。やがて一同は抜鉾神社に詣て、昼食終りて、一の宮を発し、南蛇井通下仁田を指し、瀧平主殿（名信幹）を先手にて惣勢九百廿五人、乗馬・小荷駄とも二百七疋、大砲八門、自在砲と称せり。（割注）「大砲を発而皆当節五字を篆書にて刻し、源斉昭書すとあり」旗十流（割注）「奉勅報国赤心龍魁攘夷日本魂尊攘等の徴号あり。他は記憶せず」馬印八九本分て十隊とす。（割注）「虎勇神勇義勇龍勇君勇新兵等の称あり。その余は記憶せず」兵士は鎧又は袴を着し、羽織は重役人のみ白縮布に葵の紋又は自家の紋あり。皆火縄筒を携へ、列を正しく下仁田町にくり込み、大将武田伊賀守・軍師山岡兵部及田丸稲野右衛門・武田魁助・仝今若丸等の人々は本陣桜井弥兵衛方に、臼井蔵人は富永高次郎方に、熊谷四郎外一名は石井甚兵衛方に、瀧平主殿（監夫なり）は桜井源五右衛門方に、その他は詳ならず。止宿定り、やがて小坂に梅沢峠・向山・境・大崩等数か所に哨兵を出し、終夜七八名の兵士に町内を巡邏せしめたりしが、同夜七ツ時頃、梅沢峠の哨兵敵のよせ来るを報ずると、ひとしく本陣より各宿所に令を伝へ準備なさしめたるに、間もなく高崎藩の先陣堤金一郎（軍師なり）梅沢峠を越へ下小坂村内岩下に陣をとり、二陣の副将会田孫之進は安道寺に陣し、開砲せり。于時二番手はいまだ梅沢峠にありしが、浪士は出陣の令を聞くや先陣龍虎の二隊、夜の明けがた、敵の陣所間近く押しよせ皷譟す。敵もまたこれを中途に邀へ、双方大砲小銃を乱発す。戦正に酣なるとき、浪士の一手は仲町角より小坂に通ずる西原の間道より進み、敵の側面を衝き、一手は小坂と左の山を踰へ、敵陣の背後より劇しく砲撃し、又一手は大境橋をわたり、小坂村内森沢へ迴けり。向の川岸より敵の側面を狙撃せしかば、本道の戦、僅に一時許りにして敵軍敗績。一手は梅沢峠、一手は松木峠(割注)[松井田通なり]、一手は小坂村安道寺の方へ敗走せり。浪士は尚も三十人計にて安道寺の敵を追撃せしに、敵凡二十余人これに返し合せ劇戦、辰の刻より巳刻に至る。此時、浪士の隊長(庄司与十郎)は西牧川の南岸なる久保替戸《カヘト》にありて指揮しけるが、両軍交跡せり。浪士敵の所在に隠匿あらん事を疑ひ、安道寺の民家数戸を焼払ひ、又此処にて高崎勢松下善八・反町力造戦死す。浪士石井(割注)[のち水戸より親族きたりて石碑を立]外二名にて、隊長庄司与十郎は深手なりしが後、信州内山に於て死亡せりといふ。此役や高崎勢の隊士堤金之丞・深井助六郎以下戦死するもの二十五人(割注)[うちに人夫壱人あり]高月鉄三郎・二木助五郎・竹内嘉平次・山崎儀平・田上繁蔵・富岡定七・中村元郎及人夫三人を擒にし、及び大砲三門を分捕せり。しかして浪士の引揚げたるは、朝五つ時過る頃にて、斬殺する所の首級十一を本陣にもち来り、実験に供せり。その式は伊丹樽に水を入れ、首級を洗はしめ、本陣の庭前に薦をしき、これをならべ、武田伊賀守正面の床几に踞し、次に山岡兵部・田丸稲右衛門列坐し、まづ薄井(ママ)蔵人をして俘囚をよび出し、首級の姓名を問ひ糺さしめ、名刺を頭髪に挿み、これを簿にのぼす。式畢りて人夫に命じ、首級をあつめ本誓寺の墓地に埋葬し、俘囚十人をば合の瀬河原につれゆき、河原に畳をしき列坐せしめ、士分七人には屠腹を命じ、人夫三人は斬首せり。分捕せる大砲三門の内、二門は薪を積み焼きてこれを潰し、一門は出発の時安道寺までもちゆき、同所にのこし置きたりとぞ。浪士野邨丑之助は十二歳の妙齢なりしが、岩下の戦に数カ所の深手を負ひ帰陣したるが、自ら生くべからざるを知り、死を請ふにより斬首し、これを岡横町の墓地に埋葬せり。又安道寺にて戦死せる久保田藤吉・斉藤仲次の二人は、本誓寺の墓地に埋葬す。如斯諸事手落なく計らひてよろずの準備を整へ、出発の令をつたへしは、七ツ時頃なり。信州路をさし、小坂邨通る。惣勢出発せしが、勘定方の役人三人はおくれて宿舎及店方買物等聊の代価までも区細にとり調べ、もれなく支払をなし、それぐ\厚く礼を述べて出立せしとぞ。

此事は、余が小林多治見といふ、下仁田の医師にききしとは、やや異なる所なきにあらねど、大方大同小異なればしるしおく。余が修史館にありしとき、加賀の人が浪士にききしとてしるせる書をみき。このうちにのせたる下仁田の戦はなほくわしきやうに覚えたれども今記臆せず。本書を得て参考せば、必ずその要領を得べし。

## 梁星巌その妻張氏紅蘭

世に名高き詩人梁星巌は、晩年京都に住して鴨川の西に住せり。その妻紅蘭は星巌とは年いたく若くて、星巌六十余のとき紅蘭は四十余なりき。岩谷古梅は星巌の家に寄留せし事ありしが、紅蘭は気儘の性質にてややもすれば夫と争ふ事あり。古梅は夫妻の寝室のつぎに臥したるが、毎夜いさかひ絶ゆる事なし。星巌いかりてこれを叱するとき紅蘭泣出してやまざることつねの事なりし。余また薄井龍之にききし話に、龍之、頼三樹の塾にありしとき、或る日星巌と約して嵐山に花見むとて、龍之、師の使として星巌の家にゆきしに、夫婦何やらん、いさかひする体なりければ、内に入ること能はず。戸外にたたずみしに、紅蘭は衣装あしとて同行しがたしとしぶるなりけり。ややありて三樹をはじめ同行の文人両三人まちわびて星巌の家に至りしかど、紅蘭は奥にひき入り泣くさまなり。星巌も大にあきれてさま〴〵にすかしなだめ、やうやくにして出来り、ともに嵐山におもむきしとぞ。

星巌江戸にありて山本北山の塾にゐたりしとき、游蕩甚しく吉原の妓楼に遊び、負財多く、のちには茶店の使しば〴〵来りて債をはたる事甚し。北山遂に一計を案じ、星巌の髪削り、茶店の使きたりしとき、これを出し、かの男遊蕩を悔ひて只今剃髪せり。これにて当分負債はゆるしくれよといひしかば、せんかたなくかへりぬ。その日より星巌は僧服を着し、いづこよりか鉄鉢をもて来り。やがて吉原におもむき、妓楼をうちめぐりて托鉢してありきぬ。この事は星巌丁集に出たれば実事なるべし。これは古梅のものがたりなり。庚子六月一日

**菊地袖子**　以下、再遊豆州

袖子は伊豆国君沢郡(今田方郡)熊坂邨菊池安兵衛武教の長女なり。おさなきときより聡警にして人にすぐれたり。七歳のとき、手習すとて紙筆などいれおく箱のうらに、十五夜につかひ初むるすずりかな、としるしおけるを武教見て大に驚き、こは何人のしるせるやと問ひけるに、わなみのわざれく《ママ》れにて侍ると答へて顔あからめしかば、初めその才あるを知りぬ。そののち伊勢物語、古今集、大和物語などなにくれとよみて、己が友どち遊び戯れたる事どもを物語の体につづりしかば、武教これをみてます〱感じ、十四歳のとし詠草を江戸にもちゆきて当時世に名高き橘千蔭に示して教を乞しかば、千蔭かくとしるしておくりける。

伊豆国熊阪《ママ》の村、菊池武教といへるがむすめ袖子は、いわけなかりしより、ふみ見歌よむ事をこのみて、十四になりけるとし、はじめてよみうたあまたおこせて筆くはへてよとこはるるままに、いささか引なほしてなむかへし侍りつる、其はしにかいつけける、

いろも香もげにそは《ママ》む花ぞとはふふめりしよりしるくもあるかな

享和三年十月袖子十九のとし、丹波の法常寺の住持の僧定渓、伊豆の君沢なる三《ミ》津《ツ》村にて説法しけるとき、武教、袖子をともなひおもむきしが、住持、袖子が歌をよくするよしをきき、一首よみておくりしかば、住持、大に驚き、京におもむきしとき、その頃歌所の長、風早三位実秋卿のもとを訪ひしに、実秋、聖、あづまにゆきてめづらしき物語やある、と問はれしに、伊豆の国におもむきしに、おかしき女子ありて、そのよみし歌なりとてみせければ、実秋これをみて大に感じければ、住持、京

に上りて卿に見え奉るべしとそそのかしけるに、袖子、罪深き女の身こそかなしけれ行もかへるも心ならねば、とよみて参らせしにぞ、実秋、その志をめでて法常寺の聖のもとにおくられし文をみるに、筆の林に花を開かせ、詞の海に玉をひろへり。天ざかるひなにもかく心ざし浅からぬ人もありけりとゆかしうなん。ことにゆくもかへるも心ならねばといへる。かねて聖より聞ことも侍れば、さおもふらんことよとことわりながら、ひなとても言葉の花はさくものをさのみ都の春なしたひそ、玉章の便にとはば敷島の道のをしへはたえずまたえむ、因縁だに折ずば、対面のせつもなどかならん。もはや教の数にも入れじなどありき。この外、伏見宮・芝山中納持（ママ）豊卿・千種大納言有功・藤波二位・富小路正二位（ママ）・日野一位など、いづれも袖子の歌を賞でられしとぞ。天保九年三月、水野といへる巡察使当国に来りしとき、江戸幕府の奥より梅岳の局とはせして歌上らしめられしが、袖子、病に伏したれども、おして歌たてまれり（ママ）。この歳の春より病み、九月五日齢五十四にしてみまかりぬ。父武教、子なかりければ朝日氏より婿とりぬ。名を武泰、通称荘右衛門といへり。子なし。女子二人、田中郁の西島氏の子民部をもてこれをつぐ。名を武緝、通称安兵衛といへり。これ今の主人武恭が祖父なりといふ。ちか子をもてこれに妻はす。ちか子もまた歌をよくす。袖子、長歌をよくす。今、菊園集三巻あり。短歌のみをのす。

## ○白河文書　大槻文彦よりかりみる

これは故川越藩松平氏の所蔵にて、他の流布本に無きものにて、三十六通あり。その内の壱通をうつしおく。

袖判（親房卿）

委細被レ申候之趣、尤御本意候。

一、奥辺事連々沙汰候歟。時剋事被レ仰通之旨、相構可レ被レ廻二籌策一候。

一、鉾月楯合戦事、殊目出候。所詮其辺事、一向被二憑仰一之上者、随宜急速可レ有二計沙汰一候。新武衛被レ致二合戦一之条、殊神妙候。一族中長門権守等軍忠尤可レ然候。能々可レ被二感仰一候也。

一、当方事、去八月鵐山菅領内石下城被二追落一候間、所レ籠之輩、尽被二打取一候。彼辺十余郷、被三沙二汰付西明寺城軍勢一候。去月廿三日、当国東条内亀谷凶徒被二追落一候。被二沙二汰付東条一族一候間、随分心安候也。而高師冬称三座可二萬来一取レ陣、於二宇都宮一候。方々勢全而《て》不二会合一進退谷云々。此時分、東海道歟。那須辺事沙汰候者、当方潤色不レ能二左右一、相構可レ被レ廻二其計一候。諸方事当時得失相半候。所詮可レ依二此辺一。再奥州左右之由、天下一同之所期歟。令二延引一者吉野辺御事旁可レ為二難義一云々。相構存二別忠一可レ被申二沙汰一候。

一、小山兄弟合戦事、以外之次第云々。是又与二師冬一不和、勿論事候歟。自レ是も内々被二仰遣一候畢。請文之趣者毎度無二相違一、然而持二両端一之間、不レ顕二其色一比興候。叔父五郎左衛門尉、先年別而懇望申旨候き。無レ差事被成、良算兼々令レ然候歟。彼辺事相構、猶以二所縁一可レ被二誘引一候。
一、官途事、元弘之一統公家政道為レ被レ復二旧規一也。坂東人々出身昇進以後、可レ被レ止二治承以来代々風儀一事歟。先朝御時、不慮登用等出来、至レ今難義此事也。只為二運命一、尤有二恐事一歟。向後者相構守二旧儀一、其沙汰候者可レ為二家門長久之基一候。但、今被レ申候条、非レ無二其謂一、仍可レ被レ挙二申修理権大夫一也。権守以下任官、此間只被レ成二御判一候了。至二此事一者近日便宜候間、被二執（ママ）申吉野殿一候。言々無二相違一候歟。定不到来候者、総可レ被レ遣候也。二代忠節異レ他之上、向後も弥二可レ被憑仰一候間、如レ此沙汰候也。可レ令二自愛給一之由所候也。恐々謹言

興国元十月十日　　刑部少輔　秀仲

結城大蔵大輔殿

師冬已立二菰連一、着二垂柳一畢。自二京都一厳密催促之間、閣二諸方一直可レ襲二当城一云々。且又、今明日発向之由、其中入候。被二待懸一候坂東之安否宜レ在二此時節一歟。此時総可レ有二為功身一歟之由、以二伊豆次郎并関郡使者一、両度被レ仰畢。猶々急速沙汰候者、殊可レ為二御本望一候。
一、小山辺事・荒説両条、元来非二信用之限一候。然而、小山自身年少、可レ然之補佐輩も不レ候歟。若僻案事も候者、被レ得二其意一被レ加二教訓一候者可レ宜之間、密々以二荒説之分一被レ仰候き。此風聞此辺に候。以外之事候也。且近衛前左大臣、令レ出二吉野殿一給候しかば、京都も敵方、更不二賞翫一申候。進二亡（ママ）屋一宇、所領二一ケ所一之外、無二正体一云々。依二此事一、又被レ語二方々一候歟。彼御使

廻二所々一候。其旨趣は藤氏各可二一揆一。且我身可レ執二天下一、以二小山一可レ被レ定二坂東管領一云々。彼使節、当所小田方へも帯二御状一来候しが、向二小山一畢。自二此城一或僧即為二案内者一、罷二越小山一候き。於二此事一者不二承諾申一云々。一揆と云事、日来風聞候し折節、かかる事出来之間、荒説充満候。於二前左府勧進事一者非二荒説一ト。乍レ云、坐二京都一是程短慮之事ヲ令二勧進一給はば、上可レ被沙汰之外之御所存候歟。彼仁も参御方候はんニ付ても如レ此荒説痛敷事候。此事鎌倉凶徒辺にも以外風聞候。其比ハ小田勢已打入候とて騒動候けり。依レ之非二一族之輩一は、かくては何様に可二振舞一やらんなどまで及二評定一候き。定又可レ被二聞及一候歟。所詮正員ハ不二驚動一候けると聞候に、前左府御使如何にも為レ勧レ人、虚説等申廻けんと覚候也。義興事、是又荒説勿論候。其も義興家人之中、総張行事とて参二吉野殿一。朝氏已参二御方一畢。所レ属レ某也。仍可レ申レ捕二廷尉一之由、火急申入候き。一向推参之儀候歟。比興之次第候。所詮此両条聞慮之様候之間、且為二才学一先度被レ仰候き。更非二御疑心之至一也。とてもかくても敵方已置レ意之条、勿論皇上早速ニ思定候て、且存二正理一令レ参候ば、云二恩賞一云二昇進一申二御沙汰一之条、何不足の候べきとこそ覚候へ。相構猶加レ詞可レ有二教訓一候。

一、多田兵庫入道宗貞事、下着以後連々致レ忠之由注進候。以一身奥州辺事候之由、其聞候。疲労しぬれば、人情も忘二正路一、乖二物義一事のみ候へば、誠含レ怨候族も候はん、況当時は毎人過分不レ可レ説事のみ候。一事も不レ懸レ心者、やがてか程に謗難之間、為二御方一極無益事候。凡政道の得失は如二日月之在一レ天候へば、親疎之間不レ可レ有二隠事一也。褒貶共、言下にて可レ被レ察者也。当時は吉野にもかいぐ〲しく政道とても不レ被二執行一、況当所辺事も於二無被執沙汰候へば、さのみ何事之過失あるべしとも不レ覚候へども、公人も家人もつや〲無人に罷成之間、定違失多からん。年来被二憑仰一之上者、自然と令二参着一候様、被レ触レ耳事には無二隔心一可レ被レ申也。又、以二御恩一出身之族、無レ故傾申候はん事は、以二其意一諸事可レ被二推察一候歟。相構不レ可レ有二披露一。密々可二存知給一也。

一、南条五郎左衛門尉清政中権守事、父祖久不二経歴一歟。然而如レ此被二召仕一候も不レ可レ有二子細一候。但堅固弱冠候今暫致二忠追可レ申歟。不二遅々一之様可レ有二御計一候也。

この文によりてみるときは、親房卿がみだりに官爵をもつて武士の心をとる事なく、名器を重くし給ふ事明かなり。治承以来、武家の勢盛にして朝廷の官爵をものとも不思、北条氏、陪臣をもつて天下の権をとりしより、その勢ます〲甚しかりしなり。しかるを中興の御時、その弊を改められて容易に人に官爵を与られず。守二旧儀一且為二運命一、尤有レ恐事歟とあるは、即結城親朝に向ひ、家法に従ひみだりに官爵を求むべからざるよしを忠告せられしなり。されど親朝は二世の忠臣なればとて、修理大夫には薦挙せられしなりき。後の一通うちに近衛前左大臣が関東の武士をかたられしこと見えたり。この事はさらに旧史に見えぬ事にて尤も奇とすべし。天下を執るなどの言あれば、乱に乗じて独立などせられんとの異心ありしにや。又、親房卿は関東の賞罰すべて委任せられしがゆへに、武士等、直奏をとどめられしこと文書に多く見えしが、ここには新田義興が小山を味方につけて吉野に直奏して官爵をのみ申せし事見えたり。小山は朝氏といひけん。そののちの事いかがなりゆきにけん、しられず。義興直奏の事は此外の一通にも見えたりき。

小山辺事、可レ為二御方一之由申候はん、先以目出候。当時機嫌尤可レ然歟。早速令二思立一は可レ有二不次之賞一之由、猶々可レ被二仰遣一哉。敵方には大略已参二御方一之由謳歌候歟。不二仏之中間之様に思定候者、可レ然事候哉。詐レ令此辺又種々の荒説候。一には可レ被レ立二新田子息一歟云々。此両条とも以不審候。仮令一族一揆して対二治凶徒一、為二一方之固一為二朝家之御護一之条、元来本意歟。然者恩賞も官途も面々可レ有二優誉沙汰一にて候。別建立とて様替て如二足利之所存一やは候べきと覚候へば、此段は一向荒説候歟。新田の跡ヲ被立事是又不審候。当国に新田兵衛佐義興在国候。彼内に小山内通者候けるが、参二吉野一して小山迄参二御方一、与二申廷尉一、総被二宣下一候はんと申ける。此事は不審也。坂東国事、自レ是不二執申一、小山参程事争不二存知一乎とて難レ被二許容一候けるを、已参候ける程に被二宣下一乎。何様事哉と被二憑問一、被レ尋義興之処、自身全不二存知一云々。家人中構出候事有レ之歟。仍不審之輩少々迄出之由申レ之。此事又非レ無二疑殆一候。如レ此事も面々しと〳〵と不評定申、又一編不二思定一之間、為二彼仁一云二敵方之聞一、又為二当方一も旁軽忽事候。所詮此間事ヲまことしき使者などにて、宜被二談合一哉らん。且故判官は、煩二兵部卿親王一、随分と憑給候き。彼若宮今背二坂東一給候はんずれば、旁可レ有二旧好一事歟。同参二御方一ても不レ乖二物義こと可レ叶二先皇冥慮一歟と覚候也。

この文によれば、新田義興下野国にありて親房卿に応援しけるにや。小山朝氏は義興を奉じて兵をあげんとせし事などありしなるべし。よて義興の家人、窃に吉野殿にまゐりて朝氏が官途をのぞみしにや。すべて此等の事皆旧史にはもれたり。瑣細の事に似たれども、親房卿が事務に精しく、彼我の情を細かに探索せられし練簡の才識のほど知らる。（割注）［右辛丑八月廿日病中筆をとる。余近日精神頗爽快ならず、筆をとるも甚倦む。けふは思の外に数行をしるせり。なほ白河文書のうちに抄しおくべきものあり。］

袖判（親房卿）

条々被申事

一、元弘以来、忠節聞事中に、不レ能レ被レ申事歟。凡自二奥州御下向之初一、故上州禅門被レ致二無二之貞節一、国中之静謐大畧奉行之故也。其上両度励二老骨一上洛、不レ達二本意一、於二勢州旅宿一入滅。至二最後一此御大事之外、無レ被レ懸レ心事一云々。懇志之至日夜寤寐更不レ忘却一。且私本意者勿論、吉野殿様争不二思食入一哉。随而如レ此相続支二一方一依レ被レ致二忠節一、奥辺年来御方も不二違変一、諸方も心にくく存て令二内通一条、高名之至不レ能二左右一者也。其間事中々依三相二似事新一、細々不レ能レ述二心緒一上、去々年以来、凶徒取囲危如二累卵一。朝不レ待レ名之処、至レ今不慮無レ為二諸事一惘然之間、毎事懈怠可レ被二察申一也。且又於二坂東一不レ能二相支一、於レ殞二一命一者、諸事枝葉也。其上之段、宜為二聖運一候間、只日々望二存勠力一之到来、仍自然に述懐も懇望も重盈候ぬらん。

依レ之全以年来之忠節、不レ被レ処二等閑《ナホサリ》一者也。

これにて結城道忠が勢州にて死せしときの事くわしくしられたり。太平記のするところ、布演に近けれども、大意は同じ。もてかの書のいつはりならぬ証とすべし。

高野海道合戦之次第、先日被レ成レ仰畢。相構重被レ出二軍勢一、被二対治近郡一候は、奥方并常陸・下野、官軍共可レ攻二其方一候。可レ被レ存二別忠一候哉。於二当国事一者、先日数ヶ所対治之次第、定令二存知仰一候。来月二三日間、春日羽林重可レ被レ発二向下野一候也。凶徒方少々下二向鎌倉一云々。然而於二坂東対治之雌雄一可レ在レ近候。且被レ任二御運一候。何可レ有二子細一哉。心安可レ被レ存様候也。抑恩賞等事、無二御等閑一之次第、度々被レ仰畢。当時坂東国闕所未定之間、即時不二事行一候而、不レ入二御意一候様、被二述懐申一候歟。非二御本意一候。但今度恩賞事故禅門於二吉野殿一重々被二奏聞一之子細候き。依レ有二所存一今度父子不レ可レ申レ賞。仍以二四品昇進一為二本望一。又以二国宣一被レ申談一候所之内、被レ申二綸旨一事等候き。連上聞事候し上は不二私事一候、其段難レ被レ尽二紙上一候。然而故国司御上洛時分事并故禅門被レ申候し事も於レ今は事旧乎。如二当時一御在国候て、被レ致レ忠ばこそ、返々御忠節候へば、争可レ有二御等閑之儀一候哉。云二所替一、云二行レ恩賞一、殊可レ被レ懸二御意一候。

此文によれば、結城親朝が例の如く恩賞の地を請しかど、闕所なきによりてその儀に及ばざるよしをのべられ、又その父道忠が吉野殿にまゐりて、恩賞を辞し申て四品をのぞまれしやうに聞ゆ。されば父子ともに四品に叙せられしにやあるべき。他書にのせざる所なり。

委細被レ申候。御本意候坂東事、師冬自二去年冬一雖レ令三経二廻菰連一、未レ及二合戦一、如二風聞一者、依二無勢一不レ可レ叶之由、依レ申二遣京都一、高師直為二東国管領一。可二下向一之旨、自二年内一評定、大略治定之処、山門南都蜂起、京都騒動之間延引云々。如何さまにも左様之輩下向勿論候歟。凡は鎌倉にても相構、早速被二発向一たく候へども、闕二城々一、越二彼境一之条難義(ママ)に候之間、被レ待二奥辺之左右一にて候。可レ然之輩、適下山候ば、於二要害城々一待受之条、仍無二其理一候哉之由、面々談合候也。就レ之奥方事相構一途早速被レ廻二籌策一候者可二目出一候。諸方事加様延引候之間、有力之輩は雖レ不レ及二別苦労一、無力之城々或自落、又痩身之軍勢多以没落之間、自然為二御方之駒一候。相構可レ被二総存事一候歟。且先皇冥慮難レ測事也。不レ可レ有二油断一之儀候歟。

一、廷尉被レ望二申弾正少弼一候。此事大略殿上雲客任レ之、五位諸大夫拝任ハ随分為二規模一候。高時一族中事ハ、義時執権以後、公家以二別儀一書礼官毎事被レ推二雲客一候き。仍大略任レ之候き。先皇御代、道治朝臣不慮登用以後、朝治号二猶子一任レ之候けり。参差御沙汰候歟。其上六位ニて候。不任之官ニて候間、任二理運一先可三被二申叙留一之由沙汰候て、已被二執申一候吉野殿畢。今又重被レ申候之間、此上者可レ被二執申一候也。凡関東之時、代々之風躰ハ皆被二覚悟一候歟。譜第之大名ハ諸大夫侍などとて無二差別一、大名次第ニ被二賞翫一候歟。然而昇進事ハ、いとしもなく候ける輩も、任成候ぬれバ、か様官にも拝任、又聴二六位昇殿一輩も候き。且其身雖レ為二大名一、宇都宮等遂不レ被レ免二諸司助一候けり。今も官途事ハ、若非分事候へバ、為二運命一有二子細一事ニ候。先代之時、維貞初て任二修理大夫一之時、とかく加レ難輩も候き。定被二見聞一候歟。縦他人雖レ有二非分事一、重代之家ハ被レ守二旧例一候て、其上ニ又立二大功一時々次第ニ、一きわ沙汰候へバ、有二気味一事候歟。但其辺事忠節異レ他候。正流之家督ハ、以二諸大夫之儀一、可レ被レ経二御沙汰一之由、別可レ被二執申一候。若以二此儀一、自余庶子等競望事など候ハんをバ、可レ被レ加二別誡一候。且為二正流一も不レ可レ有二気味一之故也。凡先朝御時、非分昇進人々候し事、故禅門など殊不レ受申候き。然而無レ指事輩深恩候へバ、重代之侍家被レ申所存候。又非レ無二其謂一候。然而事之謂をバ能々令レ得レ意給候て、其上ニ被二申立一候条、可二目出候一也。

道忠入道は、忠義抜群の人にて、且謙遜にして多く恩賞をのぞまず。されバ此文中、非分昇進人々候し事、故禅門殊受不申といふは是なり。又延元四年の文書に、

故禅門事、悲歎之御心中、皆以御察候也。御悲歎更不レ劣二面々心底一候。吉野殿にも殊被二歎思食一之由仰候也。不レ被待二付一統時分一、猶々雖レ無二念一、面々被二相続一之上、又同事候歟。国中対治事、相構可レ被総候、於坂東一者、春日中将下向候之間、近日可レ被レ対二治一、方々御路次開候者、早速可レ有二御下向一候。石川・内村・松牧・南城、凶徒被二追落一候条、尤以神妙候。郡内無二御敵一之条、併高名候。彼一族当参輩、各可レ被レ成二御感御教書一候。随二功之浅深一、委細可レ令二注進一願候也。

恩賞等事、内々令二申給一之趣、披露候畢。忠節異レ他ハ、争可レ有二御等閑一候哉。故禅門吉野祇候之時、於二今度一ハ有二存旨一、不レ申二新恩一、於レ国被二拝領一之下州本領土事、可レ被三申二給安堵一之由、被二申請一候処、然而坂東国可レ為二至要一候。可レ被レ懸二御意一之由、御私ニ被二約仰一候き。且可レ然之所候ハ、可レ被レ申候也。又被レ懸二御意一候。

官途所望輩事、為レ人家人輩、関東代無二左右一、不レ及二沙汰一、中々以二私秘計一、申二公家拝任一候歟。当時御沙汰之体、頗雖二難義候一、又面々致二軍忠一之時分、難レ被二黙止一之間、被レ経二別儀御沙汰一候。直申二左衛門尉輩一候。当時無二其例一候。仍被二挙申一任官之由仰候也。恐々謹言

二月廿五日　沙弥宗(花押)

結城大蔵権大輔殿

道忠が謙遜なる事は、前にもいへるが、ここにも吉野祇候之時、存ずる旨ありて新恩を申さずとあるにても知られたり。これ等の事は日本史にものせられず。この文書によりて明かに見ゆ。本伝に補ふべきものなり。よりて煩を憚らずして抄しおくものなり。

# 学海余滴　第四冊

明治二十二年五月

## 文明公記幕府継嗣の議の改正

徳川家定将軍は、世子たりし時より病がちにおはしまして、善悪弁別し給ふ見識なし。ここをもて、近侍の巫惑は宮中に奉仕したる上臈年寄などいふ女輩の威権比類無し。外国の事起りしより、志有るものは、事あらんとき、かかる君のみにては世の安危うしろめたなし、はやく英明の世子を立て政事を知らせ給はば、権識大臣に移ること患なく、又女謁の弊も止むべしと思ふもの多かりしとなん。外国の使臣など対するときも侮づらるるの憂もなかるべし。

この頃、徳川一門の人々学識ありて人望を得たるは、水府の中納言斉昭卿と松平越前守慶永なりき。外様には薩摩の島津薩摩守斉彬、伊達遠江守宗城、土佐の松平土佐守豊信を首とす。此等の人々、外国の事起りしより心を国家の利害に傾け、日夜憂慮に堪へざりしが、中に就き慶永朝臣は殊に将軍が気質の劣りたるを知りて、もし外国の使臣に対面し給ふことあらば、容易ならぬ恥見むこと我国の大瑕瑾なり、いかで水戸中納言の御子にて今は一橋の刑部卿と申給へる人を世子としまゐらせ、将軍に代りて使臣等対面せさせ給はは(ママ)せばやと、窃に思ひ給ふやう、阿部伊勢守正弘が執政たりし時、はやく申試みたれども、そは時事なき時の事にこそあれ、かく不得已事、時の勢にしもなれば、黙止すべき事にはあらじ、幸ひに備中殿まだ溜詰に座せし頃、疎からず申かはせしかばその志のほども知りぬ、また伊勢守に代りて執権の職に居れば、先此人にかたらひ見ばやと、安政四年丁巳七月、公が西丸下の官邸に来り、時事を語りてますますその交を厚くし給ひしは、建儲の事をいひ出ん下心なり。されども、かかる大事を打つけに言出づこともあらねば如何はせんと思ひしに、信州高遠の城主内藤駿河守は、疇昔若年寄となり、当時は雁の間の故老にして、閣老をはじめ芙蓉の間の諸有司、また国持衆その余の諸候も広く交り、官路の事も馴たる忠実忠直の人にて、慶永朝臣とも年頃親敷き中なりければ、此人をこそと思ひて西城建儲の事をほのめかし出られしに、駿河守はかねて薩摩守斉彬とも親しくその心を知り、その説をきゝて、世子にはいかで一橋の刑部卿をこそと思ひければ、涙をうかべて大に喜びけり。慶永果してその人を得たりと思ひければ、この事公けざまに申出さん事いかにせんなど語たらひしに、駿河守数ならぬ己等こそあれ、和君は御家門の嫡流におはせば、天下の御為にかゝる筋を閣老に申されんに何事か侍るべき。されどもこは専ら怱慮《(ママ)》に出べき事にし侍れば、御側衆などへも申されたらんには猶さらによろしかるべきなどかたりしかば、慶永大に喜び猶くさ〴〵かたらひ合せけり。同じき九月十一日、公が邸に駿河守来りて、密に建儲の事に及びけるに、公うなづき給ひ、此事は同列共も下にのみ憂ひ居るべき事とは思ひ侍れど、先立て言に出すものあらず《(ママ)》。己もその列にて、心にはかゝり侍れど言に出て申侍らずとありしかば、駿河守、此事は阿波守殿(蜂須賀氏)には親しき累代の連枝におはしませば、西丸の今に空位なる事をことに歎き覚し、又松平越前守ぬしも、天下の御為それらの御儀もあれかしと、同じ様におもひ起させ給ふる事を己も漏れきゝ侍りたり。司重きあたりにては、申出給はんにも夫の是のと指障りも侍らんが、此二方などより申出給ひては如何侍らんかと申ければ、公喜びの色あらはれて、此両候などは将軍家に於いて止事なきあたりに侍れば、かゝる筋より申出し給はんには、おのれらも力附て申行ひ侍るたよりとなるべしと答給ひき。同十六日慶永朝臣はまた公の邸に至りていひけるは、阿墨利加の使臣に拝礼を許し給はんに、いと憚ある事なれども、当将軍家は御威望の方はおくれさせ給へば、外国人の拝し奉らんほどもいかゞあるべき。田安殿御身代りになるべきかなど申侍るが、こはいかさまなる事にやと問ひしに、公さるあるまじき筋の事をしもいひ騒ぐはなべて世の習にていと怪らぬ事に思ひ候へ、将軍家の病近頃おこたらせ給へ（ママ）御身ら拝礼を受させ給はんに何事か侍るべきとありければ、慶永重て、さ承り候て心落居て候なる。夫につけても当代いまだ世子おはしまさず、天下の御為何事にも心細くのみ思ひ奉る。外國の事漸々事重く成行くに、将軍唯一方にて濛にものし給ん事いみじき御大任とおもひ侍れ、あはれ諸共に天か下を政ごち給べき君を世子に立させ給はば、諸侯も自ら靡き従ひ奉るべけれ、そののち御子生れさせ給はば直に御養孫になさせ給はば、徳川の御家常磐堅磐の御栄に在すべし。執政の人達もこのやすからざる時に、さる御心しらいもおはさずや。某御家門の末にありて、君の御為を思ひめぐらすに、此事より急なるはあるべからずと阿波守なんどとても囁き合侍る。然れど、かかる筋の事は、三家三卿を始、職老達も座す事にて、某が申べき事にも覚え侍らねど、君の御為と存ずる限は心に隈を置ず申べきと兼て思入て候ば、罪得がましきをも憚らずて申奉るになんとありしかば、公これをきき給ひて、御養君の事おもひよらぬにはなく候得ども、上にはまた御齢も壮りにおはしまし、又御台所も近くに渡らせ給べき御事なれば如何あらん、又後宮のおひ入も有べく、また同列の意を憚りて言に出して申候はねども、和君思ひ給ふ所と異なることあらずとありけるに、しからば何の君をと思ひ坐するやと問はる。公、こは百慮によるべき事ゆゑ、おのれらが申べき筋は候はねども、窃に思量るに、三家のうち尾張・水戸殿御歳もふさはしからず、紀伊殿は御血すじも近く此御方にやおはすらん、此をおきては田安殿・一橋殿の外には候はず。和君は別に思召旨もや候とあれば、慶永、さん候、御年だに長させ給はば紀伊殿こそとは思ひ奉れど、方々御多事の折柄、天下の人心も安堵すべきは一橋の刑部卿殿、当代とは近き御続は侍らねど、正しく東照宮の神胤におはせすのみならず、御年頃と云、御器量と云、御身こそ飽ぬ事なく思侍れとて、刑部卿の世に勝れたる事を物語ありて、またいひけるは、松平伊賀守ぬしと老公とは世に申あへる事も候へば、此事伊賀ぬしにはいかゞあらんと問はれしに、天下のおほん為に然るべしと行はんに、伊賀も何とかは申べき。ともかくもけふの仰はおのれも猶深く遠く思ひ慮るべしと答給ひける。斯て十月十六日、慶永朝臣は松平阿波守斉裕朝臣と議して、外国の事を議し申ける意見書を公に贈り、その末に儲君の事をとかへすぐ〵も申されたり。

十二月四日、慶永朝臣、又公の邸に至り、意見書の事に及び、公の思ふよしを問ひけれ（ママ）、公答て、一橋殿の凡庸ならぬ事は予て承りて候へば、此君をこそと思へども、水府老公のおはさんほどはいかがあるべきなど、傾き申人も候ひぬ。刑部卿殿は老公に異らせ給ふ事は仰の如なれば異議なしとは申せども、老公の御事はおのれも心にかからぬにも候はずとありければ、某、老公とは余人に似ず懇にて候。かの人英蓮果断の気象にて、おぼし立ちし御事をかへしがたかる本性には侍れど、将軍家の御事を思召事は又類すくなくおはせり。されば御為あしくと暁り給はばなどて人の申事に従はでやあるべき。彼人の事は某にまかし給へ。身に代て暁しまゐらすべし。猶ここにいましては事ゆかずとおぼさば、水戸に移しまゐらせん事も難にはあらじといひしかば、公大に喜び、彼方だにおはさずばか《（ママ）》へす〴〵もいはれけり。これより先、薩摩守斉彬朝臣は外国の事を建議せられし紙に建儲の事を論ぜられて、刑部卿殿をこそは建給ふべけれと意見をのべ、松平土佐守豊信は、明る年の正月二日、公の邸に至りて此事をのべられたり。その余、奉行頭人にて当時学識才幹をもて聞えたる土岐丹波守・鵜殿民部少輔・石河土佐守・佐々木信濃守・川路左衛門尉・岩紀《（ママ）》肥後守・永井玄蕃頭等も皆これに同ず。公ここに於て心を定めて、一橋公をもて儲嗣せんとはし給ひけり。こは内外人望の帰するものならざれば、当時に相当すべきとは思はざればなるべし。

　前にいふ如くなれば、家定公の世子となるべき人は、一橋公に帰すべきは自然の勢なるに、ここに大なる障碍出来りけり。そを如何といふに、家定公は多病にして、常に後宮にのみ居まして、執政、有司対面し給ふことまれなり。其頃将軍の生母を本寿院海部氏といふ。又侍女の長二人、一を姉小路と呼び、一を万里小路と称す。この二人、後宮に勢あるのみならず、将軍後宮にいますときは、内外の事を申次ぎ、勢執政に異ならず。されば、この二人は閣老を指して表方の同僚などいひしを見て、当時の勢を察すべし。殊に姉小路といひしは、年も盛にして容貌も麗しかりしかば、将軍の寵を得て威権比類なく、諸家の贈物、歳時山の如く貪りて、飽ことしらぬものとぞ聞えたる。此等の人々は、英明の主を得るに至らば、己等威福を失ふを懼れ、水戸中納言が疎暴なるよしを言はやして、外事に疎き本寿院を恐れしめたり。将軍の夫人は近衛氏にして、実は島津氏の女なり。兄（ママ）斉彬が消息して、一橋公を世嗣と定め給へとすすめし返書に、本寿院殿にそのよしを申試みしに、ことの外に打腹立、いかなるゆゑに諸侯よりしてかかる事をいひ出るにや、一橋は我心にかなはず、阿波守は近親なるに、かゝる事は憚なく将軍家に申べきに、さはあらで、諸侯とともに連署していひ出るは、いとけしからぬ事なりといひ、又後宮に諂るふる近習・側衆なども、水戸前中納言は、陰謀を企て、諸侯奉行を語ひ、将軍家を廃して一橋を立んとするよし、讒言するものもありしとぞ。斯れば将軍も、近習、婦女子等の（欄外）「この事は公用秘録のうち薬師寺筑前守の言によれり」言に惑ひ、いかにとも定めがたくて日を送り給ひけり。

斯る処に、外国條約の事せまりて、公使命をうけ給はりて上京する事となりぬ。この時、彦根城主井伊掃部頭直弼と申は、才知ありて頗る青雲の志を抱き、時事を論ずるをもて公にも親かりけり。かねて側用人夏目左近将監とは中睦じく、営中の事などを窃に問ひ尋ぬる事どもあり。公が発途の前数日に公の邸に至り、健儲の事に及び、きくが如きは此頃諸侯の人々連署して、長君を立て世子とせんとの議を承りぬ。こは下として上を撰むの理にして、漢土の風ならばさもありなん、本朝の宜にあらず、まして己等の便をはかりてこれを撰むは不忠には候はずやとありしに、公、されども諸侯有司多く意を彼卿に属し、内外これを戴んとするもの少からず。若しこれをすてて他を立んには、人望を失ひ、忌々しき大事起らむも測りがたしと答給ひしに、直弼、しからず、今若長君を立給はば、将軍家直に職を譲らせ給はざれば、その甲斐なかるべし、然る事ども、いかで人臣の謀り申べき事かはとありしかば、公も争ふともせん無しと思ひ給ひけん、そのままにして止給ひき。

正月十二日、慶永朝臣また公の邸に至り、対面して、公が使命の事などねんごろに慰められ、重て、今日参り候ひしは他にあらず、心に掛る事あれば、そを申さんとて参れり。夫は去年の冬にて、松平土佐守が健儲の事を申候ひしかば、さる筋は外藩より申立給はん事然るべからずと申ししに、かの男は気早き性質なれば不興気にて帰りにき。しかるに立花飛騨守・松平薩摩守・伊達遠江守いづれも同じ心と承りぬ。又仙台・筑前・肥前などもさる事を申て候よし承れば、申出んも測りがたし。もし此等の人々申請によりて定めさせ給はば、これ正しく外藩より建られたる世嗣にて、いと畏けれども、幕威も閣老の権も地を払ひ、御家門につらなる某等も世に面無く口惜しくて（ママ）しくこそ候へ、かかればはやく内々に御決定あらば、表立て仰出すとも、自ら彼輩屈服し申べき歟。唯これのみになど非ず、京都にもこに（ママ）目を着くるもの無きにあらずと承る。もし和殿上京あらんとき、内より御沙汰あらば、その理明かならんには背かせ給ふべくもあらず。さあらば幕府の世嗣を朝廷より定めらるるに当り、将軍職をさし代られたるに同じ。幕廷の恥辱はさらにもいはず、和殿等にもいみじき怠に候はずやといはれしかば、公もその理に服し給ひしかば、同十五日同僚と議して将軍家定公に健儲の事を申せしかど、さすがにその人を指さむも憚ありとて、一橋公の事はいはで止給ひぬ。かくて同じき廿日慶永朝臣又来りて、いかに儲君は一橋殿に定り給ひしかと問ひしに、公答て、儲君を建られん事は、老臣等これを申すといへども、その人をかなたこなたと申事はいと憚りある事なれば、こは台慮にまかせ奉れり。その人を伺ひ漏さば済むべかりしかど、此幕府の御大事なり、老臣の申がままに聞し召るるに於ては、事の様軽々しきを恐れ、態と君の英断と仰ぎ申す事とはなしぬ。されども刑部卿殿の御事を余所ながら申てければ、その事に定めさせ給ふべしと答給ひき。公が苦心おして知るべし。

同き廿一日、公江戸を発足して、二月京師に至る。条約の事を奏聞し給ひけるが、事終に行はれず。詳なる事は使京の条に見ゆ。公が三月廿五日同僚に贈り給ひける書のうちに、

西城一条并松平越前守義ニ付、肥後守脇より承り込候よしにて、縷々申聞候義有之、不容易儀紙上に難申上儀、同人より御聞可被下候。当節貴地御様子分り兼、可否何共難申上、厚御評儀、時世相当の御所置御座候様仕度思召被仰出候はば、如何相成候とも御評決之上は小人聊異存無御座候間、御放念御評論可被下候。

此にいふ肥後守は岩瀬肥後守忠震なり。不容儀とは如何なるゆゑとも知られざれども、此時慶永朝臣、公に建儲の事を説きしかど、なほ心元なく思はれしかば、家臣橋本左内綱紀をもて上京せしめ、

京師の縉紳家に説き、窃に内勅を下して建儲の事を催したるといふに似たり。そは同月廿五日夜、伝奏広橋大納言光晟卿をもて左の如く達せられし書に、

急紛多端之時節、養君御治定、西丸御守護、政務御扶助被相成候は、御にぎやかにて御宜被思食候。今日幸之儀可申入旨、関白殿・太閤殿被命候事。

光晟卿なほ口上をもて年長の御方を立らるべきよしの内勅をも伝らる。公、服命の時をもて申可きよし勅答ありしに、再び伝奏をもて又左の如く達せられたりし書に、

御養君之事、御帰府後可致言上旨候得共、早々言上相成候様宜申入、太閤殿被命候事

これにより、公はます〳〵一橋公をもて儲嗣と定めなんには、公武の際和順して自ら開国事も行はるべしと思ひ定められしと見ゆ。されば同僚に贈りし書にも時世相当之御処置とはのせられたりけるは、年長の君を暗に指せるなるべし。

公は使京の事、終に要領を得ずして、四月廿日江戸にかへり給ひぬ。しかるに井伊直弼はかねて側衆などに内通してありけるにや、同き廿二日の夜、徒頭薬師《（ママ）》筑前守元真、内旨と称し、直弼が館にゆき向ひ一封の密書を直弼に授け、窃にいひけるは、水府の老公陰謀企あり。一橋殿を養君とし将軍家を推籠奉らんと、事すでに逼れり。近習誰かれ等これを憂へ、老職に申すといへども用られず。今は当家に非れば頼む所なしと涙を流して述ければ、直弼これを諾しぬ。この事は直弼が密事をしるせし公用方秘録に載す。前後を合せ考ふるに、この薬師寺は初め将軍に昵近し、後外に出て徒頭たり。か

かる密使にささるべき職務ならねども、察するに本寿院・姉小路等勧申して、ここに及びしなるべし。明る二十三日、俄、老中連署の状をもて直弼を営中に召し、大老の職となさる。此事はじめより公にも告知らせ給はず、大に驚き給ひけれども、将軍の内旨に出れば、誰かこれを争ふべき。一営これが為に胆を驚かせしとぞ聞えし。これより先、阿部伊勢守正弘が老中たりし時、時勢を察し、学問才識ある者を撰み散職より要地に登用せしかば、不学にして徒らに故例格式をのみ守りし老輩は、或は退けられ、さなきも有か無きかになされしかば、不平に堪へず。しかるに新職の輩は多く一橋を奉じて養君となし、国勢を盛にせんとせしかば、直弼が大老となるに及び、此等を一橋党として事に托して転職せしめ、かの老輩をもてこれに代しかば、幕府の良吏等一時に変じて俄に事の出来るさまなりき。

四月廿八日、慶永朝臣、公の館に至り対面を求めらる。公、即ち出て対面せらるるに、慶永、今日は和殿の職務に対しての事にあらず、年来知己の好をもて御物語に及たく候とて、先自ら腰にせし剣を脱してかたはらに置れたり。故格、諸侯相見るときは、主客ともに剣を腰にしてこれを脱することなし。将軍に見参するときのみ脱するを例すれども、朋友故旧うちくつろぎたる時は此例によられず。此日、慶永の剣を脱せられしは親友たるの意を表せられたるなり。公もこれをみて同く剣を脱ぎて膝を進め、そはいかなる事にや候と問はれしに、慶永、近頃大老職を置かれしのち、何とやらん廟堂も様かはりて覚え候。窃に承り候へば、和殿と大老との間もものありげに聞え、和殿の事に属して事行ひし海防掛の人々も危み懼るるものもありとか。世の為、民の為にうしろめき事のみを多かるは、如何なる事に候やらんといひければ、公、年頃の好をもて事別て宣ふ上は某も隈なく申候べし。げにの給ふごとく大老の権威は殊に強く、某京師御使の事も、幕府の御威勢を落せしやうにいひなされ、又同僚の伊賀守も今までよろづ語らひしに、大老の出来し後は、かの人に心寄せて某が申言をも阻む気色も見えて候。海防掛の吏員が思のままに意見を述しをも、その人退きし後は不礼不遜の振舞を咎むる事あり。彼等が申事、良きも納れられざるほどに、某またこれを如何ともせんすべなしと宣ひしかば、慶永、建儲の事も如何になりゆき候やらん。廟議の事は力及ぶべうも候はねども、諸侯などの事は及限りは謀ひ申すべし《ママ》ありしかば、公、大に喜び、さればにて候。西城の事は某壱人、彼御方をとり持て候へども、大老はもとより紀州をこそと思ひつめ、伊賀守も近頃は昔の如く睦みかたらはず、外国の事も、大老がその事情を委くせず、我思ふ如くに行はるる如くいひなすからに、岩瀬肥後守も為んすべを知らず。又土岐丹波・鵜殿民部も廃立を謀るものなりなど思はれけん、いと危ふげなり。某とても如何になりなんや知可ずと憂慮面に仰らは《ママ》れければ、慶永これを慰めて、今有志の士が力に恃むは和殿をおきて外にはあらじ。西城の事、朝廷より仰出さる趣あるよし承るに如何候やらんとあれば、公、その事は無きには候はねども、面正しき事ならねば、心の引くかたに取なされてその人とも定むること能はず。和君等の力を借るにあらざれば事なるべくもあらずと答給ひしかば、慶永も嘆息して、なほさま〴〵に慰めてその日はかへり給ひけり。五月十五日、慶永また公に対面して建儲の事どもを議せられしに、公慶永に向ひ、一橋公を儲嗣とせんとするものは、独奉行頭の人のみならず、君側といへども、またその人無きにあらず。権太遠江守・諏訪安房守等忠実にして国を思ふ事深し。窃に刑部卿殿を建まゐらんとし将軍の意旨を伺ふに、将軍もその意無きにあらねども、いかにせん、大老の権威重く、又後宮の婦女、左右の佞臣等は賢明の主を忌むもの多し。某死を窮めて君を諫め奉らんと思へども、将軍家は道理に責めらるる時は直に涕泣して時移るまで一言の答に及ばせ給はじ。某かかる事に幾度かあひ候て進退度を失ひし事あり。仮令死をもて諫申すとも甲斐あるべうもあらず、某かかる瀬に立てば身を潔くして退かんとは思へども、外国の大事眼前にせまり、又海防掛の奉行等、独某壱人を頼むのみ。ここをもて一日ここに在れば一日の忠を尽すべしとて、いまだ退くに及ばず。伊賀と掃部とはじめ睦じからざりしが、大老にのぼりしより伊賀はこれに諂諛して、某を彼の勢かりて制せんとし、大和守は風波を考へて沖へも乗らず磯へもつかず、紀伊・中務は和君の如く海外の事情に明ならず、閣中の風波かくの如し。加ふるに海外の事をもてす。某が苦心想ひやり給ふべしと嘆息し給ひしと也。

此頃の事にや、営中にて大老直弼と養君の議に及びし時、直弼初よりり《（ママ）》将軍の意に出ると称し、養君の事はしも将軍家にもかねて思召よしあり。紀伊殿は文恭院殿の正しき御孫に当らせ給へば、当将軍家にも御血統最近し。然るに親しき御筋を捨てて疎き系統の水戸公子を立べきにあらずとありしに、公いや〳〵国家昇平にして四方無事ならんには、幼君を立まゐらせ給ふとも子細あらじ。されど今天下多事の時に当りては、年長じさせ給へる君を立ること最大切なるべし。刑部卿殿英明の御名海内に隠れなく威望尤も高し。且朝廷より御内勅にも年長のもの然るべしとの義あれば、かた〴〵此君こそ然るべけれとありしに、直弼きかず、臣とし《(ママ)》君の仰に背く事やあるべき。諸侯を駕御するは祖宗の御法に従はばまた何事かあらん。朝廷の思召もはやく西城を定めと《(ママ)》あるのみ。何人と指させ給ふにあらず。御血統の近きを撰むは理の当然たりと申切ければ、同列もまた異議に及ず。事遂に決定せり。

五月廿九日慶永また公の館を問ひ、建儲の事を問はれしに、公はや紀州殿と決し、来る朔日には三家三卿、溜詰衆に内意を下し、この事を京都に申進じ、六月末七月始には諸侯に告らるべしと答給ひしかば、慶永大に驚き、何とて然急がるるにやとありけるに、こは掃部頭の意にて、はやく紀州殿に決せざれば、人望愈刑部卿殿に帰して事むづかしとて、かくは定めしと聞ゆ。慶永嘆息して退きぬ。

大老直弼かくてもなほ異議あるべしと疑ひけん、六月廿三日思召有しとの言をもて、公及松平伊賀守が老中職を罷めらる。伊賀守は直弼と同心の人なりしが、いかにして罷らけ《(ママ)》ん。その反覆を懼れてなるべし。同日、太田備後守資始・間部下総守詮勝・松平和泉守乗全をもて老中とす。同廿五日、紀伊宰相慶福卿を養君とせらるるの義を披露あり。将軍家定公これを延見し、長光の刀を賜ひ、紀伊の家はその支族左京大夫頼学が七男茂承をもてこれを継がしむ。七月五日さらに思召有之の言をもて、尾張大納言慶恕卿を廃し外山の邸に蟄居せしめ、支族摂津守をもて家を継がしめ、松平越前守慶永朝臣を致仕せしめ、日向守直廉をもて家を継がしむ。又水戸前中納言斉昭卿を駒込の邸に蟄居せしめ、一橋刑部卿の出仕を停む。尋ぎて継嗣異議あるをもて職を停めらるるもの甚多かり。川路・岩瀬・土岐・永井・本郷等の人々致仕せしめ、或は職を貶し録を削らるるもの数を知らず。幾程もなく間部下総守上京して、縉紳諸大夫及浪士等を、或は死罪に処し、又流刑幽囚せしは、外国処置の別勅を申し下したる罪によるといへども、多は継嗣の事を周旋せしがゆゑとぞ聞えたる。中にも慶永朝臣の謀臣と聞えたる橋本左内綱紀は頗る才気あるものにて、公が慶永と建儲の儀に及ばれし時、御家臣橋本とやらんを川路左衛門の方に遣はされたりと承りぬ。かかる大事をかた〴〵へ御申出候ては御為にも宜しからぬものをと仰せけるに、慶永少し鼻白み、此事を度々申ししかど、尤とのみありてとり留たる御答候ねば、忍びかねて余所へも洩候ひしなり。たしかなる御答あらば、いかで人に語り申べけれと打笑候といひければ、公も打笑ひ、左衛門が申ししは、左内は二十四五ばり《（ママ）》六七にはなるまじき若者なるに、弁論才智天晴なる事共にて殆ど辟易し、越前殿には能き家来を持たれたりと殊に賞誉せしと承りぬ。しかしなら《（ママ）》重て《（ママ）》て遣はされぬこそよろしかるべしとありける。この左内、後に慶永の旨をもて京都に至り、三条内府・粟田青蓮院宮などに参り、刑部殿の事を周旋せしかば、その罪をもて斬に処せられぬ。いと哀なる事なりき。

水戸前中納言が己の子を立んと思はれしは、もと公けに生ぜし事とはいへども、また私の富貴を謀られし事もありしなるべし。然ども諸公が連署して請ひしは中納言が籠絡手段によるといふは甚しき誣言なり。但中納言がそれ等嫌疑を受けしも、またその子細無き《（ママ）》あらず。この人一橋を忌み嫌ふものは後宮の婦女なるべしと思はれけん。当時尤権勢ある姉小路に消息して、厚くものを賜はり、とり持給はるべしとありしを、姉小路はさる小ざかしきものなれば、男文字にて読みがたしとて、窃に将軍に呈しけり。将軍家定これをみて、予にも読がたき節多く、また読むべきに非ず。これは汝の心として、近習の誰某に請ひて読ましむべしと仰けれ《（ママ）》、当直の近習大久保、後に一翁といはる人に示して、これ読みて給へとありければ、即ちこれを読みむ《（ママ）》、その時大久保、此書一日借りまら《（ママ）》せばやと請ひけるに、そは大切なるものなり。借し申さんこと叶ひがたしといひて、懐にして退きしと、大久保が自ら物語れる事なれば、偽りし言にはあらず。こは斉昭卿が失策にして、反て将軍に慶喜を忌むの意を増さしめ、姉小路等が策を成就せしめしなり。これによりて見るときは、世子の進退は後宮の愛憎最力ありしを知らるべし。

# 春日の局

## 姓名系譜履歴

麟祥院君、名は福、丹波の国主明智日向守光秀が旗下にさるものありと世に知られたる斎藤内蔵助利三の女にして、母は稲葉道明の女なりき。年長じて伊予におはして、長曽我《（ママ）》家の林八右衛門正成に嫁す。後稲葉佐渡と称す。三子あり。長子後に美濃守と称す。正則。(頭欄)〔三子あり。長を丹後守正勝、次を美濃守正則といふ。〕後離別して京師に寓居す。慶長九年、徳川台徳公の世子竹千代君の傅母となる。元和九年、竹千代君御世を継ぎ家光と名のり給ふ。寛永六年十月、君はじめて京師に至り、時の帝水尾（ママ）天皇を拝す。春日の局と召さる。この号は足利氏の時に始れり。君、将軍保育の功を思召れてこの賜ありしといふ也。この頃相州高座郡の内吉岡三千石の地を賜ひ、又毎年白銀百貫目を加へ賜ふ。七年、采地を巡視し警戒の語あり。九年夏、再京師に赴き明正天皇を拝す。緋の袴を賜はる。こは殊なる仰事によりてなり。寵遇の厚かりしこと知るべし。十一年正月、長子丹後守正勝卒す。君髪をおろして麟祥院と号す。十二年、玄性公正盛朝臣の第二子正俊君をもて養子とし、後孫女をもてこれに娶はせらる。是第二子美濃守正則の女なり。十八年八月三日、将軍大猷公の世子竹千代君誕生あり。正俊君をもて小姓の役とす。二十年九月十四日逝す。六十五歳。白銀三千枚米千苞を賜ふ。朝廷もまた従二位を贈らる。江戸湯島天沢山麟祥院に葬る。

### 稲葉氏の妾を手刃す

天正十年、明智光秀山崎の戦に打負けしとき、内蔵助利三討死す。利三に三子二女あり。郎等これを米俵のうちに忍ばせ、かりに運漕の貨物として船につみ載せ、伊予の国に送り長曽我部に托す。此時守兵あやしみ、船中に入り来り、槍をもてその俵を突きしかど、幸にして中らざりしかば、命をまぬがるることを得たり。長曽我部におはせしとき、長女福が奇才を愛して、これを林八右衛門正成、後に稲葉といひ（ママ）人にに（ママ）嫁す。春日の局と申ししはこれなり。幾ほどなく三子を生ませ給へり。しかるに八右衛門、壱人の妾あり。そを他所に据へ置きて通ひしかば、君これを知り、或る日八右衛門に向ひ、かかる事を密かにせさせ給はば、世の聞、君の御覚もいかがあるべからん。早くここに招きて一所に置かせ給へとありしかば、喜ぶものから危み思ひて打過ぎしに、いかに〳〵と促しけるにぞ、さらばとてこれをまねきよせられたるに、かの女も性質よからぬ者なりければ、寵に誇りて無礼の振舞多かり。君、性剛におはせしかば、その憤に堪へかね、八右衛門が家に居らざりし日に、彼の妾を呼出し唯一刀にきり殺して、そのままに去にけり。去て京都の本願寺に寓居せり。八右衛門これをきき、己が所為のよからぬを悟り、呼かへさんとせしかど、君これをきかず。妾すでに嫉妬をもて夫の妾を殺ししに、いかで再び夫に見ゆべきと、遂に離別し給ひけり。その後、君は将軍家に召し出されて、竹千代君の保母となりしに、正成これより先、金吾中納言秀秋につかへしが、秀秋とうせ給ひても《（ママ）》、また将軍に仕へ奉り、初て謁見せしめられし時、君竹千代君を抱きまゐらせ将軍の御側に侍りしかば、正成大に驚きぬ。将軍これを見そなはして、昔の怨もあるよしなれども、今はあまた年を経ぬ。此女は吾等に与え候へ。吾媒してよき妻を迎へさせんずとありて、正成には別に妻を娶らせ給ひしとなん。

## 竹千代君の傅母となる　（頭欄）［改正下にのす］

慶長九年、将軍台徳公秀忠の世子家光誕生す。初の名を竹千代と称せらる。祖父将軍家康公仰せけるは、凡そ貴人の子息は幼より婦人の手に育はれ、深宮のうちに生長し、自ら柔弱の性質に変ずるもの少からず。いかで剛邁なる婦人を得て、その傅とすべきものあるべきと問はせ給ひしに、その時京都の所司代板倉勝重対申やう、故明智日向守が郎等斎藤内蔵助子（ママ）が女、今本願寺に忍びて候が、さる剛のものの女なれば、この女を置きて外にその人あるべうも候はずとありしに、公も君が稲葉氏を去り給ひしこと、かね人（ママ）伝にききておはせしかば、そのもの然るべしとて、速に人してこれを招かしめらる。君も、公の事はかねて一世の英雄なるを知りしかば、喜びてその招に応じ、即ち世子の傅母となりぬ。或説に、君稲葉氏を去り本願寺に寓居ましけるに、傅母を求め給ふよし、本願寺の上人これをうけ給はり、これをすすめ申せしとも、又長橋の局といふ婦人すすめ申ししともいへり。

## 世子を保護す

台徳公の夫人浅井氏は備前守長政の女なり。庶子国松君をめでいつくしみ給ひ、いかで世子に立ばや（ママ）思されしにぞ、国松君の御子としいへば、従がはせ給はぬ事なし。将軍家の御使、世子と国松君とにつかはさるる時、国松君のかたに至るときは厚くもてなし、引出ものなどさま〲せさせ給ひしかば、左右近習の輩に至るまで、国松君を褒め申さぬ人なかりき。此時、竹千代君御年十二歳におはせしが、かくとみて、我身不肖にして父母の心にかなはず、いつまでは斯てあらんには反て御心に逆ふべし、自ら早く世を去りて父母の志を遂げさせ申すに若かずとて、或る日、人無き折を伺ひ腹を切らんとし給ひけるを、君これをみて大に驚き、さまざまに道理を尽くして諌め止め、窃に御暇を乞ひ、伊勢大神宮に参詣と披露し、その頃家康公大御所とて駿府をお《（ママ）》はしませしかば、御所に参り、窃そのよしを言上し給れば《（ママ）》、公、我よしなに計ふべき旨あり、いたく憂へなせそと仰せしが、その後、公、関東御下向あり。城に入らせ給ひし時、国松君早くも出迎へ給ひしかど、言葉をもかけ給はず、竹千代君のあとより出迎させ給ふみ《（ママ）》て、いとにこやかに、御事はやく案内せよと仰ありて、奥殿に入り上段の間に御座をまふけ、竹千代君を御膝近く侍らし給ひしかば、国松君も同く入らんとし給ふにぞ、公ししと止め、この座は汝達の居るべき所にあらず。そのままに居り候へとありしかば、国松君、顔赤らめてそのまま下段に座し居給へり。斯て茶菓を上りしに、公、まづ一つとりて近侍に仰せ、竹千代どのに参らせよと仰あり。又一つをとり国松君の御前に投やり、国松これを給へ候へとあり。又台徳公に向ひ、竹千代十五歳に及びなば、これをともなひ参内せさせ、御身に代りて世を治めしむべしと有しかば、台徳公をはじめ諸臣皆その御心を悟り、これより世子の御位定りけり。されども君はなほ心もとなくや思はれけん、永井信濃守尚政が弟伝十郎直清が、正直にして世人の毀誉を顧みず、世子の館に伺候せしをもて、窃に世子の仰をて《（ママ）》、此頃の有様を物語りて救を求めしかば、直清承り、仰なしともこれより願奉るべしと存じて候つれと兄に申てければ、尚政これをきくとそのまま坐を起ち、内に入らんとす。伝十郎驚きその裾をとて《（ママ）》おし止めければ、尚政打笑ひ、若君の仰とあるに、いかで衣服を改めでやあるべきとて、出仕の服に改め、直に将軍に謁見し詳に言上しければ、将軍驚せ給ひ、さる事のありけるか、何とて早く告げざりつるとて、これより若君を重くせられしかば、世子恙無きことを得たりき。これ、しかしながら、春日の君の忠節による事なりと、世の人みな申けり。

一説、春日殿、南光坊天海に托し、窃に家康公に申しなりと。いづれか是なりや、知らず。

## 竹千代君の傅母となる （頭欄）［改正］

台徳将軍の夫人崇源院殿みもと《（ママ）》召せ給ひしかば、かねて傅母を求め給ふ人とて、民部卿局と申しし婦人をもて京につかはされ、板倉伊賀守勝重に仰せて、よしあるものをとあり。此時君は京にいませしかば、勝重斯ときゝて、故明智日向守が郎党斎藤内蔵助が娘、今本願寺に忍びて候なる、さる剛のものの娘なれば然るべしとて、このよし言上しければ、家康公聞し召れ、喜び給ふ事大方ならず。彼女奉公をのぞむとあらば、速に召連参るべしとあり。君も、公が凡人におはしまさずしてよく人を識るの眼あるを喜び、一議に及ばず領承せらる。この時、君年二十六歳なり。公、嘗て仰けるは、凡そ貴人の子息は幼より婦人の手に育れ、深宮の中に生長し、自ら柔弱の性質に変ずるものなり。されば、剛邁の婦人にあらざれば男子の傅母にすべからずとあり。されば夫人も、こ度誕生の御子男ならんには、この人をもて傅母とすべし。もし女子ならば男子出生の時を待つべしとの給ひしに、君御答申やう、仰はさる事ながら、いかにもしてこ度の御子に附させ給はんことこそ願しけれ。そは妾が夫の家を出しのち、ある夜の夢に、白き装束したる人、梅の枝文附たる持ち来り、こは吾御前の夫が暇の状にこそとてさし出せしかば、妾これをうけとりて、火に埋めむと炉の灰を搔起しけるに、きら〳〵と光るものあり。とりてみる《（ママ）》、黄金の竜なりしかば、そをとりて懐に入るとみて覚め侍りき。今年は辰の歳なれば、必定生れさせ給ふ御子は男御子に相違あるべからずと申しし。果して竹千代君生れさせ給ひき。

## 世子を保護すの条の末に入る

藩翰譜、駿河大納言の伝に、初左大臣家竹千代殿と申奉り、大納言殿、国松殿と申せし時、御父将軍家、国千代《（ママ）》殿を愛させ給ふ事ふかくして、世継の君に立むと思召定めけるに、竹千代殿の御乳母春日局、お梶の御方につきて訴へしかば、駿河の御所大に驚かせ給ひ、いそぎ関東に成らせ給ひて、何ことはなく竹千代殿をたうとませ給ひ、国千代《（ママ）》殿をば事毎におしくださせ給ひ、又内々には、将軍家に嫡子しりぞけて少子たてん事は天下みだるべき基なりとさまざまに御教訓あり。竹千代殿のおさなき御心にも、我故なく退けられんには父の世の為に長きそしりをのこされ給はむもかなしき事なりと覚しめし、御耳のうときやうになされしかど、将軍家も大御所の仰置れし事共覚し召捨がたくて、終に竹千代殿を御世継とはなさせ給ふ。この故に兄弟の御中平かならず、大納言殿終に失はれ給ひぬと世の人皆いひも伝へ、筆にも記せり。うけがたき事なり。抑大相国家と申は、篤恭の御徳備はらせ給ふ賢主にて渡らせ給ひし御事也。いかで斯く理なき御心ましますべき。是は皆妬忌ふかき婦人女子の口より出て、物の心をも弁へぬ人の、私の腹をもて公なる御心を計るより出し説なるべし。今も世にある事なり。さらぬ賤しき家にもかかる一大事の事、外人の知べき事にやはある。ましてやことのなきが事をや、何者がかく聞も伝ふべき。されどかかる事は、いにしへの賢聖の人と聞えしも世の疑をばのがれ給はぬも多かり。ただしき証なからんには疑ふ有るべからずとて、元和四年、国千代君《(ママ)》が西城の湟にて鴨うち給ひし事を引き、台徳公がそをききて御気色を損じ給ひし事を引けり。されども公が初め国千代君《(ママ)》を愛して世子を疎くせられし事は、諸書にのせて疑ふべからず。この一事をもて初よりその事なき証とはなしがたし。さればにや、頼襄が外史には前条に並のせたり。おもふに、台徳公御父の言に従ひ、世子を定め給ひしかば、物情を鎮めんとて、わざとせさせ給ひし事なるべし。この事に至りては頼襄の見識、白石の上に出たり。

（一代の寵栄）

東照公は元和二年に薨去あり。九年を経て台徳公、御父の遺言の如く世子家光公に御世を譲らせ給ふ。これはこれ、これより君ます〳〵寵遇をかふむり、内外の事意見あるとき、心限なく諫め申給ひしに、公も幼より睦くものし給ひしかば、その申言としいへば、従がはせ給はずといふ事なし。その忠誠にして時勢に詳なることに男子も及ず。されども公平にして毫末も私なし。内謁につきて身の為にせんとするものは、一概に言辱め給ひしほどに、人皆その勢に辟易して懼れざるもの無りしとぞ。寛永六年十月、仰によりて上洛、参内して天顔を拝み奉りしに、春日の局の号賜はりぬ。時に年五十一歳。久しく宮仕し給ひければ衰老して物の用に立ち難しと屢言上しければ、公もその積年の労を賞し、やがて北の丸に館を作り給ひしかば、ここに隠居しまた世事にあづかり給はず。明る七年、かねて賜はりし相州吉岡の地を見ばやと御暇を給はりてかの地に赴き給ふほどに、留守の人々に戒め給ひし書に、

留守中法度の事

一、火の用心堅申付候はん事。

一、誰々の御出なりとても、殿達は表より、久太郎出逢て返し候はん事、奥へは無用の事。

一、客人衆は格別の事、春日召仕候者、上下共に宿へ出申事無用の事。

一、供に召連候者共の扱候道具あい・ふき・やうを跡に置候へばそれに能申付候。およ・つた・あとつれて参り度故に、此者へ扱し入物は、やす・たつに能申付候。錠をおろし口に封をつけ、ぼうをさしおき候へと申付候まま出し候事はま五ざへもんやす兵へみな〳〵ねんを入候はん事。

一、久太郎、せい八、新太夫殿、りけいのまいり物に念を入候はん事。

一、左京・九郎右衛門、けいこに参り候はば、いつものごとくふるまいをいたし、供の者にも飯を食せ、ねんを入候はん事。

一、若君様、大ひめ君様、千世ひめ君様、三ノ丸様、たかだ様、おはり御上様、きいの御上様、あき様御ぜん様、そうおういん様、やうしゆいん様のの、あはぢ様御上様、ゐちご御ぜん様、

ゐいせういん様、ほつたかが殿御内ぎ。みの殿御内ぎ、せうけん殿内ぎ、はなぶさ五郎右衛門殿、ゐいりやういん殿、留すみまいはかくべつの事。その外いづかたよりまいり候とも、とめ申まじき事、かたく申しつけ候よしにてとめ申まじき事。

一、みな〳〵まござゐもん、いづれもかうや（ママ）につねにいて出候て、いね候はん事。番いたく（ママ）いたし候はん事。

一、ごふく《呉服》諸あき人物ども、部やの事は申におよばず、門よりうちへ入申まじく候。

一、くすし《薬師》達の事はかくべつの事。

一、ながや《長屋》の火の用心面々によく申つけ候へとかたく申渡付候。以上。

よゐもん　　やす兵へ　　まご左衛門　　太兵（ママ）

むま八月四日　　　　　　　　かすが

久太郎殿とあるは、三歳より君が養子して城中にあり。君が留守に居られたる堀田加賀守正盛朝臣の第二子正俊朝臣の事なり。清八とは酒井日向守の室、新大夫とは若狭常光院の仕女。常光院は浅井氏にして、台徳公の婦人の妹なり。りけいとは宮中の老仕女にして、才智かしこき婦人なり。皆君が日比親しき人にて留守に置かれしものなるべし。まゐり物とは飲食なるべし。左京とは、喜多寿院とて能をよくするもの、九郎大夫もまた猿楽の笛をよくするものなり。皆久太郎ぬしが師として学ばれし人なるべし。さればこれを供応せよとはいはれし也。その従者にまで及ばれしは君の精細なる事を知らる。若君は厳有公家綱。大姫君は水戸中納言の息女（ママ）にして、大猷公これを養子、加賀の築（ママ）前守に嫁す。のち清泰院といひしは是也。千世姫は尾張の姫君。三丸様は大猷公の夫人。高田様は公の姉にして越後忠直卿の母。尾張御上様は浅野紀伊守の女にして尾張に嫁す。紀伊御上様は加藤清正の女にして紀伊に嫁す。安芸御前様とは、小松中納言利常の女にして安芸に嫁す。相応院様は尾張義直卿の母、養珠院様とは、紀伊頼宣の母。淡路様とは鳥居左京の女。越後御前様は忠直の室、栄勝院とは水戸侯の母、堀田加賀守内儀とは酒井讃岐守の女、将監殿内儀は正盛朝臣の姉、花房ゐいりやういんとはその妹なり。又この書に宛られたる孫左衛門とは若林孫左衛門、与右衛門は天野与右衛門、安兵衛は由井安兵衛なり。皆正俊朝臣につけられたる侍なり。太兵衛とは大野太兵衛にして、君のもとに久しく召し仕はせ給ひし侍なりとぞ。この文をみても、当時君が家法の厳粛なりしを知るに足れり。

寛永九年、台徳公病おもく、今は世に頼み無く思ひ給ひしかば、深く慮るよしありて、近江国多賀の社に病平癒を祈らせ給ふよして（ママ）君をもて使とし、彦根に至り、井伊家に仰下さるる旨あり。その事天下の大事と聞えしかど、詳なることは秘して伝らず。事終りて京都に赴き、主上に謁し奉る。主上日頃の労を賞し、御召の緋袴を下し賜れり。同き十一年正月、長子稲葉丹波守正勝卒す。君これを悲み、請申て剃髪し麟祥院と号す。是より先、将軍家君の為に一寺を創立せんとて、寛永元年の秋の頃江戸湯島の地に土功を起し、幾程なく成就しければ、報恩山天沢寺と名けらる。保母の労を賞せられしと聞ゆ。ここに到り、君の法号によりて件の寺を天沢山麟祥院と改められ、寺領百石を給はり、又京都妙心寺の塔頭に寺領二百石を賜はりて麟祥院を建立せしめられ、禁中よりよしある釣殿の材を賜はりしかば、その後君が世を去りし時、これをもて祠堂を作り、肖像を安置す。この肖像はいまだ法体となり給はざりし時の像にて、容貌は眼巨く、軀大きく、きはめて畏るべきあり様にて、五衣緋の袴を着し、手に桧扇をとり、かたはらには薙刀一振をうしろの几帳に倒しまにたてたり。もてその平生の気象をみるに足れり。正俊朝臣を養子とす。大猷公、君が力によりて儲君の位を失ひ給ふこと無く、台徳公の譲りを受け御世嗣がれしかば、君の勲功を賞し、恩禄ありしかど、その子孫は稲葉氏なれば、いまだ君の祀を先祖として奉ず可きに非ず。さあらんには、いまだ大勲を後に伝へがたしと思ししにぞ、やがて養子して後を嗣がせよと仰あり。外孫に当りし加賀守正盛朝臣の子正俊朝臣の、いまだ久太郎と申て年二歳なりしを、君の嗣子と定めらる。これ寛永十二年の事なりけり。同き十八年、将軍家世子竹千代君誕生あり。正俊八歳にして小姓役となる。八月、世子はじめて家門の人々、諸大名に対面あり。君これを抱きまゐらせ、同き六日、君祝宴を開き世子の生誕を賀す。老臣および昵近の諸士皆この祝宴に侍せらる。当代に重くせられし事知るべし。

## 臨終の遺言

寛永二十年秋七月二十六日の頃より君心地例ならず、そこはかと無く悩み給へり。将軍家御心安からず、斎藤摂津守に仰せて看護せしめられ、日にその安否を言上す。されども心元なくや思しけん、親く病床にのぞみ問はせ給ふこと四度に及べり。又時の老中酒井讃岐守・松平伊豆守及び加賀守正盛朝臣を召して、春日局は年来勤仕浅からず、今病危篤に及びぬとて、涙を流してこれを傷ませ給ひ、君に向ひ、望の事あら（ママ）申べしとありしに、君別に望みは申（ママ）はずとて、稲葉美濃守の女をもて養子久太郎に妻あはし、又一門の者共にいまだ婚嫁畢らざるものに婚儀をゆるし給はらんことを請はれしのみ。一言もさるものどもの恩禄に及ばず。将軍家なほ典薬のものに仰せて薬を賜ひしかど、思ふ旨ありて服し給はず。こは将軍が幼して痘を病み給ひしとき、身をもて代らん事を禱り給ひしに、その効ありて恙ましまさねば、誓て薬を飲まじとせられしなり。将軍これを聞き、親らすすめ給ひしに、畏まりて一たび嘗め給ひしかど、終に吐出してこれ（ママ）服せず。九月十四日、終に逝去せられぬ。時年六十五歳。将軍これを傷み給ふ事大方ならず。白銀三千枚、米千俵を給ひ、喪儀の資とし、天沢山麟祥院に葬り、法号をかえて仁淵了義といふ。是月寺領二百石を加増あり。合して三百石とし、又金千両を給ひ、祠堂を建て、朝廷に奏して従二位を贈り、朝命をもて一周年の忌辰より七周年まで法会を行はせられ、幕府もあた（ママ）毎年忌辰に法会を給ふ。その後稲葉・堀田の二家これ（ママ）辞し、両家代て年々法会を行へり。

### 斎藤氏の二兄

麟祥院の兄二人おはします。一を利宗、一を三存と申す。内蔵助利三の誅せられしとき、豊臣秀吉公二子をも誅せらる可かりしに、細川越中守忠興その勇を愛して二人を己家に留む。利宗朝鮮に赴むき、その後肥後の賊を平げし時戦功あり。慶長十年、徳川家に召し出されて領地を給はり、伊豆守となる。忠興の子忠利、利宗のゆかりにつき金帛を世子に掛け、終に肥後に封ぜらるるを得たり。初め伊豆守が東におもむきし時、三存も清正の許を逃れて兄に従へり。これも東日《(ママ)》局の望をもて領地を給はりしが、大坂の役に戦功あり。その子三友側衆となり、飛騨守に任ぜらる。

## 水野忠邦と議合はず、老中を罷め溜間格となる

天保八年五月十六日、寺社奉行より大坂城代に移り、従四位に叙せられ、いまだ任に至る及ばず。七月九日、老中加判の列に補せらる。将軍世子の傅となる。世にこれを西丸老中と称す。尋で本丸に移り、幕政に参預す。同じき十四年四月十三日、将軍家日光廟に詣す。公これに従ふ。閏九月八日加判列を罷られ、溜間格となる。公、老中職にあることここに六年、この時水野越前守忠邦同僚の首座たり。忠邦大に幕政を改革し、毎事寛政度を称し、白川松平越中定信の時の制を用ふ。しかるに群小これに乗じ、新法を行ひ瑣屑の禁令を発す。その一を挙ぐれば、上下に命じて絹布を用ふることをゆるさず、すべて綿服を着し、これを犯すものあれば忽ち捕て法に処す。又最その甚しきに至りては、婦人自ら己の髪を結はしめて他人の手を借ることをゆるさず。（頭欄）「女髪結といふもの禁じ、これを犯す者必ず罰せらる。」その他、奇察にして大体を失ふこと甚しかりし事勝て数ふ可らず、謗議大に起る。公、忠邦の新法を善とし給はず、数違言ありしにぞ。（頭欄）「忠邦、儒臣片桐要助といふものに命じ、我用人渋井達徳に就

き、公を脅かして己が意に従はしめんとして、一儒生に命じ窃に公に利害を説き、暗に忠邦の意に従はざればその職を保ちがたきの意を諷せしむ。公、これを聞て忠邦が終に己を容れざるを知り、断然として職を辞せんとし、」これを老臣渡辺弥一兵衛治に謀り給ふ。この時、治、本国佐倉に在りしが、公に呈する書にいふ。

安治へ相托書面奉差上候得共、何分即考不行届、一通り奉申上候迄に御座候。其後、要助方より便いかが御座候哉ト心配仕罷在候。扨又、熟考仕候は四月迄の所は多分御気遣は有之間敷に付、御内願書御進達は大切之儀に候間、御尤至極に奉存候得共、つくぐ〳〵愚按仕候に、有之通にては御同列様へ御馴合御引込に成候様にて味ひ宜かる間敷、其上、上へ御忠節も無之様に相成、又一儒生之只一言を以、重き御役義之御進退を御決被遊候も見機之要とは難申、余り軽き様にも相聞、旁以残念至極に奉存候。乍去、一奸を除き候は不容易事にて迚も上力に難叶事候へば、御退引外対策も有之間敷候へ共、是迄御重任之御事御一言は天下之御忠節も立、且は御家の御安全も計度、甚拙策ながら再考仕候趣、左奉申上候。

一、御退引御決被遊候とも、しかし御内願書は御進達御見合被遊可然哉之事。

一、重き御用柄に付、何卒日光御用無御滞被為済候様仕度候。扨其上にて上御不快(益々御持病故脚気、御長座御難儀)を被仰達、少々御引込之上、何となく通例之御願にて御退任被成候様仕度候事。乍去、天下の御為、此節天下之形勢を上に被達御耳候密計有之度(是は下々にて御様子承り難き事に御座候得共、其御引込之前に御腹心之御取次様へ御頼被置、自然拙者長病等にも相成候はば、折を以被達御内聴候こと御頼被置候様にて成就可仕哉之考）、左候へば是迄之思召も御一言相立、御大任之御忠節も相立申候哉。夫が為に御譴責被為蒙候とも、夫は武士之常、可恐事も無之、左候得ば御同列様の御張合にも無之、御座共付不申、宜様奉存候。永々御引込にて此期を御延し、天下の動静も被遊御覧、御退引之方宜く相叶候はば、御願書御進達にて候へば増天下にては奉惜候様に相成、世間にても無御拠義と奉恐察候へば、折節を得て御再任も御運次第、品により御引込中計策、御届き、西に御転じ等に相成候はば上策、下策に落候ても上下奉惜候様に相成候へば又後年之計策も届可申ト奉存候。火急之御引込にては御一己之思召は御快然たるも万方へ之事々響き、宜間敷に付、思召には御叶被遊間敷候へ共、火急に御災可参勢にさへ無之候はば、四月後種々御退引之御工夫之方可然哉と再考仕候間、此段奉申上候。猶御熟考奉願候。

此書の趣を陳るときは大意かくの如くなるべし。

渡辺治は公の下問を得て、近臣にて機密に預れる荒井安治に托して意見を述べしが、さらに又一書をもて答けるは、首相の内意はあれども本年四月の頃まではいまだ罷免の沙汰に及べき事とも存せず。しかるに俄に辞職の啓を奉り給ふは直を得ると致しがたきか。この度勇退の御事は道理あるに似て候へども、愚臣つら〳〵按ずるに、さありては同僚と連合で職を辞してこれを要するは宜しからず。徒らに身を潔くするのみ。幕府に忠節の効なく、又一儒生の恐赫によりて（頭欄）〔同僚と密謀して事を要するに似たり。又徒らに身を潔くし給ふとも幕府に忠節の効をなし（ママ）。一儒生の為に」大任の進退を決するは見機の要といふ可らず。然れども今日の勢いをもて奸邪を除き去ること容易にあらず。言行はれざるに於ては職を去るの外、別に計略なしといへども、公の任は重任なり。一言もて天下の為に忠節を致すべく、又一家の安全の計もこれに在るべし。愚臣が考ふ所は、退職の意に決し給ふともその辞表はしばらく人・時・機を見合せ給べし。本月四月は将軍家日光廟に詣せさせ給ふをもて供奉の仰あり。これ当家の栄誉にして末代まで記録にのこさせ給ふ事なれば、必ずこの時まで辞職の事仰あるべからず。供奉の事終りてのち、かねて持病におはします脚気病をもて出仕を停め、通例の辞表をもて職を解るる事然るべしと存ず。されども天下の御為に此頃の形成を将軍家に聞えあげさせ給ざるも遺憾の事なれば、幕朝の法制は知り候は、退職の前に側衆の如き昵近の侍に機密を授け、某病をもて職を罷るに至りなば、事の次をもて将軍家の内聴に入れ奉るべしとて、当今の形勢を細かに述べさせ給ふべし。然らんにはかねて蓄はへさせ給ふ持論も立ち、大任の忠節も立給ふべきなり。これが為に譴責を蒙るとも、そは武士の常にして臣職のまさに然るべきもの、怒る可に候はず。さあらば、同僚に励まされしにもあらず、独身進退を決するなり。或はここに出給はず、退きて天下の動静を見んとならば、病と称して出仕し給はず、然るのち辞職の啓を上らば、天下これを惜、君が已を得ざるの進退を知るべし。然らば時機至りて再び大任に当り給ふ日無きにあらざるべし。或は閑職に退き、西丸老中に転ずるもの亦可なり。上策下策に落るとも上下の為に惜まれて後来の復職を得ることも有べし。俄に出仕を罷めて身退くは、潔に似たれども策の良なるものにあらず。とにもかくにも四月日光供奉の後を待給ふに若くことあらじと申けり。公これを納れて安治に命じ、治に復書せしめらる。その書のうちに、且又此度の一義、西下(これは西丸下に水野忠邦の邸あるをもていふ)にて弥御御《ママ》取除の御積に御決心御座候上は、前広に御風諭にも及不申処、畢竟前広御洩し御座候は全く威し候て彼方之《ママ》へ御引込の御工夫にもと推察仕候とあり。これ当時忠邦が志を知るべし。よって因にここにのす。斯てこの年の四月、日光供奉の事終り、治の言によりて病と称し、辞職の事に及ばれしかば、忠邦も公を処するに苛酷の事をもてせず。やがて将軍家に申してその職をやめ、旧例は老中を罷らら《ママ》るるもの直に帝鑑席に就くなるを、異数をもて溜詰格とす。公ここに於て退て藩民を撫し、庶改を親らして、文武を教育するをもて己が任とし、暇を賜ふて本国に就き、大に国政を主張せられしかば、藩民悦服す。

## 文明公紀　附儒臣

文明公学を好み、初め渡辺治に従ひ学び給ひしが、後に松崎謙堂《ママ》が博識にして事務に通ずるを聞し召、これを聘して師とす。又安井息軒・海保漁邨をも聘して藩中の子弟を教授せしめらる。藩士には石橋亘・香宗我左中《ママ》・吉見治右衛門・平野縫殿・八木新吾・島田大助あり。又久保済五郎を聘して、賓礼をもてこれを禄し、村上来助を賤卒に挙て教員とす。封を襲の初、成徳書院を建るも《ママ》生徒を教授し、天保七年に至り大に学制を拡張し、書院の規模を大にして先聖殿を建て、講堂聖舎を設け生徒を養ふ。ここに至り、独文学のみならず武術算学に至るまで、この内に設けざるをなく、才学の士彬々として輩出せり。今その教官となりしもの数人を挙て、もて当時の教育盛なりしを示す。

石橋亘、字は子行、竹州と号す。江戸の人なり。父を茂作といふ。亘幼にして父母を失ひ、年二十にして尾藤氏の門に入り学を治む。享和年間、下総印西に遊び、子弟を教授す。青雲その学徳あるをきき、これを召して藩士を教育せしむ。竹州謹厚にしてよく職をつとむ。文化十年九月、禄十五人口を給りて格式組外とす。蓋異数といふ。文正《（ママ）》九年生徒を教ふることの勤たる事を賞せられ、又五口をまして二十口とす。亘はじめ浅見絅斎の学派を治めしが、後に悟る所ありて昌平学に入りて尾藤約山の門に入りしより程朱の学を講ず。容貌温順にして耳大く眉秀たり。言語柔にして人の心を楽しむ。然れども自ら刻苦して読書するに厳に課程を立、昼夜研究怠ることとなし。ここをもて理を見ること明にして、これを弁ずること詳なり。その講をきくもの膝の進むを覚えぬまで傾ききて倦むことをわする。天保四年二月病て歿す。仙台大槻清準その墓碣を撰す。亘四世に仕へて忠勤の聞あり。藩士その教に服し、今に至るまでこれを称す。長子を益橘といふ。父歿して、馬廻をもて家を継ぐ。放逸にして酒を嗜み、しば〳〵過ありしかば、天保七年給人末席に貶せらる。さてもなほ改むる心なく、放蕩ます〳〵甚しきよし聞えければ、明る八年尽く食禄を奪はる。第二子桂馬は出家の望ありて妙隆寺に入りしかば、三子百之介をもて家をつぐ。十四年七月七日、執政君命をもて百之介を召して諭すらく、汝が亡父亘、四代の侍講として勤務怠ること無く、又諸生を教導して学風を一変し、近来成徳書院の附属塾舎に至るまで大に整頓し、程朱の学統ここに盛なるに及は、皆亘の遺教の然らしむる処なり。君上その功績を賞し給ひ追賞あらんとするに、碑文建立の挙あるよし聞し召され、白銀十枚を下し給ふ。宜く建碑の料とすべべし（ママ）と、これをもて亘が教育に功ありしを知るべし。

香宗我部左中、はじめ三治と称し、後兵馬と改め、終に左中と称す。祖父官治親寛、父相親並に先筒頭となる。文政四年二月、父相親致仕し、左中家を継ぎ、禄百石を領す。八年九月、騎士をもて千葉の営所にゆく。この年十二月、営所の子弟に学を授くべきよしの命あり。又誠心流の槍術を授く。（頭欄）［左中文学を好むのみならず、又武術に長じ、井口節内の門に入り、誠心流の槍術の奥義を得たり］天保四年、温故堂教授石橋亘病死す。後任を求められしに、潮田儀大夫左中の学才をもて進め、渡辺弥一兵衛治も又これを薦めしをもて、文明公この義然るべしとて、同じき四月二日、左中を召し諭らく、汝年来学業に心を用ひ、子弟の教授宜を得るよしその聞あり、よて此度学校教授とし、小寄合の班に進められ、佐倉に居住せしむ。五年七月、公佐倉に至り政を視る。左中帳役となる。当時儒士を視ること医卜に同じく、多くは吏職に列せず。公は夙その非を知り給ひければ、左中を此職に補せられしと聞ゆ。後菱川泉蔵守・田中弥郎（ママ）参も儒臣をもて出進せしかど、守は帳役より奥年寄となり、参は帳役より用人に陞れるは、この例によられしなるべし。七年九月、病をもて教授を辞す。即ち温故堂の管務に移る。此時成徳書院を拡張し三職を置く。惣裁・管務・監察是也。左中が久く学官たるをもて、その職に補せられたり。同九年十月、左中病ますます甚しきをもて、官務を辞す。公これを慰問し、その職を解く。明る十年六月、病て歿す。その子九之允先に歿し、第二子格家を継ぐ。

吉見治右衛門頼養、字を伯恭といふ。初の名は頼寛、南山と号す。祖先を遠く尋ねば、蒲冠者範猶の子吉見冠者頼世に出たり。数世を経て、近江守といふものあり。世々常陸鹿島郡に鉾田に住し佐竹氏の被管たり。その後頼茂といふものあり。不矜公に仕へ禄二百石を領す。頼養の父を頼綱といふ。治右衛門と称す。父歿して百石を襲ぎ近習たり。尋で大目付となり、勝手目付にすすみ、又会計の事を主る。郡奉行より勘定頭に転ず。これより先、藩費頗夥しくして、貲財乏し、謙良公これを憂へ、頼養等数人に命じて釐革を行はしめ、頼養を江戸の藩邸に住せしむ。この歳文政三年十二月なり。頼養廉潔にして吏事に精し、独文学に長ずるのみに非ず、ここに至り、夙夜公所に在りて籌算計較して、国用の饒富を謀る。財政大に改れり。公これを賞して、十一年九月、禄二十石を増し給ふ。又位班を進めて小寄合とす。天保七年、文明公頼養が学徳を知りて、班を物頭に進め、禄十石を増し、側用人とし、佐倉に帰住せしめ、温故堂教授として学問所奉行を兼ね、学政を惣理せしむ。ここに於て、専ら教育の職に当り、諸生を教ふるに循々として法則あり。九年十月、ますます学政を拡張するが為に、頼養が側用人無足支配兼徒頭等の職を免じ、班を御旗奉行に進めて、学政を整理す。十三年六月、教導の労を賞して大寄合に進む。十四年三月、教授講義の事は、すでにその人あるをもて、頼養を免じて、同僚岩滝伝兵衛と隔月に学政を視せしむ。蓋頼養の力をもて、学政の修備を終りしかば、これを事務に用ひとて也《（ママ）》。五月、番頭代として備奉行を兼ね、諸士を指揮するをゆるさる。十五年七月、遂に番頭に進み、職俸百七十石を給ひ、本禄と合して三百石とす。成徳書院惣裁・温故堂教授たること故の如し。嘉永五年、頼養年七十四歳、公その官に服すること数十年、廉謹にして過無く、功労最多きをもて、位班をすすめて年寄となし、文武惣教とす。年寄は老臣職にして、庶政を惣括するの職なれば、古来門閥の人にあらざれば、この班に列せず。公が頼養をこの職の陞（ママ）せしは、ただその才徳を愛するのみならず、藩士等に学を勧めんが為なるべし。ここに於て、公自ら頼養を召し、厚く慰労し、唯学政のみならず、国事といへども老臣等が問ふ所あれば、忌み憚る所なく意見を述ぶべしと仰下さる。安政元十二（ママ）月、老病をもて劇務に堪へず、文武惣教を解き、同き二年二月、病をもて職を辞す。公その功労を賞し、特命をもて、別に五口米を賜ふて老を養はしめ、その子頼志に命じて家を継がしむ。四年九月歿す。年七十九歳。頼養学博く強記にして、書として読ざる所なし。松崎謙堂（ママ）、嘗てその学殖を称しき。晩年病をもて職を辞ししかど、朝より夕まで書読ざることなくて、病て臥に及びても猶手に巻を釈てず。その学を好むこと、蓋天性に出たりといふ。

渋井平左衛門達徳は、初直太郎と称し、後に甚之丞と改め、終に平左衛門と称す。祖は大室先生といひしもの也。父至徳は、少室と号す。父祖の業を継ぎて学を好み、号を石門といふ。文明公の嗣立の初、渡辺治・菱川泉蔵と輪番して、進講の事を主どる。天保四年正月、特に小寄合となされ、拾人口の俸を給ひ、帳役に補す。五年、温故堂惣裁となり教授を兼。六年、父歿して禄二百石を襲ぐ。七年、側用人無足支配仮役・新徒頭を兼ぬ。十三年、大寄合に進み、十五年、年寄役となり、政事に参預す。達徳文学は父祖に及ばず、門閥をもて政事に預りたれども、させる事業もあらず。（頭欄）「唯名家の子孫たるをもてその容貌態度頗る貴人の風あり。公もまたこれを愛して、機密の事を命ぜらる。嘗て人に謂へらく、我年幼より君側に侍して学問に力を用ゐず、ここをもて父祖に恥ること多しといひしとなん」。嘉永五年正月積年の功労を賞して五十石を加え、本禄を合して三百五十石す。《（ママ）》明六年八月病て没す。子甚兵衛家を継ぐ。

菱川泉蔵守は初鈴木郷泉と称し、謙良公の時、表坊主より側小僧となる。身賤しけれども学を好みて怠らず。文化十三年八月儒臣菱川宗助病て死す。宗助は奏嶺が義子なり。病篤きに臨み、己が子無きをもて親戚をもて願申さく、某病旦夕にせまれり。臣が家は儒をもて世を継ぐ。その人ならでは恐くは家声を墜さん。こひ願くは、主君の眼をもて然るべきものを撰みて親を継がせ給へと。公これを嘉みし、義子の事近々沙汰に及ばるべし、その旨を伝へて仰下さる。（頭欄）「是より先、郷泉、公の側に侍りしが、公一日庭園に出て釣を垂れ給ひしに、郷泉すすみ出て、君にはいかに忘れさせ給つるぞ、今日はこれ先日《（ママ）》の御忌日に候はずやとありけれ。公打笑ひ、げに心つかざりし。されどこれは戯なり、まことの釣にあらずと仰せし時、用人金井右膳出仕せしかば、直に釣竿をすてて居間に入り給ひけり。かくてその夜郷泉を召して、よくぞ心附てける、奇特の事なり、と仰せて、黒羽二重の紋付小袖を給ふ。郷泉驚き感じて、その夜同僚と家に会して賀宴を開く。公これを聞召して、人して、側小僧は卑賤のものなり、かかる事を申べきものにあらず、心附く事あらば用人をもて申すべし、さあらぬは我を軽くするの罪ありと仰ける。郷泉大に驚き家に籠居すること数日にしてゆるされたり。是に於て、賤きものといへども見所ありとて、やがて」郷泉をもて末期養子とし、宗助が娘に妻合せらる。これまで郷泉剃髪してありしを、俄に蓄髪して泉蔵と改め、義父の俸弐拾人口を襲ぎ、江戸馬廻となる。なほ家業を勉むべきよしを厚く示諭せられぬ。文明公の時に及、天保五年江戸の邸に学校を建られ教授となる。八年正月東庠を江戸の別邸に置く。泉蔵をもて教授とし執事を兼ぬ。執事はすべて東庠の会計の事をとる職なり。ここに於て本邸に温故堂あり。二別邸に東庠・西庠あり。並に教授・都講の職を置く。泉蔵東庠の教授をもて本邸温故堂の都講を兼。十五年渋井達徳が年寄役となり、その子甚兵衛幼にしていまだ教授に補せらるべからず、よて泉蔵をもてこれに代ふ。先聖殿の総管を兼。この先聖殿は渋谷の別邸にありて毎歳春秋に釈奠を行はれ、公これが祭主たり。教授職必ずその惣管兼ぬ。つづきて新番徒頭に進み、安《（ママ）》五年小納戸元方となり世子の侍読たり。又特旨をもて世子の起居習芸及び衣食の事まで皆泉蔵してこれを監視せらる。こは多年学徳をもて推重せらるるによりてなるべし。泉蔵の才学は遙に義祖父に及ばざれども、謹勅《（ママ）》にして過なく或は迂遠にして事情に潤なりといふものあれども、また一時の宿望無にあらず。公幼時より侍講せしをもて、この恩命ありしと聞ゆ。六年二月多年教授の労を賞せられ、三人口を増し加えられ、奥年寄にすすむ。文久元年田中参を侍講とし、泉蔵の日講を罷む。六十余にして病て歿す。その子孝家を継ぐ。次子を廉といふ。

　河内駒之助は父を十郎左衛門といふ。駒之助はその第二子なり。部屋住にして千葉の戍営にあり。学を好みよく子弟を教授す。天保十年正月、新に三拾俵三人扶持を給り、中小姓に班し、儒業をもて家を起す。凡そ藩士は、長子父の後を襲の外、異能あるにあらざれば別に仕途に就くことゆ《（ママ）》さず。駒之助の此恩命あるは蓋異数なりといふ。ここに於て佐倉に移り住す。十四年正月南庠の教授となり、千葉の戍営に移る。南庠は戍営のうちに在ればなり。十一月俄に移て代官となる。代官は郡奉行の属役にして、旧例多は俗吏をもてこれに補せらる。駒之助儒生をもて此職に撰られしは、蓋公が学を重じ事務に施さしめむが為なるべし。この時職俸二十俵を増して五十俵とし、吏務暇あるときはなほ温故堂に至りて子弟を教授すべしと仰下さる。後、勧農掛・戸口増減改方・社会掛等を兼ねしが、嘉永七年七月代官を罷め、武具方に移り東塾長となる。代官の職俸元の如し。文久元年五月教授の労を賞せられ、大納戸の班を給ひ五俵を増さる。六十余にして病死す。駒之助代官となりしが、させる政績を聞かず。思ふに、吏務はその長ずる所にあらざりしにや。

八木新吾は本姓中里氏にして、医師中里忠庵高煥の第二子なり。八木豊三郎といふもの病死して嗣子無し。公命をもてその家を継ぎ、家禄二十五俵三口、格式中小姓恪たり。新吾文学を嗜み、石橋竹洲の門に入り出藍の聞あり。これより先、学校の助教たり。文政七年十二月学業を賞せられて金を賜ふ。九年再び賞誉ありて城番を免され、専ら教授の職に任ぜらる。新吾自ら学業の熟せざるを憂へ、江戸に至り良師に就てその業を研磨せんことを請ふ。公その志を嘉し三年の暇を賜ふ。ここに於て江戸に至り、昌平学に入りて学を治む。八年に至り期月近にあるをもて、さらに請ふて二年をゆるさる。九年三月江戸居住を命ぜられて温故堂付教に補す。十年四月学業大に進みしをもて、その賞として五俵の加恩あり、中小姓に陞せらる。十四年正月教導宜を得たるをもて、更に三俵の加恩あり、西庠教授に補せらる。この時西庠は渋谷の別邸にあり。新吾が人となり、丈卑く面大にして色白く痘痕あり。音吐ゆるやかにして性質極めて温厚なりき。そをもて諸生に愛敬せらる。学業は殊に経義に精はしく、議事詳にして尽せり。旁、詩を好みて、常に同邸の医師藤倉元竜と応酬す。元倉《ママ》は医をもて業とすれども、詩を善くして治療に疎なり。菊池五山に学びて七言絶句に工みなり。新吾と莫逆の友と為せしとぞ。弘化四年、小納戸役となり、温故堂付教もとの如し。嘉永元年、命を受て佐倉にうつる。二年、班を給人に陞せ、十三人口を給ふ。五年、温故堂教授となる。六年、教授事繁をもて兵役を除かる。安政五年、任の三口を増す。帳役に補す。教授故の如し。幾ほどなく病て歿す。長子、包蔵といふ。古賀氏の門に入りて秀才の聞あり。詩文をよくす。業成りて出仕し、温故堂都講なり。安政四年十月、病歿す。弟弘二郎家を継ぐ。

窪田官兵衛久直（傍注）［徵］は、平野縫殿（傍注）［亦、耻軒と号す］の第二子にして、窪田伴右衛門の養子たり。初の名は貞治といふ。天保三年、義父伴右衛門歿す。久直、尚幼なるをもて、本石百石を借に収められて、十人口を給ひ、実父平野縫殿の家に在り。五年、元服して出仕し、本禄を給せらる。久直、幼より英敏《ママ》して、学才あり。然れども、性奇僻にして直言を好みしかば、人に納られず。兄重久これを憂へ、数意見を加えしかど、久直敢然としてこれを拒み、これを用ゆることなし。十三年十二月、文学研究の為に暇を賜はりて、江戸に至り昌平学に寓居す。明る年、昌平学を去りて、朝川善庵塾に入る。久直磊落にして物に拘らず、数過失あり。同き四月命あり。慎み居るべきよし達せらる。五月、下総千葉の戍営に移り、南庠都講に補す。十一月、佐倉にかへり温故堂の都講となる。嘉永二年、学業進みしをもて班を小納戸に進められ、温故堂付教となり、なほ都講の事を兼。久直四方の志あり、藩内に首を屈するを喜ばず。忽ち三年の暇を乞ひ、明る三年二月、伊勢に赴き、斎藤拙堂の門に入る。その実は、修学の名を借りて、諸州を遊歴するに在り。されば、或は江戸に来り、或は上国に赴き、定所あることなし。又、佐倉に在し時、講堂に於て経史を講ずるに、時事に論じ及ぼし、執政の臣を誹毀するに及ぶ。小人等その剛直を忌み、これに中らんことを思ふ。六年十二月、俄に遊学の暇を賜ひしに、ほしきままに妻の家に寓居し、子を生ましめ、その余、非法の事あるをもて、本禄のうち弐拾石を褫ひ、班を給人末席に貶し、閑居せしめらる。文明公は文学を好み、才を愛する事深し。久直が才学は人の知る所なるに、これを登用せられざるのみならず、かかる貶黜に及ばせ給ひしは、讒者の言を容られ給ひしし《(ママ)》御過なるべしと、人皆いひける。しかしなら《(ママ)》、久直が傲岸にして、人を容るる能はざる過失にあらずともいふ可らず。明る七年七月、閑居を解かる。安政三年五月、公、蝦夷を開拓するの志あり。文学の士を撰みて地形をみせしむ。久直その撰に中り、かの地を視密《(ママ)》し、この十一月(注)[原本には「帰る」とあり、それを抹消]、再び赴く可かりしに、障る事ありて、その行を止めらる。かくて久直ますます志を得ず。病をもて療養せんことを請ひ申し、五年正月家族とともに江戸に至り、六年八月八日病て歿す。久直の弟春治参、後に弥五郎と称す。文学の才、兄に譲らず。温故堂教授となり、後、用人に進み、藩を革らるる時、権少参事となる。久直の長子、穀太郎といふ。才気あり、早く歿す。弟洋平家を継ぐ。

島田大助は縄手組の軽卒をもてはじめて佐倉に仕ふ。学才あり。天保十年、千葉の戍営に移り、南庠の定番に補し、本庠の授読を兼ね、営中の子弟を教授す。十二年、三俵を加恩ありて、本禄を并せて十三俵弐人口として、班を広間帳付に陞せられ、なほ授読たり。十四年、又一俵を増し、班を進めて小勘定とし、佐倉に帰り住せしめ、温故堂の都講とす。弘化三年、班を新番に進め、三俵を加えて拾七俵三人口とし、温故堂の付教に補せらる。大助、学問該博にして詩文を善くす。性謹慎にして人と争ふことなし。人またこれを愛す。子済嗣ぐ。済、廃藩ののち朝に仕へ神祇官の少属たり。

土屋来助世範、初、邨上氏を称す。来嶓と号す。武州川崎駅問屋某が長子なり。世範、学を好みて駅逓の俗務を屑とせず、弟助左衛門に家をゆづり、四方遊ぶ。物に拘らず、富貴渇裘《（ママ）》をもののかずともせず。天保の初、世の中、大に饑饉しけるとき、食を得る所なく、已《（ママ）》を事得ざりけん、江戸の邸に至りて軽卒となりぬ。もとより学問をもて仕を求むる心ならねば、人に向ひ学識あることをも知らせず、さりとてこれを隠すにもあらず。かくて居たりしに、用人渡辺弥一兵衛江戸の邸にありしが、或る日、風と門番所に書をくりひろげて見ゐたるものあり。あれは誰ぞといへば、これは近頃召しかかへられし足軽に候と申す。ゆゑあるものなるべし、我宅に召連れ参れとて、一夜これとものがたるに、その学識普通のものにあらず。治、大に感じ天保三年九月俄に旧禄に五俵を加え給はり、班を広間帳付とし、邸中の子弟を教授せしむ。五年十月、更に班を小勘定に進めて壱俵を加賜し、教授の助手とす。八年正月成徳書院付教とす。九年三月、三俵一口半の加恩あり。班を新番組に進め、温故堂付教故の如く、佐倉に赴かしめらる。この時、温故堂教授兼惣裁は吉見頼養なり。世範江戸の邸より命を受けしが、何の用意もなく、着換の布子壱枚を風呂敷に包み、これを背に負ひ、只壱人にて下部をも具せず城中に入り、吉見殿の御宅はいづこぞと問ふ。きくものいかなる旅の浪人なるらんと思へども、問はるるままにかしこぞと教へしかば、世範玄関に赴き、これは邨上来助と申ものにて候、江戸の屋敷にて佐倉に参て勤仕候へ、詳なる事は吉見殿こそ知らるべけれとあれば参て候。これよりいかなる奉公をや仕らんと、草鞋を脱がで玄関に尻かけて居たりければ、頼養か《ママ》ねききたる奇人よと思へば、厚くもてなし、居宅を賜はるべきにあれどもまづ我宅に居給へとて、そのまま家にとどめ、やがて法の如く居宅を給はりしかど、世範下部などをも使はずしてただ飯をのみ独炊き、あはせものも作も懶かりけん、隣家なる伊原軍右衛門といへるものの家に汁椀をもちゆき、これに汁一椀を賜はるべしといひしかば、軍右衛門その真卒なるに感じて、独ずみにてさこそ便なくおはすらめ。怪しとはあらず。これ召し給へとて、次の日汁を作りて贈りしに、世範喜ばず。己が為にのみ人をわづらはすべきに非とて辞してうけず。ただ欲しと思へるとき一椀を賜はるに於て足れりとて、もとの如く乞に来りしかば、さらば仰にまかすべしとて、そのままに日を送りけり。世範もとより廉潔なりければ、人のものを徒らに食ふ可きにあらずとて、薪を多く買取りこれを伊原氏に贈りてその酬とす。新年節句などの礼式はもとより知らざりければ、上下といふものはいかにして着るものにや、礼拝の様はいかになど問ひしかば、きくもの打笑ひ、儒者といふもの世におろかなるものなれなど衝しろひけれども、物ともせず、又新年に着せし上下の服をぬぎて屛風に打かけ置たるが、三月の節句までそのまま在り。またその日になりぬれば、塵も払はで引かけて礼を終り、またもとの如くかけ置きて、重陽歳暮に至るまでこれを打畳むことなし。その後家をうつして頼養が側に住みしが、三たびの食を自ら炊くもうさしと聞えしかば、頼養下部に命じ、日毎にこれを炊かしめておくりければ、書を読みさして持来るとそのまま箸をとり、いかなる菜ぞとかへりみることなく、箸にかかりたるままこれを打食ひ、弟子等、今日は先生何を菜にて朝飯を果し給へると問ふに、何を食ひしや自ら知らずと答しとなん。されど吉見氏が厚情に感じ、これを謝せんとするに、さる世事に疎き男なれば、如何なるものをもて謝儀とすべきやうも知らざりけるにぞ、市に出る人に問ひ、吉見氏は女の子多かりければ、髪ゆひの元結・油・紅の絹など買取りて、厨の方よりすすみ入り、袂のうちよりこれをつかみ出し、かかるものこそ候へ、これ姫御達にまねかするといひつつさし置き、答をまたず走りかへりけるとぞ。来助妻子なく、唯友とするものは風月のみ。花のあした月の夕、近隣に至り、園中を眺め、椽端に尻打かけ、腰にせし瓢酒を酌て自らこれをのむ。主人酒肴など設くるときは、忽ち辞去してまた来らず。又久保竹外とは殊に親しき中なりければ、夜昼を問ず、興あるときこれを問ひ閑談に時を移すことあり。ある夜、月いと明かりければ、久保が門を夜深に打敲く。竹外何事ならむと紙燭して戸を開くに、来助なり。今宵月のおもしろきに、麻賀多山にのぼりて独酌して詠め居たりしかど、かかる夜を空しく帰らんことのいと惜く訪参らせき。ここになほ酒の残りあり。これ傾けてものかたらばやとありしかば、竹外大に喜び、さらばとて家に迎へ入れ、夜の明るまで酒酌かはせしといふ。その胸襟思ひ見るべし。来助詩文を善くせしかど、卒意の作のみにして稿を留めず。門人これを惜みて集録、来嶋文稿三巻あり。その絶筆の作に、

　我足是奴僕　我手是細君
　奴買菽乱去　細君摘香芹
　主翁陶然酔　舞踏有余欣
　(中一句失)　三人起一憤

と。此一篇来助の小伝といふべし。かくて天保十三年八月二俵の加恩あり。班を中小姓格にすすめらる。弘化二年五月病て歿す。子無きをもて久保済五郎が義子信吉を養ひ嗣とす。

## 堀田氏の太祖玄性公　以下二十三年一月

(家系)堀田氏は、その先祖を遠く尋ぬれば、景行天皇の御時、三百歳の爵を有ちたる武内宿禰に出たり。宿禰の子孫世に栄えてその姓氏もまた数十家に分る。三十二世の庶孫に尾張守之高といふものありき。(藩翰譜は三十五代とす。又元高とす。行高に作るものあり。今当家の家系による。)伏見院の御時、正応二年己丑九月、北条相模守貞時、鎌倉の執権たり。将軍惟康親王を廃して久明親王を迎

奉らんと、飯治判官為綱等七人を御使として京都に登せしが、之高もその一人たり。如何なる子細ありけん、貞時、之高を誣ひて罪ありとし、これを尾張の国中島郡に配流す。当郡の目代大橋肥後守貞豊といふものあり。之高が罪なきを憐み、その娘をもてこれに娶はし、同郡の掘田村をもて衣食の料に給す。土民之高を称して堀田殿とす。やがてこれを氏とせり。之高の子正泰(弥五郎と称)とす。その頃《（ママ）》至り北条氏亡びしかば、世の中広くなりて朝に出仕し、後醍醐帝に仕へ、元弘三年癸酉従五位下に叙し、右衛門佐に任ぜらる。延元々年天台座主尊澄法親王に従て叡山に在り。しかるに帝、足利尊氏の申すむる《（ママ）》より京都に還幸なりしかば、新田左中将義貞を始め宗徒の人々は北国に赴く。正泰はなほ親王に供奉し、大橋貞持、岡本家基等と遠江に赴き、井伊谷の城に入る。親王御還俗ありて中務卿に任ぜられ、宗良親王と申す。興国元年庚辰、また親王の御供して吉野の行在に参る。正平元年丙戌、武内宿禰を津島牛頭天王社に祀り、大橋貞経をもてこれに配し、当家の氏神と崇む。後にこれを弥五郎殿と称す。こは正泰の幼名によりしと聞えたり。正泰武略に長じ、処々の戦に軍功を著はせしが、四年己丑正月、大橋貞持とともに楠河内守正行の手に属し、高武蔵守師直と河内国四条畷に戦ひ、手痛き働きして、同じ枕に討死す。正泰の子を修理大夫之盛といふ。之盛の子を尾張守正重といふ。相継ぎて南朝に勤仕し、節を改むることなし。南北御和睦ありしの後、なほ応永四年、北朝に出仕せず。新田の一族とともに宗良親王の御子尹良親王を上野国寺尾の城に迎奉り、恢復の謀をめぐらす。さればこの時尾張に四家七名字の十一党といふものあり。親王吉野を出立給ふとき、正重ともに御供して、まづ富士の麓の宇津といふ所に着し、これより上野に赴き給ふに、柏阪に至りしとき、鎌倉勢路を塞ぎしかば、正重手のものと打物取て真先にすすみ、これを追散す。此四家とは

大橋修理大夫貞元　　岡本左近将監高家
山川民部少輔重祐　　恒内左京大夫信矩

是を新田の四家といふ。又七名字とは

堀田尾張守正重　　平野主水正業忠
服部伊賀守宗純　　鈴木右京亮重政
真野式部少輔道資　　光賀大膳為長
酒井相模守秀清

合して吉野の十一党といふ。吉野より宮に御供しけるゆゑなり。斯て路次滞ることなく寺尾の城に入れ奉る。宮東国におはしますこと年久しく、鎌倉の兵と屢合戦あり。正重十一党と戦毎に功あらずといふ事なし。正長元年四月、下野落合に移し奉り、永享五年、ここも要害宜しからずとて信州に赴き、木戸城に栖籠る。この年十二月朔日、かくてはいつ恢復の志を遂げ給はんとて、軍勢引具し、三河に到らせ給はんとて信州浪合まで御座ありしに、敵兵俄に寄せ来りしかば、宮方大に敗績し、宗徒の人々、桃井貞誠、世良政義を始め、多く討死す。宮もかなはせ給はず、終にここにて御自害ありしが、その御子良王《（ママ）》とておはせしを、正重守護しまゐらせ、敵の囲をきり抜け、ここかしこに忍び、尾張に立か

へり、津島なりける大橋定省が奴野城に入れ奉る。しばらく敵の勢を避け給はんとて、宮を仮りに牛頭天王の神職とし、正重始十一党の人々、神官と称して世を忍ぶ。（頭欄）［宮は終に御運を開かせ給はずして薨じ、正重もまた世を去りぬ。足利氏も世をかさねしかば、追捕の沙汰も自ら疎くなりゆきて、子孫長く繁盛せり。］正重の子を兵部大輔正純といふ。はじめて領主斯波氏に出仕す。その子加賀守正道といふ。織田右大臣信長公に事ふ。織田氏亡びて豊臣関白に出仕し、尾張中島郡二千四百六十石を領す。その子孫右衛門正定、其子帯刀正秀、皆豊臣家に勤仕す。天正の十年、能州不動山の僧徒蜂起せし時、前田利家の手に属し、敵将三宅長盛と組んでその首級を得たり。内大臣信雄公、尾張を領し給ひしかば、正秀もまま被官となりしが、信雄、秀吉の為に領地を奪はれしかば、正秀の子勘左衛門正吉、自ら所領の地を失ひて流浪し、後浅野長政の家に客たり。長政、さる名家の子孫とききてよく待遇せられしかば、父子これに従ひ、九州及び小田原の戦にのぞみ、しばしば軍功あり。文禄元年、ゆゑありて浅野家を去り、小早川秀秋に仕ふ。慶長二年、秀秋の手に属し、朝鮮におし渡て数度の功名を著はす。秀秋の家老稲葉八右衛門正成は、聞ゆる武功のものなりけるが、正吉が勇を愛し、己が女をもてこれに妻はす。秀秋世を去りしかば、正成ともに備前を去る。同き十年、江戸に到り、春日の局は妻の母なれば、その所縁につき、徳川家に召し出さる。これ、かねて武功をきこし召されしがゆゑなり。即ち五百石の地を給ひ、書院番衆になさる。元和元年夏、大坂の役に、水野隼人正忠清の手に属し、五月七日、安倍のの戦に比類なき働して、三百石の加恩あり。二年己未（ママ）使番となり、五年西丸の目付となる。時に同僚何某、罪蒙ることありて逐れしに、正吉日頃親くものせしに、かかる時余所に見る可きにあらずとて、金を懐にして、六郷に到りて、これを贈りぬ。目付これをきき、罪あるものを私に見送る条、その罪軽からずと議し申ししに、台徳公聞し召、かの侍我に罪を得たれば、親くゆきかふ者もこれを懼れて疎々しせん《（ママ）》事、世の常なり。しかるに、正吉その身風憲の職にありながら、後の禍を顧みず、友誼を全くす。その胆力、任ずべきものなり。宜しく罪を宥めて、その才力を展ることを得しむべしとて、遂に咎め給ふに及ばず。寛永二年乙丑、また二百石の加恩あり。合せて千石の地を領す。六年己巳二月十七日、病みて失せぬ。時に年五十九。（藩翰譜に、正吉その子正盛が大猷公の寵を蒙り、爵禄人に越へたるをみて、なまじいに我世にあらば我子の世系賤きを人に知られて恥辱となりなん。早く世を去るに若かずとて腹切て死せしとしるす。何に拠りてしるせしとや、堀田家の旧書に絶て見ざる所なり。正吉、二子七女あり。長子は正盛、次は正茂。正茂脇坂氏に養はれしが、早く死す。

（姓字履歴）玄性公正盛、幼名を三四郎といひ、後改めて権六と称す。母は稲葉八右衛門正成が女なり。慶長十三戊申十二月十一日、武州江戸に生る。元和六年、十三歳にして始て大猷公に謁し、近侍たり。九年相模国の地七百石を賜ふ。同十二月晦、従五位下に叙し出羽守に任ず。時に十六歳。寛永二年、相州恩田・常州北条の地五千石の加恩あり。六月、将軍家入朝せらる。これに供奉す。三年、小姓頭・三十騎の番頭たり。此年野州佐野地を加え給り、合して壱万石とす。六年、加判の列に加へらる。小姓組番頭を兼。十一年七月、将軍入朝す。またこれに供奉す。同閏七月廿九日、従四位下に叙し加賀守に改む。十二年三月朔日、武州河越城の地三万五千石を給ふ。十三年、小姓頭番頭を免さる。十五年、老中を罷む。軍国の大事あるときは参預すべきよし仰下さる。三月八日、信州松本に移され七万石の地を賜はり、また房州勝山・総州鳥喰・常州北条・上州板鼻赤堀の地を加へ賜ひ、并せて十万石の地を領す。十七年十二月晦日、侍従に任ず。十九年七月十六日、総州佐倉の城地十五万石を賜ふ。慶安四年四月廿日、将軍大猷公薨ず。公、これに殉ず。時に年四十四歳。御諡玄性院心隠宗と号す。公、酒井氏を妻とる。讃岐守忠勝の女なり。五子あり。長子正信、上野介と称す。次は安政、脇坂中務大輔の養子たり。次は正俊、即ち不矜公なり。次は正英、虎之助と称す。次は正勝、南部山城守が養子たり。

(勇武度量及文才)公、春日局の所縁にて将軍台徳公親く召さるる事となりしが、一日、人の相よく見るものあり。公をみて言けるは、君の相極めて貴く、年長ずるに及ばば栄禄思のままなるべし。自愛し給ふべしと申き。元和六年、初めて大猷公につきまゐら《(ママ)》せ、日より常に側に伺候す。寛永十七年、幕府太田備中守資宗に仰せて、諸侯并に家人の系譜・家伝を献ぜしめらる。公、初め外祖母春日局の故をもて藤原氏を称し給ひしが、祖先の系譜を捜り索め、旧伝・古記を考証せしめ、終に本姓の紀氏に服し、紀氏系譜を献ぜらる。このとし従四位下に叙せられしかば、将軍家、汝は武事のみならず風雅を好むと聞く。一句をもてその慶を申さずやあり《(ママ)》ければ、畏りぬと申て、

　長閑なる御代にぞ登る位山

と俳諧の発句を上りしにぞ。将軍家感じさせ給ひ、その側にありける林民部卿法印道春に仰せて、山の字の韻詩作らしめらる。その詩に、

春到日長閑　和風満宇寰
拾遺医国手　寿亦等南山

といへり。同き十八年、将軍家、蕨村に狩におもむかせ給ふ。公に仰せて、家従を率ひ幕府の麾下と各一手を組み、武勇を競はしめらる。御狩始り獲物少からざるうちに、忽ち一疋の老猪あり。大さ牛の如し。豕の如くに、打かくる矢丸におそれず真一字に駆け出し、遮ふる勢子を牙もてかけ倒し〳〵、公がほとりに跳り来りしかば、公は弓・鉄砲を放の暇なく、手槍を引提げかけ向かひ無二無三に突倒し、やがて勢子等にこれを舁がして、将軍家の御座のほとりに参らせければ、御感斜ならざりき。

正保元年甲申三月八日、将軍家、御鷹狩の為に千住川辺に成らせ給ひ、鳥越橋より旅籠町まで輿に召しけるが、急に帰城あるべきよしして、(ママ)馬を召し本城を指して馳せかへり給ふ。御供の人々おくれじと附従ひしに、馬いと疾かりければ、本町壱丁目に至る頃供せしもの半はあとに後れたり。常盤橋に至りて、常に御先をすなる小十人徒衆のもの大かた後れて、従ふもの十人に過ぎず。馬の傍にあるものは、公及び阿部豊後守忠秋・河村伝七・阿部対馬守重次・本目権兵衛・中根次郎左衛門の六人のみ下馬の橋際つづきたるが、小十人徒衆ままつづくもの無し。伝七は大手の橋詰にて後れたり。対馬守は橋の中にて草鞋の緒の解けしを結ばんとしてつづかず。豊後守は百人番所の前、坂の半にてとどま

り、下乗橋にて次郎左衛門は倒れたり。権兵衛は玄関の際にて還御候と呼はり、将軍の馬を下り給ふとき馬の口をとる。公ははじめより馬に先立すすみしに、玄関の前に至り公の馬より下るをみて、草鞋を解きすて、すすみよりて鐙を押へ、将軍を助けて鞍を離れてのち、太刀をとりて奥殿に従ひゆきぬ。大手下馬より馳せつきし人は皆白洲に蹲踞せしが、疲れて起こと能はず。ややありて身をおこすことを得たり。将軍家の斯く俄にかへらせ給ひしかば、留守の人々大に驚き怪しみしに、否、然せる事あるにあらず、かかる次をもて近習等の強弱を試みしにこそと仰ありしとぞ。明る十日、老中酒井讃岐守忠勝ならびに目付に命じ、きのふ供奉せしもの、何地までつづきし、何地にて後れし、各証人をもて申出べしとありければ、同十一日、供奉の諸侍尽く出仕し、委細詳に言上す。同十五日、月次の拝礼終りて次に、去る日供奉に後れし小十人の頭ならびに近習の侍を集めて、忠勝仰を伝ふ。若き輩、日頃その身を強壮にし、奔走の労を習ひ、万一の時、後れを取る可らずと心を用ゆべきに、その志無きは宜しからず。今より以後、常に心す可きものなり。中に就く、徒歩の侍は疾走をもて職分とす。然るに、数十人にして壱人もつづくものなし。これその職を失ふものに非ずやと。諸侍恥おそれて、罪を謝す。又大手橋までつづきしもの六人に賞を給ふ。公はその第一にして、貞宗が鍛たる脇差の刀、代金百二十枚なるを賜ふ。阿部豊後守には行平の刀、同対馬守には信国の脇差、本目権兵衛には黄金五枚、中根次郎左衛門には黄金三枚、河内伝七《(ママ)》には二枚を賜はりぬ。公、時に年三十七歳なりき。

慶安二年五月廿七日、公及び安藤右京進・稲葉美濃守・庄田小左衛門、西城の土木を巡視し終りて、兼て約せし馬方の役人諏訪部源次郎が宅に会せしに、一献の饗ありて、謁を試んとて主人源二郎が客の間の次にゐたるを、如何なる子細か有けん、源二郎が父惣右衛門、その時六十余にして致仕せしが、走り寄り、手に短刀を提て、源二郎を刺んとす。されど、幸にしてその刃、帷子の袖を貫きて身にはあたらず。公、これみて大に驚き、立向てその刃を奪ひとりぬ。頓て源二郎を山下の町屋に出しやりて、この事将軍家の聞に達すべきや否と《（ママ）》議しけるに、阿部豊後守これをきき、惣右衛門老耄せしとはいへども、その子の所為をにくみてせしことたるは分明なり。されどその子細を申さずしてほしきままに殺さんとせし罪科、免る可きにあらざれば、遠流に処せられんこと最不便の至といふべし。姑くこれを包み置きて、もし上聞に達する事あらば、某その咎を負ひ候はんとありしが、人々いかがと打案けるを、公、豊後守の申さるる所道理に中れり。某もさこそ存じて候へとありしかば、即ち惣右衛門を相模国領地追《（ママ）》やり、源次郎をもとの如く家にかへらしめしとぞ。

公、本性温順にして、能く衆の諫を納る。大猷公が非常の恩遇を受けしかど、絶て人に誇る気色なし。青山伯耆守忠俊、直諫をもて罪を得、遠江国小林に籠居して死せし。その子因幡守宗俊、罪ありしが、ゆるされて宮中に伺候す。公、その前を過ぎ給ひしが、青山を見知らざりければ、あれはいかなる何人にて候ぞと問ひしかば、傍にありし人、これは青山因幡にて候といふ。さては伯州の子にこそあれといひしをきき、宗俊物にこらへぬ人なりければ、また旁に向ひ、あれは何人ぞとあれば、加賀守殿にておはすなりと教へしに、宗俊ああ勘左どのの子息たりしかといひければ、座中興醒て、加賀殿さこそ怒らせ給ひけめと申合ひしに、公さらに心に懸け給はず。青山氏の剛直なるは、さすがにその父の子なるかなと反て歎称せられしとぞ。

厳有将軍の時、北条安房守氏房奉行たり。訴をきくこと殊その名高かりしが、或る時人にかたりて、世に加賀守殿を毀るものあれども、某は尋常の人にあらずと思ふよしあり。そは、某はじめて奉行職承りし時、訴訟を裁判せんにはいかに心得申べきやと問ひしに、ただ訴訟人を己が相手になとり給ひそと申されき。世に名言と覚えしなりと語りき。

公、多く書を読み給はざりしかど、平生和歌を好み、詠吟少からず。又林道喜《ママ》と交深く、治道を問れし事ありしとぞ。

（一生の寵遇）公、小姓組をゆるされし明るとし、寛永十四年、将軍家、公の宅に臨み給ふ。饗応の設け善尽し、美尽し、猿楽数番を催し興を助らる。十五年、松本十万石に移されたり。初、公、初春の夢に大きなる松折るる見給ひけり。不詳なる夢なりと思召されしに、槍持の小者これを承り、こはいと目出たき御夢とこそ存じ候へ。その子細は松の幹折れたれ、これ松の本のみ残れるなり。又初春は即新春にて、その字音信州に近し。これ必ず信州松本の城を給はるべき瑞祥なるべしと申けるが、果してその験ありければ、厚くこの者を賞せられしとぞ。この年十一月、将軍家また公が浅艸の別業に御成あり。時に倍従の人々は皆一時の名臣なりき。立花飛騨守宗茂・井伊掃部頭直該・土井大炊頭利勝・柳生但馬守宗矩等、宗徒の老臣数を尽し、当時希なる宴集とぞ聞えし。此日、公の家臣植松荘左衛門吉寿・同主殿助吉忠・多賀四郎兵衛直良・潮田儀大夫直次・森弥吾兵衛勝之・金井七左衛門忠至・池浦甚五衛門吉治等七人に謁を賜ひ、各衣物を給ふ。十九年、下総佐倉城に移されし時、将軍家、厩中第一の駿馬を撰び、此馬にのりて入部せよと仰あり。又衣服刀剣を賜はる。慶安二年二月、西城仏殿の石垣を築く可きよしの命あり。八月に至りて成就す。ここに於て、宗徒のその事に管するもの五人に、白銀・時服の賜あり。此年十月、公疾ありて、数月を経れども平癒に至らず。将軍家、痛く憂へ、公の宅に成らせ給ひて、親く慰問せらる。又医師に命じて診せしめらるる事、日夜間断なし。

かくてやうやく病平癒のよし聞上ければ、将軍家喜び給こと斜ならず。その慶とて、浅艸の別業におはして猿楽雑伎を御覧あり。その儀式饗膳比類なく、種々の賜山を成す。恩寵の盛なること、古今に聞かざる所なり。その後しばしば此事あり。その度毎に恩賜の衣服珍器勝て数ふ可らず。

（将軍大猷公薨ず。公これに殉ず。）慶安四年四月の比、将軍家御不例あり。日を経るままにいよいよ重りて、いとも危ふく見えさせ給ふにぞ。公驚き歎き給ふこと大方ならず。日夜御側に侍りて、看とり奉りしかど、叶はせ給はず。同き廿日、遂《ママ》公の膝を枕として事きれ給ひぬ。公今は為んすべなく、御後の事ども老職に仰合はさせ、さて某は卑賤より取立給はりて、寵遇比類無きは、和殿等の知らせ給ふが如し。今長き御わかれとなり奉るに忍びず、御供すべしと思ひて候。和殿等は若君の御輔佐として栄へ給はん事を祈るのみとの給ひしに、阿部対馬守重次、某は思ふ子細あり、和殿ともろともに御供仕るべしといふ。公大に驚き、和殿は重き職におはすに、いかでさる事やはあるべきと止むるに、重次、いやとよ、駿河大納言の御事ありしとき、某命を君に奉りしからには、いかにもして御旨に従ふべしと申しし事あり。此言は将軍家より外に誰ありて知るものあらず。さりとて前の申しし言を、いかで空しくやは致すべきと申切てければ、公もこれを止め給ふこと能はず。重次の手をとり、今生の御別なれども、やがてまたかなたにて見えまゐらすべしとて、別れて腰輿に入り給ふとき、やがて〳〵と一礼し、館にかへり、此夕麻上下を着し、内室及び嫡子正信君を始め、四人の御子を召され、御盃あり。我君に殉じ奉るは、君に弐心なきを表するのみ、鴻恩の万一に報ひ奉るとしも覚えず。汝等、我志をつぎて幼君に事へ奉りて、忠義の志惰る可らずと。又老臣を召して盃を給ひ、よく我子孫を輔けて将軍家に事へ奉るべし。今天下無事にして賢佐多ければ、我は死して地下に仕奉るべく思ふなり。汝等は我殉死の例に倣ふ事勿れ。後にのこりて子孫を助るこそ忠節なれと仰あり。辞世の歌二首を詠じ給ふ。

ゆく方は闇にもあらじ時を得て浮世の夢を曙の空

又、松平伊豆守信綱ぬしとは日比睦く語り合給ひしかば、

さりともと思ひしことも夢なれや何言葉のかたみなるらん

といひ送り給ひて、腹切て死し給へり。その時用給ひし刀は、筐として第三子久太郎正俊君に伝ふべきよし遺言あり。こは、この君の非常の才徳あるをかねて知ろし召しけるゆゑとぞ聞えし。

この時殉死せしは重次のみならず、三枝土佐守蕙久・内田信濃守正信・奥山茂右衛門安重なりけるが、その家人等、その主人の介錯に立ちてのち、己も腹切て殉死せり。独公のみ、これに殉ずるものなかりしは、公が深く思ひ謀りて、殉死は道理に背けり。必ず死しなせそ、と教訓ありしと言伝ふ。或説に、この時公の介錯に立ちしは、家人窪田半兵衛といふものなり。介錯終りてのち、忽ちに逐電す。家人等その不義を怒りてこれを索めしかど、終にそのゆくゐを知らず。ここをもて、その後家人等半兵衛の名を厭ひ、同じ名つきしものはこれを改め、子孫を戒めてその名と同じからしめずとぞ。

## 行状補遺　この条は野史に見ゆ

公将軍家の狩に御供して、猪を斬らんとて長刀を用ひ給ひしが、いかにしけん、その長刀忽ちぼっきと折たりけり。この刀は三条小鍛治が打たるものにて、九郎判官義経の妾静御前の用ひしものと言伝へたり。人、名物なりしかば、これを惜みしに、公打笑ひ、獣類に用ひたればこそよけれ、若し敵に出逢ひて折なんには武門の疵となる可きものをとて、時の名匠山城守某に命じ、これを継ぎ直させ給ひしと也。

寛永中、外国より烟草を持ち渡りしが、無益のものなりとて、かたく飲むことを禁ぜらる。公殿中を巡視ありしとき、目付役喜多見重勝を従へ給ひしが、茶坊主の曹司にて窃にこれをのむものあり。公が巡視をみていそぎ隠れ入りしかど、その烟なほ消へざりけり。重勝あやしみて、烟草は制禁仰出されしに、何ゆゑにここらにその烟臭あるやらんとつぶやきしを、公きこしめし、和殿は目付役をこそ仰付られしなれ。いつか鼻附役とはなりけるぞとの給ひけり。

公性賢、宏度寛仁にして、日の夕に及び朝より退き、広間に出て諸士とものがたり、刻を移しての ち奥に入り給ひぬ。されば、家人等これを慕ひ奉ること父母の如く、上下輯穆して家政滞なく、四民怨無りき。いつの時なりけん、公が愛し給ひける長刀に附たる鍍金を盗むものあり。その罪人を糺されしに、刀番の某なりけり。有司のものその罪を論ぜしかば、公かの者は禄いかばかりを得る者ぞとあれば、金二両を給はり候と申す。かの者平生衣服両刀も卑しからずものするに、人の家に入りて盗むことをもせず、反て己が守護すべきものを盗みしは、いとおろかなるものなり。こはこれ、貧苦に堪へずして盗心をおこせしのみ。こ度はその罪をゆるし候へとありしかば、かの男涙に咽びて、公の恩に感じける。公殉死し給ひしかば、悲み堪へず剃髪して、御墓の掃除して身を終りしとぞ。

### 不矜公正俊

（姓字履歴）公、名は正俊、字は克明、幼名を久太郎と称す。加賀守正盛朝臣の第二子なり。母は酒井讃岐守忠勝の女にして、後に正統院と申、是也。寛永十一年甲戌十一月十二日江戸に生る。明る十二年乙亥、将軍大猷公の仰により、春日局の養子となさる。これより十八年の春まで城中に居る。十五年戊寅、公年五歳、将軍これをみそなはして、自ら画きし鶺鴒の画と陶製の偶人を賜ふ。この恩寵を受くる、これを始とす。十八年八月三日、将軍の若君誕生あり。同じき九日、公を産所に召して、若君の近習たるべきの仰ありき。時、年八歳。明れば十九年壬午二月九日、若君生産の神に詣ぜらる。公、騎馬して御供に候す。二十年癸未九月十四日、春日局臨終の時、稲葉美濃守正則が女を娶るべきよし仰を蒙る。十二月六日、養母春日局の采邑相州吉岡三千石を給ふ。慶安四年八月十五日、父加賀守が遺領の内、総州守谷壱万を分ち給ふ。同き十八日従五位下に叙し、備中守と称す。明暦二年丙申十月十六日稲葉氏と婚姻の儀あり。万治三年庚子二月廿三日、奏者役となる。寛文元年四月十二日、日光祭礼奉行となる。七年丁未六月八日、七千石の加恩あり。合して弐万石。上州安中城を給ふ。八年戊申三月五日、江戸渋谷の地を給はりて邸地とす。十年庚戌二月廿二日、旗下の士の執事となる。十二月十三日、西丸下の邸地三千坪を給ひ、金三千両を借《(ママ)》し給りて工作の料とす。延宝二年十月晦日、母正統院夫人卒す。六年十二月廿九日、五千石の加恩あり。合して弐万五千石を領す。七年己未七月十日、加判列に加へられ、壱万五千石の加恩あり。四万石を領す。同廿二日、家の紋を餅に木瓜に改む。十二月廿日、従四位下に叙す。八年八月九日、一ッ橋の地八千四百八十四坪を給はりて第地とす。同十八日、侍従に任ず。天和元年辛酉正月十五日、大手前の邸地八千三百四十六坪を給ふ。これは酒井雅楽頭忠清が大老たりし時住居せし邸なり。二月廿五日、五万の加恩あり。総州古河城を給ひ、築前守に改む。十二月十一日、大老となり少将に任ず。月番加判を免ぜらる。二年正月廿一日、四万石の加恩、并せて十三万石を領す。三月十六日、浜町の邸地七千三百廿六坪を給ふ。十一月六日、同地壱万三千七十四坪、又弐百十坪を加へ給ふ。十二月十五日、長子正仲従四位下、廿七日、次子正虎従五位下に叙す。三年癸亥五月七日、病ありて出仕せず。八日、将軍、側衆牧野丹後守《(ママ)》・喜多見若狭守を遣して、病を問はしめらる。同十日、出仕す。十月十九日、武王討誅之論を撰し、これを上る。将軍これを批し給ふ。貞享元年甲子正月十一日、将軍、和歌を賜ふ。同十三日、将軍、主・忠・信をもて題とし、和歌を詠じ、これを賜ふ。八月廿八日出仕、営中に於て稲葉石見守正休の為に刺され、創重く、平川口より退出す。目付中根主税・平野九左衛門・医師人見正竹・岡崎道仙・坂本養安等をして保護せしめらる。同日未の上刻卒す。将軍、稲垣安芸守を使としてこれを弔せらる。同廿九日、戸田山城守を使として、香奠白銀三千両を給ふ。同日酉の下刻、円覚院に葬る。不矜院、又新叢翁と号す。時、年五十一。九月、将軍大夫人桂昌院、使をもて白銀廿枚、将軍夫人三十枚を賜ふ。

公、稲葉美濃守正則の女を娶り、四子を生む。長子正仲従四位下下総守たり。家を継ぐ。次は従五位下伊賀守正虎、遺領大宮二万石を給ひ、次は俊季備後守壱万石を給ふ。次は正武主水と称す。側室三女を生む。長女名は久。次女曽我又左衛門仲祐に嫁す。次女《(ママ)》、阿部遠江守正房に嫁し後に離別す。

(才徳学問)公、はじめ若君の御小姓に召されし時、大老土井大炊頭利勝これをみて、この少年の物いふ声音たしかにして胃脘のうちより出るに似たり。年長けなばすぐれたる人となるべしといひき。年長ずるに及び、剛毅にして、よく難事に堪へ忍び、犯す可らざるの感あり。当時世に知られたる林道春つね《(ママ)》を門人にかたりて、かの人は竜の如し、後必ず高官に至るべしと。又、板倉内膳正重昌・会津少将正之・阿部豊後守忠秋も常に公の人となりを称しき。常憲公、将軍の職を襲ひ給ひ、公が翼賛の功を賞し、大老として厚く委任せさせ給ひしかば、公に命じて天下の戸籍を掌らしめ、租税をゆるめ、困窮を救はしめらる。又その時、主・忠・信の三文字を手づからしるして、これを賜ふ。将軍はなを好み給ひしかば、公、三惑論を作りて将軍に上る。その略にいへらく、武王は聖人なり。何ぞ箕子微子を立て殷の後を嗣がしめずして自立するや。又、箕微は仕者なり。己が力をもて殷の社稷を復すること能はざるに於ては、一生周の粟を食はざるべしと申けれ。しかるに、周の封を受けたるは何のゆゑぞ。又夷齊は賢人なり。諫めきかざらんには、君を輔て天下を治むべし。何をもて首陽山に餓死するやと。将軍これをみてその識見の正に服し、手書を賜ふていはく、子の武王ならびに微箕夷斉を論ずるをみるに、精誠天地を貫き、義を秉ること金石より固しといふべし。天道かかる英才を生ぜしは我国の幸福なりと仰き。将軍と公の間此の如くなりしかど、晩年に至りて思の外の事出来しは、別にゆゑある事にや、いと浅間し。公、天性忠義の志深く、主君といへども道に協はざる事あれば、これを犯して憚らざる癖あり。御父正盛ぬし終にのぞみ、御身の志をみるに、ゆくゆく大器を成し栄花身に余りぬし(ママ)。但剛なるものは必損傷す。もし矜らざるものはその禍を免るべし。とありければ、不矜の二字を書して便室に掲げ、座臥これを視て戒とせられしとなん。

(酒井忠清、封嗣を議す。公これを斥けて館林侯を立)延宝八年五月八日、厳有院将軍家薨去ありしに御世嗣ましまさず、老臣あつまりてこれを議す。その時、酒井雅楽頭忠清、大老として首座に在り。

議し申さく、将軍家万一の御事あらんに、御養君無くてはかなひ難し。常時御側仕のうち身重のものあるよしを承ぬ。さりながら御誕生の間まで、外姻家なれば有栖川親王家をもて御養君としまゐらせ、仮りに政治執り行ひ、御誕生御男子ならば御世嗣勿論たるべし。若女子ならば甲府館林二家或は三家のうち然るべき御方を立まゐらるべし。この議如何候べきとありしに、時の老中、皆大老の仰至極せりとて異儀（ママ）なし。公末座にありしが、すすみ出て、こは存じよらぬ言を承るものかな。神君の定め置かせ給ひし御掟に、子孫世嗣無ければ義直・頼宣・頼房の子孫を立よとこそ承れ。三家は松平の姓を給はらずして家臣の列に加へられざる、そのゆゑなり。況や当時館林殿の御子は将軍家には親き御弟にまします。三藩といふとも争ひがたし。又御遺腹御子にも叔父君に当らせ給ふにあらずや。はやくかの殿を迎へ奉りて御世を嗣がせ奉り給ふべし。他姓の御方を迎て神君以来の血統を絶せ給ふは心得ず。正俊不肖には候へども、異姓に事ふるものに非ずと申ければ、水戸中納言光圀卿これをきき、備中守が申事道理に当れり。某もさこそ存ずれ。人々異議ある可らずと仰するにぞ、終に館林殿を迎ふに一決せり。同き六月、館林参議綱吉朝臣、西城に入りて御養君と定められ、先将軍薨去のよし披露あり。八月養君将軍宣下あり。公侍従に進、御裾役に候す。閏八月、将軍の生母桂昌院本庄氏の館を、城中に造営す。公その奉行を承る。十一月落成す。公、牧野備後守成貞と桂昌院殿を小石川の館より迎ふ。大御台、公に対面すべしとありしが、公これを辞し申やう、大御台を迎へよとこそ仰を蒙りつれ、まみえ進らせとは承らずありば（ママ）、将軍、公が謹み深き感（ママ）じ思召て、親ら延て対面をゆるし給ひしに、大御台席を下り、こ度和殿の大功は命のあらん程は忘れまじきなりと仰られき。かくて、明る日将軍新館に入らせ給ひ、御酒宴あり。公をもその席に召され、佩給ひし片一文字の刀を手づから給はり、その功を賞せらる。

（幕政を輔佐せられし成績）公、すでに酒井忠清が説を破りて将軍を立まゐらせしかば、将軍の委任甚厚し。されども忠清は先朝の遺老をもて、なほ大老たり。遺命と称して将軍家に世子を立ることをとどむ。将軍家専ら公を委任し、旧臣牧野成貞等を耳目として御用心ありしとなり。明れば天和元年正月、忠清大老を罷られ、罪を懼れ幾程もなく病死す。六月、将軍喪を除き、公に仰せて、日光山に赴き東照宮の廟を祭らしむ。これ代替の為なり。発程の時、衣服鞍馬の賜あり。又着し給ふ所の道服を脱ぎに《(ママ)》これを賜ひ、事終りて帰参せしかば左文字の刀をもてその労を賞せらる。ここに於て世子を立らる。老中板倉内膳正重通、これが傅となる。この月、松平越後守光長が家臣小栗美作正矩、不軌の企あるをもて光長が家老等と相訴ふる事起る。同じき十八日、将軍公を居間に召し、密議数刻に及ぶ。廿一日、将軍親ら光長・正矩ならびに家老等を吹上の庭に召して鞠問あり。公、座に候して罪状を糺さる。正矩が罪尽く著はれて事立どころ《(ママ)》決し、光長が禄を削り、正矩等父子を流さる。諸侯畏服せざるものなし。このとし公大老となる。将軍公に向ひ、天下の事は賢人を得るに在り、戦国の時に当り死を戦場に致すは易くして、太平の朝に立てその君の非を正すは難し、汝よく我為にその人を得ることを務めよ《(ママ)》仰あり。公大に喜び、君の思召さるる所かくの如し。治を成すこと難からずと、事に当りて行ひ少しも避け憚ることなし。殊に奢侈を禁ぜらるること厳にして、後宮と雖も少も仮さず。板倉重通過てる事ありしに、忽ちその罪を責めらる。諸大名法度に違ものあるときは、或は禄を削り、或は職を停む。これをもて一時内外畏れおののかずといふこと無りき。されば、善からぬもの、下心には公が政事をいとうるさき事に思へり。されども公少しも憚る事なく事を行ひ給ひけり。大猷公の御時、安宅丸といへる大船を造られたり。大船を安宅と名づる《ママ》事は此時に始りしにはあらず、北条九代記にもすでにその名あり。この船三年にして成就す。上には楼観を起し、その下には騎射を習はし、又田圃ありて菜蔬をも種つべし。船楫ありしより斯る大船はききも伝へず。大抵一歳の費禄十万石をもてす。されども船蔵に納めおくのみ。総て用させ給ふ事無し。公かかる無益の大船は毀こそよけれとも尽《ママ》く毀たしむ。されども此船の費をぬすみし吏人、利を失ひしかば、これを謫るもの多かりけり。又商人官府に出入するもの、衣装従者、御家人と異なる事なし。公、かくては士商の別無《ママ》なく大に法制を紊るとて、厳くこれを禁ぜらる。凡そ公の政事を行ふ、大方此の如し。

（公の家政）公幼より営中に出入し、つづきて政事に参与せしかば、家政は多く家臣に委ねてこれを行はしめ、又長子正仲朝臣生長してのち、万この君に仰せて家人に下知せられけり。されどもその大綱に至りては、自らこれを総纜《ママ》せざる事なし。（傍注）［後ニ出ス可シ］」、（頭欄）［此一段は安中下知状ののちに入る事］。天和元年古河の城を給ひしのち、家人等の、馬を養ふものには、毎月糠三俵藁壱束を給ふ。この年十月士卒の任使の法と役制を定めらる。この書は正仲朝臣の老臣に示さ《ママ》しものなり。

一、人被召抱候事。中小姓以下切米究候儀は窺に及間敷候。但小姓は御近所ニ而被召仕候間可申上候事。

中小姓とあるは、上士の次の侍なり。老臣に委してこれを指まれしと見ゆ。されども近く召仕はるるものは、主君これを撰まれしなり。

加増被下候事、小役人以下は、窺に及間敷候。但、人により品により可申上候。

禄を増し秩を進むるに、小吏は老臣に委任せらる。されどその人と事実によりては、主君に申すべきとなり。小役人は中小姓の次の侍也。

役替候事、小役人以下は窺に及まじき事。

老臣に委任せらると見えたり。

扶持被放候者の事、歩行の者以下は窺に及まじく候。併其品により可申上事。

歩行の者は小役人より次の侍なり。禄を奪ふは大事なれば老臣に委ぬる。小歩行の者より以下をもてせらるるなり。されども、その事実によりて請申べしとあるは慎密の至といふべし。

死罪の事、軽き者にても相窺可申事。

死生の大権は最重し。かくあるべき道理にこそ。

古法を改め、新法被立候儀、窺可申事。

これは大小に拘らず公の意を承くべき事としらる。

古河よりの御用右同断。御知所方御仕置の儀、公儀へ懸り候歟、又は奉行衆聞取申事歟。品により六ヶ敷出入の儀は可申上候。右の外は死罪にても最前、御意にて格ノ究候儀は窺ニ不申可申付事。

古河よりの御用とは、藩地より告来る公務を指す。公儀御懸りとは、幕府の事に関係せし事なり。死刑といへども法律に定りたるものは、これを老臣に委任せられしなり。前にいふ所は臨時の事なりと知るべし。

右の一書の儀、窺申さずして申付候。義も御席次第追て可申上事。

委任を受けたる事といへども、これを主君に告げざるの理なきなり(此書後に入る)。

(頭欄)[前に入る]公、玄性公の遺領のうち、下総守谷一万石と、相模国なる春日局の三千石とを領ぜしとき、嫡家上野介正信朝臣より臣属二十八人、歩行者十人、足軽二十人をつけられたり。その時、老臣その余に禄を分ち給ひしものは左の如し、若林杢左衛門五百石、岡甚兵衛二百五十石、渡邉弥一兵衛二百石、河原伝右衛門二百石、組二十人、飯尾市左衛門二百石、組二十人、天野兵右衛門・庄田清右衛門各二百石二人、此外百五十石五人、百二十石二人、百石五人、八十石二人、七十石二人、六十石一人、十五人扶持一人、十扶持二人あり。この後、公禄を増すに従ひて、皆これを増れしといへり。

寛永《(ママ)》七年、二万石となりて上野の安中城に移る。この年七月五日始て大法三章を制して家人を戒む。

これを安中条目といへり。

条々

一、公儀御法度の趣、軽少之儀たりといふとも堅可相守事。

一、孝養を専励し、常に文道武芸を可心掛儀は侍たること第一也。畢竟人々心だてを嗜むを以て肝要とすべし。並武具馬具等は面々之身帯相応より自然の事の有之刻、無滞様兼て令覚悟。無益の道具不可求、総じて驕をなす儀一切令停止事。

一、何篇之事に不限、年寄共申渡儀不可違背。物頭諸役人万事ニ付、其役之品常々不可油断。委細は下知状可為顕然事。

寛文七年七月五日　　判

この三章を御家三ヶ条と称して、後々までこれを遵奉せり。又老臣に命じ、その節目を作りて、詳に趣意の在る所を知らしむ。これを安中下知状と名く。（頭欄）「此下へ前段の文いる事」思ふに公博学にして文を善くせり。法制の文章、いかばかりも述べ得らるべかりしも、その繁褥に過ぎて要を得ざらんより、むしろ簡易にして解しやすきをよしとせられしなるべし。これをもて後世しば〳〵政事改革の事ありけれども、皆この三章を主として節目を多くするには過ぎざりしなり。もて公の深意を知るべし。

古河に移りし歳、家人等の軍役を定めらる。その法五千石より百石にに（ママ）至る次第あり。五千石の侍は従者百弐拾人と定め、九拾五人をもて軍役に従ふ。武具これに称ひ、旗三条、持槍三条、持弓二張、持筒二口、馬三疋、弓の手十人、砲手二十人、長柄槍十人、幕十、騎士五人と定らる。これより以下、等級をもてこれを減じ、百石の侍は従三人と定、弌人をもて軍役に従ひ、兵具これに称ふ。当時諸藩の家人、その禄の多少により、自ら従者を養ひ、軍役に従ふ例なり。ここをもて従軍の士極めて多し。蓋戦国の習によればなり。後世卒徒に至るまで尽く一軍の糧食兵具によるものとは大に異なり、思ふに王朝軍団の制壊れて、源平両氏諸国の土豪をもて家人とし、凡戦あればその家人を徴す。家人またその家の子等を率ひて軍に従ひ、兵糧兵具皆自ら弁して本軍の資給を待留ざるをもて当時の習とす。足利・豊臣氏に至りてもまた然り。徳川氏将士等大国を取封せしといへども、兵役の法はなほ旧法に従ふがゆゑ、我藩にてもこの制を立られしなるべし。後世に至りて減禄の事ありしかば、この制も名ありて実なく、終に廃せられて別に軍制を立られたりき。このとし九月八日、古河城二の丸の堀端に於て、銃卒に命じてその術を試み、公これにのぞみ、老臣等を席に列せしめらる。この朝卯の時に始り、未の時に終る。銃卒は一番組より九番組までありしとぞ。

天和二年四月十五日、老臣等連署をもて家人に示す状あり。その書の大意にいへらく。

家人等、家居衣服己の禄より軽くするをよしとす。平生の交際もまた簡易を旨として、飽食をもて奢侈を事とすべからず。同僚争闘あるときは、本人の主管或は同僚、その座に居るもの、或は近隣のもの相集りてこれを取り鎮めて処分を請ふべし。みだりに騒ぎののしるべからず。若し彼此に与党するものあるに於ては、その罪本人より重かるべし。火災あるときは、家人等かねて定めたる処に到りて、他に赴く勿れ。不慮の変ありとも、その処を去らずして、主管の指揮を待ちて、のちに動くべし。

武具の法制は、戦時の用に供するをもて足れりとす。一具に財を費す可らず。必ず皆具して事を欠ざるを主とす。

乗輿は六十歳以上に非れば、用ゆることをゆるさず。乗るものは必ずこれを主管に告ぐべし。馬を養ふものは、その馬死するときはこれを監察に告ぐべし。他の馬を買ふときもまた然り。馬を養ふべき士にして馬養ふ能はざるものも、またその所以を告べし。

他方の浪士を家に留むるものは、その所以を告べし。他出するもの、他領はさらなり、領内といふとも里程一里の外はこれを告ぐべし。

年五十歳にして男子無きものは養子すべし。同姓血族にその人なきときは他姓を養ふことを得。これを安中下知状といふ。

同七月、諸村、臨時の課役を戸数に賦課せられしが、人民の貧福平等ならざるにこれを平均するは道理背けりとて、家の貧福によりてこれを賦す。又是より先米穀を貢ずるに、百俵毎にその耗米として三俵を増したるを改め、その半を納めしむ。

(公、稲葉正休の為に営中に害せらる)将軍常憲公、いまだ館林宰相にておはせしとき、身を謹み、学問をのみ励み給ひしかば、将軍職を襲ひしより、海内皆その善政事を望ざるものなりにけれ《ママ》。将軍も厚く公を委任し給ひ、政務に怠り給はず。しかるに、程もなくて佞幸の小臣やうやく用られ、備中守が威権盛なること甚しと申ものありけり。又宮中の奢侈を禁ぜられしかば、母君桂昌院も、かくてはもとの館林に居たるこそ勝らめといひ給ひき。斯りしほどに、将軍やうやく公の所為をいとひ、心に称ふ人々を多く召出され、刑罰を厳にして、仰出さるる事も定りなく朝夕に変更し、又臨時の課役を徴るること多かり。世の人、公が大老の職にありながらそを坐視せらるるは心得ずといふものありしかば、公己が意見を申て御家を嗣せられしうへは、命をすてても諫奉らずば天下の人口を塞ぎ難しと思切てけるにぞ、面を犯して屢諫申事ありき。かかりければ将軍表には公を重くし給へども、これを忌み畏る（ママ）とますます甚し。或る日将軍、公にの給ひけるは、凡そ物は事毎に善きと思ふときは成就することかたし。譬へば器を作るに、成就せんとして又これを削り改むるときはその器遂に器を成さざるに至る。古語に水至りて清ければ魚なしとあるぞその事なると仰ありしは、公が直言を喜び給はざりしゆゑとぞ聞へし。公これを知れども、知らぬ面地して、或る時申けるは、乱世に長ずるものはよく国を治め、治世の君は治平の志なしとありけるに、将軍否とよ、これは人情の常なり、譬病多きものは反て天年を保ち、壮健なるものは思はぬ病にかかりてはやく失するものなりと答給ひぬ。こは、己は過多けれどもながく治平を保つべしとの心なるべし。

初め公が将軍を立まゐらせしときは、申すとして聴入給はずといふこと無りしに、今はそれと裏うへにて、一つとして公の言を納れ給ふことあらず。公ここに於て、今は世に頼みなしと思しけるにや、営中を退き、家にかへり給ふに及び、居間に到り、座したるまま嘆息し給ふこと数刻に及ぶ。飲食も、常の時を移して食し給はざる時あり。食し給ふときは、これを物してのちに食し給へり。松浦肥前守鎮信とは日頃親しき中なりしが、或るあした公に対面を請ひ、物語やや久しかりしが、帰らんとしてまた公に向ひ、和君某が言を用ひ給はざるに於ては見参はこれまでなるべし。よくよく某が言を思ひ給へとありしかば、公涙雨の如く、首を俯して物仰られず。ややありて、御身の詞は我つつしみてこれを服膺せり。されども某天下の御事を憂ふるのみ。いまだ一身の安危を憂ふるに暇なし。御身の教はすでに聞きき尽《(ママ)》しぬ、こののち仰あるべからずと答給ひしかば、鎮信嘆息して、君は誠に社稷の臣といひつべし。某が及ぶ所にあらずとて、手を握り、涙を流してかへりしとなん。かくて程もなく御事ありき。

稲葉石見守正休は御使をうけたまはり、五畿内を巡見せしが、貞享元年八月廿七日、使の事畢りて帰府し、将軍に使命を復命して、かへり途に公の邸に到りしかば、公喜びて、便室に迎て酒を出しもてなさる。正休、夜更るまで酒のみしが、窃に申べき事ありとて、近習の人を遠け、密談に時をうつせしが、明る日廿八日公、例のごとく本日の観儀と申して出仕ありしに、正休物申すよしにて側近く居より、短刀を抜出して公を刺す。坐にありあふもの大に驚き騒ぎ、各刀を抜て立どころに正休をきり殺しぬ。公、創重くして起給ふこと能はず。人々舁起して邸に帰り給ひしが、ほどなく事きれ給ひき。

新井君美が言に、筑前守ぬしは当代比類無き人物なりき。某かの人にしばらく仕へたりしかば、よくこれを知れりといひしかば、室直清、世に稲葉石見守を忠臣といふものあるはまことにやといふに、君美、いやとよ、某旧主なればとて阿曲するものに非ず。石見守が筑前ぬしを殺せしは全く私怨たること疑ひなし。世にいふ所とは大に異れり。そをいかにといふに、その頃河村随軒といふものあり。大坂にて堀河を開きて運送に便利にす。石見守、京畿を巡見してかへり、その利害をいふこと随軒が申所と相違す。しかる処、随軒召に応じ江戸に参よし、その沙汰あり。石見守が筑前ぬしの宅に至りし夜、某宿直してありしが、密議なれば詳なることは知らねども、石見守申やう、某が申事の如に聞召し入られざれば、某の一分立がたし。枉て某が言に従はせ給へと。筑前ぬしこれをきかず。随軒明後日参着すときく。彼の申所をききてこそとありければ、石見守せん方て《（ママ）》退出す。明る日、出仕して変事起れり。又筑前守ぬし在世の時は、常憲院殿絶て己がままにふるまはせ給ふことなかりけるが、失せしのち能役者などやうのものを取立られたりき。筑前ぬしはかかる事あるときはきと諫め申ししかば、さる事はなかりき。

　或日、猿楽を見給ふ事ありしが、雨がふりければ、油障子を作らすべしと牧野成貞の申けるを、勅使饗応の時といへども、雨ふるときはこれを一度次の日に延ぶる例なるに、これはさる事にもあらず。天晴てのちに興行せらるべきものなりとて、ゆるし給はざりき。かかる事多かりしかば、将軍も近習の士もつねに心よからず思ひしかば、石見守が殺せしときき喜ぶ色ありけりとか。又、直清が言に、かの事を見けるものの物語に、石州御用の事起とて呼かはししかば、その時筑前ぬし、坐を起んとせしが、しばしもとの処にかへり、その膝いまだ席につかざる間に石州飛かかりて真ただ中を刺通せり。その時、筑前殿の弟対馬守驚きて石州をうしろより抱きとめたり。土屋相模守走り来り、対馬手を放し候へ〳〵と申けれ《ママ》、心得たりと放ちざまに刀を抜てこれをきる。政直も同じくこれをきりしかば息絶たるを、人々集りてきりしかば、つづく処もなくずた〳〵になりにき。又、筑前ぬしは右の手に腰刀をぬきしが、人々に向き、いづれも御覧候へ、仕りは致さぬといひしに、宅にかへりてこれも息絶たり。さすがに大老も人傑なりといひしとぞ。

# 常楽公記

## 名字・子女・叙任・履歴

公、諱は正仲。不矜公の長子。初め左京と称す。寛文二年壬寅七月十九日、江戸に生る。母は稲葉美濃守正則の女、栄昌院と称す。十二年壬子十二月廿二日、初めて厳有公に謁す。延宝四年十二月廿六日、従五位下に叙し、下総守と称す。八年庚申二月六日、父公に代り暇を賜はり、安中城に至りて藩政を視る。二月にしてかへる。天和元年辛酉十二月、父公、大老となる。特奇をもて、公を溜詰とす。二年壬戌、稲葉丹後守正通の邸を賜はる。是より先、父公封地を古河に移す。老職たるをもて藩政を視る暇なし。よて政務尽く公に委ねらる。このとし五月、古河に赴き、三月にしてかへる。十二月従四位下に叙す。三年正月、将軍常憲公白書院に出御あり。特命をもて井伊掃部頭・松平肥後守と同じく列坐せしめらる。六月七日、命を奉じ服忌令を校定す。十一月九日、阿部豊後守正武と同く仰をかふむり、武徳大成記編集を総《(ママ)》裁を命ぜらる。貞享元年甲子三月朔日、服忌令考定なる。海内に頒布す。名刀一口を給はり、その功を賞せらる。八月、父公の御事あり。十月十日、遺領下総古河十万石を給はり、下野国大宮二万石を弟正虎に、上野国佐野一万石を季弟俊季に分ち給ふ。同き廿二日、家継ぎしをもて将軍に謁見す。家人若林杢左衛門・堀田八兵衛・植松求馬・庄田清右衛門・田中勘右衛門等謁見をゆるさる。明る二年乙丑六月、俄に封を出羽の山形に移さる。八月、暇を賜はりてかの地におもむく。三年丙寅七月、再び奥州福島にうつさる。元禄七年六月四日、病あり。嗣子無きをもて弟正虎を養子とす。七月六日、卒す。年三十三歳。夫人松平伊予守綱政の女。天和二年十一月十五日、公に帰す。貞享元年四月二日、公に先ちて卒す。涼泉院と号す。夫人一女を生む。名は福。元禄二年六月十四日歿す。妾の生む所の男子正徳、政次郎と称す。元禄六年十二月三日、六歳にして公に先ちて没す。久米之助」（頭欄）「遺命とし、相州藤沢清浄光寺に葬る。常楽院其阿法漢映と号す。」元禄五年七月十六日二歳にして歿す。女子二人また早く歿す。

公、文学を好み、和漢の書をよむ。殊に本邦の古典を精《ママ》し。吉川惟足を師としてこれを学ぶ。身の丈五尺壱寸、父公に比すれ低《ママ》し。容貌鼻筋通り、眼大きく、口はやや左右に釣る。頰こけて色白く肉痩せたり。髪極て多し。性柔和にして、家人といへどもその忿怒の色あるを見ず。幕命をもて服忌令を校定せしめられ、林春常・人見友玄・木下順庵等の名儒を招き、漢土の故典を問ひ、上野伝法院主に比叡山及び多武峯の服忌を尋ね、又惟足に仰せて、吉田家の服忌を問ひ、古今を斟酌してこれを校定せしめられき。林春常、命を奉じて武徳大成記を編集す。将軍、公の学を好むをしろし召て、阿部豊後守ともにこれが惣裁たり。父公の害にあひ給ひしより、幕府の不興を受け、所領を荒地に移されしかば、これよりよろず謹慎を旨とし、家にのみ籠居し給ひき。元禄四年、将軍昌平坂に聖廟を立られ、建築成就せるとき、家に王朝の時大学寮釈奠の式を画きし屏風ありければ、これを上りぬ。公、天性慈恵にして澹泊を喜び、世の紛華を好み給はず。常に相州藤沢なる清浄光寺の幽寂を愛し、我死なばここに葬り候へと遺言ありしかば、即ちここを塋域とす。公、先公の志を継ぎ、賢を愛し士を親む。新井筑後守君美、いまだ伝蔵といひし時、先公に事しが、公家を継ぎ、家計乏きをもて士を減ぜられしかば、君美も俸禄を受くるは心なきに似たりとて仕を辞す。公、伝蔵は先代の愛し給ひしものなり。致仕は思ひ止るべしと重臣田中勘右衛門・大田垣九郎大夫して固くとどめられしかど、聴かずして去ぬ。公、深くこれを惜まれしとぞ。公の言行多く世に伝らず。されども、志仁徳深くましませしことは、自ら一言に著はる。先或る時、風といかなるにや、家人だに無くばと嘆息ありけり。こは、父公は忠義の心厚かりしに、讒者に言ひかすめられてそれ等密計をもて、御事世を襲ぎ給ひしのちも幕府の御覚よからず。皆かの讒者の言によれり。公これをもて鬱々として楽み給はず。これを討て怨をはらさばやと思はれけれども、我一己の怨をもて一家の滅亡を招きなば、家人等の難儀となるべしとの深き仁慈なるべし。側に仕まを(ママ)せし茶道何某これをきき、いかに思けん、故なく身の暇を乞ふ。公、その心讒者を刺むとするを知り、固くこれを止めらる。近臣梅村源兵衛重春、公世を去り給ひし後、三年の間墳墓の側に住居し菩提を訪ひ申ししが、殉死せんとしけれども世の禁制なれば力及ばず、遂に墓碑を抱き、ともに倒れて自ら圧死せり。公の家人に篤き、ここをもて見るべし。

## 家計の困難

不矜公の難に罹らせ給ひ(ママ)より、将軍ます〳〵これをにくみ、公が襲封をゆるし給ひしかど、これを山形に移し、次の歳に又福島に移さる。家人・妻子等家を移し、貨財を運ぶ、その労費大方ならず。又江戸にありし邸宅を官に納れ、独渋谷村にありし下邸に移る。(頭欄)「家人等居所を失ふをもて已事を得ず、町家をかりて住するに至れり。」又家人等が家禄俸米のうちを減じて、これを国庫に入れて費用を弁ず。福島に移るに及び、窮困益甚しく、家人等自ら請ふて俸米を減じて国用を助むといふもの数人あり。公、已を得ずしてこれをゆるす。

不矜公が将軍の怒に触れし事は、公が在世の時は人いふもの無りしが、営中に事ありしよりして俄に讒言するもの有りしにや、気色あしくなりぬ。されども公が所為は実に罪す可き跡無きをもて、表立て罰す可きにあらねば、他事をもて苛酷にせられしにて知られたり。不衿公が墓は、はじめ東叡山円覚院にて父玄性公の側にあり。その碑石高くして往還の路より見えたりければ、将軍家目障りとて碑石の台をのぞかしめらる。されども猶気色よからずして、これを他所に改葬すべしとありて、浅艸金蔵に移《ママ》されたり。さしも将軍常憲公は公が翼戴の力《ママ》よりて大統を継がれしかば、死後までこれをにくまる可きにあらねども、当時上意を逢迎する佞邪の臣多かりしにぞ、かかる命どもありしにこそ。

公、襲封ののちしばらく将軍の謁見をゆるさるる事無ありしが、元禄七年六月福島より参府ありしに、謁見すべきよし仰あり。又散楽拝覧の事もゆるされしかば、公、喜に堪へず出仕せんとせられしに、折から痢疾に罹りて起居安からず。されどもおして出仕せばやと持医浜野良元に問はれしに、子細候はずと申ければ、即ち出仕して謁見の礼終りぬ。其後病いよ〳〵重く、七月に至りかくれ給ひき。いと哀れなる御事なりかし。

### 孝子を賞せらる

福島領内永井村の農民市助といふものあり。親に事へ孝行篤りしかば、公聞し召され感賞斜ならず。郡奉行に下知し、市助を召し、その孝を賞し、永代その田宅の租税を免ぜらる。領民これを聞き、興起して行を慎むもの多かりしとぞ。

## 藩政

不矜公大老となりて、藩政に暇無きをもて専ら公に委任せらし（ママ）かば、公老臣等と謀りて制度を定め、家人領民に下知せられし事は、不矜公の記にのする如し。安中城より山形に移り、幾ほどなく再び福島に移りしに、旧領に比すれば采入大に減じけるにぞ。已ことを得ず、家人等の禄を減じしかど、なほ養ふ事能はず。遂に鬮を抜きもて中りしものに身の暇を給ふ。公その席にのぞみ給ふに、目を閉ぢ、悲歎の色面にあらはれ給へりとぞ。かかれば文武教育も思ふま（ママ）かせず、領民撫恤も意の如にはおはさざりしかど、その政事なほ見る可きもの有り。

貞享四年四月廿一日、領内下知せらるは、近来質地をして金をかるものは、その田地に租税を加ふることなく、自らこれを弁ずるをもて、終に無税の田地あり、無地の税あるに至る。堅くこれを禁制すべし。又田圃は永代これを売買すべからざるは国家の法度なるに、窃これを破るものあり。遂に富民兼并の弊を生ずるに至る。もし犯すものあらはば、厳科に処せらるべし。

一、福島は養蚕の利ありて絹布を多く織出す。よてその濫製を戒め、土産を盛にせんとて、元禄元年六月十九日、荒川兵蔵・塩谷小大夫をもて絹改役とす。その時の下知に、

一、自今以後町中より絹織出商売仕候はば、兼而定之通、丈尺幅無相違相守可申事。

一、面々絹織出候はば、荒川兵蔵・塩谷小大夫両人之内江可持参候。絹丈尺幅改之上、印判申請、

商売可致事。

一、他領より持出商売仕候絹、印判無之をふりかひき買取申間敷候。若相調候はば、早速役人中江致持参、其訳申達面々織出候、同前に印判可申請候事。

右之通堅可相守候。たとへ外より誂織之絹おろし候節、早速右両人内江致持参、印判可申請候。若相背段無之絹隠便に商売仕者有之節、可為越度事。

又漆実を買取る事あり。当時の日記に、

一、御領分内山うるしの実、先規は百姓共に申付、実を取り来候を壱升に付拾三文づつとらせ来候。然ども右之通にては、歩行不自由なる場所は取り不申候故、大分すたりに相成候。依之当年より山漆役并山守に山方之者より申付(漆役山守奉行に罷成百姓共)、実をとらせ候はば、余程多納り可申候。鳥目は先規之通、壱升に付拾三文づつとらせつつ、日置清大夫申候新法之義にも候故、右之段家老中江相達、清大夫了管之通申付候様にと申渡候。

又山口村に銀鉱ありて、その開堀《(ママ)》せし事あり。前の日記に、

元禄三年正月廿三日

山口村金山相願候、渡辺又郎、左之通願出たり。最早暖に罷成候間、穿申度存候。依之御林に而留木被下置候様に仕度由、相願候旨、徳右衛門申聞候。金山穿申に留木などの作法も可有之事に而候と、九郎大夫挨拶申候へば、大笹生銀山に而は、只今大小之木に不限、壱本に付三分づつ之

代上り申由に御座候。其外脇々に而も、代を請度候方も有之。又は留木入次第に被下候方も有之。極りたる義に無御座由、徳右衛門申候。八郎左衛門申候は、山口村御林漸三百本計も可有之、少之御林にて御座候。此度之金山入用にて、御林は透と伐り尽し可申、然とも脇より取り可申木も無御座候間、右之御林に被下より無御座候由申候。依之願出、家老中にも見分申致相談候て、金出不申内、留木代を出候様被仰付ともいかがと候間、御林之木被下、御金も出申時分に可成候はば、其以後は如何様なりとも、代を出させ可然哉云々。

これによりて見るときは、山口村金山採堀の事を渡辺又郎と(ママ)いふものあり。これ願出てゆるされしは、旧領主の時にありしなるべし。官林の木をゆるして、これ売渡せしなり。その山にていかばかりの銀出でしや。詳にしりがたし。

将軍常憲公、僧徒の言を信じ、殺生を禁ずること甚厳なり。諸藩その旨を受けて、境内に号令する事あり。公の政治に関せざれども、当時の政刑を見る可きが為にここに録す。

貞享四年三月一日

一、食物としていけ鳥・活魚・亀・鰌・田螺・うなぎ・蚫・蛤蜊等に至る迄、惣而生類いけ置、
一切売買仕間敷事。

一、面々飼置候犬、弥大切に可仕候。他所より参り候犬有之候はば養置、主しれ次第返し可申。是又うせ候犬有之候はば、外より求之数々合置候。風聞有之候。相尋候而行衛不知候はば、有

体可申出候事。

四月廿一日

幕府より被達候書付

一、生類憐みの義に付、最前以書付被仰出候処、今度武州寺尾村・同国代幡村之者、病馬捨候不届之至に付、死罪にも可被仰付候へども、此度は先、命御助ケ流罪被仰付候。向後、於違背は、急度聞事可被仰付候。御領は御代官、私領は地頭より、前方被仰出候趣、弥堅相守候様に、念入可申付者也。

八月、領内へ家中并に老臣をもて下知せられし書

一、最前も就被仰出候。各可申伝候通、魚鳥殺生は不及申、山野に住候生類飼候義、堅御停止に候間、此旨可被相守候。次に松虫・鈴虫・轡虫・蟇の類、其外殺生候事勿論之義、飼置候事も弥以無用候間、面々此旨相守、幼少之輩并組付支配之下に召仕等迄、無懈怠様、急度可被申付之被仰出候。

一、生類殺生之義は、最前御停止被仰出候。然ル上は、臘《ママ》道具所持有間敷候。自然持来候面々は、早々可被相止候。吹矢筒等も差し出候事無用に候。外より当分諸道具迄領民被相改、猟道具之類は被差置間敷候。

公、幕府の不興をかふむりしをもて、殊にその命令を畏れかしこみ給ひしかば、殺生の禁もまた極

め（ママ）厳なりき。ここをもて元禄二年十月四日、白鳥三羽、もち縄にかかりしかば、吏に命じこれを放たしめしに、そのうち一羽、鷲の為に疵つけられしにや、飛去ること能はずして死せしかば、郡吏壱人目付壱人に命じて、これを寺内にうづめしむ。同十一月二日、鷺壱羽ありて、鉄砲疵を負ひて城中に落つ。吏そのよしを告しかば、先の例に従ひ、これを埋む。同七年正月八日、下飯村民次郎右衛門の家失火したるに、牝馬壱匹を焼殺せり。下人長作これを救はざるに坐して獄に下さる。八月、柳町常光寺の飼犬、狂発して荒町の民久兵衛の少児を傷け、十日にして死す。同町の宇右衛門の子もまた傷つけらる。されども、幕命を畏れて撲殺すること能はず。捕へてこれを繋ぎおかしむ。公、学を好み、政礼を知る。然れどもかかる事に及びしは、小事をもて幕威を犯し、罪を得るを怖れ給ひしなり。当時一藩、局促として日月を送りし事、これにて知らるべし。

（頭欄）［藩政の首に入る］貞享二年六月七日、番頭五人を置く。湊八郎左衛門、原勘解由、坂本二郎兵衛、植松忠兵衛、竹内孫次右衛門等をもてこれに補す。士各拾一人をもてこれに属す。これを拾人組付と称す。その制、士禄百石より以上のものとす。元和元年の兵制により騎馬して従者を従ふ。安政の年間に至り、各隊まして廿人とす。騎馬を廃せらる。番頭は禄三百石をもて常とし、武官の首座たり。

同き年十一月、節倹の令を布く。家人の衣服は、出仕の時といへども木綿を用ひ、絹帛をゆるさず。又、町郛に令し、他方に出て口を糊するをゆるさず。商賈を事とし耕作をつとめざるものは、これを境内に住することゆるさず。痛く博奕を禁じ、そむくものあるときは、軽重よ《（ママ）》りて罪を科せらる。又、町村に妓を置くこと厳禁す。

貞享三年七月福島に移りしに、城なくして家人等の住居すべき家宅なし。これを農家に寄寓せしむ。貢租大に減じ、又移封の費夥しく、府庫の財尽く。ここをもて家人の俸を減ず。二千七百石は六分五厘、百五十石は五分、百石は三分、以下はこれに準ず。これを歩引法と名づく。（頭欄）「領民の孝を賞せらる」

## 佐倉老臣事跡の拾遺

第十世相模守正倫は備中守正睦の子なり。初鴻之丞と称す。安政六年九月、正睦、井伊直弼と合はずして致仕せしとき、家を嗣ぎて十一万石を領す。時に年十一歳。元治元年五位に叙し相模守を称す。常野の浮浪、近国を横行す。幕府、正倫に命じて兵を出してこれを討たしむ。八月、重臣倉次甚大夫、兵を率ゐて常州潮来村に至りて、これを討って数人を斬る。このとし九月より十一月まで、重臣平野縫殿重久・由比善兵衛演貞に命じ、幕府の軍を助けて賊を常陸に討ち、これを平ぐ。正倫、年幼をもて父の封を襲ぎ、家訓を守りて、賢を挙げ能を用ひ、初め父の時の遺老佐治茂右衛門延年、平野縫殿重久に政事を委任し、（頭欄）「のち依田十太郎貞幹をもて年寄役として会計軍事を惣裁せしめ、大に財政を改め兵力をまし」藩知事となるに及び、重久及び西村鼎茂樹・依田右衛門次郎朝宗を用て権大参事として、藩政を改革せり。こをもて藩廃せらるるに及び、国用富実にして兵備足りしかば、印旛県に藩の土地人民を交付するに及び、剰余の金弐万余円ありしは、正倫がよく節倹にしてよく人を用ひしと、富実を致せる実効といふべし。

植松求馬永省は、曾祖父永規、相模守正亮に事へて年寄役となる。祖父永錫、父永貞番頭たり。(頭欄)〔天保八年六月、番頭より年寄役となり、十年九月家老となる。〕永省、他の才能無しといへども、重厚にしてよく衆を容る。(傍注)〔正睦の時家老職たり。その位年寄の上にあり。〕、(頭欄)〔正睦、腹心の臣永省が人となりを知りて家老職とす。渡辺治が薦をもてなり。治以為く、家老は、才能なしといへども衆望の帰するものをもてこれに任ずべし。永省の祖、門閥をもて用ふらる。当時門閥を尊ぶをもてこれを家老にはせし也。〕正倫幼くして父の封を襲ぎ、永省故老をもて優礼せらる。明治元年五月藩兵上総国佐貫城を戍る。永省命を受てこれを巡察す。同じき七日、賊徒の襲撃にあふ。藩兵防禦大敗に至らず。然れども軍情動揺するをもて、永省命じて兵を引きかへる。正倫その職を曠くするを責て、六月その職を罷む。(傍注)〔永省謹厚にして老臣の体を得たり。しかれども治世にせまくして、乱世によろしからず。〕八月廿七日致仕す。子隆吉。

永省家老の職にありといへども、政事の権は反て年寄役に在り。文久二、三年の頃、年寄役由比善兵衛演貞、会計主務となりて権威甚盛なり。内訴を取り上げ多く賄賂を入て、人心服せず。又己が権威に募りて同僚を蔑視す。(頭欄)〔或は管内に新勝寺といふ寺ありて不動を安置す。俗間霊験あるよしを唱て銭を抛つもの多し。ここをもて寺僧照嶽驕奢絶倒、不法の事多し。演貞嘗て三百円を照嶽に借、もてその不法を責めず。一藩その邪をそしる。」勘定奉行城左次右衛門といふものあり。剛直にして演貞が説に服せず。しばしばこれと争論す。（抹消）〔演貞大に憚ばず、事に托してこれを江戸の邸に移す。永省憂懼して止まず。文久三年窃に書を正睦に奉りて、その不法を論ず。正睦用ふこと能はずといへども、その樸誠を嘉す。演貞やうやくこれを憚れてその暴威を収めしは、永省の力なり。後十余年を経て演貞遂に反覆驕傲をもて敗る。人皆永省が監識あるを賞すといふ。〕

演貞、左次右衛門を斥けんとして、偽て己が民間の贈物を受けたるを自首し、これをもて勘定頭等が我よりもなほ多く賄賂を受けたりと主君に信を起さしめ、佐次右衛門を罪に落さんとせり。永省その姦をみ破り、演貞に、言をもて自首するともその証なし。よろしく書をもてその状を陳ずべしとありしかば、演貞已ことを得ず、一紙にその事をしるして、これを主君に奉る。永省その書を上り、且つ演貞が姦謀とその新勝寺に金をかりてかへさざるよしを論じて裁決を請ふ。正睦いまだこれを用ふること能はず。終に佐次右衛門を移しに《ママ》江戸に至らしめ、演貞を問はず。しかれども演貞もまた罪を懼、やうやくその勢を収む。尚太郎隆吉は永省の子なり。嘉永五年十二月、大寄合格より帳役に補す。安政二年五月、別に十五人口を賜はり、大砲頭となる。三年、用人を兼ぬ。文久元年十二月、学問所奉行を兼ぬ。元治元年十二月、常州磯浜の戦に功あり。慶応二年五月、幕府より銀三十枚、時服三領を賜ふ。明治元年七月、年寄役となる。同じき八月、父永省致仕するをもて、家禄三百八十石を襲ぐ。藩制立に及びて職を罷む。

由比善兵衛演貞、初の名を安太郎と称す。（傍注）〔後祖父の称に改む。〕文政十五年正月、側用人となる。

弘化三年八月、父演義卒す。（傍注）［安兵衛演寿子なり。］演貞父の禄二百石を襲ぐ。嘉永二年十一月、表用人の班に進み、大砲組を管す。備副奉行となりて采幣をゆるさる。四年二月、年寄役となり、前備惣奉行に進む。食禄三百五十石を領す。五年十二月、会計主務を掌る。安政二年正月、兵制改革の事を掌る。演貞、人となり精幹にして吏事に長ず。しかれども権勢を貪り往々人を凌ぎ、又賄賂を納て偏頗の処置少なからず、一藩の好憎相半せり。六年正月、国産掛を兼ぬ。演貞の幼子、父の勢を借りて不法の事あり。三月、庭訓宜からざるをもて叱責せらる。七年八月、国用繁多にして国庫空乏せるをもて、文政以来の成法に基き、厚く省略を加へ、国用を欠かか《（ママ）》ざるの策を講究し、東邸藩地ともに一致してこれを施行すべしと命ぜらる。元治元年十二月、常州磯浜の戦に藩兵を督して功あり。慶応元年五月、幕府、銀五十枚、時服三を賜ふてこれを賞さる。九月、正倫京都警衛の命あり。演貞老臣をもてこれに従ふ。南門を警固す。明る二年二月役終りてかへる。（傍注）［これを先］演貞会計改革の命を受くるといへども、旧習を守りて変革を好まず。国用ますます乏し。正睦、依田十太郎貞幹を挙て会計を主らしめ、正倫世を嗣ぎてのち、貞幹をもて年寄役とし会計主務とす。貞幹大に改革を行ふ。（傍注）［旧債を返し財主を謝絶す。］演貞これに服せず。しかれども己が所為の衆望に副はざるを知りて争ふ能はず。退て属僚等と貞幹が改革を非として大に誹傷せり。正倫これをきき老臣等と謀り（傍注）［明治元年二月］、演貞を責て、その職をやむ。（傍注）［然れどもなほ大寄合の席は給ふ。］貞幹もまた職を罷むと請ふこと甚切なり。終にこれゆるす。

三年十月致仕す。旧勲をもて食老として終身月に二口米を給ふ。藩廃してのち十九年四月病て卆す。

七十二歳

佐治三左衛門延年は茂右衛門延齢の子なり。天保九年四月、父延齢没して家領五百万石を襲ぎ小寄合に班す。弘化三年二月先頭となる。四年十月側用人、嘉永六年二月表用人に班し、学問所奉行となる。六月諸士下知采幣をゆるさる。安政元年六月、年寄役となる。五年正睦京師に使し、外国盟約の事を請ふ。事終るのち大坂に至り、警備を巡見せんとす。延年書をもてこれを諫らく、今度の使、事は国の大事なり。復命に及ばずして大坂に滞留し給はんこと武備の為といふとも、人その使命を軽の謗を挙んも知るべからず。速に復命しもて人心を安くすべしとなり。正睦これを納て大坂に至らずして直に帰東せり。万延元年国用乏きをもて大に会計法と改めんと、正睦この時致仕して寵《ママ》居せしかど、正倫が幼をもて執政等に意見を問ふ。延年上書していへらく、文政年間会計の制度を立てられしかど近来に至り、学校を定、兵制を改め、その余臨時の費多く負財ます〳〵増せり。又、江戸邸の費もまた莫大に至り、このままにして過ぎゆきなんにはまた如何ともすべからざるに至らんこと必定せり。ここをもて大に改革を施すに非れば、会計の法を立つこと能はず。まづ財主を説きて毎年支出する所の利子を減し、これを年賦に改むべし。しかるときは万一の時、財を借の道なきをもてこれを領内の富豪に課してこれを国債すべし。さすればその利、他領の商人に帰せずしてこれを国内の豪農に帰す。これを国民を利して他日の備えをなすべし。又、又蔵元《ママ》を廃して、封内の賦税は、上下の領米をのぞき、尽くこれを金納とすべし。（頭欄）［この蔵元といへるは藩内の租米をその手に委ねて、これを質として金を借るの商人をいへり。］これ商人に利を与えずして官民の煩を省くの法なり。藩士等の俸禄はなほ歳減法をもとのままに、両三年乃至五六年に至りて然るのちこれを弛むべしとなり。この時、延年と説を同くするものは、依田十太郎貞幹と平野縫殿とのみ。由比演貞及び江戸邸の会計丞串戸五左衛門等其異議ありしかど、正睦遂に延年等が説に従ひて財主を謝絶し、蔵元を廃して会計法を改む。しかれども租税を尽く金納とするの説は用られざりき。貞幹が策は非常の節倹法を行ひ、財主の債、上下の供給の半を減、その等差を定め、遠きものはその半を償ひ、その余を悉くこれ謝絶し、近きは利子を止めて母金の年賦に返すべしとなりしが、此時幕府古金銀を改鋳するが為にその古金の品位を高くせしによ り、藩庫に蔵する所の五分一をもて、通用金に易へてこれを財主にかへししかば、財主一時に金を得てければ、我望む所に従ひ貞幹が非常節約の法を行ふに及ばずして改革するを得たりき。これ貞幹が策に出るといへども、延年が推量によりて老臣等の異議を被りしによるといへり。正睦致仕して無聊に堪へず。或はいふ、頗る酒を好み声色を近くと。延年憂懼に堪へず窃書を上りて諫めけるは、客歳病にかからせ給ひしが、幸にして癒給ふは養生の効とこそ存ずれ、主君致仕せさせ給ふといへども当公いまだ年幼にして政事を視給ふべくあらずも頼む所は主君に在り。旦近日幕府政体を改め、大に面目を一新せしは主君在職中に苦心し給ひし効、ここに著はれたる事疑ふべからず。身を完ふして終始を完ふせさせ給はんこと簡要、後栄を謀らせ給ふべしと存ず。請ふ、飲酒を節し、閨閣の事を謹み、摂養を専らとしてもて諸臣の望みに副せ給へ。主君の生母芳妙院殿遺文のうちに節酒の御事をのせられたるを、当時臣もまた拝読することを得たり。願ふ所は臣が言を納れもて泉下の霊を慰め給はんことをぞ。正睦その忠誠を嘉納す。慶応二年、正倫老臣と議して旧来の兵制を改め、西洋兵制に改めんとしてその意見を問ふ。延年答ていふ。本年は幕府本藩に役使の命なく閑暇無事なるを得たり。この時に当り兵制を改革し、もて非常の変に応ずべし。しかれども、その制を立るはいまだ本を定めずして、末を事とするの病を免れず。第一その人を得てこれを任ずるより先なるはなし。臣老衰して命に堪へず。また老臣等も旧習に拘泥して新制を立るの才識に乏し、ここに於て衆議もて一人を推してその任に当らしめんとす。依田十太郎貞幹は才識抜群にして改革の任に当る堪《（ママ）》へたり。早くこの人を抜て老臣に列し、全権を付与し、掣肘の患なからしめもて大改革を行ふべし。老臣等もまたこれを賛助して、その力を尽さむべし。ここに強兵の実を立て、しかるのち制度を編制すること何の難きか事か候べきとありしかば、遂に貞幹をもて年寄役として軍制改革の惣裁とす。貞幹が専ら心をここに用ひて一藩の兵制を改めしは、延年推挙の力なり。明年、延年軍事掛を辞して、専ら貞幹に委任す。三年十月、積年の勲労をもて五十石を増す。ここに於て五百五十石を領す。明治元年二月、正倫に従ひ、勅を奉じて西都に赴く。路に大惣督熾仁親王の東征にあふ。参謀等延年を召して、正倫が東西従違の方向を問ふ。延年、主が志を体して忠を朝廷に尽すは今さらに申までもなし。然れども徳川氏は累世の主なり。これに対して弓を挽んこともまた忍びざる所なりと答ふ。参謀等その答の曖昧を怒りて、命じて、京師にのぼりて慎みあるべきよしを伝らる。のち、佐倉の留守平野重久等議して官軍に従ふ。ここをもて正倫ゆるされて参朝す。二年三月、藩政を改革して、執政となり管国事を兼ぬ。同き八月、病をもて職を辞す。正倫命じて、遇するに老臣の礼をもてなし、その職を解き、短刀一振を授く。九月、班を弁事にすすむ。十二月致仕す。三年十月、在職の労を賞し、終身月二口半を授けらる。藩廃してのち、なほ旧里に住す。養子延済、袋次郎と称す。延年の実弟。延年子なきもてこれを養子とす。延済、のち済の一字に改む。帳役より用人にすすむ。明治二年九月、佐倉藩に参事となり、同十二月、父致仕して家をつぐ。三年十月、本官をもて民曹を領す。継て藩政に参預す。四年七月、職をとく。今正倫に事へて家令たり。

依田十太郎貞幹は十之丞貞剛の子なり。天保十二年、十五歳にして家を継ぎ、十七歳、近習となる。つぎて帳役となれり。湯川勝野右衛門に従ひて射術を学ぶ。この湯川は射芸をもて家を世々にし、三十三間堂の通矢をすべき家なれど、この人なきをもて、門人のうちをゑらむに、貞幹を挙るものありて、射術修業の事を請ひしに、貞幹は門閥の人なり、一芸をもて終るべきにあらずとてゆるされざりしを、外にさるべきものなしと強ちに請申しかば、ゆるされたり。大矢数といふ一昼夜の伎を行はしむべきの内意ありて、一たびこの内試をせしに、大によろしきよしをいはれき。ここに於て、表立てその伎を行はんとせしかど、この伎は費大方ならず。幕吏の臨監はさらなり、消亡の夫人、是またやとはざればかなひがたきによりて、貞幹の伎はすでに見ゆ、表立て行ふに及ばずとて止にき。嘉永二年七月、帳役となる。佐倉にては、兵制はもと甲州流を基として、これに唯心公の時、斟酌を加えて御家流と称して総練せしが、西洋砲行はるるに従ひ、旧法また用ひがたきをもて、正睦のとき、長沼流の野慵斎といふ兵家者流を聘して、藩士のうちに然るべきものに命じ、その学をうけしむ。此年十二月、貞幹もまたその命ありて教を受く。嘉永六年四月、慵斎の業尽く畢りしかば、暇を賜はり、貞幹同僚四人、ともに命を受て兵制を編述す。こは慵斎偏固にして流通を知らざるをもてなり。長沼流によりて、これに西洋銃練法を斟酌せり。しかるにこの時、同藩士に木村軍太郎重周といふものあり。夙に蘭学を講じて、器識あり。先に同じく兵制掛たりしが、独衆議と同じからず。意見書をおくりて、歩騎砲三兵となさんとす。(頭欄)〔兵制改革年度　安政二年五月、慶応二年十二月。第一、給人、一騎兵、大砲方二、三男、小銃班長。第二、給人、騎兵、大砲足軽、小銃徴兵、歩歩《ママ》奉行三人、大砲頭、歩兵頭、騎士頭〕貞幹その説に服し、四子と謀り、前の編述せしことを罷め、重周の議に従ひ、再び編述してこれを上りしかば、正睦大に喜び、安政二年五月、藩士を城中に召して、親筆の書をもて兵制改革の意を伝へ、弓術及び旧伝の砲術を廃し、新に兵制を改むることを告ぐ。ここに於て、上士給人をもて騎兵とし、藩士の庶子を砲兵とし、弓長物諸隊を廃し、尽くこれ小銃隊とし、騎兵はの《ママ》頭、番頭をもてこれに充て、砲兵には大筒頭を置き、小銃隊をもて先筒頭に置くとす。六月、貞幹第十四番組の先筒頭となる。兵制改革の事にあづかりし年寄役、及び木村軍太郎、中沢央、須藤秀之助、佐治岱《ママ》次郎、手塚律蔵、遠藤惣左衛門、福田常次等、恩賜各差あり。

この時藩の財政やうやく乱て、負債山の如し。正睦これを憂へて、書を藩士に下し、意見を問ふ。藩士に田中弥五郎重参といふものあり。学を好みて敢直をもて聞ゆ。命に応じ、意見を上る。正睦その論をみて大に喜び、又その言をもて貞幹が才を知りて、これを登用して財政を改んとて、万延《ママ》元四月、先筒頭、用人もとのままにし、勝手方元締を兼ねしむ。去年正睦致仕し、長子正倫世を襲しかど、年なほ幼ければ、政事は正睦すべてこれをききにき。ここに於て会計主務の年寄役佐治三左衛門延年・由比善兵衛演義及び勝手方諸吏相議して改革の事を議し、各その意見を上る。正睦が家人等に下したる書には、まづ三条の意見あり。一は封邑の租税を尽く金にて納めしむる事、一は江戸にある所の財主等を尽く謝し去る事、一は臨時の費あるときは、封内の富民の財を借る事、これは田中弥五郎が意見につきて斟酌を加えしものなり。諸臣その義につきて可否を議するに、多くは、江戸の財主は廃すべからず。又、租税は金納にすべからずといひ、その改革せんとするものは瑣細の事に過ぎず。貞幹独りおもへらく、厳に節約を行はざれば、旧契を改むべからず。即ち山崎闇斎が盍徹論に基き、三年耕すときは一年の食を余の説によりて、節約三等の法を陳ぶ。（頭欄）〔初年より三年まで一期とし、収納十分の二半をもて藩主の費とし、十分の三半を藩士の禄とし、十分の二をもて旧債を償ひ、又十分の二を臨時の費とす。四年より五年に至るを第二期とす。十分の三を藩主、十分の四半を藩士、十分の一半を旧債、十分の一を臨時費、六年より十年を第三期とす。十分の三半を第一頃費、十分の四を第二頃、十分の一半を第三頃費、二十分の一を第四頃費とし、十一年より以下を平常の費とす。即十分の四を第一頃、十分の五を第二頃、第三頃は旧債とすれども、ここに至り尽く償ひ終るもととす。十分の一を第四頃の費とす。」財主には旧債の半を償ひ、債主にその余を無利足とし、十年賦をもて償却するを債主（校訂者注・債主はミセケチ）に求むる事、臨時費を封内の豪富に借ることは下問の如くす。租税を金納とするは極めて便利なれども、さするときは農民その業に惰り、上米を出すこと能はず、米価低落の恐無きを得がたしといふにあり。是に於て、佐倉より由比善兵衛及び勝手役荒野又右衛門等、江戸に至り、両地の会計吏相合して議する所あり。論、財主を廃すべし、廃すべからずといふに至り、決せず。独左次右衛門大にこれを是とす。しかるに、額を償ふるは甚しき節約を要するまでもなし。本城に蓄ふ所の古金銀大判等あまたあり。幸にして政府、古金の価を陞せらるるにより、旧に比すれ《ママ》三倍に至り、貯金は非常の急を弁ずるが為なれども、大改革を行ふに及び、何ぞ惜む事のあるべき。その参一をもて旧借の半を弁ずるに足れりと申す。終に貞幹議せし策に決しければ、同じき年八月十六日、正倫江戸の政事庁に坐して、年役寄《ママ》の月番熊谷左膳及由比善兵衛、佐治三左衛門を召し、会計法改正の命を発す。又藩勝手役の人々は、年寄にありて佐治・平野等はこれを是とし、勝手役にありて独左次右衛門のみ、これを是として財主廃すべしといふ。ここに於いて、その議に一決するに及び、年寄等退て、貞幹を始め会計の諸吏を召き、正倫の旨を伝ふ。かくて貞幹は主命をもて佐倉に至り、会計法を定め、十一月廿九日財主等を江戸に会集し、旧労を賞し、恩賜差ありて、改正の旨を告げ、財主を謝してこれを止む。ここに於いて旧債の半を償ひ、その半を十年賦とすることを皆承諾して異儀《ママ》なかりき。

（頭欄）「この頃、諸侯にして旧債を償ふものはさらなり、その利子だにこれを払ふはまれなり。しかるに、本藩にはその原金の半をば償ふよしをきて、いかで喜ばざらん。またその余の事は尽く償はざるにあらで十年賦とせらん《ママ》には、これもまた尽く損になるにあらねば喜びて従ひしと聞えたり。」斯て十二月十九日に至り藩士を召して、老臣をもてこたび改革の趣約を告しらせ、今年より三年の間、厳に節倹を行べきよしを示す。明る元治元年正月廿七日、貞幹会計改正の労を賞せられて□□□□をゆるし、禄三十石を加え賜ふ。此時、串戸五左衛門、城左次衛門も同く、三十石の加恩あり。五左衛門は初め異儀《ママ》を唱えしものなれども、この賞にあづかりしは公平を失へりと論ずるものありしとぞ。二月九日、四番組大筒頭となる。用人もとの如し。七月大寄合の班にすすむ。十月、常野賊起り、幕府、佐倉藩に命じて兵を出さしむ。由比善兵衛、兵を率ゐてこれに向ひ、貞幹もまた大筒頭をもてこれに従ふ。同十七日、我軍磯浜に陣す。敵と那珂川を隔て砲戦す。貞幹、砲兵を率ゐて川を渡らんとす。敵これを摧き、乱丸雨の如く下れども退かず。中軍より無謀の戦すべからずと屢退く事を促がす。貞幹已を得ずしてやむ。十八日、又戦ふて決せず。この日敵軍より幕軍に向ひ、密書をおくりて情を陳べ、内応を約す。幕吏、使をもて戦を止めて来り議せしむ。貞幹、幕軍に使し、はじめて敵将榊原新左衛門が降伏のよしを知りぬ。ここに於て廿二日、内応のもの火を揚るをみて、我軍砲台より大砲を発し、遂に幕吏とともに川を渡りて敵塞に入る。敵党、築波党《ママ》・太平党等は尽く上野に向て走り、榊原党は幕軍に降る。十一月二日、降将榊原を始め、四百六十六人我藩にあづけられたり。貞幹これを護送して佐原村に至り、観福寺に置く。榊原等もとより幕兵に抗するの心なきをしり、憫厚くこれを遇す。降将卒もまたその恩義に服して、壱人ものがれ去るものなかりき。同廿九日、幕府の評定所留役石川次左衛門・高木七太郎等、佐原村に至り、榊原新左衛門等布衣以上のもの七人礼服を着せしめ、これを浄国寺に召し、これ糺問す。はじめ常の囚人の如く縄附のままに糺問すべかりしに、貞幹かたくその不臣の志無きを陳じて士礼をもてこれに遇せしめしといふ。後、新左衛門等古河に預けられ、我藩に預らるるものなほ百余人なりしが、後、新左衛門等は自尽せしめられ、その余をゆるさる。

明る慶応元年五月、幕府我藩賊徒征討の功を賞し、正倫に時服十領、刀一口、磨刀料として金三十枚を賜ひ、有功の将士等に衣服・金の贈差あり。貞幹、銀廿枚・時服三領を賜ふ。貞幹特に降服の兵卒等護衛せしをもて、正倫これに賜ものありき。二月十三日、番頭にすすむ。七拾石をまして三百石となる。用人もとの如し。是より先、幕府吾藩に命じ、相州観音崎の砲台を守らしむ。四月、貞幹番頭をもてこれに赴く。九月、正倫藩命をもつて京師皇宮を警衛す。貞幹、旗奉行をもてこれに従ふ。二年四月七日、年寄役となり、三百五十石を給ふて軍事掛となる。是より先、平野縫殿・佐治三左衛門軍事掛たり。旧制を改め、専ら西洋軍法を用ひんとす。貞幹がその事に精しきをもて、これに代る。ここに於て西洋の事情に通ずるものを用ひて、かの国の兵制により軍事奉行・弾薬奉行・武具奉行を置き、兵隊に甲冑戦袍等を廃し、軍服を改め、尽洋製に倣ふ。藩士は会計吏郡吏に至るまで尽砲手とし、老年ものを皆その職をとかしむ。又封内の民に命じて農兵を興し、歩兵大隊を編制し、藩士をもて将官・士官としてこれを指揮統御せしめ、城中に屯所を置き、交番してここに屯せしむ。大砲隊はもとの歩卒を用ひ、士族の長子・庶子を問はず、その器にあたるものを用ひ、士官とす。上士の老耄せるものは、これを城衛隊として城を守らしめ、その壮なるものは騎士としてこれを用ふ。十二月、これを行ふ。正倫、その労を賞し、章服・銀五枚を賜ふ。これより貞幹、頗る威権ありて、少壮の者多くこれに靡き従ひしかば、文吏は大に懌ばず。中にも由比善兵衛演義は初より貞幹と議合はず、その属吏等といふ毎に貞幹が事をそしる。少壮の士等、これをききて大に憤り、殆ど確執をなすに及べり。藩士青木小太郎・宮崎伝治等、これを憂へ、平野縫殿が江戸より佐倉に至りしとき、窃に旅館に至り、かくては党派別れてゆゆしき大事に及べしと告げしかば、縫殿江戸にかへりて、このよしを貞幹に告ぐ。貞幹、乃ち情を陳して職を辞す。正倫、終にその請に従ひ、明治元年二月、年寄役を罷め、又由比善兵衛が奉公、宜にかなはざるを譴責して、その年寄役を奪ふ。貞幹は特別の義をもて年寄席故の如くたるべしとなり。この時に当りて海内の形勢、大に変じ、徳川氏大政を朝廷にかへしのち、王師東征の事あり。藩主正倫、京師に在り。幕府脱走の徒、南総の間に逃逸し、官軍柳原前光、兵を率ひて佐倉に至る。藩士等官軍に服せず、出兵の命を拒まんとす。平野縫殿、百方これを諭せどもきかず、貞幹出てその間に周施し、兵を出す事を得たり。老臣等相議して、貞幹に再び職に任ぜんことをすすむ。貞幹、固く辞して出でず。同閏四月廿三日、庄田国之助の弟才之助を養ひ子とし、同九月、病をもて致仕を乞ふ。ゆるさず。二年二月、再び請ふ。これをゆるさる。同八月、朝廷大に制度を改め、藩制を定め、知事・参事をおく。正倫、佐倉藩の知事たり。藩士に命じて、投票してその人を択ばしむ。佐治三左衛門及び貞幹これにあたれり。正倫、親書をもて再び起て職に就かん事をすすむ。貞幹おもへらく、時勢すでに変ぜり。藩制もまた久しからじ。我力を尽すは主家のみ、王家あるを知らず。忠を尽さんとする事、必ず今日に限にあらずとて、固く辞して拝せず。

四年七月、藩を廃して県とし、正倫知事を免ぜらる。貞幹、すなはち書を正倫に上りて、かねて申ける事は即今日に在り。望乞ふ、賤臣を奴僕の末におきて、犬馬の労を尽さんと。正倫これをゆるししかば、貞幹これより正倫に東京に従ひ、家扶となりて、常に傍に侍す。五年、家令職を去るに及び、これに代りしが、九年十二月、病をもて職を辞す。しかれども、なほ正倫が深川の邸中に住し、朝夕安否を訪ふといふ。

西村鼎芳在。祖、平右衛門芳高。父を平三郎芳郁といふ。弘化二年十二月、初て近習となる。嘉永三年三月、父歿して家を継ぐ。芳在、幼くして学を好み、少年才子の名あり。この年六月、温故堂の都講となる。此頃、外国の事稍起りて、有志の士海防の策を講ぜざるものなく、芳在おもへらく、海防の利器、大砲にしくものなし。本邦の旧式はかの新式に及ばざる事遠し。ここに於て西洋砲術を講ず。朋友等その文弱にして武を講ずるを笑ふ。芳在、これらもののかずともせず。四年八月、高島流砲術員長たり。六年三月、支藩堀田摂津守、芳在が父の時、かの家に附られて年寄役たりしをもて、又芳在をを用人《(ママ)》とせんと請ふ。正睦これをゆるし、特に席を帳役にすすめ、かの家に附らる。安政元年八月、席を側用人にすすめ、摂津守家の年寄役たり。五年正月、正睦、幕命をもて京師に使す。特に芳在に命じて、扈従たらしむ。その時事に通じたるを《(ママ)》なるべし。明治元年十一月、本藩の年寄役となり、三百五十石を給ふ。二年正月、執政となる。九月、藩制立に及び大参事たり。四年七月、藩廃せられて、職を罷む。後、朝に出仕し、文部権大丞となり、大書記官にすすみ、宮中顧問官となり、華族女子校長となりて、従四位に至る。貴族院立ちて特旨をもて議員となる。これより先、名を茂樹と改む。茂樹、沈深にして器械《(ママ)》あり。年少き時より、時務に通じ、しば〳〵書を正睦に上りて時務を論ず。正睦が幕府の老中たりし安政三年十月、正睦密旨をもて当今の急務を問ふ。茂樹、書をもて答けるは、当今の時に急務と大計との二あり。大計はなほおふて申べし。その急務は富国強兵にあり。しかるに富国はまた強兵の本なり。国富むときは兵強し。当今の勢、太平の久に流れ、上下困窮して武士柔弱貧困（欄外）［余滴の二へつづく。］（校訂者注、第五冊冒頭につづく）

管子警句、山沢不救於火、草木不殖成。今日不為、明日亡貨。是必立、非必廃。有功必賞、有罪必誅。若是安治矣、未也、是何也。曰形勢器械未具、猶之不治也。

死に来たしやば世界　近松

# 学海余滴　第五冊

（巻頭欄外）［一よりつづく、西村茂樹の伝］にして、緩急用をなし難し。その根本をいふときは、武士その本土を離れて城下に集り居るより生ぜり。諸侯その土を離れて江戸に住し、その家人も本土を去り、主の城下に集る。又、譜第諸侯の家人は、またその城下を離れて江戸に定住するもの少からず。これを（ママ）家を離て旅居するものと異ること無し。一条の箸・一片の紙といふとも、これを市にかはざることなし。利は尽商估に帰し、士人只貧窮に至る。且城下にあるをもて、奢侈に流れ軽薄に薫染し、柔軟婦人の如し。これ皆本土を離れて、他郷に客居するがゆゑなり。この害をのぞかざれば、国の富兵の強は決而得がたも（ママ）のと知せ給へ。又幕府国用の不足はその弊いづくにある。こは古に比すれば鄭重に過ぎ簡易の風を失ふこと、事物の周密に過ぐること、奢侈に流ること、成法の弊を生ぜしこと、武士土着せざることの五条より生ずるものなり。前の三条は、その事多端にして一朝一夕に尽すべからず。後の二条はなほいふ可きものあり。成法のよろしからずとは、幕府天下の富をもて、諸侯に国計に似たるをいふ。凡百の事一としてこれを市に買はざることなく、百工一人としてこれを雇使せらることなし。これ諸侯にありては免れざるも、幕府の富をもてせば、何ぞ土産をもて貢税に代へ、百工を課してこれ役使しせ（ママ）ざる。士を土着せしむるには、諸侯その妻子のうち壱人を江戸に置き、その家人共尽く本国にかへすべし。その領地の多寡により、その地に住せしむるときは、衣食住を他に求めずして事足ぬべし。米穀はいふに及ばず、野菜の類といへども、これをその園中に取り、もて用を節せずして自ら倹約を行ふを得べし。衣服は蚕を養ひてこれを織るべく、城郭は山林を伐て、百工の役をもて作らしむべし。古昔歩卒は土木の功に力を致し、夫役は農民の賦課なること常なり。ここをもて城郭築造の事あるときは、士その領地の多少によりて人夫を出してこれを助く。又武士土着するときは、馬を馳、水を泳ぎ、険阻を渉り、風雨を冒し、常に田畠を耕作して身体を習はするが故、壮健にして寒暑に堪ゆ。又その家人も譜第恩顧のものとなりて、生死進退その主人に従ひ、不時の変に応ずるに足るべし。斯くて半年百日と限りて交代して城郭を守らしめ、或は江戸に出て主人を護衛すべし。然するときは、人多からずといへども精兵のみにして、粮食を費こともまた少し。旗下の土着は大抵千人同心といふものを模本とすべし。江戸を去ること十里四方のうちに土着せしめ、これも半年或は百日もて江戸に交代し、その暇をもて武を習はし、農を務めしむ。凡如此もの数十条あれども、その主とする所は土着にあり。又土着の事を決定せらるるに於て、まづ諸侯の江戸に朝ずるの制をを（ママ）定むべしと熊沢了介が大学或問を引き、その大意を説き、次に中井竹山が草茅危言を引き、その制度を論ず。文長ければ録せず。正睦その説を嘉しし（ママ）かど、いまだ用ふに及ばずして、外国條約の事起り、つづきて職を止めしかば、その言行はれざりしとぞ。

史談会長　有栖川

副　伊達宗城

同　蜂須賀茂韶

幹事長　金子堅太郎

幹事

三条家　磯野
岩倉　沢渡
毛利　中原
山内　宮地
水戸　服部
黒田　松原
前田　野口
伊達　鈴村



# 慈徳公記

## 名字任官履歴及子女

公諱を正虎といひ、字炳文とす。幼名三次郎、後織部と称す。常楽公と同母双生の弟なり。当時双生を忌みしかば、窃に家人久代藤兵衛が妻に命じてこれを養はしめ、親族なれば稲葉美濃守正則公の家に寄せ、その家人田辺権大夫に托し、その家に生長す。正則一日公の父築《（ママ）》前守正俊の館に至り、我等に妾服《（ママ）》の男児あり、夫人におくりまいらすべし。宜しく子として養はせ給へとありしかば、夫人これをゆるし給ひけり。その後、公、夫人のもとに来り給ひしに、その容貌兄正仲君と同じく、殆ど見まがふばかりなりき。のち疱瘡を患へ給ひしかば、それと分ちしとなり。延宝三年五月、年十三にして将軍厳有公に謁す。天和元年辛酉六月、中奥小姓となる。同じき壬戌十二月、従五位下に叙し伊豆守と称す。貞享元年甲子十月、父公の遺領二万石を分ち給り、下野大宮にうつり、元禄七年甲戌七月兄正仲ぬし身まかりしかば、宗家をつぎ、福島十万石を領す。これによりて元の領知大宮二万石をかへしまゐらす。十年丁丑正月元旦、はじめて大城にのぼりて新年を賀す。これより先、将軍家の御気色あしかりければ、三日をもて年賀す。是に至りやうやく解て、この嘉儀ありき。十三年庚辰正月、出羽の山形にうつる。福島の地に比すれば肥饒なりしにぞ、一藩始めて蘇生の思あり。九月、始めて暇を賜ふて国に就く。爾後、参勤交代例の如し。宝永六年十二月、従四位下に叙せらる。正徳三年戊戌十月、大城に杖突くことを許さる。享保十三年戊申十月七日、大坂城代となる。十二月廿三日江戸を発し、明る十四年正月十八日、病て勢州亀山駅に止り、同二十二日卒す。享年六十八歳。二月十二日柩亀山駅を発し、中山道を下りて、二十四日江戸に着し、明る日、浅艸日輪寺に葬る。勇徳殿と諡し、後、慈徳と改む。これ将軍有徳院の号を避けしゆゑとぞ聞えたる。公、六子あり。皆早く没す。宗家豊前守正周の子正直を養ひ、従五位下叙《(ママ)》し、播磨守と称す。公、年老ひ家政を委ね給ひしに、多病にして公に先ち卒す。年二十九歳。その子内記正春公もて嗣とす。夫人永井氏は永井甲斐守尚冬の女なり。享保九年十月十六日卒す。また日輪寺に葬る。覚性院と号す。

## 財用竭乏及倹約の令

不矜公不慮の事ありてより、常楽公を経て公の時に至るまで、将軍の覚よからず。福島の地にうつされしより、封内磽瘠地にして租入大に減じ、上下困窮す。公また支封より入り継ぐに及び、旧地を二万かへし奉りければ、家人増をもて多く俸禄給せず。（頭欄）［これのちの事］（抹消本文）［公、家政を行ふに及び、已ことを得ず藩士に命じ、その半を鬮にして身の暇を賜ふ。公、鬮に中りしものを招見し、その意を喩す。涕涙面に満ち、これをきくもの慟哭して仰ぎ視ること能ず。公、数日間飲食をすすめず、心地あしとて打臥しゐ給ひしとぞ。かくてその後、心知る諸侯にあひ給ふときは、その故をつつみ給ふことなく打明し、暇をあたへしもののうちには、さる可きものあり、召仕はせ給へとて打頼ませ給へり。」（頭欄）［されどものこれるものどもにて俸禄の御こと法の如く給すること能はず」］元禄七年家を継ぎ、同じき十年正月元旦、初て大城に出仕し嘉儀をのぶるをもて、二月朔日、一門の族人を招き、慶を表し、並に家人等にもこれを告げて酒を給ふ。同じき十三年正月、封を山形に移されて、始めて美地を得たり。三月九日、諸家人を召して、今度思もよらず山形に封を移されしをもて、歩引の法を廃し全額を給せらるる旨を喩す。十六年の冬、江戸の邸焼失す。ここをもて財用足らず。宝永元年十二月十九日、また歩引の法を行ふ。その喩示にいふ、爾来、国用窮乏を告るに、去冬また火災の変あり。土木の役、費用莫大に及ぶ。然るに、今秋旱魃虐をなして、租税を減じ国用益乏し。ここに已ことを得ず諸臣の禄のうちを借りて、もて急を救はんとす。諸臣倹素を旨とし、まづ婢僕を減じ、その余これ（ママ）

準じ痛く減省を行ふべし。又江戸にありて災に罹るものは殊に憫むべきもて《（ママ）》、今年は歩引の法を軽くし、これを救ふべしとなり。四年九月廿三日、又会計法を改正し、冗費を減ず。十二月朔日家人に令し、衣服の制を定め、すべて木綿・紙布の類を着せしむ。七年九月五日令すらく、国用ます〳〵乏きをもて、旧儀を廃してその費を省く。諸臣よく此意を体し、吉凶の事ありても、上の救を求めず、自ら経するを務とすべし。（抹消本文）〔衣服・飲食に至る、また質素を旨とし、平生同僚相会するとき、酒食をもて礼とすること勿れ、嘉礼の時といへども一汁三菜酒三献吸物一種肴一種に過ぐることを得ず。〕正徳元年三月二日是より先、国用乏しくして藩士等に給する禄、歩引の制を用ゆるといへども、猶給すること能はず。ここに至りて藩士を尽く擬扶持とす。これは俸禄を給することを停めて、禄の高下により逓減して口を算して米を給する法なり。その時、告喩に、近来、財政困難にして国用給せず。加之相州土木の事あり。つづきて将軍宣下の大礼あり。尽く国用に困ず。ここをもて已ことを得ず擬扶持を行はる。家人等数年困窮のうへに、又かかる法を行ふに至るは、実に忍びざる所なれば、幕府奉公の為に出れば、実に止事を得ざるなり。ここをもて、本年より三年を限りて、この法を行ふ。但職しも《（ママ）》のは別に俸を与ふべし。又江戸在勤の者は在番料を与ふべし。擬扶持の制は、三千石より四百九十石まで八十人扶持、弐百石より弐百九十石まで五拾人扶持、百五十石より百九十石まで十三人扶持、百石より百四十石まで拾壱人扶持、その余これ《（ママ）》準じて等差あり。享保元年十月十一日、再び旧に復して歩引法を行はる。その時に告喩に、財政困窮により先年擬扶持の法を行はれしが、その後、費用多端にして旧に復すること能はず、年を経たり。しかるに、家人等数年困窮せしうへに、近来物価騰貴してます〳〵生計に苦しむよしの聞あり。よて来る酉の年よりして、去る宝永元年甲申の例に準じ、歩引の法を復すべし。本禄を尽くかへし給はまほしと思へども、ここに及ばざるこそ尤も遺恨とする所なりとて、その余の制法を定めたる帳簿を示されけり。かかりしかど困窮ます〳〵甚しくして、多くの藩士を養ふこと能はず。ここに於て五年九月十八日、公自ら老中戸田山城守宅に至り陳ずらく、正虎他年財用竭乏に苦みしが、近来ます〳〵甚く、家人等を扶持すること能はず。在国在江戸のものども尽くその禄食を減ずといへども、公務を欠くの恐あり。ここをもて身の暇を乞ふものあらば、その望に任すに及べきにより、あらかじめこれを告ぐと。同じき八年四月、羽州村山郡長瀞村に土寇起る。公、幕命をもて兵を出す。その費用莫大なりしかば家計愈せまり、遂に已ことを得ず、同き十年六月六日、家人等を減ずるの令を発するに及べり。この日、公本城の大広間に出座し、老臣若林杢左衛門、植松蔵人等を従へて、忰田九助に命じ告諭を読しむ。その文にいふ。

何も存知之通、勝手向数年不如意之上、近年別て差支必止ト及艱儀候。然れども段々尽候上之義故、可相改品も無之、然る上は家中致減少、諸事取縮、御奉公可申と存候得共、数年面々艱難之上、又浪人いたし候義、不便千万候故、何とか取続候内、万一幸なる義も候得者、可令満足と、先擬扶持申付処、是迄御奉公相勤候へども、去年当春、就中必止ト相詰り、家中之者共、此一節一統ニ及困窮候段も委敷聞候得ど、右之通勝手故、大勢之者共一同ニ扶助難成候上者、乍心外家中令減少、小勢ニ御縮、上下相続御奉公申之外無之、此義公儀えも相達置候。依之不得止事何も永之暇差遣候。年来勤仕之段令満足、一度歩引等も令用捨、為相勤度心掛候処、今更数十年之馴染之者共暇遣し候段、残念心外ニ候得共、不及是非候。尤他家へ奉公罷出候共、何方に可有之候とも何之構も無之事ニ候。当分急ぎ引払申にも不及候。城中又は町在ニ罷在候共、勝手次第可致事。

ここに於て家人に鬮引をせさせて、身の暇を給ふもの神尾兵庫・若林安兵衛・湊八郎左衛門等を始め九十四人あり。その外また江戸に在勤するものも暇を賜ふもの数十人に及べり。又残りとどまるものを招見して、節倹を旨とし饑寒を忍て奉公すべき旨を喩されしかば、去るもの留るもの皆涕泣痛哭せざるものなし。公も涕涙面に満ちて啼泣数刻に及び給ひ、この日より数日の間、殆ど飲食を絶つに至り給へりとぞ。公その後、心を知る諸侯に遇ひ給ふ毎に、この事をつつまず物語り、実に已ことを得ず家を立去らせしかど、召使ふに足るべきもの少からず、あはれ、かの士等のうち心にかなひ給ふものあらば、召使はせ給へかしと申給ひしとぞ。後年に至り他家に事へず流浪し召還されしもの数人あり。公の恩義に感じてなるべし。

**衣服飲食の制度**

不矜公幕府の大老たりしかば、家人もまた大に気勢をまして驕奢に流るるものあり。しかるに公卒し、常楽公の時に至り城地を移され、つづきて公の時に及び山形にうつるといへども、家計困窮して公役の繁きに堪へず。よりて痛く驕奢の俗を禁じ節倹の令を布く。宝永七年九月五日令を発す。その令に、

最前も被仰出候得ども、向後弥以倹約之義、急度可被相守候。上ニも御勝手益御不如意被為成候ニ付、諸事只今迄之御家風表立は、御義をも御闕被遊候程之事故、自今少々之義ニ而も御手当可遊様も無之候間、銘々自分之心懸油断不仕、衣類諸道具食物以下随分致簡略、平生諸傍輩之出会等に軽き料理ニても一切出す可らず。若不得已事、規式急之出会有之節ハ、一汁三菜酒三献吸物一肴一、御定之外過分之義於有之者、尤可為越度事。

江戸在勤のもの衣類刀脇差等、飾に美を尽すことを禁ぜらる。又旅行中、馬具衣類及び奴僕の衣服等、尽く質素の品を用ひしめらる。

音信贈答の礼を定められ、その式に違ふものは監察等これを途中に要して、これを糾問せらるべしとなり。

衣服は絹布類を禁ず。旧来蓄ふるものといへども着することをゆるさず。或はこれに下（ママ）に着することをゆるさるるも、決して表に着くべからず。然ども城外至（ママ）るか、或は他藩に至るときは此限にあらず。

婚礼の什器も奢侈に過ぐるを禁じ、佩刀をおくることあるも壱腰に過ぐ事を得ず。これに過ぐる

もは《(ママ)》罪に処すべし。

妻子衣服必ず木綿を用ふべし。婚儀及び礼式の時は、贅貴からざる染小袖の外、用ゆることをゆるさず。（頭欄）[享保四年十一月七日、城外に出るものは絹布をゆるされしが、ここに至り、内外ともに木綿の服を用ふべきよしを令せらる。]

## 民政

公が初め封を襲れ《(ママ)》ときは、福島の地にして租入甚少かりしかど、苛税を課せらるる事なく、唯節倹を旨とせらるるのみ。元禄九年三月廿七日、領地村々の名主及び豪富のもの、米金を利子をとらずして貸渡したるもの数人を郡宰の宅に召して一汁五菜の料理を給はりて、その奇特を賞せらる。

同じき五月、封内信夫郡に文字摺石といふものあり。古昔衣服に紋を摺り出す為に用ひたるものなりといふ。公その旧跡をききて、古跡湮滅をおそれて碑を建てこれをしるす。

十年十月廿三日、酒造の税を定め、六条の令を発す。

十三年正月十一日、封を山形に移さる。初めて代官役を置く。これより先、郡奉行あり。その属を郡方と名づく。ここに至り、その職禄をましてこの名称を定む。萩原新五兵衛・小川磯右衛門・渡辺又市・鈴木藤次右衛門等四人、各三拾三人扶持を賜ふ。皆篤実にして武に練達したるものなり。

十五年十二月幕府烟艸を田畑に蒔種するを禁ず。公、郡吏に命じて田園を検査してこれをば禁ず。

（頭欄）［本年まで種るものは半作とすべしとなり。］

正徳五年正月十一日、家人等城下の商人の宅に至り、酒食を饗せらるるを厳禁す。また会計吏の市人の物を受くるを禁ず。

享保九年六月十六日、みだりに小祠仏像を建立するを禁ず。もし朱印地・除地等に建るときはは《ママ》本寺に請ひ、然るのち本寺より藩庁告げしむ。

公、倹約にして自ら奉ずる事薄し。貧窮の極、藩士を尽く養ふ能《ママ》はずして、その身の暇を賜ひしかど、封民に額外の課税を加ふるに忍びず。ここをもて民庶悦服せり。恤民の政見るべきものなしといへども、大略これにて知るべし。

## 刑賞

当時戦国の余習いまだ滅せず。士人武を磨くの余、奴隷を手刃するもの多かりき。この時その類最多し。残酷に似たれども、武人の性また見るべし。

（頭欄）［これは藩政にあらず。幕政なるゆゑに削り去。］（抹消本文）［元禄十五年壬八月十五日令すらく、近年金銀貸借の訴訟多し、ここをもて去る巳年までの訴訟は一切これを受理せず。原被自ら相和べし。本年正月よりの分は裁停すべし。但預金買掛売物之前金諸職人作料手間賃の類は、なほ相和すること前の如くすべし。身代限分散を願ふものは、財主これを承諾せずといへども、望《ママ》みごとく分散せしめ、再び産を興してのち訴ふべし。人の婢僕となりて主の財物を盗み及び負ふものは、これが保証人たるものこれを弁償すべし。足らざるものは主人の損失とす。逃亡者は保証人これを捕ふべし。罪の軽重により死罪縁坐の刑に処すべし。財産を争ひ訴るもの詐偽に出るときは、時宜によりて相続をゆるさず。これを没収すべし。神社仏閣修造費・僧侶官金及盲師官金の類は年月を限らず裁決すべし。」

元禄十五年十二月廿日、藩士木村義左衛門の僕貞平、田中市大夫の僕覚平の妻と密通事あらはれ、並に死刑に処せらる。

十六年二月廿九日、若林杢左衛門の僕三人逃亡す。追てその壱人を得たり。杢左衛門これを死刑に処せんと請ふ。これをゆるす。

宝永元年四月十六日、山形城火あり。撲てこれを滅す。目付小倉弥左衛門・金子又蔵等をして宿直の士卒を糺問せしむ。役夫六之助の所為たるを知り、これを拷訊して実を得たり。同十月四日城下を引廻し、銅町河原に火罪《(ママ)》に行ふ。

二年八月十八日、内保藤右衛門の子喜平次といふもの、小菅川儀兵衛の女を盗み、これを隠し置きし罪をもて死刑に処す。

三年三月七日、服部佐左衛門の僕団助その主を罵詈す。佐左衛門、これを刃す。その罪を問はず。

十月廿一日、野本権太郎の僕角平酒に酗し主の命に従はず、権太郎、母と謀りこれを遂《(ママ)》はんとす。角平罪を謝すれどもきかず。角平怒りて権太郎の妹きんを殺して自殺す。然れども疵浅くして死に至らず。権太郎その首をきる。

正徳二年三月廿一日、湊八郎左衛門の宅にて、木村瀬左衛門・岡左七郎相会して酒を飲み、争闘し相傷つく。二士を法に処し、八郎左衛門に閉門を命ず。

享保元年壬二月廿三日、是より先、岡甚兵衛の子佐治兵衛が旧僕喜平治を手刃す。しかるに喜平治すでに身の暇をとらせしうへは、家僕をもて論ずべからず。また手刃の日は、栄昌院夫人の忌日なるをもて逼塞の科に処し、その父甚兵衛に遠慮を命ず。

逼塞・閉門・遠慮三科を分別してこれを布令す。閉門は会所にて有司列坐し、佩刀を奪ひ、その上司これ宣告す。逼塞は有司列坐せず、佩刀を奪はず、上司の宅に於てこれを宣告す。遠慮は閉門・逼塞を命ぜられしよりも軽し。只出仕せざるのみ。又親戚等罪に坐するもあり。事の軽重により日数の増減す。

又令すらく、家督相続の事、必ず実子をもてすべし。当歳の幼子といへども相続人たること勿論たるべし。実子なく或はこれありといへども、相続せしむべからざるものは養子することをゆるす。

此時奥山弥学実子ありといへども、その多病をもて他姓の子を養子にせんと請ふ。有司法によりてこれをゆるさず。年寄役柿内監物これを否とし、大にこれを殿中に論ず。その言、公聴に聞ゆ。侍臣等これを呵止すれど、きかず。公その罪を責めて職を奪ふ。数日を経てその罪をゆるし、大寄合とす。監物喜ばず。このとし九月三日、一書を留めて山形城を去る。監物、父道海より以来主恩を蒙りながら、主命に抗する罪ゆるす可らずとて、人々これを追捕せしむれども得ず。養子右門・実子翁助二人を放逐す。

　享保二年三月八日、恩田伝右衛門、その僕兵右衛門、主を罵詈し、遂に刀を抜てこれに向ひ、伝右衛門怒りてこれを刃す。是より先、兵右衛門の市（ママ）助、伝右衛門の僕たりしが、逃亡して行辺をしらず、兵右衛門代りてこれに仕ふ。伝右衛門の父源五右衛門、これを喜ばずして放逐す。兵右衛門かへり来りて、主を罵詈してここに及べりといふ。この日幕府の忌日なるをもて、伝右衛門に逼塞を命じ、源五右衛門に遠慮を命ず。

　五年四月十五日、槍術の師井口宗兵衛、木川織右衛門が鉤槍の利害を論じ、これを批評す。織右衛門の門人五人大に怒り、宗兵衛と槍術を闘はせんとす。両家の門人互に争ひ、大に騒動す。公これきき、武を争ひ勇を競ふは、年少の者の已を得ざる所といへども、これが師範たるもの、これを鎮静する能はざる、その職を尽さざるなりと、二人及その門人にに（ママ）も遠慮を命ぜらる。ここに於て諸芸師範等に他流批判すべからざるを戒む。

　公分封よりして宗家を継ぎしかど、国の執政の臣を罰すること極めて厳なりき。されば植松蔵人と聞えしは、前代の重臣にして頗る名望あるものなりしが、享保十二年八月廿日、蔵人の親族竹内七郎左衛門・内藤治左衛門を召し出し、家老若林杢左衛門等を列坐せしめ、七郎左衛門、治左衛門とに向ひ、植松蔵人は汝等も知るごとく吾家に久しく仕へ、門閥高く、老職に任ぜしものなり、さるからは諸事謹慎して奉公すべきに、不慎の聞あり。よて年寄役をとめらる。此頃蔵人病に臥すよしをきく。

両人よりこれを伝ふべしとなり。両人恐惶して退き、よしを蔵人に伝ふ。蔵人また両人をもて答申やう、謹で諭示の趣承り候ひぬ。臣、亡父求馬死去ののち別格をもて厚き俸禄を賜はり、年若より主君の恩沢をかふむり、その後加恩の事ありて重職に陞る。かかれば、いかにもして職を奉じ、過無らんことを求めて候ひし。その身の不肖をもて遂に職を停めらるるに及ぶ。その罪いふに足らず、此上重き罪科に処せらるべきを、重恩を《(ママ)》ここに止る事は、莫大の君恩謝する所を知らずといふ。ここに於て私宅に於て遠慮せり。十月八日に至りて遠慮の科をゆるされ、格式大寄合に命ぜらる。（抹消本文）〔川村主膳は堀田姓を賜はり、主水と改め、又要人と改め、老臣に列す。宝永六年二月、同族の格を賜ふ。藩中にて主膳様と称せしめ、途中にあふものは下馬し、その宅に至るものは玄関にて刀を脱せしむ。恩寵かくの如くなりしかど〕（頭欄）〔主膳、正武は不矜公の末子にして、要人とは別人なるべし。堀田要人直武、堀田八兵衛の子なり。年寄役たり。〕

享保十年正月十八日、要人を会所に召し、佩刀を奪ひ、有司に命じて責問せらる。汝、去冬私宅にて、森柄守その僕を手刃せしとき、処置宜を得ず、重職の身にありながら少年輩の所為を坐視して、これに処するの道を知らず、僕の屍を療治せしめ、その事を隠蔽せんとす。処置すべて重臣たるの体を失へり。これにより食禄、姓氏を奪はる、本姓に復して逼塞すべしとなり。又有司森三郎左衛門を召し、子息柄守、去冬要人の僕喜三郎を手刃せし体、少年といへどもその体を失ふ。よりて家を継ぐことをゆるさず。四月十二日、要人を会所に召し出し、年寄田中勘右衛門及有司等列席して、河村要人行跡よろしかず《(ママ)》、ここをもて永くその身の暇を給ふ。他家に仕ふるをゆるさず、江戸・山形を徘徊すべら《（ママ）》ずと。又要人が親戚を召し喩すらく、要人罪ありてこれを逐はる。しかれども父八兵衛が功をもて、その母に一生弐拾俵を賜ふて、老を養はしむべしと。公の刑罰に峻なること、かくの如し。

公また私寵をもて刑罰を緩くせず。畑貞之丞といふものあり。その妹みちは数年後房に奉仕せしものなりき。享保十二年十月廿五日、貞之丞小納戸役を命じ、拾両三人扶持を給ひ、江戸に移り住せしむ。しかるに貞之丞いかなるゆゑありけん、これを受けず。有司これを喩せども承伏せず。親戚これを諌むれどもきき入れず。重臣已ことを得ずよしを申す。公大怒り、直に命じてこれを放逐せしむ。監察等これを封境に護送し、佩刀を奪ひてこれを逐ひ、家財を没収す。又妹みち、兄の罪をもて即日これを逐ふ。財物一切これを没収し、一物も身に着くることをゆるさず。貞之丞、母壱人女子二人あり。又これを逐ひ、家財衣類又これを没収せらる。没収の財物を一舎に蔵し、これを釘鎖せしむ。その厳なる、かくの如し。

### 長瀞の土寇

享保八年四月十九日、出羽国長瀞村の民、質地の事によりて乱を起す事聞ゆ。この日江戸の邸より三日半の急乱報をもて、去る十五日、老中戸田山城より留守居のものを召し呼び、羽州長谷川庄五郎が管する所、長瀞村の民糺問の事あり。よて物頭足軽百人を率ゐてかの地におもむき、五十人は陣屋に至りてこれを守り、五十人は庄五郎を護衛すべしとなり。ここを（抹消本文）〔江戸在留の士卒は庄五郎に従ふべし、山形城より五十人〕もて陣屋に至るべしと定む。長瀞村の民は百三十人余にして、これに長たるもの十人あり。郡吏、これを召せども至らず。当時、海内平治して乱をなすものなし。ここをもて遠近これが為に騒動せり。（抹消本文）〔この時代官の陣屋は漆山にあり。〕ここをもて吾藩に命じてこれを警衛せしめ、もし土寇等、豪家に闖入し、家屋を毀拆する事あらばこれを捕へ、或はこれを打殺すべしとなり。かくて廿日、物頭小倉弥左衛門・香曽我部左中・目付木川織右衛門等卒五十人、小荷駄人夫あまた従へて長瀞に赴く。本日我兵漆山に至る。又物頭熊谷三大夫・長八左衛門、目付今村藤助もまた足軽五十人を従へて、廿一日松原に至る。こは長谷川庄五郎が江戸より来るを迎て、これを警衛するが為なり。我兵漆山に至りしに、長瀞の土寇等これをきき、大に懼れて出でず。こをもて代官手代等漆山に至り、兵士をとどめ、もし長瀞に至らば人民死を畏れて反て乱をますべし。しばらく止りて動静を見給ふべしとありしかば、兵をここに止む。廿三日、郡吏、人をつかはして長瀞屯集の民に十人の首領を出さしめ、又吾藩兵十八人を陣屋に召し、不意に起て、その首領を搦め取らしむとす。されども十人の首領罪をおそれて出でず、うち五人来りしかば、即ちこれを捕へて郡吏に付す。是より先、長谷川庄五郎、江戸にありて長瀞に至るに及ばず。廿七日、長瀞の人民百十人を陣営に召て、吾藩兵してそのうち十一人を搦めとりて又郡吏に付す。（頭欄）〔郡吏これを仮獄に投じ、吾藩兵をしてこれを守らしむ。〕五月十七日、罪人を江戸に護送す。七月四日、長瀞に在留の兵士尽く山形城に帰る。惣頭、兵士等を賞し、物を賜ふ。四月廿日より七月七日に至りて、長瀞の事始て平ぐ。この時、海内治平にして諸侯武備懈弛す。

公もと兵学を好みて、よく士卒を操練せしかば、江戸より命下る即日に兵を発し、遂に一兵を交ゆることなく、土寇等懼て縛に就く。人、その迅速なるを称す。されども兵士外に在ること、殆四月に渡り、費用大方ならず。国帑殆ど竭乏せり。ここに於已《ママ》ことを得ず、明るとし十年、家人等半を解散せしむるに及べり。（頭欄）〔此処刑は磔罪二人、梟首三人、即時斬殺せしもの三人、遠流八人、終身禁獄五人、贖罪九十一人なりしといふ。〕

## 大坂城代となる

享保十三年十月七日、大坂城代の命ありて、酒井讃岐守に代る。公、先代より幕府の覚よからず。職につくこと無りしに、やうやくにして此命あり。公、大に喜び急に任所に赴かんとす。しかるに日頃痢疾に感じ、病床にあり。且六十八歳の頽齢なれば頗る衰弱して、途に上に堪へざりしかど、疾をつとめて重臣を召して仰けるは、吾、年老てかかる重病に罹り、旦夕の命覚束なし。されども祖父築《ママ》前守ぬし不慮の御事ありしより以来、将軍家の御気色よろしからず。世を憂きものに思ひしに、今度測らずもかかる重職を承はる事、身に余りたる光栄にして、祖先の面を起すに似たり。病をもて辞す可きに非ず。林大学頭はさる博識の人にして、且日頃睦じき中なれば、問ふて見ばやと思ふはいかにとありしかば、重臣等一議に及ばず、然るべしとありしかば、大学頭を招き、意見を問はれしに、病をつとめて任に赴き給ふて然るべしとありしかば、遂に意を決し、同じき十二月十九日、江戸を発す。

公の大城に登りて将軍家に辞見し、佩刀を賜はりしかば、退きてこれを重臣に示ししとき、身の疲労に堪へずして、その坐に昏睡し給ひしとぞ。斯てその月の廿八日、東海道日坂まで至り給ひしに、その夜俄に痰を発し、殆ど人事を弁ぜざるに至る。従者等大に驚きて、医療なほざりならざりければ、やうやく息出給へり。ここに両三日逗留あり。明る十四年正月三日ここを立ち、同き十八日三州吉田に着す。ここに至り、病愈はげしく、殆ど飲食を絶つに至る。然れども豪気の性なれば、少しも屈し給ふことなく、勢州亀山駅まで至り給ひしに、起居すること能はず。ここにて医療の手を尽しけれども終に験なく、二十二日亀山の旅館に卒す。時に年六十八歳。二月十二日、霊柩この駅を発し、中山道を経て、同じき二十四日江戸に着し、浅艸日輪寺に葬り、勇徳院と称す。公、没に臨み、遺書を老臣に賜ふて、我等義、若江戸に於て致死すれば、当城の義猶以念入可申付候。番頭初諸役人并家中之諸士え家督被仰付候迄、急度相慎候様にと本丸へ各相招可被申渡候。城内は申に不及、町在先例も可有之候へども、念入候様奉行共始可申付候。

## 公の性行

公、人となり謹慎にして書を読むことを好み、和歌をよくし、世俗の歌曲を好まず。一生酒を忌みて、これを用ひず。并に酒を飲む人を厭はれけり。又、常に閑寂を娯み、瞽師に命じて平家琵琶を弾ぜしめてこれをきく。常に、

先だてばまつ事なりてしづかなりをくれていそぐ人ぞ危き

といふ道歌を口づさみて、自ら戒給ひしとぞ。公、徳望ありて人和を得給ひしかど、又、勇気励くして事を決断し給ふの識見おはします。されば世を去り給ふとき、勇徳院と謚しけるはこれが為と聞ゆ。家継給ひし初、幕府の譴いまだ解け一（ママ）日出仕して退出せられしに、その顔色常ならず。侍臣何故に斯くおはしますこと問ひ申ししに、公大息つきて、我今日営中の大廊下にて老職松平美濃守にあひしかば、いそぎ礼をしけるに、彼は扇をもてその面を掩ひ、目礼もせず、冷笑して過ぎぬ。憎き奴の振舞かな、しやつ一打とはやりしかど、一朝の怒に身をわすれ家国を亡ぼし、その禍を家人等にも及さんは道にあらず、と胸をおし撫でてかへり来つるぞと宣ひける。此事いかにしてきき知りけん、家人に河内十郎左衛門といふものあり。幾日ならず出奔してゆくへを知らず。公大に驚き、人してこれを求められしに、柳沢家の小者の小屋に入りて、小者姿にてありしをみて、さまざまにすかしこしらへ、家にかへらしめ、よしを糺し問はるる。君辱めらるるときは臣死すといふ本文（ママ）によりて柳沢殿に撃ちまゐらせ、その座に自殺して果むと存てこそ候へとありければ、公その志を賞し給へるも、かかる事は構へて〳〵あるまじきよし、教訓を加へ給ひければ、思ひ止まるとぞ。

　公先代の御時より国用乏しく、しば〳〵金を他に借り給ひしが、京都用達永田太十郎といふものに金十五両を借り給ひ、平生用ひ給ひし鼻紙に自ら借用の証を書せられしを給ひし事あり。その後返償し給ひしかど、太十郎の子孫なほその反古を請申して家の宝とせりとぞ。

公つねに重臣等に仰けるは、吾世と去《(ママ)》りたらば、葬の儀はよろず事そぎて、先代の御時の半よりなほ減ずべし。また遺体に冠装束さする例なれども、我はそを願はず。白衣にてかしらに巾を被せ、扇壱柄をこしにささせよとて、

我死なば頭巾かぶりて羽織着せ前帯むすび扇一本

と詠じさせ給ひしとなり。こは節倹のゆゑに出るとは申ながら、世を憂しと思ひ給ひしかば、斯く仰せ給ひしなるべし。

# 佐倉老臣事蹟之内

## 平野縫殿重久の伝

平野縫殿重久、字伯敬、初重太郎、後郁太郎と改め、後縫殿と称す。田中勘左衛門重時八世の孫にして、縫殿重美の子なり。母は佐治氏茂右衛門延彦の女。文化十一年八月十四日、佐倉城宮小路の宅に生る。十一歳にして、石橋亘の門に入る。十九歳にして、学校の助教たり。天保十一年、江戸に至り昌平学に入る。十一月斎長となる。明年四月、仰高門の日講を命ぜらる。十四年三月、佐倉にかへる。三月、温故堂管務に補す。十二月、父重美致仕す。重久世禄四百石を襲く。小寄合となる。主管

故の如し。弘化元年正月、帳役となる。七月、温故堂教授を兼ぬ。主管故の如し。四年正月、成徳書院惣裁となる。嘉永元年三月表用人、六月前備副奉行無足支配諸士に采幣をゆるさる。二年正月、女御入内をもて京都に使し、終りて堀田氏の祖祀武内宿禰高良明神に代拝せらる。三年五月、木戸の陣屋に戍す。備奉行心得となる。五年三月、側用人となる。惣裁教授故の如し。十二月年寄役となる。右備惣奉行に補す。六年癸丑五月、恩命をもて磁硯一枚を賜ふ。これ機密の命を受けしが為也。米利検国の使節浦賀に至り、通信貿易を求む。藩主、重久に意見を問ふ。七月十日、重久即ち辺防一斑を著してこれに答ふ。その略に、此度之事は却而僥倖にて国家益御盛強之御基と奉存候。いかにとあれば、国家新に敵国外患出来候へば、廟堂には少しも御油断不相成、才能を抜擢し、奸佞を排撃し、日夜無、力を傾け、其気撓まず、旧弊を改め、新政を布く之秋にて、百廃悉く挙り、逐日御繁昌と相成可申候。当今之勢、先第一に新政を御布被成候事、急務と奉存候。新政と申候事も奇妙不可思議之事に無之、孟子の所謂、大を以て小に事へ、小をもつて大に事ふの義肝要にて、文王大王勾践等之所為に倣ひ、姑く彼の乞ふ所を御允し、和親して交を締び、書牘中に申来候通り、先五六年を限り、御試みに交易を御開可被成。尤彼と得と商議仕、盟約を固ふし、可然。是はその人を撰み、御調に相成候はば、立どころに弁じ可申候。先幕府にて、軍艦一隊を此度のアメリカを第一番に御交易被成、直にアメリカ人之帰帆之節、跡につけアメリカへ御遣し、執船之術を為学、和蘭陀よりも軍艦一隊御取寄せ、且執船の法を為習而然。是又人々申候通、和蘭陀より工人を雇ひ来り、此方之工人へ為学、大船御創造有之、引続諸侯にても、大船を為造、幕府始め諸侯方もアメリカ并中国・和蘭陀へ往来貿易仕る時は、不日に諸侯も富実に相成と奉存候。古人之言にも、柔なる能はず強なること能はざるは禍をとる所以なりと申候。外国を電征し敵人を威慴するの勢有之候はば、請ふ所を厳に斥絶し、彼若憤怒仕無礼を加へ候はば、一撃に是を殲し可申、若又強き能はざれば柔能く剛を制し、小をもつて大に事へ、大をもつて小事に事ふ之義を行ひ、彼を厚く御優待なされ、姑く春秋之時鄭国にて諸侯と交る様に御処置被成候はば、彼亦合衆国之儀禽獣あに(ママ)あらず。無名之軍を起し渓壑之欲を逞ふする事は有之間敷候。外国を御取扱被成候ば、春秋之時諸侯の交の如く仕候体を得可申歟。春秋には独立して外国と不通之国は無之候。当今は中国を始め万国航海貿易を業とし、何にも同盟之国有りて交際を厚く仕候は、恰も春秋時分之大なる形勢に御坐候。然るを独我皇国のみ深く鎖し通ぜずと申は如何のものにや。さては皇国のみ得て万国皆失ひ、皇国のみ是にして万国皆非に候哉。是未だ遽に難弁候得共、恐くは　皇国は、御旧制を墨守して下世話申候世間知らずには有之間敷哉。弾丸黒子の小国だにも尚能く航海通商仕候を、皇国のみ御損に相成候義は有之間敷御処置如何と顧るのみに候。（頭欄）［外国の使至るはこれ国勢を振起するの基なり。敵国外患あるときは、廟堂必ず戒めて才能を抜擢し、奸佞を退け、気力を傾け、日夜旧弊を改め、新政を布き、百事これより興るべし。当今の勢、新政を布をもて先務とす。然れども新政なるものは必ず奇計あるにあらず。孟子謂対所、大をもて小に事へ、小をもつて大に事る是なり。文王大王勾践の所為に倣ひ、姑くかれの請に従ひ、親睦を結び、貿易をゆるし、その国書にいふごとく、五六年を限りてこれを試むべし。その盟約の如きは、その人を撰み、これを定むべし。

先幕府軍艦一隊をもて、使節に従はしめ、かの国におもむき、操船の術を講じ、又和蘭に命じ、軍船を購ひ、操練の法を伝習し、つぎに造船を業を興し、海内の諸侯に命じ軍船を作らしめ、我より出て彼に航し、約を定め、貿易を行ふべし。古人いへらく、すでに柔なること能はず剛なること能はず礼とる所以なりと。外国を電征し敵人を威服するの力あら《ママ》、彼の請を拒絶し、若し無礼を加ふるときは、一撃にこれをつくすも可なり。又強なること能はざれば、小をもて大に事へ、大をもて小に事ふるの義行ひ、彼を厚く優待し、姑く春秋の鄭国が強国の間に立る如くすべし。彼亦合衆政治を名とす。もとより禽獣に非ず。何をもて無名の師を起さんや。ここをもて外国を遇すること春秋列国の交の如くせば、かり《ママ》今宇内の形勢大に昔に異なり、列国互に同盟して各独立の勢を張る。皇国独国を鎖して通ぜざるは天道に非ず。彼外国のうちには弾丸黒子の国無に非ず、尚能万里に航して通商を事とす。皇国豈遠くこれに及ざる可んや。」七年閏七月、文武芸術掛となる。五年戊午正月、藩主幕府の命を蒙り京都に使す。重久重臣をもてこれに従ふ。在京のうち西村鼎・依田十太郎・佐治袋次郎等と機密の事にあづかる。万延元年三月父重美卒す。文久二年閏八月、幕府諸侯に命じて国に就かしめ大に改革を行ふ。藩主その旨を奉じて藩政を改革す。重久その事を掌とる。是より先藩主正睦幕命をもて致仕し、その子正倫家を継ぐ。重久年寄役もとの如し。三年二月、家法を改むをもて重久またその事を掌る。ここに於て城代の次席小書院着坐として月番もとの如し。十一月廿三日軍事掛となる。初め江戸邸の家人等尽く佐倉に移るをもてこれを城外に移し、重久もまた宅地を将居《ママ》山に賜ふてこれに移る。元治元年八月、水府の浪士等潮来に屯集す。幕府諸藩に命じてこれを討たしむ。倉次甚大夫重亨、兵を率ゐてこれに赴く。九月三日重久も命を受て陣に至る。五日潮来の賊を打つ。賊佐倉に至り敗れて磯浜に走る。十二日甚大夫佐倉にかへる。重久とどまりて兵士を指揮す。同十八日鹿島に至る。十九日汲上に宿し、廿日大貫に至る。幕府の軍監戸田五介、諸藩の兵を指揮す。賊と大貫に戦ふ。我兵一人を傷く。勝敗決せず。上釜に陣す。廿一日又砲戦す。廿二日暁、賊棚倉の陣を襲ふ。死傷多し。我斥候兵二人死す。五介大に怒り重久の営に至り、他藩頼みに足らず、佐倉の大砲はよし、他藩の及ばざる所なり、速に磯浜の賊を撃つべし。重久直に命を伝へ、大砲隊を進めて、先づ磯浜の岡上に列し、これを轟撃す。時に斎藤弥一左衛門利和大砲頭たり。よく兵士を指揮す。幕軍は歩兵のみにして大砲無し。手を束ねて我戦を見る。須田の我放つ所の弾丸敵中に破裂し、敵営火起り死傷数をしらず。敵大に破れ走る。我歩兵長藤平源大夫、兵卒を発し火を敵背島田村に放つ。敵ます〳〵驚き走る。廿二日軍を祝町に進む。賊退き那珂川を渡り、湊村に入る。この戦我軍大砲の功大なりしかば、惣督少老田沼玄蕃頭、使を我が営につかはし、これを賞すらく、今般出陣の兵士数度戦甚つとむ中、昨日之砲戦軍監小出順之助、平岡四郎兵衛これを見知す。畢竟重臣指揮宜を得るものなり。猶つとめて蘯平の功を奏すべしとなり。五日、磯浜の砲台より川を隔て湊町を打つ。数日決せず。同十二日、重臣由比善兵衛演貞、佐倉より至り重久と交代す。重久佐倉にかへる。後月余ににして《ママ》平ぐ。慶応元年五月、公重久の功を賞し、友重の刀及時服十領を給ふ。同十九日、幕府重久及び由比演貞、倉次重亨の功を賞し、各銀五十枚時服三を給ふ。及従軍の将士に給ふこと差あり。閏五月、再功を賞して築《ママ》前国重の刀を給ふ。二年四月、軍事掛を罷む。依田貞幹これに代る。将軍徳川慶喜、大政を朝廷に帰す。ここに於て諸侯を京師に召す。公、幕府の為に砲台城門等の役あり。重久に命じ代りて入朝せしめ、譜第諸侯の家老等と議する所あり。十一月十八日、重久江戸を発し、晦日京師入る。老中板倉周防守勝静につき、主命をのぶ。大意、正倫等幕府の臣隷にして直に朝命を受く可らずと。勝静その忌憚にふるるをもてこれをゆるさず。十二月八日、朝廷諸侯の重臣を召し、既にして朝廷また公を召す。公病ありて朝すること能はず。重久をしてこれに代らしむ。長防の処分外国公使の事を問はる。重久答へんとすれば、直に朝命を受くるは本意に非ず。答へざらんとすれば、幕府をして朝廷の嫌疑を受くるの懼あり。已ことを得ず、二事は大事にして臣等陪隷にして、敢て可否する所にあらずと答ふ。明る日、俄に将軍職を罷め、大政変革の事あり。前将軍辞して大坂に退く。重久これに従ふ。明治元年正月二日伏見の変あり。重久速に東にかへる。京軍諸道を塞ぐをもて間道を経て江戸に達す。既にして官軍東下、公、譜弟諸藩と議し将軍の為に哀を請ふ。三月九日、公京師に入朝す。重久佐倉に留る。閏四月五日、官軍佐倉に入る。重久、薩人中村半次郎に面す。七日、東海副総督柳原前光、佐倉に至り、命じて兵を発せしむ。一藩騒擾して議論決せず。我藩幕府の世臣たり、官軍の為に発すべからずといふもの多し。重久（抹消本文）〔重臣の首座に〕在り。（頭欄）〔時に植松求馬永省家老たりといへども、重久が器識あるをもて一藩これを推して事を執らしむ。重久〕固く勤王の説を執る。依田貞幹を起して兵士を喩す。兵士やうやくこれに従ふ。しかるに惣督佐倉の弐心あるを疑ひ、その援を謝絶す。重久大に驚き、参謀安場保和に説きて異志無を明す。遂に兵を発し惣督に従ひ、松平豊前守の大多喜城をとり、豊前守を佐倉に致す。

是より先、公、途に征討惣督有栖川親王にあふ。その参謀等命じて、兵を発し徳川氏を討しむ。時に重臣佐治三茂《（ママ）》右衛門延年従ふ。堀田氏は徳川の譜第なるをもて、他事は命に従ふべし、徳川氏を討するの軍に従ふ能はずと答ふ。ここもて、その罪を責めて、京師に至り閉居して罪を待しむ。ここに至りこれを解く。蓋重久の力多く居る。然ども幕府の浪徒しば〳〵佐倉にせまり、堀田氏は幕府の世臣なり、何ぞ兵を挙げて幕府の恢復を謀らざると。藩士等頗るその説に惑ひ、重久を殺して浮浪に応ぜんとす。重久固持して動かず。いへらく前将軍すでに恭順の意を表して官軍に抗せず、みだりに浮浪に応じて事を挙げなんには、吾主公をいかにすべきと。此時小田原の大久保氏、浮浪の為に説かれて官軍の軍監を殺し、討伐を受け重臣自殺してこれを解く。佐倉も殆どその轍を踏むべかりしが、重久が持重によりて免るるを得たり。人これを鄭の子産に比す。十月廿二日、重久、西村鼎の人となりを知り、これをすすめて年寄役とす。人そのよく己をわすれて賢を挙るを賞す。二年三月、公、朝命を受て大に藩政を改め、重久これに与る。執政参政をおく。重久執政となり民曹上司をかぬ。四月四日、公、版籍を朝に返す。六月十八日、公、佐倉藩知事に任ぜらる。即ち藩士にし《（ママ）》投票して大参事を挙しむ。重久及び依田貞幹最多し。貞幹辞して出でず。よて重久及び西村茂樹を大参事とす。十月三日、更に藩政を改革す。重久与て力あり。三年、印旛湖を開鑿せんことを請ふ。四年七月、中風を患ふ。同き十五日、藩を廃す。重久職を罷む。尋で病愈《（ママ）》ゆ。時年五十八。七年三月、太政官歴史課御用掛となる。八年、修史局一等書記に任ず。（抹消本文）［十一年九月中風再発す］十年一月、史局廃し職をやむ。公、重久が堀田氏に功あるを賞し、前後三度その家に臨む毎に恩賜あり。最後臨みしとき厚く再造の功を称し、手づから金百円を給ふ。公又重久が故老にして国事に熟するを知り、初命じて家譜を作らしめ、これを史館に上り、後また藩史を編集せしめ月に二十円を給す。重久病後半身不仁なりしかど精神少も衰へず、なほ左手をもて文字を作り、佐倉藩史稿十二巻を撰す。十六年十二月三日没す。享年七十。重久始金井氏を妻とり、故ありて離婚す。次に鏑木氏を娶る。先に卒す。磯谷氏を娶り二男三女あり。長黄金、次珠三郎。黄金嗣ぐ。珠三郎、高橋氏を冒す。長女旧岩城平藩士桜井光裕にゆく。次女磯谷隆吉に適く。三女古川韶一郎に適く。重久人となり廉公にして謹慎なり。その身門閥の家に生れ幼にして学を好み、長じて博く郡《(ママ)》書に通じ、文章を善くす。専門の文士といへども及ばず《(ママ)》。又禅理に通ず。当時儒士にして禅学に通ずるもの甚稀なり。人その異端を好むをそしるものあり。重久笑て答へず。平生他の嗜好なし。独散楽を好む。暇あれば客を招き酒を供し、悠然とし数曲を誦す。平生財を蓄へず、妻孥窮を告れども毫も意に介せず。その器識もまた人に超越せりといふべし。著す所、梧桐楼詩文集若干巻・西遊紀行二巻・春秋行事録一巻・辺防一斑一巻・挿画近世史略二・佐倉藩雑史十二巻・堀田氏家譜三巻あり。釈諡林下座伝芳文忠居士といふ。

青叢公記

### 名字任官履歴

公、名は正春。内記と称す。播磨守正直朝臣の子なり。正徳五年正月十二日をもて江戸に生る。享保二年八月九日、正直朝臣世を早ふし給ひしかば、その嫡嗣たり。同き十三年十一月廿六日、祖父正虎朝臣の嫡嗣となる。十四年正月、正虎朝臣みまかり給ひしかば、公、嫡孫承祖の義をもて幕府に請申ししにぞ。同き三月十五日、祖父の領知山形城十万石相違なく賜はるよし命ぜらる。公、天性多病にして臥所にのみおはせしが、明る十五年の秋寒気に中られ、冬に至りてやうやく甚しく食を絶つに至る。十六年二月、医療そのかひ無く、二月九日江戸に卒す。享年十七歳なりき。浅艸日輪寺に葬り、青叢院禅陽岳定定《（ママ）》心と号す。いまだ娶らざれば御子なし。義弟左源治正亮を養子とす。

### 義弟に所領を分つ

慈徳公御子なかりしかば、播磨守正直朝臣を養ひ給ひしが、なほ思ふよしやおはしけん、不矜公の末子主水正正《（ママ）》武の子を《（ママ）》左源治正亮を養ひ第二子とし、伊勢国亀山駅にて卒し給ひしとき、領知のうち三千石を分ち与ふべきよし、公に仰せ置かれしかば、公その命に従ひ、遺言をもて幕府請《（ママ）》はれしにぞ。享保十四年三月十五日、公とともに府に参衙ありて、新田領知三千石を賜ふよしを命ぜらる。家老田中勘右衛門、公が襲封の事によりて山形より至り、事終りて帰藩するにのぞみ、左源治君に浅艸の別業に謁し、一封書を上り、変あらば開き見さ《（ママ）》給へと申けるが、又江戸邸の年寄役磯谷平蔵にも件の書の副を付して去りぬ。此事世人知るものなしといふ。幾程ならず公世を去り給へり。

### 武芸を奨励す

慈徳公在国の時、藩士の武術を奨励し、月に二三度親らこれを検閲し給ひき。然るに、公卒してのち藩士等やうやく倦み、殆ど武術を講ぜざるに及べり。今公、池浦甚五左衛門に命じ、剣術の師範夏見族之助、槍術師範木川織右衛門・井口宗兵衛等を戒め、先君逝去ののち武術を惰る事然るべからず。されども山形の地、竹刀・木槍の良なるもの得がたきにより、その材を江戸に求め、門人等望に応じ、これを下し給ふべし。宜しく諸士を奨励して演習惰るべからずと諭さる。

### 老臣幕府謁見の儀を復す

歴代襲継の際、家老数人を幕府に謁見せしむるを例とす。しかるに先代譴を蒙るをもてその儀なし。公これを憂へ、いかにもして先代の例に復せばやと老中に書をおくりて請申ししかば、即ち家老弐人の謁見をゆるさるるよし下知あり。三月廿三日、家老若林杢左衛門・向藤左衛門の二人、公に従ひて将軍に謁見す。

### 卒後の処置

十六年の春、公病篤く旦夕にせまり給ひしかば、義弟正亮君を嗣子とせん事を幕府に請ふ。二月七日、先手頭小野次郎右衛門をもてこれを上る。手判検鑑として奥津能登守、江戸の邸に至る。時に家老向藤左衛門病床に侍し、田中勘右衛門、公の手をとりて書判せさせ奉りけり。事畢りて次郎右衛門・能登守等、同族堀田大和守とともに、老中松平左近将監の官邸に至り、これを上りしといふ。

或云、公卒し給ひしに、諸臣謀議して継嗣を定めしをもて、数日喪を発す事能はず。遺骸、臭気を生ず。検鑑使至るとき、已ことを得ず、容貌公に類する家人をもて床上に臥さしめ、篤疾の体を装ひ、花押を書せしめしといふ。是なりやしらず。

# 青雲公記

## 名字履歴及子女

公、名は正亮。字子直。観瀾亭・遊雲軒・長嘯亭等の号あり。不矜公の孫にして主水正武の子なり。正徳二年正月六日生る。母は父の侍女小林由兵衛の女。享保四年二月七日、慈徳公に養はれて、同じき十四年三月、新田の地三千石を分ち賜はる。十六年二月、家を継ぎ、山形城十万石を領す。十二月廿三日、従五位下に叙し相模守と称す。元文二年四月、初めて封に就く。寛保元年四月、奏者となり、二年七月、寺社奉行たり。延享元年五月、大坂城代となり、従四位下に叙す。二年十一月十三日、老中に補す。二年十二月、侍従に任ず。三年正月廿三日、下総国佐倉城に移る。延享四年、羽州最上四万石のうち二万石を、武蔵・下総・常陸・上下野州の地にかへらる。寛延二年九月、老中上席たり。三年十月、勝手掛となる。三年、下総香取・海上・匝嵯一万二千石余の地を管す。管地は租税の歩割を給はる例なり。十年、武蔵三郡、上野に二郡、一万七千八百石余をまし、合二万九千八百石余とす。宝暦十年四月朔日、加恩の地一万石を賜ふ。十一年二月、公病篤し。同き三日、将軍、酒井左衛門尉を使として、生干鱈を賜ふ。同き八日、卒す。享年五十。浅艸日輪寺に葬る。青雲院陵阿松月渓惟心と号す。夫人松平氏、松平越中守女。宝暦四年四月十六日卒す。明現院進一貞観了昇と号す。日輪寺に葬る。十子十一女あり。長子正定、増五郎と称す。九歳にして卒す。次を民五郎、次を幸之丞といふ。皆早く卒す。次を正泰といふ。幸次郎と称す。延享二年五月廿七日、嫡子とす。三年十月、病をもてこれを退く。十一年五月二日卒す。遼天院不退東山性旭と号す。佐倉嶺南寺に葬る。次を長助といふ。小林氏を称せしむ。三歳にして卒す。次を正順といふ。鉄蔵と称す。家を継ぐ。次を正通といふ。須藤氏を称す。十二歳にて没す。次を辰三郎、倉次氏を称す。二歳にして殤す。次を正時といふ。徳次郎と称す。後、兄正順の養子となりて家を継ぐ。

### 財政を整理し、武備を厳にす

初慈徳公の時、府庫空乏して国用支へず。已ことを得ず、家人に身の暇を賜ふこと両度に及び、又のこる輩の俸禄をいたく減じ、豪民に借りてはつかに公禄に供せり。されば家政よろず姑息に流れて、人士は気息振はず、唯朝夕の饑渇を免るるのみ。公、支封より入りて宗家を継ぎ給ひしかば、一度これを振ひ起さんと、家継ぎ給ひし初、人を斥けて一室に端座し、深く思ひ謀り給ふ事あり。斯て一日、重臣真野志摩亮重を召し、財政を改革して政綱を更張せん事を謀り給ふ。亮重才略ありて、よく公の意を承け、これを整理す。公、又吉見治右衛門の才を知りて、亮重の属とし、これを佐けしむ。亮重等議すらく、財主を頼みて急を弁ずるは長久の策にあらずと。されども旧債の全額を算するに、一時清償すること能はず。ここに於て財主を諭し、旧債を謝してその弁償を停め、已ことを得ざるは、これを五年に賦してこれを償ひ、一歳の租入をもて一歳の費途に充て、家人の俸禄を旧に復し、旧弊を一洗せんとす。相伝ふ、この改革は三日に成りて発令せしといふ。その勇断かくの如し。此時重臣、家老若林杢左衛門虎高、同格真野志摩亮重、年寄は池浦甚五左衛門亮宗・熊谷三太夫・佐治茂右衛門・潮田義太夫・武部源五左衛門・入江彦右衛門・磯谷平蔵・荒木勘兵衛等なりき。この年元文元年二月廿七日、家人等を尽く山形城の大広間に召し、公、諭し給ふ。家中の諸士、数年困窮の処取続勤仕、満足に思ふなり。こ度改正の事、年寄どもより命を伝べしとて、居間に入らせ給ひ、池浦甚五左衛門、公に代りてその命を申べ、祐筆九島東市、川久保忠太して、趣意書を読ましむ。その文にいはく、

御意被成候ハ、御勝手向之義各存知之通、数年御不如意之上、近年打続御領内水損旱損之義有之、御収納少之上段々不得止御物入重り、大坂・江戸・山形御借用筋、年増々多く相成、三・四年以

来必止ト御差支廻り兼候処、去年は別て御差繰御手支被成候。然る処御家中も、数年御借米或は御擬扶持之御手当ニ被成置候ニ付、何も近年猶以困窮之段、具ニ達御耳、御苦労思召候。右之通候上御勝手故、外ニ御救可被下御了簡決而無之候。如斯ニて被差置候而は、上下共差閊、御武用は勿論、当前之御公務も御勤り難被遊様ニ罷成候。然ル時は御心外被成御事御不本意ニ思召ニ付、色々御相談之上、旧冬、田中志摩出府被仰付、御吟味之上、当年より御勝手御切替被遊候。その趣意は只今迄之通に而は追々御借金相重り、自然ト御家法も不宜様に罷成候。夫ニ付御考被遊候。御勝手は御家法之元にて、又御家法御勝手之元ニ候。依之向後是迄御代々御用来候古法新法とも被相改、今年より別段ニ御家法御改被遊、御勝手向定式之御法ヲ被相立候。然ル間京・大坂・江戸・山形共ニ御借用金不残御断、御物成米ヲ以御手前御仕送リニ可被遊候。第一、御公務御勤被成、万一之時分御武備之欠ケ不申様可被成と之思召ニ付、御家中御宛行扶持被相止、江戸ハ当十月ヨリ、山形は午十月ヨリ本途之御物成可被下候。山形も当十月より何卒と被思候得共、各存知之通不被任御心底候。依之猶以厳敷御倹約被仰付、午十月より本渡ニ可被仰付思召候。御勝手御直り被遊候て、右之通被仰出候義ニ而は曽て無之、右之趣意ニて御家法切替ニ御定式ヲ御立被成候事ニ候間、御家中之面々、勤方或は風俗之筋共々御改被成候思召ニ候。上ニモ御身分之御費無之様ニ御艱難被遊候。下ニ而も上御心底奉察、此以後如何様にも身上持直シ御奉公相勤申候様相心掛、武用之義は格別、平日私ニ付候事は、随分費無之様ニ仕、衣類等見苦分は不苦候。公務之

節分限相応之装束相用、家頼等召仕候義は御武備は第一ニて、其為とて手当被下候事故、御定法之通可被差置候。人持高其外、御定法別紙帳面ヲ以被仰出候。是迄数年困窮仕、御奉公申上候段は御満足ニ思召候。猶又只今迄之御擬扶持之内、困窮之段忘却不仕、身持費無之様ニ可被心掛候。右御手問之内、本渡ニ被仰付候上は、此以後外に御手当決て不罷成候。上、辛労奉察御奉公申上、御定式ニ相叶候様相勤候はば、御本望御大悦ニ可被思召。只若此上御定式之御法難渋仕、相背候族有之ニおひては不及是非、依其軽重急度御仕置可被仰付候。勿論古法も御改被遊候由。上、御物数奇被遊候筋ニは無之、不得已事御借用筋も御断、人々迷惑為致候事御本意ニ不被思召候得共、第一御公務、御武備不被相欠、御家法被相立候段、御先祖様え之御孝志、次ニ御家中之面々取続相勤候様ニと之御心底ニ候。此段申渡候様被仰出候間、奉承知、急度今度御改被仰出候。御定式之趣相守可被申候。御家御大法之義は、安中之時分被仰出候御当家三ケ条并御代々御定被考置候。下知状之趣は不及申と今度之御法式相背之輩は御用捨難被遊、不得止事越度可被仰付之条、依仰如件。

辰三月

若林　李左衛門
田中　　志馬
池浦甚五左衛門
若林　　李之助

熊谷　三大夫

財政改革によりて、なほ定式細則十数条を家人等頒付せらる。大要、節倹を旨とし、武備を惰る可からざるに在り。当時兵士を多く養ふをもて、尤も急とするによりて、家人等の僕隷の人数を定めらるること左の如し。

一、若党壱人、中間弐　弐百石ヨリ弐百四十石まで
一、同壱人、中間三人　弐百五十石より弐百九十石まで
一、同壱人、中間四人、馬壱疋　三百石より三百九十石まで
一、同弐人、中間五人、馬壱疋　四百石より四百九十石迄
一、同弐人、同五人、馬壱疋　五百石より五百九十石迄
一、同弐人、同六人、馬同　六百石より六百九十石迄
一、同弐人、同七人、馬同　七百石より七百九十石迄
一、同三人、同八人、馬同　八百石より九百石迄
一、同四人、同九人、馬同　千石

会計方吟味役へ達

今度思召有之ニ付、上田三郎左衛門御蔵元御断被成候。向後御手前仕送り被遊候。依之順々所々御改被仰出候事、以後各勤方是迄之通相心得勤候而は御用候向、已掛り合少も無油断相考、定法

御改被成候趣之内も減出之様厳敷、同役申合可相勤候。若懈怠之趣相見候ば、同役たりとも不苦候間、可被申出候。此段可被申聞旨被仰出候。且又吟味役は元来諸役所吟味申役ニて勘定頭申付候共、得心不仕事定式違候義は無遠慮可申述候。早々寄年寄共えも直々罷出可申達候。此趣諸役人掛り合之小役人共えも急度可申付候。自然御定式ニ相違候勤方於有之は、急度御仕置可被仰付候。兼々此趣相心得、厳敷守可申事。

（欄外）［かかりけれども、この次の年元文二年十二月、大阪財主の故障起り、已ことを得ず、午歳本途渡の期を延し、寛保元年の十二月に至り、始てこれを行はれたりき。大坂財主の故障はいかなる事とも知れざれども、或は改革の為に大金を借らんとして成らざりしか、又は財主の宿債償却を停めんとしてきかざりしか、今これを詳にすること能ず。宝暦十年十月三日、藩士に命じ除米法を行ふ。これ禄米のうちを禄の高下によりてその幾分を官庫に蓄へ、もて吉凶の用に備ふる法を定め、これを借ることをゆるす。］

## 渡辺又郎の獄

公、英敏にして家政に務め、又刑罰を厳にして贓吏を懲す。勘定頭に渡辺又郎といふものあり。小吏より経上り、当職に至る。久しく会計を掌り、威権ありしかば、贓金多く富を致せり。公、これを聞き大に怒り、享保十八年の秋、江戸より山形城にかへり、明る十四年正月十日、会所にて又郎その子逸平二人の佩刀を奪ひ、目付窪田伴右衛門して、まづ又郎の罪状を読聞せらる。

其方事、旧冬被仰出候御意ヲ及違背、其上上之御噂申、役人之誹判致し候由相聞候。軽者より段々御取立被召仕候処、重々不届至極に思召候。依之奉公御構追放被仰付候。江戸表は勿論、山形御領内十里四方徘徊仕間敷候也。

逸平及その弟宮本又三郎は父の連累よりて、并これを境外に逐出さる。（頭欄）「父の連累により又郎とともに大小刀を奪ひ、これを境外に放逐せらる。」斯て国法をもて又郎が家財を没官せらるるに、武具・馬具・書類のみにして、その衣服・什器は母妻に賜ふべきよしなりしに、又郎の親戚朋友等、かねて罰せらるべきを知りて、密にこれを知らせしかば、家財尽く他人の家に送りてこれを家にとどめず。検監使等その宅に至りしに一箇の什器をも見ざりしかば、よし（ママ）のよしを訴へたり。公、又大に怒り、予め罪に陥るを知りて家財を他所に移し、我を欺く事悪むべきの至なり。その義ならばとく追ひ捕へよ、もし異儀に及ばばその処にて打果すべし、と厳しく命を下し、八方に捕手をつかはししが、そのゆくへを知らず。公すなはち、逸平・又三郎を捕へしめて、これを獄に下し、又郎の母妻及び逸平妻□乳母□人はこれを一室に籠居せしむ。されど、公その家族の罪無きを憐み、その飲食を乏らず給し、又母平生酒を好むよし聞こし召され、酒を給ひ、余寒の厳き時なれとて、火炉を置く事をもゆるされけり。且、守衛の者によく憐みを加ふべしと戒めらる。又郎父子が家財を匿くせし罰をもて、逼塞遠慮の科に処せらるるもの、渡辺刑部左衛門・生島市之丞を始十三人、宮本泥水は又三郎の養父なりしかど、養子を放逐せらるるうへは、その罪に及ばざるべかりしに、家財を他所に匿くせしをもて、これを逐はる。されども、衣服・家財は没収に及ばず、領内に居住することをゆるさる。又、逸平の幼女ありて、乳母病ありて乳出でず。公これをきき給ひ、幼児を苦しむべきに非ずと、城下十日町に権平といふもの、妻乳あるをもて、これを雇ひ養ひ、更に命じて、時々これを検査せしめらる。その仁もまた此の如し。されば又郎は山形を放逐せられしかど、財物をかくせし事の露るるをおそや（ママ）しけん、長谷堂村より木綿合羽に三尺手拭をもて顔をつつみ、同州深沢（ママ）田村なる武士高力平八郎の陣屋に投じけるが、平八郎これを憐み、その家人岡田杢左衛門に命じ、又郎をともなひ我領内を入らず、迂廻して江戸に至り、剃髪せしめ、さらに使をもて公に請ふらく、又郎罪ありといへども我陣屋に投ぜしからには、これを出すに忍びず。今出家して武士の業をやめ、越前の国に壱人の子あるをもて、これに寄りて一生を送らんす（ママ）。庶幾くもその罪をゆるし給へと、公これをゆるす。此年六月、これが為に連累せしもの、尽くこれをゆるし、又郎又三郎等に仕へたる婢僕等を獄より出して、これを境外に放つ。又郎が所持の金六百五両ありしが、没収の例にあらざるをもて、これを又三郎に付せられたり。ここに至り、又郎が獄はじめて局を結びぬ。

平野知秋が藩雑史に、宮本泥水追放せられてよりのち、数年を経て、藩士伊部清兵衛といふもの、或日山中に狩りして路を失ひ、とある庵室に入りて休みしに、奥の方に一人の老僧ありて、病み疲れて浅間しく骨出疲かれたるが出来る。御身は何処の人ぞ。山形の侍にやおはすか。問はれば、いかにも然なりと答ふ。老僧は、さらば主君堀田どのには、いまだ御世嗣の若君生れさせ給ふまじとありしかば、清兵衛打驚、老僧の顔をまもり、そをいかにして知られけんといふに、老僧微笑し、某は宮水《ママ》泥水のなれる果にて候ぞや。渡辺又郎が子を養子とせしをもて、本人のみならず、罪なき老人まで追出されて、今は見給ふごとく饑渇にせまりたり。主君とは申せども、余りに情無き御事なるかな。この怨み生かはり死かはり、晴さでや置くべき。見よ〳〵堀田家の血統は此君にて絶ち申さんとて、足もしどろに立上り、鴨居に手をかけのび上り、山形城の方をにらみたる気色のおそろしさに、清兵衛はいそぎ逃かへり、此事老臣に密に告げしかば、明る日人をつかはして視せしめられしに、老僧は縁端に倒れ死しゐたり。公これをききて黙然とし、只吾年若き時、血気にはやりて過ちしぬと仰ありき。のち高野山に碑を立て、泥水の菩提を吊ひ、又甚大寺中に泥水がかきたる歌を神体とし、熊野権現と称して祭られ、文明公の御時、宮本の家を立給はりしは、その故とぞ聞へし。（頭欄）［此男子早くかくれさ《ママ》給ふをもて、泥水の祟なるべしといふものありければ、宮本の家を立給はりけり。後に今正倫公生れ給ひしかば、泥水も怨を晴らししなるべしといひあへり。］

## 真野志摩が寵辱、若林杢左衛門の自殺

真野志摩、もと田中氏なり。兵学をよくし、才略あり。年寄になり、公財政を整理するに当りて、主としてその任に当り、公の為に寵任せられ、元文元年六月、家老格にすすみ、家老若林杢左衛門に準ぜられ、公の一字を賜はり、亮重と名のる。財政を委任せらる。同き二年八月、男子無きをもて、

岩滝半太夫をもて養子とし、名を縫殿と改む。堀田七苗字のうち真野氏を賜ひ、亮重にも同くこの氏を称せしむ。これ亮重の女、半太夫が妻とすべき約あるによりてなり。かくて婚儀の日、公その母夫人とその席にのぞみ、種々の賜あり。一藩その寵遇の盛に驚く。四年、亮重財政主任を罷られ、閉居七日を命ぜらる。七月廿六日、亮重を家老若林木工左衛門の宅に召し、その佩刀を奪ひ、家老年寄列席し、年寄潮田義太夫その罪状を読む。

御手前事、勤役中心得違共有之、御勝手勤之儀不念共有之、勤方思召に不相叶候。依之御替名字并ニ御一字御取上ゲ、知行被召上、隠居被仰付候。急度慎可罷在旨、被仰出候。

次に養子縫殿を召出し、亮重が罪を得たるよしを告げ知らせ、父子の間がらにより、慎み居べきよしを命ぜらる。又使を志摩の宅につかはし、慈徳公以来、志摩に賜はりたる書を尽く返納せしめらる。その書は城代命《（ママ）》されし時の墨印、家老格の時の墨印、替名字墨印、一字を賜はりし墨印、慈徳公手書、今公手書、慈徳公手筆古語書幅、合て七通なり。亮重が慈徳公に賜はる鉄砲あり。その銘は公の筆なりければ、恐れてこれを府庫に返納せんことを請ふ。これをゆるす。若林杢左衛門の妻は亮重の女なり。公命じて往来を禁じられ、のち又離別して亮重の家にかへさしむ。されども養子縫殿には、新知三百五十石を賜ふて、番頭役たる事もとの如し。後真野を改めて平野氏を称す。公が老臣を御するの厳なる、一藩震慄せざることなかりしと也。（頭欄）「亮重が罪を得たりしゆゑ、さだかならず。或はいふ、亮重財政改革の任にあたりて、初め家人禄本渡の事を午年を期して行ふを約せしに、その期に至りて約の如くすることを得ず。これを延引に至れり。公その職を尽ざるを責めて、斯く罰せられしといふ。改正延期を示してのち、亮重は罪を得。亮重罰せられ、のち急に改正を行はれしをみれば、この説理あるに似たり。」

若林杢左衛門虎高、初は《(ママ)》の名は文次郎、幕府の士岡邨八左衛門の末子なり。先代杢左衛門子無をもて、享保五年四月文次郎を養ふ。慈徳公の名一字を賜ひ虎高と称し、杢之助と称す。元文元年三月、父没して禄三千石を賜ひ、家老職となり、杢左衛門と改む。虎高器識ありて、政事に練達し、先祖立印・高向の三人ならびに名臣の聞あり。寛保元年四月、公奏者番となりて、江戸に在り。此月二十三日虎高自殺す。何の故たるを知るものなし。或はいふ、公行状よろしからざるをもて、虎高これを諫めて死すと。されども此時公すでに年壮にして、且幕府の職に補し、虎高は本国に在り、失行の事ありしとも聞えず。然れども公、虎高の死を傷こと厚く、五月廿四日、その子惣次郎頼通は年幼なれども、門地をもて二百人扶持を賜はり、池浦甚五左衛門亮宗に命じこれを監護せしめ、虎高死してより家老職を置かず。もて頼通の生長を待つ。その恩遇また此の如し。虎高の遺腹の子、この年五月八日生れて俄に死しぬ。公の妾もまた、この時一子を挙ぐ。窃にこれをその母に付して養はしめ、後幸次郎と名づけ嗣子とす。人或はいふ、公、虎高の徳に酬んとてその子を養ひし給《(ママ)》ひしと。その虚実を知らず。なほこの幸次郎の事は後にしるす。

## 文武を奨励す

公倹約をもて身を律し、武術を奨励して群下を御す。財政改革もその趣旨、武を盛にするに在り。元文四年六月、公江戸に在りて家人等に喩らく、家人等文武の芸術に惰るべからず、在職のものといへども、公務の暇必ずこれを磨励すべし。平生門外に出ることを禁ぜらるるといへども、文武の業を修むるが為に外出するものは、これを告るときは禁ぜず。八月十日山形に移りて、藩士夏見族之助等が門人を集めてその剣法を検閲す。同廿八日、井口宗兵衛が弟某の槍術をみる。五年正月、藩士等を率ゐて山中に狩して、猪四頭を獲たり。尋而鉄砲の利を講じ、三木宇兵衛に命じ、砲術道場を設けしめ、藩士にこれを演習せしむ。延享二年閏十二月十一日、剣槍両術の精励せし藩士十三人に褒状を給ふ。寛延二年四月廿六日、夏見巌が剣法に長ずるを賞して、藩士に教授せしむ。また歩卒佐藤和野七・片庭軍八《(ママ)》が砲術に長ずるを賞してその俸秩を増す。九月廿四日、物頭大野金大夫がその部卒の砲術に精励なるを賞す。又斎藤伊津記が砲術教授を勤むるを賞励す。十月廿日、伊津記書をその所管に上りて、弾薬を乞ふて門人等に授け、益々その術を奨励せんと請ふ。これをゆるす。三年十二月、物頭渡辺弥一兵衛等十三人を召して、その部下の歩卒等に金を賜ふてこれを奨励す。宝歴《(ママ)》元年正月、先手歩卒五十人弐人を増す。二月七日、槍術師範木川織右衛門・井口宗兵衛、剣術師範夏見族之助が門人等が精励を賞し、演芸の具を賜ふ。十七日抱《(ママ)》術師範斎藤伊津記に命じ、その門人等の砲術を演ぜしめて、これをみる。七月三日伊津記病て卒す。伊津記の門人佐藤和野七・片庭軍八をもて砲術を教授せしむ。その子代助幼年なるをも《(ママ)》法によるときは、禄を減ぜらるるべし。しかれどもその教授宜を得るをもて、代助に四十俵壱人口米を賜ふて中小姓とす。二年十二月、歩卒等安井・古河・福島・山形に移りて、父祖相襲ぐ者を普代として世襲をゆるす。又三十年歩卒たるものも同じ世襲を賜ふ。山形より佐倉に移り仕へしものは普代に準ぜしむ。三年、歩卒を分ちて三等とし、普代・普代並・請状免除といふ。

請状宛とは、歩卒は雇使の法をもて証状を納るるをもて定法とす。これをゆるして臣列に加ふるをいふなり。七月三日、佐藤和野七・片庭軍蔵に命じ、大砲を太田村に演ぜしむ。十一月七日、弓術師範恒川弥五左衛門芸射の教場を設くるをゆるす。四年、佐藤和左衛門・片庭軍蔵火箭を太田村に試む。十二月廿七日、是より先、造砲師国友文八に命じ鉄砲を造らしめ、これを幕府に献ず。文八の労を賞し、徽章服を賜ふ。五年三月老臣に命じ、捕手棒術師範星川房左衛門等の門人の演芸を閲せしむ。五年五月、水馬教場を城下鹿島川に開き、藩士に講習せしむ。九月廿日、国友文八・同伊右衛門に鉄砲を鋳造せしむ。六年四月、佐藤和左衛門・片庭軍蔵、毎年両度砲術演習を行はしむ。八年正月、公江戸に在り、植松八郎左衛門・夏見巌・中邨伝内等を召してその剣術をみる。五月廿二日、和左衛門・軍蔵等命じて大砲を伝習せしむ。九年五月、歩卒演銃検査の制を定む。八月八日、火薬調合所火あり。砲術指南佐藤和左衛門、歩卒林右野八は死し、神村嘉七等四人は傷を負ふ。通して公が文武を奨励するを考ふるに、武を専にして文を後にするものに似たり。然れども今井源七郎儒術をもて寵を得、又二村一（ママ）逸斎は学問淵邃なるもの、もて政事に参与せらる。悴田九助信孝といふものあり。儒をもて慈徳公の時より公の時に及て、二代に事へて顧問に備ふ。ただ、その学業ははるかに逸斎に及ばず。又用人浅井八兵衛も文学に長じ、知を諸侯に受け、汲古洞《(ママ)》本の二十一史を贈れし《(ママ)》といへり。先代の時より釈奠を江戸の邸にいれしが、公自らこれを祭り、崇敬殊深し。此時いまだ学校を建つるに及ばず。一藩の士を尽く教育するの法は行はれざりしかど、公が学を好むをもて、家人文学をもて聞ゆるも少からず。独武芸の士のみならずとぞ。

△宝暦《(ママ)》三年、先聖廟を江戸の邸内に建つ。慈徳公の堂を建て祖先をまつり、又先聖孔子を外庁《(ママ)》にまつり給ひしに、その後絶てまつらず。その祭儀をしるせしもの祭礼略節と名づく。会津の人小櫃与五右衛門が著しし所なり。是に至りて廟を建て、扁額先聖殿の三字は、時の林氏民部大輔が書せし所なり。四配十哲の木主が《(ママ)》公が自筆にかかる。毎歳春秋申丁日、公親ら釈采を行ひ、その後侍臣に命じ雅楽を学ばしめ、これを奏すといふ。

## 民政

公最も心を民事にとどめ、循良を挙て群宰《(ママ)》とし、臓吏を懲らすこと甚厳なり。政を行ふ姑息をよろこばず。民皆その徳に懐つく。家を継ぎて二年の後、享保十八年三月四日、山形領の民飢渇に及ぶもの多しときき、郡宰に命じその民を検閲せしめ、郡吏日置清右衛門の家に大庄屋等を召し、米三十六俵をもて四百五十六人の饑民等に壱人毎に三升を賑はす。元文四年七月五日、郡奉行井村甚兵衛・牧野平左衛門等に命じ、領内村市の年寄・大庄屋・検断・小庄屋等、三代以来その職に在るものを召して賞金を賜ふ。二日町の検断今野又兵衛等二人、関根村大庄屋鈴木刑左衛門、落合郷大庄屋鈴木与惣兵衛、及庄屋九人、又貞婦八日町嘉右衛門妻たん、孝女大垣村兵三郎女とよ、孝子新鍛冶町の佐兵衛等、米各三俵を賜ふ。(傍注)「延享三年正月廿七日△」(頭欄)「△封を下総佐倉にうつさる。山形の民、公の仁恩に服して移道《ママ》を願はず。相率ゐて江戸に至りてこれを訴ふ。しかれども幕府これをゆるさず」寛延元年十月、郡吏水飼治太夫を推て代官とす。治太夫が廉潔にしてよく民情に協ふをもてなり。治太夫の子孫廉吏多し。二年六月、領内寒風村農久兵衛といふもの、霊亀を田中に得てこれを献ず。俗に蓑亀といふものにして尋常の物と異り、腹に大同の年号を鋳りつけたり。これを城溝に放たしむ。人、公の恤民の意厚きをもてこの祥瑞ありといふ。三年正月十七日、領内成田村の民八九十人、貢税の事によりて党を結びて城にせまる。吏を遣しこれを諭さしめ、その党魁を捕へて獄に下す。事平ぐ。廿三日幕府、令を諸国に下し強訴を厳禁す。宝暦元年二月七日、領内の民村高百石米壱俵弐分五厘を給ひ、五村を一組として年番を定め、窮民あるときは、そのうちよりこれを借《ママ》し、秋穫《ママ》に至りて壱割の利をもてこれを返納せしむ。次第に俵数を増加し、もて永久に維持せしむ。蓋、公が儒臣と謀りて定められし所なり。五年正月廿六日、郡吏萩生田武八が去年の秋検見として領内を巡視しけるとき、酒代とて賄賂を収めし罪をもて獄に投ぜられしが、此日命ずらく、法度を犯したる罪により死罪に決せらるべかりしかど、本年幕府大婚の儀あり、又慈徳公の遠忌を修せらるるをもて、格別の恩典をもて死を宥して、これ《ママ》追放せらる。又その時従ひし勝手組の卒塩野重治・村田軍右衛門をも同じ追放の科に処す。よりて賄賂をおくりたる十四ケ村の村長を召して、これを呵責す。八年九月廿九日、郡吏大塚四郎三郎・逸見宗八等が巡村の時、人民の贈物をうけ、或は酒宴に妓女を侍せしめたる罪をもて、謹慎を命ず。十二月十五日、市人の衣服華麗に過ぐるを禁じ、又名主組頭に命じ、市民の不孝或は町法に背きしものに訓諭を加えしむ。十一年弐月八日病て卒す。領内の民、封を他に移されん事をおそれ、相率ゐて幕府に請ふて予めこれを止めんとす。老臣等大に驚き、命を下して、百方その江戸におもむく禁じ（ママ）、さらに廻状をもて、村々の小民に至るまでみだりに騒ぎ立べからず、もし命を用ひざるときは罪科に処すべしと喩ししかば、事やうやく静りけり。公の人心を得たる事これによりて知るべし。

## 寺社奉行大坂城代となる

公、寛保元年はじめて奏者番となり、二年寺社奉行と（ママ）。此時紀州那智の僧徒に十九年の久しきに決せざる滞獄あり。公、職にのぞみこれを糺問ありて、事忽ち裁断せらる。時に将軍有徳公賢明にして、諸有司その人を得たりと聞ゆ。延享元年大坂城代となる。七月任に至り、町奉行を招き、この頃滞訟多くして、ややもすれ（ママ）獄中に痩するものありときく、尤も然るべからず。常時獄に繋れたるもの幾ありやと問ふ。これをしるして奉りければ、即自らこれを鞠問せられたりしが幾日もあらず、その罪あるは相当の刑に行はれ、罪無きは即日に免ぜられしかば、さしも多かる獄囚も忽に落着して、獄これが為に空くし（ママ）なるといへり。又城番の卒百三十余人あり。太平の久しきに狎れ武伎を講ずるものなし。

公、懇にこれを喩し、射を習ひ銃を学ばしむ。後に至り、その伎に長ずるものあるに至れり。政蹟大に世に聞へしとぞ。

### 老中に補せらる

有徳公、将軍職を御子惇信公にゆづり給ひしが、老成人をもて輔佐申すべしとて、公が大坂に政蹟あるよしをきき、乃ち召して加判列に加えられ、封を佐倉に移さる。老中酒井雅楽頭忠知、公と日頃心よからざりしかば、さま〴〵に移すべからざるよし申給しかば、有徳公、正亮は用ふべきものなり。老中となりて封を移して良地を賜ふべきは先例なりとてきかせ給はず。是より先、松平和泉乗邑老中たりしが、権を専らしてから《(ママ)》ぬ振舞ありしにぞ。これを罷られて、公その《(ママ)》その代となられしなり。公、乗邑が先代の御時に功労あるをもて、その子をすすめて奏者番として寺社奉行を兼ねしむ。この年の冬、松平陸奥守が夫人卒す。夫人は紀伊大納言の養女にして、前将軍これを養ひて御子とし、仙台に嫁せしめられしかば、明年の賀儀いかがあるべきと執政の人々申けるに、公申給ふやう、礼に諸侯は旁親を絶と申事の候。殊に夫人は紀伊殿の女にして、真の兄弟にはおはしまさず。古礼に従ひ、表を除きて拝賀を受給ふに、何の子細かおはしますべき。されども是は大事なり。人臣のことはり申べきに非ず。宜しく大御所の御旨を伺ひ奉るべき事に候とありしかば、このよし仰せ上られに《(ママ)》、前将軍、正亮が議し申所、道理にかなへりとありしかば、明年の賀儀を行はれしとぞ。三年八月十五日、本日の賀儀ありて、諸侯出仕せしに、板倉修理勝該といふもの、己が宗家勝清を怨むるよしありて、営中にてつけ狙ひしに、細川越中守宗孝が厠にゆきし背影をみて、その朝服の紋勝清の家の紋に似たりしかば、誤りてこれを斬殺せり。営中の騒動大方ならず。時に老職酒井雅楽頭忠知、板倉内膳正勝興は勝該の親戚たるをもて、憚りて退坐し、独公と本多中務大輔忠良とのみ老席に在り。正珍此事は知らず。義央・毛利師就等が営中に殺されし例によるべしと議ししに、公これをなみして、こ度の事も先例による可らず。細川は大国の主にして勝該は旗下の士なり。処分、その宜を失ひなば大国の諸侯おそれを抱き、この後殿中に家人を従へざれば出仕しがたしなどあらんにはゆゆしき御大事なり。若かじ、はやく慰問の御使を給はり、万一その身亡せなんには、舎弟して家嗣しめられんこと子細あらじと仰下されんにはと申ければ、将軍その義尤然るべしとて、公に仰せてかの宅に使せしめらる。此事細川家にて深くその恩に感じ、のち〳〵までいひ出て、公が徳を称せしとぞ。斯くて宗孝は終に亡せ、勝該には自尽を賜ひて事平ぎぬ。時に本多中務大輔忠良老中を罷めて、溜間詰となり、酒井雅楽頭忠知老中の上座たりしが、将軍の御気色に障ることありて、また溜間詰となりしかば、公代わりて老中の上座にすすむ、時に大岡出雲守忠光側用人たり。忠光忠臣にして、かく公と心を合せて将軍を補佐しければ、政務公平にして士民悦服せり。つづきて勝手掛を命ぜらる。公、法度を守ること極て厳なりければ、側用人・若年寄といへども聊法に違ふことあれば、少もこれをゆるすことなく、唯小吏の過失は大方しらぬ体にて過されけり。先例、営中諸有司公事に失忘せしといふ事をゆるされず。もしこれあるときは罪科を蒙ることとなりしかば、公自ら失忘せしよしをいひて、小吏の過を救れしこともありき。一事を執行するにも必ず後日の事を思ひ謀てのち施行せられ、一時の甘き言をもて人の悦を求めず。ここをもて初めその所為を喜ばざるものあれども、終には詐り飾らざるに服しける。されば下知の人に便なるものあるときは、堀田どのの定められしなるべしといひしとぞ。宝暦元年、前将軍有徳公薨ず。公惣奉行なりて喪事を治む。前将軍遺命に、吾死すとも廟を作ること勿れ。東照公の外五廟と定め、吾をそのう（ママ）に移すべし。古は廟制ありて多く造るは僭上の事なりと掟させ給ひけり。将軍老臣をめして、君子は天下をもってその親に倹せずときく。まして先将軍は中興の主と仰がれ給ひしものを。ただし、吾身百年ののちは遺命に従ふ可けれども、こ度は御廟営造せまほしとありしに、公、先代御世嗣せ給ひし初、営中の四足門を毀ち給ひ、その余、僭上の御事は停むべきよし仰られき。廟制もまたその一と承る。父君の仰を守り給ふは孝なり。僭上の事を停給ふは忠なり。もし此度御遺命に従がはせ給はざらんに於て、我君千秋ののちまた御遺命の如くならざらんも知るべからずと固諫申けり。将軍はじめは聴かせ給はざりしかど、再三申ければ、やうやくその議にまかせ、有徳公の霊牌を常憲公にあはせらる。初、有徳公御世を譲られし時、西城に歩行の士九十人を召仕はる。薨後その八人を留め、余は悉く金を賜ひて身の暇をゆるさる。この者どもいたく怨み、これ公が所為なりとて、上野寛永寺の宮にまゐりて訴申ししかど用られず。或夜鼠の頭を串につらぬき、堀田相模守政道残酷にして毒を天下に流す故、梟首してその罪を懲すとしるしたり。公、少しも怒り給ふことなく、件の文を懐にして出仕の人々に示し、けふしかぐの事ありとかたりて一笑せられけり。先例に幕府の大礼の次第を秘して人に示さず。公、これ等ははやく人に示して習はしむべし。事に臨みて落度あらば大礼を行はるる害となるべしと。又先例会計の帳簿は、勝手掛の外、同僚といへども見るをゆるさず。公、某もしこの職を罷むときは同僚の人々必ず代り給ふべし。国家の大計は、かねて知らざればその期にのぞみて如何すべきとて、帳簿を出して可否を問はれけり。同僚、その簿中にのせたる事につき、旧式のままにて然るべしといふものあり。公、某もはじめはしか思ひしが、ここに一の物あり。十年三度改め造らるべき制なれども、これを一度としてその費を倍しなば、損所少く労費を減ずるにあらずや。無用の吏員を省き、繁務を減ずるもまたここに在るべしとて、西城を立られし時、その材木を撰みて、その費を論ぜられざりき。治河の費を国役と名づけ、諸侯の領知に賦課せられし事、先例関東のみなりしが、他国の小諸侯或は旗下の采地にて水害に苦むもの多かりしかば、これを全国に課して費にあてらるる事と改め給ひき。水戸殿銭十万を自ら鋳出さんと幕府に請申しける。公、十万の銭を鋳ることもとより全国の通用に比すれば、害無きに似たり。この金二万両を費し、又その外諸費を算するとき、八万両の銭を得に過ぎず。三藩の貴に三十万石の富をもて、さる微利を求め給ふは詮無き事なるべしとありければ、その請をゆるされず。仙台伊達氏、米三万石を大坂に運びて売らん事を請ふ。公これを否し給ひ、三万石は仙台にありては、させる軽重に係らざれども、その意は恐くはここに止まらず。仮令へ他意なきも、運送費はその石数のうちにあらず。又大坂の商人等がいかなる奸計を構も測りがたし。今日にありてはさせる害なくとも、他日大にその数を増すに於ては、西国の米価低落して諸侯大に苦みなんとありしかば、これも事ゆかずなりしとぞ。清国の商人長崎に留るもの大率十余年に及ぶものあり。そは長崎奉行、かの望に応じて貨物の価をとらせざるによる。されどもし尽く与ふるときは、貢税をかくの恐ありとて、斯く滞る事とはなりしなり。ここをもて舶来の貨物・薬・茶、濫怠のみならず、又その間に姦を行ふものなどありて、上下ともにこれに苦しむ。公、松浦正信をすすめ、勘定奉行をもて長崎奉行を兼ねしめ、その弊を改めしかば、清人大に喜び、徒らに滞留するものなし。しかるに改革を喜ばざるもの、正信が私あるよしを譏しければ、正信忽ち罪を得てけり。ここをもて人多く公が所分を誇るものあり。公世を去り給ひし後、将軍正信をめしてこれを問はれしに、旧弊はしか〴〵の事候ひしなり。相模守が計にに《（ママ）》てかくは改めて候と事詳に言上しければ、はじめてその冤罪をしろしめし、正信が子を擢て目付に補せられけり。公、郡吏等が政道よら《（ママ）》ずして民をなやますよしをきき、一県治を試みてこれを海内に行わせ《（ママ）》とそのよし請申ししかば、将軍命じて三万石の地をあづけられけり。かくて公は制法を定め、産物を興し民を励まし、金を与えて多く米穀を買ひ、これを兇荒の予備とするなど心を用ひざる事なかりき。しかるに勘定奉行神尾春英聚斂をよくするをもて出身したりしかば、公の法を善とせず。増税の利をすすめ申しければ、公の意行はれず、反て私財をもてその増額を補ふに至りぬ。されどもその県民は公の恩恵に感じて、堀田宮といふ小祠を作りて久くその徳に報ひしといへり。公、又将軍の深宮におはしまして、諫言を進むるもの無きを憂ひ、経史は浩繁にして読みやすかざるをもて、仮名をもて経史の語を訳して、これを坐右におさめ参らす。斯く公が心を用ひて事へまゐらせしかば、将軍いかにもして民の為に大恵を後世にのこさばやと、公及び大岡忠光を召し、余辱なく父祖の業を継ぎ、天下を治むる事十余年にへど《（ママ）》もさせる良政なし。かくて世を終んことといかにも無念の事なり。汝等余が為に天下人民の為によろしからん事を謀り申べしとありて、公に命じて、日光東照宮の廟に至りてそのよしを告げさせらる。公、立かへりて同列と議すらく、今日の急は民の貧苦を救ふに在り。当時民間未進の納貢つもりて、十六万石の多にのぼれり。民催促に苦しむ事限りなし。仁政は実恵の小民に及ぶにまさりたる事あらず。はやく未進の数を尽く免じ給るべしと、このよし言上しければ、将軍この義尤も然るべしと、その下知ありしかど、此事いまだ行ふに及ばず、将軍世を譲らせ給ひ、幾ほどもなく公もまた世を去り給ひしかば、世の人これを惜みしとぞ。営中、公事繁きともがらに膳を給ふ事あり。その膳部の吏私して食するに堪へず。公一日これを親ら召し給ひて、膳部を戒めんとありしに、その日すでに暮れたり。されども、これ等の事、明日を待つべきに非ずとありて、即夜書を発して吏に命ぜられり《（ママ）》とぞ聞えし。なほ事多かれども細事なれば略す。

## 性行　附夫人性行

公多く書を讀み給はざりしかど、儒士を愛し、枠《（ママ）》田信孝・二村逸斎を聘して儒員とし、常にその講をきく。又服部南郭・高野蘭亭を師として詩を学び、禅理は禅僧伯瑛にきく。公幼にしてその書を学びしかば、後にはこれを江戸邸に住ましめ、公暇に数これを召して禅理を説かしめられき。又武を好み、親ら剣槍馬術を習ひ、殊に兵学に長じ、享保十五年、鈴木慰大夫重武・吉田儀右衛門宅紹に学ぶ。重武は小幡勘左衛門景豊の門人にして、景豊は勘兵衛景憲の孫なり。宅紹は景憲の曽孫なり。皆当時兵学をもて聞ゆるものとぞ。その余、誠極流の諸岡野介、越後流の佐々木八太夫、山鹿流の今井仙調、甲州流の熊谷権左衛門等を聘して家人とし、山形城に在りしとき、山狩に托して兵卒を操演せられけり。又人材を登用して、よくその器に当れり。そはまづ用ゆべき人物とみるときは、これを挙て近習とし、朝夕その性質を察し、その才の長短を視て、然るのち職を授く。ここをもて職に称はざるものあることなし。又魯鈍にして四五十歳に及まで近習たりといへども、礼節だに習はざるものあり。これ便佞の士にまされりとて、その麁野を厭はず。公、年壮なりしとき、一士を寵し、百石の禄の与ふべしと約ありしが、士のち寵にほこりて有司に向ひ、無礼の振舞ありしかば、（頭欄）［監察某これを訴ふ］公怒りて立どころに閑居せしめ、日数を経てゆるし給ひけれども、物も仰られず。やがて彼はよく馬を御せりとて、六十俵を給はりて馬役とす。馬役は士より一等を下るものなり。斯て監察が直言を賞して権貴を憚らず。よくこそ申たれども、擢て側用人とせられけり。されども監察たるもの小事を訐きて中事あるときは、汝等に杖突かせて、人して目付役なりと知らしむるは、これをみて非違を為さしめざるが為なり。人の陰私をみだりに訐が為に非ずと。公又至孝にしてよく親に事ふ。母君江戸の邸におはせしが、地狭くして泉石の設なし、よて賜邸のうち広く庭園を築き、別殿を造らせ、これを向屋敷と称し、公退の暇、必ず日毎に訪まゐらせ、自ら食を嘗てこれをすすめ、又時に親らその腰脚をもみ給ひし事もありとぞ。又この時宗家加賀守には上野介殿の御事ありて、のち禄を減ぜられ給ひしかど、公これを崇敬せらるる事厚し。玄性公の時、将軍大猷（ママ）の給はりし九鬼文林郎といへる希代の茶入、宗家の重宝とし伝らへ（ママ）しよしをきき、一覧せんと望み申されしに、いつの頃にや貧困の時、他人の手に預けられしよして（ママ）、今は宝庫のうちにあらず。公これをきき、速に人して、あまた金をもてこれに代へ給ひき。人その先祖の宝なれば、御家に秘めおかるるならむと思ひしに、宝はあるべき所にあればこそ宝なれ、宗家にあるべきものを末家には要なしとて、一覧の上使者してこれを返されけり。

## 遼天院

公一生の行義磊落にして、気象明快なること青天白日の如し。人これをみるもの、その快活に服す。しかるに唯継嗣の一事に至りては、頗る藩士を疑惑せしめし事ありき。公の長子増（ママ）次郎正定、元文二年正月四日、病て卒す。後男子なかりしかば、若林若（ママ）之助の家に預け置きし幸次郎正泰をもて長子とせんとす。しかるにこの幸次郎が出生せしことは、一藩これを知るものなく、頗る疑惑を生ぜり。ここに於て延享二年四月二日、老臣をして令を下さしめていふ。

上思召有之、幸次郎様ト申候御次男様被成御座、当御六才ニ被為成候段、元文五庚申年、其筋之御用番様へ被仰達置候。右之通故、当年御年十一ニ被為成候積りに候。依之当時仮御養子に不被及御沙汰候。御弘め無之事故、何れも存じ申間敷候。各此段承知罷在、若他方之者抔尋申儀も有之候はば、右之心得にて御次男様被成御座候旨計之儀、相答可申旨被仰出候。

斯て同き七月二日、老臣池浦甚五左衛門・熊谷三太夫等を杢之助の宅につかはして、幸次郎を迎へしめ、四日、館中に移し、その側仕の侍臣侍女を置き、又令を下していふ。

幸次郎様御事、上御落胤之御子様之処、思召有之、杢之助へ御預ケ、杢之助同様之趣にて被差置候。然ども其節公儀へも御届被仰達、此度御嫡子様と御願被成候ニ付而は、御出府被成候様ニ被仰出候。近々御発駕之御事、江戸御着坐以後、御願之通ニ被蒙仰候て可有御座候。御満悦被遊候。何れも安堵、此段申渡候様ニ被仰出。乍去最初御弘メも無之義ニ候間、右委細之訳は御家中之面々存候迄ニて、外へは明細之沙汰に不及。万一他より尋候者有之節は、是迄杢之助方へ御預け置候趣計及挨拶候様ニト被思召候。以上

尤幸次郎様御出生之節、早速杢之助方へ御預け被遊候処、其砌杢之助方弟も出生に候得共、殊之外難産ニて産子は死去ニ付、乍然存違候者も有之、杢之助方へ此度悦ニても不計申述候族も有之候へば間違に候間、決て左様成筋無之様に相心得可申旨、是又申送り有之候。

幸次郎正泰は公の長子たるべきよし披露ありて、旅装を整へ、数人の士卒を従へ、江戸に着しければ、

公これを時の老中に告げて嫡子たるのゆるしをぞ受られける。されば杢之助の父杢左衛門虎高、寛保元年四月、自殺せり。同じき五月八日、その遺腹の男子生れたり。母は植松蔵人の女なりき。この男子幾程なく死せしが、公の側室、名をもせといひしもの、男子を生みて、母、産後にみまかりければ、養育の為に杢之助の家にあづけられ、その母に命じて乳を与られしといふ。しかれど、いかなるゆへありけん、当時へて（ママ）その事を秘せられしかば知るものなし。ここをもて、長子の披露ありしかど、一藩流言にして公の子に非ずといふもの多く、穏ならざりければ、しば〳〵有司に仰せてこれを戒められしかど、なほ流言やまざりき。寛延二年、公子鉄蔵生る。宝暦三年十月、幸次郎正泰病ありて事に堪へがたきよしを幕府に告げて、嫡子を退け、鉄蔵をもて世嗣とし、正泰を佐倉にかへし、本城三丸をもてその宅とし、侍臣侍女をかしづかしむこと嫡子の時に異なることなかりしが、同十一年五月、病死せり。或はいふ、正泰、嫡を退けられしをいきどふりて自殺せりと。法号を遼天院と号し、嶺南寺に葬る。その年忌法会はすべて本寺に付してこれを修めしめ有司に管せず。又後の嗣主、歴代の位牌を拝するときにも、遼天院は先例これを拝することなしといへり。これによりて有ときは公の子にあらずして若林虎高の遺腹の子なるを、公、虎高が忠死を憐み、これに報ぜんとして養子とせられしが、後その非を悔ひて退けられしなるべしといふものあり。今その是非を知らず。

# 唯心公記

## 名字履歴及子女

公、名は正順、字孟健、蕙圃と号す。始め金蔵と称し、又鉄蔵と改む。青雲公の第五子。母は家の侍女にして野田勘解左衛門女なり。寛延二年九月二十七日生る。兄幸次郎正泰、多病をもて嗣子たる事を辞しければ、宝暦三年十月廿七日、嫡子となる。十一年三月、青雲公卒して家を継ぎ、佐倉十一万石を領す。十二月、従五位下に叙し、相模守と称す。十三年二月、幕府命じて日光廟を修めしむ。公これを助く。時服十五領の賜ありき。明和元年十二月、所領下野国河内郡・塩谷郡のうちを出羽国村山郡のうに《(ママ)》替らる。安永三年二月、奏者番となる。十二月、所領陸奥国信夫郡、下野国塩谷郡のうちを出羽国村山郡のうちに替らる。天明三年七月、寺社奉行となる。六年四月、幕府、印旛沼を填めて新田を開くをもて沼沼《(ママ)》の地を幕府に納る。九月に至りて役中止す。これを返さる。されどこれが為に損壊せられたる。代として野州都賀郡宮田村を給ふ。七年四月十九日、阿部豊後守正敏に代りて大坂城代となり、従四位下に叙す。寛政四年八月十四日、大田備中守資愛に代りて京都所司代となり、侍従に任ず。十一月、参朝し天盃を賜ふ。九年四月、改めて大蔵大輔と称す。十年九月、職を辞す。十二月、これをゆるされ、帝鑑間に列す。文化二年七月十二日卒す。享年五十七歳。江戸日輪寺に葬る。唯心院定阿観月義稔と号す。夫人、松平氏讃岐守頼泰の女。明和七年十二月嫁す。天明三年七月廿日卒す。天倫院勝一殊粧賢貞大姉と称す。日輪寺葬《(ママ)》る。男子二人、長、金蔵といふ。六歳にして卒す。次を正功といふ。鍋次郎称《(ママ)》し、従五位下に叙し、相模守と称す。享和二年正月廿一日卒す。松籟院大阿然岳邃寿と号す。日輪寺に葬る。次を鉄吉といふ。三歳にして卒す。女子三人。青雲公の第十子正時をもて養子とす。

### 日光廟修繕を助け、家計困窮す

青雲公在時の世、財政を改め、国用やうやく足りしに、公、即世して、今公襲封の事あり。費用頗る多かりしに、又幕府、日光廟修繕の命ありしかば、已ことを得ず、宝暦十三年四月、封内に命じ、百石三両の高役金を納めしむ。されどもその費十三藩に及び、莫大にして足らざるをもて、このとし十一月、藩士、今年より七年の間、家禄歩引を命ぜらる。ここに於て青雲公の歩引法破れたり。

今度日光御本坊御手伝就、御用夥敷、御物入有之、御他借多分有之候。勝手御指繰御難儀に付、今年より七ケ年之内、御家中之面々知行高之内、歩引御借米被仰付候。面々難儀可有之候得ども、不得止事被仰付候間、随分致難儀被続相勤候様被思召候。

明和二年二月七日、また老臣等列坐して藩士に下知す。

御家督以来相続候屋敷替、其外不被為得已事御物入共有之、其上去々年中日光御手伝被遊御勤、御勝手向御指繰御難渋に付、御借米等被仰付、追々御他借金をヲ（ママ）以御差障之処、至去暮御他借金過分相増、当時被捨置候而は年（ママ）御借用相増、また御借金減候期不相見候。依之此度御勝手向御仕法被相改、当酉年より来ル丑年迄五ヶ年之内、厳敷御倹約被仰付候。万端御自身被為聞、御倹約可被遊候。併此義御上御壱人之思召、又御勝手御役人計致承知候而者、行届不申候義、上下致一致、御上御心底ヲ奉察、面々諸所勤方等迄も心被付、聊御費無之様得ト致承知、一和之趣を以、御取計無之而者、末々御上御主意不相立候間、御満足不被遊、兎角五ヶ年之内、上下一和致し、ひたすら御倹約を相守、御主意相立候様、被成度思召候。

ここに於て大に節倹を行ひ、土木を罷め、諸役所の費用を減じ候得ば、瑣細の雑務に至るまで尽く省減を加らる。（頭欄）［明和六年十一月、さらに七年間の歩引を命ず。八年九月、今年旱損をもて収納減ずるにより、歩引を改めて、明る一年まで家人等の給禄を廃し、宛行扶持とす。こは禄の多寡に準じて、塵米をもて等差を定めて給せらるるなり。九年、更に三年を延ぶ。安永三年十月、国用支へざるをもて、財政を改革すべき旨老臣平野縫殿をて（ママ）、その事を掌らしめらる。四年十一月、在江戸の家人等は新命をもて歩引法に復す。八年十月、国用ます〱乏しきをもて、江戸佐倉ともに五年を期して宛行扶持を給す。天明二年十一月、再び財政を改め、平野縫殿・金井七左衛門をもて、その事を掌らしむ。六年に至りて、七左衛門・縫殿・茂右衛門等の財政を罷め、岡源次兵衛をもてこれに代ふ。七年、公大坂城代となる。これより費用ます〱多く、年の納る所もて、これを給するに足らず。源次兵衛産物を起して財を増とし、工人を傭ひ木綿を織らせなど、さま〲に力を尽ししかど、一もその験をみず。遂に贓罪に坐して、その職を褫はれ、その贓額は年を期して、その家禄をもて、これを償はしめらる。寛政四年、京都所司代となりししかど、費用なほ多くして、宿債を償ふこと能ず。公の世を終るまで家人に本禄を給することと能はざりしといふ。青雲公老中となりて良地に移り、又諸侯の贈遺夥しかりければ、十余《(ママ)》金の蓄あり。公に至りて尽くにこれを失ひ、さらに数万の借金子孫にのこし給ひしは、時勢の然らしむる事といへど、当時の家人等が不如《(ママ)》に出たるなるべし。」

### 奏者番より寺社奉行を経（抹消本文）〔大坂城代〕となる

安永三年、公奏者番なり。近藤九郎左衛門・梅村市郎兵衛・上野覚右衛門をもて押合役とす。奏者番は、諸侯の上中の事を掌る職にして、旧例故格甚繁雑なり。しかるに、九郎左衛門生質極めて記臆よくして、一度見聞せし事、年月日時一も漏らす事なし。公その才を知りて、厚くこれを任用す。九郎左衛門、性酒を好みて一日も泥酔せざる事なく、衣服の類を典物して、尽く酒に費し、ややもすれば、病と称して出ざる事多し。公、その才を愛み、これが為に衣服礼装を給ひて、出仕せしめられしといふ。この九郎左衛門瘡毒を病みて、鼻を損せり。されども、その故事に熟せるをもて、幕府の吏人もこれを賞し、堀田家鼻と称して、その精敏を称せしとなり。天明三年、寺社奉行となる。小林典膳・倉次甚太夫・朝比奈新蔵の三人をもて、寺社役とす。皆その任を得たりき。典膳は英才明敏にして、よく事を弁ず。小吏事を争ふて決せざるに、典膳一言にして服せざるものなし。渋井伴七、次役たり。職事為《(ママ)》よりて面を赤くして争ふことあり。典膳これをききて、その言理あるときは、忽ち改めてこれを従《(ママ)》ふ。人に向ひて、我過てりとて、これを謝す。甚太夫は沈重にして物に動ぜず。公はじめ職に就きしに、先例をもて同僚阿部備中守の家人来りて、これを助く。一公事ありて、これを老中に告べかりしに、誤てこれを遺落せり。衆皆大に驚く。甚太夫、夷然として騒がず。阿部の家人山岡衛士に向ひ、某愚にしてこの過失あり。いかにしてよからんといひけり。のち衛士人に対し、某多く人に接するに、沈着して騒がざる事、倉次氏の如を見ずと。又属吏過失ありて罪を得るときは、自ら延て、己が過とす。常に属吏に向ひ、御身等よく勤めたり。然れども、この過あるは、吾これを監査して、その失誤を見出すこと能はざるによれり。その罪御身にあらずして、我にありといひしとぞ。公の人を知りてよく任ずる、此類なりき。又、公吏士に対するに、頗威厳あり。大坂玉造の騎士岡某人に語りては、大蔵どのこそ世に恐ろしき人は無けれ、与力同心等が武術を検閲し給ひしとき、上坐にありて、終日静座し、一も傍視せられし事なし。諸士これが為に戦慄して、仰ぎ視るものなかりき。その後、城代代りしに、席にのぞみ、或は烟を喫し茶を飲み、近侍等と密語する事などありて、大に威厳を損せしといへり。

## 京都所司代となる

後桃園院、安永八年崩御なりて、御子無りしかば、閑院宮典仁親王の御子、御代ゆづりを受給ひぬ。後に光格天皇と申御事なり。主上、生父に御孝心深くましましければ、いかで太上天皇の尊号を奉ばやと思召しければ、その旨内々幕府に仰下さる。ここをもて所司代しばしば伝奏と相会する事ありて、その職殊に重かりけるにぞ、時の老中上座松平越中守定信、公が才略を知りて、寛政四年大坂城代より所司代にうつされたり。十一月、前の所司代と同じく上殿を給ひ、竜顔を拝し、御盃を賜ふ。又、仙洞女院にも謁して、御盃御菓子を給りき。斯りしほどに、尊号の御事は非礼なりとて、定信執て肯ぜず。公に命じて伝奏をもて奏聞せらる。公、朝廷幕府の間に立て往復すること数度、終に定信が議に従ひ給ひて、尊号の御事はやみにけり。されば此時将軍文恭公は、田安大納言《(ママ)》の子にて、宗家を継がせ給ひければ、この時をもて大納言を大御所と称しまゐらせんと、その方様の人は窃に将軍にすゝめけり。されども、定信宗家の系統は決してみだる可らずとて、固く否して従がはず。群小等は己が説の行はれざるを嫉みて、窃に将軍をすすめて、主上の御孝心を称賛し奉り、まづ閑院宮をもて太上天皇とし、しかしてのち、田安大納言《(ママ)》を大御所と称して、城中に迎へ入れんと謀りしが、定信その姦計を見破り、公に命じて奏聞せしめ、遂に事行はれずして止しかば、大御所の事も姦人の計の如く行ふ事を得ず、無事にして止しとなん。そののち禁内御造営の事あり。公またその奉行として、日夜勤労おこたらせ給はず。寛政六年三月二日、竜顔を拝し、助長の御太刀一振・中啓三握・卒賀記一冊・絹二疋を下し賜はる。これ奉行の労を賞せられしゆへとぞ聞えける。幾程も無く、越中守定信、老中を罷めしかば、公も在職を味気なく覚しけるにや、同き十年四月、病をもて東下の暇を乞ひ、江戸に至りしが、明る五月、精気塞りて職に堪がたしとて、所司代職を辞し給ひける。幕府厚く諭し、なほ療養して出仕すべきよしにてゆるし給はざりしかど、再び辞職しければ、十一月八日遂にこれを許されけり。公、在職中費用多くして、家人の禄を減じ、節倹を事とせられしかど、借財ますく多く殆ど支ふべからざるに至るれり《（ママ）》。されど家人の困窮を憐みて、これを救助せらるる事厚し。この年十二月廿五日の布令に、

御勝手向、近年難渋之義は何も存知之通之事ニて、殊更永年遠国御勤之義ニ付、上方御借物も夥敷、去年若殿様御慶出し、赤羽御前様御婚礼御入用も不少、累年御難渋之上、有体無御拠、臨時之入用等も有之。今度御退役ニ付、京地御引払も御物入有之必止ト御差支ニ付、此侭被差置候而は、御公務も御欠可被成やと、甚御心痛被遊候。依之、向三ケ年之内、厳敷御取縮被仰出、諸御借財方、夫々休年賦、利下ゲ等御頼、諸事此上之御省略被遊、御身分は素より御一門様方え御附届ニ至るまで、厳敷御倹約被仰出候。諸向御取締之儀、此度改可被仰出程之義も無之候得共、連年被仰出候御倹約之御趣意聊不破様、相互ニ少々之義たりとも御不益と存候義は、無等閑心を用、此上御取締之義、向々より可及相談候間、其節遂熟談、御勝手外様之無差別申合可被取計、且又御家中之面々、永年厳敷御宛行被成兼候事ニ付、少々たりとも御ゆるめ被下度、取調之義、再三主役元締共え被仰出候得共、前文之通、去年以来御物入も差湊、今年之義は何分ニも不行届段申上候ニ付、不被為得已、先当節は不被及御沙汰、猶又、取調被仰付置候御事ニ候。併差向当暮取凌方、可為難儀思召、少分御手当金被下置候。到而御難渋之中より被成候御主意、被相心得、此上かなりに取続相勤候ば、可被遊御満足候。

かくて家人等の禄の多寡によりて、救助の金を給せらる。明る十一年在国の暇を賜はり、九月十三日佐倉に至りて、家政をきかれたりき。ここに於て家人に命じ、その小禄のものには歩引法に復し、歳に十四俵十三俵のものどもは本途の禄を給せらる。

## 文武の教育

公幼くして明敏の聞あり。学問を好み渋井平左衛門孝徳をもて師とし学び、軍学は吉田儀右衛門の門に入る。又書を平林庄五郎惇徳を《（ママ）》学ばせ給へり。又二村逸斎は先代の御時より文学のみならず、政事をも尋ね給ひしかば、公、その志を継ぎて厚くこれを礼せられき。大坂城代たりしとき、渋井伴七至徳が薦をもて菱川右門賓を登用せらる。賓は尾藤二洲の門人にして、又中井善太積善にも学べり。建国寺に寓して師弟を教授す。されども廉潔にして権貴に下らず。公、名儒を得給はんとて窃にその人を求め給ひしに、書肆播磨屋九兵衛といふものありて、公に徳《（ママ）》に賓の事を告ぐ。至徳、これを奇として、積善の家にゆきて、その人物を問ふ。積善、その学識ありて尋常の儒士にあらざるよしを答ふ。公大に喜び、立どころに十五人口俸を給して、佐倉学校の教授とし、五口を加えて二十口俸を賜へり。在坂の時、積善に師事し、常に迎てその講書をきく。至徳に命じ、その塾に寓して学を受けしむ。積善、竹山と号す。時の名儒なり。

京都所司代に転ぜられし時、藩国の子弟を《（ママ）》教育を心元なしと遥に命を下し、寛政四年、佐倉城の宮小路の南に学校を設けらる。この地は医師松本甚園が宅なりしが、甚園故ありて身の暇を乞ひて去りしかば、これを修理せさせて、やがて聖像をその客室に移し、これを祀り、藩士の子弟を聚めて学を講ぜしむ。又江戸虎の門に邸を給はりしとき、聖廟を作りて釈奠を行はんとせられしが、いまだその事を挙るに及ばず、よりて姑く書院を掃ひその礼を備へ、安永三年に至り、始めて渋谷の邸にこれを築き、入徳門の扁額を自筆してこれをかかげられたり。佐倉の学校は、天保七年、文明公の時、大手門外に大に建築せられ、別にぞ旧の如くなりし聖廟を築き、その校舎を成徳書院と名付けられし事は、文明公の記に詳なり。ここに至り、江戸・佐倉両所に聖廟ありき。

寛政四年三月、菱川賓を江戸に移し住せしめ、公子鍋次郎君に侍読せしめ、又賓の請をゆるして邸外に居住し、なほ良師の薫陶を受けしむ。成田新左衛門に命じ、賓に代りて学校の事を掌らしめ、子弟を教授し、宅間甚五右衛門・今井源七郎・花村治部大夫・井村長十郎・大藤巳之助をもて助教とす。七年三月、これより先、中条文右衛門もまた学校の事を掌らしめられしが、此月、文右衛門が勤労を賞し金を賜ひ、又、新左衛門及び助教等に賜ふこと各差あり。これ皆、公が在京の日遥に命ぜられし所なり。

公、儒士を礼すること甚厚し。中井積善の門に入り給ひしとき、はじめ渋井伴七至徳をもて、公の意を通じ、のち改めて用人恒川弥五左衛門を使者とし、礼式を具へて積善に聘物を贈り給へり。又渋井孝徳の病篤しときき、医師中里忠庵に命じて、これを診察せしめしかば《（ママ）》、孝徳遂に死せり。その葬式を行ふとき、必ず長上下の礼服を着するものをもて、これに従はしむべしと清水有伸に命じ、騎馬の儀を備へて、その式に加へしめ、公の名代として焼香せしむ。初七日の法会を行ふとき、依田十之丞に命じ、大坂生玉玄徳寺に赴き香奠を備へしむ。又命じ、碑を墓側に立て、文を細井甚三郎徳民（割注）〔平洲〕に請ひ、書を平林惇徳に命ず。その礼儀に厚きこと此の如し。

今井源七郎兼規、昆山と号す。博学多識にして、青雲公の時より侍講たり。公、位を襲ぎし初め、宝暦十二年十一月、十三経廿一史をあづけ給はり、門人等に研究せしむき（ママ）よしを命ぜらる。（頭欄）〔コレハ自性公の時の事　◎向加右衛門の祖を小兵衛といふ。本性島、堀田氏にして、加藤清正に事ふ。加藤氏、国のぞかれて我堀田家に来り、不矜公に事へたり。その子を加右衛門といへり。学朱子を尚び、その子加太衛門・藤左衛門並に家学を継ぎ、公に事ふ。この頃、印西山田村の豪家に八兵衛といふものあり、この家に寓する書生石橋亘とて、尾藤二洲の門人なり。八兵衛、向氏の父子に親しかりしかば、遂にすすめて公に事へしむ。初め十五人口米を給ひ、後に二十人口に増し給へり。ここに於て文学大に興り、藩士その門に入るもの多し」のち菱川賓等と同じく藩士の子弟を教授す。その門に入るもの多し。又武術は、宝暦十三年六月片庭軍蔵に命じ、大砲を斎藤代助に教授せしむ。代助は世砲術をもて家業とすればなり。のち励精して、その業を良くするをもて厚くこれを賞し、又軍蔵教授宜を得たるをもて賞せらる。明和二年二月池浦甚五左衛門の請をゆるして、射術を江戸三十三間堂に試しむ。恒川弥五左衛門もまた家業なるをもて、同じく江戸の邸に寓して、ともにこれを試む。明和五年六月、熊谷権左衛門に命じて、歩卒に小銃連発の伎を教授せしむ。十月、服部四郎左衛門の門人等が剣術を見る。

十一月、柔術教場を置き、松浦勝治をもて教員とす。此月歩卒八隊の小銃連発を城外椎の木の教場に見る。惣頭その歩卒を率ゐてこれを操演す。又斎藤弥一左衛門に命じて、江戸に至り砲術を研究せしむ。弥一左衛門は代助が門人なり。明る六年三月、弥一左衛門大砲を試んと請ふ。これをゆるす。四月廿廿《ママ》五日、弥一左衛門、領内南波佐間村に於て、八百目五百目の砲及樫木雑木の火箭を試む。五月七日、砲術教員片庭軍蔵、同所にて八百目五百目の砲及び樫木雑木の火箭并田村矢を試む。七月、軍蔵がよく子弟を教授するを賞して徽章の礼服を給ふ。八月、星川運太夫に命じて捕手の伎を教授せしむ。七年二月、厩馬を借《ママ》して家人等に馬術を教習す。五月四日、大田村野にて日野武左衛門・武田篠右衛門・鈴木歳右衛門等、拘物火薬清打を試む。雲龍砲・録火乱星・明星・星降り等の名目あり。皆号火にて砲火に非ず。しかれども当時これを軍用として、武家皆これを学ぶ。十月八日、兵学教師佐々木八太夫の門人等が講読を親閲す。此月歩卒隊五組の炮術を親閲す。八年正月十三日、斎藤弥一左衛門が砲術に熟錬せしを賞し、新知七給《ママ》石を給ひ給人とす。弥一左衛門は伊津記の子なり。伊津記、青雲公の時、砲術の師範たり。その余、剣術槍術等親らこれを閲して藩士を奨励せらるる事、年に又幾度といふ事を知らず。今これを略す。公、性豪邁にして尤も兵を好み、武田家の兵法を福島某に学び、その蘊奥をきはめ、遂にこれを斟酌して一家の法式を作り、これを物頭等に授け操練せしむ。(頭欄)「佐分利流の槍術を好み、その術に長ぜし壮士二十人を撰び、これを馬前の備とす。蓋新田の十六騎、水戸黄門の弓組の備に擬せられしといふ」文化元年十月廿三日、常州河内郡小女化原に土寇嘯聚して、近国領の外に騒動す。幕府、公に下知して兵を出し、これを鎮撫せしむ。公、即日物頭吉川丹右衛門・一色善左衛門を一番手とし歩卒三拾人を出し、つづきて郡奉行山上仁左衛門、目付森村助右衛門を二番手とし歩卒二拾人、その余、緇《(ママ)》重雑役を并せ二百余人を出す。同廿四日、大沢村に至りし小女化原の土冦等、その勢におそれて明る廿五日尽く散乱す。されども実穀村原になほ嘯聚するよし聞えしかば、又三番手として番頭森三郎左衛門、物頭潮田監物等、兵士歩卒合せ五十余人を松崎村に出す。廿六日より十一月朔日まで駐札せしが、土冦遂に散走してゆく所を知らず。同二日、三手尽く佐倉城にかへる。初め兵を出すとき、公、城中の三の丸の門外に出て、諸隊の行軍するをみて大に喜び大声に、いづれも足並よろしきぞと呼はり給ひしかば、諸隊これが為に大に気勢をましけるとぞ。公また別に城武右衛門・向岩治等に命じ、服を変じて土冦中におもむきしめ、その動静を察せしめらる。これ武田氏の軍法細作の用を試み給ひしなり。その武事に厚きこと此の如し。

### 天明三年領内の変

天明三年夏、洪水多く、我領地、武蔵・相模・出羽・下野にあるもの、これが災にかかり、又七月六日暁より日出の頃、灰降、平地尽く白し。東北のかた烟霞の如くなりしが、日高昇りて始て散じ、夜に入遠雷の震が如く、七日に至り、又灰を降すこと昨日の如し。終日やまず。八日、灰ます〳〵降り、草木平地白からざる所なし。朝巳の時頃、天地昏暗、室内灯を点ずるに至る。この日、夕に至りて始めて止む。信州浅間山の噴火したるなり。佐倉の領、下総芦田・野毛平村・東金山村等十五ケ村及武蔵横見郡蚊計谷村・下銀谷村等十一村尽くその災にかかれり。（傍注）「相模・常陸・下野・出羽の地、その災をかふむらざるなし」この年十二月廿一日、公これを時の老中の用番松平周防守に告ぐること左の如し。

私領分、下総国・相模国・武蔵国・常陸国・下野国・出羽国之内、当夏水損、以来雨天打続、雲上砂降、秋中冷気ニ付、田畑青乏ニ相成、損毛左之通

高六万四千三百三十七石壱斗七升四合七勺八才

かかりしほどに、十二月廿七日、先崎村の民丈七、赤荻村の九兵衛の二人、先崎の鷲宮に会合して謀るこころあり。本年夏より凶荒の害をかふむりて、官これを検見し稍々税をゆるくすることあれども、いまだ我等の饑渇をまぬがるること得ず。よって未納の貢税金を減じてこれを年賦とし、又さらに明年まで食料を訴べしとて、遂に此月廿八日、領内上高野・下高野・村上・米本・神野・保品・先崎・青菅・井野・上座・小竹・臼井・同田町・同台町の民等大に騒動し、請ふ所あるよしにて、城中に押し入らんとす。此時公は寺社奉行たるをもて江戸に在り。老臣若林杢左衛門・庄田孫兵衛・岡源治兵衛等大に驚き、まづ郡吏に命じてその請を尋ね問はしむ。民等、今年貢米すでに納め畢りて今は壱粒ものこす所なし。のこる所の米は石代として年賦（ママ）をこれを納めんと請ふ。或は村々すでに饑渇にせまれり。官のこれを救ふにあらざれば、明年の麦作の時に及ぶ能はずといふ。角来村より鹿島橋まで、その人数千余人田町門の外にせまれり。目付香宗我部左中、郡奉行足立安左衛門等、属吏に命じ諭せ

どもきかず。斯くなりけるに、その人数ます〳〵加はり、井野・鎌刈・吉田・大和田・萱田・多々羅・同結縁寺・師戸・下志津・上志津・舟尾・安養寺・武西・戸神・萱田・岩戸・畔田の十七村に及べり。ここに於て、代官広田十郎大夫、山本源八、小泉佐助等をして、右のこれを鎮撫しその請ふ所をきき、是非を糺してこれをゆるすべきよし、懇に諭しかば、やふやく静りぬ。よて、惣代の民数人を留めて尽く帰村せしむ。斯て詳にそのいふよしをきくに、今年夏より秋に至るまで気候順ならず。田圃の入る所、甚少く十二月の末まで貢納を上りしに、すでに正米一勺も留めざるに至れり。村役人等は種穀を摺り立て納むべきよしを諭るるといへども、さあるときには来春に至り、何をもて種を蒔き、実を収らるべき。加之畑方も殆ど皆損に同じく、今日すでに饑にのぞめり。領守願くは洪大の慈悲をもて、不納の米を金十両に五拾俵替をもて十年賦とし、又来夏麦作までの食料を給せらん事をと。郡吏等諭すらく、定免の村々、毎年一定の貢数定まれども、非常の変なるをもて、その作毛を検見して免除の沙汰あり。又毎年検見の村々は、検見をゆるして、又幾分を減ぜられたり。今年惣体の凶作にして不熟米多きよしなれば、その困苦は理なれども、官もまた納貢減ぜるをもて、家中の廩米を給する能はざるの困難に及べり。ここをもてその請を尽くゆるさるべくもあらず。当時、米価は十両に十三俵より十四俵に止る。しかるを五十俵の価とせん事は甚し。又食料をも給せられんを請ふに至りて、殆納らるべきに非ずと惣代等に諭し、なほ城下の町宿のものども等命じてこれをさとし、終に十両に二十五俵の価を年を延て納むべきよしを命じたれどなほきかず。終に二十七俵の価と定めて、これを請ひしかば、老臣等相議してこれゆるす。明る廿九日、埴生郡の村々、これをきき又大に騒動し、城の大手門にせまる。その人数また印西・西郷の村々におとらず。源八・十郎大夫及志村宇左衛門等、出てこれをさとし、そのいふよしをきくに、大抵、印西・西郷のいふところと大同小異なり。ここをもてなほかの民等にさとせし趣をもてせしに、民等は答て廿七俵替は当時にありて価低しといへども、年賦をもて上納せんには三拾俵の価に降るとき無しともいひがたし。然らば、これ三俵の損ありたれば、金納をやめて米納とせん事を願まつるといへども、もし聴かせ給はぬに於ては、廿七俵の価にあたるほどの金を、後年の米価の貴賤を年賦期年の終まで、本年上納する事をゆるし給はば幸なりと申す。老臣等已むことを得ずこれをゆるししかば、明る五年正月一日、村民等尽く帰村し、領内静穏に帰せり。ここに於てこの月十九日、諸士各席一人づつを招き、岡源次兵衛いひ渡す。

去年甚之凶作ニ而、御収納多分相減候上、一体入実無之苅取相納之節ニ至り、半減ニも至り不申取実ニ付、可相納正米無之間、追々願出被遂御吟味候得共、何年にも無之凶作之義、正米無之義相違無之、安直段石代等被仰付候得共、一体無之処之上納ニ而、石代納方も容易ニ可相納趣に無之候。左候得者、上御暮向并御家中御扶助米、一向不行届被遊方無之、去年被仰出候通之御手当ニ決て難候及候。依之不被得止、当秋新穀出来迄、常時御扶持方之面々者、家内上下飯料人別限り正米ニて相渡、其余之扶持方、安直段代金ヲ以相渡候。小役人以下之義も、唯有可相成丈者、正米渡相減可申候。委細者被仰出帳有之拝見有之候。

閏正月六日郡奉行等申す。西郷・村上・米本・神野・保品・先崎・下高野・上高野・青菅・上座・井野、十ヶ村去年麦作実のらず。七月中降灰にて田畑に害を蒙り、菜大根の生長よろしからず。民等粮物に乏しく不得已して樟葉を食すれど、皆食尽して余す所なし。よて、城内にある所の樟葉をもて食料とせんと請ふ。これをゆるす。又印西筋、多々羅・安養寺・戸神等の村同く村中の青葉を尽く食して、他に食すべきものなきをもて、城内の青葉を請ふ。又これをゆるさる。

このとし七月七日、足立安左衛門、香宗我部左中をもて、去年強訴の民等罪科を権断（ママ）せしむ。明る五年五月、強訴首領之者等の罪名を定め、先崎村の丈七は直訴を企て、村民を教唆せしをもて、田畑山林屋敷を没官し、死罪一等を減じ、終身入獄せしめ、その家財は尽くその母に賜ふ。赤萩村の九兵衛は同罪をもて同科に処せらる。上高野村百姓代三郎治は、丈七の教唆をうけて村民を嘯聚せしをもて髪を剪り、境外に放逐す。その田畠山林は没官し、家宅地家財は家族に賜ふ。下高野村名主久次郎、同罪をもて同科に処せらる。下高野村の友右衛門は住村を逐はる。赤萩村百姓代権右衛門、先崎村百姓代新兵衛も同罪に処せる（ママ）。上高野村名主初五郎、赤萩村の名主嘉次兵衛、先崎村の名主庄右衛門は、直訴の罪をもて職を奪ひ、閉門せしむ。上高野村与頭伝右衛門・同定七、先崎村与頭忠兵衛・佐五右衛門、赤萩村与頭大右衛門・同与五右衛門・同仁兵衛・市右衛門、米本村の政之丞等、家に禁錮せしめ、上高野の与頭半十郎は呵責の科に処し、先崎村正覚寺住持僧某は、その情意を知らずといへども、鷲宮森に嘯聚せしものあるを知りて、これ告訴せざるをもて遠慮の科に処す。又代官山本源八・広田十郎大夫・志村宇左衛門・奈良嘉右衛門・小泉左助等、村民を鎮撫すること能はず、強訴に及びしを呵責し、なほ向後を戒められて、此一案局を結びぬ。

## 公の性行

公、面豊円にして色白く鼻隆く、歯は編貝の如く、身長は中人に同じ。少年の時、頗美貌をもて称せられしが、後痘を病み殊に重かりしかば、麻痕を存し、その貌大に変じ給へり。されど反てその威厳を益し給ひしとぞ。酒を好みて多く飲み給へり。されど乱るる事なし。家人等と宴するとき、大杯をもてこれをすすめらる。平生一升五合を盛るべき酒瓶を用ふ。その製真鍮にして飾なく、瓶を納る器もまた春慶塗を用ひて精巧の漆器を好み給はず。京都におはせしとき、任官の祝宴を開き、家人等に酒を給ひしに、上戸には七八合、下戸には一二合を盛るべき杯を給はり、みづから肴を取りてこれに給ふ。家人等恩を謝して大に飲む。酒酣なりしとき、公起に奥に入り給ひ、汝等しづかに飲み候とありしかば、家人等大に喜びてなほ飲みけるに、しばらくあり、公新に肴を命じ、再び席につき大杯を持てあたりを見廻し、何処に居るべきやといひつつ、席の次の間に渋井伴七徳章のありしをみて、その下に坐し給ひしかば、伴七恐れて起んとしけるを、唯そのままに候へとて、件の大盃を給ひければ、座にありける酒量大なるもの、皆つづきて酔を尽しけり。公大に喜び、件の大盃を引て酒をこぼるるばかりにつがせ、のまむとし給しかば、侍臣多く飲給ふは毒にて候と諫申ししかどきかず。岡賀官太といふものすすみ出て、しからば某御助を仕らんとて、公の持給ひし盃の彼方より口さしつけて、たふ〳〵と飲みしかば、公から〳〵と笑はせ給ひて、その無礼を咎め給はず。此日は君臣ともに歓を尽して止みしと、伴七がしるせしものに見えたり。公、豪邁にして武を好み、国にありしとき山野に遊猟して厳寒霜雪をものともせず、侍臣に先ちて川沢を馳せめぐり給へり。こは独遊猟の為のみならず。諸士等に難苦を習はし給ふが為と聞ゆ。また人を知りてよく任使し、その材能を尽す。依田十之丞貞剛、剛直をもて聞えしものなり。京都に従しとき、遊里におもむきしよし申ありければ、公憚ばず。貞剛出仕してつねて（ママ）側にあれども、これを召し仕ふ事なし。偶近習を呼給ふに貞剛出れば、汝にあらずとて他人を召してこれに命ず。かくて一年の久に及びしかど、貞剛少しもおそれず。縦いかなる譏を申すものありとも我にあしき行なし。みだりに自ら罪を引くべからずとて、出仕おこたること無りしが、公その冤を察し、剛正用ふべしと、明る年公用方調役を命ぜらる。

### 公が任用せられし諸臣

若林杢左衛門順積は、青雲公の時故ありて自殺せし虎高が子にて、政事に精く時務に通ず。向加右衛門・金井七左衛門・平野縫殿・佐治茂右衛門・入江彦右衛門・植松求馬・倉次甚大夫・坂本六郎兵衛・小林一学・岡源次兵衛等、或は文学に富み、或は経済に長ぜり。されば公家継がれし初、幕府の大土木をうけ給はりて数万金を費し、つづきて寺社奉行、大阪城代、京都所司代まで滞る所なく歴任し給ひしは、公の英才によるといへども、諸臣あづかりて力あり。唯財政の一事に至りて整理に就くこと能はざりしは、当時幕府の諸吏たるものは、財用を吝惜せざるをもてよしとするが故に、在職のうちは節倹を行ふ能はざりしがゆゑに、已ことを得ざりしなり。文学の士は、渋井平左衛門孝徳号太室を林氏の門より用ひて厚く礼遇し給ふ。此事前に見ゆ。二村彦八逸斎は政事に長じて文学に精し、公その言を用ひて財政を改められしとき、禄を増、人の給ひしに、逸斎固く辞し申て国家の財政いまだ不足を告ぐ。微臣いかで升斗の禄を増し給ふべき。他日府庫充実してのち賜ふとも遅きに非ずとありければ、公その謙譲を嘉てこれをゆるし給へり。中条文右衛門といふものあり。公子正功君の侍臣たり。文学をもて聞ゆ。公子いまだ幼くして遊戯を好み、常に火筋を焼きてこれを侍臣等に触れ、その驚悩の体をみて笑ひ楽み給ひしに、一日また例の戯を為し、侍臣おそれ走る。文右衛門これを見て忽ち走りより、公子の持たる筋を奪ひ反てこれを公子の腕し(ママ)さし当てしかば、公子驚き怒りしかば、文右衛門をば御覧ぜよ、若君も熱くこそおはしますなれといひてその座を退き、家にかへりて罪をまちしに、公これをきこしめしけれども、何の咎めも無りき。のち公の姉佐竹侯の夫人これをきき、小児の悪戯はこれを戒め懲らすはさもあるべし、されど家人の身として主の子に傷くるは、法にすぎたりとて、公に申て文右衛門が職を罷めて国にかへさる。渋井太室の弟伴七徳章、子甚之丞至徳も父兄につづきて学識をもて称せらる。菱川右門賓、今井源七郎兼規の事また前に見ゆ。又成田新左衛門といふものあり。学才あり。磊落にして物に拘らず。渋井太室の文学をも重用せられしをあなどりて、その舍に至りてこれを罵る。太室辞して見ず。病と称して臥しゐたり。一日天雨は降りしに例の如く大酔して太室の舍を叩き、雨に湿ひたる傘をその衾中に投じ、先生何ぞ早く起て我が為に酒を温めざるといひしとぞ。おもふに太室は温厚の君子なれば、成田その腐儒にして気概なきをあなどりしなるべし。簗瀬平八といふものあり。もと本多肥後守に仕へたりしが、いかなるゆゑにや、辞して佐倉に来り、簗瀬郡助が義子となりて、公の側に仕へたり。人となり多能にして、弓炮に妙なるのみならず、謡曲・仕舞・狂言・料理までよくせずといふことなし。殊炮術に長じ、猪鹿の猟に出るにその事を業とするものといへども及ず。散弾を放つに妙を得て、これを鴨雁に試むるに、一発にして五六羽も得るに及べり。公その術を愛して、木村瀬左衛門・松本五郎七等に仰せてこれを学ばしむ。平八また水泳をよくす。大坂にありしとき、長柄川にて漁夫とともに水中に入り、鯉を手捕せし事ありとぞ。佐分利左内は福（ママ）後福山の浪士なり。先祖猪之助槍術をよくし、佐分利流と号す。左内その術を伝へて佐倉に来り仕ふ。又大坂与力に大西暢蔵といふものあり。佐分利新流と号す。公、西村平右衛門・神猪左衛門に命じて、従て業を受けしむ。のち佐分利左内故ありて逃れ去りしかば、佐々木忠馬をもてその姓氏を称せしむ。忠馬は左内に業を受けしものなり。

## 名字履歴及子女

名は正時、字季脇、初徳次郎と称し、後大膳と改め、終に相模守を称す。青雲公の第十子にして、唯心公の養子たり。母は中沢八右衛門の女、寿泰院と号す。享和二年五月十日、唯心公の嫡子となる。十二月廿六日、従五位下に叙す。文化二年八月廿七日、家を嗣ぐ。八年四月十日病て卒す。享年五十一歳。浅草日輪寺に葬り、自性院恭阿法山謙良と号す。松籟公正功の子正愛をもて養子とす。（頭欄）

［長子達之進、早く卒す。二子正篤、始左源治と称す。後正愛の養子となりて相模守と称す。女子三人。］

## 功労の旧臣が襲禄の制を定む

公庶子をもて入て宗家を継ぐ。時すでに四十五歳なり。自らいふ、我当時に事功を立るに意なし、先代の嫡孫が生長するを待て家をゆづるべしと。然れども封を襲に及び、首として旧臣襲禄の制を定めて、長く禀を子孫にのこし給へり。文化二年十一月十五日、公江戸に在り。老臣若林杢之助等佐倉の本城に列座して、左の如く渡辺主計その諭示をよむ。その文にいはく、

御始祖様以来御家御繁栄ニ随ひ、何れも数代を重ね、無滞御奉公申上候ニ付、天明年中家督跡式之節一等御取扱被改候得共、唯心院様御在世中、不被為満御賢慮、御代被遊御譲候頃ニは、猶又思召も被成御座候御沙汰も粗被遊御承知候。唯心院様多年被為労御内慮候、御仁恩宜敷相成候事、難被遊御黙止候ニ付、唯心院様御遺慮を被為継、且御賢慮をも被為加候上、此度不矜院様御代よ

り御奉公申上候家筋之者、家督跡式之義以来は、御付人御分人御部屋以来筋目之者可被准候。且又新番之者、此度独礼以上之者江仰出候御趣意を以、家督跡式之節ニ取扱可申之旨被仰出候。不矜院様御代以来、相続相勤候小役人以下頭支配江、先年青雲院様被仰出候事ニは候得共、猶又家名断絶不致候様、厚取扱可申上被仰出候。

斯くてのち、独礼の士以上のともがら一席壱人づつを招き、入江彦右衛門をもて諭示せらるる趣は、十七歳より以下幼年のもの死するときは、その後を立可らざる法なれども、近来つづきて幼年にて死するもの多く、已ことを得ずその祀を絶つこと尤も傷むべし。ここをもて格別の義により、家名相続をゆるし、兄弟或は親族のうち、先代の年歳に拘らず、然る可きものを撰みて、親族をもて願出可し。親族にその人無きときは、血統にあらずといへども、奉仕すべき年頃のものをもてこれを願べし。又さらに諭さしめらるるは、此度出格の恩恵をもて、不矜公より以来仕奉しり《(ママ)》もの、幼年にして死すといへども、その祀を絶しめざるの法を定給へり。されば今あらためて申すに及ばずといへども、諸家人の輩、忠孝の志を本とし、文武の道を専らに研究すべし。又、これが師たるものも厚くこれを教諭し、朋友の交際も文武の業をもてするは論なし。乱舞・碁・将棋の戯といへども、その種族は同くその群をともにすし《(ママ)》。殊に書学、算術の類、その業その人により、日用闕く可からざるの伎芸たり。勉め学ばずばある可らず。平生、倹約をつとめ、家屋の営造、衣服、飲食に至るまで、代々命ぜられし家法を守り、無益の費用を省き、平生の所業を慎むべし。もし、これに背くものあるときは、その罪親にも及べしとなり。公が家人に厚きこと此の如し。

公、仁慈深く、旧情を忘れ給はざること、唯家人のみならず。領内台方村の長惣五郎は、村民の為に将軍家に直訴せし。その罪をもて刑に処せられしを憐み給ひしが、その子孫利左衛門といふものありときき、文化三年正月廿七日、郡吏に命じ、利左衛門を呼出して左の如く喩さる。

台方村惣五郎子孫
百姓利左衛門

其方義、役人を以相糺候処、惣五郎子孫之者ニ有之。当時極貧窮ニ相成、百姓相続も相成兼候難義之旨相聞候ニ付、格別之御慈悲を以、今度田高五石余、帳面之通被下置候。依之右田地売買は勿論、質物ニ入不申、子孫永々可所持者也。

道閑居士名贈之事、惣五郎の墓碑を東勝寺に建てしめ、金三百疋を賜ひて、法会を修めしむ。惣五郎の法号道閑居士と号す。

## 財政の困難

唯心公、大坂城代となりしよりこのかた、公私の費用おびただしく、財政また一層の困難を極む。公その後を承ぎ、佐治茂右衛門・小林一学等を会計主役として、これを整理せんと謀られけれども、その要を得ず。已ことを得ず、財主等に金を借り給ふに、母金十五両にして利子壱分にあらざれば借すことなし。これ公家の貧乏を知ればなり。小林一学、才気人にすぐれて先代より登用せられ、第一のきりものなれば、その久しく江戸にあるをもて、当時の財主石橋弥兵衛と相通じて弥兵衛の金を無利息に借り、これを公家の借財としてその利子を私せしと毀るものあるに至る。こは跡方も無き事なれども、当時その任にあたりしもの、職を尽すこと能はざりしをしるべし。（頭欄）［これは公が家継ぎし初、文化三年八月廿三日、老臣をもて家人に示喩せらるる書に、享和三亥二月中被仰出候御家中御擬、当寅九月扶持迄増引之処、御年限中にも御手繰次第御直シ可被下旨、唯心院様御内慮被成御座候ニ付、当殿様御家督後、唯心院様思召ヲ被為継、追々取調被仰付置候処、何レも存之通御家督御臨時莫大御物入之上、其秋不慮之渋谷御屋敷御焼失、当春御上屋敷御類焼ニ付、当十月扶持分御戻被下候義不被為届候趣、主役元締共申上候処、御家中年来難渋之義迫来、追而米価下直ニて猶更難渋之趣ニ付、再三取調被仰付候得共、今明年御普請御入用之上、御入部御臨時も有之、旁一両年之内は、増引御馳被下候様ニは、如何様にも繰合行届兼候義申上候ニ付、来ル巳ノ九月扶持迄、是迄之御擬ニ而被差置候。これ実に已を得ざるの所置に出でしなり。」文化六年八月七日、老臣に命じて家人に諭示られし文に、

御家中御宛行扶持之内、増引当九月迄之筈兼而被仰出候ニ付、今年は何分にも御馳被下度取調被仰出候処、去ル寅年被仰出候通、追々莫大之御物入、御上屋敷御普請御入用も皆済無之内、所々無拠御普請等有之。其上、去辰年御領分凶作御損毛不少、如何様にも当年御馳被下候義は不行届段、主役元締共申上候処、何も累年艱難之上之義、甚気之毒思召候得共、不被得止事、当巳十月より来申年九月迄、是迄之御宛行ニ被差置候。御年銀中少も御手繰可相成筋も有之候はば、早速

御馳可被下旨、御勝手共へ被仰出候事ニ候。然ル処、上御身分奉始、万端此上御質素ニ可被遊御内慮ニ付、諸事是迄之通相心得、御取締之趣意相立、何レも取続御奉公相勤候はば、可被遊御満足候。

此の時に当り、家人等の困窮甚しく、はつかの金に窮し、蔵方勝手役人に借るに、その利子の貴きはさらなり。その償期限も甚厳にして、所謂宛行扶持をもてこれを弁償す。蔵方勝手役人等は、これを機として一年幾度となく利を貪るに、己が渡すべき扶持米金をもて差引すなれば、一銭も損失することと無し。これが財主たるものは、郡奉行伊沢伴右衛門、石島衛士左衛門等にして、当時一藩にならびなき富家と称す。

この時、財用の権、勝手元締等に在り。会計主役も殆ど手を束ぬ。村井新左衛門といふもの郡奉行たり。驕傲殊に甚し。藩庁に出仕するにその時限に出でし事なし。家に庖丁料理の者を置き、早朝より調理し、極飲大酔して、とみに出でざりければ、会計主役向加右衛門之祥、早く出仕し、新左衛門を待ち、しば〳〵人を遣してこれを召く。新左衛門傲然としていふ。我出仕せざれば事務を執るものなし。午時にしてやうやく出づ。酣嬉淋漓たれども算計誤る事なし。退出に及ぶとき、庖丁等すでに佳肴美酒を備へてこれを待つ。その奢侈これに類す。蓋、積弊の致す所にして、賢主といへども如何ともすること能はざりしなり。

唯心公の時、勝手方に貸附金と称する用意の金ありき。家人等貧困のもの、これを貸りて、一時の急を救ふ。しかるに、公の末年に至りてその金皆尽たり。ここに於て、別に講金と称しこれに他に借りて、歳末、家人等二三両づつを貸して、はつかに歳を過すも有けり。文化七年十一月、発せられし令に、

御家中之面々永年厳敷御扶持方ニて被差置候ニ付、御家督以来被遊御心配候処、御類焼其外臨時御物入差湊、思召も不被為届候。然処、一両年打続米相場下直ニて、別而難渋之様子被為及御聴、御心痛被遊候ニ付、御手当被成下候方可有之哉と主役取締共江、追々御内慮之趣被仰出、取調被仰付候処、江戸佐倉共手詰之御暮向ニて、聊御猶予無之ニ付、不行届候旨申上候処、御病中別て被遊御心痛、如何様ニも御趣意相立候様、取扱も可有之哉之趣、猶又厚被仰出、再三取調被仰付候上、江戸表は鳥羽屋金元方拝借浮役拝借金、来未壱ケ年引取方御用捨被下、佐倉ニ而は講金借用之足《（ママ）》以割合引方御用捨之取扱被仰出候。仍而は江戸佐倉金主共には、其利金上より御取替被下候。此段如何様ニも取続御奉公申上候様被仰出候。

この時家人のうち講金を借ることを望まず、生計を立るものは賞として金を賜はりしとぞ。当時の困窮これを知るべし。

## 文武の教育

公学を好み、師儒を敬礼すること甚厚し。初め渋井平左衛門孝徳を師とし学び給ひしが、孝徳、唯

心公に従ひ、大坂に赴きしかば、若林杢左衛門が薦挙をもて豊岡若仲といふものを江戸の邸に召して、その講をきき、のち中野佐助に学び、藩士斎藤仙蔵（割注）［後退尺と称す］も学問の聞ありければ、常に傍に侍せしめ、その講をきく。

佐倉にては向嘉右衛門之祥、博学宏聞の称あり。専朱子を崇信し、後生を率ぬ。之祥は政務を主とし、教授の暇なかりけれども、来り学ぶもの甚多し。その頃、領内印西山田村に八兵衛といへる豪農ありけり。文学を好みしが、此家に壱人の書生を寓居せしむ。姓名を石橋亘といふ。尾藤二洲の門に入りて久しく昌平寮に在り。才徳抜群の聞あり。之祥これを迎き見るに、聞候所に違はず、大にこれを称し、公にすすめて藩学温故堂の教授とし、十五人扶持を給し、のち二十人扶持とし子弟を教育せしむ。ここに於て、学校始めて盛なり。金井右膳・香宗我部兵馬・渡辺主計・加藤駒右衛門等、皆その教授をうけ、皆名臣たり。

公自ら温故堂の扁額を書して、これを学校の庁事に掲げしめ、又、向之祥に命じて白鹿洞書院掲示を書して、これを木に彫らせて諸臣に賜ひ、毎年正月発会の日には、教授これを講じて子弟等に学問の要旨を示す。（頭欄）［武の教育。日野龍右衛門をとり立之事。井村岡之丞へ達之事。大筒組の小頭日野龍右衛門が砲術に精きを賞して、その俸を増し、格式をすすめて新番格として砲卒に教授せしめ、又大筒組の頭井村岡之丞に命じ、その隊卒を励まし、その術に長ずるものあるときは俸を増すことをゆるす。なほ増俸の制を定めて砲術を奨励す。］

## 公の性行

公は庶子をもて久しく渋谷の邸に住す。天明七年江戸近国饑饉して、貧民党を結び、豪富を刧し、家を毀ち、財を掠む。渋谷の邸外にせまりて民家を毀つ音すさまじ。公時に年廿七、侍臣にの給ひけるは、邸外は我知る所にあらねども、もし邸中にせまり来り、狼藉の振舞ありて、家人は驚き騒ぐことなどあらんには、武門の恥辱此上なし。もし賊門内に籠入らば、まづ空砲をもてこれを驚すべし。かくても退かざるに於て、弾丸をもて撃ち退くべし。さて抜れてきつて入るほどならば、彼大勢なりとも、などか不覚の敗をばとるべきぞと仰ありしとなり。公性温厚にして平生あらく物などの給ふ事なかりしが、此時のさまは面をむけがたきほどの威勢にておはせしとぞ。

公身の丈高く、身躯肥満し、面に痘痕あり、眉薄く、鬚濃くして髭多し。眼は柔和にして清く、低くもの言ひ給へども、大事に臨むとき極て高く数十歩の外まで聞ゆ。又歩行せらるるとき、心に思ふ所あるごとく、自ら威厳を備ふ。人のぞみてこれを畏る。

平生起居常度ありて尺寸も違ふ事なし。毎日朝卯の時に起て盥漱畢り、辰の時は上下礼服を着し、神仏及祖先の霊牌を拝し、肩衣を脱ぎ給ひて、巳の時燕室に着坐し、近臣を召して世事を談ずるをき、又古戦記録をよみ、古今の事を論じ、午の時に奥に入り、未の時表に出て、申の時半又奥に入り、夜晩食終り、酉の時に再表に出て謡を歌ひ、亥の時奥入りて寝に就き給へり。一日もその度に違はせ給はず。又すべての事方正を好み、坐褥煙艸盆の類少しくゆがみたるときは、必手づからこれを置きなほし給へたり。極寒の時といへども、衣を多く襲ねず、三冬足袋を用ひ給ふことなし。好みて酒をのみ給へども、常度を変ぜず。他家の宴に招かれ、深更に至るまで飲み給ひて帰らせ給ふに平日に異ならず。唯足を常よりやや強く踏給ふのみ。

庶家摂津守正敦朝臣賢明の聞ありて、若年寄となりて時めき給ひしが、公が性行を敬し、本末の礼違はせ給ふ事なし。公、津守殿を渋谷の邸に招きて饗応あり。そののち津守殿も公をその邸に迎へ給ひしに、裏門前まで近習のものして迎させ、輿のままにて玄関まで入らせ給へとありしかば、公その意に違ふを憚りて、輿のままに入りて庁事に上り給ひしに、熨斗三方の礼儀あり。それより燕室にて献盃の式を行はれ、そののち近習のものを退け、公を一室に請じ、敬礼甚厚けれども親睦を失はず。炉辺に対坐し、先代の威徳の物語に及び、公のいまだしろしめさざる言行政事など、つばらに物語の給ひき。又所用あるときは、手を鳴らして近習を呼びて使はせ給ふのみ。又薄暮に至り、再び酒宴を開き、厚くもてなし給ひしとぞ。正敦朝臣の賢明なるはさる事ながら、公の徳を重じ給ひしゆへとぞ聞えし。

正敦朝臣、また公に、幕府の老職などにのぼらせ給ふ御望おはしますやと内々宣はせしかど、公固くこれをいなみ、某いまは初老に及びて精神若きときに及ばず。なまなか恥を衆中にさらさんより、生涯山荘にて世を送らんこそ楽けれとて、従ひ給はざりしとぞ。当時文恭公の政事、人心にかなはざる事多かりければ、公もこれをもて出仕の心おはさざりしなるべし。

公、平生菊花を愛し、後園に多くの菊を種へ給ひしが、さま〴〵の異種を得たり。白露の節をまちて、将軍家の覧に備へ給はんとて、これを献上せさせ給ひき。佐倉の人士の家に、後々も金の采・吹雪笠などとある名花は、皆公が遺愛の物なりといふ。

公また旧臣に礼ありて、よくその老を慰め給へり。初めて江戸より佐倉城に入らせ給ひしとき、老臣平野縫殿が父清斎を召されしに、清斎難有辱なき仰には候へども、近頃衰老して居起に堪へがたく、御前に出るも憚ありとて辞してまゐらざりければ、公、近臣に命じ、清斎の許に使をし、我等渋谷の邸にありしとき、清斎会計の主役としてしば〳〵我に厚くせり。起居心のままならずとも、妻子に扶けられて参り候へとありければ、家人等、かかる辱なき仰あるに参らせ給へとすすめしかど、清斎かたく辞してまゐらず。公、これを本意なく思しけれども、老人の申事なれば必ず強なせそとて、手づから製し給ひし蒿蔞の酒肴とを《（ママ）》賜はりけり。そののち在邑の日は、必ず賜ふ事を例とす。清斎、感泣して恩を謝しけるとぞ。青雲公の時、老女村尾といふものあり。土岐山城守の家人秋尾某の女なり。容貌醜かりしをもて人に嫁すべきに非ずとて、生涯当家に奉仕せり。質直にしてよく後房を治む。公の時に至りて、名跡を立て養子すべしとありしかど、させる功労も無き婦女の名跡を立給ふべきに非ずとて、固く辞しければ、さらば老を養へとて、渋谷の邸に家をしつらへ住ませ給ひ、折にふれてこれを召し酒のませ、青雲公の御時の事をかたらせてきかせ給ひき。また馬試み給ひしとき、馬場より直にその家に入りて酒のませ給ふ事もありけり。その仁恵、老婦に及ぶといふべし。

# 謙良公記

## 名字履歴及子女

公、名は正愛、字伯行、初鍋太郎と称し、後雄之丞と改む。松籟公正功の長子なり。自性公に養はれてその嗣子となる。母は、家の女房にして大島八九郎の女なり。寛政十一年正月十三日をもて生る。文化三年四月廿一日嫡子となる。同じき八年五月廿五日家を継ぎ、十二月十一日従五位に叙し、相模守と称す。十一年二月廿三日元服す。十三年四月廿日幕府の名代として日光廟に詣ず。文政八年正月廿二日卒。謙良院信阿伯行蓬丘と号す。江戸浅草日輪寺に葬る。時年二十七歳。初小笠原大膳大夫忠因の女を娶る。故ありて離別し、次に松平出羽守斉恒の妹を娶る。謙映院と称す。並に子無し。側室一子を生む。雄之丞と称す。文政三年十月、二歳にて卒す。女子二人。唯心公正順の子、正篤をもて養子とす。

## 財政益困難并臓吏等を貶黜す

唯心公が大坂城代京都所司代に補せられしより、費用莫大にして国計大に欠乏しけるにぞ。自性公これに継ぎ、しきりに改革を謀られしかど、宰臣等多く旧習に泥み、これを整理すること能はず。加ふるに、公が世を継ぎ給ひし初、幕府の大手門番の命あり。この役は費用少からず。幕府の小吏等、小事の遺漏を名としてこれを責め、賄賂を貪ること甚し。又冬時雪あるとき、人夫を発しこれを掃はしむるに、片時寸刻を限りて一点の雪無らしむ。ここをもて雪激く下るときは、夫役等、掌を拍てこれを喜ぶ。城壁の内の松一枝枯るるときは、小吏そを番士等の懈怠とし、咎めてこれを責むるときは、多く金をもてその人に贈りて無事を謀るの類、勝てかぞふ可らず。ここをもて此役を受くる諸侯、これが為に一役数万金を費すに及べり。

公、世継ぎし明年、文化九年壬申の十二月、家人等を招きて、年寄役向加右衛門之祥をもて諭さるる趣は、家中の士等、先年宛行扶持のうち増引を命ぜられ、なほ去る巳年さらに三年を延されしかば、今年その年限にあたれり、しかれども、今公、家督を継がれしより国用多く、去月大風雨洪水ありて、貢租減じ財用乏きをもて已ことを得ず、さらに本月より三年の期を延すべしとなり。十年二月、家人に命ずらく、国用乏きをもて、親戚一門の贈遺を本年より五年の間これを謝し、飲食衣服の奢靡を遏め、もて公務を奉ずべしと。此年、江戸財主等のうち、返償せられざらんを懼て、命に応ぜざるものあり。文政元年十二月、又諭すらく、去る戊年節倹法を行はれしに、家人等貧苦を凌ぎて奉公怠らざりしこと、満足に思ふ所なり。ここをもて本年は増引をゆめん《(ママ)》ことを謀れども、城門の警固なほ故の如し。加ふるに婚娶の大儀ありて、いまだ意の如く恩沢を施すことを得ず。ここをもてかりに米の価を十円《(ママ)》に廿四俵半として、その代金を与ふべし。又家人等予備の講金を借りたるもの、明年の返債を免じ給ふべしとなり。此年米価賤くして、普通価をもてするとき、俸米の代金少く、又講金と名づけし予備の金を借りて、これが為に俸米のうちを引き去らるるがゆへに、この恩命ありしなり。二年の冬、米価ます〱低落しければ、会計吏等、去年の定を停めて俸米の代金を減ずべしと申けれども、公きかせ給はず。なほ去年のままに下し給へり。三年の冬は米価の低きこと旧の如くなりければ、已ことを得ず、俸米の代金を諸国に散在せる封邑平均の価に準じ、これを減ぜられき。

公辺の財用は斯く窮乏しぬれども、会計を掌る吏人は先代より自ら世襲の家もありて、家富み財足り、奢侈に超過するもの少からず。石島衛士左衛門・伊沢伴右衛門・大塚四郎三郎等、多金銀を蓄へ、これを家中の士に借し利子を得ること莫大なり。されば年の暮はあしたより暮るるまで、その家に来りて金を借るもの引もきらず。公事繁くして会所にあるときは、窃に対面を求むるもの多し。ここをもて自ら傲慢にして諸士を見ること奴隷を呼ぶが如し。衛士左衛門が一子宦《(ママ)》太は飲食に奢りて、当時一百文に二箇の価なる茄子をもて常食とするに至れり。又、田中甚左衛門・宅間市佐等も勘定頭にて私悪多し。公、年若けれども、深く此等の悪弊を察し、これを懲らさざれば財源を清くするに足らずと、勘定頭駒沢藤右衛門が廉直なるをもて窃にこれを江戸の邸に招き、会計の簿録を検査せしめしに、その贓蔵大にあらはれたり。これより先、衛士左衛門は出羽の柏倉郡奉行としてかの地につかはし、四郎三郎もかの地におもか《(ママ)》しめられしが、病をもて固く辞しければ、席を組外に移して職とめらる。ここに於て文化十四年十一月七日、田中甚左衛門が職を褫ひ、その罪を責めて食禄のうち二十石を収め、給人馬乗次席とし、大塚四郎三郎は食禄を尽く収め、さらに拾人扶持を給し甚左衛門と同じき格に貶し、後藤金四郎は食俸のうち十俵を収め、中小姓格に貶し、荒井巌は五俵を収め、織田矢一右衛門は同く、奈良仙右衛門は十五俵を収め、皆閉門を命ぜらる。宅間市佐も勘定頭の職を罷られ、席組外に貶せらる。伊沢伴右衛門はその職にあらざるをもて免れたりき。されば藤右衛門が帳簿を検査せしとき、彼等巧みに贓罪の跡を韜み、容易にその奸を見出すこと能はざりしが、藤右衛門が精察に検査せしをもて、遂にこれを摘発することを得たりしといふ。公、姦吏等を黜罰し、初めて会計法を改むべしとて向藤左衛門之益を用ひて改革の事ありけり。

## 向之益、公命を受けて財政を改革す

向藤左衛門之益は加右衛門之祥の子、学才ありて殊経済に長ぜり。公、その任ずべきを知り、かねて大用せんとせしが、他藩の財政をも詳にし、且大儒の意見をきかせばやと思しけん、文政十四年《ママ》十一月、仁孝天皇御即位の大礼行はれしとき、慶賀進献の御使として上京せさせ、使命事終りしかど、なほ滞京して名儒の聞ある頼久太郎襄の門に入りて詩を学び、且その経済の説をききかへり、江戸に至り、酒井雅楽頭の老臣河合隼之助漢年と交り財務の事をきき、又、林大学頭平衡・古賀小太郎煜等に就き講究する所あり。又、松前の老臣蛎崎某も財政を整理すときき、その意見をもききしかば、大に発明する所あり。（頭欄）［△此段末に補入の文あり］［前の補入△公之益を召して、汝いよ〳〵財政を整理すべき策あらば、我身の供給はいかにもして節蓄《ママ》すべし、所存をのこさず申べしとありければ、之益つつしみ承り、凡そ政事を改めむとするに、徒らにその末をのみ治むとするときは、いよ〳〵治らず。唯紛乱を増すのみ。されば事迂遠なりといふとも、古来の定法にかへりて治むより、他の良法ありとも覚え候はずとて退きぬ。公なほ心もとなく覚しければ、金井右膳忠倫を召して問はせ給ひしに、忠倫答て、太平の世、諸侯家貧くして、国を人に奪はれしためしを聞き候はば、御心安く思召させ給へ、国用の匱きは費用増するがゆゑなれども、臣又別に存ずる旨ありとて、一書をまゐらせてその救済の策を申す。之益は退きて改革の主意を艸してこれを上りぬ。その書の略に（傍注）［前にのするごとし］斯て公江戸に参勤ありしとき、二十余人の財主を金杉の邸に召し、厚く饗応し、之益に命じ改革の主意をとき示し、年賦返金の事を諭し、公もまたこれを前に召し、厚く頼み給ひしが、金主等もその誠実に感激して、壱人も異議をいふものなく、承諾のよしを答て退きぬ。」。公、ます〳〵之益が能を知りしりて《ママ》、年寄役中財政の主務として窃にこれを召して、財政を改革すべし、汝が意をくまなく申べしとありければ、之益意見書一編を艸して、これを上れり。その略にいふ。

延享年中はじめて山形城より佐倉に移らせ給ひしより、藩用及び家人等の俸禄の出るところ貢租をもて給するに足らず。要するに租入を三分し、二分をもて藩用俸禄とし、一分をとどめ臨時の費及旧債弁償と方を立べし。さて件の三割の法といへるは凡そ租入の数を量り、これを出る所の費と比較し、もて一歳の国計とす。されどもこれを尽く費すときは臨時の費出る所なし。ここをもって三分の法を立、もし臨時の費なき事三年なるときは、即一歳の食を余すことを得、万一凶年及臨時の旧《ママ》務あるときは、これをもて救ふがゆへに数年を平均して国計よく立つことを得るなり。しかれども此法容易には行はれがたし。いかにとなれば、これは捨置く可らず、斯くはなしがたし、外聞もあしし、仁恵の意にも背けりなどありて、貯蓄のうちより出すときは、その法忽ちやぶる。よて止事を得ず、これを弁ずるとも、定用のうちよりこれを減じて、もとの貯蓄にかへすにあらざれば、立ことあるべからず。安楽に習ひ、艱苦を顧みず、一時の急を救ふが為に豪商の財を借るときは、その利子年々につもりて、いかに節倹を行ふといへども一歳の入をもてその利子に充るにすぎず。商人の為に拙計を嘲り笑はる事いくばくなるを知らず。つら〳〵世間をみるに、上諸侯より下卑賤の徒に至るまで金を借りて、その期を誤り、その面目を失ひ、豪商の前に膝を屈るをもつて恥とすることを知らず。諸侯五年七年の後を計ること能はず。徒らに豪商の嚢中をもて急を救ふのみ。采地の租税は領民の困難を救ふによしなく、尽くこれを豪富の庫中に投ず。憤歎之至に候はずや。諺にいふ、鷹は死して穂はつまず、武士は食せずといふとも高楊枝すべしとあり。請ふ、上下一致して三分の法を行はずばあるべからず。これを行ふこと五年七年の後に至らば、旧債大方償ふに至り、一年の入をもて一年の計を立て、臨時の費を蓄ふるに及ぶべし。近時肥後の細川、出羽の上杉両侯もまたこの法をもて国計を立られしにより、諸藩も多くこれに倣へり。伏て乞ふ、剛明の断を奮ひ、瑣細の小悪を顧み給はず、五年十年の後を期し、一国に仁政を施し給はんことを誓い、人民を安んが為に大敵を禦が如し。士卒に死傷あるともこれを意とせず、強敵を退くるの策に出給ふべし。もし、しからざれば国をすてて去るの勝れるに若かず。分家摂津守正敦朝臣は幕府の大政に参じ、老練の聞えおはします。又、本藩に於ても若林杢左衛門頼寵は目代の職を忝ふせり。次に江戸佐倉会計吏たるもの数人あり。藩士にもその人あるべし。宜しく正敦朝臣と謀らせ給ひ、頼寵の意見をも尋ね、これを一藩の人士に諮詢し、その申す所をきかせ給ひて断然として会計法を改め、かの三分の法を立て給ふべきものなりとて、その細目を具へて上書したりける。之益、又同僚にもこの意をもて告げしらせ、一己の存意をもて答へ申ししは、公命によりて已ことを得ざるよしをいひぬ。こは公が我のみに謀らせ給ふを嫉妬して、事のさまたげ有らん事を恐れしなり。その用心周到といふべし。

　されば、此時藩の財政大に疲弊したるに、公の時に至り、費用ます〳〵繁く、加ふるに米価下落して金の納ること数年前の比（ママ）すれば大に減じ、寅卯の両歳に至り、殆ど如何ともすること能はざるに至り、ここに於て大節省を行はざれば、国を建るを得ずと上下頭を病ませしに、文政三年春に至り、また臨時の費用を生じ、米価弥ましに低く、その年の冬江戸佐倉両所にて、凡そ一万両余の不足あり。これを財主に謀れども応ずるもの無し。已ことを得ず幕府諸貸付金を請ふて一時を凌ぎ、四年の春に至り、厳に節省を行ふべしと老臣等評議を凝し、大改革を発せんとするに、また江戸の邸火災の事有り。内外の費夥し。遂に領内に高役用金を課し、やうやく家人等の雨露を防ぐべき小屋を作ること得る（ママ）れども、いまだ公の住館の工事を創むることを得ず。災を避け給ひしままにして、築地の邸にしばらく住し給へり。ここをもて登営の時、鹵簿の数を減じもて困窮を幕府に告るに至れり。又、今年より来る戌の歳まで、五年を期して節省法を建て、公が手許の始として宮中の用度及び家人の俸禄まで、すべて先例を論せず。その無益の費を去り、公務を欠くことなく、士民を撫育せんとの趣意をもて家人等に命を下し、致仕の老人長子二三男及び卑賤のものといへども、財政整理につきて利害を上言せしめられ、さらに向之祥に命じ、財政整理の任を委ね、諸臣の上書を斟酌し、ここに改革を行はしむ。

ここに改革の法を述べし。佐倉の封邑十一万石にして城に属するもの六万石余、出羽村山郡四万石、武相常野に一万石あり。その租入を金十両に三十俵(割注)〔一俵三斗七升入〕として、これを一歳の費に充つるに、かりに負債なきものとするとも、四千両の不足あり。しかるに新旧の負債を合して二十万両あり。遽にこれを償ふによしなし。よて旧格を破り故例に拘らず、これを減じこれを省き、五年間省略と法を行ひ、年に納る所の銭糧を三分し、その二をもて公務を始め、国用及家人の俸禄とし、その一をもて旧債を償ひ、年を期してこれ消債す。又その家人の俸禄は擬扶持を改めて本途とし、これに歩引の法を立つ(擬扶持とは、自性公記にも見えたる。本禄を給せずして、旧禄によりて俸米の差等を設るをいひ、本途は全額を給するをいふ)。この制は貞享中、常楽公の封に就きし始、行ふ所の俸禄歩引法にして、不矜公の年の豊凶に従ひて増減するの古法なり。初め公は士の禄の石をもて授くるものは必ずその地を給し、地を給せざれば廩米をもて全額を給せんとす。然るに地を授くるときは、幕府の制に準じ、出羽の地をもてせることを得ず。且収税の方法に苦しむべし。よて尽く廩米をもて本途渡として古法に従ひ、人馬の持高給金馬代扶持米飼料まで、これ清算するに本高の三分五厘、或は四分五厘の当りてその余す所幾もなく、公役の用度・婚姻・葬式・火災等、その他の費用出る所なし。且家人の数、次第に増加したるをもて給する所の俸禄、七万五六千石余に及び、のこる所三万五千石をもて藩用公室の費に供し、又負債を債ふに足ず。若し本途渡を行ふも幕府の例に準ずるときは、その不足を家人の禄に賦せざれば、これを国役金として賦税の上に加へざることを得ず。これもとより今日に行ふべからず。故に領地を給すると禄の全額を給するとは、反て家人の利に非ず。ここに於て本途渡をもて、これに歩引法を行ひ、又その十分の一をもて除米とし、吉凶火災の費用に備へ、事あるときは差等を立ててこれを返し与え、その臨時公役には厩馬・従僕を貸与するの法を設く。その俸禄の金をもて給すべきは、佐倉六万石、羽州四万地、武相常野一万石の時価を平均し、十両に若干俵と定め、これを給す。佐倉六万石は江戸に於てその価を定め、武相常野は幕府米倉の時価を照し、これに五両或は三両を増す。凡そ諸侯の費高は、米石の多寡をもて算す。故年の豊凶に従ひて、収納に増減あり。ここをもて家人の俸も随て増減すべきは論を待たず、されば今度の改正は従来金をもて定めたるもの、都て米石の価をもてこれを給す。ここに於て年の豊凶に従て俸金にも増減を生ずるなり。その役米歩引法は左の如し。

石をもて給するもの。三千石は六割五分とし、以下次第に等差ありて五十石は一割七分五厘とす。

扶持米をもて給するもの。百人扶持は五割とし、以下等差ありて十人扶持は一割七分五厘とす。

俵をもて給し、さらに扶持米三人口を加ふるもの。六十俵は二割八分五厘とし、以下等差ありて十五俵を六分とす。その二人扶持を加ふるは、二十九俵を七分とし、以下等差ありて、十三俵を五厘とす。

これ上にいふ所の人馬持高給金馬代扶持米飼料等に代るものなり。又吉凶の予備金は、この外に除米と称して俸禄のうちよりこれを除く。

以上の方法をもて財政を改革せんとするに、前にいふごとく会計四千両の不足を生ず。強て三分の法に従ふとき、さらには一割二分八厘余を、公室の費及び家人の俸給のうちより引去らざることを得ず。公、諸老臣会計吏等を召して、その策を問ふ。諸臣議して、これを財主に借らんとすれども、藩の財政極め(ママ)困難なるを知るがゆゑに、これを借すものあること無し。是に於て佐倉要用金・羽州浮役金を尽く出しもてこれに充るときは、今年の不足を補ふに足るべし。来歳よりしては羽州の貢米を大坂に廻漕してこれを鬻ぎ、荒蕪後税(ママ)の等の増加あるをもて、五年七年を経て、稍々不足の額を補ふべしとありければ、即ち四年十二月廿七日をもて、財政の改革の令を発せらる。その令に、

兼て被仰合置候通、御勝手御難渋ニ付、此度御家法御勝手向共、追々御主法被成御改、御家三ヶ条并御下知状之御意ニ基き、御家中御宛行方は、貞享年中於福島始て御定有之候歩引渡方ノ古法ニ随ひ、有余を削り不足を補ひ、上下一統甲乙無之様、歩合相改取調被仰付、此上御公務ノ御取続方、御家中末々迄、御扶助相成候様、御主法被成御定、江戸佐倉柏倉ノ給人中、無足之面々御宛行方割合御改ノ上、歩引ヲ以相渡候。且又兼而御家中之面々末々迄、倹約ニ可相成、存念封中ヲ以テ上置候間、得と被遊御熟覧候処、何レも忠節を抜テ申上候、尤之儀供(ママ)、被成御満足候。存

念書之内、当時差向御取用ニ可相成ヶ条之分計、一先御撰ミ出し之上、此度御省略方一統へ被仰出、其余之存念書は来春より猶又取調之上、御省略御限中は何ヶ度も取調次第可被仰出候。依之此度被成御定御家法御勝手向之御主法は、畢竟何レも年来心掛之厚心底より申上候存念ヲ以相立候義ニ候間、向後御年限中上下一統倹約相守、御省略行届候はば、猶此上之忠勤と可被成御満足候。

之益が公の為に謀りて、此改正を行ひし主意は古法に基くといへども、一藩の同心をもてせざれば、効を為しがたきを知り、まづ改革の初に当りて卑職賤役を問はず、尽く意見を上らしめ、しかるのち諸老臣とも相議し、公の裁決を請ひて令を発せしなり。さればこの布令の文中、上下一統倹約相守とある。即ちその眼目としられたり。公、之益の功を賞し、佩刀一口を賜ふ。厚くその労を慰せらる。

しかるに明る壬午の歳、年豊にして貢税四成に近く米価もまた低落しければ、江戸佐倉及他所の領地三所を平均して三十俵にして十両の価に過ぎず、ここをもて名は本途渡歩引法とて昔時擬扶持に比ぶれば、甚善なりしかど、家人等一年食する所の米を除きて残る所を価に変ずるに得る所少し、三十俵三人扶持中小姓の班に在るもの、役米及び飯米を引き、又三月七月内借とて渡さるる金を除き、はつかに金二分を得るに至れり。ここをもて人心大に揺動し、かの班の士等党を結び、会計の主務なりける庄田孫兵衛の宅にせまれり。その長金井右膳忠倫この事をきき、大に驚き馳せゆき、これを止むれどもきき入れず、已ことを得ず、ともに主務の宅に至りて、その旨を告ぐ。主務これをきくに、この一群のうちより小川儀兵衛といふものありて答けるは、こ度の改正はいとありがたく辱き事には候へども、唯その名のみは美にして、その実は下士の困難を知り給はざるものなり。いかにとなれば、米価を論ぜらるるに三ヶ所平均をもてせらるれども、本城に附属する所の米価は、多く公室の費用として羽州の最低の価をもて士卒の俸禄を付せらる。ここをもてこれを従前の擬扶持に比すれば、反て劣れりと申す。右膳も已ことを得ず、事情かくの如くなれば、いかでこれを斟酌せさせ給へといひしにぞ。孫兵衛これをきき、財政を改められしはもとより家人を恵まるる趣意に出たれども、今年格外の米価下落せしゆゑにここに及べり。かかること久しくつづく可からず。されども諸士の窮困もその理無きにあらねば、某に限りて会計局にて一時貸給ふべしとありけるに、儀兵衛なほも推しかへして、一時の窮を凌ぐとはいへどと、半いはざるに、右膳一声高く、黙せられよ、主役よしなに計ふべしとあるをきかずして申は不敬なりと叱りければ、皆大におそれて引退しとぞ。又明る年の暮に至りても、米価昂らず。ますく貧困しければ、こたびは給人成田平兵衛、小倉紋左衛門等数十人、また孫兵衛の宅にせまりて窮を訴ふ。その意、今度の改革は大禄の士に利ありて、小禄の士に損あり。もと千石五百石を基として法を立られたるものと覚ゆ。さればその簿録をみるときは、公平に似たれども、これを施すに至り、百石は三割の引にて甚強く、五百石は尤も利ありて、千石はさまで利なしきとも《ママ》及ばせ給ふらん。此度の改正はこれを瓶形の法と一藩に呼びなせり。そは上はせまく、中ふくらみ、下は細しといふ事と承る。これ、しかしながら会計吏串戸五左衛門が改正の惣裁なる向之益に媚びて、これを欺きしが致す所なりと申す。孫兵衛、終巳を得ず、人毎に金弐分を与えてこの歳を過ぎしといへり。この時、平兵衛・紋左衛門の二人は、罪を得て閉門の科に処せられぬ。されどこの瓶形の諺はその実に中らず。士禄、その多きに歩合強く次第にゆるし、五百石は五割にて、二百五十俵を引き、千石は六割にて六百俵を引き、百石は三割にて三十俵を引く法なり。斯くはありしかど、このさわぎありてより、再評議ありて、百石の割合をゆるめ、三割を減じて二割五分とせられき。その以下小禄のもの、これに準じ、改正せらる。

是より先に、向之益改革の労をもて病を致しぬ。之益が財政を整理すること昼夜やまず。ここをもて顔色憔悴し、出仕せんとするに、俄に起こと能はず、佩刀を杖として身を起すに及たり。改革の令を発せし後、病やうやく甚し、殆ど精神を失ふに至れり。ここをもて会計主務・年寄役とを辞して大寄合に斑せられ、庄田孫兵衛ひとり主務となれり。家人等が不平を起せしは、孫兵衛の時にありき。之益才学ありて時務に通ずれども、その性廉直に過ぎ、局量狭し。改革の事行はるるに臨み、公にすすめて、本年領地の村々に引戻し米・上げ米を命ぜられて一時の急を救はせ給ふべし。（引戻米は年豊凶を検じてのち租額を定むるを、今年は検せず、唯上中下を定めて旧額に引戻をいふ。上米は定免請免破免の村々に割合をもて上納米せしむるをいふ。）これ一時の権宜法にして已むを得ざる事なれば、領内の名主・村役人・長百姓を城中の庭に召し出して、公直に言を発し、委しき事は奉行等よし（マヽ）中聞すべし。何分にも頼むぞとあらば、郡奉行これにつきて趣意をつばらにのぶべしと申す。公これをきき給ひ、国君として直に人民に向ひてものいふこと、古来きかざる所なるに、頼むとあるは殊に発し難き言なりとありければ、之益首を俯してしばらく物言はず。ややありて、臣等不肖なるをもて国用の欠乏をいたしたる罪、万死にあたれり。しかれば今日に当り、臣等万言を費すも、公の一言を得るにあらざれば、人民これを感激すること能はず。国君は民を撫育するの職なり。しかるに今春江戸の邸災にあひて、領民に高役金課せられ、又こたびは検見法を行はずして租税を納めしむ。これ実に已こと得ざる事なりといへども、盛徳の事にあらず。古人己を罪して人民に謝するものあり、頼むの一言いかで恥辱と申すべき。臣命かふむりしより以来、病を日に継ぎてその事に従ひ、召されて見え奉る毎に、いかに改革の道ありやと問はせ給ふに及び、略為すべきの道ありと答奉りしかど、退て考ふるに、殆ど如何ともすべからざる困難に及べり。且、公かつて臣に向ひ、財政整理し、上下安堵の思を為さむには、吾のまた如何なる困苦をも忍ぶべしと仰の給ひしに候らはずや。今この際に至りてしかの給はするに於て、実に功一簣を闕きて止むに至るべしと憚る所も無く諫めしかば、公大に悟らせ給ひ、いやとよ、かばかりの事何にかあらん、我これを忍ぶべしとありしとぞ。之益のちその妻にこの事をひそかに語り、我この言をうけ給はりて、五内為に裂るが如き思ひありしと。かかれば之益が病を発したるもその理ある事とぞ聞えし。

## 転封の事起りしにより計をもてこれを免る

公が財政を改められし時の頃、陸奥の白河城主松平越中守定永、房総海の防禦を名として佐倉に封を移さ（ママ）られんことをうち〳〵望み請はれしよし聞えあり。公、大に驚かせ給ひ、いかにもしてこれをやめばやと、向之益が財政改革の事につきて江戸に来たりしがこれと議し、又支族堀田摂津守正敦ぬしとも謀り給ひ、同支族堀田摂津守ぬしと議し、家人駒沢藤右衛門は心ききたるものなればとて、当時有勢の有司に就きてこれを問はしむるを、事すでにせまれるよしを告ぐ。公、用人西村平右衛門に仰せ、家人河合忠兵衛が成瀬隼人正と交り厚く、隼人正はまた当将軍家の生父なる一橋儀同ぬしにむつまじく召さるるときき、まづ隼人正がもとにゆきて、その事を訴ふべしと命ぜらる。これはこれ文政四年四月の事なりき。この月の二十四日、忠兵衛、隼人正の邸にゆきてその事をかたりしに、隼人正これをきき、一橋どのに申べしとうけ給はれたり。公、忠兵衛のはたらきを賞して手づから物をたまへり。又、閣老水野出羽守は将軍家の重く用ひさせ給ふ寵臣なればとて藤右衛門に命じ、その家老土方縫殿に請托す。この土方は当時威勢盛にして諸方の賄賂をうけて私曲の事も多かりしとぞ。されどもこたびの事は、かかるものに托せざれば免れがたしと、斯くははかれしと聞えたり。その余、諸家の有勢のもの等にものを贈りて、さま〴〵にその助け求められし事数を知らず。又、奥右筆頭取布施某、側用人土岐豊前守、奥右筆榊原孫之丞、殊に勘定奉行村垣淡路守は、諸侯の地所の事など専ら管せらるる主要の地に在るものなれば、ことさら忠兵衛に仰せてその援助を求めらる。ある日、淡路守、忠兵衛をひそかに招き、かねて和ぬしより申されたる転封の一義は、白川侯海岸防禦の地も二里余を他の方に退けられたるをもて、三千両給ひて封を移すことを止められたれば、今は堀田どのの憂はなかるべし。且、白川転封の事は老中の評議も初よりこれをゆるされざるの説あり。加ふるに一橋一位どのより仰もありしかば、かた〴〵転封をのぞまるる陳情書は、そのままになりて沙汰に及ばれずとありしかば、公、大喜び、一藩安穏の思を為しき。これその年十月廿日の事とぞ。（頭欄）「之益上書していひけるは、藤右衛門、忠兵衛が権家に立入りしは一時の権宜とし、長く江戸に在りて周旋せば自ら便ならぬ事起りなんとて、藤右衛門を羽州柏倉の奉行とし、かの地におもむかしめ、忠兵衛も佐倉にかへらしめたり。これ之益が深謀遠慮による所なり。」公、ときに年二十四歳。その思慮にたくましきことかくの如し。諸臣の忠節によるといへども、公のよく指揮し給ふによらざれば、いかで大難を未萌に消すことを得べき。

**房総海防の事を命ぜらる**

文政六年九月十九日、幕命によりて総房の海岸防禦の事を命ぜらる。是より先、桑名の城主松平下総守は武州忍城にうつされ、白河城主松平越中守定永はこれに代り、阿部鉄丸は白河城にうつさる。ここに於て公をもて房総の防禦に充てられしと聞えたり。正敦朝臣、金井右膳忠倫が転地の事起りしとき江戸に至りしかば、その人となりを知り、公に向ひ、右膳は人の下に置く可きものに非ず。海岸防禦の命などあらんには、総奉行とすべきものはこの人なるべしとあり。公その言に従ひ、明る七年正月廿七日、先筒頭側用人よりすすめて年寄役とし、会計主務を兼ね、備奉行として海岸防禦の事を惣管せしむ。又村垣淡路守、河合忠兵衛に向ひて、此度の防禦の命ありしは、転封の代なれば海岸に堡塁を築きて兵士をとめおかるべしとありしかば、千葉郡千葉町に臨みたる猪の鼻山を堡塁の地と定め、兵士の屯所を営造せしむ。一番手二番手の兵卒及び使番・大砲隊・医師・目付等に至るまでここに住せしめらる。こは公の薨してのち、文明公の時にあり。はじめ番頭、月を隔てて巡廻せしが、のち不便なるをもてここに永住せしむるに至るといふ。（以下、第三巻につづく）（校訂者注、第六冊冒頭につづく）

# 学海余滴　第六冊

## 謙良公記（前巻のつづき）

### 幕府大手門番を命ぜらる

文化九年、公封を襲ぎ給ひし初六月十八日、酒井左衛門尉に代りて大手門番を命ぜらる。これ十万石以上の諸侯に命ぜらるる先例によられたり。此とし十二月の末にやありけん、将軍家小松内に遊猟せられんとて、大手門を出らる。先例、将軍他出あるときは、守門の諸侯、朝まだきより門に至りて警備する事なり。公このとし十四歳なりき。年寄役某、近習の頃、西村平右衛門を招き、寒気甚しければ、明日の出仕をとどめさせ給ふべし、幼弱におはしませば、公の咎あるべからずとありしかば、平右衛門斯くと申ししに、老職の申す事なれば、従ふ可きにあれども、我心にては、しかあるまじと思ふなり。汝らよく思ふても見よ。我幼ければ大事はえすまじきなれど、明日大手の門を守らんほどの事は、さる難き事にはあらず。君の門出させ給ふとき、出て拝し奉るのみ。寒気の恐ありとしも覚えずとありければ、老臣も感服して、その意に従ひ申ししとぞ。そのときの事にや、番頭図司外記、只今何某殿の登城せらる、この窓障子のひまより御覧候へと申しければ、公これを伺見とし給ふに、窓高くして見えず。外記、その傍にありける挟箱といふものを窓の下に置き、この上にのぼらせ給へとありしに、公、手をいただきて上り給ひけり。従者のもの、何とてかくはせさせ給へるぞと申しければ、いなとよ、そのうちには番士の礼服をおさめ置くものなれば、一礼せしと仰けり。上を敬ひ給ふこと、かくの如し。

## 文武の教育

公、学を好み、八歳の時、渋井平左衛門至徳を師として学び給ひしが、のち金井右膳忠倫を近侍とし、孟子・近思録・大学を講ぜしめらる。林氏の門に入りしより、掛川の文学松崎退蔵明復を招き、その講をきき、又家人にも文学を奨励せらる。文化十一年十月廿三日、家人に令ぜられし文に

先年学校御取立被仰付候上は、御家中之面々末々まで文学之義厚心掛候ふは勿論之事ニ候。品々寄志有之もののうち、学校え不罷出、最寄之方へ罷越修行仕、或は独学の族も有之候に相聞候。可致遠慮筋には無之候間、年輩之もの、初学のものたりとも、志ある面々は、可成丈ヶ学校へ罷出、可致修行旨、被仰出候。尤御役儀相勤候ものたりとも、心掛之面々は、無遠慮御用透之節は、学校へ罷出、修行仕候様との御沙汰候。大身之面々、年若之輩并嫡子之義は、深き御趣意も有之候事に付、別段厚ク心掛、学問無油断出精可被致候旨、被仰出候

此歳十月十日、公はじめて佐倉学校に於て釈奠を行ふ。これよりのち、春秋の釈奠おこたる事なし。公、在邑中は必ずみずから執行せらるるを例とす。

十一月、斎藤泰右衛門の祖父退尺、病あるをもて学校教授を辞す。公これを慰藉し、これをゆるし、なほ病の隙には時々出てもて子弟を教育すべしと命ぜらる。

公、先代以来武備を奨励せんとして、武備講金の法を設け、家人の俸禄のうち幾分を留めて甲冑刀剣を作らしめらる。惜かな、この事半にして、家人等困窮をもて止めらる。公、文武を奨励の志あれども、まづ財政を料理して、しかるのちこの事に従はんとせられしに、財政いまだ尽く善美を尽すに及ばず、公、卒せられしかば、その事遂に行はれず。ゆへに公の記中に文武教育の事ここに止る。然れども文明公こののちを継ぎて、大に文武の学を振起し、大材輩出せしは、公が遺志を継がれしなり。公ここに於て瞑目せられしなるべし。

## 孝子及老人窮民を救恤せられし事 （頭欄）［これより六月十五日の会に出すものなり］

公が世を知り給ひし時、佐倉の城下新町といふ所に、烟草を鬻ぎて生活とする兄弟のものありき。老たる父一人ありけるが、これに事へて孝を尽す。その家富るといふにはあらねども、貧くもあらず。されど年三十を過ぐれども、兄弟一室に居て、妻を娶らず。こは妻を娶るときは、自ら父に疎くなりゆくがゆゑと聞えたり。又蓑町といふ所に、壱人の孝子あり。家いと貧しかりければ、人にやとはれて、少しの銭を得て父を養ふ。父、己が家の貧をしらず。公、中川といふ所に遊び給ひしとき、従者、この家はかの孝子の住みし所に候とありければ、公、いと憐なるものかな、そのもの召せとて、馬を門前にとどめ、召して慰労せさせ給ひ、いづれもその孝を賞して米三俵を賜ひき。その年、瀬戸村を巡見し給ひしに、その村に聞えし貧民あり。公、貧き家はいかなるくらしをしつる、その有様を見ばやとて、その宅にゆきて見給ひしが、明る日その貧民を佐倉に召して、米三俵を給ひぬ。こは貧窮を憐ませ給ふのみならず、上としては下情を知るをもて要とすべしとの意を、民牧の人々にしらせ給はんとの心なるべし。

始めて封に就き給ひし明る年は、公十七におはせしが、封内をくまなく巡行あり。九十以上の老人ある家には、必ずみづからその家にいきて、菓子など賜はらせぬ。家人等のうちにも、朝比奈九郎衛《（ママ）》その他、士列に入らるる今村半治・長岡満治など八十なりときこしめして、ことさら館に召して物を賜ひき。

公、数奇屋橋の邸におはせし時十八歳なりしが、このとしの正月の末より、時の疫行はれて、死するもの多し。出羽の封内の民、夫役として下部となるもの、日毎に二人三人死せざる事なし。公これを聞こし召し用人西村平右衛門を召し、此頃の寒さはげしきによりてか、下部どもあまた病で死するよしをきく、賤しきものの夜のふすまの儲など無くてことかかば、治療も届かざるなれ、汝よきに計らひてよと仰らけ《（ママ）》れば、平右衛門もその仁慈の厚きに感佩に《（ママ）》、有司に議りて夜具を造らせて、君の仰のよしをもて与しかば、皆手をすりて、涙流ざるもの無りしとぞ。

### ○公、家人といへどもこれを敬せられし事

諸侯富貴に生長し、驕奢に耽り、その家人をみること奴隷の如きは当時の習なるに、公はこれを軽

じ給ふ事なし。いまだ幼くおはしし時、近仕の士三、四人を従へ、後園に遊ばせ給ひしに、風と穿き給ひける艸履の緒きりたり。西村平右衛門、その比は平三郎といひしが、結びてまゐらん（ママ）せんとて手にとりたりければ、是は汝が為すべき事に非ず、されどここには草履取の奴もなければ頼むぞと仰けり。渋谷の邸に笋多く出るよし聞召しかば、近侍を従へ園林の門を入りて、ここかしこを歴廻り給ひしに、一の囲したる所あり。近侍ここにて多く笋の生て候なるとて、件の囲いをやぶりて入らんとせしに、一人の男出来て、こは何とするぞ、我はここの守りの者なり、やはり入らすまじいとののしる。人々大に怒り、殿の入らせ給ふなり、何の子細あるべきといへどもきき入ず、此に守りゐて人をな入れそと己が頭の仰給ひつるなり、殿とても頭のゆるしなければなり申さぬと答ふ。公これをきこしめし、尤も道理なる言なり、ないりそとて、かへらせ給ひしとなり。

## ○継嗣を定め給ひし事

公多病にして、日頃よりすぐれ給はざりしが、文政五年の春の頃より肝癪の症起りて、引籠りてのみおはしししが、同き七年に至り、やふやく重く、九月の頃ます〱重く、十月の十（ママ）旬自ら頼み少く思ひ給ひしかば、西村平右衛門、永井半吾を枕辺近く召し、我病今は癒ゆべしと覚えず、左源次を養子として家嗣がせばやと思ふに、はやく上に乞奉りて、心安く病をも養はむとす、此よし老臣等に申せと仰せしかば、二人承り、君の御所労重しとは申せとは（ママ）、いまだ医療の尽きしとも存ぜず、且御年わかくおし《（ママ）》ませば、のちに御子おはしまさずとも申がたし、此儀はしばしとどまらせ給へと申す。いやく〳〵さにあらず、我もし俄に世を去らば、家の世嗣定まらず、いかなる騒出来んも測りがたし、とく〳〵申伝へよとありしかど、二人とかくになだめまゐらせ、冬の半に至るまで答申事なかりしにぞ、公また二人をめし、先の日汝等に命ぜし事、老臣の答いかにありしと。二人畏れかしこみ、はじめて老臣にこれを伝ふ。老臣議し申やう、只今より嗣君を定めさせ給ふとも、唯心・自性の両公、及米沢・福知山二侯などの如く、世々迭に相譲らせ給はば、国家の美事、子孫繁栄の基たるべしと答申ししかば、さらばとて、摂津守正敦朝臣をはじめ一族に計りて、十二月廿二日、左源次君を養子にせんとの望みをもて乞はせ給ひけるに、同じき廿五日、みゆるしを得てけり。公が家系を重くせられし事、かくの如し。

　公の夫人は松平出羽守斉恒朝臣の妹にして、賢良の聞あり。公の病重らせ給ふ時より、日夜側に侍し、看とりまゐらせしかど、公肝症にて精神やや常ならずおはしければ、夫人と応対にもの六かしき、気づまりなる体をみ給ひければ、次の間或は屏風のうしろに坐して、病状に心を附せ給へり。公熱気甚しく詭語せらるるをききて、涙をのみて坐を起ち、日頃公の心やすく物給ふ侍女をめし出て、おかしき物語などせさせ給へば、公少し笑はせ給ふ。夫人なほ屏風の陰にありて、やうやく心を安じ給へり。しかるに公の病ます〳〵重り、同月十二十《（ママ）》八日、終に事きれ給ひぬ。

# 今公記

## 名字及履歴・子女

公名は正倫、字子譲、幼字を鴻之丞と称す。生母は平田氏にして、文明公の侍女なり。文明公男子多かりしかば、多く生長し給はざりしは、生るとき宮中に養はずして、老臣佐治茂右衛門延年の家にやしなはしむ。三歳にして館にかへる。安政四年五月七日、立て嗣子とす。六年四月十三日、松平出羽守斉貴の女を娶るの約を結ぶ。九月二日、文明公病をもて致仕す。公家を継ぎ、帝鑑間席となる。万延元年三月、水戸家臣等出府の事あり。幕府公に命じ、行旅を警戒せしめらる。文久二年閏八月十五日、幕府政事を改革し、諸侯を国に就かしめ、時をもて江戸に参勤せしむ。ここをもて（頭欄）〔十一月、西洋学舎勢学所に開き、大築保太郎・岩淵鉄太郎をもて教授とす。〕公その意を奉じ、同じき九月十一日、父公を始め佐倉に住せしめらる。十月廿七日、家政を一新、文武を更張する事を令す。十一月廿日、公外夷処置宜を得ざるの罪をもて蟄居を命ぜらる。公これをもて閑居して罪をまつ。十二月十日、これをゆるさる。三年正月十五日、公初て将軍に白書院に謁す。老臣植松求馬永省・由比善兵衛演貞・佐治茂右衛門延年等に謁を賜ふ。二月十三日、家人等に佐倉の地につきて宅地を与へ、これを開墾せしむ。又家人の子弟にもその請に応じて開墾の地を授く。十五日、公なほ年少にしていまだ婚せざるをもて、侍女を罷めて正寝に任ず。三月八日、十五日、祖母及姉妹を佐倉に住せしむ。五月三日父公佐倉に移る。六月廿日隊長池浦直衛等十三人をもて（頭欄）［文久元年十二月豊熟をもって納税四分に過ぐ。よりてその過分を藩士等に分ち賜ふ。されどその石数少きをもて四分のうちよりまし加へ、千六百六十石余として原禄に応じてこれを給せらる。］京師に赴かしめ、親兵とす。これ去る五月六日朝廷より命ありしによりてなり。廿四日、幕府公に命じ、相模国鳥ヶ崎鴨井の砲台を戍らしめ、よりて武蔵・相模の国にて三万三千石余の地をあづけらる。（蓋これ外国と鎖港の談判を開かれしによりて也）十一月十五日江戸の大城焼く。公家人等を率ゐて本城の大手門まで到り給ひしに、火静まりしかば、老中牧野備前守に参着のよしを告ぐ。我消防の人夫は城中に入りて火を防ぐ。十二月廿日、公祖母松平氏卒す。三十日鳥ヶ崎の砲台を浦賀奉行に付すべきの命あり。元治元年正月七日、父公佐倉にて病重しとの報あり。公幕府に請ふ、帰省の暇を賜ふ。十八日、浪士等党を結び、下総の国を横行し、新開村及八日市場村に屯す。幕府公に命じてこれを討しむ。公即ち兵を二手に分ち、両所に向はしむ。兵いまだ到らず、福島藩兵新開村を襲ひ、浪士の首領楠芳次郎等を殺す。八日市場の賊これを聞て、皆のがれ去る。廿五日、我兵佐倉にかへる。二月十六日、相州の砲台、我藩と松本の松平丹波守とともに守るべき命あり。よつて預所の地三万三千石の地を、一万石余松本藩に付す。三月廿九日、父公の謹慎を解かる。四月五日、父公卒す。五月廿八日、公従五位下に叙し、相模守と称す。六月十六日、幕府公に命じて野州の浮浪を打しむ。ここをもて在江戸の暇を賜ひ、十八日をもて佐倉に着す。廿六日幕府命じて、利根川より木下までの防禦を命ず。

これ水戸浪士等が小金沢に屯集するがゆへにてあり。廿九日、武蔵国の内の地と下総国香取郡のうちに代らる。これ香取郡佐原村は、水戸の浪士等しばしば侵掠して、人民これが為に安からず。よりてその地を代らるるなり。七月五日、兵を利根川の辺に出して非常を防ぐ。廿七日、幕府の命を奉じ、繁文を刪り、笞島に没し、三兵をもて城を守り、又政事堂の月番を廃して当番を定つ。その余更張すること多し。八月七日、兵を佐原に出して水戸浪士等を防がしむ。十四日、さらに潮来村に浪士等屯集するをもつて、我兵に命じてこれを伐たしむ。潮来村は水戸藩の領地なれども、斟酌なく討るべしと命ぜらる。十六日、下総銚子辺まで浪士等侵掠すときく。佐原の兵をもてこれを討しむ。九月十三日、佐原村に出せし兵をすすめて、常州鹿島に入る。十九日、進て子生村に至る。廿日、大貫村にすすみ、廿日、磯浜の賊営を撃つ。廿一日、又戦。廿二日暁、賊来り攻む。撃てこれを却く。此日賊営を撃ち、これを破る。賊那珂湊に走る。十月一日、我大砲那珂湊の賊営を撃つ。賊兵気大に阻む。惣督田沼玄番《(ママ)》頭、書を我兵将に下して、これを賞す。廿三日、進て那珂川を渡り、賊営に入る。賊或は降り、或は走る。常州平ぐ。十一月五日、降賊五百余人を佐倉の兵にあづけらる。これを佐原の隣村牧野の観福寺に置く。のちその百三十八人を佐倉に送致し、弥勒町松林寺に置く。十二月廿二日、常州平ぐをもて、公江戸に参勤す。

## 水戸の浪士等を我藩に出し預らる

水戸の浪士等は幕府の諸軍に攻められて、やうやく市川党ら為す所に非ずと知りしかば、はやく降服の議を決しけるにぞ。十月廿三日、砲台を開き、榊原新左衛門照煦をはじめ、降人となつて出たり。ここに於て目付小出順之助は、歩兵頭平岡四郎兵衛等と議して、我藩してこれを警護せしめらる。降人等はいまだ両刀を脱せず、その勢凡そ七百余人あり。錣銭座といふ所に置き、我兵槍砲をもつてこれを囲み、非常を戒む。これは廿六日の事なりき。明る廿七日、幕府の惣督田沼玄番《（ママ）》頭、水戸より我在陣の者を召し出して、左の如く達せらる。

今般降参のものども四百人程、相模守人数宿陣所へ御預被成候間、塩ヶ崎出張之御目付相談受取厳敷警護可仕候、尤為増護衛歩兵隊可附渡之間可申合候。

ここに於て、四百人の降人仮に囲おくべき所なきをもつて、下総国香取郡佐原村は我領地なるをもつて、彼処にうつすべきよしを請ければ、その義苦しからずと沙汰せらる。つづきて徒目付田中孝太郎、また在陣のものを召き、此度降人凡そ千二百人あり、尽くこれを佐倉藩にあづけらるべきものなり、よつて高崎関宿藩兵もこれを警固すべしと達せらる。その時我藩にては依田十太郎貞幹をもつて、かかる大勢を一藩に付せらるるは極めて難議の事なれば、なほ再議あらまほしと答へたり。ここをもつて廿九日、さらに左の如く達せらる。

今度降参之者共五百人程、相模守家来へ当分之間御預被成候間、厳重に警衛致、在所表へ御召置候様可仕候、尤委細は御目付へ可承合候。
とありければ、即佐原村に送るべきよしを請ふこと前の如くして、これをゆるさる。この日我藩兵等大貫村に到りて陣を敷く。依田十太郎は我目付とともに幕府の徒目付に対面し、降人等を交付せらるるを待て、これを請取れり。四百余人の降人等を、一人づつその姓名を呼びて、両刀並懐中物等を脱せしめて、これを一所に束ね、百人づつを一隊として、まづ大貫村の西光院に送り入らしむ。その混雑かぎりなし。よつて我惣奉行由比善兵衛演貞、左之如き書を歩目付等に呈す。

相模守家来へ御預之降参人四百六十六人、無相違受取申候。右御請如此く御座候。

この時の目付役、設楽弾正といふものなりき。明る十一月朔日、浪士等に給すべき粮米を、水戸の弘道館にある所の白米七拾五石にして、俵数百八拾七俵と弐斗なり。又金五拾両をもて飲食の費用に充らる。されども米石を運送するときは費用莫大なるをもつて、此米を水戸城下の米商に売わたす。その価百六十壱両三分三朱百十文なりき。当時米穀の価かくの如し。

同じき二日、我藩兵等は降人を警固し、大貫邨を發し、鉾田村に至り、これより船を発し、降人等には編笠を被せ、赤き手襷をかけさせて印とし、船数八十余艘をもつて、夜を侵し明る三日佐原に到着す。されどもこの邨には多くの人々納るべき所なきをもつて、隣邨なる牧野邨の観福寺をもつてこれに充つ。この時我藩兵等は、水戸の浪士等もとより謀叛のものに非ず、已ことを得ずしてここに至りしをいたく憐み、又依田十太郎は初めより榊原等が心をしりければ、諸卒を戒めて不礼をゆるさず。

ここをもつて降人四百余人の多きに警固の兵も殆どこれに敵すべき小勢なれども、皆粛然として騒擾するものなく、又一人も散走するものなくして観福寺に入れり。当時これをきくもの、我軍令の厳なるを称賛し、并せて水戸の浪士が不幸にして捕虜となりしを憐むもの多なりしとぞ聞えける。この時十太郎は、降人監督の事を命ぜらる。当時大砲頭なりければ、その本職は次役に代らしめ、専ら降人の事をとりあつかひしなり。

十太郎思ひけるやうは、同じ降人といへども、このうち廿六人は、家老榊原新左衛門を始としていづれも由緒あるものなれば、罪科定まるまで厚くこれを礼すべしとて、観福寺の上の間に入れ置き、飲食もまた一汁一菜を用ひ、村中のさるべきものの童子をもて給事せしめ、その余のものは次の間に居らしめ、又給事のものつけ、湯風呂を炊きて一日にこれを入浴せしむ。その事頗る鄭重なりければ、降人等ますます感服して、佐倉侯は礼儀を知り給ふによりてその臣下もまた此の如き人ありと称へけり。かくて公は諸勢が数日の労を慰め給はんとて、納戸役荒井忠介を特使として陣中につかはさる。その詞に、

出張之何れも気張り、宜此度那珂湊進入致し賊徒平定に及候段、達御聴被成御満足候。日夜心配いたし指揮も行届候趣之義、大儀思召候。改て一同江も宜敷可申通旨被仰出候。

とありて、酒肴を賜はれり。これまで幕府の歩兵頭平岡四郎兵衛等降人を警固してありけるが、我藩兵これを請取り、皆謹慎無異なるをもて、尽く江戸に引かへれり。

観福寺は、四百余人の多勢を容るる《(ママ)》足らず。よて法界寺をもつてこれに充て、百八拾余人を分ちてこれに置く。飲食を給すること少しもかはることなし。同じき八日、幕府の大目付目付評定所吟味方の吏、罪人糾問として来るべきをもつて、依田十太郎は佐原を発し佐倉に至り、それより江戸に赴き評定所に至り、降人等糾問の場所を議し、并びその待遇を尋ぬるに、目付等は降人をもつて尋常の罪人と均しく収縛して庭上に引出すべきを命ず。十太郎これを推しかへして申けるは、水戸の浪士等のいふ所をきくに、もとより幕府に抗敵するの心なく、唯老臣市川三左衛門等が讒言によりて城中に入られず、已ことを得ず戦に及びしのみ。且つ降服を請ふとき、すでにその情実を告げてゆるされんことを請へり。しからばこれ尋常の罪人と同じからず。弊藩にあづけさせ給ひしとき、もし彼等をして暴行の徒ならしめば、四百余人の兵士等を警固するに、同数に近きものをもつてして、少しも騒擾せず、つつしみてあるべきや。しかるに降伏の初より今に至るまで、壱人も散走せず。又絶て不平をいふもの無し。かかれば士人の礼をもつて、糺問せられんことを請ふ。罪人としてこれを遇せらるべきに候はずと申しければ、評定役もその説に折れて、しからばいづれも身柄あるものは、上下の礼服を着し、椽のうへにのぼることをゆるさるべきに決せり。かくて十太郎は再び佐倉にかへりてよしを告げ、また佐原に至りて降人等の糺問せらるるを待てり。

十一月十一日、評定所勘定留役石川次左衛門・高木七右衛門等、大目付田沢対馬守、目付戸田五介等に先ちて、佐原邨に着す。これ両目付がいまだ到着せざるに、前に予め糺問せんとするなり。これ幕府の慣例なるといふ。ここに於て我惣奉行由比善兵衛・番頭岡新之丞・大筒頭植松当太郎・依田十太郎・先筒頭竹内七郎左衛門・坂本要人・石島衛士左衛門・一色善九郎等に命じて、降人等を警備せしむ。

十四日、幕府の吏人より、いよ〳〵降人等を糺問するに於て、厳重の処分もあるべきにより、その用意あるべしと聞えければ、惣奉行由比善兵衛は、降人掛りの依田十太郎と議して、左の書を留役等に呈す。書は十太郎が艸する所なり。

此度於塩が崎、相模守人数江当分御預相成候降参人之面々四百六十六人、一旦当所宿陣所へ引取、夫より御沙汰次第、其侭江戸表被差出候様御達ニ付、去月廿九日御請取相済、歩兵隊差添当邨迄引取、御沙汰相待居候処、今度右之者共、為御吟味各様方御出役相成、一ト通御尋之上、夫々江御手当被相成候に付、兼而相心得候様御内談有之、且又是迄取扱候彼等之事情、無腹臓申上候様被仰聞候処、元来降参人之義、水藩歴々之人に而、素より官軍諸家等に敵対致し候所存に者無之、不得止事当時之姿に相成候事にて、品々存意有之趣申唱居候。依之江戸表江罷出、公辺之御裁判相頼度志願より、降参ト相成候次第に付、於塩崎も一応之御吟味も無之、寛大之御所置ヲ以、其侭御引渡相成候事に付、同様信義を以取扱罷在候間、存外鎮静罷在候。一体相模守人数に者、過分之御預人にて厳重之警衛行届兼候に付、再応御改断申上候得ども、前条之次第にて御請申上御引渡後、是迄脱走も無之、無滞罷在候。然ル処今般当所御吟味相成候上者、多人数之事故、下々

之内に者、定て厳重之御手当に可相成候者も可有之、左候得者一同動揺を生じ候も難計、何レも脱刀之者与者乍申、五百程之多人数故、取締方不行届、且水府表に者、右降人共之親子一族等多分有之候義に付、惣方一度に又々争乱を生じ可申や。左候得者、是迄之御成功空敷相成、終に御失体にも可相成と深く痛心仕候。依之最前之通、此侭江戸表迄被差送候はば、異存も無之候得ども、於当所御吟味相成候上者、相模守人数高に応じ、相当之御分配と相成候はば、手当向かなり行届可申やと奉存候。右之通彼是之次第も有之、御趣意とも相違仕候間、役筋之者壱人、早々出府為仕、是迄御取扱相成候歩兵隊之御方江、様々申上御左右相待居候に御座候。右に付大目付様御参着迄之所、御吟味之義御見合置被下候様仕度奉願候。

これによりて、大目付目付到着まで糺問を延引せらる。

# 学海余滴　第七冊

# 堀田正倫公記

## ○名字官位及履歴

公、名は正倫、字子譲、豁堂、鹿山と号す。幼字を鴻之丞といふ。生母平田氏は、文明公正睦朝臣の侍女なり。公、男子多かりしかど、生長し給はざりければ、生るるときこれを宮中に養はず、老臣佐治茂右衛門延年に預けて、その家にやしなはれ、三歳にして館にかへる。安政四年五月七日、立て嗣子とす。六年四月十三日、松平出羽守斉貴の女を娶るの約を結ぶ。九月二日、文明公致仕。公、家を継ぎ、帝鑑間席に就く。文久三年正月十五日、将軍に白書院に謁す。老臣三人に謁を賜ふ。六月廿四日、幕府命じて、相模国鳥ケ崎鴨居の砲台を戍らしめ、武蔵・相模両国にて三万三千石余の地を預けらる。十二月に至り、鳥ケ崎を浦賀奉行に交付す。元治元年正月、幕府命じて、下総国新開村及四日市場村の賊を討せしむ。二月十六日、相州の砲台を松本藩主松平丹波守とともに戍るべき命あり。よつて預所のうち、一万石余を松本藩に交付す。五月廿八日、従五位下に叙し、相模守と称す。六月、幕府命じて、常野の賊を討しむ。十二月廿二日に至りて平らぐ。慶応年《（ママ）》五月七日、常野賊徒追討の賞として、太刀・時服の賞あり。家人等にも物を賜ふこと差あり。六月、幕府、長防を征伐す。公、軍用金を献ぜらる。九月十三日、京都警衛の命を受けて、此日、江戸を発す。二年二月、役畢てかへる。

三年四月、大に兵制を改革し、歩・騎・砲の三兵を設け、封内に課して民兵を挙ぐ。又、郷兵を置く。十月十五日、朝廷、公を召して上京せしむ。公、幕府に請て、老臣平野縫殿重久に命じてこれに代らしむ。時幕《（ママ）》府、公に命じ、平川口・吹上の両所を警衛せしむるが故なり。十二月、王政復古の事起る。諸藩主を召す。公、また重久に命じてこれに代らしむ。明治元年正月二日、幕兵、官軍と伏見に戦ひ敗績す。将軍、大坂城を棄てて江戸にかへる。二月七日、幕府、公に命じて甲府城代とす。辞て罷む。平川口・吹上の警衛を免ぜらる。老臣倉次甚大夫に命じて、京師に至り、将軍の為に赦罪を請ふ。三月九日、公に《（ママ）》京師に朝す。十五日、大惣督有栖川親王に駿府にあふ。勤王の義を尋問せられ、我勇を曝吐なりとして、上京のうへ外出を禁ぜらる。四月八日、京師に入り花園妙心寺に館す。壬四月七日、東海道鎮撫惣督柳原前光、佐倉に至る。十一日、松平豊前守を佐倉に預けらる。吾兵、佐倉を戍り、又木更津の賊を攘ふ。十九日、大惣督、吾藩に命じ、勤王の効績あるをもつて公が外出をゆるさる。公、入朝して天機を候す。尋で馬術の天覧ありて物を賜ふ。終に誓約の勅を奉ず。七月七日、暇を賜ふて、東京に朝在りしが、十二月、佐倉にかへる。二年三月三日、府藩県一致の朝命を奉り、藩政を改革す。四月四日、上書して版籍を奉還す。五月三日、時事を極論すべきの詔を奉じ、三条の意見を奉る。尋で貨幣の議・蝦夷開拓の議、二条を上書す。十八日、公、佐倉藩の知事に任ぜらる。投票を以て、大参事を挙ぐ。平野重久・西村茂樹大参事なり。十月三日、藩制を定む。三年五月九日、藩所管羽前国の地をもつて下総国に代らる。十二月、上書して下総国印旛沼を開鑿せんことを請ふ。四年七月十五日、藩を廃して県と為し、諸藩の知事を罷む。九月十五日、公、東京に移り、参事等に命じ、十二月廿三日をもつて佐倉の土地・人民・版籍を印旛県令河瀬秀治に交付す。

### ○財政改革

公、年十二歳にして、父公、致仕し給ひしかば、藩政は尽く父公が計ひとして老臣と議して行はせ給へり。しかるに、震災後、つづきて幕府閣老の職を奉じ、或は外国盟約のに（ママ）あづかり、つづきて幕府継嗣の論あり。日夜寝食に暇あらざりければ、藩政は時々戒飭し給ひしかど、財政に至りては顧み給ふ事能はず。宿債ます〳〵増して、国帑殆ど一歳の計を支ふる能はざるに至る。ここに藩士に田中弥五郎重参といふものありけり。老臣平野縫殿重久の弟にして儒臣をもて召しつかはれしが、人となり忠直にして藩政を憂ふ。夙く財政の紊乱せしをしりて、よつて上書して財政改革の事を議す。おもへらく、財主によりて歳計を立るときは利は彼等に帰し、又計吏等これと通同し国帑を費事、計る可らず。よつてはやく財主を謝絶し、急に財を要することあらばこれを封内に募るべし。又封内租税を尽く改めて金納とし、正米を収むることを止むべし。しかするときは、民もその煩なく、奸吏・黠商もその米価によりて奸利を為すこと能はずといふに在り。老公、これを可として、遂に大に財政を改むべしと老臣等と議し、その任にあたるものを択むに、重参また依田十太郎貞幹は廉潔にして謀略あり、これを用ひ給ふべしとありければ、万延元年庚申四月、貞幹先筒物頭算用人をもて、さらに勝手方元締を兼しめらる。よて財政改革の事を議せしめ、又諸老臣及び勘定頭元締串戸五左衛門・久代藤兵衛・荒野又右衛門・小崎春右衛門・城左次衛門等及び郡奉行森村助右衛門・大木楠右衛門等にその策を建言せしめらる。その時諮問せられし辞令に

勝手向之義、震災以来臨時物入打続、極外之省略用ゆるなれども、此儘にては次第に借財相増、暮方取直しも成間敷、公務を始め家中扶助も不行届事にも至り可申哉と痛心致し候。従来勝手向之義は文政度之趣法にて永続いたす事ながら、当今之時節勢ひ改る廉も無くては叶申間敷、依之大意カ条、

一、収納米・江戸廻米を始、払米等相止、入用米之外、惣石代にて取立之事。

一、江戸蔵元相止候事　一、臨時入用之節、御領内相応之者え調達金申付候事、右は申上も無之候へ共、誠実を以て取扱相当之利分をも為故、自然領内之潤沢筋ともいたし度存候意に候事。

右之趣、当地一席を始め、其向々之者えも申談、差支之有無は勿論、利害得失篤と熟考之上、委細銘々より可申聞候。猶外に存寄も候はば可承候也。五月。

これにより、会計の吏人等はいづれも封書をもてその得失を議し申すこと少からず。佐治延年の議は、公が議の如し。由比演貞の議も大略同じけれども、租税を尽く金納とするときは、民、農耕を務めずして金銭を得るをのみつとめとして封内の正米の価格を落すべしといふ。又、江戸在勤の会計吏は尽財主を謝絶するときは、臨時大費を要するときは何をもて用を弁ず可き。又、彼等も宿債を年賦

無利足等になされんことを容易承諾す可らずといふも少からずといふ。その他の計吏がいふ所は、瑣細の事を節倹するに過ぎず。改革の要領を得ることまれなり。貞幹は一書を上りて改革法を条列せり。且いふ、米納を変じて尽く金納とするときは一時の利あれども、米格を落の懼あれば、しばらくもとの如くし、その米は時価の高低をみて、これを売るべし。蔵元と称する巨商の手にのみ委任すべからず。又、財主はその米額を返付し、その余を年賦は或は無利足とすること。説諭して諾せしむべし。その会計法は期限を分ちて、一年より十年に至る。又節約法第一は止むべくして止め得るものは尽く止むべし。主公いまだ幼年なれば、婦人の手に生長すべからず、一切婦女を用ゐざる事。親戚の贈遺を廃する事。慶賀の費用・凶事の費用は尽くこれを廃し、法会は使をもってするに止め、慶賀は熨斗鮑をのみで《（ママ）》用ふべし。出入扶持といふものは一切とどむ。学校演武場の費及操練も期限の間はとどむ《（ママ）》き事、これは甚しきに過ぐれども、如此ならざれば極外の節倹は行ひ難し。第二に文武芸術等の費・工作費、但、雨のもるをのみ防ぐべし。次には半減す可きもの、宮中の婦女・厩馬・邸中使用の人夫・庁費・藩士吉凶の費用。第三に三分の一を減ず可きもの、君主の費・藩士の俸給・幕府の官吏におくる可き贈遺等なりき。その他、臨時の費はこれを封内の富豪に借る可きは公の諭示の如し。

　老公ここに於てその建議を斟酌し、まづ負債の半額を返付せんとするの法を議せらるるに、この時庫蔵のうちに秘め置かれし古金銀、その高八千八百八拾六両三分朱《（ママ）》あり。これを今の通用金に替ふるときは壱万三千六百弐拾六両三分弐朱となる。よてこの半を出して旧債半額を償却するに足れりといふ。或はこれ非常の用に備ふるものにして俄に用ふ可らずといふものあれども、財政の困難を救ふて会計法を永久に建るに何の惜む所かあるべき。まして尽くこれを費すにあらざるをや、と評議一決せり。されども尽く債主を謝絶する事は江戸の計吏は甚だよろこばざりしかど、城左次衛門は断ていふ可しといひ、もし非常の費あるときは財主に求むるに及ばず、これを封内に募れば何の欠ることあらんといひしかば、江戸の計吏等も遂に黙してやむ。

この年八月十六日、正倫公、江戸邸の正庁に出て由比善兵衛演貞・佐治三左衛門延年に財政改革の大綱を惣括せむ《（ママ）》るよしを諭さる。かくて老臣は貞幹及び串戸・荒野・城・森村等に改正の事を商議せしめらる。貞幹主任となりて財主等に諭示の命を受けたり。ここに於て貞幹は財主のうち最多額の用金を借したる相模の豪農大矢弥市を説き、負債半額を償ひ、この余を無利足年賦にして蔵元の事を罷むとす。この矢市は殊に鄙吝なるものなれば容易に聴き入れざりしかど、さま〴〵に説きて、只今半額ヲ償ふは実に難儀の事なれども斯る改正の時なれば斯々の次第によりてこの議に決せし、とありければ、矢市もその誠心に折て従ひけり。その他、三村清左衛門といふものもまた多く用金を出せしものなれども、矢市すでに如此なれば異儀をいふに及ばず。同年十一月廿九日、公、弥市を召してその旧功を賞せられ、助真の腰刀一振を賜ひ、老臣佐治延年に命じ諭さしめらるる趣は、年来、御会計の事につき、厚く心を用らるる段、喜び思ふ所なり。この度、財政改革によりて、その職のものより談ずる趣あるべしとの言あり。退きて延年これに諭らく、会計の年来厚く心を用られ、去る辰年以来蔵元を依託せられしが、此度財政改革により、以来蔵元を廃し、会計法を建らるるものなり。依てこれまで百石の録（ママ）を贈られしが、今よりこれを停められ、月扶持三十人扶持はそのまま、加ふに十人扶持をもて合せて四十人扶持とす。返金の方法は会計吏よりこれを談ずべし。又、矢市の子貞吉・同喜作は腰刀一振・印籠一箇を贈り、月扶持は年来の功によりてもとの如く贈らるる旨を伝ふ。終りて貞幹これを会計署に召びて、四十人扶持のうち節倹の令を布かれし期限の間、そのうち七人扶持を減ずる旨を伝へ、宿債はその半額を返付し、残る半額は無利足十年賦に為すべきよしを伝へ弥市これを承諾する趣を答へたり。これすでに前日、貞幹が説諭によりて約せしところなればなり。

十二月十九日をもって財政改革及び節倹の示喩を下さる。

震災以来御物入打続、御借財相増、此儘にては公務を始め御家中御扶助御領内御撫育も不被為届、深く被遊御痛心、従来御勝手向之義は文政度之御趣法にて永続之事に御座候得ども、当今之勢、御改之廉無之ては難相叶ト被遊御賢考之処、第一御蔵元被相止、御年暮被成諸金主共より之調達金は追々被及御返納、向後臨時之入用有之共、御収納高之内ヲ以、可相弁候様御趣法被相建候より外は有之間敷と被思召候。然ル処、当時之御借財高十四万両余有之。如此大借之義に付、如何様取調候ても当年三万両余之御出金無之ては御返済御掛合難行届。限ある御収納を以て不時に数万金を弁じ候は此上両殿様御手元を奉始、上々様御取扱向、相減候義は不及申、御家中御擬扶持不相成候ては取続相成間敷、難被為忍事に被思召之処、幸当年御取箇宜敷米価も存外貴く、且於公辺通用金歩増被仰出候間、此時節を被失候ては再び到来之期は有之間敷ト御繰合之上、不被為得止御要用之内をも被差加、無理ながら御返納方熟談相整ひ候。右掛合之大意は他方金主共調達之分半金、当暮御返却。残金は午御不本意無利足年賦に御返済之積に候。右様一時は御繰合之為トは午申御要用金をも被差加候義に付、此上両三年之内に御取戻無之ては難相叶義に候。依之御省略御年限中には候得ども此上尚又改て来酉年より亥年迄向三ケ年之間、厳敷御省略被仰出、此度之御年限にて永世御趣法御成立之基本と相定候義に付、此上年継等は不被仰出候間、何とも厚く相心得、仮令役筋持前之義には無之候共、御趣法之為筋とも相成候義は無遠慮、其筋江可被申達候。畢竟御家中一同之力に頼り、此度之思召も被為在候御事に候。然ル上は於面々も以来御示之趣は勿論、前に被仰出候質素倹約相守り取続御奉公申上候様被仰出候。

斯て財政改革の細目を書してこれを一冊として家人等に示す。皆御費を節略するのケ条なり。されど財主の償却、法前の如くなりしかば貞幹が初議せし大省略の法は用られず。唯無用の費を省かれしのみ。文武・教育・武備充実の費は故の如く。又他に用ふべきものを移し、文武の費に充られしもありけり。元治元年正月廿七日に至り財政改革の賞を問はれて由比演貞・佐治延年の二老臣は腰刀を賜ひ、城左次衛門・串戸五左衛門・依田十太郎は三十石の増録あり。荒野又右衛門は月扶持を改めて新知百石を賜ふ。このうち串戸五左衛門は財主を廃することを否とせしものにて改革の議に於てすこしの功無りかど（ママ）、いかなるゆゑにや同じく賞録を賜はれり。おもふに功疑しきは賞の重に従ふといふ事にやありけんかし。

　さても田中重参は、財政改革の一義は己が建策に出しに、そののち何の沙汰も無りければ頗る不平に堪へず、その兄重久に向ひ今年の秋、某が建議を用させ給ひ有司に方策を問はせられしかど有司これを奉戴せず。財主等を尽く謝絶すること能はず。儲蓄の金をもて子母を償はれしは無策の至なり。又金納の事は止められて新に寒川の海岸に蔵を造り、租米を置き、時価をみてこれを鬻ぐと称すれども、直にこれを江戸に送らず。蔵元に付せずといへどもまた旧によりて豪富の手をからざれば鬻ぐこと能はず。さすれば運搬の費・盗窃の害を免るること能はず。これ某の建議のいまだ全く用られざるなりと。しかるに改革の趣意行はれしとて、これにあづかるもの皆その賞を得て、某に独その事無し。某が策は国の為にして、もとより賞をのこむ（ママ）に非ず。しかれども絶て一言の尋問も無きは遺憾なりといひしに、十二月廿五日、老公、重参を江戸の館に招き一間のうちに入れ、こたび改革の事起りしは汝が建議によれり。奇特に思ふぞよ。これは些ばかりなれどとらするぞ、とありて一包の金を賜はり、かさねてこれは内々の事なれば表たちて礼などに及ばぬぞ、とありしかば、重参斯く親しき慰労の言を得て感涙に咽び、退きて思ひけるは、此度の賞は衣物などにや、金ならんは金壱枚などなるべしと思ひけるに、こはやや多きやうなりと思ひしかど、まづ心祝に一杯のまんと途にて酒店に上り、酒肴をあつらへ、さきに賜はりし包を開きみるに、弐分金に五十円としるしありしかば、大に驚きいそぎ家にかへり妻子に示し、その恩恵の辱を告げ、又重久にもつまびらかに恩命をうけしを報じてよろこびしといふ。この賞金はもとは老公の貞幹に仰せて意見を尋させ給ひしに、貞幹答申て、重参は磊落にして家いと貧し。唯一わたりの衣物などの賜あらんより金を給ふべし。それも賞例にては甚少し。五十円も給はらばその貧を救ふよすがにもなり候はんかと答へしかば、斯くは賞せられしなり。此頃の五十円は近時の三四百円にも当るべし。老公は人才を操縦するの才おはせしをしるべし。

## ○常総賊徒の追討

公が幕府の命を受けて諸藩の兵と我兵とを合して常総の賊を討ち給ひしは、佐原潮来の事より初りて常州那珂湊の賊徒降服に終る。ここをもて、そのはじめに遡りてこれを叙せざれば始末を知りがたし。よて降服の首領水戸の老臣榊原新左衛門照煦の事より説き出すべし。

榊原新左衛門は水戸藩大寄合の上座たり。前中納言斉昭卿薨じてのち、藩政、大に変更の事あり。その子細を尋ぬるに、鈴木石見・市川三左衛門弘美・佐藤図書信近・朝比奈弥太郎泰尚の三人《(ママ)》は門閥高く、中納言在世の時結城寅寿朝道が党与たるをもて擯斥せられ政事にあづかることを得ず。中納言世を去り給ひて世の中やうやく改り、幕府、中納言が親近のものども、攘夷説を主張して幕府の政をあしざまにいふをもて、これを忌みにくむよし聞えければ、三人再び世に出る時もぞあると、ひそかに伺ひゐたりけり。元治元年甲子の歳、中国西国の浪士等攘夷の説をいひののしり海内ますく事多し。水戸有名の儒士藤田誠之進彪は先年の地震の為に死せしが、その子に小四郎信といふものあり。

大胆不敵のわかものなりければ、中納言が遺志を継ぐと称し、窃に同藩士田丸稲の右衛門直允としめし合はしその党与を駆り集め、前中納言が神主を作りこれを輿にのせて水戸をのがれ出て野州をさしておもむきぬ。こは地形によりてなほ同志を募らんが為なり。その体、謀叛に似たりしが、鈴木・市川等の一党はこれをききて、すは我の志を得る時こそきつれ。この期を過す可らずと、このとし五月、三右衛門・図書・弥太郎等は日頃志を同くせしものどもと窃に江戸に至りて中納言慶篤卿に見え申すやう、幕府すでに外国と約を締び、通信貿易をゆるさせ給ふに彼等が振舞こそ可怪なれ。打すて置き給はば彼等が罪を得るのみならず、前殿の御罪過ともなる可く、君にも幕府の譴責をこふむらせ給ふべし。はやくこのよしを幕府に申して追討せさせ給はざれば不測の禍起り候なんと申ければ、げにもとて、三人を俄に執政に補せしめられ（ママ）られ、斯く幕府に請申し、ゆるしを請て直に三右衛門を主将とし、若干の兵を授け、幕府の討手に随従して野州におもむかしむ。この事水戸に聞えければ、榊原新左衛門は大に驚き、こは怪しかる事かな、先君の御遺誡あるものを君にはわすれさせ給ひけん、唯すみやかに遺誡を奉じて諫め奉るにますことあらじと、同志の士谷鉄蔵・富田三保之助・中山民部・谷弥二郎・渡辺宮内右衛門・東三左衛門・里見四郎左衛門・福地政二郎等六十余人、その余国民の志あるもの数百人を従へて江戸に至る。慶篤卿大に驚き給へども、止むべきならねば対面なりしに、新左衛門即ち烈公の遺誡を上りしに、寅寿が党は長く任用すべから（ママ）よしのせられたり。卿これにみて（ママ）大に懼れ、七月十七日、俄に図書・弥太郎等が職を停らる。されど市川三左衛門は幕兵に従ふて出陣したれば、その義に及ばず、佐藤・朝比奈等は忽、勢を失ひて、水戸にかへるに、この時幕府の兵はもろくも賊の為に野州にやぶれしかば、市川もまた江戸にかへらんとして、途にて佐藤・朝比奈に出あひしが、もろともに水戸にかへり、さて君命と称して、己に異るものは或はとらへ、或は斥け、或は殺す、乱妨かぎりなし。慶篤卿また大に驚き、幕府に請ふて支族松平大炊頭頼徳をもて、己が代として水戸にかへりて鎮撫せしむ。新左衛門等かくときさて自らのぞみて頼徳を警衛して水戸におもむきしに、又ここに武田耕雲斎正生等が一党と、及び田丸・藤田らと相会し、同じく水戸城に入らんとして端なく城中城外と戦の端を開きたり。

戦端はじめて開きしより、ここに両党の勢いよ〳〵はげしく雌雄を争ひしが、城中の市川党は武器、糧食乏しからず。榊原・武田等はもとより合戦の用意無りしかば、遂にやぶれて前中納言が海防の為とてきづかれし那珂湊の砲台におもむき、ここを守る市川党の兵を撃ち走らして根拠とす。頼徳もかかるありさまなれば、宗家の命を伝ふることを得ず、是非なくここに滞陣せり。ここに於て市川党は慶篤卿を欺き、榊原等を指して賊党とし、追討を請ひしかば、幕府これより先しば〳〵水戸の士族が攘夷と称して常総の野に徘徊するをもて、これを幕府に敵の色をあらはすものとし、ここに追討の命を下し、若年寄田沼玄番頭を惣督して、下総・常陸の諸藩に命じて兵を出さしめ、佐倉も同じくその命をかふむれり。

是より先一年前文久三年癸亥十一月の頃、水戸の藩士等攘夷説を唱へてその党与を嘯集し、その封内の処に屯集す。もと水戸には郷士といふものあり。富豪の家にて由緒あるもの、或は富て文武の業に長ずるものに姓氏を称し、帯刀するをゆるすを例とす。此等の類、封内に頗る多し。動もすれば気を使ひ勇を好みて政事を議論す。先つとし、大老井伊直弼を殺せしものも郷士の加はりしにても知るべし。此郷士等のうちには放蕩無頼のもの少からず。攘夷の軍資と称して、ここかしこの豪農富商の家に至り、これを募ることやまず。かくてなほ飽足らずやありけん。この月廿六日常陸の小川に屯せる長谷川勝七といふもの、佐倉城に来りて家老植松求馬永省に対面し、攘夷の為に金穀を求む。永省、同僚平野縫殿重久と議して老公に意見をきき、かれは書生なれば書生をもて応接するこそよけれとて、藩儒続徳太郎及び儒生をもて代官に任ぜられし依田七郎の両人に命じてかの旅館に就き、攘夷の事はいまだ幕命あらず。しかるをほしきままに金穀を貸し与ふ可きの理無しと説破し、もししゐ《（ママ）》請はば、直にこれ推しとらえんと謀りしに、彼もその構えをやさつしけん、辞窮してそのままに去りぬ。こはしかしながら藩力の強弱をためして脅迫せんとせしなるべし。十二月に至りて、浪士等またまた封内の成田村の北方に出没し、ややもすれば民家に入りて軍用金を借ると称して脅迫すること多かりければ、藩士のうちにて武を好む書生森鋭之助・岩崎賢介・藤本喜太郎等、これを追退さんと執政平野重久の宅に至りて意見をのべしかば、重久これを壮として、七郎に命じ、これを従はしめ、埴生郡の土屋村に屯して村々を巡視す。また郡方山崎由良次・山口用之助・渡辺又十郎等も浪士追跡の命を受け、同じくその地方におもむく。十二月晦日、水府の藩士前木六三郎・岡崎鼎二郎等の二組、成田村に来りてかの脅迫を行はんとせしに、七郎等はこの旅宿に至りて対面し、近来、尊藩の士と称し、我封内に来りてみだりに金を押借するものあり。和殿等は決してそれ等の類にあらざるべけれども、同藩士ときてなほ我等が為に鎮撫あらんことをのぞむといひしかば、二人は終にその意を果さずして去る。この頃、用之助・由良次、浮浪二人を生捕り、二人を斬殺せり。ここをもて浪士の跡、終に封内に絶つに至れり。あくる元治元年正月十五日、下総国匝瑳郡小関新開村に浪士楠芳次郎・三浦帯刀といふもの、その党与をあつめて攘夷を唱へ、愚民を脅迫して金穀を掠奪するよし聞えて、幕府、吾藩に命じ、これを討せしめらる。ここに於て、明る十六日、大筒頭植松当太郎を小関新開に向はしめ、番頭恩田源五兵衛を八日市場に向しむ。八日市場は賊の一手屯集する所なり。しかるに我兵いまだ至らざるに先ち板倉藩の兵、新開を撃ちやぶり、賊徒尽く誅滅せられ、又八日市場の賊はこれをききて遁走せしを処々にて捕られしかば、我藩兵を功無くして帰城す。かくて老公はこの三月に世を去り給ひて、公は政事を親らきき給ひしかど、なほ老臣等と議して万づ施行し給ひしかば、藩内無事なりしに、六月十二日、幕府より我封内及利根川筋を厳しく警備せよと命ぜられ、つづきて十七日、水府の兵に応援して浮浪を追討す可きの命あり。公、江戸より俄に佐倉城にかへる。七月四日、幕府代官小笠原甫三郎、利根川を巡視す。藩兵をもてこれを護衛す。九日、兵をかへす。八月九日、年寄役倉次甚大夫重亨に命じ、藩兵大砲隊・小銃隊を率ゐて下総佐原に赴かしめ、時機に乗じ潮来の賊を掃蕩せしむ。ここに山口用之助・山崎由良次はなほ成田村に滞留してありしが、斯くときき、この勢が成田に至るをまち、その軍行の次第を尋ぬるに、重亨答えて、幕府の命ありて利根川沿岸の村々警備の為におもむくものにてここに昼休し、滑川に向ひ、大森村に出したる兵と合し、明る日佐原におもむくべしといふ。用之助等は直に佐原に赴くべしと思ひしに、案に相違しければその不平の色おもてにあらはれたり。重亨、おの〳〵見る所ならば少しも斟酌に及ばず申てみよとありければ、用之助答けるは、浮浪の徒、佐原の富有なるを知りて屢ここに来りて金銭を押借し、殆どその地をもつて根拠とするに似たり。ここをもつて早くかしこに赴き、一挙してこれを掃蕩するときは賊の胆を破るに足れり。若しいたづらに途中に滞留し給はば、賊ははやくこれを聞きしりてのがれ去ること明なり。今夜中に軽兵をすぐり、佐原に入ること上策なるべしといひしかば、重亨も大にその策を嘉して諸隊長と議するに、ここより八里の路をいそぎてかしこに至らば、兵疲てものの用に立可らず。これ行軍の法あらずといふもの多し。用之助かくをきき、又、重亨に向ひ、かくては事機を失ひて賊徒のがれ去るべし。よて諸隊中に尤も壮健なるもの数人を擢き、一隊として敵を襲ふべし、といひしかば、重亨終にその計に従ひ、まづ用之助・由良次に命じ、日の暮るるほどに成田を発し馳せて佐原に至るに、賊ははや佐倉の兵至るを聞きしりけん、多くのがれ去りて、一両人なほ旅店に宿するよしを探り得たりければ、隊兵等を途中に迎へ、九日の暁、兵士等佐原に至り、賊兵二人を旅店に斬りすてたり。斯くてその日、重亨も惣軍を引てここに来り、なほ残党を探りしかど今は一人ものこりとどまるものなし。ここに於て潮来に打入るべしと議しけれども、この地は水戸領にてみだりに進むべきに非ずと一日二日と遷延し、この月晦日に至り、やうやく船に大砲をのせ、兵士等尽くこれにのり、加藤洲の水門より六島に入りて賊の屯集すると聞えたる妓院に向ひ、大砲を発す。されども敵は応砲する気色なく、用之助ははやく上陸して賊巣を衝べしとすすめしかど、異議ありて事ゆかず、遂に佐原に引かへす。是より先、十六日、常州に発向せし田沼玄番頭より、潮来屯集の浪人ども暴行の有為に拘はらずこれを討ちとるべし。水戸殿領分といへども斟酌す可らずとの伝達あり。ここに於て、今は猶予すべきに非ず、と年寄役平野縫殿重久に命じ、重亨に代らしむ。九月五日、惣軍をもて潮来に入らんとせしに、麻生藩新庄氏の兵、潮来を焼き、賊徒はやくも遁走して壱人を見ず。芝宿長谷寺に賊数十人のこり留るよし聞えしかば、同七日、兵士を舟にのせてここに討入りしかど、賊また輜重をすてて逃去りぬ。八日、麻生藩より援兵を請ふ。重久即ちその兵を分ちつかはす。この日、徳島に賊ありと告ぐ。兵をやりてこれ討ち、七人を獲たり。かかる処に田沼玄番頭より使をもつて、大平築波の賊、常州磯が浜に屯集せり。藩兵早々かしこに向ふべしとの命あり。重久ここに於て倉次重亨に代りて惣軍を督し、十八日、佐原を発し鹿島につく。廿日、重久、砲手等を率ゐて大貫に陣す。この時幕府の歩軍及び松平周防守・松平右京亮等の兵士等いづれもここに陣して敵に向ふ。幕府の目付役戸田五介等、諸軍を監督してその陣地を定めたり。斯て吾兵等は大砲を山手に備へて敵陣をのぞみ、戦を開かんとせしに、五介に附属せし徒目付橋爪正一郎走り来りて、日すでに暮れに近し。明日を待て戦ふべしとありけれども、我砲手長等は、今にして戦を開かざれば士気を挫くの恐ありといひけるにぞ、重久もこれをよしとしてやがて目付にそのよしを告げてゆるしを受け、物頭藤平源太夫をして大砲隊を警護せしめ、海浜に向ひ大砲頭斉藤弥一左衛門を山手に向はしむ。まづ大砲を賊に《(ママ)》営に発行するもの数発命中して、賊営騒乱するをみる。賊もまた砲を発してこれを拒む。吾兵一人の傷くものあれども死するもの無し。(頭欄)[賊営堅くしていまだ抜くべからず。諸軍退て夏見に陣す。]

明れば廿一日五介また命じて、昨日の要地によりて砲戦せしむ。重久、乃ちその手の砲手に命じて発砲す。されどもいまだ効を奏する及《(ママ)》ばずしてやむ。この夜、賊夏見に陣せし松平周防守が手に夜討す。我営は備を厳にして動かざりければ、賊入ること能はずして去る。この日、我巡羅の兵壱人賊の為に殺さる。一人は傷けらる。(頭欄)[壱人を傷け、壱人を殺す。この日は本藩を主兵として討つべしと命ぜらる。]

廿二日、五介賊の夜襲を怒り、諸軍に命じて力を併て賊営を討しむ。この日、歩兵頭河野伊予守・同並岡田左一郎・目付戸田五介・使番阿部進太郎等、諸藩の兵とともに敵に向ふ。棚倉の兵は、昨夜賊の為に襲撃せられて死傷あるをもて、後陣に備へて命を待つべしと定めらる。兵を二つに分ち、一手は山手に陣して高より轟撃すべし。一手は海浜に向ひて直に賊営をうつべしとて、我藩もまた両手のうちに編せらる。幕兵より大砲一発するを合図として諸手ひとしく乱撃すべしとの令あり。ここに於て、重久は斎藤弥一左衛門・植松当太郎に命じ、大砲隊を分ちて大貫の市中と海浜と両道にすすましめ、十二封度十五拇十二拇の野戦砲・山砲を列し、又小銃隊をその傍に置き、これを護衛せしめ、合図の砲をきくとひとしくこれを発す。賊もまた、これに応じて戦ひしかど、我砲の勢鋭にして十二拇の破裂弾、賊中に発し、その隊長林五郎三郎が土塁のうちに在りしを一撃のもとに倒す。ここに於て、黒烟空に漲り、山上山下の諸軍喊声を発して、その勢を助けしにぞ、賊徒散々に敗走す。幕兵・藩兵争ひすすみて、火を賊営に放ち進て磯浜に至る。この夜、海浜に露営す。賊兵大にやぶれて祝井町に走る。廿三日、ここにも怺へず、市街を焼き、那珂川をわたりて砲台に入る。これより互に砲戦あれども、いまだ双方勝負なし。廿六日、水戸の支藩松平大炊頭頼徳、これより先榊原・武田等に推せられて、水戸より那珂湊に在り。幕軍の追討と《(ママ)》あるときき、大に驚き自ら抜て幕営に至る。戸田五介、我藩に命じてこれを護送せしむ。廿七日、吾藩兵大貫に陣す。廿八日、兵を祝井町に進む。高崎藩兵を援けて川を隔て賊営を討つが為なり。これより日々湊の賊營に向て発砲す。かれも又これに応じて発砲すれども、いまだはか〲しき勝負なし。十月朔日、戸田五介・小出順之助の二監察、我藩の大砲に長ぜるをもつて、その手練をみんとてこの祝井町の砲台至る。ここに於て、惣奉行平野縫殿は砲手に下知して十余門の大砲を砲台の《(ママ)》布列し連発せしむ。砲手等、砲手長の命に応じ、運転頗自在にして一の虚発なく、いづれも賊の陣営に命中す。その勢猛烈にして味方これが為に勇気百倍す。この時発する所の弾丸、破裂丸あり。実弾あり。又紅弾と称する鉄丸を火に投じ赤く焼たるを砲口中に置きてこれを発す。その丸の中に所火を発する事無し。この弾丸は他家に於ていまだ用ひざる所なり。二監察感称□す。賊はその勢に懼れけん、又別に子細ありしにや、一丸をも発ざりき。諸軍湊の砲台に向て砲撃す。賊一発もこれに応ぜず。二日、賊白旗を立て舟にのりて、川洲先に一書を箭竿に挿みて、これを立つ。目付小出順之助これをみるに、松平大炊頭出て事情を陳するに、なほ日々砲撃せらるるはいかなるゆゑに候ぞとあり。しかれども、幕府の吏等大炊頭の陳述をきかずして、これを水戸に携ふるゆゑに休戦を命ぜず。この日、惣督田沼玄蕃頭より昨日の砲戦を感賞せらるるの状なり。

数度砲戦争、就中昨日之砲戦抜群之働之段、小出順之助・平岡四郎兵衛申聞候、一段之事に候とあり。さて箭文に答書之文は左の如し。

御箭文并御書拝見仕候。御尋之趣、御尤至極候存候。封砲開砲とも謹で奉公命尽職掌候迄之事にて、毛頭私之処置には無之、朔日、発砲も全く奉公命候事にて無拠次第に御座候。御書并箭文は直様公辺江差出候。何と歟御沙汰も可有御座候歟。尤此後発砲之命下り候はば、其節は一応御相図之上、可及発砲候。此段御答申上候。以上。

十月三日　　岩舟山台場詰

諸隊共

榊原新左衛門様

岩舟山は祝井町の山にて、幕府藩兵等の屯する所なり。五日、惣手攻入の命あり。我兵砲台にありて砲を発す。賊もまた実丸・破裂弾をしきりに放て応戦す。賊の破裂弾は十五拇の臼砲にて、極てよく放つものに似たり。その実弾は廿四斥の長伽農砲といふ。いづれもその術に鍛練するものなり。しかれども、幸にして我兵一つも傷くものなし。九日、幕軍より暫く休戦すべしとの命ありて戦を止む。十二日、年寄役由井善兵衛演貞・大砲頭依田十太郎・先筒頭竹内七郎左衛門・外山兵衛・大目付宮崎伝治等、佐倉より着し、重久に代る。重久その兵を卆ゐて交代して佐倉にかへる。幕府軍監戸田五介もまた惣督の命をもつて水戸塩崎におもむき、この方面は小出順之助の指揮に属せり。盖五介大炊頭を水戸におくり、その陳述をきかんとせしにその言行はれず、反てこれを他に転ぜしめられしと聞ゆ。これかの市川三左衛門、朝比奈弥太郎等党等、榊原・武田等を指して叛賊とし、大炊頭は宗家の命に背き、これに与みししと譏するがゆゑなるべし。この時、市川・朝比奈の党、川股といふ所に陣し、幕兵・諸藩兵等ともに賊を討たんとし、去る十八日は諸手に先ちて川を渡り、砲台に乗入らんとの結構ありしが、湊の背面なる辺田原の戦に諸藩兵敗走せしかば、しらく《（ママ）》その策を止めたりき。賊中三党あり。一を榊原党とし、一を武田党とす。一を藤田・田丸党とす。藤田・田丸等すでに幕軍と築《（ママ）》波下妻に於て戦を開き、あらはに賊名を負へり。榊原党はもと江戸より帰途に水戸中納言の命を帯たる松平大炊頭につきて水戸にかへり、又武田党は藤田・田丸等を鎮撫せんとして出張せしものなるに、この三党市川・朝比奈等と戦ふに及び、図らずもを《（ママ）》開き一所となりて水戸城下にて戦ひしにより、心ならずも同じく那珂湊に退き、遂に合して幕兵諸藩兵と連日の戦には及びしなり。しかれども、この詳なることは諸藩兵等これを知らず。唯水戸の諸浪士が攘夷論を主張して幕府に敵対せしとのみ思ひしなり。当時の事情、実にかくの如し。又幕兵藩兵等が思の外に戦をつとめざりしは、惣督田沼玄蕃頭は水戸にありて、遥かに号令を出し、唯目付等に命じ、兵を指揮せしめしかば、その指揮まち〱になりて一定せず。ここをもつて、戦略もまた甚だ疎にして一致の力無かりしがゆゑなりといへり。

目付戸田五介は頗る事情を解したる人物にて、松平大炊頭頼徳が測らず敵中に陥りたるを憐み、又榊原新左衛門等が初より幕軍に敵する心無りしを知りたりければ、彼よりその事情を告げて大炊頭に出ししにより、そを受取て田沼玄蕃頭の手に渡して、水戸の事情を詳にのべんとせしに、その説は行はれずして、玄蕃頭は市川・朝比奈等が申よしを入れて、五介より頼徳を受けとると、そのまま囚虜としてこれを水戸城中に置きしが、市川党等その旅館に斬り入て頼徳を斬り殺し、その他これに附き従ひしものを、或は殺し、或は生捕て死刑に処したり。されども田沼はその事を秘して、おもてに頼徳を自刃せしめし体につくろひて、その式を作りて幕府に出し、その従士等もその軽重によりて罪に行ひしよしをしるし出せり。この事は極めて秘したる事なりしかど、頼徳の馬の口取・中間、その騒の夜、竊にのがれ出て、江戸にかへり人に告げしによりて知られたりとぞ。戸田五介は頼徳を田沼の手に渡ししが、田沼は五介をもとの磯が浜にかへさず、塩が嵜に向けしに、老中松前伊豆守はこれを知らず、なほ戸田に命じて磯浜の諸侯の兵を指揮せん（ママ）めんと下知状を下しければ、五介は左の状を我藩におくれり。これ十月三日の事なり。

今般拙者儀、并三兵隊共、再度出陣可致旨、松前伊豆守殿より被仰渡候間、其方人数之義、是迄之通厳重相固居候様、可被致候。且委細之義者彼地へ出陣之上可申談候。依之此段申遣候。以上。

戸田五介

堀田相模守殿留守居

明る四日、河野伊予守始三兵、後々松戸宿陣より諸軍附調役柴田桂次郎・天野柳蔵の名をもて、十一日比磯の浜に着すべきよしを我藩にいひおくれり。しかるに一日を隔て、目附設楽弾正より、五介より告げたるは誤なれば、なほ当時在陣の目付小出順之助の指揮を受くし《（ママ）》といひ来れり。ここをもてみるときは、五介が抗議用られずしてこれを斥けられ、浪士等が陳述もその是非を問はずして、直に攻めらるるに決せしなり。ここによりて、十三日、順之助より左の如く達せられたり。

　此度、湊へ攻掛り候以上は賊巣乗取上は諸手一同宿陣所へ引揚候而者不相成候条、銘々心得をもって弾薬兵糧等十分に用意いたし、野陣之具も相備候様可致候。

　尤争戦之次第により、労兵等多分出来の向は、其場所出張の御目付江御相達差図可請事。

これによりて、此夜より我隊は陣営に宿して交代せず。松平下総守の隊兵等が兵到るに及び、祝町に兵を憩ふ。これは諸手の兵士等多く怠倦し、敵地に入りしものも、その来襲を懼れて、ややもすれば退きて鋭を避けむとするもの多きがゆゑなり。我藩兵は、敵地に入りて一歩も退かず。唯下総守が隊兵等と交代して、祝町の砲台に陣し、幕府の命をまちて、直に川を渡らんとす。ここをもって、使者して、さきに仰下されし引揚をゆるさずとあるは、交代せずして、両手一所にあるべきにやと問ひしに、目付答て、これは諸手の兵敵地に入りながら、みだりに兵を退くるをもて、かく戒めしなり、貴藩は初めよりさる事なし、下総守と交代あるは、すでに我等がかねて心得居る事なれば、交代して、なほよく出精あるべしといひけり。これによりて我兵は、祝町の休憩所を去りて磯浜の陣営にかへる。

かくて十六日、川俣に在りし目付より我藩士を招き、明十七日朝六時より諸手惣攻と定めらる。塩ヶ崎・祝町の隊長にもすでにこの命を下せり。よって一時に賊巣に乗入るべしとの事なれ、藩兵等もいさみ立て、いよいよ明日は敵地に入るべし、諸手におくれて笑はれなと相戒めて、用意に暇無りけり。明る十七日、我藩兵はまた下総守の隊兵と交代して砲台に至りしに、しののめの頃より敵はきびしく砲を発す。我藩の大砲隊は、十口の大砲を列し、はげしく打出す。その勢頗る猛烈なりしかば、敵はいかにしけん、今まで打立たるに似ず、これに応ずることなし。さては弾薬尽きしにや、又は我勢に怯ぢて逃れ去りにけんといぶかしければ、大砲隊長依田十太郎貞幹は怺へず、ここにてながめ居るともせんなし、洲の先まで砲をすすめて、間近く敵を見きわめて打攻るに若くことあらじと若ものどもがすすむるをききて、さらば試に進てみよと、大砲二門を引出して、敵間近く打かけければ、敵はこなたの隊兵すすみて川を渡らんとするにやと、始めて心つきたりけん、砲台より忽ちはげしくうち出したり。我兵は洲の先に出たりければ、身を蔽ふべきものなく、乱丸のうち立たりけれども、なほ退かず、これに向ふて砲を発せしに、敵丸飛来りて大砲の人夫が足を貫き、忽ち倒とたふれたり。これをみて惣長由井演貞は下知を伝へ、洲の先に出るは味方に不利なり、早々引あげ候へとありしかば、貞幹その余の隊士等も己ことを得ず、砲台のうちに入りて、なほつづきて発砲して、夜に入まで砲戦す。この日幕府歩兵頭平岡四郎兵衛、その部下の差図役に命じ、書を敵に贈るべきにより、漸く発砲を止めとありしかば、しばらく打止めしに、差図役は一封の書状竿に挿み、洲の先に至り、これを立てたり。敵はこれをみて舟に駕し、洲の先に至りこれをとりかへり、又再び来りて返書をもとの所に置く。差図役これをとりてかへり去れり。しかれども何の書なる事をしらず。のちに思へば、これ敵将榊原新左衛門等が内応の約ありしなりと知られたり。又我砲火は敵地の土庫にあたり崩壊し、これが為に死傷あり。その外させる勝敗も無りき。十八日終日砲戦やまず、死傷なし。この夜しばらく発砲すべかず《(ママ)》と、目付より下知せらる。十九日より廿二日まで幕府の隊長と敵との間往復数次に及ぶ。我隊は命を奉じて一砲をも発せず。敵もまた寂として戦を挑むの形勢をみず。この日歩兵頭より下知ありて、明廿三日払暁より諸手尽く川を渡りて敵中に入るべし、敵には内応のものありて、幕兵に抗敵せず、これを導きて賊をうつべし、その符号は赤色の襷をかけて降伏を表す。かまへてこれを殺傷すべからずとなり。これより祝町に天妃山といふ所あり。ここに水戸の諸生党等屯せしが、此夜その隊長後藤孫四郎、笠井権六、神代金四郎等我隊に牒して渡舟をおくるべしと約し、又郷導として山崎要人、高橋教蔵を我隊に送れり。この二人は水戸管内の神職にして郷士をかねたるものなり。皆市川三左衛門の手に属して武田榊原党と敵する徒なりといへり。

　廿三日夜いまだ明けず。我惣奉行由比演貞は、大砲小銃隊及び諸士隊等を尽く砲台に会し、酒樽を開き、これを縦飲せしめ、まづ大砲を排列せしむ。その時敵地にあたりては、すでに戦はじまりしと覚えて砲声轟々と鳴り響き、炎焔天に冲れり。ここに於て幕府の兵隊より烽烟を揚ること一撃、この号令に応じ、我大砲隊は十門の砲を台上に列し、一時に発火す。砲煙いまだ散せず、我兵先筒組四隊、大砲組一隊、山砲四門を舟に積みのせ、惣奉行これを掌りて喊声を発して一時に川を渡る。この時幕府歩兵頭平岡四郎兵衛及び水戸の諸生党の隊長等もいづれもひとしく川を渡て那珂湊に攻入る。しかれども此地はすべて内応を約せし榊原新左衛門が一党にして、壱人も我に抗戦するものなし。その手の兵士等、皆約の如く赤木綿の襷をかけて、口々に降参降参と叫て我を迎へたり。御殿地と唱ふる所は敵の陣営なりしが、ここに斬殺されしもの壱人あるのみ。搦手なる辺田野・館山等にては、武田耕雲斎・藤田小四郎等の兵、榊原等の一手に分れて、幕軍諸藩の隊兵等をうち破て脱走せり。おもふに、榊原等は内応のよしを幕府の隊に約すといへども、武田等と戦ふを欲せず、唯降を乞ふて、その兵を那珂湊に引き入れたるのみ。幕府諸手の兵もまた、この地を得て榊原等が降服をもつて功として、武田等が逃るを直に追はざりしかば、武田・藤田等は難なくのがれて上野の方に至りしなり。(頭欄)「かくて降賊人等は皆もとの陣所を去りて、川端手に鑄銭座のありけるに入りて、後命をまちけるにより、直に我藩兵に命じて、これを護衛せしめらる。」これによりて、あくる廿四日、我藩よりして水戸に宿陣せる征討の惣督田沼玄番頭に左の如き報告を呈せり。

相模守人数兼て常州祝町折口に出張致在候処、歩兵御頭平岡四郎兵衛様より御内密御手筈御打合有之、昨廿三日明六ツ時過、四郎兵衛様御手之歩兵隊川又村辺より乗船敵地へ乗入に相成候。打払合図之狼煙にて兼て手配之通、祝町砲台へ備置候十二斤六斤十五寸十二寸等之大砲十門、賊寨那珂湊東西之方江劇敷及発砲、砲焔之下より戦士一隊小銃大砲一隊仏蘭西山砲四門惣奉行由比善

兵衛引連、祝町渡船場より乗船敵地へ押渡、直に四郎兵衛様御手付兵隊江引続賊巣御殿地へ乗入れ申候。右之内祝町砲台より始終発砲味方之気勢を相助け致在候処、四ッ時頃賊徒平均におよび候に付、祝町江は砲台護衛之人数残置、一同那珂湊に屯致在候処、小出順之助様より降参の徒同所川端鋳銭坐内に被差置候間警固可仕旨被仰聞候に付、右場所取囲昼夜守衛致在申候。此段不取敢御届申上候。

## ○水戸の浮浪降人を我藩にあづけらる

# 解説

高橋昌彦

『学海余滴』(以下、『余滴』と略す)の著者依田学海は、下総佐倉藩士依田貞剛の次男として、天保四(一八三三)年十一月二十四日に生まれている。幼名を幸造・信造と称し、後に七郎・右衛門二郎と改めた。名は朝宗、字は百川、後に字をもって名とした。初めは贅庵・柳蔭と号し、後に学海と号す。幕末に佐倉藩江戸留守居役を勤め、明治に入ると藩権大参事となる。廃藩置県の後は、文才を買われ、修史局に仕えるとともに、文部省権小書記官などを歴任する。明治十八(一八八五)年、五十三歳で退官し、この後は本格的に文筆活動に入る。明治四十二(一九〇九)年十二月二十七日没、享年七十七歳であった。学海については、先に、今井源衛先生により、学海の妾宅日記『墨水別墅雑録』(吉川弘文館・昭和六十二年)が出版され、引き続き『学海日録』十二巻(岩波書店・平成二年〜五年、以下『日録』と略す)が世に出たことにより、研究が飛躍的に進んだ。また、その著述についても、地元佐倉において、顕彰の気運が高まり、明治期に刊行された学海の著作六点を収めた『依田学海作品集』(『依田学海』作品刊行会・平成六年)が出版されている。中でも『譚海』や『談叢』などの随筆は広く知られるところであり、小説・戯曲・紀行・漢詩文と様々な方面で活躍した学海の文筆活動の中でも、重要なものと位置づけることができる。『余滴』は、その随筆のうち、未刊のまま今日まで残ったものの一つである。

その書名からもわかるが、『余滴』にはこれより先に、類似の未刊随筆が存在する。『学海一滴』(以下『一滴』と略す)五冊がそれである。『余滴』と同じく無窮会平沼文庫に蔵されているが、『余滴』が中本なのに対し、『一滴』は半紙本の書型をとっている。その執筆時期は、巻二(内題は巻一)が明治十八年一月から三月、巻三が同年三月から七月、巻五が明治十九年五月から同二十年十一月、巻六が同年十二月起草とあり、擱筆時期は不明。現在、巻一となっている冊子には、その執筆時期について何も書かれていないが、明治十六年頃の記事が含まれており、他の巻よりやや早いと考えられる。『日録』明治十八年二月十六日には、「この頃より学海一滴を艸す。この書は余が旧藩にありし時艸を起せしもの也。見もしきゝもせし事、或は経史その余雑書にわが考を附したるものもそのうちに在り。」と記している。藩士時代の草稿もあったようである。『日録』には、前掲以外に『一滴』の記事が十八年から十九年にかけて何度か登場する。しかし、惜しむらくは、巻四が残っていない。巻五の見返しには、男美狭古の筆で「学海一滴第四巻／右ハ先考在世ノ時晩年報知／新聞記者ニ貸シタルマヽ、ニナリテ／不明トナリタリ」と識語が残り、巻五の冒頭は「第四よりつゝく」と、中途より始まる。この『一滴』にもいつか陽の当てられることを期待したい。

さて、『余滴』は、いくつかの異なった内容からなる。一冊目は、国民・読売・大和などの新聞から、自らの興味により抄出された記事が多い。執筆時期は、表紙に明治二十二年から二十四年の間とあり、新聞の日付も合致している。二、三冊目は、信州・佐原・銚子・遠州・豆州など旅先の寓居で、地元に残る口碑や古文書などの史料を書き留めた内容が中心となっている。その時期は明治三十年から三十二年で、旅先の様子は『日録』と対照することでより明確にすることが可能である。四冊目以降は、佐倉藩主堀田家歴代の公世記録である。これは、一冊目とほぼ同じ時期の明治二十二年五月から稿を起こしており、五冊目冒頭に「一よりつづく」、末尾に「以下第三巻につづく」とあるところから、四冊目が一、五冊目が二、六冊目が三という意識で、当初書かれたものと言える。七冊目は、六冊目に載せる「今公(堀田正倫)記」について、重複する箇所も含めてより詳細に書こうしたものと考えられるが、記事は中絶する形で終わっている。後で著述を整理した時、その内容の関連から、別集として加えられたものと言えるだろう。

『日録』に、『余滴』の書名が最初に登場するのは、明治二十二年三月十七日である。そこには、「松村武敏来る。小野寺慵斎のものがたりありき。つばらに学海余滴にしるす。」とある。小野寺慵斎の記事は、第一冊の七番目に「野慵斎の自殺」の章題で載る。ちなみに、談者「松村武敏」は「杉村武敏」が正しい。その他に『日録』に『余滴』の書名が出ているのは、明治三十年八月四日、信州にて康国の文書を見、「つまびらかに学海余滴にのす」(『余滴』第二冊「丸山内匠助」の章)と記した箇所、明治三十二年四月十八日、遠州における「二股城に係るもの丶大略を写しとれり。学海余滴にしるす」(『余滴』第二冊「二股城籠城の始末」の章)の記事、同年八月十五日、豆州にて伊東朝高の墓を見て「くわしき事は余滴にのせたればこ丶に略す」(『余滴』第三冊「伊東朝高の墓」の章)と書いた三箇所にとどまる。『日録』に『余滴』後半の記事がその書名で出てこないのは、本来、各「公記」として書かれたためと考えられる。幕末に老中首座を勤めた堀田正睦の「文明公記」をはじめ、「不矜公記」「青雲公記」といった書名で、明治二十年代から三十年代の長期に渡り、『日録』には、草し浄書し、或いは学海宅で開かれていた藩史会で紹介する記事が現れている。

その『余滴』後半は、藩主や家臣の逸話を中心に記してあるが、同じ内容を熊田葦城『佐倉史談』(良書刊行会・大正六年)に見つけることができる。それもかなりの重なりが見える。しかし、熊田の凡例には、「本書は余の報知新聞千葉版に連載せる記事を加除訂正せしなり、余の書庫に蒐集せる書冊中、北総に関するもの数十種あり、其中堀田家に係る南山志、文明公記等を以て、根本資料とし、種々の群書中、佐倉に関するものを加味するに止まり、一も堀田家に就て承合せる所なし、若し同家の記録若くは古書を閲すれば、其記すべきもの更に多かりしならん」と、直接には『余滴』の書名は出していないが、明らかに学海の著述を利用して、歴史読み物風に柔らかい文章に焼き直したのが『佐倉史談』であると言える。尤も、その情報量は、圧倒的に『余滴』の方が多い。

一方『余滴』もまた、佐倉藩士であった平野重久『佐倉藩雑史』(明治十四年脱稿)と重なる箇所があり、同書を参考にしたことは、『日録』からも窺える。重久については、『余滴』第五冊にその伝が載り、同書名も引かれている。
このように、『余滴』は、前半と後半で大きく異なった顔を持ち、前半内でも、一冊目と二、三冊目で違った表情を見せている。刊行された随筆とは違う雑多な内容、江戸から明治を生きた文人の視点や興味が、そこには詰まっていると言えるのである。

書誌

底本は、財団法人無窮会平沼文庫蔵の写本を使用した。目録には「学海翁余滴　七冊」とあり、請求番号は二三九九四―五〇である。各冊冒頭に蔵書印「無窮会神習文庫」が押されている。各冊の詳細な書誌は、以下の通りである。

一冊目
表紙　薄茶色・無地。縦一八、七糎×横一二、七糎。
外題　表紙左肩「学海餘滴　一」と墨書直書。
表紙右肩「明治廿二年二月／廿三年／廿四年」と墨書直書。
内題　なし。

料紙　楮紙。一面十二行の罫紙。匡郭は単枠。縦一四、二糎×横九、四糎。ノドに「〽甚製」とある。
丁数　墨付九六、五丁。

二冊目

表紙　黄色・卍繋ぎ。縦一八、二糎×横一三、〇糎。
外題　表紙左肩「学海餘滴　二」と墨書直書。
内題・著者　本文一行目「信濃物語明治三十年八月　学海依田百川筆記」。
料紙　楮紙。一面十二行の罫紙。匡郭は子持枠。縦一五、四糎×横一〇、二糎。ノドに「海雲堂製」とある。
丁数　墨付九四、五丁。白紙一、五丁。計九六丁。
印　裏見返しに「依田／百川」(朱・陰・方印　縦一、二糎×横一、二糎)、「学／海」(朱・陽・方印　縦一、二糎×横一、二糎)の印が残る。

三冊目

表紙　鳥の子色・卍繋ぎ。縦一八、六糎×横一二、九糎。
外題　表紙左肩「学海餘滴　三」と墨書直書。

内題　本文一行目「学海餘滴」。
料紙　薄様。一面十二行の罫紙。匡郭は子持枠。縦一四、八糎×横一〇、一糎。ノドに「玉海堂製」とある。
丁数　墨付五八丁。白紙三八丁。計九六丁。

四冊目

表紙　縹色・布目。縦一八、六糎×横一二、九糎。
外題　表紙左肩「学海餘滴　四」と墨書直書。
見返し　「明治二十二年五月」と墨書。
内題　本文一行目「学海餘滴」。
料紙　楮紙。一面十二行の罫紙。匡郭は単枠。縦一四、二糎×横九、四糎。ノドに「〽甚製」とある。
丁数　墨付九五丁。

五冊目

表紙　薄茶色・無地。縦一八、五糎×横一二、七糎。
外題　表紙左肩「学海餘滴　五」と墨書直書。

内題　なし。

料紙　薄様。一面十二行の罫紙。匡郭は子持枠。縦一四、二糎×横九、四糎。ノドに「〆甚製」とある。

丁数　墨付九七丁。二四丁目に半丁分の貼付有り。

備考　巻頭欄外に「一よりつづく　西村茂樹の伝」、巻末に「(以下第三巻につづく)」の　書入れがある。

六冊目

表紙　黄土色・布目。縦一八、一糎×横一二、〇糎。

外題　表紙左肩「学海餘滴　六」と墨書直書。但し、前に「一」と書いた上に「餘」と　書き直している。

内題　なし。

料紙　楮紙。一面十一行の罫紙。匡郭は単枠。縦一四、八糎×横一〇、〇糎。

丁数　墨付一五、五丁。白紙二三、五丁。計三九丁。

裏見返し　「越口／市木／牛込細工町九番地」と墨書。

備考　巻頭に「謙良公記(前巻のつづき)」の書入れがある。

七冊目

表紙　縹色・布目。縦一八、六糎×横一二、八糎。

外題　表紙左肩「学海餘滴別集　七」と墨書直書。

　　表紙右肩「堀田正備公の記」と墨書直書。

内題　本文一行目「堀田正備公記」。

料紙　楮紙。一面十二行の罫紙。匡郭は単枠。縦一四、二糎×横九、四糎。ノドに「〽甚製」とある。

丁数　墨付二四丁。白紙二二丁。計四六丁。

# 後書

松本常彦

解説とは別に後書を付すのは、生前の今井源衛先生がもっとも気にしておられた一事を記すためである。『学海余滴』(以下『余滴』)の刊行には、いくらかの曲折があり、その時々での協力者がいる。一事というのは、そのことである。ただし、その経緯についても先生御自身しか御存知ないこともあり、以下に述べるのは私自身が知り得る範囲での輪郭にすぎないことを御断りしておく。

『学海日録』(岩波書店)に続いて、先生は『余滴』の翻字・公刊を計画された。後に先生から直接おうかがいしたところによれば、出版社との交渉に供する意もあって、第一冊の翻字作業を急ぐ必要があり、そのため『学海日録』の翻字担当者だった数名に声をかけ、ひとまず第一冊の翻字原稿を用意したとのことであった。平成十二年末に先生が学海余滴研究会(以下、研究会)で渡された「出版社に関する報告と今後の翻字作業について(改訂)」という覚書には、「第一巻の翻字作業に従事した」として、白石良夫・宮崎修多・飯倉洋一・久保田啓一の各氏と松本の名が記されている。この「翻字作業に従事」とは、私の例で言えば、先生から、翻字して折り返し返送するようにとの依頼文とともに

『余滴』第一冊原本の複写が十丁分送られてきたので、それを提出したことを指す。

第二冊については、先生の勤めておられた梅光女学院大学(現・梅光学院大学)の院生による研究会で、第一次の翻字草稿が作成された。その草稿には、研究会の古野優子、小塩豊美、蔵本朋依、松浦恵子の各氏以外のものも若干含まれていた。ただし、第二冊については、場所を先生の御自宅に移して、月に一度、おおむね日曜日を利用しての終日の研究会というかたちになって、あらためて清稿が作成された。研究会では、一日に三、四人、丁数にして九丁から十二丁という進み具合で、担当者が自分の担当箇所を読み上げ、それについて参加者全員で検討を加え、研究会で訂正を受けたものをワープロ原稿にして先生に郵送し、句読点などの訂正を受けたものを更に清稿として提出するという仕方であった。小塩氏提出の第二冊冒頭の清稿には、平成十一年一月十七日提出の書き入れがある。第二冊・第三冊を担当したのは主に、古野、小塩、蔵本、松浦の各氏である。高橋昌彦、武谷恵美子両氏の参加は第三冊後半、私の参加は第四冊からで、それぞれ平成十二年になってからである。第五冊半ばまで読み進めていた平成十三年末になって、先生が肺の手術で入院されることになった。一同茫然としながらも、場所を私の勤務先であった北九州市立大学に移して従来のペースを守ることにした。なお、第六・七冊については、分量がやや少ないこともあり、当時広島大学大学院の院生になっていた蔵本・松浦両氏を中心に進めることにした。この読み合わせ作業には、両氏の指導教官である久保田啓一氏に参加・監修していただいた。

平成十四年半ばには、ひとまず全冊の翻字原稿が揃ったが、先生の御病気のこともあり、回復されるのを漫然と待つよりも、研究会は従来通り月に一回のペースを守って、刊行に向けての入稿原稿全体の統一という点からも、第一冊から全冊を読み直すことになった。凡例に従った字句の訂正を含めた読み直しの作業も、平成十五年半ばには一段落したが、実際の刊行となると、先生の御意向や出版社との交渉など不明な点も多く、とまどわざるを得なかった。ひとまず先生が口にしておられた笠間書院に連絡をとり、先生の御病状や原稿の進捗状況などを報告すると、本書を担当していただいた橋本孝氏をはじめとして誠実に対応していただき、その後も一貫して懇切に相談にのっていただいた。御蔭で刊行の運びとなった。記して深く感謝申し上げたい。なお、橋本氏との相談の中で、入稿原稿は全冊パソコン入力の方が金銭的にも索引作成などの点でも便宜という話になり、さらに第一冊をはじめ未入力部分の入力作業と読み直し作業を行った。

平成十六年八月十二日、我々は今井源衛先生御逝去の報に接した。折々に『余滴』刊行への熱意を語っておられただけに、先生に本書を御見せできなかったことは何といっても痛恨のきわみである。あえて私的な感懐を書きつけることをお許しいただくなら、先生、遅くなりましたが、ようやく出来上がりました。どうぞ、お受け取り下さい。

右に御名前を挙げた方々以外にも、刊行までに御助力いただいた方々がおられるであろう。最初にも記したが、陰に陽に多くの方から御協力いただいたことを先生は何よりも気にしておられた。感謝しておられた。後書は、そのことを御伝えするために付したしだいである。

なお、月々の研究会のたびごとに、朝昼夕と茶菓などの御世話をいただいた今井先生の奥様・貞子さまにも、研究会一同からの感謝の気持ちを記しておきたい。長い間、大変だったことと存じます。本当にありがとうございました。

最後になったが、本書の刊行を許可していただいた原本所蔵機関・財団法人無窮会、および研究出版助成をしていただいた北九州市立大学に対して厚く御礼申し上げて、後書の結びとしたい。

学《がっ》海《かい》余《よ》滴《てき》

2006年3月31日　初版第1刷発行

編　纂　学海余滴研究会
（代表　今井源衛・松本常彦）

発行者　池田つや子

装　幀　笠間書院装幀室

発行所　有限会社　笠間書院
東京都千代田区猿楽町2-2-5［〒101-0064］
電話　03-3295-1331　Fax　03-3294-0996

NDC分類：915.6

ISBN4-305-70300-9

印刷／製本：モリモト印刷
（本文用紙・中性紙使用）

[執筆者一覧]

今井源衛《いまいげんえ》　1919年三重県生。東京大学大学院（文学博士）、九州大学名誉教授、『今井源衛著作集』（笠間書院）ほか。

蔵本朋依《くらもとともえ》　1974年山口県生。広島大学大学院博士後期課程修了（文学博士）、広島学院中・高等学校常勤講師。「松下村塾の出版活動」（『国語国文』70巻12号）ほか。

小塩豊美《こじおとよみ》　1974年福岡県生。梅光女学院大学大学院博士後期課程満期退学、福岡市立福翔高等学校常勤講師。「『賀茂保憲女集』研究—縁者の伝記小考」（『日本文学研究』36号）ほか。

高橋昌彦《たかはしまさひこ》　1960年山形県生。九州大学大学院博士後期課程中退、下関短期大学教授、「落合東郭—依田学海との交友—」（『雅俗』 4号）ほか。

武谷恵美子《たけやえみこ》　1937年福岡県生。九州大学大学院修士課程修了、筑紫女学園大学短期大学部教授。「源氏物語の中の君について」（『源氏物語とその周縁』（和泉書院））ほか。

古野優子《ふるのゆうこ》　1970年福岡県生。梅光女学院大学大学院博士後期課程満期退学。『祐倫著　源語梗概・注釈書　山頂湖面抄諸本集成』（笠間書院）ほか。

松浦恵子《まつうらけいこ》　1972年福岡県生。広島大学大学院博士後期課程満期退学、近畿大学附属福岡高等学校常勤講師。「『ぬれほとけ』の「心境」」（『国文学攷』183号）ほか。

松本常彦《まつもとつねひこ》　1959年熊本県生。九州大学大学院博士後期課程満期退学。九州大学大学院比較社会文化研究院教授。「芥川龍之介と弱者の問題」（『芥川龍之介を読む』笠間書院）ほか。

# 人 名 索 引

## ア

## イ

## ウ

### エ



### オ

**カ**

## キ

## サ

## シ

## ス

## セ



## ソ



## タ

## チ

### ツ



### テ



### ト

## ナ



## ニ

ネ



ノ



ハ

## ヒ

## マ

## モ



## ヤ

## ユ



## ヨ

## ラ